APRENDENDO
A SER TOP MODEL...

ROBIN HAZELWOOD

APRENDENDO
A SER TOP MODEL...

Uma história de universitárias
e capas de revista

TRADUÇÃO
Grace Khawali

novo século®

São Paulo, 2008

Model student: a tale of co-eds and cover girls
Copyright © 2006 by Robin Hazelwood
All rights reserved
Published in the United States by Crown Publishers, an imprint of the Crown
Publishing Group, a division of Random House, Inc., New York.
www.crownpublishing.com <http://www.crownpublishing.com>
Copyright © 2008 *by* Novo Século Editora

PRODUÇÃO EDITORIAL	Equipe Novo Século
CAPA	Lese Pierre
PROJETO GRÁFICO	Herbert Junior
PREPARAÇÃO DE TEXTO	Bel Ribeiro
REVISÃO	Salete Brentan

Dados internacionais de catalogação na Publicação (CIP)
(Câmara Brasileira do Livro, SP, Brasil)

Hazelwood, Robin
 Aprendendo a ser top model : uma história de universitárias e capas de revista / Robin Hazelwood ; [tradução Grace Khawali]. -- Osasco, SP : Novo Século Editora, 2008.
Título original: Model student.
1. Ficção norte-americana 2. Modelos (Pessoas) - Ficção I. Título.

08-05838   CDD-813

Índices para catálogo sistemático:
1. Ficção : Literatura norte-americana   813

Impresso no Brasil
Printed in Brazil

Direitos cedidos para esta edição à
Novo Século Editora
Rua Aurora Soares Barbosa, 405 – 2º andar
CEP 06023-010 – Osasco – SP
Tel. (11) 3699-7107 – Fax (11) 3699-7323
www.novoseculo.com.br
atendimento@novoseculo.com.br

Para meus pais

Agradecimentos

Para minha agente, Suzanne Gluck, que me tirou da obscuridade e então me impulsionou a fazer o meu melhor. Também para William Morris, Anna Deroy, Alicia Gordon e Erin Malone, que responderam a zilhões de e-mails com assuntos como "oh, e...". Na Editora Crown, estou em débito com Kristin Kiser e minha dinâmica dupla de editoras, Rachel Kahan (brevemente) e a doce e talentosa Shana Drehs. Betsy Rapoport, você foi a luz na selva cerrada e escura; vou trocar piadas ruins e nomes de bebês com você em algum momento. Laurie McGee me ensinou como soletrar X-Acto Knife (uma marca de estilete). Linda Tresham me vendeu ótimas revistas dos anos oitenta; Victoria Aitken e Annie Gow forneceram cores de Londres; James Park e Jay Kirkorsky iluminaram Colúmbia; e Gina Cambre e Rachel Feinstein por suas recordações do passado. (Meninas, se eu tivesse que voltar atrás, partilharia um apartamento bagunçado de modelo com vocês a qualquer tempo.)

Minha primeira leitora, Peetie Basson, encorajou um amor de escrita criativa: Obrigada por ser uma excelente professora. Meus primeiros leitores, Laura Bradford, Alex Heminway e Alex Tolk, forneceram estímulos de encorajamento, ou simplesmente estímulos, num momento crítico. David Kirkpatrick, que fez que me atrevesse a mirar tão alto. E Anne, Andrew, Ingrid, Matt, Danielle, David, Michelle, Rob, Katie, Adam, Jody, Betsey, Charlotte, Claire, Soly, Gail, Jennifer e Willy que me animaram, aconselharam e distraíram, bem como minhas irmãs Katie e Sara Hazelwood e suas famílias. Mas, principalmente, gostaria de agradecer aos meus pais, Anne e John Hazelwood, que escutaram as palavras "estou pedindo demissão do meu emprego para escrever uma novela", e não desligaram o telefone.

Sumário

PRÓLOGO 11
CHICAGO, 1988 13
1. LUZES DO NORTE 15
2. BEM, ALÔ BONECA! 27
3. REQUEIJÃO 48
4. A GRANDE ESCAPADA 56
5. PERDENDO ATÉ A PELE 69
6. OLHOS DE LEÃO 89
7. UMA GRANDE CHANCE 102
8. OLÁ, MEU NOME É BELA E BURRA 127
9. PRINCESA MENTIROSA 144
10. AHH! AS BRANCAS AREIAS DO CARIBE 158
11. PURO FLAGRA 180
12. PARA O PASTO 185
13. HÄAGEN DESLUMBRANTE 195
14. LÁBIOS, SEIOS OU LONDRES 206
15. TÃO BOM QUANTO OUTRO QUALQUER 222
16. RAINHAS SIBERIANAS 239
17. O DIA DA TORTA 253
18. NATAL EM JULHO 265
19. O GRANDE OH... MEU DEUS 277
20. CHAMADA PARA OS MAIORES 290
21. IRRITADA E EXCITADA 303
22. DETESTO A FLÓRIDA 312

23.	OUTRO DIA DEPRIMENTE	319
24.	JOGANDO ALTO	331
25.	ORGIA NA BANHEIRA	353
26.	BRILHA, BRILHA	366
27.	DANÇA & ATAQUE SEXUAL	385
28.	NÃO LIGO, NÃO ESCREVO	403
29.	PASSARELA	419
30.	RAPOSAS GRISALHAS	430
31.	PARANDO O SHOW	445
	EPÍLOGO	456

Prólogo

As histórias de como modelos famosas se lançam em suas carreiras é sempre a mesma. Começa com uma menina, muito alta, muito magra, um patinho feio que ninguém tiraria pra dançar. Então, um dia, enquanto ela está trabalhando em alguma atividade saudável – vendendo sorvete, montando a cavalo, entregando muffins para cidadãos idosos –, um príncipe de uma agência de talentos a localiza, uma fada madrinha ajeita a varinha de condão para fazer surgir a nuance certa de brilho labial e... Puff! Cinderela está na capa da Vogue.

Isto é rematada tolice.

Primeiro, modelos nascem belas. Simplesmente somos. É verdade que todo mundo passa por uma fase desajeitada, mas sejamos realistas. Os problemas que enfrentamos – sendo tão magras ou tão mais altas que a maioria dos meninos da classe – são os de um ganhador da loteria. Iu-huu! Não, nenhuma de nós entrou num milharal como o comum dos mortais e saiu rainha de lá. A vida não funciona assim, e não sei por que sempre fazemos de conta que funciona. Afinal, até mesmo Einstein não suspirava, reclinava-se e honestamente confessava que uma vez tinha sido o mais estúpido da classe?

Segundo, dá trabalho. Muito trabalho. Se existe uma coisa como príncipes e fadas madrinhas, eles não perdem seu tempo com caça talentos e agentes. E, acredite em mim, todas, e eu quero dizer todas as modelos gastam maratonas de tempo na cadeira de maquiagem, levando estilo para dentro de cada polegada de sua vida, e ainda terminam com uma enorme quantidade de testes fotográficos que podem ser mais bem descritos como fotos de parede de cabeleireiro.

Então, outra vez, talvez eu sinta dessa maneira por causa do meu próprio começo, que não foi exatamente o que você chamaria de mágico. Comecei em Milwaukee, não nas passarelas de Milão. Aprendi tudo – errado, como geralmente acontece – em uma escola de modelos de segunda, não de Irwin Penn. Fiz minha estréia num folheto de jornal em acrílico, e não na Vogue em Versace de setembro.

Começos humildes? Seguramente. Mas não se preocupe, não vamos perder muito tempo aí; vamos começar com uma parte boa: minha primeira grande oportunidade. Já antes de começar, algumas considerações: este não é um guia de como fazer para modelos iniciantes. Se você está tentando aprender como contornar as maçãs do rosto ou se produzir para a ocasião social perfeita, é melhor procurar em outro lugar, porque não vamos realmente tratar deste tipo de coisa aqui. Se, por outro lado, você quer saber o que é ser modelo – não realmente uma superstar (como Naomi ou Linda ou Christy), ou mesmo uma falsa supermodelo (como uma das namoradas do Donald), mas uma Jane comum, salário anual de seis dígitos, então, aperte os cintos e fique pronta, porque sou Emily Woods, tenho 17 anos, e vou lhes contar como a coisa realmente é.

Chicago, 1988

CAPÍTULO 1
LUZES DO NORTE

Frauke, a gerente do estúdio, ajeita os óculos, empurrando-os mais para perto do nariz. Sem uma palavra, ela estende a mão. Cruzo o vestíbulo. As solas dos meus tênis rangem contra o mármore. Entrego a ela meu portfólio de modelo. Meu coração está acelerado.

— Chicago Inc. — ela murmura, inspecionando a capa.

— É-uma-agência-nova-Louis-é-meu-agente — digo num fôlego.

Silêncio. As páginas começam a ser viradas: uma, duas. Quando Frauke chega à página três, com três quartos de mim olhando através das cordas da minha raquete de tênis, a primeira das minhas duas foto-teste esportivas, os olhos dela se erguem.

— Quantos anos você tem?

As páginas do meu portfólio continuam a virar. Assisto a mim mesma passando, inobservada.

— Dezessete. Farei dezoito logo. Num mês. Cinco de julho, precisamente.

Ooops. Louis me disse para parar de fazer isso. Modelos nunca devem chamar atenção para o processo de envelhecimento, ele dissera. Então, outra vez, Louis também me dissera para largar de ser tagarela.

Você pensa em Marilyn Monroe como tagarela?, ele me perguntou uma vez. Penso em Marilyn Monroe como morta, repliquei. Exatamente, ele retrucou. Ícones não falam. Entendi: cale a boca. Mas isso não ajuda; estou nervosa. Estou nervosa desde que dei vinte passos dentro desse lugar, minha quinta e última parada de acordo com a minha lista de visitas:

Conrad Fuhrmann (fotógrafo)
25 W. Burton Pl. (XDearborn)
A/C de Frauke (gerente do estúdio)

Parecia inofensivo no papel, pensei. O que eu sabia? Cheguei ao número 25 da West Burton Place para descobrir não o desarrumado quarto andar de um edifício, um "espaço industrial" cheio de fios frouxos, coelhinhos empoeirados, sofazinhos, como de costume, mas uma casa grande de cidade, uma mansão realmente, bem no meio do afetado Gold Cost District de Chicago. Pintada de creme e moderna com um caminhozinho de seixos rolados e árvores esculpidas, parece pertencer a Paris. Não que eu alguma vez tenha estado lá. Parecia com o que eu imaginava de Paris. Parecia imponente.

O interior era imponente também. Ou talvez fosse Frauke. Com olhos de ébano cintilantes, brilhantes cabelos negros, ela se senta num hall totalmente branco de mármore parecendo mais uma aranhazinha em sua teia.

Bam. A capa do meu portfólio fecha-se com estrépito. Com súbita e surpreendente rispidez, Frauke se levanta e inclina-se para a frente, suas unhas vermelhas agarrando-se à beira da escrivaninha, seus olhos percorrem rapidamente meu conjunto Adrienne Vittadini (saia listrada azul e branca cuidadosamente escolhida com suéter combinando) e vão pelo meu queixo, nariz, maçãs do rosto – cada polegada de carne – até se fixarem em mim.

– Siga-me – ela diz.

Alcanço a forma escura de Frauke justo quando ela entra numa sala. Meus olhos têm que se acostumar: um estúdio pequeno. Dois sofás de couro fosco. Dúzias de livros lustrosos. Um punhado de molduras prateadas com gente bonita.

— Conrad, esta é Emily.

É um homem. Conrad Fuhrmann ergue os óculos do decote V do suéter de cashmere e engancha-os em volta das têmporas.

— Olá.

— Oi — engulo seco.

Erguendo-se, ele bate palmas como um instrutor de dança.

— Dê uma voltinha.

Eu giro.

Ele ri.

— Não tão depressa. Outra vez. Para que eu possa ver você.

Giro outra vez, vagarosamente, sentindo-me uma massa de bolo bem misturada, até que estou de frente para o sofá outra vez, de frente para Conrad e Frauke, que agora está sentada ao lado dele. Fisicamente, ele é a antítese dela: pequeno, quase frágil, com olhos azuis da cor de centáureas e traços delicados. Surpreendentemente, descubro-me relaxando em sua presença.

— Quantos anos você tem?

— Quase 18 — Frauke responde asperamente, como se minha resposta tivesse sido diferente.

Quando Conrad se senta outra vez, seu corpo se inclina para a frente — um ponto de interrogação de agudo interesse.

E então começa.

— Você faz exercícios?

— Você dança?

— Você come? ... muito?

— Com que freqüência bebe?

— ... Leite?

— ... Soda?

— ... Álcool?

— Quantas horas dorme por noite?

— Qual a sua altura?

— Qual a altura dos seus pais?

— Quanto cresceu no último ano?

— Quanto você pesa?

— Usa lentes de contato?

— Filtro solar?

— Como descreveria seu cabelo?

— Por favor, descreva sua rotina de cuidados com a pele de manhã e à noite, começando pelo creme de limpeza.

E mais, e mais. É como um daqueles pesadelos em que, subitamente, é exame final e você está sendo sabatinada por uma banca de especialistas num tópico que não estudou, só que é um teste para modelos, então não é assim tão difícil.

Finalmente, esgotamos a categoria Saúde e Beleza. Conrad assume a aparência distraída de alguém fazendo um complexo cálculo de cabeça.

— Então... quase 18. Já se formou, certo?

— Sim.

— Vai para a faculdade?

— Hã hã.

— Onde?

Não aqui, também. Esta é a pergunta atormentando cada pessoa da minha classe este verão, a pergunta feita por todos os pais, todos os parentes, todo mundo, isto é, exceto as pessoas no negócio de moda.

— Universidade de Colúmbia.

Conrad fica de pé outra vez e dá um passo na minha direção.

— O que acha da Northwester?

O que acho?

— Humm, é uma boa escola — respondo. Ele foi para lá? — Mas quero estar em Nova York.

Os olhos de Conrad me examinam cuidadosamente por um momento. Então outro.

— Vamos ver — ele diz.

Ver o quê? Tanto quanto eu saiba o processo de admissão está terminado, obrigada senhor. Mas não discutimos mais este tópico. Em vez disso, Conrad me toma pela mão e me guia ao estúdio fotográfico, vasto e branco, é claro, e agradável. Muito agradável. Contra uma parede, grossos livros de arte e dezenas de revistas finas intercalados com esculturas. Um buquê de lírios brancos se ergue de um vaso de cristal perto de um sofá de couro macio, um de um par. Uma mesa de café laqueada reluz. O equipamento cromado cintila à luz brilhante.

Enquanto olho a minha volta, realmente vendo tudo, meu estômago remexe por dentro. Por um pensamento em particular: esse cara é importante, realmente, realmente importante, totalmente diferente de qualquer um com quem já trabalhei.

E isso foi antes de ver a fotografia. Pendurada bem na minha frente, somente uns 60 cm de onde estamos parados, é uma pequena foto em branco e preto, que fico olhando espantada e ofegante. Porque, lá, vestindo nada mais do que uns poucos gramas de lycra e um sorriso sexy, está a única e inconfundível Cindy Crawford – a maior das supermodelos americanas. Só que eu nunca a tinha visto daquele jeito; com o cabelo curto repicado e grandes bochechas macias, parecia ter uns dezessete anos. A minha idade.

Uau. Sabia que Cindy era de Illinois, mas... Volto-me para Conrad. Ele ainda está sorrindo, seus olhos azuis ainda suaves e brilhantes. Vagarosamente, ele estende a mão na direção do meu rosto.

– Vamos ver... Se mudarmos isso...

Um dedo toca ligeiramente uma pinta perto da linha dos meus cabelos antes de deslizar pelo meu rosto... Nós a teríamos tomando o lugar da famosa Cindy.

De jeito nenhum. Em Wisconsin, de onde venho, tem sido sempre Brooke. Nós realmente não somos muito parecidas, exceto pelas sobrancelhas, mas isso não impede as pessoas de me abordar, convencidas de que sou realmente a Senhorita-Nada-Além-dos-Seus-Calvins, embora o porquê de a famosa estrela estar vagando pelo Meio-Oeste num blusão de malha de algodão de Balsam High fosse um mistério para mim, a menos que fosse uma tentativa muito extrema de se esconder. Mesmo assim, era um cumprimento, e quem não adora cumprimentos? Mas isso não é nada com ser comparada a Cindy – e por alguém que realmente a tenha fotografado! É o máximo! Abro um sorriso de orelha a orelha, mesmo que ele não seja exatamente o de uma lady. Não posso fazer nada quanto a isso.

E é isso, ou um minuto depois é. Digo adeus, caminho pelo caminho de seixos, e através do portão de ferro, que range fechando atrás de mim. Está chovendo e um pouco frio, e então enterro as mãos nos bolsos antes de começar a descer a avenida cinzenta e úmida, virando-me para uma última olhada. Em contraste com os estúpidos prédios de tijolo que a rodeiam, a casa brilha cativante, quase magicamente, como uma daquelas pedras brilhantes que você acha na praia, aquelas que parecem cintilar como ouro. O interior era assim também. Penso na claridade do vestíbulo, no brilho aconchegante da biblioteca, na luminosidade do estúdio fotográfico – luz emanada de cada canto daquele lugar, e o mundo lá fora parece comum, mais estúpido.

Tenho que trabalhar lá, penso, enquanto continuo. Eu simplesmente tenho.

❋ ❋ ❋

Imagino que me sento dessa maneira porque até então minha carreira não tinha sido exatamente o que se chamaria de estelar. Como poderia, se tudo começou com queijo? Não fotos de má qualidade.[1] Queijo Cheddar.. Queijo Cheddar aerado.

Você sabe, meu pai é o Woods da Woods e Wacowski, uma pequena agência de publicidade em Milwaukee. Embora eles criem uma porção de slogans, são famosos na verdade por seus trocadilhos bovinos. Você sabe: "Muude-se outra vez", "Derreta[2] a competição", "Por uma boa cowse"[3], esse tipo de coisa, o tipo de motes eternamente populares no Estado que se autodenomina A Terra do Laticínio Americano até nas chapas de seus carros.

No último outono, como parte do seu trabalho de persuadir o Conselho Estadual de Turismo, papai apareceu com um chapéu – não exatamente um chapéu. É chamado de Cabeça de Queijo, talvez já o tenham visto. Se não, imaginem uma cunha de espuma amarela – o queijo – colada na beira de um chapéu de beisebol. Agora, imagine alguém realmente decidindo que esta é uma boa maneira de ser visto em público, preferivelmente bêbado num jogo Packer. Mal, certo? Bem, você deve ter visto os protótipos. Eu certamente vi; foi um queijo suíço ou um Brick que decidiu minha estréia como modelo num dia frio de inverno, quando papai me ofereceu 72 pratas – a quantia que estava em sua carteira – para vesti-lo e bater dois rolos de filme para seu cliente.

Dale, o fotógrafo da agência, bateu os dois rolos, então perguntou se podia bater mais um, sem o queijo. Você tem boa estrutura óssea, ele

---

[1] *"Not cheesy photos."* Trocadilho intraduzível com a palavra queijo (cheese). (N.T.)
[2] *"Cream a competição."* Trocadilho intraduzível entre creme e derreter. (N.T.)
[3] *Cowse com causa*, trocadilho intraduzível. *Cow* significa vaca. (N.T.)

disse, depois de me ensinar a soltar meus pulsos, a virar ligeiramente de perfil e a olhar para as lentes. E um sorriso fatal.

Abro um sorriso.

Depois que terminamos, Dale disse algo mais. Ele estava de joelhos, empacotando um refletor, quando girou nos calcanhares. Acho que poderia ser modelo, Emily, acho de fato, ele disse, antes de se oferecer para levar minha foto a uma agência local.

Acho que poderia ser modelo. Estas foram suas palavras exatas. Reagi com surpresa, mesmo *blasé*. Mas, quer saber? Fiquei eletrizada.

E eu estava pronta. Como qualquer um que tenha visitado meu quarto nos últimos cinco anos pode atestar, adoro moda. Não podia obter o suficiente disso. Era assinante da maioria das revistas de beleza; o resto eu pegava no noticiário. Sem exagero, se a capa mostrava uma beleza sorridente perto das palavras "Dez Dicas Sensacionais!", "Looks que você vai amar!", ou se o número fosse simplesmente pesado, era meu. Cada vez que eu levava um para casa, seguia a mesma rotina. Eu o levava para o meu quarto – bem colocado e esticado numa superfície plana para não dobrar as páginas e nada em cima para não arranhar a capa –, então me deitava no tapete e vagarosamente folheava as páginas. Quando encontrava a foto certa, de Famke talvez, ou Raquel, ou Elle – sabia todos os nomes –, pegava um estilete (tesouras são muito desajeitadas e rasgam. Por favor!), cui-da-do-sa-men-te recortava a figura e a pendurava na parede. Geralmente, ensaiava várias vezes até encontrar o lugar certo. Quando conseguia, eu a colava lá, me atirava no tapete e ficava admirando minha nova adição. Olhando para ela. Seus dentes eram brancos, seus olhos cintilantes. Estava geralmente correndo ou saltando – dentro, fora, não importava, simplesmente parecia que estava indo a algum lugar. Algum lugar onde eu queria estar. Algum outro lugar. E ali deitada, olhando para cima, eu sabia, simplesmente sabia, que se pudesse chegar lá e continuar como ela – não, me transformar nela – minha vida seria perfeita.

Por tudo isso, imagino que não fosse surpresa, uma semana depois, quando a Escola de Modelos Tami Scott ligou para perguntar se eu queria participar de um curso de modelo, e minha resposta tenha sido um entusiástico "Sim!".

Anotei os detalhes, desliguei o telefone e imediatamente liguei para Christina, minha melhor amiga desde a terceira série, que estava sempre certa sobre tudo. Ela me disse para ir.

Houve somente um obstáculo.

— Você quer fazer o quê? — minha mãe perguntou.

Eu tinha descido as escadas e me juntado a ela na cozinha. Ela tinha acabado de verificar o pão assando no forno e o aposento estava quente.

— Quero fazer um curso de modelo — repeti, desta vez na porta do refrigerador. Estava procurando pela jarra de chá gelado.

Achei a jarra, peguei um copo comprido, gelo, derramei chá no copo e guardei a jarra. Mamãe ainda não tinha respondido.

— Que foi? — perguntei.

Mas eu sabia. Um olhar para a calça de fio de cânhamo de mamãe, seu coletinho de crochê, seus colares de contas, um olhar para seus chinelos de couro cru, seu cabelo na cintura, seu rosto sem maquiagem... Um olhar e qualquer um saberia: minha mãe é "ativista social", como ela gosta de se colocar, o que se pode muito bem traduzir por uma "hippie velhinha". Papai também. Como meus pais chegaram a este caminho, já vamos saber. Por ora, é suficiente dizer que a próxima coisa que saiu da boca dela não foi tão chocante assim.

— Por cima do meu cadáver.

— Obrigada pelo apoio — disparei de volta. — Muito mesmo.

Mamãe parecia aflita, mas não pelo que eu tinha dito.

— Quando me recusei a deixar você brincar com uma Barbie, nunca imaginei que tentaria se transformar numa! — ela desembuchou.

Isso mereceu um olhar revirado para cima.

— Mamãe, por favor. Todo mundo sabe que Barbies não são de verdade. Modelos são.

— Não as que tenho visto — ela rebateu. Estava raspando a massa grudada no fundo da forma. Longos e finos caracóis de massa caíam no chão.

Humm. Pessoalmente, não conseguia imaginar quando minha mãe tinha visto alguma vez uma modelo. Ela nunca punha o pé no meu quarto, e elas não ficavam exatamente expostas em Mother Jones e Ms. Mas deixei passar, o que não fez muita diferença; ela tinha muito mais a dizer.

– E a escola?
– O curso é aos sábados. São somente duas horas.
– Com certeza não é grátis.
– Mil dólares.
– Quanto?
– Mamãe, vou lhe devolver tudo com meus ganhos.
– Que ganhos?

Nossa luta durou alguns rounds. Fomos falando pela sala de jantar e pela varanda, onde mamãe regou suas plantas – principalmente flor de jade –, em seu largo sortimento de pendentes de macramê para vasos, e acariciou seus sininhos de vento antes de voltar à cozinha para derramar mais água na pia cor de mostarda e examinar o pão de cevada. Logo que a crosta ficou dourada e crocante, ela amoleceu.

– Ok – ela disse, retirando suas luvas de forno, o que era uma aparência normal porque eu as tinha dado. – Se é o que quer fazer, Emily, faça-o, e faça-o bem.

– Yessss! – ergui o punho no ar e, depois, a abracei.

Eu estava feliz naquele momento, tinha vencido. Mas minha felicidade não durou. Afinal, o que é isso que este anúncio diz, Ser modelo ou só se parecer com uma? Na manhã do primeiro dia de aula decidi que talvez não quisesse saber em que categoria me encaixava, que talvez fosse melhor ir em frente pensando que poderia ser modelo, do que ouvir, em termos incertos, que não.

Talvez. Mas fui de qualquer maneira. Quando entrei na Escola para Modelos Tami Scott e dei uma boa olhada em volta, percebi que não precisava ter me preocupado. Havia somente uma única coisa faltando em seus corredores, e esta coisa era a palavra não. Era a mais segura das escolas seguras. Mulheres em calamitosa necessidade de aparelhos ortodônticos, mulheres não meramente rechonchudas, mas verdadeiras baleias, mulheres acima dos 40, mulheres abaixo de 1,60 de altura – mulheres que não somente não eram dez, mas nem somavam dez quando se incluíam as meninas ao lado delas –. que tinham evidentemente seguido pelo processo de admissão, seguras de que as dez semanas de curso "profissional" a 1.000 dólares eram simplesmente um bilhete de passagem para uma vida na frente das câmeras.

A Escola para Modelos Tami Scott era uma fraude.

Eu tinha acabado de chegar a essa conclusão quando nossa instrutora bateu palmas. Ela tinha sido Miss Wisconsin, logo aprendemos. Ela era, nenhuma outra além, Tami Scott, a própria, ou realmente TAMI!, como se referia a si mesma, com a histeria alegre de alguém que tinha passado bons tempos pulando para fora de bolos. TAMI! deu o chute inicial do jogo mostrando-nos seu mais prestigioso trabalho: um pôster feito para uma delicatessen, no qual ela, sedutoramente, segura um sanduíche grego enrolado na direção das lentes. Então, assistimos a um vídeo: Maquiagem Avançada, Vol. 5: Deixe (a sombra do) seu olho falar. Depois disso, formamos um círculo e, uma a uma, declaramos nossas razões para estar fazendo o curso.

— Meu namorado acha que me pareço com Cheryl Tiegs — começou Winnie, uma oficial da marinha de 34 anos.

Roxy veio em seguida.

— Meu marido quer ser casado com uma modelo.

— O meu também! — retrucou Marla. Depois de saudar Roxy batendo sua palma da mão contra a dela, Marla puxou um pente e começou a afofar seus cachos. — Ele acha que me pareço com Stefanie Powers.

Puro acaso, elas não eram as únicas. Christie Brinkley, Kelly LeBrock, Jaclyn Smith... Quem pensaria que todas essas mulheres, separadas ao nascer, pudessem estar reunidas numa única sala? Em Milwaukee?

Logo todo mundo estava olhando para mim, incluindo TAMI!, sorrindo tão brilhantemente que, juro, vi seus caninos cintilarem.

— E você, Emily? Por que está aqui?

Era uma boa pergunta. Olhei em volta para as mulheres em nosso círculo. Nenhuma delas, nem mesmo remotamente, se assemelhava às suas alegadas sósias. Quero dizer, Winnie era chinesa, e Roxy estava uns nove quilos acima do peso. Quem elas estavam gozando?

Talvez eu estivesse gozando de mim mesma.

— Você se parece com Brooke Shields! — Roxy disse.

— Verdade — Winnie encorajou.

Marla me saudou com a batida de palma contra palma. Smack! Batemos nossas palmas. Atirei os cabelos para trás e fiz brilhar meu próprio sorriso. Exatamente.

O curso nos ensinou a nos maquiar, arrumar o cabelo e caminhar numa passarela. Tudo errado, o que descobri mais tarde, mas então não sabia. Tudo o que sabia era que não era o que eu esperava. Onde está o glamour, TAMI!? Os vestidos de griffe? As locações cênicas? E não me chame de caipira.

Quando a "formatura" chegou, celebramos com champanhe e talos de aipo mergulhados em molho francês light. Várias choraram e tiveram que reaplicar a maquiagem. Eu não estava entre elas. Sentia-me aliviada. O curso fora um erro, mas tinha terminado. Então, uma semana mais tarde, a divisão da agência ligou. Eu não gostaria de fotografar anúncios de jornal para a Loja de Departamentos Kohl? Noventa dólares a hora, por três horas no mínimo?

Fui.

Outros trabalhos se seguiram. Mas eram errados também. Fotos para embalagens? Rótulos para luvas de borracha? Uma fantasia de Kermit, o sapo para o Halloween? Que garota colocaria aquilo em sua parede? Nenhuma. Eu não estava indo a parte alguma.

Então, um dia, quando um maquiador de Chicago sugeriu que eu ligasse para Louis, o co-fundador de uma agência nova em folha chamada Chicago Inc., não precisou dizer duas vezes.

Isso aconteceu há um mês. Eu fora modelo por nove. E subitamente, esta tarde, agora, tudo tinha mudado. Vou para a Chicago Inc. e sou imediatamente envolvida em cashmere preto.

— Emily Woods, ele te contratou! — Louis gritou, apertando-me profundamente contra o peito. — Conrad Fuhrmann contratou você!

Gritei, abracei e gritei mais um pouco, até Louis continuar e me falar sobre o contrato, começando com o tipo de trabalho. Isso porque, na carreira de modelo, existem três tipos de trabalho impresso – propaganda, catálogo e editorial –, todos muito diferentes.

Vamos começar com a propaganda, que paga melhor. Por causa da exclusividade, da noção de que, uma vez a modelo associada a uma marca em particular, é evitada pelos competidores. (Em outras palavras, mesmo se você tem um corpo de aço e seios fantásticos num sutiã esportivo, não pode ser a garota do sutiã esportivo da Nike e da Reebok ao mesmo tempo, desculpe.) É claro que, para conseguir esse tipo de exclusividade, os anunciantes têm que pagar pelo privilégio. E pagam, mas não tão freqüentemente.

Mais comumente você contrata um catálogo. O catálogo é o sangue da coisa, ou, mais apropriadamente, o vestidinho preto do negócio, o pilar monetário de quase todas as modelos. Não pagam tanto (um catálogo, num mercado menor como Chicago, te rende cerca 150 dólares por hora, enquanto os ganhos por anúncios podem variar de alguns milhares a um milhãozinho legal), mas ele acrescenta. Se trabalho oito horas, consigo um bônus e faço 1.250 dólares. Se trabalhar em horas extraordinárias (antes das nove, depois das cinco, ou nos finais de semana) ou fotografar lingerie, o pagamento é uma vez e meia, ou seja, 225 dólares a hora. Nada mal para a Sears.

Finalmente, mas não menos importante, existe o editorial, que em moda não tem nada a ver com jornal, mas tudo com fotos de revista, embora os dois tenham uma coisa em comum: paguem pouco. Sério! Um dia de Vogue paga 135 dólares – 135 dólares, só! Quer dizer, ninguém recusa a Vogue, porque a Vogue entra no seu portfólio, e o seu portfólio (ou book, como nós chamamos) é o que os anunciantes e aqueles que projetam catálogos olham para decidir que modelo contratar (ou booker, como dizemos), e o fazem ligando para o seu agente. Quanto mais Vogue (ou Mademoiselle, ou outra qualquer) em seu book, mais forte ele é, e quanto mais forte ele é, mais dinheiro você faz. É um pequeno círculo fechado.

Acontece que meu trabalho é catálogo, um catálogo para as festas (em moda, as coisas tipicamente são fotografadas uma ou duas estações à frente, então, é sempre Natal em julho) que Conrad está fotografando para uma loja de departamentos sulista chique chamada Whitman. Nunca escutei falar da Whitman – o que importa? Estou trabalhando com Conrad Fuhrmann. Conrad Fuhrmann, o "lendário fotógrafo de beleza", como Louis o chama. Conrad Fuhrmann, o rei da câmera de Chicago. Conrad Fuhrmann, o HOMEM QUE TRANSFORMOU CINDY CRAWFORD NUMA ESTRELA!

CAPÍTULO 2
BEM, ALÔ BONECA!

O interfone na casa de Conrad Fuhrmann se esconde em uma camada de trepadeira fícus. Aperto o botão.
— Bom dia, Emily. Venha direto ao vestiário — uma voz soa pela planta. Bzzt.

Passo pelo vestíbulo e entro no corredor. A última vez que estive aqui, estava correndo para alcançar Frauke. Agora, estou sozinha e vejo fotos, montes de fotos. Rostos famosos olham para mim de cada moldura, como desafiando a recém-chegada a tomar seu lugar. Alcance-me se puder, Paulina Porizkova desafia, seu queixo ligeiramente virado, seus olhos azuis acentuados por um calmo e plano mar azul-cobalto atrás dela, como se, na tranqüilidade, ansiando pelo poder de sua presença. Ooolhaaa praa miiim, Stephanie Seymor ronrona, vestida num maiô inteiriço de leopardo e curvada num divã de peles, seu traseiro projetando-se na direção das lentes como se estivesse protegendo a presa de olhos bisbilhoteiros. Não! Eeeeu, Estelle Lefebure insiste enquanto arqueia as costas contra uma coluna, suas curvas recobertas de seda. Outras estão aqui, também: Joan Severance, Kim Alexis, Kelly Emberg, Lauren Hutton — rosto após rosto, após rosto – todas famosas, todas perfeitas. É o corredor da fama das supermodelos.

Ugh. A cada passo, o vazio no meu estômago fica maior. Dobro o corredor, grata pela relativa segurança do vestiário, só para ser atingida por outro famoso par de olhos. Só que, desta vez, eles piscam.

Estou olhando para Ayana.

Meu cérebro demora uma eternidade para processar o real, inalando a imagem até que eu tenha sido examinada e sumariamente esquecida.

– O-oiii – gaguejei afinal.

Ayana simplesmente se estuda no espelho. Eu o faço também. Como não poderia? Ela é minha primeira supermodelo, e elas parecem estar se tornando espécies ameaçadas! Especialmente Ayana. Todo mundo conhece sua história: uma princesa guerreira masai descoberta pastoreando cabras numa parte remota da Tanzânia. Ayana – seu nome significa bela flor – ficou nervosa quando foi fotografada pelo fotógrafo da National Geographic porque nunca tinha visto uma câmera antes. Isso mudou. Da Tanzânia, foi direto para o Studio 54, campanhas, capas de revista, estrelato... e, anos depois, Conrad. Pessoalmente ela parece mais frágil e delicada – por causa de sua pele, imagino, que é mosqueada, os dois tons belos, mas distintamente diferentes, como uma folha no início do outono.

Ayana retira um pesado isqueiro dourado e uma carteira de cigarros de sua bolsa Louis Vuitton. Torturo meu cérebro com um quebra-gelo:

Como foi o seu vôo?

Vai freqüentemente a Windy City?

Então... você fuma?

– Jesus Cristo! Droga!

Um homem irrompe vestiário adentro, respiração ofegante, meio gordo e carregando um número inacreditável de bolsas e valises. Ele se retrai, depõe sua carga, estuda seu polegar. E então vê Ayana.

– Alô, bela! – ele guincha.

– Vincent, querido! – ela dá um gritinho.

Eles se beijam várias vezes em cada face e começam a tagarelar em italiano.

Alô e... ciao. Decido ficar ignorada noutra parte, especificamente o canto da sala. É uma boa coisa que eu fique fora do caminho. No decorrer dos três minutos seguintes, três outras pessoas entram na sala: Maurice, o estilista da casa Conrad; Theresa, uma loura delgada e chique que também reconheço das paredes do meu quarto (embora seu sotaque texano arrastado me cause um pequeno choque); e Laura, a cabeleireira, do tamanho de um alfinete, mas sobraçando uma escova enorme e uma grande personalidade, evidente no momento em que voa porta adentro com fones de ouvido gigantes e a declaração "Estou caminhando à luz do sol – uuah!".

Acontece que Vincent é o artista da maquiagem que voou de Nova York. Por minha causa. Estou aqui para tutelar você, criança, e acredite-me, não será fácil, ele diz enquanto desempacota uma interminável coleção de bisnagas e frascos. Eles aaamam maquiagem aqui.

– Espera aí... me tutelar? Você quer dizer que devo fazer minha própria maquiagem? – eu disse. Estou chocada. Tinha escutado que isso costumava acontecer, mas, quero dizer, realmente, estamos nos anos 80 agora, e existe um artista da maquiagem por trás de toda foto, mesmo em Milwaukee.

Vincent concorda.

– Este lugar é da velha escola.

O comentário de Vincent imediatamente levanta um clamor de afirmações. Quero saber mais, mas antes que possa perguntar qualquer coisa, Ayana agarra o spot de luz.

– Conrad, então, me lembra aquele fotógrafo com quem trabalhei em Milão...

E eles vão embora conversando. Não somente são todos veteranos do planeta Conrad, parece, mas também trabalharam um com o outro em estúdios e casas de moda em todos os continentes, o que lhes dá muito o que discutir. Enquanto a conversa roda velozmente pelo mundo, fragmentos de fatos me chegam aos ouvidos:

– Realmente. Recuso-me a voar com eles outra vez. Sinto muito, esta não é a primeira.

– Não foi um dos seus melhores; olhei para baixo e achei que Anna ia vomitar.

– Molho tártaro, lá, é como manteiga.

– Pedi água ao sujeito e ele, e estou falando muito sério, apontou a torneira.

— Eu disse a ele nenhum penny abaixo de 20. Quero dizer, Polônia? Ora vamos.

Uau. Vômito... manteiga... Polônia. É tudo tão... glamoroso. Sento-me na cadeira de maquiagem embebendo-me da cena: Ayana transformando-se de esplêndida em extra-esplêndida com a ajuda de uma base pesada, e Laura cantando Father Figure enquanto enrola os caracóis de Theresa à volta de uma sucessão de rolos largos de Velcro; Vincent agarra um par de pinças e as levanta na direção do meu rosto.

Oh, não. De jeito nenhum. Eu me retraio e abraço minhas pernas, apertando minha cabeça contra os joelhos. Louis está sempre me empurrando e cutucando, mas nunca toca nas minhas sobrancelhas. Nunca. Esta é a única parte sua que já veio perfeita, ele disse uma vez. Por que estragar o bom? Além disso, e isto é o mais importante, dói muito.

— ... tentei dizer a Paulina que músicos são para trepar, não namorar; mas obviamente ela não escutou...

Escuto Vincent suspirar. A ponta sem corte das pinças cutuca meu ombro como um pequeno macaco de trocar pneu.

— Olha, menina, só estou querendo dar uma limpada nessa sobrancelha — ele diz. — Você está parecendo muito selvagem — um empurrão. — Muito início dos anos 80.

Muito início dos anos 80? Não acho. Então, outra vez, no início dos anos 80 eu curtia coisas como E.T. e Ms. Pac-man, e se tinha uma sobrancelha única contínua o assunto nunca veio à baila. Fico em guarda, tensa.

Outro suspiro.

— Ayana!

— ... então, eu disse ao homem da Hermès, esqueça a Birkin, quem é ela afinal? Faça a Ayana!

— Exatamente! E a Kelly... o que ela sempre faz?

— Ayana!

— Bem, ela era princesa.

— Como era duro!

— Ayana!

— O quê? — Ayana diz molemente.

— Diga... Vincent aperfeiçoa o ataque. Diga... Desculpe, qual é o seu nome outra vez?

Jesus. Se ele vai lhe causar dor... Viro meu rosto para que ele descanse sobre a minha coxa.

— Emily. Emily Woo...

— Diga a Emily como faço sobrancelhas. — Porque, olhe para ela! Está apavorada!

Ok, agora me sinto estúpida. Ergo-me um pouco e olho para a supermodelo, fitando meu corpo contorcido, suas próprias sobrancelhas enrugadas de perfeita perplexidade.

— Ele é bom — Ayana diz antes de voltar ao espelho, Theresa e Hermès.

Que bom. Eu me sento e estudo minhas sobrancelhas no espelho. Obviamente, Vincent sabe muito mais do que eu sobre moda, sobre como eu deveria parecer, ou mesmo Louis, quero dizer, ele é de Nova York.

— Vá em frente — eu digo.

Meus olhos estão bem fechados, meus dedos contraídos sobre os joelhos. E justo quando sinto o primeiro puxão, Ayana diz:

— É claro, nunca o deixo fazer as minhas, querida; só Raphael toca nas minhas.

Arremesso minha cabeça para trás. Theresa ri histericamente.

— Sua puta! — ela grita, embora não com raiva.

— O quê? — os olhos de Ayana se abrem. A mão dela sobe para seu peito, que ela toca ligeiramente, como se testemunhando na corte da moda.

— É verdade! Não que ele não faça um trabalho adequado — ela acrescenta.

Ela olha para o espelho. Nossos olhos se encontram, reflexo com reflexo.

— A melhoria será ainda... Como eu diria? Significativa.

Oh.

Vincent dá uma pancadinha no meu ombro.

— Ignore-a. Ela é só uma velha bruxa hostil — ele diz, espichando a língua para enfatizar.

— Vaca! — Tereza grita.

— Bruxa! — Vincent guincha.

— Fodam-se todos! São uns invejosos, uns fracassados! — Ayana retruca.

— Parece-me que você vive sua vida como uma vela ao vento... — Laura cantarola.

Subitamente, desejo estar em outro lugar, qualquer lugar onde conheça as regras. Como uma aula de cálculo.

— Gosta, Em? — Vincent pergunta, vários minutos de dor penetrante mais tarde. — Parece muito mais crescida. Não mais uma Pretty Baby.

Abro meus olhos. Não mais Brooke. Minhas sobrancelhas estão com a metade da largura anterior, rodeadas de manchas vermelhas. Se gosto delas? Quem pode dizer? É como se eu tivesse enfiado minha cabeça numa colméia.

Ainda as estou estudando quando Theresa cambaleia para fora do banheiro, uma carteirinha de zíper na mão, que joga dentro da bolsa.

Sorrio com simpatia. Ela está menstruada. Isso faz duas de nós. Ayana, contudo, reclama.

— Você está brincando... Agora?

— Não existe um tempo como o agora!

Theresa gira várias vezes, parando e apontando a minha sobrancelha, estilo Bond Girl.

— Ooh, muito melhor!

Embora confusa, sorrio outra vez, grata pelo voto de confiança. Theresa está vestida para a primeira foto do dia: uma jaqueta de couro creme, mangas bufantes enfeitadas com detalhes dourados e minissaia combinando, creme e dourada. Seu cabelo curto platinado está tosado o suficiente para aparecer várias polegadas além do seu escalpo, emoldurando seu rosto em forma de coração como um halo dourado. Mas são os olhos dela que realmente contam — duas águas-marinhas, um traço de creme de chantilly erguendo-se brilhantemente acima deles como glacê de açúcar num bolo de camadas.

Theresa não está pronta para a câmera: seus lábios não estão feitos ainda, seu nariz está um pouco vermelho, especialmente em volta das narinas, mas, mesmo assim, eu nunca vira ninguém tão bela. Realmente.

— Você parece tão bonita — elogio.

— Bonita? — Theresa bufa. — Está brincando, certo? Esta coisa é horrível, horrível!

Ayana ri alto. Sinto meu rosto ficar quente. Theresa me olha curiosamente.

— De onde você é, afinal?
— Milwaukee.
— Oh, Minnesota. Imaginei.

✽ ✽ ✽

Hora da maquiagem. Chego ao estúdio conforme as instruções recebidas, "limpo/limpo", significando nenhuma maquiagem, nada nos cabelos. Vincent faz no meu cabelo um rápido rabo-de-cavalo, então limpa meu rosto com um tônico e passa um hidratante. Só depois que sente a pele uniformemente preparada, ele começa... nos meus olhos.

—Aha, sua primeira lição, criança – Vincent diz, percebendo minha surpresa. – Olhos antes da base. Você verá por que num segundo.

Leva 20 minutos. Assisto, primeiro fascinada, então crescentemente horrorizada, enquanto o pincel de Vincent mergulha mais e mais dentro de um pote de sombra cinza-metálico, minhas pálpebras escurecendo a tal ponto que pareço a perdedora no final de uma briga de gatos, uma aparência que só se acentua com a sombra preta que ele espalha ao longo da linha dos cílios estendendo-a desde o canto. Isso feito, ele passa um cotonete embebido em loção líquida debaixo do meu olho e acerta o traço.

— Olhe.
— Está escuro – eu digo.
— Escuro? Sujo! Só imagine misturado ao seu corretivo de olhos! – Vincent grita, estremecendo ligeiramente, presumivelmente ao pensamento de milhões de mulheres andando em volta com excesso de bagagem.

Acho um pedaço de papel e agarro uma caneta na mochila. Nunca serei capaz de refazer este look se não puder me lembrar dele. E começo a escrever: Passo 1: olhos (20 minutos). Começar com cinza-metálico na dobra do olho.

Ayana, maquiada e esperando sua primeira foto, folheia rapidamente uma revista.

— Não posso acreditar que ela tenha conseguido essa campanha – murmura.

— ... De jeito nenhum, merda! – Theresa avança, um movimento desajeitado, porque ela está se despindo e seus braços estão avançando para fora do traje anterior.

— Wayne a contratou? Por cima de mim? Por quêêêê?

Aplicar com uma escova redonda grossa. Aplicar sombra mais escura sobre a linha dos cílios com uma escova dura mais curta.

— Quem, Rachel? Ah, vamos, ela é o sabor do mês — a supermodelo funga, a ponta de seus dedos chicoteando o rosto da loura amazônica que eu tinha colado por toda parte no meu quarto.

— Além disso... — os lábios de Ayana se retorcem. — Ouvi dizer que ela joga noutro time.

Comprar pincéis e porta-pincel em loja de suprimentos de arte — mais barato!

Theresa se engasga.

— Não!!!!

— Inclusive com alguém que conhecemos!

Use sombra preta ao longo da linha dos cílios, mas só uma <u>pequena</u> quantidade debaixo dos olhos — um pouco mais e parecerão muito pequenos nas fotos.

— Quem?

E sombra creme para iluminar o osso da sobrancelha.

— Cleo.

— CLEO É GAY?

— Não! Foi com o marido dela também. Carlo. Um ménage.

— Nããão!

— Então, Carlo e Rachel têm um ménage com alguém que não era Cleo.

— Então é por isso que estão se divorciando!

Passo 2: base. 30-40 minutos. <u>Pelo menos</u>. (Vincent: metade do tempo em seu rosto deve ser gasto com a base.)

— Steph está fazendo bem — Ayana diz enquanto se ergue para se trocar para sua primeira foto: uma jaqueta de couro de leopardo falso com franjas e calças combinando.

Comece com um corretivo pesado — não muito pálido! Espalhe pontinhos dele nas áreas vermelhas e debaixo dos olhos.

Theresa bufa.

— Ah, por favor. Durma com o cabeça da Elite e é isso que acontece.

Aplique base líquida – Shu, Uemura, Shiseido, Dior bom para fotos. Use uma esponja úmida. Espalhe bem. Importante: fixe com pó <u>solto</u>.

– Oh, Deus, Casablancas? Não! Isso acabou quando ela tinha 16 anos no máximo!

Para retoques, experimente secar o hidratante com tecido em vez de adicionar mais pó. Pó demais = meleca.

– John é um grudento. Se eu não estivesse indo tão bem lá, juro que me retiraria em protesto.

Passo 3: lábios.

– Ayana? – a cabeça de Maurice aparece dentro do vestiário, a mão acenando com uma escova cilíndrica.

– Bom Deus, consiga aquelas calças de cowboy! Precisamos fotografar este o mais depressa possível, então duas duplas e então...

Ele me olha cheio de dúvidas, então Vincent diz:

– Emily estará pronta para uma foto sozinha quando for a hora, não é?

– Sim, sim, é claro

Quando Maurice saiu, Vincent estalou as palmas das mãos:

– Certo, criança, o resto da sua aula terá que acontecer depois do almoço, porque somos todos negócios agora! – e, arrancando os fones de Laura dos ouvidos dela – Rápido!

Todo mundo começa a correr. Tomo notas quando posso. Laura umedece meu cabelo com um borrifador cheio de água e então penteia com um pouco de gel. Depois, parcialmente secando meu cabelo com uma escova em formato de pá, ela o reparte em rolos de velcro, então termina o processo de secagem colocando-me debaixo de uma touca dourada ligada ao bico do secador. Depois disso (não durante – meu rosto tem a temperatura de uma caçarola de aço numa chama aberta), meus cílios são curvados (comprar um curvex), recobertos com duas camadas de máscara preta pesada (Maybelline Great Lash é <u>boa</u> e <u>barata</u>) e penteados (comprar escovinha de <u>metal</u>). Minhas maçãs do rosto são definidas (blush nas têmporas e maçãs do rosto – a parte saliente. Contorne debaixo em marrom). Laura retira os rolos, parcialmente afasta os cabelos do meu rosto e os escova. Maurice me dá meias branco-acinzentadas, um sutiã com enchimento (achei que poderia usar alguma ajuda), uma carteira camurça rosa-pálido e sapatos de salto de camurça combinando (então, bem você!). Vincent delineia meus lábios, a mistura de costume de lipstick, e...

– Oh, espere! Maurice puxa meu zíper. – Precisamos... – abre uma gaveta, escolhe um de pelo menos uma dúzia de pares de enchimentos de busto. – Precisamos... – enfia a mão dentro do meu sutiã, coloca o enchimento e arruma meu seio. – Precisamos... – e repete do outro lado. – Erga o busto! Aí! – ele puxa meu zíper para cima. – Olhe pra você! Tão sexy!

Estou me recuperando da mão gelada dentro do meu sutiã e então gasto um minuto para absorver o comentário. Sexy?

– Volto num segundo – ele trota porta afora para cuidar do chapéu de beisebol de camurça duplo agora fotografando no set.

Sexy? Estou sozinha. Volto-me na direção da parede de espelhos para me ver. Sinto-me bonita freqüentemente, bela algumas vezes, mas sexy? Nunca. Você pode, se nunca fez isso? Correção: você pode, se fez isso duas vezes: uma na traseira da perua Villager de Kevin Vituvio estacionada, por razões que não são mais claras, no estacionamento do Zoológico do Condado de Milwaukee, e uma vez num cenário totalmente diferente (Matt, não Kevin, sofá, não carro) igualmente esquecido, esquecido porque nunca chegou, nunca, nem mesmo remotamente perto de acontecer, e não acontecer é o que faz o sexo sexy.

E mesmo assim... A garota olhando para mim de volta não era a que eu conhecia, não era eu, era alguém mais: a não-Emily. Dou uma volta. Não-Emily é mais velha. Outra volta. Não-Emily é bonita. Outra volta. Não-Emily é... Balanço meus cabelos. Noventa minutos de estilização e ainda estão lisos, só que agora têm volume e brilho. Dou outra volta. Jogo um beijo dos meus lábios profundamente brilhantes. Outra volta. Pisco. Dou um sorriso. Outra volta. Não-Emily é sexy. Definitivamente.

Estou quase para dar outra volta quando alguma coisa me paralisa em meus sapatos de camurça. Algo diferente.

Está silencioso.

Oh, Deus. Até esse momento eu não tinha percebido como eram tranqüilizadores o distante disparo do flash, o clic de cada foto e os murmúrios de encorajamento de Conrad. Significavam que as coisas estavam acontecendo em outro lugar, coisas que não se esperava que eu fizesse. Mas agora está silencioso, significa que é minha vez.

Logo Maurice aparece na porta.
– É você.
Engulo seco.
Theresa aparece debaixo do braço dele:
– Vai lá, Em!Vai lá, Em! VAI LÁ, EM! – seguida de Ayana.
– Não quebre uma perna naqueles saltos estratosféricos.

Maurice me guia para fora do vestiário, pelo corredor e para dentro do estúdio. Oh, Deus. Meu coração está acelerado. Não estou pronta. Bem na minha frente está o set, uma clara plataforma de acrílico flutuando num mar de papel branco, num espaço muito mais largo e branco do que me lembrava. Tenho um momento de Alice no País das Maravilhas, acompanhado de uma onda de náusea.

– A-ha! Aqui está nossa nova e adorável senhorita – Conrad diz. – Pessoal, esta é Emily.

As luzes brilhantes do set tornam difícil enxergar. Percebo alguns braços se erguerem em saudação. Eu aceno.

– Ok, vamos fazê-la subir!

Uma figura irrompe do bando enevoado.

– Olha o papel! – Conrad censura, inclinando-se sobre uma das pernas da trípode e vigiando para evitar, com olhos de águia, alguns rasgões em seu primitivo pano de fundo.

– Os papéis estão bem – a figura diz. Realmente um garoto, um garoto muito esperto, agora alguns centímetros adiante e olhando para mim.

– É a Emily, certo?

– Certo – faço que sim com a cabeça, observando-o. Seus olhos são de um verde suave e gasto, quase cinzentos, a cor do meu suéter favorito. Perfeito. Tudo que preciso é de outra razão para ficar nervosa agora.

Quando o garoto desce da plataforma, dispara um sorriso caloroso.

– Sou Mike. Vou levar você para o set.

Mike. Ele é mais velho, uns 20 anos, imagino. Um homem. Ele estende a mão. Estou para colocar a minha na dele quando percebo que ela está molhada. Eu a enxugo no vestido.

– E-mi-ly! – Maurice guincha.

Olho para baixo, para a marca úmida que minha palma deixou na roupa. Oops.

Maurice corre para fora do set, reclamando.

— Bom trabalho, Mike — sorri afetada, a mão ainda estendida.
— Qualquer dia agora! — Conrad dá a deixa.
Agarro a mão de Mike. Um bom puxão e estou na plataforma.
— Encontre sua marcação — Conrad me instrui.
No meio do acrílico está uma cruz de fita adesiva. Dou um passo sobre ela e olho para a frente.
Aí está ela, alta, preta, quase cinco metros na minha frente: a câmera. Geralmente, ela parece inofensiva, quase benigna. Não hoje. Hoje ela parece negra e ameaçadora. Como um inseto gigante esperando pela presa. Esperando por mim. Atiro minha cabeça para trás e inalo, minhas mãos sobre os quadris, da maneira que vi meu irmão, Tommy, fazer antes de um jogo de futebol, acalmando os nervos para que pudesse ignorar os fãs, os oponentes, e simplesmente se concentrar numa coisa: marcar pontos. Mas qual é o meu objetivo aqui? Posar bem? Parecer bela? A verdade é: chegar aqui tinha sido meu objetivo. E agora? Bem, agora eu simplesmente não quero cometer um erro. Não erre, uma voz ecoa. Não erre. Tomo outra inspiração, derrubo o queixo e olho para a frente, uma vez mais, para a câmera. Ela está posicionada, esperando, como eles todos estão, que eu faça alguma coisa acontecer.
Não erre.
— Lendo! — Conrad grita.
— 120/60! — Mike grita.
Conrad ajusta as lentes. Sua cabeça paira sobre a câmera.
— Ok — ele diz suavemente como que encurralando alguma coisa macia e amedrontada — Vou tirar duas de Polaroid agora como checagem do status final, Emily, tudo bem?
Faço que sim com a cabeça.
— Ok, aqui vai uma...
Estava tão aliviada por ser tratada como uma menina de oito anos posando para seu retrato na escola, que tinha de algum modo atirado meus meses de experiência como modelo direto pela janela.
A câmera clica duas vezes.
— Ok, relaxe um segundo.
Destranco a mandíbula e olho para as pontas dos dedos, o que é mais fácil que olhar para a câmera, ou por esse motivo, para Mike, que, uma vez mais, está se aproximando.
— Nervosa?

Forço ar para dentro dos pulmões.
– É.
– Bem, não fique.
Mike se inclina sobre mim. Sinto um ligeiro odor amadeirado.
– Primeiro, você parece realmente inteligente – ele sussurra.
Inteligente? Estou derretendo por dentro.
– ... E, segundo, não se preocupe, o cara é um controlador. Ele lhe dirá exatamente, e quero dizer exatamente, o que fazer.
– Dirá?
Mike faz que sim com a cabeça.
– Olhe para as pontas dos dedos. É verdadeiramente muito louco.
Não soa louco, soa perfeito. Sinto meu interior desatando-se e, pela primeira vez desde que estou no set, posso respirar de algum modo normalmente outra vez. Vou me sair bem. Um sorriso se espalha lentamente pelo meu rosto; este, um sorriso real.
Ele não dura.
Conrad está se apressando na direção do set, seus dedos segurando a beira da Polaroid tirada de fresco.
– O que aconteceu aqui? – ele late, um dedo acusador me apontando.
– Eu vi! Vou secá-la depois dos acessórios colocados! – Maurice diz, gesticulando com uma carteira de lézard.
– Não, isto não! Preciso de uma escada!
Um minuto depois o fotógrafo está no meu nível, olhando para o meu rosto, seus olhos azuis frios e críticos ao invés de calorosos e cheios de boas-vindas. Ele toca minha sobrancelha.
– O que aconteceu aqui?
Oh, oh. Mudo de um salto para outro.
– Vincent apenas limpou um pouco.
– Um pouco? – a cabeça de Conrad dá uma sacudidela como que atirando de lado meu comentário inútil.
– Maurice, chame Vincent agora!
O estilista abre a boca, fecha, e então corre na direção do vestiário, seus braços ainda carregados com bolsas em tons pastel de todos os formatos, tamanhos e peles.
– Vin-cen-ttt – ele grita, as correias douradas chacoalhando em seu rastro.

Não posso acreditar. Conrad está furioso assim? Por causa das sobrancelhas? Olho para o fotógrafo, buscando por um sinal, qualquer sinal, de que tudo seja brincadeira, um melodrama maluco para manter o artista da maquiagem trabalhando duro. Mas se este é o caso, não posso vê-lo, só seus olhos saltando continuamente da fotografia para a vida real.

– Estou aqui – Vincent diz, sua expressão dizendo em qualquer lugar menos aqui. – Qual é o problema?

– É o que quero saber – o dedo indicador de Conrad dá pancadinhas na minha sobrancelha outra vez. – O que é isto?

As bochechas de Vincent ficam rubras.

– Elas estavam parecendo realmente obsoletas, então eu apenas...

– Você apenas o quê?

– Eu apenas as consertei, é isso.

A voz do artista da maquiagem se ergue também, embora soe mais apavorada que zangada.

– Elas não tinham formato.

Maurice pluga uma extensão.

– Emily! Olhe para a frente! – Conrad grunhe.

Fico imediatamente atenta.

– Sei que elas não tinham forma aqui – ele continua. – Mas gostava delas aqui e aqui.

Vincent sobe dois degraus da escada, rodeando com seu braço direito a volta das pernas do fotógrafo para agarrar os degraus.

– Mas você não acha que parecem melhor aqui em cima? – ele diz, contra-atacando com seu instrumento favorito, a ponta cega de um pincel labial.

As sobrancelhas de Conrad enrugam na concentração.

Maurice sobe o primeiro degrau e liga o secador de cabelos. Uma rajada morna atinge minha barriga.

– Quero dizer, era como o oeste selvagem aqui em cima – Vincent insiste.

O oeste selvagem? Esfrego meus olhos. Estou olhando para três homens, um grande e desgrenhado, dois pequenos e elegantes, todos empoleirados numa escada num tipo de pose olhos esbugalhados normalmente reservada aos maus cartões de Natal ou calendários Purina

Cat Chow. E eu sou o passarinho! Uma atenção que seria excitante, suponho, se não estivesse concentrada em pêlos faciais e manchas.

O dedo indicador está de volta.

— Mas está muito fina aqui.

— Lá? — o lápis mede. — Mas equilibra aqui fora, não acha? Aqui também? E aqui?

— VÁ PEGAR O SEU KIT!

O kit é procurado. Sob estrita vigilância, Vincent retira mais dois pêlos, então ligeiramente traça com o lápis na metade da minha sobrancelha esquerda.

— Muito melhor! — Conrad declara antes de descer. — Ok, Vincent, um pouco de pó, por favor. Maurice, arrume um pouco a linha da cintura. Vamos filmar em seguida.

Não posso ver como dois pêlos e um risco de lápis possam adicionar tanto a alguma coisa. Mesmo assim, estou aliviada em saber que a crise cubana das sobrancelhas tenha sido superada. Além disso, existe uma vantagem. Agora me sinto mais cansada que nervosa, ansiosa para terminar as fotos, tirar estes malditos saltos e fazer xixi.

De volta às suas lentes, Conrad mais uma vez concede seu agradável e gentil sorriso.

— Agora vamos tocar Simon Says — ele me informa. Ele coloca seu calcanhar direito perto do dedo do pé esquerdo e inclina os quadris.

Eu o imito.

— Projete mais.

Giro minha pélvis e projeto meu quadril direito para a frente.

— Bom. Agora, a mão sobre o quadril.

Coloco minha mão esquerda no quadril. Parece divertido.

— Não, a outra.

Ainda parece divertido.

— Incline-se para trás.

— Mais.

— Menos.

— Queixo para baixo.

— Perfeito. Exatamente assim para as primeiras.

E então começa. Mike estava certo. Para o resto das fotos, não, para o resto do dia, Conrad me diz exatamente o que fazer. Nenhum detalhe é pequeno demais, do arco dos dedos à posição dos calcanhares, e a postura mais desconfortável e antinatural é a que ele mais gosta.

Que é exatamente como me sinto: desconfortável e artificial.

No almoço, Ayana distrai a mesa com histórias, tais como a vez em que aterrissou em Paris e suas treze malas Louis Vuitton não. Ela dá o remate engraçado da história:

— Mas na hora em que parti, acreditem, não existia uma simples sacola de compras deixada em nenhum arrondissement![4] — Todo mundo riu. Ruidosamente, derramo molho de endro em volta do salmão cozido, tentando calcular em quantas malas caberia o conteúdo de todo meu closet, inclusive uma coleção de camisetas preferidas.

Quando peço outra porção de vagem, Maurice diz:

— Ai, ai, não estamos com fome hoje — e todo mundo olha para o meu prato, incluindo Ayana, que sorri afetadamente. Percebo então que o prato dela, embora cheio, continua virtualmente intocado, enquanto Theresa nem mesmo está à mesa.

Depois da refeição, temos que retocar a maquiagem antes de retomar as fotos, o que significa uma continuação do tutorial. Sento-me na cadeira de maquiagem. Exatamente quando uma Theresa risonha volta do banheiro com sua carteirinha, Vincent começa remexer na dele.

— Merda!

— O quê?

— Meu lápis de lábios com sabor!

Fico olhando para a mão cheia de lápis, onde tudo parece aromático. Mas, numa inspeção mais próxima são Nua, Desnuda, Lápis para Lábios nº 1, e incontáveis outros, todos com nomes que implicam que você não esteja vestindo nada.

— De qualquer maneira — ele diz, ainda remexendo na bolsa —, anote aí "Spice da MAC". É a cor exata dos seus lábios, o único lápis de que precisará.

Lápis para lábios Spice — Mack (só preciso deste)

— MAC só é vendido em Londres — Ayana diz.

— Oh, está certo — Vincent diz. — Não importa.

---

[4] *Arrondissement* — divisão administrativa usada em alguns países francófonos e também nos Países Baixos. (N.R.)

Subitamente, quero esse lápis.
— Ela não precisaria do burgundy também? — Theresa grita.
— Sim, sim, você precisará de um bom burgundy, também. Oh, meu Deus, o que está fazendo?

Theresa está literalmente pulando como uma macaquinha. Com todos os espelhos a nossa volta, é como se estivesse se aproximando de todos os ângulos.

— Aqui tem um pouco... deste... e este! — ela começa a gritar, sua mão afundando nos bolsos do robe para tirar jujubas, ursinhos de goma e balinhas, logo derrarando tudo pela sala como se tivesse estourado uma pinhata. Num movimento rápido particularmente deleitoso, ela esfrega o braço nos lábios, espalhando o batom pelo queixo. Depois que uma jujuba verde salta no ar para a cabeça de Vincent e dentro do seu copo de Perrier, ele agarra seu tônico, umas bolas de algodão e encurrala a modelo para uma maquiagem de emergência.

Laura me encurrala por sua vez.
— Aqui, boneca, deixe-me arrumar seu cabelo.

Deslizo para a cadeira dela. Ela cantarola Stevie Winwood, eu volto para o que estava fazendo.

Lápis para lábios Burgundy.
— Vincent, que marca de burgundy?
— Espera um pouco! — Vincent troveja para Theresa. — Deixe-me pensar — ele me diz.

Na minha frente está uma pilha de revistas, detritos da seção de fofocas anterior de Theresa e Ayana. Numa capa da Vogue, Cindy Crawford de brincos esportivos brilhantes e lábios vermelho-escuros.

— Esta cor? — viro as páginas para encontrar o crédito. Nenhum lápis está listado, só o lipstick: Rosas de Gelo.

Mesmo assim, aproximo a revista para examinar a cor.
— Talvez um tubo deste seja útil, não acha?

Theresa abafa uma risada.
— Não acho, criança — Vincent diz. — Theresa, eu disse espere um pouco.
— Por que não?

Ayana sacode a cabeça, o que, dado o comprimento do pescoço envolvido, faz tudo mais insultante.

— Estes créditos são falsos, querida — ela diz finalmente. — Um brinde aos anunciantes.

Olho para ela duvidosamente.

— Ela está certa — o vermelho agora removido, Vincent agarra a base de Theresa do balcão e começa a espalhar sobre a pele nua. — É tudo por dinheiro, criança, e doze capas equivalem a doze companhias de cosméticos felizes.

— Além disso — Ayana arranca a Vogue da minha mão e verifica os créditos —, conheço Kevyn Aucoin e, acredite em mim, Kevyn preferiria usar Crayolas ao invés de cosméticos Clarion.

Oh. Agora que olho, vejo que os lábios de Cindy realmente não parecem nada como Rosas de Gelo. Então, novamente, rosas estão envolvidas em cada sombra. Como diabos eu podia saber?

— É muito errado — eu digo, pensando em todas aquelas excursões ao shopping para replicar os sorrisos da menina da capa. Não admira fossem infrutíferas. Atiro a revista de volta ao balcão. — É propaganda enganosa.

As sobrancelhas de Ayana se erguem.

— Sim, é surpreendente o que algumas fingem ser.

Suspendo a respiração. Meus olhos se enchem de lágrimas, ameaçando arruinar a maquiagem. Sei que deveria dizer uma palavra sobre a ironia de escutar isso de uma ex-guardadora de cabras, mas estou chocada demais, assustada e fora do meu elemento para abrir a boca.

Ao invés disso, o que faço é observar Vincent trabalhar nos lábios de Theresa. Primeiro ele aponta um lápis vermelho claro. Então, depois, cuidadosamente alargando o lábio superior, começando no meio da curva, ele seleciona entre uma série de estojos de vitamina dias-da-semana agora cheios até a borda, com aquele outro nutriente essencial, lipstick. Quando ele encontra a série de vermelhos, mistura terça, sexta e um pingo de sábado no topo da mão.

— Ei — grito sobre o secador ligado de Laura, apontando para a carteira plástica. — Como você coloca o lipstick aí dentro?

— Microondas! — Vincent grita de volta. — Simplesmente corte os lipstick fora do tubo e derreta-os, mas só por uns segundos.

— De outro modo vão explodir! — Theresa grita, vendo nisso uma oportunidade para atirar mais doces. Ayana apanha um ursinho de goma do balcão e o atira na boca. Vincent, contudo, é menos sangüíneo.

— OK, olhe. Estou fazendo seus lábios agora, Theresa. SEUS LÁBIOS. Então, preciso mesmo que FIQUE QUIETA!

Theresa murcha como uma bola de praia estourada.

— Aiiii, Vince...

— PSIU!

Esta obviamente não é uma boa ocasião para fazer perguntas, então continuo a observar. Observo Vincent pegar o lipstick e pintar direto no canto da linha para que a marca do lápis desapareça. Observo-o preencher o centro da prega do lábio de Theresa com um vermelho ligeiramente mais claro, fazendo os lábios parecerem muito maiores e carnudos. Observo-o examinar e ajustar, examinar e ajustar e, finalmente, secar com um tecido e espalhar levemente o pó-de-arroz através deles.

— Voilà! Perfeição! — ele diz, finalizando.

Theresa sorri para seu reflexo.

— Beleza! Obrigada, boneca!

... Então, assisto aos estalos. Primeiro, os lábios de Theresa deixam uma exuberante marca impressa na bochecha de Vincent, aí a mão de Vincent esbofeteia o rosto dela.

Laura derruba o secador. Eu derrubo a Vogue. Ayana ofega.

— Você acaba de arruinar vinte minutos de trabalho! — Vincent grita.

Theresa parece um bebê caído que não sabe se ri ou chora.

— Cristo, sem lágrimas! SEM LÁGRIMAS! — ele continua. — Vai arruinar seus olhos!

— Aqui.

Ayana se adianta com um lenço.

— Seque outra vez e eles ficarão bem.

Os olhos da modelo brilham.

Maurice aparece.

— Gente! O que está acontecendo aqui? Como ninguém está pronto?

Ayana ergue-se em toda sua altura e se adianta.

— Eu estou — ela diz. — O que quer que eu vista?

❋ ❋ ❋

Parte das instruções de Conrad foram que eu observasse as outras, então, entre as minhas fotos, deslizo num robe, afundo numa das poltronas brancas, e observo uma performance. Cada modelo tem seu próprio estilo. Ayana chega ao set esgotada, como se ainda não pudesse acreditar que está mesmo no Meio-Oeste, sozinha, fazendo catálogo. Mas quando se vira e olha para as lentes, transforma-se completamente, parecendo verdadeiramente se alongar até se tornar uma linha elegante contra a parede branca, movendo-se e agitando-se com graça e precisão – um junquilho balouçando na brisa.

Theresa tem um abordagem diferente. Literalmente. Firmemente apertada num bustiê de couro preto, combinando saia justa e sandálias de salto altíssimo (aparentemente os pequenos ajudantes do Papai Noel estão numa fase de couro), de jeito algum consegue saltar sobre a plataforma facilmente, então nunca pára de se mover, ou de fazer barulho. Todos os sorrisos acompanhados por um grunhido, guincho ou gargalhada.

— Excelente, Theresa, excelente! — Conrad grita quando Theresa se retorce em outra pose perfeita e sorri. Ele dirige essas garotas, também, percebo, embora seja diferente:

— Levante um pouco! Abaixe-se. Você está se arrastando! — ele grita. Existe um atalho que elas conhecem, e eu não. Um atalho que está incorporado ao repertório de movimentos delas.

Estou observando Theresa quando me esgueiro para perto de Laura, ela mesma ligeiramente ofegante das freqüentes intervenções no interesse dos cachos desmanchados das modelos.

— Deus, ela realmente parece cheia de energia de novo — murmuro.

Laura encolhe os ombros.

— Cocaína tem uma maneira de erguer seus espíritos.

Cinco para as cinco, afundo numa cadeira. Terminamos todas as fotos programadas: 15 (o que, aprendo mais tarde, é muito; Conrad é rápido). Estou em seis delas: três sozinha, duas em dupla, uma em trio, e estou acabada. Não é exaustão física, embora exista alguma, as poses são mais difíceis do que eu esperava, é mais mental. Passei o dia em alerta máximo, observando, escutando e me mantendo fora do caminho. E o dia não terminou.

— Vá ao Neiman e compre a lista de Vincent — Frauke me instrui. — Então vá para casa, limpe a metade do rosto e pratique até fazer tudo direito.

Assim que me troquei, pego meu livro de vouchers (recibos multicópia para marcar o número de horas trabalhadas) sobre a escrivaninha vazia de Frauke e começo a preencher um.

Uma mão fria bate de leve nas minhas costas.

— O que está fazendo?

Dou um salto.

— Só estou preenchendo meu voucher.

Frauke franze as sobrancelhas.

— Como?

Terei falado muito baixo? Clareio a garganta.

— Só estou preenchendo meu voucher... — pego o formulário e o seguro ligeiramente à frente... — por hoje?

Tudo no rosto da mulher fica agudo.

— Louis não lhe falou? O pagamento de hoje foi para Vincent, para que ele pudesse ensiná-la — o queixo dela se projeta ainda mais. — Afinal, o trouxemos de Nova York.

Fico olhando para o formulário, deixando as palavras afundarem nele. Sei que sou novata, mas mesmo em Milwaukee, uma cidade onde Laverne seria respeitado como um conhecedor de moda, faço 720 dólares por dia. Como podem não me pagar nada?

A mão fria está de volta, desta vez por baixo da barra da minha saia.

— E perca essa gordura de boneca.

❊ ❊ ❊

Houve de tudo naquele primeiro dia: drogas, dietas, tensão sexual, preocupação com o menor dos erros. E coisas ruins aconteceram, também: fui empurrada e pinicada; outra foi esbofeteada. Mas isso tudo foi enterrado. Completamente. Não, o que permanece comigo no longo caminho pela Interestadual 94 são duas imagens: Ayana e Theresa se movendo contra a parede branca, branca. Tão graciosas. Tão belas.

— Posso fazer isso — sussurro para a estrada a minha frente. — Posso e vou.

CAPÍTULO 3
REQUEIJÃO

—Shh! Shh!

Mamãe caminha pela doca em passos calculados, as velas tremeluzentes imbuindo a ocasião de certa solenidade, a despeito do bolo meio solado na mão. Quando ela alcança a beira da mesa de piquenique pára, lança os olhos sobre os colegas de coro, abre a boca e começa a cantar.

> Ela é uma Yankee Doodle Dandy
> Uma Yankee Doodle faz ou morre...
> Uma verdadeira sobrinha de seu tio Bob
> Nascida em 5 de julho...

Eu sorrio para o jogo americano sobre a mesa a minha frente antes de olhar de volta para mamãe, papai, Tommy e Christina. A gangue está toda aqui, celebrando esse dia da maneira como temos feito nos últimos dez anos, desde que meus pais se cansaram da vida na cidade e se mudaram conosco de Milwaukee para Balsam Lake, Wisconsin, adicionando, portanto, quatro pessoas à população de 8.307 almas a 10 minutos de Oconomowoc, trinta e cinco de Milwaukee e a duas horas de Chicago.

Yankee Doodle veio para o lago
Para celebrar o aniversário de Em
Ela é a nossa garota Yankee Doodle!

— Faça um pedido, Em! — Papai grita, da maneira que sempre faz, como se eu ainda não conhecesse esse aspecto da rotina. Tomo uma profunda inspiração e assopro. As velas tremeluzem e se apagam. Um borrifo de cera de abelha se espalha gentilmente pelo creme de chantilly como frutinhas na neve.
— À nossa menina modelo!
Papai toma um gole de sua garrafa de cerveja antes de romper com:
Ela tinha só 17 anos, você sabe o que quero dizer...
Impossível.
E o modo como ela olhava era sem comparação...
Não acredito.
Papai está de pé no meio da doca, balançando para trás e para a frente como um marinheiro, a parte bêbada bem aflorada. A parte bizarra também. Seus longos cabelos grisalhos esvoaçam de uma coroa de calvície. Seus jeans estão desbotados e remendados com uma variedade de velhos retalhos de mamãe. Em seus pés um par de chinelos de borracha, suas solas tão lisas quanto dois pneus carecas. Como tudo indica, a aparência é algo entre Grizzly Adams e a segunda vinda de Cheech.
— Ei, pai? — digo tão logo sou capaz. — Tenho dezoito.
— Mesmo?
Os movimentos de vaivém ficam mais lentos.
— Já?
— Sim, mesmo — balanço a cabeça. — Mesmo. Você cantou isso no ano passado, lembra-se?
Papai abre um sorriso.
— Não admira que eu seja tão bom nisso — ele esfrega as mãos. — Tudo bem então, qual seria uma boa canção para os dezoito?
Ninguém consegue pensar em nenhuma.
— Eu sei — os olhos de Tommy cintilam. — Que tal O Diabo por Dentro?
— Ei! — interrompo. — Nada a ver com aniversário de menina!
Tommy começa a resmungar. Eu esmurro seu peito.

– Aqui, T... – mamãe rapidamente coloca uma grande fatia de bolo num prato e o empurra na frente do meu irmão. – Esta deve sustentá-lo por hora.

– Duvido – murmuro –, há muito nele para sustentar.

É verdade. Parece que a cada vez que olho para meu irmão mais velho ele está maior, mais largo, seus olhos azuis flutuando sobre um corpo sempre em expansão. E, mesmo assim, não importa quanta carne, sorvete e cerveja ele consuma, sempre resulta num peito mais largo, coxas mais fortes e músculos abdominais esculpidos, graças às suas horas no campo.

Porque, veja você, enquanto crescia, Tommy jogou beisebol nos jogos da Pequena Liga, futebol nos jogos da escola secundária, frisbee no terreno baldio, bumerangue sobre o lago – ele atirava, e atirava, e atirava, até que se lançou ao time de futebol da Universidade de Wisconsin. E agora, pode comer o que quiser. É totalmente injusto.

Um bocado de creme de chantilly aterrissa na beira do prato de servir. Mamãe o apanha com o dedo e experimenta.

– Hummnnn! Descobri essa vagem guatemalteca, tem um gostinho de nozes! Deliciosa com batata doce! Christina? Uma fatia?

– Claro – Christina olha para mim, sua mão encobrindo um sorriso. Somos inseparáveis desde que cheguei à escola elementar de Balsam. Fui atraída pela natureza intrépida de Christina, exibida por feitos incomuns freqüentemente deflagrados por ousadia. Christina saltou no lago em janeiro! Christina comeu uma jarra inteira de molho apimentado! Tornar-se minha amiga podia apenas ser outro exemplo disso – e por mais que barganhasse, a despeito da repetida exposição, minha amiga nunca se acostumou completamente com o jeito dos meus pais.

E, olhando em volta, eu diria que existia mais que um pouco desse jeito em tela naquela noite: um descanso de mesa tecido à mão em púrpura e laranja; pratos feitos à mão no formato e na cor de poças de lama; e os pratos servidos contendo o resto da nossa entrada, proteína vegetal servida como Galinha Frita do Sul, um dos vários pratos do repertório culinário de mamãe que vinha com seu próprio conjunto de citações; as colheres-garfo, o gramado não aparado por completo com uma grande horta; a canoa com o adesivo "Poder do Povo" colado na frente; a casa, que não é somente em forma de pirâmide, mas com energia solar também.

Como lhes disse, os Woodses são hippies.

Meus pais se conheceram em 1962 na Universidade de Wisconsin quando calouros, ambos envolvidos no Estudantes para uma Sociedade Democrática, um grupo ativista de esquerda. Num rali em apoio aos notáveis mecânicos de automóveis, desenvolveram uma amizade. No rali Mulheres dizem sim a homens que dizem não, a amizade virou atração. Mas foi num protesto estudantil de uma semana contra o racismo que finalmente ficaram loucamente, profundamente apaixonados.

Depois da graduação, mamãe e papai decidiram "parar de protestar contra o mal e começar a fazer o bem", nas palavras dela, o que se traduziu em Peace Corps, na Nigéria.

Por dois anos ajudaram a nova nação africana a se estabelecer e voltaram a Wisconsin, onde se casaram e tiveram Tommy. Era o ano de 1969. Quando o salário de papai no clube local de jazz Beat to a Beat, declamando poesia, provou ser insuficiente para três, ele se pôs em busca de algo mais, e acabou caindo em propaganda. Enquanto isso, mamãe trabalhava período integral num abrigo para mulheres que fundara. Até 1970, quando nasci, época em que passou a meio período.

Isso foi tudo um pouco atrás, nos anos 70. Por que meus pais ainda estavam metidos lá eu não tinha idéia. O que sei é que as pessoas freqüentemente me dizem que deve ser "interessante" crescer numa casa diferente como esta. Talvez você ache isso também. É porque você não é uma criança. As crianças viam o nosso carro laranja cheios de adesivos de protesto tipo FAÇA AMOR NÃO FAÇA A GUERRA, os ponchos de pêlo de lhamas e os cintos de macramê que eu e Tommy ganhávamos de Natal. Eles nos viam tirando potes de tofu com cogumelos de sacos de papel marrom e engolir isso com chá de sol. Vinham às nossas festas de aniversário e puxavam velas de cera de abelha da última versão do bolo de batata-doce de mamãe. E depois de ver e fazer estas coisas, não tinham que estar em classes adiantadas para concluir que existia alguma coisa "diferente": nós. Éramos os estranhos. Numa época difícil, Mark Holtzer, o cara mais legal da Escola Infantil de Balsam, apelidou Tommy de "Germe de Trigo". Eu fiquei sendo a "Requeijão".

Não havia nada de interessante em ser hippie.

Mas Tommy e eu éramos resilientes. Adaptamos-nos. Insistíamos em descer do carro um quarteirão antes do nosso destino. Paramos de usar nossos presentes de Natal. Livramo-nos de nossas sacolas marrons em troca de lancheiras que pagamos com nossas mesadas, e fizemos campanha por manteiga de amendoim, pão comprado na padaria e leite. Paramos de fazer festas de aniversário.

Não foi suficiente. Éramos ainda Germe de Trigo e Requeijão, e ainda éramos miseráveis. Durante anos. Então fizemos a coisa lógica, a única que podíamos. Tommy juntou-se ao time de futebol, e eu me tornei modelo. Trabalhar como modelo não me tornou popular – isso teria demandado um milagre –, mas neutralizou as coisas. Eu me tornei Ok, aceita; encaixei-me.

– Malcolm X, fora da mesa! Martin Luther, vi você aí em embaixo. Não implore!

Mamãe espanta nossos gatos pretos e se endireita. Sua faca corta fatias do bolo.

– Por último, mas não a menor: esta grande para a aniversariante.
– Obrigada.

Pego um pedacinho da fatia a minha frente.

Gordura de boneca, gordura de boneca, escuto Frauke dizendo. Abaixo a mão. Mamãe se volta. Embora ainda não saiba sobre o comentário de Frauke, percebeu que venho fazendo dieta ultimamente. Ela não gostou – 1,77 de altura e 59 quilos é ser magra o suficiente, ela me informou na última semana depois que cometi o erro de dizer o meu peso. Agora, ela observa, com olhos de águia. Pego outro pedacinho.

– Gordura de boneca.

Então, outra vez, olho para ela. Ela está vestindo um vestido-saco sem forma, um dos vários que possui em cores variando do lama ao esterco. Meu garfo tilinta contra a louça.

Christina franze as sobrancelhas.

– Você está bem?
– Sim... foi ótimo... obrigada.

Ignorando o olhar de mamãe, me empurro para fora da mesa. Não quero ser diferente mais uma vez. Quero ser bela. Quero ser uma estrela. Não comer... Bem, isso parece um sacrifício pequeno.

❈ ❈ ❈

A encrenca da sobrancelha inspira a equipe de Conrad a colocar todas as questões relativas à minha aparência em suas mãos muito capazes. O primeiro passo é Charles Ifergen para luzes com Mindy. Ambos, o salão Gold Coast e o estilista, têm pedigree ilustre ("o melhor em Chicago", Vogue, junho, 1987). Isso não importa. Frauke ligou tantas vezes durante a sessão para "checar", que Mindy acabou tendo um ataque de nervos e domou todos os meus inconsideráveis poderes de persuasão só para conseguir que o papel-alumínio parasse de tremer em suas mãos. Surpreendentemente, a cor ficou boa – minha longa juba escura está menos castanha, mais beijada de sol –, mas isso teve um preço: 150 dólares para ser exata, incluindo a tintura da sobrancelha. Depois disso, coube a Unhas Windy City uma manicure e uma pedicure (unhas quadradas, mas com cantos arredondados e pintadas com esmalte Ballet Slipper, porque é um pouco mais claro, mas não tanto que brigasse com uma roupa): 40 dólares. Por semana. E depois disso, de volta a Charles Ifergen para depilar braços, pernas, virilhas, lábio superior e testa (sim, minha testa): 120 dólares. Quando somado à conta do Neiman Marcus para a lista completa de essenciais de Vincent – 400 dólares – e minhas viagens de ida e volta no velho Volkswagen de mamãe, gasto em torno de 1.000 dólares no Fuhrmann Studio.

No lado bom, estou trabalhando. Um monte. Não apenas para Conrad, mas para Chicago inteira: anúncios de jornal para Marshall Fields, livros de Natal para a Sears. Fotografei até propaganda – um anúncio impresso para Head & Shoulders em que apareço penteando o cabelo na frente de um guarda-volumes de metal, do tipo que se usa nos vestiários de clube, com o título "Você nunca tem uma segunda chance de causar uma primeira impressão". Pessoalmente, eu teria preferido fotografar brincos para Harry Winston ou vestidos de baile para Bill Blass por meu salário, mas faço o trabalho. O pagamento é de 5.000 dólares, não sou esta irresponsável.

Além disso, com dinheiro como esse posso comprar bens de griffe eu mesma. Não Harry Winston – não ainda –, mas outras coisas estão subitamente ao meu alcance. A próxima vez em que fui a Neiman Marcus, abri uma conta e a uso para comprar minhas primeiras roupas de griffe – um suéter de lã Ralph Lauren e calças – seguidas das minhas segundas – um vestido Byblos em veludo preto.

Quando tomei aquelas aulas na Tami Scott, pensava que ser modelo seria um emprego de verão, uma boa maneira de ajudar com as altas mensalidades da Universidade de Columbia ("Fora do estado? Fora do bolso", era a maneira embaraçosa de papai colocar). É claro que eu sonhava mais, mas uma coisa é sonhar, outra é tornar-se realidade. Ainda assim parecia ser. As fotos que fiz no início do verão começaram a aparecer e, subitamente, parecia como se estivessem em toda parte: anúncios de página inteira no Chicago Tribune, fotos em tamanho natural em janelas de mercearias e pilhas de catálogos de outono na mesa da sala de jantar, estas últimas principalmente por causa dos amigos de meu pais – os únicos que compraram –, que nos enviaram cópias, acompanhadas de post-its com frases alegres e pontos de exclamação extras, como Que visual!! Ou Vocês devem estar tão orgulhosos!!!

– Estamos orgulhosos! – Papai disse, embora, realmente, mamãe olhe minha transformação com mais que um módico ceticismo. De fato, é Tommy quem parece mais impressionado, especificamente sobre as louras.

– Você trabalhou com ela? – ele diz sem parar, com olhos esbugalhados. – Mas ela é uma gata!

Levo as fotos para o meu quarto, deitada de barriga para baixo perto de Malcom X e as estudo. Algumas vezes gosto das fotos, mas geralmente não pareço tão bem quanto quando estava fotografando, se é que faz sentido. Veja, olhando dentro das lentes, é fácil fingir que me pareço com as garotas a minha volta. Confiante. Glamorosa. Sexy. Digna da Vogue. Mas, nas fotos, minhas maçãs do rosto parecem mais inchadas, meu rosto mais quadrado, meus olhos menores, e não sou o que imaginei. Ainda não.

Mas sei que posso chegar lá.

Esportes? Sou terrível. Música? Sou completamente surda para tons. Escola? Tá, sou boa na escola, daí a aceitação em Colúmbia, mas não sem um tremendo esforço. Ser modelo, contudo, eu posso ser. E quanto mais o sou, mais alto subo. E quanto mais alto subo, mais alto quero estar.

Alguma coisa foi deflagrada que não pode ser detida. Estou num foguete, deixando a Terra em direção ao desconhecido. Cada visita que faço, cada contrato que fecho, me abastece ainda mais. É você a nova garota da Conrad, sussurram com admiração. Sabe quem foi a última dele, não sabe?

Sim, eu sei. E à noite, quando estou deitada em meu quarto, vejo o rosto dela na parede e sussurro

– Cuidado, Cindy, cheguei.

CAPÍTULO 4
A GRANDE ESCAPADA

—Ele é só uma pica com P maiúsculo! – Laura grita.
– O que é uma pica, querida?

Ayana caminha empinada dentro do vestiário da Conrad, um par de óculos escuros daqueles que envolvem a cara como uma máscara colada no rosto, que parece notavelmente não suado no calor do fim de julho. Oh Deus, não. Trabalhei com a supermodelo mais umas duas vezes desde o primeiro dia e ela ainda me trata como alguma coisa grudada em seu calcanhar.

– Oi – murmuro suavemente.

Ayana parece olhar brevemente para o meu lado – é difícil dizer com os óculos – antes de se virar para o espelho e ajustar a camiseta. Uma vez satisfeita por a estrela da estampa estar perfeitamente ensanduichada entre cada mamilo, ela olha inquisitivamente para Laura, agora murmurando baixinho enquanto puxa um longo tubo de spray de cabelos de uma sacola de náilon.

– Laura? Quem é uma pica?

Os olhos castanhos da modelo se movem para um buquê de rosas sobre o balcão, todas vermelhas, exceto por um botão rosa.

– Oh, não, não aquele pica! Quando você vai entender? Fotógrafos são para trepar, não namorar.

Laura coloca os fones de ouvido.

Perfeito. Ayana e eu começamos a fazer nossa maquiagem, unidas somente pelo fato de que nós duas preferimos estar sozinhas, o aposento silencioso, exceto pelo comentário ocasional de Laura:

– Ei, agora vou conseguir uma nova sensação...

– Suja Diana-nah... – e para Ayana. – Oh Deus, estou com uma dor de cabeça! Paris precisa de mim. Realmente preciso ligar. O que vou fazer com Lorenzo?

Por fim, finalmente mordo a isca.

– Quem é Lorenzo?

Ayana ergue as sobrancelhas, contemplando sua sombra de olhos.

– Um amigo – ela exala, junto com a fumaça do cigarro.

Certo.

Uma japonesinha curvada pelo peso por vários grampos, dois rolos de fita crepe e três pares de sapatos entra vacilante no vestiário.

Ayana se vira.

– Você é?

– Yuki – ela diz, de algum modo conseguindo cumprimentar ligeiramente. – Assistente de Maurice.

Conheci Yuki ontem. Ela é de Tóquio e está aqui porque estamos fotografando um catálogo para as butiques americanas de Kohana, um designer japonês de lingerie, roupa de dormir e de ficar em casa. O trabalho de Yuki é agilizar a troca de roupas e nos ajudar a nos vestir para que Maurice possa gastar seu tempo no set alfinetando e escolhendo acessórios.

Ayana exala outra vez.

– Yukky, seja boazinha e consiga que Miguel me faça um cappuccino fraco, agora.

Yuki pisca.

– Vai, rápido!

Um momento de silêncio atônito e Yuki deixa sua carga e zarpa correndo para a cozinha. Um minuto mais tarde e Maurice aparece, uma agulha de costura fincada no dedo.

– Yuki? – ele chama.

Ele franze as sobrancelhas para a pilha de coisas.

– Yu-kiii! – E para nós – Bom Deus, por que ela não trocou vocês?

Espeta a agulha dentro de um rolo de fita crepe e marcha na direção do closet.

– Na verdade, Yuki foi pegar cappuccino – eu explico.

– Oh, intervalo de café, que agradável para ela. Aqui, Emily, você está no pijama púrpura. Ayana está no robe vermelho.

Agora, isso, eu poderia ter predito. Cores têm regras, regras tão codificadas como se fossem escritas em algum manual para estilistas.

Loiras vestem pastel, todas as nuances do branco, do cru ao branco-acinzentado, cáqui e vermelho, a menos que haja uma garota negra, então ela fica com o vermelho, além do verde-bandeira, o laranja, o rosa-choque, o azul-royal, e o amarelo-brilhante – meninas negras possuem o amarelo-brilhante. Para as ruivas, existem tão poucas, realmente não sei. Nós morenas ficamos com o verde-musgo, o burgundy, o púrpura e o marrom chocolate. Todo mundo veste preto e marinho.

Mas, é claro, existem exceções que têm a ver com a cor dos adereços e assim por diante, e qualquer bom artista de maquiagem lhe dirá que, se você combina os lábios e o blush, pode fazer quase qualquer cor funcionar para qualquer garota, mas, falando no geral, esta é a fórmula, uma que os diretores de arte seguem tão de perto que ela determina as fotos da modelo. O quê? Estamos fotografando gola alta rosa-choque e marrom-chocolate na página 4 e twin-sets verde-bandeira e púrpura na página 5? Melhor contratar uma garota negra e uma morena. Oh, espere, existe um top rosa-salmão em triplo na página 6? Melhor adicionar uma loira por um meio dia. Em catálogo, você nunca compete para fotografar contra seu oposto, somente seu gêmeo.

Isto é, a menos que você esteja trabalhando com Ayana.

Ayana dá uma olhada no closet e atira a cabeça para trás.

– Não vou poder vestir isto.

Maurice franze as sobrancelhas.

– Por que não?

– É vermelho. Não faço vermelho.

Oh, por favor. Maurice não vai cair nesta. A camiseta de estrela é vermelha.

– Você parece fantástica de vermelho – Maurice diz.

Ha. Ha. Ha.

— Oh, sei o que faço. O que quero dizer é que não posso fazer vermelho hoje. Vermelho requer muita energia, e eu simplesmente não tenho hoje. Estou com enxaqueca.

Ayana faz uma pausa para estudar seu rosto de dor de cabeça.

— Só olhar para este robe me deixa nauseada.

O robe também me deixa nauseada. Talvez porque seja pespontado, de poliéster e feio.

— Oh, minha pequena, não se preocupe; você e Emily trocam — Maurice diz, e depois grita — YUKI!

Jesus. Capturo um relance de sorriso antes que Ayana tome uma última tragada e amasse seu cigarro no chão.

— YUKI! Onde ela está! YUU-KKKI!

Yuki voa para dentro da sala.

— Aí está você! Agora, Yuki, ouça-me. Você está nos Estados Unidos, nos Estados Unidos da América! Trabalhamos duro por aqui! Não posso ter você tirando intervalos de café sempre que lhe der na telha, entendeu?

Yuki guincha.

Limpo a garganta.

— Na verdade, ela...

— Enxaqueca! — Ayana ofega. — Preciso de cafeína!

— ... ou, se vai insistir em tirar um intervalo, pelo menos traga café para a pobre Ayana. Quero dizer, Cristo, mulher, pense nos outros!

Com suas marias-chiquinhas, camiseta do Mickey e expressão aterrorizada, Yuki não parece exatamente uma mulher crescida, muito menos uma particularmente egoísta; ela, contudo, é a parte mais baixa do totem. Depois de emitir outro gritinho, sai correndo.

— Pegue alguns alfinetes enquanto vai! — Maurice grita. — E os grampinhos.

Para alguém com uma latejante dor de cabeça, Ayana se enfia em seu pijama com a velocidade de uma estrela cadente. Maurice vai direto trabalhar nele. O homem hoje está de humor alto. Um par de tesouras pende de um barbante em volta de seu pescoço. Uma bolsinha de tecido está amarrada em sua cintura, o cinto e bolsos, normalmente reservados para ferramentas de pintura, cheios até a borda com caixas de alfinete (a maioria deles reta, alguns de segurança), fita adesiva (dupla face, comum, crepe e prateada), rolos de adesivo para tirar bolinhas de roupas, cola e carretéis de linha.

Maurice usará tudo isso. Em fotografia, qualquer coisa que possa ser feita para tornar boa a aparência da roupa será feita. Alfinete, grampos e fita adesiva ajustam vestidos, jaquetas e blusas na cintura. Saias justas são enroladas uma, duas, até três vezes (o excesso de tecido escondido debaixo de uma bandagem ou cinto) e alfinetados num formato mais lisonjeiro. Vestidos em tecidos pesados são alinhados, calças em cores claras têm todos os bolsos visíveis cortados fora. Bainhas são alongadas. Pernas de calças reformatadas.

— Bom Deus, quem colocaria ombreiras destas neste pijama? — Maurice murmura, procurando por um cortador de linha.

As ombreiras baratas são substituídas por outras mais macias, de aparência mais natural, de espuma. Bolsos abertos são colados. Golas caídas são ajustadas. Esta é a razão por que modelos nunca compram roupas de um catálogo: nós sabemos.

— Aí! — Maurice dá um passo atrás, o traje já parecendo ajustado graças a uma fila de alfinete nas costas. — Vou terminar você no set. Agora, Emily.

Ele caminha atrás de mim, sua cabeça pendendo sobre cada ombro enquanto avalia meu traje. Já fiz minha própria avaliação: pareço um gigantesco sino vermelho.

Maurice agarra um grampo de uma pilha trazida por Yuki — metal com pontas de borracha laranja, o mesmo tipo usado pelos assistentes de foto — e pinça duas polegadas de tecido entre os meus ombros.

— Voilà! Ok, vamos para o set já.

— Espere aí. Ainda estou parecendo muito... um sino. Espere... isso é tudo?

— Sinto muito, Emily, mas mulheres que vestem esse estilo de robe de banho querem ver uma forma generosa — Maurice explica. — De fato...

Ele tropeça atrás de mim. Escuto o tecido rasgar. Uma brisa gelada atinge minhas costas.

— Quanto mais solto melhor.

A cabeça dele ressurge.
— Isso! Agora vamos, Conrad está esperando!

❋ ❋ ❋

Supostamente, os seis executivos da Kohana estirados nos sofás do estúdio vieram de Tóquio para supervisionar a direção criativa do catálogo. Tanto quanto posso dizer, eles pesaram a opção de passar cinco dias sentados em seus pequenos escritórios contra cinco de refeições de gourmet (um chef de sushi está nas premissas) e um excelente visual (modelos vestindo seda, cetim e laços), e isso não se contesta.

Conrad nos dá nossa posição inicial.

— Ayana, você fica de perfil do lado direito, de costas para mim. Emily, preciso de você de frente em todas as composições para que não percamos a largura do robe.

Perfeito. Um sino e seu badalo.

Ayana vira de perfil, Maurice se ajoelha diante dela e corre uma série de alfinetes retos ao longo da costura que não aparece de cada perna de calça. A modelo somente manterá esta posição por algumas fotos; quando chegar a hora de ela se mover, Maurice simplesmente voltará e mudará os alfinetes. Em fotos de moda, não são as posições em si que consomem tempo, mas a preparação que vem com elas.

— Yuki! Acessórios!

Yuki corre para o set com uma bandeja de acrílico que, numa inspeção mais de perto, percebo que é na verdade um organizer, acessórios excitantes despedem flashes de ouro em muitas nuanças, formatos e tamanhos.

— Aqui... — os dedos do estilista ficam suspensos, então mergulham, ressurgindo com um par de brincos que são rapidamente depositados na minha palma da mão estendida.

— Está brincando — murmuro, erguendo-os. — Os brincos são do tamanho e peso de maçanetas de porta.

— Mulheres que vestem este estilo de saída de banho freqüentemente o vestem como roupa de estar — Maurice me informa. Depois estende para Ayana um par de pequenos, modestos brincos, Esportivos!. Ele os desengancha de um grande alfinete do seu cinto de utilidades.

— Casada? — Ayana grunhe. — Para este?

— É claro, querida.

Aproximadamente meia dúzia de falsos anéis de ouro está enganchada num alfinete. Maurice tira dois e os desliza por nossos respectivos dedos.

— Isto é roupa de dormir. Nenhum anel, e a Whitman receberá cartas.

Então, estou vendendo para mulheres grandes que pensam estar tudo bem passar o dia num robe de banho de poliéster vermelho comprado das costas de uma adolescente com uma libra de ouro, mas acham que o traje é arriscado demais ser vendido por uma solteira. Interessante.

— Então, não ser casada é um crime maior que ser preguiçosa demais para se vestir apropriadamente? — pergunto.

— Alguma coisa assim — Maurice replica.

Ayana dá uma gargalhada e se volta para mim.

— Bom isso.

Eu fico em pé pelo resto das fotos.

Um par de horas mais tarde, nós duas estamos de volta ao set em pijamas de seda combinados e prontas para fotografar quando...

— Eiiiiiii! Eiiiiiii!

Um estranho grito atravessa o estúdio, parte menina, parte Shamu. Voltamos nossas cabeças. Um borrão de cachos louro-areia passa correndo dirigindo-se direto ao fotógrafo.

— Con-raddiiii!

Oh, Deus. Todo mundo sabe que Conrad detesta excessivo contato físico. Recuando assustada, em antecipação do que certamente será um momento desastrado, dou uma olhada para minha nova melhor amiga, que agora está parecendo igualmente perturbada. Mas os braços de Conrad se erguem e se estendem, seu rosto se derrete num sorriso de orelha a orelha.

— Minha esplêndida querida!

Minha esplêndida querida? Quem é este pintinho?

Depois de um generoso abraço de urso, descobrimos.

— Meninas? — Conrad grita. — Gostaria que conhecessem Jessica.

Jessica ergue a mão, seus dedos se agitando como os de uma criança, seus lábios suaves e almofadados partindo-se num sorriso.

– Oi-iiii!

– Oi – eu respondo.

Ayana dá seu grunhido habitual. Só que, desta vez, não posso culpá-la. O cabelo, os lábios, os olhos azuis de botão, os cílios de Bambi, a camisa branca com grandes ilhoses desabotoada onde a linha do busto consegue a máxima curvatura, os jeans colados – Jessica é uma gata. Os executivos de propaganda plantam suas mãos sobre os joelhos e se inclinam para a frente. Mike – o moreno e esculpido Mike, Mike minha paixonite de verão – e os outros assistentes de Conrad olham fixo de admiração. Fico verde de inveja. Por que ela tem de estar aqui? Três não são uma multidão?

Depois da foto, Ayana sai para ligar para Paris, e eu para me trocar.

– Oiiiii outra vez.

Jessica está parada no meio do vestiário, de topless e sorrindo, seu longo cabelo descendo sobre os ombros e roçando o topo dos seios nus. Como Eva. Ou uma boneca Meu pequeno pônei ligeiramente mais alta.

– Sou Jessica – ela suspira.

Sim. Já sei.

– Emily.

Jessica me abraça, dessa forma partilhando o amor como fez com Conrad poucos minutos atrás, antes de voltar a se despir, cantarolando baixinho Def Leppard. Enquanto canta, primeiro suavemente, depois um pouco mais alto, seus dedos vagarosamente vão abrindo os botões dos seus jeans de denim branco. Quando ela alcança o ponto crítico – as costas arcadas, posição empurra-traseiro tão bem narrada em filmes retratando homens do tipo "faz tudo" com ferramentas de vinte centímetros – fujo para o estudo, a pequena sala de estar onde encontrei Conrad pela primeira vez. De tarde, estou lá outra vez, segurando um livro esfarrapado de Jane Eyre, um clássico que decidi deveria ler.

– Perfeito, é perfeito! Agora vire estas esplêndidas pernas de perfil!

– Excelente! – clic.

– Excelente! – clic.

– Assim! Desse jeito! – clic. Clic.

Desculpe, Charlotte. Atiro o livro e cruzo o hall para a porta do estúdio. Jessica foi finalmente produzida para o set. Está vestindo sutiã de renda e calcinha no mais puro tom marfim. Seu traseiro descansa, precariamente, contra um banquinho de acrílico, uma perna apoiada no degrau debaixo, a outra arqueada sob a plataforma abaixo dela. Isso deve matar. Todo o peso dela, como está, sobre dois dedos do pé e um braço que, embora ao abrigo das lentes, sei que deve estar tremendo. Mesmo assim, ela se desnuda corajosamente, seu rosto nunca se desviando do perfeito este-é-o-primitivo-tempo-não-Penthouse de visual de lingerie: olhos desviando da câmera, lábios ligeiramente abertos – uma Penélope ansiosa só esperando seu navio para entrar.

– Foi ótimo! – Conrad grita. – Agora mais dois rolos sem o banquinho!

– ... Vamos perder este banquinho!

– ... Mike?

Mike finalmente consegue tirar seus olhos dos peitos de Jessica tempo suficiente para trazer o banquinho e colocá-lo bem à frente dos executivos japoneses, que parecem em perigo de se derreter numa poça.

Laura pára ao meu lado.

– Suponho que em terra de tábua quem tem um peito desses é rainha, né?

– Suponho – eu murmuro. No começo, estava enciumada. Agora não. Jessica está praticamente nua lá. Todo mundo olhando, como a um objeto. É desagradável. Nunca farei Lingerie. Nunca.

Por sorte, o único traje com que tenho de me preocupar é parte do robe triplo de seda. Todo mundo está bem-comportado (embora Ayana não possa resistir a dizer "muito mal não ser azul-profundo" quando Jessica sai). Terminamos as fotos e estou acabada para o dia. Todos estão acabados. Frauke entra para assinar os vouchers. Esperando minha vez, arrumo minha nova saia, Betsey Johnson, em cotton lycra colante.

Frauke rabisca sua assinatura e, então, olha para cima.

– Meninas com coxas grandes não devem vestir estampas florais.

Oh. Sinto o puxão gravitacional de vários pares de olhos na minha metade de baixo. Meu coração lateja nos ouvidos. Meu rosto queima. Corro porta a fora.

Quadris grandes. Quadris grandes.

Passos ressoam.

– Emily!

É Laura.

— Está tudo bem, estou bem — respondo sem olhar para trás. Quadris grandes?

— Emily! — ela corre na minha direção. — Aqui! Você se esqueceu disso.

Laura está segurando meu voucher.

— Obrigada — agradeço e agarro o voucher. Perdi 1,300 kg desde o meu aniversário. Tenho agora 1,77m e 57,5 kg. Mas imagino que não esteja magra o suficiente.

A cabeleireira ainda está comigo.

— É melhor você checar isso — ela diz, ofegante. — Acho que existe um erro.

Paro de andar, abro meu voucher na primeira página.

— Parece tudo certo.

— Mesmo?

Eu o fecho com estrépito.

— Positivo.

Laura se recusa a ceder.

— Espere. Está dizendo que aceitou 50 dólares por hoje?

Concordo, entorpecida. Coxas grandes.

— Todo dia, bem aqui, seja como for...

— Mas por quê?

— Frauke diz que ainda estou em treinamento.

Laura dá uma gargalhada. As palavras se derramam de sua boca.

— Treinamento? O que isso significa, treinamento? Conrad engana todo mundo. E você está em tantas fotos quanto as demais. E olhe para o orçamento! Olhe para o seu almoço! Emily, você está sendo explorada!

Nos segundos que passam, penso no peixe fresco do cardápio do refeitório esta manhã em montes de gelo raspado, peixe que eu achara grande demais mesmo para se pensar em comer.

— Mas por quê? — pergunto finalmente — minha voz está rouca. — Por que fariam isso?

— Porque eles podem.

Laura não disse isso. Ayana disse. Volto-me para descobri-la recostada contra a parede com o ar calmo de alguém enlanguescendo por um instante.

— Está certo – Laura diz. – Você é jovem, Emily. As pessoas tentarão tirar vantagem de você.

— Ok, claro, pessoas – respondo, minha cabeça balançando para trás e para a frente como se estivesse girando. – Mas Conrad? – minha mão faz um gesto largo para incluir a camurça, a prata, o mármore.

— Oh, por favor – Ayana exclama. – Como acha que ele consegue tudo isso?

Oh, Deus. Meus olhos se enchem de lágrimas.

Laura toca minha bochecha, sua mão parece fria.

— Emily, escute o que vou dizer, porque é importante. Carreira de modelo é como a de dançarino ou atleta profissional; é difícil de começar e não dura muito. Terá sorte em fazer isso por 10, 12 anos, o que significa que precisa ser dura. Lutar pelo que merece. E não estou falando do que merece neste verão, ou neste ano. Quero dizer tudo, cada centavo – seus olhos piscaram para mim. – Então, não, Emily, 50 dólares não paga. Nem aqui, nem em parte alguma. Entendeu?

Concordo com a cabeça, então dou um passo para trás para enxugar as lágrimas. Ayana se aproxima... Para me abraçar? Conceder-me outro sorriso?

— Vire uma cadela – ela me aconselha, caminhando altivamente para fora.

❋ ❋ ❋

Na manhã seguinte tenho uma missão. Caminho através do escritório da Chicago Inc. tão rápido que a parede de colagens (o equivalente do mundo das modelos de cartões de negócios: dupla face com fotos, medidas e informação de contatos da agência) se torna um borrão, um sortimento aleatório de pernas, seios e outras partes do corpo. No momento em que me sento numa das cadeiras pretas e cromadas reclináveis do escritório de Louis, estou ligeiramente trêmula. Trêmula, mas excitada. Geralmente estou aqui para o que meu agente eufemisticamente refere como um tête-à-tête sobre qualquer dos seus quatro tópicos favoritos: dieta, vestir, porte e conduta (os quatro itens do domínio das Divas, ele freqüentemente gosta de dizer). Hoje, contudo, estou introduzindo um quinto tópico: deficiência.

— Conrad está me explorando e você não está fazendo nada a respeito.

— Bem, bom dia pra você também — Louis responde.

Eu o olho ferozmente.

Louis toca seu cabelo. Naturalmente castanho, ele o está descolorindo para louro-acinzentado, resultando numa textura tipo algodão-doce.

— Docinho, eu já te disse. Tem que ser paciente. Seu preço com Conrad aumentará no tempo certo! Enquanto isso, relaxe e colha os benefícios: Trabalho! Muito trabalho!

Verdade. Tenho estado gradualmente mais ocupada durante o verão; meu preço-catálogo — isto é, meu preço com os outros clientes — aumentou de 1.250 para 1.500 dólares e, a despeito das minhas numerosas expedições de compras, ganho o suficiente para cobrir minhas mensalidade de caloura. Resisto.

— Não "no tempo certo". Agora — eu insisto. — Quero que meu preço com Conrad aumente agora.

— Para quanto? — Louis pergunta nervosamente.

— Para meu preço-catálogo. Publicidade, porém mais alta. Muito.

Louis engole seco. Seus olhos estão lacrimejando.

— Não estou certo de que Frauke aceite isso.

Subitamente posso sentir minha cadela interior inseguramente abanando a cauda.

— Ok, Louis, se não quer fazer a chamada, não precisa — falo suavemente. — Vou conseguir alguém na Elite para fazer isso.

— Elite? — Louis olha como se eu o tivesse cutucado com uma vara de tocar gado. — Está pensando em se mudar para a Elite?

— É.

— Emily, vou ligar para Frauke, prometo!

Sorrio. Parece ótimo. Mas agora que eu disse, talvez não haja problema em conhecer o pessoal da Elite e ouvir o que têm a dizer...

— Mas, Emily, lembre-se, se mudar para a Elite em Chicago, estará se comprometendo com a representação deles em volta do mundo. É como eles trabalham.

Representação mundial. Faço uma pausa. Há um mês Louis sentou-se comigo para discutir este mesmo tópico.

— Emily, precisamos conseguir um agente para você – ele me disse.
— Achava que já tinha um.
— Não sou seu agente-mãe – ele replicou.
— Mamãe Hubbard, Mamãe Ganso ou aquela que mora num sapato? Louis deu um suspiro paciente.
— Emily, quero dizer seu primeiro agente. Primeiro, mas não único – ele explicou. – Não sou a pessoa certa para tornar você nacional. Precisa de alguém que conheça os editores de revistas, os executivos de propaganda, os representantes de fotógrafos, os agentes em Paris e Milão...

— Então? A Elite tem uma rede internacional – digo-lhe agora, e me soa como a maior razão para ir com eles.

Eu me inclino para a frente para apanhar minha mochila. O que começou como uma pequena barganha está soando como uma idéia muito melhor. Vou conversar com eles agora.

Louis toca no seu cabelo outra vez. Está sorrindo agora, e surpreendentemente calmo.

— Isto eles têm – ele volta a falar. – Mas não têm o agente mais quente no país. Este homem acaba de me ligar. E ele quer representar você.

— O mais quente dos agentes? – estou congelada. – Quem é?

CAPÍTULO 5
PERDENDO ATÉ A PELE

Desço do avião e faço meu caminho na direção da entrega de bagagens, onde Marc Gold supostamente está me esperando. O aeroporto internacional de Los Angeles não é o que eu esperava; de fato, parece suspeitosamente com o que acabei de deixar em Milwaukee: todos aquelas torres redondas e curvadas, mais tipo Jetsons que jet-set. Onde está o néon? As estrelas de cinema?

Estou sobre a esteira rolante, passando por um mosaico colorido em arco-íris, quando duas coisas me ocorrem. Primeiro, não tenho idéia de como Marc é. Ao telefone soou jovem, mas ele é o cabeça da NOW! Modelos, então, deve ter pelo menos 30 anos. Segundo, não tenho idéia de como estou, não vejo um espelho desde as Montanhas Rochosas. Passando de hortelã para ervilha, imagino outra tonalidade de verde: a alface de uma salada servida durante o vôo, por tudo que sei, está alojada entre meus dois dentes da frente. Preciso de um banheiro. Logo. Quando a esteira rolante termina, desço tropeçando, bolsa na mão, tentando me separar dos outros passageiros cheios de solicitações correndo para a porta como muitos salmões.

– Emily!

Merda. Fui localizada. Com relação a Marc, não sei por que me preocupei: camisa de seda preta, calças pretas e mocassins pretos sem meias fazem dele uma versão mais escura, mais delgada e mais brilhante de Louis. De fato, ele poderia bem estar segurando um cartaz de chegada dizendo AGENTE.

— Esplêndido, gatinha, simplesmente esplêndido! — Marc grita me estalando beijos em cada bochecha. Quando pega minha mala, desafiadoramente corre sua mão livre sob a linha da cintura do meu jeans até encontrar minha pele nua.

Uma versão mais escura, mais magra, menos gay de Louis.

No caminho para o carro dele, aproveito a oportunidade para me desembaraçar. Marc corre sua mão agora livre por seu cabelo preto aparado, esfregando seu escalpo enquanto me estuda através dos óculos de sol.

— Seu book não lhe faz justiça — ele me diz. — Você é muito mais bonita em pessoa.

Sorrio, aliviada de que ele esteja dizendo tantas coisas agradáveis, embora, obviamente, dado que sou modelo, seria apenas agradável se meu book me fizesse justiça. De fato, é por isto que estou aqui.

Como Louis me explicara em seu escritório dois dias atrás, Marc Gold telefonara para ele uma semana antes.

— Quem é esta Emily Woods? — ele perguntara. — Minha próxima estrela?

Evidentemente, ele tinha visto meu anúncio para o Head & Shoulders e me rastreado. Quando escutei o nome dele, fiquei ofegante; tinha-o escutado antes. Nas últimas semanas, muito da fofoca de vestiário tinha girado em torno de Layla Roddis, a modelo que dominara a moda deste inverno fotografando não somente a campanha mais quente da estação — imagina? —, mas também a capa mais importante — setembro da Vogue. Ou, na verdade, a conversa fora sobre Layla Roddis e o homem que a fez acontecer: Marc Gold, o fundador e presidente da NOW! Modelos de Hollywood, Califórnia.

— Ele é um ótimo agente — Louis me disse. — Você deve conhecê-lo.

— Mas está em Los Angeles — repliquei, embora já com meu coração acelerando. Uma estrela. Minha próxima estrela.

— Los Angeles... Nova York, quem se importa? — Louis contrapõe. — Esta é uma era moderna, docinho, entre o telefone de carro e a máquina de fax, seu próximo agente poderia estar em Michigan e não teria importância alguma, se ele tiver as conexões. E este obviamente tem. Quero dizer, olhe para Layla.

Concordei, faminta. Olhar? Eu já tinha. E fui vendida.

Agora, estou sentada ao lado do homem. Marc em seu carro com telefone, trabalhando as conexões exatamente como previsto, o receptor aninhado em seu ombro, o fio fazendo voltas enquanto ele inspeciona a estrada da esquerda para direita, procurando por aberturas no que parece um bloco sólido de tráfego.

— Não!

Estamos num Mercedes conversível, preto é claro. Quando Marc pisa no acelerador e zune para a faixa de emergência meu cabelo voa atrás de mim.

— Absolutamente não! Não quero Layla fazendo pele. De jeito nenhum!...

— Espere, é sério?

Marc localiza uma abertura. Desviamo-nos rápido para outra pista.

— Onde estão rodando?

Estamos parados no sinal vermelho. No segundo em que fica verde, Marc pisa no acelerador. O cara é um feixe de energia, em constante movimento, ligado... O que me faz imaginar se usa cocaína... O que me faz imaginar se dirigir conta como operar máquinas pesadas.

— Um dia; 50 mil. Holanda só, e não espécies ameaçadas, ok? Esteja certo disso, Rudy, ou ela vai refugar. Ela é vegetariana e por dentro dos direitos dos animais e outras baboseiras politicamente corretas...

— Então, Columbia, heim?...

— Heim?...

— Sim. ...

— Legal. Legal.

Sorrio. Mas, então, percebo que ele está falando com Rudy outra vez.

A avenida se alarga e, subitamente, estamos nos precipitando por um abismo de concreto. Uma vida urbana estuante se desfralda mais abaixo de nós, vasta e espalhada, parecendo não tanto uma cidade quanto uma paisagem, com campo após campo de luzes urbanas pontuadas por pequenas florestas de arranha-céus e colinas ondulantes além. É estonteante, confuso, e não posso parar de pensar nisso. Onde é o centro disso tudo?

– Bem, pele de mink tudo bem. É como galinha, de fato....

E então fomos. Caímos dentro.

– Já esteve aqui?

Marc belisca minha coxa. Oh! Isto é comigo.

– O quê? Aqui em Los Angeles? Não...

Eu nunca tinha estado aqui, mas Valley Girl, The Sure Thing, e incontáveis outros filmes me fazem sentir como se tivesse, embora o lugar pelo qual estamos passando agora – predinhos sujos abrigando salas de espera de tatuadores, casas de apostas em cavalos de corrida e garotas, garotas, garotas – não seja exatamente a palmeira, a festa na piscina, o churrasco na praia que visualizei. É diferente aqui. Está bem. A palheta é suave e o sol está descendo, os sinais grandes e coloridos, o grande escrito em letra cursiva. Califórnia, Terra da Confiança.

Marc bufa audivelmente.

– Sem chance. Repito, SEM CHANCE!

Lanço um olhar para ele, espantada.

– Pele de castor – ele uiva.

Duas garotas de patins olham para ele, então para mim, então de volta para ele e caem na risada.

Marc começa a fazer-se de guia de turismo, apontando coisas quando nos aproximamos: Hollywood Hills, Beverly Hills, Nutria.

– Que diabos é isto?

Olho em volta, confusa. Isto? Mas, não... Ele está de volta a Rudy.

– Nenhum roedor! – ele grita. – Sunset. Melrose. Conexões...

Volto-me para ver o campo de golfe.

– ... Aqueles, criados em fazendas?

As coisas continuam nesse pé por enquanto: meu motorista nervosíssimo, manobrando freneticamente pelo tráfego, enquanto mantém duas conversas, uma envolvendo animais de pêlo. A única maneira de obter uma pista de que Marc está falando comigo é quando ele agarra minha perna, o que me faz saltar espasmodicamente e o faz massageá-la para aliviar minha "tensão". É um passeio interessante, e a razão pela qual, para sempre, vou associar Los Angeles com peles.

Uns minutos mais e a pele pára de voar; estamos parando num restaurante.

— Estacione perto — Marc diz ao manobrista, estendendo uma nota que não posso ver, mas deve ser grande, porque o homem concorda, cúmplice, e diz:

— Claro, Mr. Gold.

Claro, Mr. Gold. Sorrio. Estou com ele.

— Que lugar é esse?

— Um restaurante. O Chaya.

Comida. Obrigada, Senhor. O dia todo estive nervosa demais para fazer mais que beliscar coisas, e estou faminta.

— Já esteve aqui?

— Nunca estive em Los Angeles — recordo-lhe.

— Oh... É claro. Certo — Marc sobe para o meio-fio. Depois de me ajudar a subir, suas mãos encontram seu lugar, agora familiar, de descanso em minha pele nua.

— Este lugar é ótimo. Temos vista daqui.

Passamos pela porta aberta.

— Olá, Mr. Gold.

— Boa noite, Mr. Gold.

— Sim, oi.

— De fato, gatinha... — Marc tira seus óculos escuros. Seus olhos cor de cobre brilham contra a pele bronzeada. Ele toca meu rosto. Meu rosto do norte.

— O banheiro de senhoras é logo ali. Você pode querer usá-lo — a mão dá uma pancadinha dupla, a segunda mais como um empurrão. — Está em Los Angeles agora, nunca sabe o que virá depois da próxima curva.

Fico rosada — devo estar parecendo um desastre –, me encaminho direto ao banheiro. Verdade. Graças ao conversível, meu cabelo está embaraçado e um pouco mais empoeirado que de costume. Apesar disso, pareço a mesma: nenhuma espinha, nenhum verde temido nos dentes. Então, fico ligeiramente confusa, até que duas senhoras saem dos sanitários. A primeira, num top rosa de alças, imediatamente cobre os lábios com um brilho tão espesso quanto mel, enquanto a outra, ajustando seu top azul-bebê, mais baixo, está atirando o cabelo platinado em volta como se estivesse numa apresentação para a Pantene.

Califórnia, Terra da Confiança. Tiro meu suéter Ralph Laurent, arrumo minha camiseta sem mangas e aplico uma grossa camada de lipstick e duas de máscara. Enquanto a garota de alças se ensopa com Opium, asseguro-me de conseguir um pouco daquele borrifo em mim. Quando ela sai, olho para o meu reflexo no espelho.

— Goste de mim — balbucio. — Perceba-me — não estou falando comigo mesma, mas com Marc. Por sugestão dele estou aqui por dois dias e três noites; se ele não gostar de mim, será uma longa viagem.

O Chaya tem um teto alto, vários ventiladores e muitos vasos de planta. Descubro Marc debaixo de uma folha de bananeira, a brisa elétrica fazendo-a dançar e acenar com se apanhada por uma tempestade tropical. Logo que me sento, o garçom tira o meu cardápio.

— Venho aqui o tempo todo, pedi por você — Marc explica. Seus dedos partem um pãozinho e o mergulham num prato de azeite de oliva. — Então, diga-me, quais são seus objetivos?

Meu objetivo imediato é conseguir um desses pãezinhos para mim, mas, além disso... Não sei, conseguir um agente? Graduar-me na facul...

— Quer ser rica ou famosa?

Este é o tipo de pergunta que Tommy poderia fazer tarde da noite depois de uma bebedeira. Eu ri.

Mark parte e molha outro pedaço de pãozinho.

— Estou falando sério. Riqueza ou fama, você escolhe.

Enquanto Marc mastiga, ele me olha fundo no olho. Está sério.

— Riqueza — digo finalmente.

— Fácil — ele engole. — Você é uma fazedora de dinheiro comprovada, e está em Chicago, um mercado nulo. Entre aqui, e Nova York pode chegar em 400, 500 sem problemas.

Espera...

— Mil?

Ele concorda.

— Como? Quinhentos mil dólares?

— Sim. Funciona pra você?

— Sim, Marc, funciona.

Abafo um sorriso, subitamente aturdida: posso ficar rica aos dezoito anos, quem sabe? 500.000 dólares! Sinto-me como se estivesse gritando de cima da mesa; me ponho a sorrir aos outros comensais, minha cabeça já inchando. Você já ganhou tudo isso? Você?... E você? Quando meus olhos alcançam uma mesa de mulheres atraentes, vejo que estão todas olhando de volta, incluindo a cabelos ao vento, que acena com os dedos para Marc.

— Modelos? – pergunto. – Atrizes?

— Pode ser – Marc responde ao aceno com um gesto que é parte aceno parte desprezo. – Existe uma porção de aspirantes nesta cidade. Mas não você, gatinha – ele acrescenta rapidamente. – Você é o negócio real.

"Aí vai!" O garçom coloca uma pizza de cebola caramelizada e queijo de cabra na frente de Marc. Na minha, um recipiente com salada verde. Tamanho aperitivo.

Alface?

— Algo mais?

Uma refeição?

— Não, estamos bem – Marc responde.

O garçom vai embora. Estou ganhando 500.000 dólares, recordo-me. Ergo meu garfo. Ooops. Ele esqueceu o molho.

— Use limão – Marc espeta um garfo dentro dos meus verdes e empilha uma considerável porção deles no topo de sua pizza fumegante.

— Agora, Emily, se você tivesse dito famosa, seria mais difícil. Mais difícil, mas ainda possível. Desenvolva sua carreira da maneira certa e conseguirá em dois, três tempos, tal quantia. Por anos. Melhor ainda, entre em ação, como Layla está começando a fazer, e você poderia fazer milhões.

Minha garganta faz um ruído borbulhante. Ergo minhas mãos.

— Ok. Famosa... Quero ser famosa.

Marc ergue seu uísque.

— Então você será – ele brinda. – É só esperar.

Sorrindo, espeto minha alface. Quando Marc sai para fazer uma chamada "urgente", olho outra vez para a mesa das mulheres. Aspirantes. Eu sou o negócio real. Sacudo meus cabelos. Famosa. Vou ser famosa.

Depois que nossos pratos estão limpos, o garçom volta com os cardápios:

— Então, vamos fazer uma travessura esta noite? – ele se inclina para a frente com uma piscadela conspiratória. – Porque Morte de Chocolate é uma ótima pedida.

— Negativo, ela está jejuando — Marc diz bruscamente.
— Estou jejuando?
O garçom rebate:
— Bem... não completamente. Salada, água, talvez um pedaço ou dois de atum... e bastante suco de limão.
Parecido o suficiente.
— Você precisa emagrecer — Marc me informa.
Pausa. Perdi uns 2,200 kg desde o comentário dos "quadris grandes", chegando a 55,300 kg, mas, do jeito que Marc está olhando para mim, eu poderia muito bem ser a boneca repolhinho.
— 2,200 kg pelo menos — ele continua. O cabeça da NOW! Modelos assina o cheque, então, parece que seu dedo é apontado para qualquer lugar, e ele poderia muito bem espetá-lo na minha coxa. — E manter. De fato, tive mesmo uma grande idéia. Quando chegar ao hotel, por que não usa a bicicleta estacionária por 40, 50 minutos?
Posso pensar em várias razões.
— Bicicleta... Esta noite? — suspiro.
— Sim, uma boa coisa — Marc puxa um maço de notas da carteira, coloca-as sobre a mesa e se levanta. — A primeira coisa a fazer de manhã, muito melhor para o seu metabolismo. Melhor acertar o despertador para seis e meia então — ele me estende sua mão. — Mas não se preocupe, gatinha, cuidarei disso. Sou seu agente, é por isso que estou aqui.

❋ ❋ ❋

Saio do Chaya faminta e mal-humorada. Quando Marc, de volta ao seu papel de guia turístico, diz: Tenho mais uma coisa para te mostrar, me controlo para não lhe dar um chute. Mas então o carro começa a subir, subir, subir, subir um canyon, dentro das colinas. A cada virada os faróis apanham alguma coisa: uma cerca viva bem aparada, uma explosão de flores brilhantes, uma forte videira se enrolando. Minha respiração fica suspensa. Uma vez, no fim do inverno, minha classe da sexta série de ciências fez uma viagem para ver as Cúpulas de Milwaukee: três estufas sob vidro. Todas eram quentes e exóticas, é claro, mas, de longe, a melhor era a tropical. Nunca tinha visto nada tão fresco, tão verde, tão perfeito. Era mágico, um paraíso em miniatura que possivelmente não poderia sobreviver na paisagem maior em que passamos nos arrastando. Era o que eu achava. Mas aqui está, tudo a minha volta. Bem aqui. Uma flora diferente talvez, mas o mesmo efeito. E foi quando percebi. É isso! Isso é onde o glamour está, não em brilhantes arranha-céus, mas em fecundidade, abundância, o poderoso motor roncando embaixo de nós.

— Veja, gatinha, as luzes de Hollywood!

As luzes. As estrelas. Inclino minha cabeça para trás, respirando o ar da noite, estendo minha mão para fora, como para tocar a beleza de tudo aquilo. É isso. Esta é Hollywood.

E eu vou ser famosa.

❉ ❉ ❉

Acordo na manhã seguinte para um dia feito sob medida: ensolarado, claro, não tão quente. Gasto 45 minutos pedalando para lugar nenhum na bicicleta e tomo goles da minha água com limão, enquanto viro o cardápio de serviço do quarto de cabeça para baixo. Meu estômago ronca, mas não me preocupo: vou ser famosa.

Marc me apanha prontamente às 9 horas. Enquanto dirigimos, passamos por um cartaz mostrando uma loura com uma interminável quantidade de cabelo e seios do tamanho de melancias, a palavra Angeline contornando seu mamilo direito.

— O que é Angeline? — eu pergunto. — Nunca escutei falar desse produto.

— Ela.

— Ela é Angeline?

— É.

Marc dá seta.

— O que ela está vendendo?

— Ela mesma.

— Não me diga. Ela é prostituta — eu digo, tentando soar natural, embora, honestamente, não soubesse que se pode apenas pendurar um cartaz para isto.

— Não, não é prostituta, ela é entretenedora; e isto é autopromoção — Marc explica.

Ele está vestindo uma versão do traje de ontem, mas a camisa é de manga curta, e quando ele prende o telefone contra o pescoço para discar, seu relógio dourado cintila ao sol brilhante da Califórnia.

— Não entendi.

Marc suspira, e me explica:

— Angeline quer ser uma estrela, então ela compra um cartaz. Simples.

Simples para ele. Eu suspiro também, imaginando uma via expressa em Milwaukee empapelada com imagens minhas de biquíni com o único objetivo de promover o meu produto: moi. Eu morreria, considerando-se, é claro, que mamãe não me matasse primeiro. Como sempre, ela não estava entusiasmada comigo.

— Mas, mamãe, nunca estive na Califórnia; não deveria alargar meus horizontes? — enrolo durante a discussão inevitável que precedeu essa viagem.

— Seus horizontes ou sua bolsa? — Mamãe dispara de volta. Mas ela finalmente capitula, primeiro porque tem uma queda pelo lugar de nascimento de Jerry Brown.

Mas no horizonte agora não está Jerry, mas Marc, ou, por evidente, a agência de Marc, um prédio baixo e verde com NOW! MODELOS – MARC GOLD. INC. pintado na frente em letras pretas garrafais, assegurando que mesmo idosos e deficientes visuais saibam quem está dirigindo o show. Dentro, o lugar é frenético. Nunca tinha visto tantos contratadores antes. Perto da entrada estilo porta de garagem, uma meia dúzia ou mais está espalhada à volta de duas grandes mesas redondas, cada uma com um buraco no centro contendo uma bandeja circular na qual descansa um arquivo giratório com as fichas de todas as meninas da agência. Enquanto os contratadores trabalham ao telefone, as rodas estão em movimento.

— Precisa de uma loira? Que tipo... Clássica?

— ... gostou de Cynthia? Porque posso lhe dar uma primeira na quarta e uma segunda na quinta.

— ... exótica?

— ... meio dia com Christie sai por 2.000. Quer reservar?

Os agentes estão inventando opções. É como se trabalha aqui. Em teoria, o primeiro cliente a reservar uma modelo consegue a primeira opção, significando que tem prioridade na modelo para aquele dia, o segundo que chamar consegue a prioridade dois, e assim por diante. Na prática, contudo, a alguns clientes são dadas uma segunda, terceira ou quarta opções – também conhecida por vá sonhando – não importa quando tenham solicitado. Se a Kmart[5] liga para reservar seu tempo, bem, hum, ótimo, mas seu agente pode dar a eles uma segunda, ou uma terceira, no caso de alguma coisa melhor surgir. Se nada acontecer – por volta das três da tarde, digo, do dia anterior à foto – então, e somente então, seu agente chamará de volta a Kmart e lhe dará uma primeira, então eles podem confirmar o tempo e, portanto, selar o acordo.

– ... sim, você tem uma primeira com Tessa, está confirmando?

Mas antes que você morra de pena da Kmart, lembre-se: eles estão fazendo isso também. O cliente geralmente escolhe várias garotas para um trabalho, para o caso de não conseguirem aquela que querem, ou eles precisam de uma loira, não uma morena, ou uma nova garota quente entra no seu escritório naquele dia e eles simplesmente têm que tê-la. Neste caso, eles se livram das outras na undécima hora, muito tarde para as garotas arrumarem outro trabalho.

– ... então confirma Carrie e libera Svetlana para esta tarde?

O resultado é que você nunca sabe o que vai fazer até o último minuto, o que é excitante, e chato.

– Tenho uma garota nova realmente especial. O nome dela é Emily.

Escuto quando um agente chamado Jared fala de mim a um misterioso cliente em termos como "castanho-avelã", "rosto jovem", "constituição atlética", "beleza clássica". Soa como se eu fosse um cavalo. Mesmo assim, é bom que estejam falando de mim tão cedo. Obviamente, é só uma questão de tempo antes de eles me notarem. Vou ser famosa.

Marc me empurra para dentro do seu escritório, onde, pelo resto da manhã, examinamos meu book, ou eu deveria dizer, o esvaziamos.

– Que diabos vêm a ser isto?

Marc segura um enevoado retrato meu em caracóis e vestido sem alças Laura Ashley, olhando contente para uma lâmina de grama, antes de atirá-lo no chão de concreto com outros rejeitos – a maioria fotos que

---

[5] Uma das gigantes no segmento de lojas de descontos e varejo, 3o lugar no ranking do mercado americano, atrás de Wal-Mart e Target. (N.R.)

tirei no último ano com fotógrafos de Chicago, fotos que, na taquigrafia dos agentes de modelos, Louis e eu reduzimos a simples apelidos, como "Telhado", "Amish", e, o último desastre, "Camponesa".

Essas fotos são testes. Testes é a abreviação para testes fotográficos, fotografias em estilo profissional tiradas para uso pessoal, geralmente para o portfólio de alguém. Esses testes acontecem por uma série de razões. Um fotógrafo quer experimentar um novo estilo de iluminação; um maquiador quer mostrar que pode criar um glamour anos 40; uma nova modelo precisa de fotografias para o seu book. "Se a modelo tem que pagar a alguém para tirar sua foto, está no negócio errado", Louis acentuou uma vez. Então, os testes fotográficos geralmente não me custavam nada, exceto parte dos custos do filme e da revelação. Mesmo assim, podem ser uma perda de tempo. Os fotógrafos que querem testar são freqüentemente iniciantes, ou o maquiador, ou o estilista, ou todos os anteriores, e se, como dizem, a câmera não mente, um colarinho torto, cabelos desarrumados, a nuance errada de lipstick, a foto não serve para nada. A julgar pela pilha crescente no chão, eu diria que tinha desperdiçado pelo menos um sábado inteiro. Mas que escolha eu tinha? Como modelo nova você testa e testa até que substitui aquelas fotografias por recortes de revistas de verdade.

Quando Marc terminou, meu portfólio de vinte tomadas tinha encolhido para quatro. Quatro páginas cheias, tiradas de 40. Eu não tinha trabalhado como modelo o suficiente para perceber que uma variação disso acontecia todas as vezes que você arranja um novo agente – o subproduto final de um tipo de complexo de Svengali[6] –, então levei a sério.

– O que está errado com estas? – perguntei, segurando algumas fotos de Fuhrmann/Whitman. De todas as rejeitadas, eram as que eu mais gostaria de resgatar, não somente por causa do trabalho que deram, mas também porque pareço bonita, eu acho.

– Catálogo – ele encolhe os ombros. – Não posso colocá-las no seu book.

Isso eu não sabia.

---

[6] Svengali é o personagem de ficção do romance Trilby, de George du Maurier, de 1984, cínico e impertinente, que transforma a personagem Trilby em uma grande cantora usando hipnose e, assim, cria total dependência da cantora, que sem sua ajuda não consegue entrar em transe e, em conseqüência, não poder cantar. (N.R.)

— Louis disse que podia.
— Ugh, Chicago — Marc resmunga.
— Bem, por que não? — insisto, encolerizada.
— Simplesmente não pode. Faz você parecer muito comercial.
— Mas a maioria dos meus clientes é comercial — eu respondo, confusa. — E, de qualquer forma, comercial significa dinheiro, e dinheiro é bom, certo? Quer dizer, não é a razão pela qual estou tentando ser famosa? Então, posso ficar ainda mais rica do que se estivesse apenas tentando ser rica, verdade?

Marc fez uma massagem no seu escalpo.

— Emily, ser modelo é um negócio baseado em imagem — ele diz, engatando uma longa resposta que usa a palavra imagem pelo menos uma dúzia mais de vezes, além de aura, fantasia e musa.

— Então está me dizendo que o cliente de catálogo preferiria ver fotografias minhas como um menino Amish e tentar imaginar como eu poderia parecer em roupas comuns, que ver fotos minhas num catálogo verdadeiro, que não requer nenhuma imaginação, só visão?

— Bem, talvez não como um menino Amish — ele diz, apontando o chão. — Mas esta é a idéia, sim.

Meu desespero é interrompido por uma batida gentil na porta.

— Sim?

Algumas modelos são tão fotogênicas que, quando você as vê em pessoa, é verdadeiramente uma decepção. Sem os efeitos suavizantes da roupa e das três horas de cabelo e maquiagem, elas parecem pálidas, lavadas e mal anguladas. Mas não Layla Roddis. Ela está em pé na moldura da porta, seus olhos mais cor de safira, seu cabelo mais dourado, sua pele mais luminosa do que mesmo o melhor dos fotógrafos poderia capturar. Estou abestada.

— Emily, acho que sabe quem ela é — Marc diz enquanto minha boca continua aberta e Layla entra.

— Layla, Emily acaba de se juntar a nós.

Noto que ele deixa de fora aquela história de futura estrela quando fala a uma pessoa que realmente o é.

— Olá — Layla abre a boca, e então se vira para Marc. — Quando é o meu vôo?

— Não antes das oito.

– Legal, porque quero fazer umas compras.
Subitamente, Marc bate palmas como se estivesse aplaudindo.
– Ei, tenho uma idéia! Layla, você detesta ficar sozinha e, Emily, eu diria que você precisa de roupas novas. Por que não vão juntas?
A expressão de Layla torna claro que ela não se importa tanto assim de ficar sozinha
– Será divertido! – Marc pressiona.
Seguro a respiração. Layla olha para mim, então para Marc, e então para a bolsa.
– Ok, está bem. Vamos.
Estou indo às compras com Layla Roddis! Sinto-me tonta e aturdida, mas tenho essa sensação o dia todo, então, talvez seja apenas Los Angeles. Seja isto, ou outra coisa qualquer, estou começando minha experiência com os efeitos colaterais da privação calórica.
Layla perambula na direção da porta de saída. Vou atrás, meio tonta. Quando saímos para o sol brilhante, eu meio que espero um motorista e uma limusine, mas o veículo é um Porsche 911, placa de licença "Olhos azuis".
Legal.
– Este é o seu apelido?
Layla sacode a cabeça.
– É o do meu namorado. Nicky. Este é o carro dele.
Uau. Sei quem é Nicky, Nick Sharp, famoso astro de cinema por fazer sempre um policial malvado, ou mesmo o mais malvado traficante de drogas e um quantidade de outros vilões. Eles têm tatuagens iguais com o nome de Cristo e, logo, bilhete duplo num filme que ele está produzindo, mas não estou certa se devo saber ou não, se entende o que quero dizer, então digo apenas "oh" e entro no carro.
Layla coloca um par de óculos escuros l.a. Eyeworks – o último modelo; tenho que arranjar um – e começa a dirigir.
– Mora em Los Angeles faz tempo? – eu pergunto.
– Dois anos.
Layla aperta o botão do toca-fitas e aumenta o volume.
– É Bon Jovi? – tenho de gritar.
Layla concorda com a cabeça.

— Não tinha escutado este!

— Não foi lançado ainda. Jon nos mandou um adiantado.

Oh meu Deus, ela conhece Jon Bon Jovi! Vou comprar este, também, quando puder. Olho para fora do Olhosazuis, feliz e calada, a despeito do rugido do meu estômago, que alcança o volume mais alto logo que o toca-fitas muda de lado.

— Desculpe — desculpo-me, envergonhada pelo ruído. — Estou um pouco faminta, acho.

— Bem, você está fazendo o jejum de Marc, por isso não estou surpresa.

Mas eu estou.

— Como adivinhou?

Layla dá uma risada enquanto diminui o volume.

— Porque ele faz todo mundo fazer isso... Inclusive eu.

— Oh.

Não estou certa se me sinto melhor porque isso significa que não estou especialmente gorda ou, pior, porque significa que não sou especial.

— De fato, aqui... Misture isso na sua água.

A mão dela se estende atrás do meu assento para dentro de sua enorme bolsa Hermès, então volta na minha direção. Abro minhas mãos em forma de concha, esperando uma marca especial de vitaminas, um tônico talvez, mas é Metamucil.

— Sempre carrego um pouco comigo. Ele me deixa cheia. Geralmente, misturo com Coca Diet. Disfarça o gosto, eu acho. Tomo isso o tempo todo, Nicky o chama de coquetel Layla.

— É engraçado.

Layla sorri. Ela está amigável agora, mais falante. Eu rasgo o envelope, deslizo a fibra dentro da garrafa aberta e sacudo.

— Mas não tome além de quatro a cinco vezes ao dia — ela adverte. — Se não, estará constantemente indo ao banheiro e terá uma diarréia. Especialmente se beber bastante água. O que você deve.

— Hã, hã.

Estou com Layla Roddis, Layla Roddis. E antes de dez minutos de nos conhecermos já estamos conversando sobre movimentos intestinais: que merda! Porque somos praticamente as melhores amigas já. Imagino se gostarei de Nick? Imagino quem vai desenhar nossos vestidos de noiva? Talvez eu consiga um namorado-celebridade também!

Layla dá duas viradas bruscas e entra com o Porsche numa vaga. Saltamos. Estamos atrás de um prédio de dois andares, branco, todo coberto de trepadeiras. A placa diz Fred Segal em loucas letras vermelhas e azuis. Entramos.

— Oi, Layla, temos umas ótimas coisas novas!

— Layla, sou grande fã do seu trabalho!

— Ei, Layla, como vai?

Oh meu Deus. Olho de volta para o cara fugindo para dentro da seção masculina. Meus dedos se curvam em volta dos de Layla.

— Este era... era Terence Trent D'Arby?

— Era.

— Legal!

— Imagino. Pessoalmente, acho que ele precisa repensar o cabelo.

Dou risada, com esforço, e troto atrás de Layla escada acima.

— Oi, Layla!

— Layla, estou fazendo uma festa sábado: 4787 Vista Del Mar. Venha e traga Nick!

Outra vez olho para trás.

— Quem é aquele?

— Quem sabe? – Layla diz.

Fred Segal é pequeno. Pequeno, mas bem editado. Emergimos perto dos óculos de sol. Layla tira os dela.

— Quer estes? – ela pergunta, já experimentando um novo par com um logotipo que nem mesmo reconheço.

— Sim... Uau, obrigada! – coloco meu Ray·Ban fora do estojo e ajeito cuidadosamente os óculos rejeitados de Layla em volta das flanelas dele.

Roupas de griffe vêm em seguida.

— Ooh, que lindo! – exclamo enquanto ela segura a sua frente um Versace cinza.

— Bonito pra você – Layla passa o vestido, seguido por uma mini de couro dourada. As vendedoras estão ali aguardando.

— Aqui, deixe-me pegar esta – diz uma.

— Coca diet? – diz outra.

— Senhorita Roddis, acabo de conseguir este — diz uma terceira, segurando um vestido preto longo. — É um Alaia. Gosta?

Layla desliza os novos óculos sobre a cabeça.

— Eu já tenho. Azzedine me deu — ela suspira, virando-se de costas para o cabide.

— Oh, então estou certa de que ficou maravilhoso em você! Temos em amarelo e marinho, no caso de se interessar.

— Mesmo? — suas sobrancelhas se erguem. — Ok, vou ver o marinho. E o amarelo para ela — acrescenta, agarrando uma Coca diet da bandeja que acaba de se materializar debaixo do braço dela. Pego uma também.

— Excelente. Estarão em seus provadores.

Eu sorrio. Não gosto de amarelo na verdade, mas, o que sei realmente?

— Ei, Layla, outras dicas de dieta? — pergunto enquanto nossos dedos trabalham nos cabides.

— Bem, eu sigo a dieta alcalina... Aqui — Layla me estende um vestido de couro marrom.

— O que é isto?

— Byblos.

— Não, a dieta.

— Oh — Layla pega um par de calças de couro creme. Pego também. — Você sabe que o corpo das pessoas tem um certo pH, como uma piscina?

Não sei.

— Sim —respondo.

Layla pega uma jaqueta de couro creme. Eu pego uma também.

— Bem, com a dieta alcalina você evita comidas ácidas — ela diz.

— Ok... Por quê?

Layla me passa um suéter de cashmere rosa-pálido e depois um branco. Uma balconista vai juntando nossas pilhas. Quando a seguimos aos provadores, duas adolescentes abafando risinhos param Layla e pedem seu autógrafo na capa da Vogue. "Amor, Layla", ela escreve, perto de sua bochecha.

— Ácidos podem levar à acumulação de fluidos, diminuir seu metabolismo, coisas assim.

— Sei — não sabia, mas estava querendo lhe dar o benefício da dúvida. Entro no meu provador. Layla entra no dela. A mão dela aparece entre as cortinas.

— Aqui, faça xixi neste pedaço de papel. Ele lhe dirá o pH de sua urina. Azul é bom.

Não admira que Layla carregue essa bolsa enorme.

— Ok – coloco o pedaço de papel no meu bolso. Estou certa de que terei que ir logo, na última meia hora bebemos duas cocas diet e uma água mineral; as balconistas são muito atenciosas.

— Então, significa evitar tomates e essas coisas?

— Não... Comidas ácidas não o são necessariamente em seu corpo – Layla deve estar se trocando, sua voz fica abafada e depois normal outra vez. – Tomate tudo bem. Laranja também, todas as frutas, tudo bem. Exceto uvas do monte cranberries. Oh! E ameixas. Evite ameixas.

— Ok.

Isto é provavelmente o melhor a fazer, com todo o metamucil que tomarei. Tiro minhas roupas e visto o Versace cinza.

— Coma algas.

— Heim? – dou uma espiada no provador de Layla. O Alaia está entalado em volta das orelhas dela. – Oh! Aqui. Deixe-me ajudar.

— Não, eu consigo!

— Não, aqui – eu a viro para mim. Quando agarro o tecido, vejo uma marca de uns 15 cm preta e azul em suas costelas. – O que aconteceu?

— Eu caí – Layla diz. Anos mais tarde, descobrirei que não era verdade. Houve muitas contusões, muitas quedas enquanto ela e o velho Olhosazuis estavam juntos. Por agora, me retraio simpaticamente.

— Sim, algas. É uma planta do mar – ela continua. Compro de um fornecedor. Vou lhe dar o número dele.

O vestido está colocado agora. Layla rodopia. O tecido marinho envolve-lhe cada curva, acentuando a cor dos seus olhos. Ela livra os cabelos da gola, e ele cascateia passando pelos seus ombros.

— Uau – sussurro.

Layla encolhe os ombros.

— Está bem, não está?

— Definitivamente.

Volto para o provador. Acontece que Fred Segal não tem o Alaia amarelo em estoque. Entro para experimentar o mini dourado Versace.

— Então, fruta, algas marinhas... O que mais?

— Amendoim. Não, espere, amendoim não é bom. Castanha-de-caju. Amêndoas e nozes tudo bem, eu acho. Sabe, para dizer a verdade, é Nick quem geralmente compra para mim, por isso não tenho certeza realmente. Oh! E nenhum álcool. Calorias vazias, e diminui seu metabolismo, mas — a voz de Layla se torna conspiradora — eu bebo um uísque. Esta é a regra de Nicky: podemos beber uísque.

Ok. Obviamente não posso levar uma garrafa de uísque para dentro do refeitório da Columbia; terei de comprar um frasco. De resto, frutas, algas marinhas, amêndoas. Admitamos, não é muito, mas, comparado à minha dieta atual de água e ar, soa positivamente deliciosa, tão deliciosa, de fato, que meu estômago começa a roncar outra vez só de pensar. Distraio-me concentrando-me nas roupas. E como!

Layla e eu experimentamos tudo na loja, parece, uma maratona alimentada por lata após lata de Coca diet trazidas aos nossos provadores pelas assistentes. Tudo que uma supermodelo experimenta parece como se fosse feito para ela — o que provavelmente foi —, e tudo que ela me diz que parece "ótimo" acrescento à minha pilha do "sim". No final da nossa sessão, chegamos perigosamente perto de arrebentar as costuras do provador. Então, fico surpresa quando Layla aparece de mãos vazias.

— Espera, você não está levando nada? — eu pergunto, meus braços tão cheios, que mal posso vê-la.

— Ainda não. Nicky precisa aprovar tudo, e é bem mais fácil fazer isso aqui. Vamos voltar mais tarde — ela explica.

Estou pensando que Olhosazuis tem coisa melhor para fazer, então percebo que a perspectiva de ter uma namorada-supermodelo dando a você mostras pessoais de moda é provavelmente o que o motiva a se tornar astro de cinema em primeiro lugar. E a deixo passar. A vendedora sorri.

— Ok, Srta Woods, seu total hoje é de 2.150 dólares. Como gostaria de pagar?

Hum... Aceita carne e osso? Meu Deus, nunca remotamente tinha gasto tanto dinheiro em roupa na vida. Quando começo a procurar dentro da mochila, minhas mãos tremem. Nervosamente, pego meu novo cartão de crédito, o que mamãe e papai tinham acabado de me dar. Para os livros escolares.

— Foi recusado — a vendedora diz um minuto mais tarde.

As palmas das minhas mãos começam a suar.
— Mas é novo em folha — gaguejo.
Pausa.
— É seu primeiro cartão?
Concordo.
A vendedora sorri.
— Então, você provavelmente tem um limite de crédito de 1.000 dólares — ela diz gentilmente, conversando comigo como se eu tivesse quatro anos de idade. — Vamos colocar parte no cartão e você pode pagar o resto em dinheiro, certo?
— Não tenho 1.150 dólares — digo a ela, prometendo a mim mesma conseguir outro cartão tão logo possível. — Talvez eu deva devolver o mini dourado — sugiro. E as calças. E o suéter.
Os lábios de Layla fazem bico.
— Mas a saia ficou tão bem em você!
— E é dourada. Dourado vai com tudo — a vendedora acrescenta.
Layla concorda.
— Dourado é clássico.
— Como um brinco de argolas — eu murmuro.
— Exatamente! — elas falam em uníssono.
Coloco o dedo no tecido suave e brilhante.
Layla puxa seu cartão de crédito.
— Aqui. Deixe-me pagar.
— Não posso! — gritei.
— Sim, pode.
— Vou te devolver.
— Claro que vai — Layla diz, estendendo o cartão. — Está com Marc Gold agora. Vai ficar rica!

CAPÍTULO 6
OLHOS DE LEÃO

Logo no dia seguinte em Los Angeles, estou trabalhando.
— Um trabalho bem pago — é como Jared coloca quando ligo para checar. O trabalho é para um catálogo alemão. Estranhamente, é o mais próximo que chego de fazer turismo. Como o cliente quer que o pano de fundo de cada foto cante Holl-y-wood, nossa van de locação vai a todos os principais pontos turísticos: o Teatro Chinês Mann, Rodeo Drive, Sunset Boulevard (identificável somente se você parar diretamente na frente da placa da rua, o que eu fiz). É artificial demais, mas é divertido, e eles me pagam 1.200 dólares em dinheiro.

Paramos de fotografar quando o sol mergulha no oceano, tão pesado e vermelho que as cores começam a brincar de camaleão. Tomo um táxi de volta à agência.

Marc está em seu escritório, sua mão deslizando dentro de um saco de batatas fritas.

— Não lave o rosto — ele instrui. — Vamos a uma festa.
— Ok.

Acabo de afundar numa cadeira quando a cabeça de Tanda, uma das principais proprietárias da NOW!, garota morena de cabelo louro-mate, assoma à porta do escritório.

– Ei, Marc, está pronto?

– Um segundo.

– Certo.

A porta se fecha. Marc morde uma batata. Crunch.

– Qual o problema? – ele pergunta de boca cheia. – Está cansada?

Fico olhando para ele por sobre o braço da cadeira.

– Sim, cansada... E um pouco faminta.

Crunch. Marc franze as sobrancelhas.

– Faminta? Tem certeza? Porque jejuar dá bastante energia, eu descobri, a menos que... – suas rugas se aprofundam. – Não comeu nada fora da lista, comeu?

– Não, só tomei água e comi verdes. De fato... – forço-me a me erguer para ganhar o benefício do contato visual. – Acho que este poderia ser o problema. Preciso de atum, acho, um pouco de atum. Podemos parar para comer algo no caminho?

Crunch.

– No caminho da festa?

Concordo, engolindo saliva. Não quero recorrer a isto. Quero estar acima de uma necessidade básica como comida, mas, hoje, algum anseio primal por sobrevivência bateu, e aqui estou, de patas no ar, como um daqueles Sharpeis bizarros que tenho visto no assento do passageiro de muitos veículos em Los Angeles.

– Poderíamos – Marc ergue as sobrancelhas e fala daquela maneira exagerada e lenta que é, de fato, usada quando se conversa com animais. – Poderíamos conseguir algum atum para você.

Meu coração canta.

– Só que... – Crunch. Crunch – Preston vai fazer você tirar a roupa.

– Quem é Preston?

Marc sacode o saquinho para facilitar a escolha da batata.

– A editora de contratação da Vogue – Crunch. – Uma dama muito poderosa.

– E ela vai querer me ver nua?

– Bem, você pode conseguir ficar de calcinha.

Bem, já é alguma coisa.

Nervosamente olho para baixo, para meu corpo. Uma editora da Vogue examinando cada polegada de carne exposta. Achei que já tinha acordado deste pesadelo.

– Quando vou vê-la?

– Semana que vem. Em Nova York. Eu lhe disse que vou torná-la famosa.

O saco de batatas está vazio agora. Marc o amassa e o arremessa ao cesto de papéis, como se fosse basquete.

– Continue mantendo o jejum. Ei, posso receber a minha comissão?

– Claro.

Ignorando o ronco do meu estômago, tiro o dinheiro da carteira e conto 240 dólares. Marc o enfia no bolso da jaqueta.

– Obrigado.

– E este é para Layla – acrescento, contando outro maço de notas. Este outro vai para a jaqueta, também.

– Cuidarei que ela o receba.

Olho envergonhada para minhas unhas.

– Então, Marc, isso significa que você é meu agente?

– É claro, gatinha!

Obrigada Senhor.

– Bem, não quer me assinar alguma coisa?

– Sim, bem... Hum... Emily...

Uma batida na porta, Tanda está de volta.

– Um minuto! – Marc grita. Ele aponta para mim. – Porque você precisa se trocar.

Confusa, olho para baixo, para minhas calças de couro creme de marca e suéter combinando.

– Mas por quê?

– Não está sexy o bastante.

– Mas tudo o mais está no hotel!

– Eu imaginei – Marc puxa uma sacola detrás da escrivaninha e tira dela uma roupa atoalhada. – Por isso comprei um presente pra você.

– Obrigada – eu digo, percebendo, quando aceitei, que era realmente um artigo de vestuário muito leve. – Mas não estou certa de que vai servir – tento soar desapontada

— Vai servir. A vendedora procurou seu número. Se estiver muito grande, podemos alfinetar e você conseguirá reformá-lo mais tarde.

Eu não vestia atoalhado desde que era uma garotinha em torno de um ano de idade. E quem infernos costura toalhas?

Marc aponta para o banheiro.

— Depressa.

O macacão tem um decote em V com gola molenga. Graças ao elastano, este tecido miraculoso, ele serve, da maneira de Frederick de Hollywood — não Deus — pretendia, disse comigo mesma, vendo que não existia lugar para nenhuma forma de roupa de baixo. De jeito nenhum.

Dou um passo fora do banheiro.

— Perfeito! — Marc grita.

Para o quê? A voz de Ayana soa na minha cabeça: seja uma cadela.

— Não vou vestir isso em público! — bradei num ímpeto.

— Agora, Emily... — Marc se levanta e circula minha cintura. De perto, seus olhos cor de cobre são ainda mais belos, ruivos, mas raiados de ouro. Como os de um leão. — Lembra dos seus objetivos? — ele pergunta.

— Sim, mas...

— Mas nada, Emily. Aqui em Hollywood não existem mas.

Isso tudo eu entendo.

— Se quer subir ao topo — ele cinge minha cintura mais forte e suaviza a voz —, se quer ser como Layla, então precisa confiar em mim e vestir isto para a festa Chip Blitz.

Espera um pouco.

— Esta festa é de Chip Blitz?

— Sim.

— Chip Blitz, um dos mais famosos fotógrafos de moda do país?

— Eu diria do mundo, e sei que Chip preferiria "fotógrafo de retratos" ou "fotógrafo de celebridades" a "fotógrafo de moda". Mas, sim, é Chip — Marc coça o queixo. — Oh, você não sabia? Pensei que tinha mencionado... Certamente mencionei você a ele.

— Mencionou? — eu estava ofegante.

— Hum, hum. Ele está louco para que você venha. Então, vamos?

Preston. Chip. Minutos mais tarde, quando estamos dirigindo Sunset abaixo, olho para cartaz após cartaz daqueles que estão feitos, ou estão tentando se fazer e, subitamente, à fama não parece tão difícil chegar. Está logo ao alcance, de fato; tudo que tenho que fazer é abrir mão.

❋ ❋ ❋

— Aaron, por que deu a seu novo barco um nome depois um código postal?

— Aqui está ele: o homem por trás de Pretty Woman!

— Meninas, por aqui!

O vestíbulo de Chip Blitz está cheio de gente, seus encontros, saudações, uma cacofonia acompanhada somente da batida atordoante do som dos DJs. Marc agarra a mão de Tanda. Ela agarra a minha. Ela está vestida com um vestido vermelho tão revelador que, por comparação, só preciso de um véu de freira e estou liberada para o convento. Quando Marc arrasta nós duas através da multidão, somos apresentadas como "Branca de Neve e Cachinhos Dourados", "Jill e Sabrina", e, quando suas referências artísticas falham, como acompanhantes para a fila aparentemente interminável de homens de meia-idade — todos produtores — a quem somos apresentadas. Mas, se tudo que está faltando no meu traje são orelhas e cauda de pele de coelho, esses homens têm um uniforme, também, um que sua prolongada paquera me dá bastante tempo de examinar: camisas com abotoaduras num espectro de tons de sorvete; calças pregueadas; jaquetas, colarinhos apertados e linho. É como estar num corredor de espelhos com Crockett e Tubbs, só que mais velhos e mais carecas, seus anos de Tinseltown cozidos em suas peles.

Puxo a mão de Tanda.

— É todo mundo velho assim? — eu grito.

— Agora, sim! Mais tarde chegam os mais jovens! — Tanda grita de volta. — No entanto, este é o melhor momento para fazer contatos; vamos continuar andando!

Quando o corredor se alarga dentro de uma sala, uma ruiva bem constituída na minha frente fica ofegante e pressiona seus dedos contra o peito.

— Oh! Meu Deus! Jackie!

De jeito nenhum. Jackie O?

São as nove Jackie de Warhols, não a mulher em si, mesmo assim, fico abatida. Por tudo. Sempre estive em salas elegantes, elas sempre são grandiosas, candelabro de cristal, tapete persa, Luís 14 e 15 de todo jeito, como o vestíbulo de um hotel não particularmente interessante. Mas o chão da sala de Chip é ébano escuro, tão brilhante que a área coberta de tapetes brancos de pelúcia parece flutuar sobre ele como folhas escumadas da superfície de um lago – uma ilusão de leveza que as mesas de vidro e as cadeiras de acrílico só mantêm. Luzes brancas no formato de cadeias atômicas dançam sobre nossas cabeças. Pinturas brilhantes e litogravuras arrojadas irrompem das paredes como se as tivessem furado. Do lado de fora, vejo o brilho de uma piscina e, além, o centro brilhante de Los Angeles. É incrivelmente exótico, impossivelmente glamoroso, como aqueles destinos sobre os quais eu só tinha lido: Bali, Taiti, St. Moritz.

Tanda afasta-se para trabalhar na sala. Eu fico com Marc. Ainda estou absorvendo tudo aquilo quando outro homem amorenado e bem arrumado se aproxima, este mais jovem e menos cor pastel, um nariz de falcão apoiando um par de óculos de fino aro negro. Marc me solta e o abraça.

– Aí está você – ele exclama. – Emily, gostaria que conhecesse Chip.

– Bem-vinda!

Chip pergunta as coisas usuais: de onde vem você? É a primeira vez que vem aqui? Gostou? A cada resposta ele sorri, concordando, mas seus olhos vagam distraidamente pela sala, fazendo-me sentir apressada e tensa.

– Emily vai para Harvard – Marc diz, quando o pretexto da conversa começa a minguar.

Harvard?

– Sim, certo, Chip – ri entredentes. Seus olhos saltam para os contornos do meu macacão justo antes de saltarem sobre Tanda. – E esta entrou para a Escola de Direito.

Por alguma razão, os dois acham engraçado. Tão engraçado, que se sacodem como lutadores, batendo nas costas um do outro por trás do pescoço como se estivessem ofegantes por ar.

– Então – Marc diz, quando a gargalhada morre numa risadinha. Ele alcança minha nuca e a aperta. – O que acha?

Chip olha um pouco para mim, então pisca.
— Esperta.
— Esperta? Ora vamos, é mais que esperta; é perfeita para as suas fotos da semana que vem!
— Para a Vogue? Não pode estar falando sério...
E, com isto, eu estou piscando por trás das lágrimas. Esperta? Então, por que estou vestida de dondoca eles acham que sou surda? E Harvard? De onde veio isso? E "não pode estar falando sério". Estou em estado de choque, preciso fugir nesse segundo, só um passo. Merda.
— Desculpe — arquejo quando uma bebida cor de âmbar se esparrama pelo carpete branco. — Merda! — desta vez digo em voz alta.
Eu me abaixo. Estou abaixada quando um braço com que me erga.
— Ei, não se preocupe com isso — diz uma voz de homem. — É uma festa. Acontece.
— Ok... Obrigada.
Eu me inclino para baixo e toco ligeiramente o carpete de qualquer modo. Uma auxiliar se apressa com um pano e club soda. Quando me acalmo, endireitando-me, meu olhar pasmo sobe pelo corpo, do pé que está sobre a bebida derramada, a minha frente. Jeans. Blazer. Camiseta. Barba grisalha. Rosto cinzelado. Cabelo escuro raiado de cinza. Olhos escuros. Richard Gere. Richard Gere.
— Oi.
Richard Gere. Richard Gere. Richard Gere...
— Sou Richard.
Fico olhando dentro do copo. Forçadamente.
— E você?
Oh, meu Deus. Diga alguma coisa.
Richard passa o peso de um pé para outro esperando.
Diga alguma coisa! Diga seu nome! SEU NOME!
— Emily — remexo os cubos de gelo e dou um sorriso deslumbrante.
— Prazer em conhecê-la, Emily.
Um garçom entrega a Richard um copo gelado. Ele o sacode um pouco e toma um gole, olhando para mim sobre o lábio.
— Escutei certo o que seu amigo disse? Está indo para Harvard?
Minha língua parece peluda e pesada.
— Mumph!

— Parabéns, é fantástico! — Richard toma um gole e se volta para mim. — Eu não teria imaginado você uma garota de Harvard — ele murmura brincalhão. Nossos olhos se encontram.

Father Figure não é uma canção particularmente barulhenta. Mesmo assim, não consigo erguer minha voz o suficiente para competir.

— É engraçado, porque...

— Há um professor lá que você realmente deve encontrar, um amigo meu chamado Frederick Blauford, que fez a pesquisa mais espetacular sobre pintura tibetana. Quero dizer, você realmente precisa ler o seu trabalho. Ele, o Dalai e eu viajamos através de Chang Tang por 14 dias, partilhando a mesma tenda durante um ou dois momentos perigosos ao longo de Brahmaputra. E então, quando digo que Fred é bom, falo por experiência. Heh, heh. Um grande professor, também, como comprovei. Deve procurar entrar numa aula dele. Você deve ser caloura, correto? Já conhece seu diretor?

Estou tão concentrada em aumentar meu volume que grito, e o que grito é:

— NÃO VOU!

Richard Gere ergue rápido a palma da mão.

— Calma! — ele diz. — Não assista à aula de Blauford se não quer. Foi só uma sugestão.

— Não! Para HARVARD! Não vou para HARVARD! — choramingo.

As sobrancelhas dele se franzem.

— Mas pensei que você...

— Eu fiz o exame, só que não entrei.

Oh, não. Calada.

— ... Na verdade, estou indo para Colúmbia. Não o Estado, a universidade. Universidade de Colúmbia. Em Nova York. Manhattan.

Calada.

— Ok, sim, conheço o local...

— Meus ensaios para Harvard foram bons. Pelo menos eu achei... Bem, de fato, minha professora de inglês, a Sra. Schwab também. Ela achou que aquele sobre o tobogan parecia realmente promissor.

Calada. Calada.

— Tobogan — Richard ecoa vagarosamente.

— É uma pista.

— Sim, eu...

— Mas, bem... matemática... não é minha melhor matéria, especialmente todos aqueles problemas de trigonometria. Você sabe, seno, cosseno... isso tudo? Totalmente confuso. Então não estou indo para Harvard. Não consegui entrar. Eu fui... – dou uma risadinha... – reprovada para Harvard!

Calada! Calada! CALADA!

Quando finalmente recupero o controle da minha língua solta mordendo-a, vejo que o queixo de Richard Gere realmente caiu.

Perfeito. Também não consegui entrar em Brown, devo dizer isso a ele?

— Er, estou certo de que gostará de Columbia. Boa sorte! – Richard diz, dando-me aquela pancadinha no braço que realmente significa fique onde está ou vou pedir ajuda. Uma vez mais, fixo-me em meu copo. Quando olho para cima outra vez, Richard se foi: câmbio e desligo, para a próxima conversa.

— E agora o quê? – murmuro para meu melhor novo amigo, o cubo de gelo, que, tristemente, não ficará por aqui muito tempo. Penso na voz de Chip - Vogue? – e sinto uma agonia. Marc não está em parte alguma onde possa ser visto. Localizo Tanda fazendo contatos, embora sua posição, recostada contra a parede entre duas taças de sorvete, a faça parecer mais como uma cereja no sundae deles. Encaminho-me para o bar. Uma abordagem. Um cara perto de mim ergue seu coquetel.

— Sou Terry.

— Sou Emily – os óculos escuros de Terry estão pendentes em volta do seu pescoço, como na série Magnum.

— Você é atriz?

— Não, modelo.

Terry me corta.

— Não são todas as modelos aspirantes a atriz?

— Hum, não eu...

— ...ou talvez eu apenas pense isso porque sou diretor – Terry conclui. Ele coça sua barba por fazer, avaliando-me com o olhar. – Ei, alguém já lhe disse alguma vez que se parece com Ally Sheedy? Porque se parece. Exatamente. É estranho. Eu devia saber. Acabamos de rodar nosso filme.

Uau ...Ally Sheedy? Gosto dela.
– Obrigada!
E ele a dirigiu? Meu coração fica alvoroçado.
– Qual filme?
– Breakfast Club.
– Breakfast Club? – faço uma pausa. – Não foi o que saiu três anos atrás? E... Espere... Não foi dirigido por John Hughes?
Terry puxa o colarinho de sua camisa denin.
– Bem, realmente neste filme faço uma ponta, mas estou para dirigir um filme curto para o qual você seria perfeita. Você leria o script? Ele se chama O Voyer...
Subitamente, decido que não estou tão sedenta afinal. Circulo pela festa em busca de Marc. Localizo Julian Sands e Charlie Sheen, mas não o meu agente. Subo e desço as escadas de um longo corredor. Entre um conjunto de portas, um rapaz e uma moça estão nos amassos. Na frente de outra, duas garotas discutem. Estou quase voltando quando as briguentas se separam. Enquanto uma passa por mim chorando, a outra empurra a porta aberta.
Na sala escura, o brilho azulado de uma televisão ilumina uma mulher deitada numa cama. Parece que ela está caída e devastada. Seus longos cabelos negros estão espalhados a sua volta. Seu vestido longo e escuro tem recortes modelados como cacos de vidro. De uma fatia de carne exposta, cor creme, Marc está fazendo uma carreira de cocaína.
A garota, segurando a porta, fica impaciente.
– Vai entrar ou não?
– Não – eu respondo.
Não, não vou. Preciso de ar. Desço correndo as escadas, atravesso a sala e saio pelas portas de vidro, passo a água, passo o jardim até a beira do gramado, onde coloco minhas mãos contra a grade de aço suave e olho para fora. O canyon se derrama abaixo de mim, escuro e perfumado. Além dele piscam as luzes de Los Angeles. É uma vista familiar, o espelho de uma que vi dois dias atrás, só que são os habitantes, não a vista, que acho confuso agora. Marc está me agenciando ou não? Esta é uma festa ou uma apresentação? Por que exatamente estou em Los Angeles?
– Aí está você! Emily!

Eu me volto. Marc está de pé atrás de mim. Atrás dele, a piscina se estende em ambas as direções, explodindo através do verde com o brilho de fogos de artifício.

— Bem aqui — murmuro.

Marc faz biquinho com os lábios.

— Gatinha, o que está errado?

Decido ignorar a cocaína e me concentro noutras questões.

— Então, fracassei na apresentação, não é? Nenhum interesse, certo?

— O quê? — a cabeça dele sacode confusamente. — Emily, eu já disse a você, quero representá-la!

— Não, estou falando desta festa. Encontrar Chip.

— Isto não foi uma apresentação!

— Marc...

— Está errada — ele diz rapidamente. — Chip gostou de você.

— Mas não para a Vogue.

Marc ainda está de pé, poucos passos adiante, no caminho de ardósia, sua necessidade de proteger suas calças brancas de linho sobrepujando toda a necessidade de contato físico. Eu o observo experimentar algumas respostas em sua cabeça.

— Não — ele finalmente responde. — Não ainda. Mas Chip é divertido assim mesmo; precisa conhecer a garota primeiro, às vezes. Vamos trabalhar nele, convidá-lo para jantar, conseguir que faça um teste fotográfico com você. Vai funcionar. Vai ver.

— Mas como? Quando? Chip mora aqui. Estarei em Nova York semana que vem.

— Acho que deveria ficar.

Olho fixamente através da extensão verde. Charlie Sheen está agora ali de pé. Quando ele se vira para a garota ao seu lado, parece que está sussurrando no ouvido de Marc.

— Mas, e a faculdade? — sussurro de volta.

— Vá daqui a um ano — Marc diz.

— Você pode me agenciar daqui, sei que pode.

Marc está sacudindo a cabeça.

— Não vai funcionar. Preciso de você aqui, tempo integral, para que possa olhar por você. Ensiná-la. Ser seu mentor, seu conselheiro, seu treinador...

Ótimo. Mais treinamento.

— Você pode fazer muito bem — ele continua. — Você e eu juntos. Vou levá-la direto ao topo.

Uma brisa se levanta, então fenece. Estou olhando para o campo quando Marc decide vir através dele, enrolando as pernas das calças e pisando cautelosamente, seus passos produzindo poças prateadas no gramado verde viçoso. Voltamos-nos na direção da vista.

— Vê aquilo? — ele pergunta.

Seus dedos envolvem os meus, apontando nossas mãos, passando as luzes de Los Angeles, na direção do céu.

— Posso fazer você uma daquelas. Uma estrela — ele suspira. — Como Layla.

Olho para cima, ponderando a fama de proporções cósmicas. Algumas estrelas piscam em resposta.

— Não sou tão bonita quanto Layla — murmuro. — Sei que isso é verdade.

— Eu acho que é — Marc diz, a única coisa que pode dizer. Ele abaixa nossos braços, mas mantém meus dedos em suas mãos.

— Você será grande, Emily, uma ótima modelo. Mas tem que acontecer agora.

— Agora? — minha voz soa como um eco.

— Sim, agora. Este ano.

Liberto minha mão.

— Mas terei somente vinte e um anos quando me graduar.

— Vinte e um anos é velha demais, velha demais mesmo, Emily, você sabe disso — Marc replica. — Tem que ser agora.

Vinte e um anos nunca tinha me feito pensar em algo tão velho antes, mas, quando olho para Los Angeles, parece longe, impossivelmente longe, e, embora eu procure no horizonte, não consigo visualizar isso.

— Emily... — Marc desliza para o meu lado. — Disse-me que queria ser famosa. Bem, aqui está. Bem aqui. Fique e deixe que aconteça.

Fecho os olhos, imaginando que a fama deve ser assim: água morna cascateando, mas não tão quente, à temperatura de sua pele.

— E se eu não ficar?

— Então não posso representá-la. Não vai funcionar.

Meus olhos, quando abrem, são engolidos pelo canyon.

— Por que disse a Chip que estava indo para Harvard?

— É a melhor escola — Marc diz. — Lembre-se do que eu lhe disse, Emily, é tudo marketing, tudo autopromoção. Mas você vai conseguir. Você vai aprender.

Sinto o calor do corpo de Marc, suas mãos deslizando pelos meus braços, seus dedos circulando os meus.

— E eu serei aquele que a ensinará — ele murmura. Tocando suavemente minha orelha, ele me aperta contra seu corpo. — O que diz, gatinha, alcançaremos as estrelas?

Como saber em quem confiar? É uma questão difícil, penso. Até agora, meu mundo tem sido principalmente um porto seguro, habitado por pessoas que conheço. É isso que acontece quando se é uma das 8.311 pessoas morando num lago. Mas então, um dia, pego um avião e aqui estou, com Marc Gold, sobre um penhasco. Fecho os olhos e fico. Fico e deixo acontecer. Deixo Marc me beijar.

Marc me beija por um instante. Ele me encosta contra a grade, suas mãos tateando os contornos do meu macacão quando alguma coisa, não estou certa do que, me faz parar e olhar para cima.

É Tanda, do lado da piscina, olhando para nós. Quando olho para ela, ela olha adiante.

— Nunca se importe com ela — Marc diz, olhando. — Tanda não é nada, uma mulherzinha de baixa categoria.

Tomo uma punhalada.

— Mas você está namorando com ela.

— Eu não diria namorando.

Eu me endireito.

— Está com ciúmes, gata? Não fique! Você é a minha gatinha. A minha estrela!

Então, outra vez, algumas vezes a gente simplesmente sabe. Tirei as mãos de Marc do meu corpo e me empurrei da grade. Estou indo para a Universidade de Colúmbia. É o que eu quero. É a coisa certa a fazer.

Além disso, Colúmbia está em Nova York. Posso ficar rica e famosa lá.

CAPÍTULO 7
UMA GRANDE CHANCE

Snap	*Francine's*
Elite	*Wilhelmina*
Ford	*Women*
Liquid	*Zoli*
Factory	*Click*

Olho para baixo, para a lista que Louis acaba de rabiscar em seu guardanapo.
— Então você está dizendo que estas são as únicas agências que importam em Nova York? Estas dez?
— Agora, agora, sim.
— E o resto?
Louis dá uma garfada em seus ovos, mastiga e descansa os talheres na bandeja.

— Algumas usam a palavra modelo frouxamente, muito frouxamente, se entende o que estou dizendo. Em relação às outras... Vamos dizer: fotografe com uma destas e pode muito bem acrescentar a palavra "recepcionista" à descrição do seu trabalho, porque é tudo o que sempre será.

Procuro meu copo d'água debaixo de um aviãozinho feito de guardanapo encharcado e tomo um gole. Quando voltei de Los Angeles de mãos vazias, exceto pelas roupas luxuosas e um débito pesado no cartão de crédito, chegara a hora do plano B. Eu precisava de uma agência em Nova York, isto era certo. Mas, qual? Como encontrá-la? Estava nervosa e assustada, até Louis vir em meu auxílio. Ao invés de viajar no último feriado de agosto para Door County – a Riviera de Wisconsin, conhecida por seu peixe cozido e sua torta de cerejas –, ele me disse que viria a Nova York me ajudar no processo de encontrar um agente.

— Afinal, docinho – ele diz com um sorriso –, é o mínimo que posso fazer pela garota que colocou a Chicago Inc. no mapa da moda.

Fora a parte do "docinho" – desde que a dieta de fome de Marc me reduzira para 54,5 quilos achava essa palavra impalatável –, fiquei eletrizada. Teria um aliado! Ao meu lado! Atirei meus braços em volta de Louis com tal ímpeto que quase o sufoquei. Estava preocupada que meus pais pudessem estranhar – eles iam me levar embora –, mas então o destino interveio. O jogo de abertura de Tommy aconteceria amanhã. Eles queriam assistir. Então, agora, eles estão lá e eu aqui, a 30.000 pés de altura com meu agente-mãe, criando uma estratégia de como realizar melhor nossa missão.

— Então, dez agências – eu digo. – Isto significa quantas modelos?

— Bem, vamos ver. A Ford e a Elite são as maiores e têm umas 200 meninas cada uma, eu diria. O resto são agências de butique com... humm... grosseiramente, umas 40 a 80 garotas cada. Então, quer dizer que o grande total de modelos de verdade em Nova York é algo em torno de mil – Louis calcula.

— Mil garotas? É muito!

— Você acha? – Louis mexe seu café e toma um gole. – Lembre-se, Emily, não são apenas garotas de Nova York ou mesmo dos Estados Unidos, são todas as garotas do mundo.

— O que quer dizer? E Paris?

Meu agente torce o nariz.

– Paris? Esqueça Paris. Paris é bom para a alta-costura, alguma coisa que três senhoras do Texas com dólares demais, mas não muito bom senso, realmente compram. Não. Existe só uma capital da moda neste planeta, e é Nova York. Se você é uma top, ou mesmo perto disso, tem que ser representada lá, seja você espanhola, sueca, ou da Letônia. Nova York é onde tudo acontece. Então, olhando dessa maneira, eu diria que mil não é um número muito grande, é muito pequeno. De fato... – os dedos dele batem de leve contra o meu livro. –Eu apostaria que é mais difícil que conseguir entrar neste lugar.

Olho para baixo, para onde Louis está apontando, agora parcialmente obscurecendo o C de Colúmbia do meu Guia de Calouros, e dou um suspiro irônico.

– Por quê? Tenho que escrever um ensaio sobre como desfilar? Sair-me bem numa entrevista com Lagerfeld?

Minhas palavras são recompensadas com um cutucão.

– Ok, certo, nenhuma prova escrita ou coisa assim, mas em termos de taxa de aceitação, sim, eu diria que é mais difícil conseguir uma agência em Nova York – ele diz. – Muito mais.

Minha zombaria se evapora. Tomo nota mental de onde está o saco de vomitar. Sem nenhuma pista, estava nervosa; informada, sinto-me pronta pra botar tudo pra fora.

Os detalhes que seguem fazem pouco para tranqüilizar meus nervos. Existem dúzias de agências, somente dez que contam, e só dois caminhos para se entrar nelas: por convite – nossa situação, graças aos agentes de Nova York que, como Marc, viram meu rosto em vários lugares e me rastrearam até a Chicago Inc. – ou por recrutamento. O último soa como um pesadelo real. Poucas agências têm recrutamento aberto, e quando têm é só por umas 2 horas por semana, resultando em filas de 90 minutos simplesmente para se entregar uma foto ou deixar alguma informação de contato. A coisa é: a foto – mais provavelmente uma preto-e-branco ruinzinha tirada por um tipo de fotógrafo que anuncia na lista telefônica dizendo Fotos Profissionais só 50 dólares!* (*mais o filme e custos do equipamento) – é atirada no lixo. O verdadeiro processo de seleção ocorre enquanto as garotas esperam. Tudo o que acontece é um agente júnior dar uma olhada para ver se alguém da fila tem chance. Raramente acontece.

— Talvez uma garota por ano seja encontrada dessa maneira, talvez — Louis enfatiza, sacudindo a cabeça diante da ineficácia disso. — Mas ela tem que ter estado escondida debaixo de uma rocha. Não, com caça-modelos trabalhando para agências em cada canto do globo, eu diria que os dias das beldades ocultas terminaram.

Minha água se derrama na bandeja.

— E o que me diz dos concursos? Você não pode conseguir um agente desses?

— Oh, docinho — Louis corre sua mão pelo meu cabelo, que, graças ao clima de Saara do avião, já levantou vôo por si mesmo. — Esses concursos só vendem mentiras, promoções que têm o benefício adicional de gerar um pouco de dinheiro para as agências, nada mais. Primeiro, as agências que os dirigem cobram pesadas taxas para as garotas entrarem, para conseguir que sejam tiradas fotos apropriadas, etc. Segundo, quem está participando? A maioria das que entram já tem agência, geralmente a que lançou o concurso. E, acredite, se a garota é tudo isso de bom, nenhum agente a fará perder tempo por aí em traje de banho em algum Shopping Mall da Letônia, quando ela poderia estar ganhando dinheiro para ele em Nova York.

Então, estamos de volta a Letônia, e as coisas não estão parecendo tão boas por lá.

— Mas as garotas que ganham conseguem contratos de 250.000. Como podem ser feias?

— Não são feias, mas também não são superestrelas. A coisa toda é uma manobra. Sinto admitir isso, docinho, mas nós agentes somos pouco mais que intermediários glorificados. Críticos para o sucesso de vocês, sim, mas ainda intermediários. Apresentamos vocês aos clientes e então tiramos 20% dos seus ganhos, acrescente uns 20% de sobretaxa que eles cobram por problemas nossos, e é isso. Ponto, ponto final, fim de parágrafo. Nenhum agente, em lugar algum, lhe dará uma garantia paga de que trabalhará quando eles não têm controle sobre os resultados. Isto é apenas mau negócio! Se você ler as letrinhas naquele contrato de 250.000, garanto que verá que tudo o que diz lá é que a ganhadora tem representação garantida da agência enquanto ela fizer 250.000, se ela fizer 250.000. Se ela faz zero, lamento, não é problema deles. E mais, existe a maldição da vencedora.

Instantaneamente minha cabeça se enche de imagens de assassinos seriais sufocando garotas usando uma tiara de vencedora com redes Chanel.

– Maldição da vencedora, o que é isso?

– É que a vencedora nunca consegue nada. Nunca, estou dizendo a você. Se a Vogue escuta que uma garota venceu um desses concursos, nem mesmo quer vê-la, muito menos seu book. Sabem que ela terá uma aparência comercial demais para ser uma estrela de verdade. O mesmo acontece com a Mademoiselle, a Saks da Quinta Avenida, a L'Oreal. Ela terá sorte se trabalhar para a Penney's. De todo modo... Por que estamos falando disso? Este não é o seu problema. Você está indo pelo melhor caminho possível, pela porta da frente.

Quando roubo a laranja enfeitando a bandeja de Louis, estou sorrindo. Louis pode não ser o melhor negociador, mas certamente conhece o negócio de modelos por dentro e por fora. Obrigada Senhor, por ele estar aqui para me proteger.

O piloto começa a falar através dos alto-falantes.

– Pessoal, o tráfego aéreo do La Guardia parece muito intenso – ele diz num tom de caubói dos pilotos em toda parte. – As boas notícias são que estamos no corredor de espera de aterrissagem direto sobre a *Big Apple*.

Murmurando, Louis olha para o relógio. Olho ansiosamente por cima do seu ombro. Aí está, bem debaixo da nossa asa. Nova York.

Ano passado vim aqui com meus pais, a cidade servindo de portão para o meu tour de Faculdades da Costa Leste (oito escolas, três dias, um carro alugado). Mas nunca a tinha visto assim. De cima, e de perto. Um desfile rápido de edifícios, prateados e brilhantes.

Fico ofegante.

Louis olha para mim, seus olhos sorrindo.

– Quer trocar de lugar?

Sentada na poltrona da janela, literalmente pressiono o nariz contra o vidro. Louis orienta. Estamos nos aproximando do lado sul da ilha e rumando direto para Hudson. A primeira coisa que percebo é a água. Tanta água! E não muito vento, porque a superfície está bem plana. Ao sol brilhante, parece púrpura, iridescente mesmo, como uma bolha de sabão ou o lado debaixo de uma lata.

— A Estátua da Liberdade, está vendo? – Louis diz. Não consigo a princípio, mas então... Oh, espere, lá está ela!. Tão pequena no meio de todos os barcos e ferries que parece estar à deriva, como um brinquedo de banho flutuante.

Dou uma risada, uma olhada e mais um pouco de risada; do que eu estava com tanto medo? De onde estou sentada, Manhattan é tão pequena! Uma coisinha. Um brinquedinho. Sou maior que tudo isso. Wall Street? Bate na minha cintura. O Edifício Chrysler? Posso olhar dentro de suas janelas, inclinar a ponta dele para trás e espiar lá dentro. O Central Park? Posso roçar o topo das árvores e enterrar meu dedão do lago. A cidade está aqui, logo aqui! Meu playground. Mal posso esperar para pular dentro dela.

E então aterrissamos. Numa sucessão não tão rápida, Louis e eu solicitamos nossa bagagem, chamamos um táxi e nos dirigimos pelo túnel Midtown. Estamos atrasados, por causa daquele corredor de espera de aterrissagem, o que significa que temos tempo apenas suficiente para guardar nossas malas e nos refrescar na sala de descanso pública no Hotel de Louis (o Royalton, que tem pias automáticas e poltronas gigantescas) antes de continuar para nossa primeira parada.

Nosso táxi se arrasta ao longo da Avenida Madison, devagar o bastante para evitar a brisa. Jesus! Está quente! Baixamos os vidros das janelas. Whoa, whoa whoa sweet child o mine, Axl Rose grita dos alto-falantes traseiros, tentando, mas não conseguindo, abafar o som de uma britadeira a nossa esquerda e de dois motoristas de táxi à nossa direita, também numa disputa ou discussão, é difícil dizer. Contra um prédio, um homem, com um pingüim cor púrpura e um sistema de som surpreendentemente avançado, está cantando I'll Take Manhattan num grande microfone. Ele é completamente ignorado.

— Ei, olhe, um jogo de três conchas! – grito, maravilhada. – Está vendo aqueles dançarinos de street dance?

— Aquele é Corbin Bernsen? – Louis pergunta.

— Onde?

— Lá, naquela jaqueta desbotada.

Debruço-me para fora da janela tentando encontrar o famoso personagem no aperto da Rua 57, mas tudo que vejo são turistas japoneses com sacolas da Tiffany.
— Oh, uau, um monociclo feito em casa!
— Liberdade para Bernhard Goetz! — gritam alguns manifestantes. — Liberdade para Bernhard Goetz!
— Quem é esse? — pergunto.
— Sei lá — Louis diz.
— Então, o que vai ser agora... — pergunto, finalmente me obrigando a parar o bastante para dar uma olhada no meu fichário, que até agora nada tem feito além de deixar minha coxa direita suada... — Francine?

No curso dos próximos quarteirões, quando os prédios de escritório são substituídos por lojas chiques, e mesmo por pedestres chiques, Louis diz rapidamente o que ele sabe. Francine é a proprietária. Ele falou com ela uma ou duas vezes por telefone, "inclusive uma vez sobre você". Ela trabalhou como modelo em Paris nos anos 60 antes de abrir uma agência em Nova York, então, pode-se perceber para o que vocês, meninas, estão se encaminhando. Ela tem estado aqui por enquanto, mas sempre manteve pequena sua operação, uma verdadeira butique com um "sentimento doméstico, familiar", e tem sabido preferir belezas naturais.
— Como você, docinho.

Paramos no farol. Olho para a esquerda. Numa vitrine de butique entre dois manequins vestindo suéteres de lã tamanho grande, calças *legging*, e chapéus pretos de abas largas, estudo meu reflexo.

"Beleza natural", o que isso significa? Uma garota naturalmente pronta para a câmera, o que toma duas horas e meia se você tiver sorte, ou uma natural acabada de sair do banho? Porque, com meus lábios aromáticos suavizados com brilho, uma única camada de rímel e grandes quantidades de pó para absorver o suor, estou, esperançosa, mas não desesperadamente, em algum lugar no meio disso.

Espere. Uma mulher em várias camadas de gaze pastel, colares de pérolas falsas e um grande chapéu macio afixado com uma rosa está passeando do lado ensolarado da rua, sua mão direita segurando uma guia rosa ligada à coleira de um gato abissínio que se esquiva ligeiramente, mas não parece preocupado com a cacofonia a sua volta.
— Meu Deus.

Louis olha, e então faz um gesto com a mão.

— Isso não é nada. Nessa cidade temos pessoas andando com ferrets, cobras e... cacatuas.

— Pessoas passeando com pássaros?

— É.

— Pela rua?

Louis solta uma gargalhada.

— Não numa coleira, sobre os ombros, boba!

— Oh, tudo bem então, porque por um segundo achei estranho.

— Acredite em mim Em, depois de um ano na cidade, você terá uma definição completamente diferente do que é normal, porque poderá fazer uma coisa estranha você mesma!

Espeto meu polegar na direção do gato.

— Não tão estranho assim.

— Ei, isto é Nova York — Louis diz. — Tudo pode acontecer.

❈ ❈ ❈

Francine é outra das surpresas de Nova York. O lugar é agradável. O vestíbulo pequeno, de teto baixo, está pintado num verde-musgo profundo. Fícus e seringueiras suavizam cada canto. A escrivaninha da recepção é de pinho áspero. A lâmpada foi feita de uma velha batedeira de manteiga. Pendente sobre o sofá está um pôster emoldurado de uma colcha de retalhos. De fato, a única indicação de que estamos em pé na entrada de uma agência de modelos é o número incomum de revistas internacionais de moda espalhadas pela mesa de café.

Ao som dos nossos nomes, o rosto da recepcionista, uma mulher amigável nos seus 40 anos, cabelo castanho curto e camiseta branca sob um colete cru de lã, visivelmente se ilumina.

— Emily! Louis! Francine está esperando vocês! Entrem.

Entramos. A sala de contratação também é pequena, com as mesmas paredes verdes e móveis de pinho como as do vestíbulo, embora fervilhando de atividade. Telefones chamando. Uma rádio toca George Michael. Dois agentes estão ajoelhados na frente de um armário de portas escancaradas procurando e organizando portfólios, enquanto o resto senta-se à mesa redonda com o agora familiar arquivo circular, que parece haver em todas elas, correndo pelos cartões, girando, levantando aqueles telefones, e vendendo.

— Só uma garota? Tem certeza? Porque tenho esta nova sueca...

— Ela tem 19 anos, juro.

— Drogada? Você deve estar brincando. Katja teria uma urticária se eu apenas mencionasse uma coisa dessas.

— Tem certeza? Porque ela está muito ocupada...

— Oh, para cerveja, mesmo? Para toda a Europa? Ok, ok. Ela tem vinte e cinco, juro por... Espere um segundo. Meninas! Estamos assando aqui: VOCÊS JÁ SE MEXERAM DAÍ?

Espantada, olho para o agente, um cara de uns vinte anos vestindo linho marinho e gel demais no cabelo, na extremidade da sala. Duas modelos, ambas morenas, estão olhando para o ar-condicionado lado a lado, seus cabelos voando, suas camisas pretas drapejando como bandeiras. Uma está juntando o cabelo para cima, como que formando um pãozinho, e deixando-o cair. Não preciso ver o rosto delas para dizer que estão rindo. Dou um passo mais para perto.

— Claro que é loura, ela é sueca! — uma segunda agente, mais ou menos da minha idade, sorri na minha direção.

— Lindos brincos — ela diz.

— Obrigada — eu agradeço, tocando com meu dedo num dos grandes aros azuis. Nela somente o lóbulo direito está adornado com uma pérola grande. Talvez seja por causa da onda que a Vogue de primavera espalhou, o look do brinco único usado em oito páginas por Christy Turlington, ou porque ela está ao telefone, não estou bem certa.

— Aula de negócios? Você deve estar brincando...

— MENINAS!

— Catherine, desculpe, pode esperar um segundo?

A terceira agente, seu cabelo riscado de prata, pressiona seu botão de espera com a ponta do lápis.

— Olivier — ela diz calmamente. — As meninas não conseguem te escutar. Se quiser que se movam, terá que ir até lá e pedir a elas.

— Certo, Pupa. Certo — Olivier resmunga, inspecionando minhas pernas, mas me ignorando enquanto passa.

— MENINAS!

— Psst! Emily!

Louis está acenando para mim do outro lado do armário. Quando me aproximo, percebo que ele está de pé entre dois cavaletes expositores, olhando para um mar de fotografias emolduradas.

— Olhe para estas meninas! — ele murmura.

Sim, olhe para estas meninas. Aparência natural? Não estou certa. Mas belas? Definitivamente. Há capas da Elle francesa e americana; da Harper's Bazaar e da Harpers & Queen; Mademoiselle e Madame Figaro; Moda e Mirabella; She e Lei intercaladas por algumas das mais cobiçadas campanhas da estação: North Beach Leather, Christian Lacroix, Anne Klein, Caché, Ray·Ban, Princess Marcella Borghese, Mulheres Inesquecíveis Revlon, duas delas, Giorgio Beverly Hil.

— Desfrutando a vista?

Eu estou, tanto que quase me esqueci de quem viemos ver. Mas a mulher que me volto para olhar é Francine, estou certa. Com grandes olhos amendoados e lábios surpreendentemente cheios, ela é bonita, mas o segredo fatal é o que está por baixo. Depois dos 40, só uma ex-bailarina ou uma ex-modelo usaria calças legging brancas com essa autoconfiança.

Trocamos alôs. Francine nos leva a um rápido tour, incluindo as apresentações aos contratadores Pupa, Francesca e Olivier, antes de nos levar ao seu escritório. Há duas cadeiras de frente para a escrivaninha dela. Caminho na direção delas, tirando a mochila, preparando-me para sentar.

— Attends! Emily. Deixe-me dar uma olhada!

Amelie, darr — a despeito dos seus anos em Nova York, o sotaque francês de Francine é tão denso quanto um queijo cremoso triplo. Dou uma voltinha. A chefe da agência fechou a porta, sua mão ainda na maçaneta.

— Poderia tirar a jaqueta?

Agora ela já parece ter adquirido uma atitude não-nonsense nova-iorquina. Bom. Tudo bem, penso, enquanto obedeço e desabotôo, os olhos dela viajando por mim, para cima e para baixo o tempo todo. Exatamente o que você quer num agente, especialmente em Manhattan, uma cidade não-nonsense.

Louis segura minha jaqueta, uma jaqueta branca Donna Karan trespassada, com duas fileiras de botões, escolhida no último minuto de uma expedição de compras ao Chicago's Magnificent Mile (nenhuma das coisas que comprei em Los Angeles era "muito certa", ele achou), e deixo à mostra o minivestido de listras azul e branco sem alças combinando.

Minha agente em perspectiva encosta-se contra a porta, elevando o queixo, olhos apertados, como que se esforçando para ver. Não sei para onde olhar, então olho para seus pés. Ela está usando botas da cor do carpete, bege-areia, ajustadas frouxamente em volta dos tornozelos como sacos de papel. As minhas são de um azul-royal brilhante, mas idênticas.

– Adorei seus sapatos! – exclamo. Um território comum afinal, obrigada Senhor! Por um segundo lá estava me sentindo desconfortável.

– Non – Francine diz.

Ela não está falando sobre sapatos.

– Non Ela é muito diferente do que eu esperava – Francine continua, agora olhando unicamente para Louis, enquanto desliza de volta a sua escrivaninha. – De fato, tenho uma garota que parece exatamente com ela, Yvonne Bellamont. Conhece?

Eu não conheço. Louis parece conhecer.

– Sem comparação – ele diz rapidamente. – Totalmente diferente.

– Você acha? – Francine diz naquele tom que significa você está errado, e pega o telefone.

– Olivier, traga-me um dos cartões de Yvonne. Quero mostrar a estas pessoas como ela se parece.

Estas pessoas? Olho para Louis. Ele aperta minha mão.

– Melhor ainda – Francine diz e desliga.

Silêncio. À esquerda da escrivaninha pende da parede um quadro lotado de fotos e convites. Papel pesado em preto ou prateado, com brilhantes letreiros cor rosa, e recortes, como "Kelly e Calvin Klein convidam você..." que se sobrepõe a "Nova York seleção para o filme Harry e Sally, Feitos um para o Outro...", que se sobrepõe a uma foto de Francine abraçando o prefeito Koch.

A porta se abre. Não é Olivier.

– Voilà! Amelie, Louis, esta é Yvonne. Meninas, você se parecem, oui? Oui! Yvonne, fique perto de Amelie.

Reconheço Yvonne, de Neiman Marcus, Mademoiselle, e mais recentemente da frente do ar-condicionado. Ela é bonita, mas estou certa de que posso falar por nós duas quando digo non, Yvonne e eu não nos parecemos tanto assim. Para começo de conversa, ela tem olhos verdes e seu corte de cabelo é um longo com franjas. Ok, à parte de nossas íris, talvez possamos ter cores similares, mas, então, o quê? Não existe trabalho suficiente nesta cidade para nós duas?

— Fiquem de perfil — Francine coordena.

Olhamos uma para outra. Yvonne abafa uma risadinha.

— Vê? Ôlha parra os narizes e queixos delas. Muito semelhante.

— E o formato do rosto? — Louis rebate. — Ela tem um formato quadrado, o de Yvonne é mais para um oval.

— Formato de coração — Yvonne corrige, então abafa o risinho outra vez. Oh, isso tudo é diversão e jogo para ela, e por que não seria? Ela já tem sua agente. Fico olhando para os dedos dos seus pés ponderando pisar em um.

— E são da mesma altura...

Mais risadinha abafada. Então, Yvonne boceja e diz:

— Francine, posso ir agora? Tenho um compromisso com Marc Hispard em 20 minutos.

— Alors, Marc? Pour Elle? Allors, vite! Vite!

Francine escolta Yvonne para fora ríspida, mas afetivamente, da maneira que faria a uma boneca. Então, mais uma vez, pára na frente da porta.

— Vê o meu dilema, Amelie? O que você acha, muito parecida?

Decido que os lábios cheios de Francine são colágeno puro e que eu a odeio. Não respondo.

— Não afinal! — Louis contradiz. — Yvonne é uma garota adorável, mas, Francine, você não pode estar falando sério. A pele dela. Bem... olhe para a pele de Emily! Tem poros finíssimos. Perfeita para beleza!

A cabeça de Francine se inclina para trás.

— Vamos darr uma ôlha...

❋ ❋ ❋

— Você devia ter se vendido mais! Nem mesmo tentou!

Louis e eu estamos saindo de uma delicatessen com dois grandes copos de café gelado, o meu em perigo quando dou uma topada na calçada.

— Por que eu deveria, quando você está fazendo esse trabalho estelar! – sibilo, evidentemente mais que um pouco amarga. Depois do exame de pele, gastamos mais dez minutos no escritório de Francine, dez minutos que se resumiram nisto: ela dizendo que já tinha uma Emily Woods e Louis dizendo que não.

— Simplesmente não deveria partir de mim, Em!

— Por que devo implorar a ela para me escolher?

Mas ela não havia nos liberado tampouco. Francine apenas ficou de sentinela na frente da porta do seu escritório, olhando e desafiando, até que, finalmente, a real Emily Woods achou que bastava. Agarrei a mão de Louis, disse que estávamos atrasados para o nosso próximo compromisso e rodamos para fora. Foi humilhante.

— Porque era o que ela queria, Em! – Louis grita. O café espirra de um buraco na tampa, errando por pouco a camisa dele. – Não implorar, eu não diria isso, mas vender-se, apontar suas vantagens!

— Não sou um conjunto de facas Ginsu, Louis! – disparo.

— Sei que não é...

— Eu a odeio! Ela é uma idiota! – as lágrimas saltam.

— Ok... ok.

Louis me conduz para um espaço de concreto fechado, o que aparentemente é chamado de jardim na cidade de Nova York: umas árvores delgadas rodeadas de fragmentos de lixo. Cautelosamente, nos sentamos.

— Está tudo bem, Em – ele se acalma e tenta me acalmar.

O tom de Louis é tranqüilizador, mas seus olhos estão apertados. Seu cabelo brilha. Ele o toca ligeiramente.

— Temos outros compromissos. Simplesmente vamos a eles e ver o que acontece.

Então é o que fazemos. Vamos ver Liquid, Factory e Snap. Gostaria de contar-lhes de cada uma em detalhe, mas, agora, tudo se mistura.

Eu não estava esperando por isso. Quando escutei sobre esses lugares, imaginei que cada um tinha seu próprio charme, tão distinto e único como uma galeria em Sam Goody. Francine, a casa das belezas naturais, seria country: garotas de sardas com longos cabelos flutuando e vestidos cor de terra. Liquid, a agência de vanguarda de Nova York, seria punk: garotas espantosamente descarnadas com muita maquiagem nos olhos.

Snap, a agência eclética, seria hindu: belezas exóticas num espectro de sombras e formatos.

Estava errada. Certo, Snap representa uma quantidade muito pequena de celebridades, ou, realmente, de filhos de celebridades, o que adiciona alguns famosos, embora menos fotogênicos, genes à mistura. Mas, além disso, cada agência tinha uma tipo notavelmente consistente de meninas: a maioria branca; muito louras; altas, magras e esculpidas. Então, outra vez, estamos em 1988, só dois anos depois que Kim Alexis e Christie Brinkley dominaram o território da moda e os artistas da maquiagem sapecaram um corretivo sobre a verruga de Cindy Crawford. Exóticas não, não de fato. Mesmo Ayana, minha gatinha africana favorita, não era. O nariz dela era estreito. Os lábios finos. O cabelo longo e macio. Quero dizer, meu Deus, bote uma cabeleira loura nela e lentes de contato azuis e você teria Kelly Emberg com um bronzeado realmente bom.

Não eram apenas as garotas que eram parecidas; as agências também. Se o lugar era no Upper East Side, como Francine, as salas eram pequenas e os assoalhos acarpetados, geralmente em suaves tons pastel. Se era no Flatiron District — e isso é o mais ao sul que ficavam –, ocupavam um loft ou um "espaço vazio", e o chão era de assoalho. Em ambos os casos, a decoração era tipicamente de cromado e couro preto, cheio de luzes tipo spot ou estilo café — bonito, mas não tão bonito que distraísse alguém da atração principal: aquela parede de garotas. E assim também é para os contratadores. Acontece que cada agência tem uma Pupa, uma Francesca e um Olivier. Certamente, as idades e gêneros podem variar, mas o tipo essencial de personalidade não. Quando experimento essa teoria com Louis, ele ri.

— Isso é porque cada agente quer maternar você, ser você, ou foder com você.

Depois de lhe dar um tapa, digo:
— Obrigada, mamãe.

Louis ri.
— Não há de quê.

Enfim, as modelos, os interiores e os contratadores não são tão diferentes. Sobram os proprietários.

Eu sabia que cada reunião com um proprietário era uma reunião de negócios, mas sentia como se fosse um namoro. Ou o que seria um namoro se o cara olhasse abertamente para seus poros, se se abaixasse para examinar suas pernas e ruidosamente checasse seu peito. Tudo enquanto você está tentando em vão fazer contato visual, enquanto você faz perguntas sérias como "qual é sua estrutura de comissão?" e "para onde vê minha carreira indo nos próximos dois anos? Ou, talvez, isso seja o que namorar em Nova York realmente significa.

Cada um desses encontros foi desagradável à sua maneira. Patrick, o cabeça da Factory, queria vivamente me aceitar... Mas só se eu concordasse em ir para a Europa por dois anos para montar meu portfólio, um próximo passo comum para ser clara, mas que eu já tinha descartado. Declinei. O fato de ele se recusar a apertar nossas mãos e se manter passando toalhinhas umedecidas por toda a superfície (inclusive no meu portfólio) simplesmente tornou a decisão muito mais fácil.

Mary, cabeça da Snap, uma mulher falante que eu poderia facilmente imaginar puxando uma faca do cano da bota pesadamente cheia de amarrilhos, ofereceu-se para me representar... Se eu me submetesse a uma séria revisão de imagem.

— Estou pensando em cabelo bem escuro, muito couro e correntes. Estou achando que deveríamos descobrir seu demônio interior — ela dizia repetidamente. — Não diva, demônio.

Eu achei que não.

Martyn e Julee, da Liquid, foram entusiásticos e cheios de elogios.

— Você tem uma qualidade atemporal que simplesmente é agora. Clássica, mas não dondoca. Versátil — Martyn grita num típico som de efeito.

— Vejo você fazendo Vogue. Tive três garotas no número deste mês, já mencionei isso? Bazaar, mas somente com Puhlmann ou Duran. Elle, você não é realmente Elle, embora eu ache que Tyen gostaria de você. Glamour, somente algumas vezes, pode ser matronal demais, então teremos que escolher a melhor. Mademoiselle...

Tudo isso soou ótimo. Mas, então, Martyn ficou indo e vindo do banheiro, com um desagradável caso de espirros, e Julee indo e voltando de sua cadeira. No almoço, não sabiam do que se tratava suas próprias escolhas. Certo, as entradas pareciam estranhas para mim: Infusão de pimenta? Peixe à moda Cajun? E que diabos é mahimahi? Mas havia somente quatro coisas para escolher. Mais, eles comem lá todos os dias.

Sim, Martyn e Julee eram, ou clinicamente insanos, ou tinham problemas sérios. Descartei a Liquid.

Então, o placar estava em 0 a 4, e era tarde no jogo. O que nos traz de volta ao presente.

Inquieto-me na cadeira.

– Louis, talvez devêssemos voltar ao hotel agora. Preciso estar cedo no campus.

– Não vai tomar muito tempo – prometo.

Os olhos de Louis examinam os edifícios.

– 4... 12... 22...Ok. Ótimo, aqui está. Ok, obrigado. Obrigado!!

Nosso motorista de táxi ou está ignorando meu agente, ou perdido pelo canto de sereia de Debbie Gibson, porque continuamos descendo a Rua 18 justo quando Foolish Beat alcança seu clímax trovejante, passando nosso destino e parando no meio do quarteirão seguinte, mas só depois que nós dois gritamos a plenos pulmões e esmurramos a divisória de Plexiglas.

– Esta cidade – Louis bufa, e não pela primeira vez hoje. Quando refazemos nosso caminho, ele começa a me contar da agência número 5, a Chic.

– Ela não estava em sua lista – observo.

– É porque acabou de abrir. Além disso, eu não sabia se Byron podia nos ver, mas liguei durante o almoço e ele foi tão entusiástico que...

Eu me esquivo de uma mulher carregando várias sacolas de compras pretas.

– Barneys? O que é isso?

– Uma loja de departamentos na rua de baixo.

– Oh – tomo nota mentalmente. – E Byron?

Louis tica sua lista.

– Proprietário da Chic. Contratador da Elite por muitos anos. Meio samoano. Gay. Alto. Boa aparência realmente. Ex-modelo.

Faço uma careta.

– Não como Francine – ele acrescenta rapidamente. – Olhe, conheço Byron muito bem. Ele é um bom sujeito, e a fofoca é que a Chic está se tornando só à base de convite, nenhum penetra, muito exclusiva. A maioria das pessoas acha que é a próxima grande.

– Achei que a NOW! fosse a próxima grande.

Louis sacode a cabeça.

– A NOW! é quente agora. A Chic será daqui a um ano.

E por que meu agente queria me envolver com uma agência que estará fechada antes que termine meu ano de caloura? Fico imaginando, imaginando, mas não pergunto. Estou tendo déjà vu de toda essa hipnose. Ao invés disso, dou uma olhada para a entrada, uma porta muito ordinária entre uma delicatessen e uma fotocopiadora, dou um suspiro de protesto e murmuro:

– Ótimo. Mas vamos terminar com isso logo.

❈ ❈ ❈

Se Byron é alto, moreno e simpático, não percebo, estou fixada na tiara, um arco de metal e pedraria se elevando e cintilando acima de uma massa de cachos escuros.

– Oh, Emily, me esqueci de lhe dizer, Louis cochicha enquanto homem e tiara se aproximam. Você nunca foi a Los Angeles.

Hum?

– Por quê?

– Você simplesmente nunca esteve lá, é tudo...

– Louis! Emily! Bem-vindos!

Num tipo de saudação oriental, Byron junta as palmas das mãos e se curva, pestanejando alvoroçadamente, antes de se inclinar para os inevitáveis beijos duplos. Quando sua cabeça se aproxima de mim, percebo que a tiara contém um tipo de pendente de cristal, principalmente porque ele oscila dentro do meu olho.

Umpppph! Eu me dobro em duas.

– Oh docinho, sinto muito, muito mesmo! Meu cristal! – Byron exclama mais e mais, parecendo genuinamente surpreso de que um pêndulo pesado possa, de fato, oscilar. O abraço vamos ser amigos prova ser tão perigoso quanto, e, tão logo me liberto, dou um passo atrás, ligeiramente fora do caminho do charme, e olho ansiosamente na direção da saída. Deixem-me sair daqui.

Cruzamos uma longa sala aberta, ênfase no aberta. Não há nenhuma luminária, só lâmpadas nuas. A mancha no assoalho de tacos é de mil coisas derramadas, e não um fino acabamento de mogno. Todas as peças de mobília – duas mesas e seis cadeiras – estão desgastadas. A parede das garotas contém quatro fotografias, nenhum delas uma capa. Os contratadores são estranhos: Jon, logo aprendemos, um homem pálido de meia-idade numa camisa estampada e óculos octogonais, e Justine, baixinha e magra, cabelos com pontas tintas de verde e o cansaço insolente de um motorista de caminhão.

Deixem-me sair daqui.

Chegamos à sala de estar. Afundo numa cadeira.

– Você está bem? – Louis murmura.

Eu olho feroz.

– Quer alguma coisa, Emily – Byron pergunta.

Como o quê? Não há nada aqui.

– Não, obrigada.

Byron senta-se perto de mim e coloca suas mãos com as palmas sobre a mesa. Seus dedos são longos, suaves e adornados com o que acho sejam anéis de humor, mas logo serão identificados como "cristais de sensitividade". Está vestindo uma túnica preta de mangas bufantes. Sua pele é da cor do caramelo, seus olhos de um profundo veludo marrom. Cílios longos, sobrancelhas espessas, cabelo ondulado, lábios cheios e queixo largo. Simpático? Sim, e ainda sua melhor qualidade não pôde ser vista. Palavras não são tão pronunciadas quanto derramadas. Elas se derramam, suaves, ricas e derretidas como manteiga. Ou chocolate.

– Olhe, querida, sei que está sendo um longo dia para você – Byron me acalma –, então vou direto ao ponto. Sei que a Chic não parece muito ainda. Não temos muitas garotas. Estou certo de que está imaginando por que está aqui.

Exatamente.

– Se puder, gostaria de lhe dar algumas razões. Fui modelo por dez anos, principalmente aqui e em Milão. Depois disso, fui contratador da Elite, primeiro da divisão masculina, depois da feminina. Digam o que quiserem desse lugar, John Casablancas realmente revolucionou esse negócio. Antes dele, as agências não eram mais que escolas de etiqueta e boas maneiras, e vocês, modelos, nada mais que meninas bonitas ganhando um trocado. Agora são profissionais contratadas fazendo dinheiro sério. E eu fiz isso, fiz essa diferença. Consegui maximizar o valor de vocês, para realmente vender vocês. Está nos meus ossos.

Eu tinha acabado de ler um perfil de John Casablancas na revista New York, entregue à minha mãe por alguma cooperadora útil do abrigo das mulheres. Nele, o agente de 45 anos defendia seu relacionamento conjugal com Stephanie Seymour, de 16, dizendo coisas como "eu me alimento dela" e "ela abriu novas portas".

— Se você algum dia encontrar este homem, irá para a faculdade da comunidade — mamãe me alertou.

Eu me inclino para a frente. Byron ronrona.

— Ao mesmo tempo, nunca me esquecerei de como é ser modelo, ir de seleção em seleção e ter as pessoas estudando cada página do seu book e escrutinando cada poro seu enquanto você fica lá imaginando se tudo isso vai valer a pena. Lembro-me de que mesmo quando valia a pena, os medos não iam embora; eram apenas substituídos. Você começa a imaginar se está sendo administrado e comercializado apropriadamente, se está fazendo mais dinheiro que pode no curto tempo que tem para fazer. É por isso que lido com minhas modelos da maneira como um treinador lida com um atleta profissional. Não um agente de esportes, compreenda. Um treinador. Porque você e eu, Emily, estamos no mesmo time. Pelo menos espero que estejamos...

Os dedos de Byron pressionam o centro da mesa. Ele olha diretamente nos meus olhos.

— Emily Woods, não preciso olhar uma fotografia para dizer que quero representar você. Sinto isso em minhas entranhas. E prometo-lhe: se me der a oportunidade de ser seu agente, vou devotar todo meu tempo e energia para fazer avançar sua carreira. Vou ser seu parceiro em todos os passos do caminho, desde refazer seu book a conseguir seu primeiro contrato. É a única maneira de fazer isso, a única em que ambos podemos vencer.

Ele sorri serenamente, juntando as palmas das mãos e curvando a cabeça.

— Então como soa? Estamos no mesmo cumprimento de onda?

Pisco várias vezes e me sento ereta na cadeira. O fato de que a apresentação teatral de Swami Byron seja mais que um pouco desagradável sugere que não estamos, não inteiramente, no mesmo cumprimento de onda. Mesmo assim, o homem soa relativamente são. De fato, soa fantástico. Pela primeira vez desde que cheguei, sorrio. Gosto do que Byron está oferecendo. Gosto de Byron.

Quando Byron examina meu portfólio poucos minutos depois, é com ar de colaboração. Quando ele me pergunta sobre a escola, posso dizer que realmente se preocupa.

– Tenho uma confraternização esta noite – eu digo com loquacidade.

– Bem, adoraria levar os dois antes para jantar.

– Não, a confraternização é cedo. De fato...

Enquanto procuro dentro da mochila para achar o papelzinho sobre a confraternização, itens se espalham sobre a mesa: Fichário, câmera 35 mm, um pires do novo Hard Rock em Chicago, água mineral Evian, um estojo de óculos...

– Ei, são bonitos estes – Byron diz, erguendo os óculos. – Não posso resistir.

– Layla Roddis me deu.

Os óculos batem com força contra a mesa.

Oh, merda.

Byron dá um salto e aponta um dedo acusador na direção de Louis.

– Não me diga que a levou para ver Marc Gold! – ele grita.

– Ela precisava de representação na costa oeste, Byron, nada pessoal – Louis diz suavemente, embora meus olhos detectem um ligeiro rubor subindo pelo seu pescoço.

Não sou a única.

– Que merda! – Byron se agita na cadeira, os cristais oscilando para trás e para a frente, para trás e para frente. – Nem mesmo tente me dizer que a primeira visitinha dela foi ao mercado de Los Angeles. Não existe nenhum mercado de Los Angeles. ESTA É A INDÚSTRIA DA MODA! Por que diabos a mandou para aquele hipersexuado, mal-educado hetero mestiço?

Bem, quando ele coloca dessa maneira, quero saber também.

– Agora, calma! – Louis diz a nós dois.

– Não. Vá com calma você! Não posso acreditar! Tenho falado com você sobre Emily há meses...

Meses?

– ... e você me ferrando, você... você, seu puto!

– Não me chame de puto! – Louis grita, agora de pé também. –

Você só está passado porque aquele hipersexuado, mal-educado hetero mestiço representa Layla e você não. Você a perdeu para ele... ACEITE ISSO!

Uh! Uau! Dois pares de mãos atingem dois quadris.

— Ei, não vamos recorrer a nomes feios, rapazes. Não queremos que as coisas empaquem agora, queremos? — eu digo, aparentemente sob a ilusão de que posso apaziguá-los.

Dois pares de olhos se voltam para mim.

— O importante é que estou aqui agora...

Realmente, o importante é que eles estão a ponto de se engalfinhar.

— E, seja como for, realmente não fotografei com Marc, eu o achei... — O quê? O quê mesmo? — Grosso — finalizei, com um movimento de desprezo que faço com a mão varrendo para o lado, não só Marc, como todos os homens que têm a audácia de serem heterossexuais.

Byron morde o lábio e olha colérico para seus cristais de sensitividade, que agora estão brilhando num laranja ferrugem.

— ... E, humm, estou na costa leste, então, realmente quero alguém daqui de qualquer modo. ... E amo Nova York! — sei que essa afirmação não pode falhar.

Nada. Os segundos continuam a passar. Estou para me voltar e sair da sala vagarosamente quando, numa voz baixa, a fúria crescendo vagarosamente, Byron diz:

— Você sabe que a razão real nada tem a ver com Layla, mas tudo com a sua atitude.

— Não é verdade! — Louis grita.

— É verdade — Byron diz. — E Louis, você está levando cinco.

— Sete!

— Cinco.

— Se...

Ergo minhas mãos.

— PAREM! — acabo de gritar. — Byron? Dê-nos licença por um segundo.

Agarrando o braço de Louis, eu o empurro pela sala até que estamos os dois corados contra as janelas altas.

— Que diabos está acontecendo aqui? Cinco o quê?

Louis pressiona a mão e a testa contra a vidraça, uma linguagem corporal que pedestres seis andares abaixo poderiam interpretar como Cuidado: vou pular.

– São sete, não cinco – ele soluça.

– Sete o quê?

– Os honorários do agente-mãe. Ganho sete por cento dos rendimentos da agência, não cinco. Byron é só um bastardo barato! – Louis agarra minha mão. – Vamos, Em, vamos embora. Eu nunca deveria tê-la trazido aqui. Esse asno! – ele diz, olhando ferozmente para Byron, que, longe de estar igualmente nervoso, está em processo de atender a uma ligação na mesa de contratação.

Espere aí.

– Louis, você anda negociando a sua retirada?

– É claro – ele responde.

É claro. Não admira que ele tenha desistido de Door County. Sou uma idiota.

– E sobre a minha retirada?

Louis funga mais uma vez. Então, seus instintos de limpeza ressurgem, e ele começa a remover o cabelo caído na minha gola.

– Eu já disse a você, esse é um negócio fechado. Inegociável. É oitenta por cento da taxa do dia.

Inegociável. Certo. Como sua taxa de descobridor. Recordo os eventos do dia diante desta nova informação. Afeta o quê? Quem nós vimos? A ordem em que vimos? O quanto ficamos? Quanto tempo ficamos.

– Louis, quem mais está lhe dando sete?

Louis pressiona a testa de novo contra a janela. Aperto seu ombro.

– Vamos, Louis, diga-me. Marc Gold e quem mais?

– Ninguém. Bem, Francine disse que ela talvez, mas... – ele recua.

– Sabe o quê? Não acho que a Chic seja a agência certa pra você. Vamos embora. Vamos pegar nossas malas, nos registrar no hotel e passar amanhã pela Ford, a Elite, e aonde mais decidirmos ir.

Elite. E arriscar-me ser estropiada por minha mãe. Além disso, as agências de butique são menos populares, mais exclusivas e têm uma taxa modelo/agente superior, tornando-as mais apropriadas a alunos de faculdades em tempo integral... Pelo menos foi o que Louis me disse. Então, outra vez, o homem também me disse que vir aqui era "o mínimo que ele poderia fazer". Então, quem pode saber qual é a verdade? Não posso confiar nele. Ele mente!

– Você, seu merda! – eu grito.

Louis arqueja espantado.

– Docinho!

Dou um tapa em sua mão estendida e começo furiosamente a dar voltas na sala de espera, meu queixo cerrado, meus punhos fechados. Nesse negócio, todo mundo está trabalhando em seu próprio favor. TODO MUNDO! Não foi o que Laura me disse? E Ayana também? Aprendi essa lição uma vez, embora obviamente não bem o bastante. Não preciso aprendê-la outra vez! Vou ser determinada, dura.

Sim, vou. Subitamente, sei o que quero fazer. Paro de dar voltas. Minha mão agarra a cadeira dobrável. Eu sorrio.

– Você está certo, Louis, vamos embora.

Louis parece ter sido perdoado pelo governador.

– Ah que bom! – ele exclama, enfatizando isto com um pequeno salto. – Preciso de um drinque e uma chuveirada, nesta ordem. Então jantar, comida francesa talvez. Existe um ótimo lugar na Rua Prince...

– Oh! – minha mão voa para o peito enquanto tento uma risadinha animada. Tolo Louis. – Não estou indo com você!

O sorriso desmaia.

– Não está? Por quê?

– Bem, por uma coisa, tenho isto... – pego o convite e o levanto. Louis o desamassa contra o vidro.

Sentindo-se arrasado?
Carman Hall Calouros: Desencanse de Columbia em nossa Confraternização
Logo antes da festa inaugural Entre 17 e 19 h. no Pátio VAN AM

– E... Oh querido... – num movimento tirado direto dos meus dias de modelo em Milwaukee, ergo meu punho e estudo o mostrador do meu relógio... – Você deu uma olhada na hora? Já são 17 horas, e estou a quarteirões de distância. Preciso correr!

Começo atirando as coisas de volta à mochila: Fichário, câmera...

Louis caminha na minha direção.

– Mas você ainda nem tem representação!

O descanço para copo, a Evian...
— Oh, está tudo bem — digo alegremente. — Verei isso mais tarde!
— M... mais tarde?
— Mais tarde.
Coloco meus óculos no estojo e o fecho com um estalo.
— Afinal, qual é a pressa? Moro aqui agora. E obrigada, tenho uma lista de todas as melhores agências, então saberei exatamente aonde ir.
Fecho minha mochila, deslizo meus braços por suas correias, então dou uma pequena sacudida para centralizá-la.
— Mas...
— Tchau, Louis!
Dou a ele um duplo beijo, viro as costas...Ooops! Eu volto.
— Fico com isso — e arranco o pedaço de papel da mão dele. — Tenha um bom vôo de retorno!
— Emily!
Começo a caminhar em direção à porta. Passo um, dois.
Byron desliga o telefone e dá um pulo da mesa de contratação.
— Emily! Louis? O que está acontecendo, para onde ela está indo?
— Já disse a você. Tenho aquela confraternização!
Três, quatro, cinco.
— O quê? — ele grita
— Aquela confraternização! Na escola! — seis, sete, oito. — Prazer em conhecê-lo, Byron. Estarei em contato. Bye!
Nove, dez. Quando me volto para acenar, vejo que Byron e Louis migraram para o centro da sala e estão agora em pé lado a lado, olhos esbugalhados, boca aberta. Em outras palavras, exatamente o que eu queria.
Toco minha bochecha com o dedo.
— Isto é... A menos que Byron considere quinze por cento.
— Quinze? Não posso fazer isso? — ele uiva. — Sou um iniciante!
— E eu uma estudante universitária. Tenho mensalidades a pagar.
— Mas... — Byron espeta um braço na direção de Louis. — Ele quer sete!
Encolho os ombros...
— Bem, então estamos num impasse!... — e me viro, onze, doze, treze.
— Vejo você por aí, assim espero, Byron. Boa sorte com seu começo!

– estou na porta agora. Torço a maçaneta e abro. Um golpe de ar não condicionado me atinge.

– Dezoito! – Byron grita.

Fecho os olhos e tomo uma profunda inspiração.

– Não, quinze! Tchau!

A porta fecha atrás de mim. Dou um salto à frente, pressionando o botão do elevador, e começo a cantarolar Hall e Oates. Ela é uma cadela, menina...

Ouço o clangor do elevador quando ele começa a subir.

... e está indo longe demais...

E nada.

Oh, Deus. Longe demais? Terei ido longe demais? O clangor fica mais alto. Uma luz verde pisca. O elevador estremece e chega. Vagarosamente, a porta se abre. Um mensageiro de bicicleta está de pé no espaço estreito, seus fones de ouvido emitindo música abafada.

Ele ergue um dos fones do ouvido.

– Vai entrar?

– Humm...

– Humm, sim ou Humm não?

Fui longe demais. A porta começa a fechar. Estico meu pé. A porta torna a abrir. Dou um passo para dentro.

– Merda! – choro. Meus punhos esmurram a parede. – Merda, merda, merda!

– Calma, garota.

Os fones estão em seus ouvidos. Escuto Tracy Chapman e então, na hora em que estou procurando o botão de fechar a porta e tentando ignorar a sensação constringente no fundo da minha garganta... Byron!

– Quinze por cento, renegociáveis depois de um ano. Esta é minha última oferta!

Sim! Eu sorrio e bato meu punho na mão. O mensageiro de bicicleta estende a mão. Bato minha palma da mão contra a dele e dou um passo parafora do elevador.

– Ok – digo friamente. – Diga-me onde eu assino.

CAPÍTULO 8
OLÁ, MEU NOME É BELA E BURRA

Saio correndo pela porta da agência e dou um pulo no ar. Consegui! Consegui representação na cidade de Nova York, o mais importante mercado de modelos do mundo!

Pelo menos é o que Louis disse. Novamente me sinto apunhalada pela traição, ou talvez seja a dor cruciante do reconhecimento da minha própria estupidez. Nunca me ocorreu que Louis estivesse sendo pago para me entregar. Como pude ser tão idiota? O que me fez pensar que ele fosse um tipo de fada madrinha da moda guardando meninas fotogênicas para agentes merecedores? Mas mostrei a ele, não foi? Consegui o agente que eu queria pela baixa taxa de 15%!

Devo estar aturdida pela distração, porque sou atropelada por... uuups! ... um homem de camisa de manga curta com uma maleta estufada – perdão! –, um garoto dando de beber a um dachsund de uma garrafa e... – desculpe! – duas meninas carregando um cavalete de pintura.

Mas chega. Estou atrasada para a escola.

Marcho para o fim do quarteirão, a interseção da Rua 18 com a Sexta Avenida. Quando localizo um táxi se apressando diretamente pela rua com suas luzes acesas, indicação de disponibilidade, aprendi com Louis..., ergo minha mão.

Zuuummm

Ok. O bom é que existe outro vindo direto pelo meio.

Zuuummm

– Táx-xiiii!

Precipitando-se veloz entre uma lata de lixo e uma van de entregas verde, uma mulher administra, além de duas sacolas de compras, uma bolsa, uma mochila de criança amarela e a criança, para acenar com o pulso dela para a direção norte. Um táxi na pista direita mais distante corta diagonalmente através de duas pistas de tráfego e vem buzinando para uma parada a polegadas do salto alto marinho dela. Ela rapidamente abre a porta e se apressa a entrar.

Hummm, certo, mais alto e mais de perto. Faço o mesmo que ela e dou um passo direto na rua. Ai, meu Deus. Os carros estão vindo para cima de mim. Ergo o braço, estico os dedos, e dou meu primeiro grito de guerra em Manhattan.

– Táx-xiii!!!!

Alguma coisa atinge meu traseiro tão forte que emborco para diante até... Splash! Estou meio caminho acima da capota da Van verde de entregas, minhas mãos e rosto pressionados contra sua superfície como um ornamento muito grande e muito infeliz. E alguém está gritando comigo.

– Muito má você! Você muito má!

Hummpf. Viro a cabeça e descubro meu nariz colado ao de um chinês zangado.

– Você andou na minha frente. Eu peguei você! – ele grita, não se importando em ajustar o volume devido à nossa proximidade. – Você muito má!

– Desculpe... sinto muito – tartamudeio.

De onde ele veio? Como pude não tê-lo visto? Eu me empurro com as mãos e tento me erguer, mas não consigo me mover. O que quer que tenha me atingido ainda está lá. Abaixo o queixo só para descobrir um pneu de bicicleta e um monte de metal retorcido entre as minhas pernas. Bocados de comida fumegante estão espalhados pela rua. Alguma coisa marrom e grudenta desce pela minha coxa.

— Muito má — o homem diz outra vez.
— Cristo Todo-Poderoso! O que pensa que está fazendo? — uma mulher grita.

A preocupação de todo mundo é tocante. De fato. Deslizo da frente da van, cuidadosamente para evitar a bicicleta, as poças de comida, e me endireito. Pedestres param para observar a cena, inclusive a mulher de cabelos crespos, sua sacola grande cheia de compras balançando selvagemente do ombro — a gritona, que agora percebo está gritando com o homem.

— Você estava no caminho errado! E agora essa menina está coberta de Galinha General Zo!

Galinha? Como ela pode chamar isso de galinha? E quem, exatamente, é o General Zo? É tudo tão incompreensível. Finalmente, o homem da entrega se vira e começa a arrastar o que sobra de sua bicicleta caída na calçada. Sinto-me terrível. Talvez ele estivesse vindo pelo caminho errado, mas eu deveria ter olhado.

— Sinto muito! — grito pela última vez. — Realmente sinto muito!

Ele se vira e reclama.

— Você muito má!

Depois disso, não tenho problemas propriamente em conseguir um táxi. Uma batida de porta. Apressamo-nos do meio-fio, do que sobrou de uma refeição esmagada sob os pneus, e vamos rumo norte.

❋ ❋ ❋

Escolhi Colúmbia por duas coisas imbatíveis: pertence a Ivy League, e fica na cidade de Nova York. Bem, esta não é estritamente a verdade. Quando passei por Los Angeles também fiz exames para Harvard e Brown, mas não entrei, tornando a coisa tanto uma decisão dos escritórios de admissão quanto minha. O engraçado é que quando apanhei aqueles envelopes finos não me preocupei. De fato, foi quase um alívio. Foi como se soubesse que a Nova Inglaterra simplesmente não era o lugar para mim, era frio demais, remoto demais, e eu estava destinada a coisas maiores e mais brilhantes.

E agora estou aqui. Universidade de Colúmbia, classe de 1992. Quando desço do táxi e subo a calçada da Rua 116 e Broadway, sinto como se estivessem todos a minha volta. Estudantes carregando sacolas de livros e pedaços de pizza. Estudantes descarregando engradados de leite, futons e lâmpadas alógenas. Estudantes...

– Perdão, se importa de sair da frente da foto?

... tirando fotos, sendo abraçados, rompendo em lágrimas quando... os pais acenam adeus. Estudantes vestindo camisetas com estampas de tudo, do Greenpeace a Cavalos de Pólo, combinadas com shorts de bainha desfiada ou calças largas.

Oh, merda...

Dou uma olhada furtiva no vidro da janela de um Oldsmobile Cutlass parcialmente descarregado para confirmar as más notícias. Meu cabelo está Studio 54. Pronto, só ligeiramente mais desarrumado do que às 6 da manhã, graças à considerável escovação e um quarto de lata de spray de cabelos. Os grandes brincos de argola azul-marinho de pedraria que chamaram a atenção de Pupa horas antes ainda estão no lugar, como a maioria da maquiagem, inclusive o lápis para lábios e o brilho que faz os lábios parecerem cheios e macios. Meu blazer branco de linho já era, graças a todas as manchas amarronzadas na frente, e estou usando um vestido mínimo sem alças. Ele alcança o topo das minhas coxas. E então há as botas azuis de salto alto.

A gêmea má da Barbie.

Merda. Meu coração começa a disparar. Meu estômago dá um nó. Estou nervosa de novo. Não a Requeijão, mas ainda estranha. O que eu estava pensando? Foda-se a pontualidade, vou chegar atrasada de qualquer modo! Por que simplesmente não voltei ao Royalton e peguei minha sacola? Por quê? Por quê?

Merda. Merda. Merda. Volto-me na direção do campus bem a tempo de ver uma garota em shorts denin esfarrapados e camiseta Dukakis 88 colar um folheto anunciando a visita do candidato democrata a Nova York num poste já coberto de cartazes. É imaginação minha, ou ela dá uma olhada nas minhas pernas e sorri forçado?

Ela sorriu forçado, definitivamente. Dou uma olhada no relógio. A confraternização começou há 45 minutos, marcada para durar duas horas, o que significa que atravessar 50 quarteirões na direção da cidade e voltar seria... besteira.

Um rapaz com a camiseta do Bart Simpson dá uma olhada nas minhas pernas. Uma garota numa camiseta manchada olha para minhas botas azuis. O ritmo do meu coração continua a acelerar. Ok, vá com calma, Emily, vá com calma. Esta não é uma crise, só uma roupa. Só vou passar pela checagem e ir direto para o meu dormitório. Despachei algumas coisas. Talvez aquelas caixas tenham chegado... ou minha companheira de quarto está aqui... ou posso emprestar um moletom de alguém do meu andar. Seria legal. Realmente.

Escondo-me sorrateiramente debaixo das faixas, sigo as setas para uma grande tenda banca, e chego à fila de calouros, sobrenome de M a Z. Cinco minutos mais tarde estou na frente de "Kath", sentada junto a várias pilhas de papel e um arquivo-maleta de plástico.

— Oi, eu sou...

Kath põe um dedo nos lábios e gesticula na direção da entrada da tenda, só que não posso enxergar nada além da parede de pessoas de pé ou escutar alguma outra coisa que não o estrépito ocasional de um microfone — soando mesmo aqui — e um cara dizendo:

— Ok, qual quarto temos em seguida? — em tom de mestre-de-cerimônias barítono.

— Último nome? — Kath sussurra do palco. Sua camiseta diz Sherwood Aluno do Quadro de Honra em letras brancas desmaiadas.

— Woods. Emily Woods.

A mão de Kath move-se rapidamente: eu a atrapalho.

— 1015B — ela murmura finalmente, sua caneta Bic passando por cima do meu sobrenome várias vezes, com precisão praticada, antes de sua cadeira deslizar na direção do arquivo.

— Obrigado Kelly da cidade de Poughkeepsie!

As pessoas estão aplaudindo. Estico meu pescoço.

— É estranho — Kath murmura.

Minha cabeça vira para trás.

— O que está errado?

— A chave está perdida — Kath diz.

— A chave?

Ssh! O envelope-manila marcado 1015 já está de cabeça pra baixo. Kath dá-lhe uma firme sacudida. Nada.

— Vamos ver — ela murmura, olhando a frente dele.

— 1015A Serena Bechemel, confere; 1015B Mohini Singh, confere. Hummm.... Talvez existam somente três chaves? Talvez eu tenha dado a sua a uma delas por engano? Não estou certa — bem, ela termina brilhantemente. — Ache uma de suas colegas de quarto para levar você esta noite. Amanhã simplesmente mostre sua identidade de estudante e eles lhe darão uma cópia na segurança.

Oh não. Não, não...

— Kath, preciso mesmo ir ao meu quarto agora digo numa voz que decididamente não é um sussurro. É vital.

— E nós vamos levar você lá. As boas-vindas aos estudantes estão quase terminadas...

— Quando?

Eu me inclino para a frente, Kath se inclina para trás.

— Aqui. Donna pode ajudar você.

Suas mãos se espalmam contra a mesa.

— Psst! Donna! Donna! Esta é Emily Woods, 1015B.

Uma garota de pé na periferia da tenda coloca sua mão em concha sobre o ouvido.

— O quê?

— Esta é Emily Woods.

— O quê?

Caminho na direção de Donna e dou-lhe eu mesma a informação. Ela verifica vagarosamente sua lista. Estamos do lado de fora da tenda agora; posso finalmente ver a ação. Pelo menos duas centenas de estudantes estão reunidas em volta de um pequeno pátio, sua atenção fixa no homem atrás do microfone nos degraus do Carman Hall.

— Vamos rapazes, palmas para os quatro sujeitos terríveis do 418, Brad, Juan, Aniruddha e Randy! — ele entoa.

Um esboço de aplausos.

— Jed não é ótimo? Ele é o DJ de nossa estação de rádio — Donna sussurra admirativamente. — Oh... 1015? Ó dona folgada! Seu quarto já foi — ela continua.

— Dona folgada — digo.

Obrigada, Senhor.

— Escute, quero realmente ir para o meu quarto.

Donna pega um crachá de papel em branco e escreve EMILY W, em letras extragrandes.

— Arranje um lugar para sentar — ela me apressa, prendendo aquilo na minha lapela. — Você poderá ir num minuto.

— Verdade?

— Prometo.

Quase a abraço.

— Sente-se bem ali, e lhe direi quando.

Sigo o dedo apontado de Donna para um lugar vago no gramado. Não é lá atrás... Mesmo assim, é um assento. Arrasto-me na direção dele, por entre os estudantes, todos vestidos de algodão e denin me olhando suspeitosamente. Afundando no chão, dou um suspiro de alívio. Estou paranóica. Simplesmente está indo tudo bem.

Aplausos.

— Ok, obrigado, Aniruddha — Jed diz. — Ok, pessoal! Vocês passaram pela apresentação, agora é hora da comemoração. Temos sanduíches, soda, o próprio Colúmbia Matador Bee Gees atrás do microfone, e não digam que foi a mamãe, mas a Sigma Nu quem patrocinou o barril...

— Espere! — Donna estende o braço. A prancheta se ergue no ar como uma bandeira. Temos mais uma!

Não.

Jed ergue as mãos.

— Espere pessoal, temos mais uma.

A multidão lamenta, e então começa a gritar.

— Barril, barril! Barril! Bar...

— Emily Woods — Donna grita. — 1015!

Não. Isso não está acontecendo.

— Vamos lá, vamos com calma! Woods, onde está você, sua pequena atrasada?

— Bem aqui! — Donna grita.

Sabe como nos filmes em que tudo fica borrado, em câmera lenta e tudo que você escuta é um som corrido e umas poucas palavras mutiladas que soam como se tivessem sido ditas pelo Jabba? Desafortunadamente isso não aconteceu. Tudo é cristalinamente claro. Cada um dos estúpidos comentários de Jed, todas as 200 pessoas olhando para mim, ressentidas comigo, urgindo-me para me apressar para que pudessem ser liberadas. Donna se abaixa para me ajudar a levantar.

Quando os dedos de Donna circulam meu pulso e puxam, tropeço na alça da mochila. Quando me inclino para a frente, posso sentir meu minivestido subir nas costas. Eu o puxo para baixo. Talvez ninguém tenha visto.

– Ei, é terça-feira!

– Por quê? Ela é faz tudo ao contrário? Primeiro aparece o bumbum?

Oh, Deus. Oh, Deus. Sinto minhas bochechas ficarem escarlate. Puxo a bainha outra vez para baixo. Eu me vesti a um longo tempo atrás, parece. O que estou vestindo lá embaixo? As calcinhas com os dias da semana que Christina me deu como piada, eu acho. Está certo?

– Obrigado, senhor, é sexta-feira – alguém grita.

Certo.

– Sex-ta!Sex-ta!Sex-ta!...

Apenas me deixem morrer agora.

– Quietos, pessoal! Venha para cá, Emily do 1015! – Jed grita.

Minhas mãos estão tremendo quando Jed empurra o microfone dentro delas.

– Sou Emily Woods. Sou de...

– Sex-ta! Sex-ta! Sex-ta!

– Oklahoma! – uma garota de cabeça parcialmente raspada grita. Várias pessoas riem e aplaudem.

– Wisconsin– dou um passo para sair.

– Ei Jed, me puxa de volta. Não tão rápido, cara. Precisamos de pelo menos outro dado pessoal. O que fez este verão?

Eu pisco e olho para a frente, para o mar de rostos. Agora provavelmente não é uma boa hora para falar de sobrancelhas arrancadas, jejum e saltos altos.

– Tra... trabalhando com moda – finalmente digo.

– Moda? Bem, isso explica as botas. Obrigado, Emily. Agora, vocês, o momento que estavam esperando...

Todos fazem uma louca arremetida na direção dos comes e bebes. Eu fico. Volto direto para onde estava antes. Estilo a estranha. E nunca vou conseguir uma segunda chance de causar uma primeira impressão, isto eu sei com certeza. Perfeito. Procuro dentro da minha mochila, acho minha Evian e bebo.

— Você certamente precisa de algo mais forte que isto — uma voz adocicada diz vagarosamente.

Meu queixo cai, vagamente consciente de que minha boca está formando um suave Ó, mas incapaz de conter minha surpresa diante da visão: 1,80m de loura platinada pesando uns 90 quilos. Uma echarpe de seda tangerina desponta pesadamente de uma gola fúcsia como de suas negras raízes. Suas sandálias rosa são incrustadas de cristais vermelhos, verdes e azuis. Sua aplicação de maquiagem faz a minha parecer um esboço, e está usando um suficiente Giorgio Beverly Hills para cheirar o código postal 90210 inteiro. Uma loura estilo Delta Burke é como mais tarde descreverá a si mesma.

— Jordan — ela diz, segurando uma minigarrafa de uísque Wild Turkey. 917B. Um andar abaixo.

— Emily. 1015B — eu digo.

— Eu escutei.

Pego a garrafa.

— Não fui ao meu quarto ainda — digo, torcendo a tampa. — Estou indo para lá agora.

E nunca mais vou sair de lá.

— Para quê?

Tomo um longo gole, então faço um gesto largo na direção da exibição A: eu.

Jordan bufa.

— O quê? Por causa do pequeno comentário da senhorita punk roqueira? Oh, por favor. Ninguém que tenha raspado metade da cabeça pode dar conselhos de moda. Acho sua aparência fabulosa!

— Obrigada — eu respondo.

Ninguém que tire suas cores de uma caixa Popsicle devia ser um crítico de moda confiável, provavelmente. Mesmo assim, é agradável ter alguém do meu lado.

— Além disso, você já ofuscou todo mundo — ela acrescenta. — Qual a utilidade de se trocar agora?

Minha boca forma aquele Ó outra vez. E então começo a rir. E ela também.

— Então, 917B, heim?

— Hum, hum. E, Emma Lee, não se esqueça, Jordan sorri. Porque posso ser a única amiga que vai conseguir por aqui.

❋ ❋ ❋

Reunião de dormitório
Sábado 5 da tarde
Não se atrase!!!

— Ok, caras! — os olhos de Serena saltam de um caderno amarelo para Mohini e então para mim por precisamente um segundo e meio para cada. Estou contente de que possam fazer isso.

— É o nosso dormitório — Mohini acentua.

— Agora é o final da primeira semana — Serena continua cuidadosamente. — Antes que muito mais tempo se passe, eu queria tocar no assunto da nossa decoração. Ela está ficando um pouco eclética.

Discussões anteriores revelaram que, embora minhas duas colegas de quarto fossem do tipo primeira da classe, só Serena é presidente de classe também, fazendo dela uma líder natural. Agora todos os olhares se voltam na direção de sua contribuição — um par de cadeiras de brocado dourado e azul pálido que parecem saídas diretamente de Versalhes, embora, na realidade, tenham vindo de suas férias em casa em Southampton, Long Island, sobras da decoração da mãe dela —, antes de deslizar para os outros competidores do dormitório: um par de pufes verde-bandeira, cortesia do quarto de Mohini. Minha contribuição? Energia. Não pude trazer nada no avião e era muito caro para despachar.

— Então, bergères ou pufes — Serena murmura.

Para simplesmente resumir as coisas, diferente de alguns calouros colegas de dormitório que vagam pelo campus em rebanhos, faltando somente camisetas iguais para proclamar seu espírito de equipe, nós três permanecemos tão separadas quanto os pontos de um triângulo.

Vamos começar com minha colega do 1015B, Mohini Singh. Mohini é de Cabo Canaveral. Seu pai começou a trabalhar para a NASA não muito depois de se graduar na Universidade do Punjabi, na madura idade de 16 anos. Tal pai, tal filha. Dentro de horas da sua chegada, a estante de

Mohini está lotada de alegres aperitivos, como Compreensão da Tecnologia Pinch, Termodinâmica Hoje, e o meu favorito pessoal, Derivadas Parciais Simplificadas.

— Realmente, eles são simples mesmo — Mohini me assegurou depois que protestei sobre o título, que estava aberto sobre a sua escrivaninha porque ela tinha ficado perscrutando-o cuidadosamente desde as 3:30 da manhã com a ajuda de um capacete de mineração com lanterna acoplada.

— Derivadas parciais são simplesmente as derivadas de uma função mantendo uma variável constante. Elas são úteis no cálculo com matrizes n-dimensionais.

Certo.

Do outro lado do quarto comum, temos Serena Bechemel, ou Pixie, como suas amigas de Groton continuam a chamá-la, presumivelmente porque é do tamanho e do temperamento da Fada Sininho, eu não sei; mal a tenho visto. Tudo que ela tem feito a semana toda é azafamar-se dentro do quarto, mudando de sapatos de griffe, e se agitando para fora outra vez. Bem isso, ela é de Manhattan.

— Então... — Serena esconde seus cachos de cabelo preto atrás da orelha para facilitar o contato visual. — Vamos escolher um ou outro, o que acham?

— Gosto dos pufes — Mohini diz, afundando-se num para enfatizar.

Um franzido quase imperceptível serpenteia pela sobrancelha de Serena.

— Você gosta? É pena. As Bergères tomam menos espaço no assoalho e oferecem muito mais apoio lombar.

Minha mão alisa a madeira.

— São bonitas...

— Não são? O padrão foi copiado de um Aubusson que minha mãe tem na sala. Eu estava querendo este, também, mas Alberto...

Uma batida forte na porta. Serena se controla, sem dúvida é outro amigo da escola secundária ansioso por recordar como a vida era melhor no internato, e abre a porta.

A voz é áspera. Masculina.

— Este é o quarto da Emily?

Humm... Diante do rosto confuso de Serena surgem as cabeças não de um, mas de quatro caras, todos esticando o pescoço para conseguir olhar lá dentro.

Caminho para a porta.
— Eu sou Emily.
— Kevin, o líder — ele diz. — Como vai?
— Bem — eu respondo, embora, de fato, esteja completamente confusa. Olho de relance, de Kevin para os outros três, e percebo que existem mais, muitos mais caras espalhados pelo andar e escada abaixo.
Kevin estende sua mão enorme.
— Sou amigo do seu irmão Tommy. Eu o conheci no campo de futebol este verão. Jogo para Colúmbia.
— Que ótimo — digo cautelosamente. Ainda não entendi... Ele tem de trazer toda a linha defensiva só para fazer este contato?
— Então, Emily — Kevin calça seu pé contra a porta. — Tommy contou-me que você é modelo.
Pausa. Depois da confraternização, escondi minhas roupinhas de griffe em sacos de roupas e fiz umas paradas na Gap e na Benetton. Parei de usar maquiagem e comecei a usar rabo-de-cavalo. Quando pressionada sobre o meu "trabalho com moda", descrevo um "estágio passageiro". Em resumo, tentei me redimir da melhor maneira possível para uma garota que agora é nomeada depois de suas calcinhas. Modelo. Convenci a mim mesma que seria meu pequeno segredo sujo.
Eu estava errada.
— É mesmo? — Kevin pressiona.
Concordo com a cabeça. Demora um pouco para Kevin registrar o gesto; ele está muito ocupado me despindo com os olhos, como se esperando alguma coisa digna do número de roupa de banho da Sports Ilustrated.
— Legal — ele diz por fim. — Posso ver seu book?
— Meu book? Eu não o tenho aqui — minto.
— Bem, qualquer foto de moda então.
— Não tenho nenhuma.
— Nem mesmo uma?
— Negativo.
— Nem mesmo uma foto de Polaroid?
— Negativo.
— Nem mesmo o seu cartão?
Meu cartão? Jesus. Tommy deixou alguma coisa de fora?

— Negativo.
— Bem então... Talvez mais tarde?

Tenho certeza de que uma grande beleza com Jackie O. ou Grace Kelly encontraria uma maneira de despachar gentilmente o time, com um flerte, então eles iriam embora sacudindo a cabeça e dizendo:

— Esta Emily... Ela verdadeiramente tem classe.

No jogo de futebol, eles, não eu, seriam os fãs, gritando e acenando, enquanto sorrio de volta do meu assento especialmente reservado.

Só que não sou tal beleza.

— Talvez não — respondo, e meu ponto final é a porta batendo contra o batente em alta velocidade.

É Serena quem quebra o silêncio que se segue.

— Então, você é modelo?
— O que significa modelo? — Mohini pergunta.

Começo falando sobre futebol, como o único book em que um time com 44 jogos perdidos deveria ser concentrar é num playbook, mas quanto mais falo sobre o regulamento columbiano, sua infame final apertada e seu jogo fraco, e toda essa coisa com que Tommy me aflige antes de eu chegar aqui, mais minhas companheiras de quarto querem falar sobre a minha carreira. Finalmente, capitulo

— Ok, podem perguntar.
— Você fotografa ou desfila? — Serena pergunta.
— As duas coisas. Pelo menos gostaria de fazer as duas. Não há muito desfile no Meio-Oeste, então vamos ver aqui.
— O que faz com todas as roupas? — Mohini pergunta.
— Você não consegue ficar com as roupas — respondo, o que, tanto quanto penso, não é tão trágico. De quantos moletons cor pastel uma pessoa precisa?

Mohini franze as sobrancelhas.

— Então você não fica com nada?

Realmente os enfeites são consideráveis, ou então estou aprendendo: cortes de cabelo e luzes em salões como o Bumble & Bumble e o Frédéric Fekkai pelo preço do serviço, dispensa de taxa de matrícula e descontos mensais nas melhores academias, 10% a 15% de desconto em butiques de designers, comida e bebida de cortesia em restaurantes da moda.

— A gente consegue algumas coisas.

— E entrada livre em quase qualquer clube da cidade — Serena acrescenta com ar de nova-iorquina que testemunhou essa ocorrência muito antes de eu entrar em cena.

— Você tem que fazer dieta? — Mohini pergunta em seguida, seus olhos se alargando à mera perspectiva. A despeito dos sacos de salgadinhos devorados durante todas as sessões de estudo tarde da noite, minha menina-prodígio colega de quarto pesa bem menos de 45 quilos, e isso inclui suas garrafas de vidro de Coca-Cola.

— Infelizmente.

Falando em comida, o consenso é que só discutir a decoração do nosso quarto foi duro, simplesmente temos que comer algo agora. Pedimos pizza. Jordan aparece e se junta a nós. Minhas colegas de quarto a enturmam.

— Mas, Em, não somos jogadores de futebol — ela acentua. — Podemos ver seu book?

— Negativo.

— Algumas poses então?

— Se não estou mostrando a versão gravada, estou certa como o inferno de não mostrar ao vivo.

Serena tira a tampa da caixa de pizza e agita seu guardanapo.

— Trabalhei como modelo algumas vezes — ela diz. — Para um evento de caridade que minha mãe hospedou no verão...

— Deixe-me adivinhar, Rina, em Southampton — Jordan interpõe.

Serena ofega.

— Aimeudeus, não seja grosseira!

Nós congelamos.

— Ninguém me chama de Rina, Serena, também não! É tolo! Chamem-me Pixie, por favor! De qualquer modo, minha mãe? Bem, ela contratou este especialista em desfiles que nos disse para caminhar assim...

Nossa companheira de quarto dá um salto, quase derrubando a caixa da pizza, dá alguns passos cuidadosos e rodopia. A visão de seu olhar determinado e suas bochechas encovadas nos leva as três à histeria.

— Oh, vamos! Sei que sou baixinha — ela diz —, mas tenho sapatos de salto, saltos bem altos. Como estes daqui...

Pixie corre para dentro do closet, voltando com um par de saltos. Logo, um par se transforma em quatro. Os sapatos são acompanhados por várias perucas e óculos de sol da área de acessórios de Pixie (closet ou gaveta, cada um limitando demais um termo). Jordan pega sua garrafa de Wild Turkey e sua maquiagem. Mohini coloca nela seu capacete de minerador, porque decidimos que ela simplesmente tem que vestir com meu macacão branco Frederick de Hollywood estufado nas dimensões de Dolly Parton. Todo mundo começa a fazer fotos. As garotas pelo corredor aparecem... E é assim que nos vingamos da raiva da primeira noite inteira no Carman Hall.

— Isto é horrível! — Pixie grita às 10 da noite após uma sucessão de pulos sobre os pufes ter resultado numa explosão de flocos brancos por todo o chão e dentro das bebidas de todo mundo.

— Horrível! — Jordan uiva à meia-noite, empurrando de lado os cachos de sua cabeleira arco-íris de palhaço enquanto dança com dois carinhas que, numa alegada resposta à luz negra que tinham fornecido, desceram suas cuecas apertadas e estão dançando o melhor que podem Red, Red Wine de Bob Marley.

— Horrível! — Mohini grita às 4 da manhã, o capacete-lanterna e o macacão agora completos com brincos de caveira e cordeiro recheado de Pixie momentos antes de vomitar na lata de lixo.

Vomito, também. Todas nós. Mesmo então, tenho que concordar: Faculdade é horrível mesmo.

❊ ❊ ❊

Graças aos jogadores de futebol, meu segredo é revelado. Sou modelo ou o quê? Num campus cheio de intelectos consumados, não espero que alguém perceba muito, e certamente que se incomode, o que faz com o que acontece em seguida muito mais surpreendente.

Buquês de flores aparecem à minha porta com números de telefone amarrados. Grupos cantam para mim no pátio, no refeitório, e, numa noite particularmente mortificante, na sala principal de leitura da Biblioteca Butler. Duas fraternidades ligam para me perguntar se eu participaria em suas cerimônias de elevação de grau – fosse lá o que isso fosse. Declino destes convites, digo não aos encontros e fujo dos cantores, mas não existe escapatória.

Fora do campus, tampouco.

Nas sextas, não tenho aula. Tenho horas marcadas. Uma manhã de outubro estou num Vá e Veja (o mesmo que um compromisso com hora marcada, chamado assim porque você "vai" e "vê" um cliente em perspectiva) para a revista Seventeen quando um cara começa a me seguir. Seus braços estão cheios de rosas embrulhadas em jornal. Num farol vermelho ele as empurra contra o meu peito.

– Tome – ele diz. Ele tem cinqüenta e muitos anos, grisalho e enrugado, incluindo seu terno, que parece não ter passado a noite no armário.
– ... Por favor.

Todo mundo está olhando. Meu rosto fica quente. Um espinho se espeta desconfortavelmente contra o meu queixo. Mudo meus pés de lugar, então abro meus braços e sorrio.

– Obrigada.

Serenatas, flores... Tanta atenção. Mas então... Uma aluna de antropologia liga para me entrevistar sobre a indústria da moda. Minutos de conversa e a tese dela é clara: Existem "paralelos graves" entre a indústria de moda atual e os abusos do trabalho infantil na Inglaterra industrial do século dezenove. Quando digo a ela que discordo e a faço saber que considero, ao invés disso, haver grandes diferenças – sou adulta, ganho bastante dinheiro pelo que faço –, ela fica irritada, me diz que sou parte do ciclo de abuso e desliga. Uma garota que nunca vi se achega a mim numa festa e, bêbada, confessa que me odeia porque o namorado dela me acha atraente. Isso aconteceu duas vezes.

Mas de volta àqueles compromissos... Nenhum lugar onde estive antes me preparou para as ruas de Nova York. Não quero dizer as ruas conhecidas como Wall Street ou a 42, quero dizer as ruas menores, as menos movimentadas, aquelas onde homens dizem coisas que ninguém mais pode escutar.

Algumas vezes os comentários são legais, quase ingênuos: Ei, belezinha!, ou Devo ter morrido e chegado ao paraíso!, ou Você está me dando um ataque cardíaco! Mais freqüentemente, eles são imperativos: Sorria!, ou Diga Alô!, mais e mais até eu reagir, brava – Puta! – se não respondo. Mas, pior de tudo são os homens que me seguem rua abaixo me dizendo o que gostariam de fazer comigo, suas vozes são suaves e baixas, como se já fôssemos amantes.

Mesmo aquele cara com as rosas. Quando aceitei, ele sorriu. Um casal aplaudiu. Mas quando o farol ficou verde e fui adiante, ele me alcançou e agarrou a barra da minha camisa.

— Estúpida— ele xinga quando o tecido desliza entre seus dedos.

Sim, atenção demais. Antes de chegar aqui, pensava que poderia manter meus mundos separados. Seria Emily Woods, modelo/estudante. Imaginei-me voando como a Mulher Maravilha de glamorosas sessões de fotos para palestras na Ivy League e de volta, minha mochila JanSport uma mistura confusa de bilhetes de metrô, páginas de fichário, fotos e livros escolares.

Mas a vida real não é em branco e preto, tem nuanças de cinza, como o céu de inverno em Wisconsin. Sou modelo estudante, nenhum hífen requerido. Sou modelo estudante, quer goste quer não.

CAPÍTULO 9
PRINCESA MENTIROSA

O único lugar onde não consigo atenção é o único que conta: os estúdios. Ninguém está interessado em meu portfólio
— Oh, então você é iniciante — dizem. — E do Meio-Oeste, que interessante! Volte a nos ver quando tiver mais experiência, tá?

Testes fotográficos de mercados pequenos como Chicago não interessam na capital da moda, aprendi. Este é um problema típico. A solução: Vá para o exterior. Cidades como Milão, Sydney e Paris têm muito mais revistas de moda per capita, e certamente por modelo, que Nova York. Então, uma modelo que começa aqui freqüentemente faz o que Patrick, da Factory, sugeriu que eu fizesse: sai da cidade. Um ano além-mar, talvez dois, e a garota consegue o requisito dos recortes de revista com o pano de fundo apropriado: degustando café expresso numa rua de pedras, descendo afetadamente por um largo boulevard parisiense, esfregando seu nariz carinhosamente num cuidadosamente desgrenhado almofadinha. A garota então zarpa de volta a Nova York, onde é subitamente reconhecida como uma jet-setter exótica, internacional, dando portanto o pontapé inicial à terceira e mais lucrativa fase de sua carreira. Porque você vê, Nova York não é onde faz seu book, é onde você o mostra.

Mas estou matriculada em Colúmbia para passar os próximos quatro anos lendo books, não para fazê-los, e isso me preocupa. Mas não a Byron.

– Temos uma janelinha de oportunidade – ele me diz no final de setembro, seus dedos beliscando uma pequena polegada do ar. – Você ainda é marca nova e todo mundo ama um rosto novo. Mais que isso, amam pensar que descobriram um rosto novo. Tudo que temos a fazer é conseguir que pensem que Emily Woods é o rosto mais quente e novo na cidade, criar e alimentar um frenesi, e o book que já tem funcionará muito bem.

Soa maravilhoso.

– E se não der certo?

Os lábios de Byron se apertam.

– Carma positivo, por favor.

– Desculpa.

Isso foi há dois meses. E exatamente quando concluo que minhas estrelas não estão alinhadas, todas elas começam a mudar, iniciando numa manhã fresca no princípio de novembro, quando entro na Chic.

Fecho a porta pesada. Byron se catapulta do seu assento.

– Emily, dê o nome de uma tribo indígena! Tudo em que consigo pensar é Winnebago, e este é errado!

– Humm, deixe-me ver... – abro o zíper da minha jaqueta, meu cérebro analisando os estudos sociais da 6ª série. Hopi... Sioux.

– Não e não. Não é bonito o suficiente.

Byron gira nos calcanhares e começa a marcar passo. Está vestindo uma camisa branca de poeta que esvoaça enquanto ele caminha. Acrescente-se a isso sua joalheria comum, a longa cabeleira cheia, e ele parece o personagem principal de um romance de arlequim.

– Chippewa? – sugiro. – Cherokee?

– Cherokee – ele repete alegremente. – Cherokee é bom.

Justine e Jon acenam concordando. Byron começa a medir passos outra vez.

– Ok, de volta ao nome.

Coloco minhas coisas no sofá e caminho na direção da mesa de contratação. A agência mudou consideravelmente desde seus dias de caixote vazio com móveis arruinados. Paredes de aço cinzento onduladas sobre branco, como se encravadas no mais fino mármore de Carrara, rodeiam um conjunto de móveis escuros de couro. Uma série de spots de luz com sombras azul-royal pendem sobre nossas cabeças, pendurados comicamente pelo teto como bolas. Sob os pés uma área acarpetada de pelúcia: cinza e azul, triângulos preto e branco e arabescos. E, logo do outro lado, está o começo do que Byron chama sua "Parede de Troféus": quatro fotos emolduradas mostrando duas das sete modelos da agência, uma capa e uma campanha cada uma.

Deslizo uma cadeira para perto de Jon.

– O que está rolando?

– Ssh! – Byron me adverte numa maneira decididamente não swami antes de erguer os braços para o teto

– Princesa, princesa... – ele entoa.

– Flor de Lótus! – diz Justine.

Byron sacode a cabeça. Tailandês demais.

– Tigresa Lily!

–Artes marciais demais.

– Água Corrente! – Jon exclama.

Justine e Byron olham para ele.

– Bem, então, que tal... Fallingwater!

Byron fica pensando nisso cuidadosamente por vários minutos.

– Sim, Fallingwater – ele diz por fim. – Eu gosto! Soa familiar. Soa... certo.

Justine concorda.

– O problema é... – subitamente Byron coça o queixo preocupado. – O problema é... Ela deveria mesmo ser uma princesa? Ela é material para uma princesa?

Com um giro sincronizado diretamente de um chorus line da Broadway, todos os três se voltam e olham. Para mim.

– O quê? – pergunto desconfortável.

– Ela precisa se bronzear – Justine diz.

– Bronzear-se, definitivamente – Jon ecoa.

Meus olhos saltam para trás, para a frente e para baixo da mesa.

Logo depois de me juntar à Chic, Byron decidiu que até que eu tivesse fotos melhores não devia gastar dinheiro com cartões de apresentação caros, que tipicamente têm uma foto importante na frente e em algum lugar atrás umas quatro fotos, todas em cores. Concordei. Afinal, é a modelo, não a agência, quem paga por esses cartões, e eles custam acima de 1 dólar cada. Como resultado, meus cartões vêm de uma máquina copiadora, sua qualidade aparente melhorada pela escrita floreada de Jon com canetas de tinta metálica. Hoje, dúzias da última versão estão espalhadas sobre o centro da mesa. Somente quando as estudo percebo que estão em branco junto ao retrato. Eles estão me dando um nome.

Byron está atrás de mim agora. Suas mãos correm pelos meus cabelos.

— Devemos escurecê-los?
— Hum, para um preto suave? – Justine diz.
— Ou marrom-chocolate? – Jon diz.

Ok, chega. Tiro as mãos de Byron dos meus cabelos e olhos para os três.

— O que está havendo? – pergunto, sentindo ser esta uma pergunta muito corajosa. A menos que eu vá ser uma nova personagem Disney, a resposta é obrigatoriamente perturbadora.

Byron sorri.

— Ótimas notícias, Emily! Você está em perspectiva com Thom Brenner para a Franklin Parklyn Sport. É nacional. Cartazes, anúncios impressos e tudo mais.

O quê? Thom Brenner é uma lenda. A série de deserto que fez para Donna Karan foi o que colocou a designer no mapa. E agora ele está trabalhando com Franklin Parklyn, o homem considerado a próxima novidade da moda americana, o próximo Calvin, como a revista Elle o chamou e... Eu? Uau! Que ótimo!

Byron parece pensar assim também.

— É isso, Emily! – ele diz. – Era por isso que estávamos esperando.
— Está pagando 60.000 dólares – acrescenta Justine.

Repito esse número vagarosamente. Sessenta mil dólares são quase três anos de mensalidades escolares e despesas pagas. Mais, estarei em revistas e cartazes. Eu! Em outdoors. Serei famosa. Serei uma estrela.

As mãos retornam.

— Então... preto suave ou marrom-chocolate?

Tonta, inclino minha cabeça para trás.

— Por que temos que tingir meu cabelo?

– Eles acham que você é índia – Byron diz. – De qualquer modo, que cor?

Espere aí. Uma índia?

– Você sabe, uma índia americana.

– Uma índia americana? Por que eles acham isso? – pergunto vagarosamente. – Meu nome é Emily Woods.

– Só meio índia – Byron emenda. – Pelo lado materno.

– Ela poderia ser princesa se for somente meio-índia? – Justine pergunta.

Ainda estou processando a linha anterior.

– Espere, Byron... Disse a eles que sou meio-índia?

– Estou escrevendo! – Jon desafia.

– Byron?

Byron caminha na direção da janela. Olho para Jon, suas sobrancelhas cerradas enquanto ele dobra uma cópia do meu novo cartão de fotos: um teste fotográfico onde estou sorrindo numa camisa branca sem mangas, meus dedos acariciando a aba de um chapéu de capitão alegremente enfeitado. Polegadas adiante de uma âncora dourada bordada, a palavra Fallingwater emerge em escrita elegante. Quando Jon termina, resmunga:

– Parece meio sem graça sem a parte da princesa.

– Sim, sem graça demais.

Byron dá à linha do horizonte um gesto de desprezo, como se aborrecido por uma cidade cheia de Fallingwaters. Então se volta para nós:

– Mas talvez seja porque não sabemos a palavra índia para princesa. Talvez seja isto.

Ele olha para mim:

– Emily, você não estudou esse tipo de coisa?

Suspiro. Desde que comecei a escola, para cada peça útil de informação que forneço (a palavra francesa para lamê, por exemplo), Byron identificou várias áreas de ignorância estarrecedora: a história da seda, o número de calorias em sete amendoins e meio, o sexo correto do cabeleireiro Oribé (homem) e da artista da maquiagem Bobbi Brown (mulher). E agora os Cherokees.

– Não, não sei a palavra para princesa – respondo.

– Colúmbia – Byron murmura, estalando a língua contra o céu da boca ao pensar em milhares de dólares desperdiçados.

— Bem, talvez você possa simplesmente contar-lhes sobre sua herança real — Jon insiste. — Você sabe, introduza o assunto na conversa.

— Boa idéia! — Byron dá um passo à frente. — Isso funciona!

— Que herança real? — pergunto. — Que conversa? Com quem?

Justine boceja.

— Thom, o pessoal da Franklin Parklyn, a agência... O de sempre. Espere. O quê?

— Quer que eu diga numa sala cheia de gente que sou meio Cherokee?

Posso sentir meu coração acelerando, um sentimento de espanto que em cinco minutos me deixa num estado de quase apoplexia.

— Claro — Byron encolhe os ombros. — Por que não?

Por que não? Porque... porque... é errado, eu acho, embora não o diga por medo de soar Meio-Oeste demais, uma gafe que Byron põe em pé de igualdade com shorts de lycra para bicicleta apertando coxas onduladas de celulite. Mas enquanto estou compondo uma resposta alternativa, parte do meu cérebro toma em consideração o argumento de Byron. Bem, por que não? Quem ia saber? Não é como se eu tivesse que declarar por escrito ou algo assim, e... Vou ser famosa.

— Olhe... — Byron pressiona —, apenas conte-lhes sobre sua mãe...

Que certamente tem estranhas tradições. ... a vida na reserva...

Nós temos uma canoa.

— ... os costumes dos Cherokees — Jon acrescenta.

E um tear...

— É como representar — Byron diz.

— Sim, representar! — Jon ecoa.

Isso me traz de volta à realidade. Pessoas me acusaram de um monte de coisas, mas nunca de atriz. Nem mesmo sei contar mentira branca com convicção, imagine uma charada elaborada.

— Não acho que seja uma boa idéia — digo finalmente. — Quer dizer, vou vê-los, é claro, mas talvez fosse melhor que me apresentasse apenas como Emily.

Byron parece pesaroso.

— Mas está entre você e uma italiana!

— E ela parece índia — Justine acrescenta.

— Talvez, se deixarmos de fora a história da princesa? — Byron diz.

— Ora vamos, e que tal um quarto? Qualquer um pode ser um quarto de Cherokee — Jon pressiona.

Olho de volta para eles: três agentes, três pares de sobrancelhas erguidas, três queixos erguidos, claramente não dispostos a deixar o sonho morrer.

Também não estou segura se estou, tampouco.

— Ok, um quarto de Cherokee — concordo. — Mas somente se isso for mencionado na conversa.

Byron dá um salto.

— Vai ser mencionado! — e aperta meu ombro. — Vou me assegurar de que seja.

Jon começa a escrever P... r... i

— Mas não princesa.

Byron olha para Jon, que amassa o papel.

— Negócio fechado — ele comemora.

❋ ❋ ❋

— Uma princesa Cherokee? Está me gozando — Jordan diz enquanto cruzamos o campus.

— Só Cherokee — corrijo. — Princesa não.

— O que eles estão querendo? Quer dizer, acho que a questão de ser modelo é vestir você em trajes interessantes. Se Franklin Parklyn acha que você é certa para o papel, deve ficar contente com o que você é. Cherokee ou não, ela continua lealmente.

— Vou me assegurar a dizer isso a Franklin — replico.

Estou tentando manter as coisas leves. Por dentro, contudo, sinto-me nauseada, uma sensação que tenho desde que me sentei na aula de Civilizações Contemporâneas, Jordan olhou para o lado e deu um grito:

— O que houve com o seu cabelo?

Porque na noite passada ele foi tingido de castanho escuro.

Não quero me preocupar com meu cabelo. Está mesmo notavelmente próximo da minha cor natural. É o que vai acontecer em seguida que me deixa nervosa. O encontro com Franklin Parklyn foi adiado duas vezes, o Dia de Ação de Graças veio e se foi, mas agora, hoje, às 4 da tarde, finalmente estará acontecendo.

De acordo com a opção, a campanha será fotografada no início de janeiro, em datas que correspondem exatamente ao meu intervalo de férias de inverno. Falando em carma, eu poderia passar duas semanas num rancho no México ensolarado fotografando uma campanha internacional com um fotógrafo lendário, ganhando 60.000 dólares e sem perder um minuto de aula.

Realmente quero este contrato.

O vento queima. Jordan se agita como um pássaro batendo asas e inflando as bochechas de ar, que estão listadas de carmim com fúcsia.

— Cristo, está frio — ela resmunga quando conseguimos alcançar o magote de alunos palradores entrando e saindo da Biblioteca Buttler. — Esse tempo idiota.

Jordan é de Demopolis, Alabama, o lugar onde Jesus é o maior homem no campus, rainhas da beleza reinam supremas e o clube quente é o Rotary. De fato, foi o Rotary que deu a Jordan sua erudição para Colúmbia. "Não pelas razões típicas", ela explicou uma noite, "mas para conseguirem se livrar de mim", um motivo que, reconheço, parece difícil de acreditar até se escutar o resto. Durante seu último ano Jordan apresentou um talk show para adolescentes na emissora local, chamado O Amor Morde, um show sobre encontros e relacionamentos, mas "não sobre sexo", ela fora alertada. Jordan obedeceu a esta ordem até uma noite, uma noite "muuiito devagaaar", quando recebeu a ligação de uma adolescente aflita que queria saber se devia usar camisinha quando fizesse sexo só usando as mãos, como "aquela garota em Grease". A primeira resposta de Jordan — como regra geral, homens não adoram camisinha — foi o bastante para conseguir que fosse chutada para fora do ar.

Chutada para longe. Agora, a autodescrita sulista rejeitada está no norte, em Manhattan, protegendo-se do frio com um macacão inteiriço debaixo de um casaco amarelo-mostarda, luvas verdes fluorescentes e echarpe azul-royal, roupas excêntricas adequadas à pessoa que momentos atrás perguntou ao nosso professor se "Thomas Aquinas rimava com pênis".

— Na verdade, estou vindo aqui — digo.

Jordan dá uma olhada para a Butler.

— Agora? Para quê?

— Quero pesquisar sobre os Cherokees.
— Você deve estar me gozando.
— Olá pessoal.

Mohini se esquiva de uma mochila bojuda e se aperta junto a Jordan, que recompensa seus esforços agarrando-a pelos ombros e gritando:

— Hini, diga tudo que sabe sobre os índios Cherokees, depressa!
— Os Cherokees viviam primitivamente em Oklahoma. Emigraram para o oeste numa jornada difícil, conhecida como Trilha das Lágrimas, e eles teciam cestos — Mohini diz com a falta de hesitação de alguém acostumado a ter seu cérebro desafiado numa larga variedade de assuntos.

Jordan sorri triunfante.

— Por que quer saber sobre isso? — Mohini pergunta.
— Ela tem que fingir ser uma índia para Franklin Parklyn.

Mohini me dá aquele mesmo olhar que me lança cada vez que desligo o telefone com Louis ou Byron, como que dizendo Não entendo você.

— Sinto muito, mas... é um compromisso de moda, certo? Eles vão te sabatinar sobre história étnica ou algo assim?

Abafo uma risada.

— Duvido.

Jordan engancha seus braços nos nossos.

— Bem, então vamos, vamos comer!

✽ ✽ ✽

— Emily? É você.

Às quatro e dez da tarde sigo uma mulher chamada Anne para dentro do coração da Sopher Fitzgerald, a nova agência de publicidade de moda perto da Union Square, responsável pelos comerciais mais quentes de sapatos, cerveja e carros de 1988. Depois de uma série de voltas, viradas e portas duplas, Anne pára, sorri e diz:

— Aqui estamos. Pronta?
— Pronta — eu digo, aparentemente não convencida. Então, ela aperta meu braço e diz:
— Você parece ótima.
— Obrigada — respondo, grata pelas palavras gentis.

Logo que assinei com a Chic aprendi que a maneira como me vestia para os compromissos era totalmente errada.

– Você aparenta estar tentando muito. Pare de tentar! – Byron me disse um dia na agência. – Simplesmente pareça bem! Casual, mas bem!

Bem, eu não tinha idéia do que isso significava, então simplesmente comecei a vestir muito preto, inclusive agora, com a única diferença de que, hoje, Pixie insistiu em acrescentar um cinto enfeitado de contas coloridas, porque "índios adoram cores."

– Ok, siga-me.

A maioria dos Vá e Veja são com um fotógrafo, ou uma agência de publicidade, ou uma revista, ou um assistente de designer. Mesmo se as coisas vão bem, você será apresentada a duas ou três pessoas pelo menos. Mas uma reunião de campanha é diferente, e isso fica claro no momento em que Anne abre o conjunto final de portas e dá um passo para dentro da pequena sala de conferências, onde não menos que nove pessoas estão à volta de uma mesa oval de vidro, para café.

Eu a sigo rente aos seus calcanhares. Um quadro gigantesco com fotos de índios pintados em guerra, recortes de tapetes Navajos e penas enche uma parede inteira. A despeito da vista impressionante da cidade através da alta janela, a sala parece congestionada.

Anne limpa a garganta.

– Esta é Emily Woods, uma nova modelo com a nova agência Chic. Nós a temos na espera para a série Cherokee.

– Oi!

– Alô.

Sorrisos de toda parte, inclusive de Thom, que reconheço de um artigo recente na Bazaar, graças ao seu rosto estreito e ao seu chapéu de caubói, uma marca registrada. Embora com as mãos cruzadas sobre o peito ossudo, ele parece amável o suficiente, como um espantalho sorridente.

– Sente-se.

Sento-me ao lado de Anne e continuo a olhar em volta. Perto de Anne está um cara vestindo um suéter xadrez preto-e-branco, outro empregado da Sopher Fitzgerald provavelmente, bem como as duas mulheres perto dele. Junto deles, uma mulher e um homem em lã tom de terra e uma mulher de jeans preto – Franklin Parklyn, Franklin Parklyn e Franklin Parklyn Sport, respectivamente –, depois, Thom, uma mulher na frente do quadro com grandes óculos vermelhos e uma jovem que parece sua assistente, e, depois de várias cadeiras vazias, estou eu. A mesa está coalhada de xícaras de café chinesas brancas. No centro está uma bandeja de sobremesa, já servida, exceto por vários brownies esmigalhados, duas tortas de kiwi e um morango coberto de chocolate.

Anne volta-se para o trio da Franklin Parklyn.

– Agora, uma das coisas excitantes sobre Emily é que ela é parte Cherokee.

A sala se agita, dando a impressão de que as paredes estão vibrando. Ou talvez seja meu coração batendo.

– Uma nativa americana! – grita um dos tons de terra.

– É tão maravilhoso! – guincha o outro.

A do jeans preto bate com a mão no peito.

– Eu peço desculpas... – ela suspira pesarosamente.

Desculpas?

– ... Em nome dos meus ancestrais europeus, gostaria de dizer que sinto muito – ela diz. Seus olhos estão molhados de verdade.

Tomo uma profunda inspiração. Aí vai.

– E em nome dos meus, aceito.

A do jeans preto bate no peito outra vez.

– Obrigada! – ela murmura.

– Como a encontraram? – pergunta a tom de terra.

Anne sorri para mim.

– Minha boa sorte.

– Qual a percentagem Cherokee? – óculos vermelhos pergunta.

– Um quarto.

– Um quarto nativa americana, oh meu Deus!

– É tão impressionante!

– Posso sentir seu espírito!

– Por parte de mãe ou de pai? – óculos vermelho pergunta.

Pratiquei isso no metrô.

– Minha mãe. O pai dela. Ele era Cherokee.

– Emily também responde por outro nome– Anne diz. Se ela estava sorrindo antes, seu sorriso é positivamente maternal agora. – Fallingwater.

– Que adorável!

— Que pitoresco!
— Quase posso vê-la às margens do rio Colorado!
Que tal um rio no México?
— Fallingwater... Não é uma casa de Frank Lloyd Wright? – óculos vermelho pergunta.
— Oh, você está certa!
— Oh, é perfeito!
— Outro ícone americano!
— De onde você é? – óculos vermelho pergunta.

Talvez fossem só meus nervos ou o brilho do centro da cidade refletido nas lentes dos óculos dela, mas eu podia jurar que a vibração era hostil.

— Oklahoma. Mas nos mudamos para Wisconsin quando eu tinha cinco anos por causa do trabalho do meu pai – respondi.
— Wisconsin? Exatamente como Wright!
— Talvez seus ancestrais o tenham conhecido!
— Talvez os ancestrais dela o tenham inspirado! Diga-nos, Fallingwater – grita jeans preto. – Existe uma conexão familiar?
— Minha mãe cresceu perto de Taliesin – consinto.
— Muito provavelmente!
— Estou certo disso!

Quando jeans preto começa a murmurar sobre como as planícies americanas estão refletidas no meu rosto, dou um sorriso para minha mão. Que grande mentirosa... Eu? Não apenas não sou Cherokee, mas agora estou associada a um dos mais famosos arquitetos americanos, e todo mundo está engolindo isso como se fosse o último brownie.

Quase todo mundo.

— Diga-nos, Fallingwater... – óculos vermelho empurra sua cadeira para trás, então caminha vagarosamente para o bule de café descansando num aparador. – Como pode viver em Wisconsin se é ugvwiyu uwetsiati?

Ahan? Perdão?

Óculos vermelhos sopra delicadamente sobre sua xícara recém-cheia de café, e toma um golinho.

— Talvez eu não tenha pronunciado direito: u-gv-wi-yu u-wets-iati.

Ok, isso foi mais devagar, talvez, mas ainda incompreensível. As palmas das minhas mãos formigam, meus olhos olham para todo lado.

Thom está espetando uma faca numa torta de kiwi.

— Está no quadro — ele diz, depositando a fatia em seu prato.

Oh, obrigado, Senhor. Meus olhos inspecionam o quadro densamente recheado de inspiração, procurando as palavras... as palavras. Onde estão as palavras? Os segundos passam. Sinto nove pares de olhos em cima de mim. Espere... o que está entre a borda de uma paisagem Ansel Adams e o rabo do galo?

❋ ❋ ❋

É isso? O que é isso?

— Que diabos vêm a ser isto? — suéter xadrez murmura.

Anne se inclina na direção do ouvido dele e começa a cochichar. Não baixo o suficiente.

— Acho que Gwen disse que era o nome dela: Princesa Fallingwater. Sim!

— Sim. Bem, minha família e eu voltamos regularmente a Oklahoma, mas nos dias de hoje o papel de princesa é largamente cerimonial, principalmente tecer cestos e participar de paradas, esse tipo de coisa — digo, esperançosamente, com o tom desinteressado de uma garota casual demais.

— Como Lady Di! — grita jeans preto.

— Exato.

Thom engole o último pedaço de torta, toma um gole de café e diz:

— Emily, estaremos fotografando nossa pequena campanha em janeiro. Isso está bem para você?

George Bush é nosso próximo presidente?

— Sim. Quero dizer, está na minha agenda. Quer dizer, eu acho — digo alegremente. Mais uma vez, todo mundo está sorrindo.

— Espero que possamos consegui-la!

— Incrível!

— É o mínimo que podemos fazer!

Óculos vermelho ergue a mão:

— Por que seu nome não é Mata Homem?

Agora é minha vez de rir. Emito um risinho suave e embaraçado. Ela espera.

— Hummm, é um belo cumprimento. Obrigada – digo finalmente.

Isso é rebatido com:

— Na verdade, o que eu queria dizer é: seu sobrenome não poderia ser Mata Homem, depois de Wilma Mata Homem, a atual chefe Cherokee, isto é, presumindo-se que por 'princesa' você queira dizer que é descendente do chefe, e não Miss Cherokee, o verdadeiro título da Nação Cherokee para o papel largamente cerimonial que acaba de descrever?

Subitamente, minha mente está vazia.

Óculos vermelho sacode ligeiramente seu café.

— Mas que idiota que eu sou, falei com Wilma ontem. Ela nunca ouviu falar de uma princesa Fallingwater.

A expectativa calorosa da sala esfria num silêncio frágil. Nove pares de olhos circulam a mesa. Oito. Óculos vermelho continua a me furar com os olhos.

É Anne quem finalmente fala. Ela vira a cabeça, seu rosto um aperto de dor.

— Emily – ela diz suavemente. – Você é Cherokee? Diga-nos se pelo menos essa parte é verdade.

Óculos vermelho olha para mim calmamente, expectante.

— ... E então?

— Bem, não... realmente... sou apenas... sou apenas Emily. Emily Woods.

Thom ruge e aplaude. Por um segundo acho que tudo vai ficar bem.

— Então você mentiu – Anne diz.

Olho para a escrivaninha.

— Isto é um sim – óculos vermelho diz rispidamente. – Obrigada, Emily. Você pode ir.

Não me mexo a princípio. Não acho que minhas pernas me agüentem. Anne abre seu fichário. O ruído é ensurdecedor.

As rodinhas da minha cadeira zunem contra o carpete. O assento range quando me levanto.

— Tchau.

Silêncio. Fecho a porta atrás de mim tão suavemente quanto posso.

CAPÍTULO 10
AHH! AS BRANCAS AREIAS DO CARIBE

Período de leitura: pausa oficial entre o final das aulas e início dos exames. A primeira vez que vi isso no calendário acadêmico, sorri sonhadoramente, imaginando alunos ocultos em poltronas de couro, virando vagarosamente as páginas dos grandes clássicos em frente ao fogo crepitante enquanto, do lado de fora, a neve se empilha silenciosamente contra os vidros das janelas.

A Biblioteca Butler não tem lareira, elas são um risco de fogo. E existe neve, do lado de dentro, quanto todas as janelas são deixadas abertas tanto quanto suas esquadrias o permitem – parte da tentativa infrutífera dos alunos para manter a temperatura da sala abaixo do seu nível costumeiro de incubadeira. Quanto às poltronas, elas estão aqui, embora circundadas de livros, notas e destacadores de texto tão pressagiadores quanto um adesivo Não Perturbe numa cena do crime. De verdade? O período de leitura é uma louca sessão de pressa horrível para ler tudo antes dos exames.

– Ugghh! – reclamo, ao terminar de fazer minha quota justa, lendo velozmente 200 páginas de Faerie Queen, de Spenser, um exercício que eu compararia a depilar a virilha com cera quente numa cama de pregos afiados.

Jordan tamborila com as unhas cor de hibisco contra a página aberta.

– Estou lhe dizendo, querida. Você precisa repensar seu curso. Não lemos livros como estes em Econ.

– E eu estou lhe dizendo – replico no meu melhor sotaque sulista –, nem me fale dessa aula.

– Economia, economia – ela canta como se fossem palavras mágicas.

– Shh! – alguém reclama.

– Oh, cara – Jordan baixa a voz para um sussurro. – Quando você vai?

– Amanhã de manhã. Talvez.

Pixie olha para cima, seu destacador de texto ainda se movendo através da página:

– Vai para onde?

– República Dominicana. Talvez – enfatizo, cruzando os dedos nas duas mãos; dá azar presumir que você tem um contrato antes que seja confirmado, e eu certamente não preciso mais disso, não depois do desastre da Franklin Parklyn duas semanas atrás.

Depois de segundos do meu retorno da Sopher Fitzgerald, Byron ligara para o meu quarto.

– Que diabos aconteceu? – ele gritou.

– Descobriram que não sou Cherokee – repliquei, meu rosto ainda queimando da humilhação.

– Sei que descobriram que não é Cherokee! – ele disparou. – O que estou perguntando é como descobriram?

Quando assinei com Byron, estava preocupada com seu comportamento de swami ficando mais velho. Isso não é mais uma preocupação. Engoli seco e fiz ao meu agente um relatório detalhado do encontro.

– Foi isso? Você podia ter recuperado! Podia ter dito que Wilma Mata Homem era sua tia ou que ela tinha se casado de novo, qualquer coisa!

– Ela falou com Wilma – lembrei-lhe.

– Bem, alguma coisa! – Byron insistiu.

– Olhe, Byron, sinto muito. Mas não estava combinado que eu seria princesa, apenas um quarto Cherokee, lembra-se?

Byron exalou uma rajada de vento direto dentro da minha orelha.

– Emily, querida, existem tantas coisas acontecendo que isso simplesmente se apagou da minha mente. De qualquer forma, a maneira como lidou com o caso me fez parecer mau, a agência parecer má, e, acima de tudo, fez você parecer má. Existiam nove pessoas naquela sala que agora pensam que você é mentirosa e, francamente, isso vai afetar sua reputação.

Agora eu estava, além de humilhada, devastada. Tinha transformado uma campanha nacional de 60.000 dólares de um negócio fechado numa carreira arriscada em menos de 60 segundos,

– Eu... eu sinto muito – gaguejei.

– Não se desculpe, simplesmente vá em frente para o próximo trabalho – Byron continuou, seu tom subitamente sedoso. – E não sei exatamente o que ele será...

Pixie está pintando meu braço com enfáticos pontos de destacador de texto amarelo.

– Aimeudeus, está indo para o Caribe amanhã? – ela engasga. – No meio do Período de Leitura?

– Talvez.

– Isso é coisa de doido! Por quê?

– Ssh! – uma garota, que começamos a suspeitar esteja morando na biblioteca, dá um piparote numa das doze latas vazias de soda alinhadas a sua frente e olha para nós aborrecida.

Na voz mais baixa que posso, dou às minhas amigas os detalhes mais importantes. O trabalho é um editorial para uma revista italiana chamada Lei. Dezesseis páginas de fotos de maiô tiradas por um australiano expatriado chamado Ted McIntyre.

– Dezesseis páginas. Isso é muito? – Jordan pergunta.

– Vai ajudar bem a encher o meu book.

Pixie sacode a cabeça.

– Não entendo. Como pode ainda não saber? Quero dizer, o avião chegando amanhã de manhã. Eles não precisam reservar um bilhete para você?

– Eles já têm o bilhete e o quarto de hotel reservados, mas está reservado como modelo chinês ou outro tipo de pseudônimo. Quando decidem sobre a garota, ligam de volta e trocam o nome.

– Isso é coisa de doido! – Pixie grita. – Qual a duração da viagem?

– Três dias.

– E quando é seu primeiro exame final?

– Daqui a quatro dias.

– Isso é coisa de doido!

– Acho que você está parecendo um gravador, Pixie Palito – Jordan diz.

– Pare de me chamar assim!

– Shh!

Pixie e Jordan gozam da aparência uma da outra, seu hobby favorito desde que começaram a andar juntas, uma ocorrência improvável que começou em outubro, quando a fofoca do triângulo amoroso de verão de Pixie caiu sobre o campus da Colúmbia com as primeiras folhas de outono. Acontecera, em agosto último, quando, durante 10 minutos espetacularmente desastrados, Pixie tinha praticado em Thor (namorado de sua melhor amiga, Aleksandra) uma felação no banheiro da família dele em East Hampton, uma atividade que poderia ter sido completa não fosse pelo fato de que cedo, naquela manhã, Aleksandra tivesse bebido dois cafés expressos e dois copos de suco de laranja espremidos na hora; ela teve que fazer xixi. As conseqüências do flagra foram graves, é claro: ostracismo completo para ambos, o pessoal dos Groton (Pixie) e o dos Andover (Aleksandra, Thor). Pixie passou horas repetindo, chorosa, debaixo das cobertas "Mas Aleks estava dormindo com seu jogador de tênis equatoriano três dias por semana, isso não conta?", até que insisti que a luz do dia tinha muito a recomendar. Jordan, que, a despeito de alguns encontros ocasionais, antes tinha achado Pixie "uma patricinha faladeira obcecada por arte", finalmente descobriu um atributo para admirar:

– Então ela é uma piranha.

Pixie, que tivera antes um problema com a embalagem de Jordan (a garota parece vestida de fogos de artifício e xinga como um marinheiro bêbado), decidiu que não estava em posição de ser seletiva. E, portanto, uma amizade se formara entre as duas.

Enquanto Jordan volta para a economia e Pixie para a História da Arte, olho minha pilha de livros, tentando reprimir o sentimento crescente de pânico. Spenser está fora do caminho, mas ainda tenho Newton, Milton, Maquiavel e Augustine, mais uma longa lista de gramática francesa e de vocabulário, um bom pedaço do que eu estaria revendo pela primeira vez. Como pude deixar tanta coisa para trás Quando? Imagino todos os compromissos de fotografar, não apenas nas sextas-feiras, mas entre as aulas, todos os tratamentos de beleza e todos os testes de final de semana consumindo mais tempo do que eu pensara.

Pego Milton, e o derrubo. De algum modo, consigo 98 no meu exame de inglês da metade do período, a nota mais alta da classe. Estarei bem até lá. Melhor se eu estudar o tempo futuro.

Je parlerai
Tu parleras

A quem estou enganando?
Estou escapulindo.

O corredor está vazio e silencioso, uma longa tira de linóleo cortada pela luz de uma lâmpada ocasional, mas quando passo por cada sala de leitura vejo que todos os assentos estão tomados, todos os narizes enfiados nos livros, e, subitamente, o corredor parece congestionado, o ar pesado, os globos como o peso do mundo, de vários mundos, do nosso futuro, descarregando em cima de mim. Eu não devia estar fazendo isto, penso. Não devia ir. Na hora em que pego o telefone público, estou certa disso, e tenho uma reação que nunca tivera antes: Por favor, Senhor, por favor, faça esse contrato gorar.

— Parabéns! — Byron grita. — Você foi escolhida!

Se eu estava achando o ar pesado, ele agora tem a consistência de sopa de ervilhas.

❋ ❋ ❋

— Excelente, Greta! Excelente! Agora abra mais essas pernas!

Fecho meu livro e me inclino para a frente. Os joelhos de Greta se movem um pouco pela areia macia.

— Bom! — Ted grita. Clic. — Ainda mais abertas!

As pernas de Greta continuam seu curso. Suas costas afundam. Suas mãos pressionam o topo de suas coxas ligeiramente bronzeadas. Ela atira a cabeça. Grossos e dourados caracóis de cabelo brilham ao sol... e se espalham em todas as direções.

— Cabelo! — Teddy chama.

O cabelo de Greta é domado, somente para se levantar com o próximo pé de vento.

– Ok, vamos fazer assim mesmo!

Greta se vira para o oceano. Seu cabelo esvoaça para trás. Teddy corre para a orla marítima, seu dedo colado ao disparador da câmera. Ela sorri timidamente para as lentes, seu dedo passando casualmente pelas as costuras do maiô.

– Bom! – Clic. – Sim! – Clic. – É isso! – Clic. Clic.

Quando encontrei Teddy Mc Intyre num Vá e Veja, as paredes do seu estúdio estavam cobertas de capas de supermodelos dos anos 70: Gia, Iman, Janice. Eu estava em dúvida. Que dinossauro! Mas Byron me convenceu na lábia:

– Teddy disse que você é um rosto novo, um arraso, um nocaute, e ele tem que trabalhar com você!

Foi quando percebi: a estrela de Teddy pode ter caído consideravelmente. Mas e daí? A minha estava enganchada em algum lugar em volta do nível de altura das árvores, se é que se ergueu tanto. O fotógrafo poderia ainda me dar um empurrãozinho. Além disso, como Byron acentuou, o trabalho eram 16 páginas de editorial e um compromisso de só setenta e duas horas. Eu podia estudar no avião.

– Ok, Greta, mais entusiasmo! Quero mais atitude nestas!

Mas o único assunto que estou estudando mesmo é Greta. Loura, busto cheio, olhos verdes. Greta. Greta, a garota que apareceu na capa da Sports Ilustrated número de roupa de banho não uma, mas duas vezes (E Deus criou Greta, a última manchete dizia). Senti-me como uma ginasta chegando para seu primeiro encontro nacional somente para descobrir que irá em seguida a Mary Lou Retton no salto. Como você se torna uma das dez mais?

– Filme!

Teddy atira sua câmara para Lothar, seu segundo assistente, trocando-a por uma nova. Greta olha de soslaio evitando o sol.

– Está muito brilhante – ela lhe diz.

Teddy sacode a cabeça.

– Não podemos usar a tela com você. Está muito vento.

Ela se vira para Guiliana, editora de moda da Lei, e, nesta viagem, a estilista chefe.

– Posso usar óculos de sol então?

– Desculpe, não estamos usando nenhum nesta matéria – ela responde.

– Um chapéu? – Greta tenta.

– Sinto muito.

– Um...

– Cristo, Greta, agüente, só! – Teddy repreende.

A garota não está bancando a prima-dona; está mesmo muito brilhante. Brilhante e ventoso. Deixamos nosso hotel de madrugada e tomamos um barco pesqueiro para esta enseada deserta. Estava agradável no começo, mas agora o sol está com força total e o vento está atirando areia branca em nossos olhos e bocas.

Teddy olha através das lentes.

– Vamos.

Greta sorri e inclina a cabeça para trás, uma posição que eu costumava pensar como ooh este sol parece bom, mas vejo agora que significa meus olhos estão me matando. Uma meia dúzia de poses em vários estados de grande entusiasmo, e ela prossegue com duas outras técnicas de desviar os olhos; a primeira, olhando para uma mancha ao acaso na praia; a segunda, para o seu maiô, outra coisa que eu costumava achar que significava dá uma olhada neste meu corpo fantástico, mas que pode agora ser reescrita como oh seios cobertos de lycra escura, vocês são muito mais amigos da minha córnea que esta horrível areia branca.

– Excelente! – Clic. Clic. – Excelente!

As manobras de administração do sol da supermodelo são excelentes. Note que elas não incluem uma mão fazendo sombra sobre os olhos e sorrindo, uma pose que descubro durante meu primeiro e até agora único tempo em frente à câmera.

– Que diabos vem a ser isto? – Teddy gritou em resposta. – O que esta mão faz aí?

Oh. Mudo a mão do lado para o quadril.

– Não esta mão!

Ooops. Movo a outra mão para o quadril.

Teddy recompensa esta pose silenciosamente, o que, sob as circunstâncias, tomo por um sinal positivo, até que a câmera é afastada dos olhos dele.

— Emily, isto não é um concurso de fisiculturismo! – ele guinchou. – Você é modelo. Agora, MOVIMENTE-SE COMO UMA!

Está certo, Teddy McIntyre é um estúpido. Infelizmente, ele simplesmente poderia ser um estúpido com propósito. Até aquela data, eu só fizera catálogos ou propaganda, e posar para estes poderia ser resumido assim: pé direito à frente, quadril direito apontado na direção das lentes, corpo angulado ligeiramente para trás, nunca frontal completo: muito largo!, então uma série de pequenas variações sincronizadas: mão no quadril, mão tocando a gola, ou o John Robert Powers/Tami Scott/Mack Daddy de todas as poses: mão no bolso. Um par de cada com diferentes expressões faciais: olhando para a câmera e para diante, sorriso cheio de dentes e só sorriso, e chega a hora de trocar a posição para pé esquerdo à frente, ou, se quer ser realmente louca, experimente o seguinte: um passo de rock.

— Emily, por que está CAMINHANDO NO MESMO LUGAR quando TEM uma FAIXA INTEIRA DE AREIA à sua FRENTE?

... Como eu disse, esses são todos movimentos de catálogo. Posar para editorial é algo mais. O quê, exatamente, não sei, evidentemente, e é por isso que estou estudando Greta tão cuidadosamente.

— Pronto! – Teddy atira para Lothar sua câmera antes de anunciar que ele, Hugo (seu primeiro assistente) e Guiliana estão indo checar a situação do vento na enseada vizinha. Todo o resto (além de Greta, isso inclui Rowena, cabeleireira nascida no Harlem, fumante de maconha, uma figura, mascando continuamente chiclé de bolas, e Vincent, o maquiador com quem trabalhei na Conrad) vem direto para a geladeira de isopor debaixo da barraca, onde estou sentada.

Abro a caixa de isopor. O livro que estava lendo desliza do meu colo.

— Ooh, o que é isto? – Ro diz, apanhando-o e a uma garrafa de água ao mesmo tempo. – Agora, isso parece difícil!

Ro está segurando Paraíso Perdido.

— Acredite em mim, não é.

Mas Ro já está agarrada neste ponto

— De quem estais vós fugindo? De quem estais vós fugindo? Isso não é leitura de praia! – ela anuncia.

— Concordo.

— Então, o que isso faz aqui?

— Estou na escola.
— Emily freqüenta Colúmbia — Vincent explica.
— Colúmbia? Meu Deus, você é um gênio! — Ro grita.
Eu suspiro.
— Certo.

Greta, ainda vestindo um biquíni Claude Montana prateado mínimo, desliza para um lugar vago na toalha de Ro, e tira o livro das mãos dela. Mais cedo, quando eu estava procurando em minha pilha de cartões de vocábulos franceses "para uma aula", Greta — que eu soube por um artigo na Sports Ilustrated ser tcheca nativa que fala quatro línguas e "arranha" uma quinta, a maneira européia de dizer que ela fala uma língua melhor do que aquela com que você está lutando desde a sétima série — fora polida, se não exatamente interessada. Agora, quando estou lendo um poema épico do século 17 de 281 páginas para um curso em Colúmbia, Greta parece impressionada, inteligente, também, pensei antes, mas não pergunto em que escola ela está, nunca trabalhei com uma modelo que tivesse freqüentado faculdade por mais de um ano.

Ro bate na sua toalha com a mão:
— Vamos, senhorita gênio, entre no meu salão. Você é a próxima a fotografar.

Meu rosto se abate.

Ro franze as sobrancelhas.
— Achei que estava lhe dando boas notícias.
— Não... É que... É apenas... Bem... É que... Não sei o que estou fazendo!

Se eu tinha falado sem pensar na esperança de ser refutada, estava errada.
— Não se preocupe, boneca, você vai melhorar! — Ro diz.
— Sim querida, leva tempo — Vincent diz. — Anos até.
— Não tenho anos — queixo-me. — Tenho minutos!

Talvez porque eu pareça promissora, ou porque meu desempenho desastroso na frente das lentes me tornou a mais improvável das competidoras, qualquer que seja a razão, Greta fecha minha cópia de Paraíso Perdido, abre a boca e começa a falar.
— Certo, Emily, a primeira coisa a lembrar quando está fotografando de maiô é o cliente. Se for um editorial que está fotografando, é para um

público masculino ou feminino? Porque, se for para mulheres, será muito menos disto: Greta estica o traseiro e o sacode como um coelhinho, e muito mais disso: ela se ajoelha e sorri.

Ro cobre as palmas das mãos com Phyto Plage e passa pelo meu cabelo para minimizar os fios fugitivos.

— Então, para os rapazes, sexy; para as garotas, doce – Vincent resume.

— Mas tentei sorrir! – choramingo. – E Teddy simplesmente me deixa maluca!

Greta concorda; ela esperava isto.

— É porque você também precisa ter em mente o país para o qual está trabalhando. Esta é Lei, que tecnicamente é o glamour italiano, que realmente não é como o glamour americano afinal. Revistas italianas são muito mais sensuais, muito mais. De fato, o que eu disse sobre revistas masculinas aqui vale para as revistas femininas de lá.

— Então, devo ser mais sexy.

— Sim – Greta diz. – Especialmente com Teddy. Teddy gosta que seus editoriais sejam muito quentes.

— Especialmente lingerie – Ro diz.

— Ao contrário da maioria dos fotógrafos gays, que gosta que suas fotos sejam bonitas – acrescenta Vincent.

— Isso é porque Teddy é australiano – Greta diz.

— E eu achava que era porque era sádico– Ro diz com uma piscada.

— Mesmo? Sempre o imaginei mais para um babaca– Vincent diz.

— Babaca, o quê?

Todo mundo se volta. Eu gostaria de chegar ao fundo disso, mas quando olho de volta para os três, vejo Teddy, Guiliana e Hugo a uns 90 metros e se aproximando, então mantenho minha boca fechada.

— ... Além disso, a maioria dos fotógrafos não gosta de muito sorriso – Greta diz.

— Isso é verdade... algumas vezes – Vincent diz.

Ro concorda com a cabeça.

— Depende.

— Mas por quê?

— Sorrisos são muito mais difíceis de vender – Vincent explica.

– Muito tipo catálogo – Greta diz.

– Muito desesperado – Ro acrescenta. – É por isso que as garotas nunca sorriem na passarela.

Enquanto Ro me arruma, repasso as lições aprendidas: mantenha em mente a publicação... e o país... e o fotógrafo... quem pode ou não gostar de sorriso depende do seu país de origem e de sua cultura sexual. 80 metros.

– Inacreditável – resmungo.

Mais uma vez, Greta se apieda.

– Ok, Emily, você está de maiô. Está numa praia. Estas são as suas opções: Primeira: correr ou caminhar pela água. O fotógrafo segue você ou você o segue, um dos dois. Dê alguns passos, então gire para que ele veja você de todos os ângulos. Segunda: ajoelhe-se – ela continua. Habilmente Greta demonstra ajoelhando-se na areia. – Fotógrafos gostam desta pose porque conseguem uma lasca da areia, do céu e do oceano ao fundo, é um bom enquadramento, e você gostará porque é o ponto de partida para uma tonelada de variações: você pode ser fotografada deitada, ou com as costas arqueadas e o queixo para cima, como acabo de fazer. Pode sentar. Pode se ajoelhar. E então de quatro, uma posição popular nas revistas masculinas.

– Especialmente as revistas gay – Vincent diz.

Mas isso é ignorado.

– Mais. Daqui você pode fazer todas as poses de tirar o maiô.

Setenta.

– Quais?

– Puxar o laço do biquíni... ou a alça... ou enfiar delicadamente seus dedos na peça de baixo – Greta diz, fornecendo visuais de cada uma das posições e parando na última. Enfiar delicadamente é o verbo certo; os dedos da modelo não estão metidos dentro da roupa, seria pornográfico, estão apenas escondidos até a primeira junta dos dedos: o suficiente para parecer casual, leve, uma patricinha num rancho contemplando um rodeio ao invés de uma garota de capa a polegadas de revelar um púbis.

– Chamo isso de pose ela está ou não para tirar – Vincent diz.

– Ajuda os homens a reviver sua experiência favorita de clube de strip tease – acrescenta Ro.

– Portanto, dando a eles um final muito feliz – Vincent termina.

Agora, isso eu consigo.

– Iiii!

– Não pense nisso enquanto está fotografando – Greta aconselha.

Cinqüenta metros... Oh, Deus. Oh, Deus.

– Ok, entendi. Que mais?

– Existe a pose da Lava Quente – Vincent diz.

Greta sorri.

– Sim, a Lava Quente!

Quarenta e oito...

– O que é Lava Quente?

– É o meu apelido para uma das mais famosas poses Sports Ilustrated. Quer ver? – Greta pergunta.

Quarenta e cinco... Quarenta e quatro... Quarenta e três.

– Sim! SIM! MOSTRE-ME AGORA!

Vincent me dá um tapinha no braço.

– Relaxe, querida, é uma pose, não uma cura para o câncer.

– Mas pode salvar o traseiro dela do mesmo jeito – Rose zomba.

– Ok, você começa aqui... – Greta se estica até que está inteiramente deitada na toalha, nariz virado para o céu, suas mãos estendidas ao lado dela. – Incline-se um pouquinho... – suas coxas se erguem da toalha, curvando-se ligeiramente para um perfil mais lisonjeiro. – Então... Oh! Lava Quente!

Ela arqueia as costas, como se permitindo que uma trilha derretida fumegante passasse por baixo da sua lombar. Anoto os pontos de pressão: ombros, bumbum, calcanhares. A pose não parece muito confortável; mas parece fantástica.

– Agora, o fotógrafo poderia montar em você – ela continua ofegante –, mas geralmente irá direto onde você está.

Greta se volta. Até agora ela seguiu pelas poses com a excitação de alguém que tem seus calos lixados, mas com a Lava Quente ela me ajudou. E como! Olho admirada. Para os seus cabelos. A maioria das modelos louras tem problemas em mantê-los passando dos ombros por conta de dois perigos: o peróxido e o excessivo pentear, mas os de Greta são fortes, cheios e saudáveis e, portanto, valem mais que seu peso em ouro, como evidenciado por todos os lucrativos anúncios de xampu que fotografou. Para os seus olhos, que são verdes, luminosos e freqüentemente aparecendo por trás de grossas armações de óculos; a bibliotecária sexy em sutiãs e calcinhas combinando. Para sua boca, que foi mostrada em "Seis maneiras de fazer um biquinho" em Mademoiselle. E seus seios, que se projetam de incontáveis páginas centrais de revista. E seu estômago, que costumava aparecer em sessões de exercícios calistênicos em revistas de senhoras antes que ela tivesse ficado famosa demais para isso. Para suas pernas, que têm vendido L'eggs, Around the Clock, e milhas e milhas de outras casas de meias. Suas mãos delgadas e seus pés estreitos. Polegada após polegada, após polegada, de perfeição.

Sua boca se curva para baixo.

— Você está bem, gata?

Engulo seco.

— Sim... Bem.

— O que vocês estão fazendo?

Com todo o calor irradiando da Lava Quente, esqueci-me completamente da aproximação do trio. Mas aqui está Teddy, seu pé batendo no chão e expressão irritável, indicando que seus 20 minutos de busca por um clima melhor não foram particularmente produtivos.

— Fazendo alongamento — Greta explica.

Eu sorrio. Greta pisca.

E Guiliana me convoca. Caminho para o trocador, uma pequenina toalha pendurada no topo da barraca, e dou um passo para dentro.

Cristo. Não outra vez. Teddy pode ter achado que eu era perfeita para maiôs, mas, como eu disse, o homem foi bom na década passada. Guiliana, um produto dele, é decididamente menos apaixonada por mim, especificamente menos apaixonada pelos meus seios, porque, às 6 da manhã, ela deu uma olhada neles e murmurou:

— Vocês vão me deixar ocupada hoje.

Eu não estava certa do que Guiliana queria dizer até escutar o ruído da fita adesiva sendo separada do rolo. Então, eu recuo.

— Só machuca quando eu tiro — ela diz aborrecida. Era mentira. E acredite-me: não existe simplesmente nenhum aspecto em se ter sessenta centímetros de fita adesiva colada nos seios que se qualifique de qualquer outra coisa além de doloroso.

Mas faz os seios parecerem maiores.

Tiro a camisa, levanto meus seios e os aproximo com as mãos.

— Escutei que eles podem ser aumentados com silicone – Ro diz enquanto Guiliana aperta o final da fita debaixo das minhas espáduas.

Vincent dá uma risadinha.

— Sim, querida, é chamado de enchimento de silicone.

— Não, por dentro do sutiã.

A fita adesiva se enrola em volta e cruza sobre meus mamilos avermelhados e ardendo.

— Enchimentos de silicone. Eu já vi – Greta diz. – Muitas garotas os usam. Victoria Secret adora, usa em quase todas as meninas. Parecem viscosos. As meninas os chamam de carne de frango.

— Volumoso – digo, tomando nota mental de comprar um.

Teddy ergue a beirada da barraca.

— Jesus, vamos, apronte a Emily e vamos!

Gostaria de poder dizer que as coisas foram bem melhor daí para diante. Afinal, tinha acabado de obter dicas de uma mestra, uma mestra que me disse que se estou numa roupa de banho, numa praia, existem muitas opções. Mas tudo o que faço é errado, do momento em que entro no set – 13 metros de praia que os assistentes dificultosamente livraram de gravetos, conchas e algas – e começo a posar. Meu andar são passos longos demais. (Mais energia! Teddy grita. Você não está andando sobre a prancha aqui!). Quando aumento a energia mudando para uma caminhada rápida, meu passo também é rápido demais (Freddy Krueger não está perseguindo você!) ou devagar demais (este não é o Sweatin' with the Oldies!). Quando Teddy sugere que eu me deite, obedeço alegremente. Mas acontece que, a despeito do adesivo debaixo do maiô, o movimento mais legal da Sports Ilustrated não é tão legal para mim: tenho o peito achatado demais para a Lava Quente. Aceno com as mãos.

Teddy fica maluco... Então mais maluco ainda... E explode:

— EMILY WOODS VOCÊ NÃO TEM A MÍNIMA IDÉIA DO QUE ESTÁ FAZENDO!

❋ ❋ ❋

Estou me recuperando no meu quarto de hotel, quando ouço uma batida na porta. É Greta, com um hibisco no cabelo.

— Que é que tá rolando? – ela pergunta.

Abro a porta o suficiente para revelar os livros e os pratos sujos do serviço de quarto cobrindo minha cama. Greta toma isso como um convite. Enquanto ela desliza para dentro do quarto, sou envolvida por Halston misturado com talco de bebê. A bainha do vestido dela roça minha perna. Além da flor, uma explosão de rosa brilhante, ele está usando um vestido fino branco sem alças e um par de sandálias amarradas nos tornozelos que foram o hit das passarelas na primavera seguinte.

– Alguns de nós vamos à cidade agora – ela diz. – Quer vir conosco?

– Obrigada, mas... – olho para minhas fichas.

Greta faz biquinho.

– Vamos sair só um pouquinho, meia hora, uma hora no máximo.

– Eu adoraria, mas tenho exames começando em dois dias – justifico, minha voz se erguendo só de pensar nisso. – Tenho que estudar agora.

Greta fica parada na frente da cama, olhando o caos. Suas mãos deslizam por suas coxas. Seus lábios se abrem, se fecham e se abrem outra vez.

– Que foi?

Ela pega o Maquiavel.

– Oh, nada.

– Não, diga-me.

O Príncipe colide no Galileu.

– É que, bem... se já é tão esperta, se é um gênio, então precisa realmente estudar mais? Qual é a questão? Como se pode ficar mais inteligente?

Eu podia pensar em pelo menos cinqüenta maneiras bem na palma de minha mão, mais todos os livros sobre a cama, mais minhas notas, mas não estou certa de fazê-lo. Estou olhando para Greta. Greta, a rainha das modelos sensuais. Greta de olhos verdes, olhos que estão a polegadas dos meus, e implorando. Greta, criada por Deus. Quem sou eu para dizer não?

– Cinco minutos – digo-lhe. – Encontro vocês no corredor.

❋ ❋ ❋

O nightclub está cheio de dominicanos, todos homens, ou talvez apenas pareça assim porque no momento em que entramos na sala enfumaçada e cheia de espelhos tudo pára e todos os olhos se voltam para nós, cobiça, suor e testosterona subindo e se lançando como um foguete em nossa direção, com tal força que dou um passo atrás, desviando os olhos, minhas palmas cerradas, como esperando para me desviar do choque. Greta, contudo, permanece onde está, firme e ereta, queixo erguido, olhando para a frente – a proa de um barco partindo a multidão quando fazemos nosso caminho pela sala, para mesas magicamente vazias num canto distante, o melhor assento da casa.

Hugo ordena uma rodada de tequila e cerveja. Ele tem cabelos escorridos e tintos, bíceps grandes e dentes brancos e brilhantes. É inteligente. Lothar, com seu cabelo castanho na altura do queixo, colar de dentes de tubarão, bronzeado, corpo de surfista, é ainda mais inteligente. E os dois são hétero. Não que eu esteja surpresa. Quanto mais gay é o fotógrafo, parece, e estimo que pelo menos um terço deles o seja, mais inteligentes e heterossexuais são seus assistentes. Então, onde estão todos os assistentes gays? Com as fotógrafas? Existe somente um punhado delas (Annie Leibovitz, Sheila Metzner, Deborah Turbeville...). Com os hétero, talvez, ou com os ainda no armário, ou, talvez, em outra posição, como estilistas (onde existe uma divisão de 50/50 de gênero, mas 99% dos homens são gays), ou maquiadores (uma divisão de 50/50 de gêneros, mas 95% dos homens são gays), ou cabeleireiros (novamente 50/50 de divisão de gêneros, embora estranhamente aqui, talvez inspirados por Warren Beatty, 50% dos homens sejam heterossexuais e bonitos).

Viva! Tomamos nossas rodadas, com Presidentes, coquetéis à base de rum. Guiliana se inclina de lado, Hugo desliza o braço em volta dela e percebo que eles são um casal, pelo menos por esta noite. Os dois partem para o merengue. Lothar dança comigo ou com Greta, tomando lições alternadas de uma das hordas de instrutores dispostos. Um pouco mais de Presidentes e Hugo e Guiliana levantam acampamento para fazer sexo. Mais algumas rodadas, outra de tequila, e minha cabeça cai contra as costas da cadeira.

– Vamos – Greta diz.

Oh, que bom. Obrigada, Senhor. Faço funcionar meu cérebro pesado como uma bola de boliche e fico de pé.

– ... esse lugar é chato! Vamos procurar outro na rua de baixo!

Eu reclamo.

— Ooh, baby! – Greta arrulha. Baby! Um termo de meiguice que está usando desde a rodada número três, possivelmente porque se esqueceu do meu nome. – Não chore, baby! – ela acaricia meu cabelo.

— É tarde, e tenho que acordar cedo – digo. O resto surge como um comentário confuso escorrendo do meu cérebro: Paraíso Perdido... hotel... meia hora? Estamos fora há mais de meia hora... O Príncipe... cama... eu devia ter ficado na cama e estudado. Je finirai, tu finiras, il finira... Galileu, Galileu, Galileu...

— Ora, vamos baby! – Greta está me puxando para fora da cadeira.

— Greta, naãooo! – reclamo, enquanto passamos pela porta.

— Tenho de fazer xixi!

A linha de banheiros oferece uma ótima oportunidade para ressonar contra a parede, e eu não perco tempo em começar. Mas, então, Greta está agarrando minha mão e estamos andando para a frente. Juntas.

— Gretaa, o quê? – choramingo, embora seja claro que ela está fazendo xixi.

Não faço xixi no mesmo banheiro com outra pessoa desde o Jardim de Infância. Quando Greta termina, puxa seu fio dental sobre uma área que é mais escura do que eu poderia ter antecipado e muito mais larga. Penso em quantos assinantes da Sports Ilustrated matariam para estar no meu lugar agora. Milhares? Dezenas de milhares? Milhões?

— Agora você faz xixi – Greta comanda. Estou usando meu macacão Fredericks de Hollywood que atirei na mala num impulso e que torna minha manobra mais complicada, ainda mais com Greta assistindo. Obedeço. Enquanto estou abaixada, o nariz da minha amiga está dentro de sua bolsa, seus dedos procurando.

— O que está procurando, um tampão? – pergunto, talvez um pouco nervosamente; não estou certa de que estou pronta para tal nível de intimidade.

Não é um tampão. É uma caixinha dourada com fecho de safira que está agora sendo aberta pelos longos e finos dedos de Greta. A tampa se abre com um clique, dobrando-se para trás para revelar um lado de dentro espelhado. Debaixo disso está um montinho de pó branco.

Eu pisco.

— Greta, isso é coca?

— Shh! — Greta sussurra. — Não me diga que nunca viu.

— Ok, mas... nunca fiz isso — digo de olhos bem abertos.

Antes de trabalhar na Conrad, nunca soube de ninguém que tivesse nem mesmo provado cocaína.

Tinha terminado de fazer xixi e estava ajustando as alças quando...

— Iiik! — Greta exclama, me espremendo de uma maneira que eu temo vá espalhar a droga, embora ela esteja cuidadosamente se assegurando de não o fazer. — É tão excitante!

Sim... Hum... fico olhando fixo para o montículo.

— Você faz isso freqüentemente? — pergunto.

Pareço surpresa, e estou mesmo. Não percebera nenhum dos sinais reveladores. Nem mesmo tinha pensado nisso.

— Não! Só de vez em quando, por diversão, em momentos como este.

Greta me espreme, passando por mim, e senta-se no toalete. É um movimento que me faz temer pelo estado do seu vestido, mas ela não parece perceber ou se preocupar, está concentrada em outras coisas, como uma colher em miniatura, agora sendo retirada de um compartimento como uma haste de canivete suíço, que ela usa para amontoar o pó no lado dourado da lâmina que ela usa para cortar e modelar. E então, mas só depois que aqueles dois instrumentos são cuidadosamente guardados no seu lugar, ela estende na minha direção o pequeno canudo dourado.

Eu recuo.

As mãos de Greta circulam meu pulso.

— Ah, vamos. É tão divertido!

— É ruim demais — replico.

A supermodelo ri, inclina-se para baixo e põe o canudo na linha. Uma longa inalação e ela se atira para trás e aperta seu nariz.

— Iiiuuu! — ela ofega. Seus olhos se fecham. Um sorriso se espalha pelo seu rosto. Suas mãos derrubam a caixinha sobre o colo e golpeiam as paredes da divisória. — Tão bom, tão bom, tão bom! — ela bate ritmicamente nas paredes.

Quando os olhos de Greta finalmente se abrem, ela parece radiante, estática.

— Tão bom — ela murmura. — Mas nada é como a primeira. A primeira vez é... — suas mãos se agitam no ar antes de caírem sobre o colo. — Não existem palavras. A melhor. Simplesmente a melhor. Ainda penso nela.

Minha voz é um sussurro.

– Você pensa?

Greta abre os lábios, passa o dedo pela língua e o mergulha na cocaína. Os cristais brancos brilham contra sua pele bronzeada, como tivesse mergulhado em açúcar.

– Só uma provadinha – ela murmura. Ela olha fixo nos meus olhos. – Uma provadinha.

Abro minha boca.

Calor. Ímpeto. Formigamento. Um rugido como o bramido do mar. Estou voando e não posso controlar isso. Abro minha boca para mais, Greta me coloca mais um pouco, e então a divisória daquele banheiro não pode conter tudo isso. Não pode me conter. Saímos do banheiro, e Lothar está conosco, e estamos fora do clube e correndo através do ar morno e perfumado, passando por um segurança e empurrando a porta de outro nightclub.

No momento em que entramos na sala enfumaçada e cheia de espelhos, tudo pára. Todos os olhos se voltam. Mais uma vez, cobiça, suor e testosterona se erguem e se lançam em nossa direção. Mais uma vez, Greta permanece onde está: firme e ereta, seu queixo levantado, seus olhos para a frente. Faço isso também. Vamos acontecer, penso, bem aqui. Agora. Minha amiga envolve sua mão na minha.

– Oiii! – ela grita, erguendo nossos punhos, como que assumindo toda a responsabilidade.

– Oiii! – os homens respondem.

Dançamos, e visitamos o banheiro, e dançamos um pouco mais, até que o clube fecha. De algum modo, conseguimos ir para casa. De volta ao hotel, nadamos nus, primeiro na piscina, porque é a primeira coisa que alcançamos, e depois no oceano, onde surfamos com o corpo até nos ferir, e então de volta à piscina outra vez, onde nadamos e atiramos água uns nos outros até que estamos acabados e tremendo.

– Brrr! – Greta murmura numa longa e sonora nota, até que Lothar se enfia numa cabana para procurar uma pilha de fofas toalhas brancas. Nós nos secamos e vamos em tumulto para as cadeiras do deck, rindo, nos abraçando, tremendo.

Então, Lothar está beijando Greta, suavemente primeiro, então mais insistentemente, até que os dois estão gemendo e murmurando, e a mão dele procurando dentro da toalha dela. Eu me endireito e me preparo para ir, mas quando minha cadeira faz barulho, Greta me alcança e me puxa, e nós três estamos nos beijando, nossas línguas se penetrando de uma maneira que você não poderia dizer qual é de quem, e isso parece divertido e então rimos, mas paramos de rir porque começa a parecer bom, e a toalha de Greta cai e ela está puxando a minha, e mãos estão acariciando e alisando e tocando, e isso começa a parecer muito bom.

– Loth? – diz uma voz. – Lothar?

– ... Loth?

– Merda! – Lothar bate seu punho contra as costas de uma cadeira. Hugo está no balcão do segundo andar, de pé na frente da porta deles, quase sem roupas, sapatos na mão, claramente voltando de sua noite com Guiliana.

– Loth? – ele grita mais alto. Ele está trancado do lado de fora. – Ei, Loth, você está aí? ... Loth?

Hugo coça a cabeça. E então nos vê.

– Jesus, Lothar, Jesus! Que merda está fazendo – ele sussurra, embora eu tenha o sentimento de que Hugo pode ver exatamente o que Lothar está fazendo, e isso tem algo a ver com por que ele está tão passado.

– Traga essa merda aqui pra cima! São 5:40! Temos que carregar o equipamento agora!

Não pode ser. 5:40 da manhã? Não é possível. Mas certo o bastante. Quando corro selvagemente por sobre a minha roupa no chão, não uma tarefa simples, ela está espalhada por toda parte, percebo uma fina linha amarela no horizonte. 5:40.

– Tenho que estar no quarto de Ro em 5 minutos! – eu engasgo.

– E eu no de Vincent – geme Greta.

Enterro minha cabeça numa pilha de toalhas extras, exausta, subitamente arrependida. O que acabo de fazer? Oh Deus, eu me droguei. Drogas! Isso foi tão estúpido! E os meus exames? E este editorial? Estúpido, estúpido...

Um reflexo dourado brilha nos dedos de Greta.

– Aqui, baby, para conseguirmos atravessar o dia.

Desta vez, uso o canudo.

Agora, estou totalmente desperta e pronta para ir. Corro de volta ao meu quarto, jogo água no rosto, visto roupas limpas e deslizo pela porta três minutos depois da hora marcada.

— Bom dia, Ro!

Ro boceja e caminha para o seu closet.

— Preciso de um café — ela resmunga, enfiando os pés num par de chinelos laranja. — Uma xícara bem grande e quente de café... Quem andou lavando o cabelo?

Oops. Quando você está fotografando por vários dias com um estilista de cabelo, ele geralmente lhe pedirá para não lavar o cabelo depois da primeira manhã, a menos que tenha se exercitado, e mesmo assim só se você realmente suou.

— De outro modo, nós o sujamos com produto, você limpa, e nós simplesmente temos que sujar outra vez — foi o que disse um estilista uma vez.

— Fixador é à prova de vento — foi o que Ro disse na noite passada.

— Desculpe — digo a ela agora. — Esqueci.

Ro não escuta minhas desculpas; está ocupada demais cheirando o ar.

— Estou sentindo cheiro de cloro — ela anuncia.

Agarrando um par de óculos estilo gatinho da cômoda, ela dá um passo mais perto. Seus olhos escuros se alargam, e piscam.

— Emily, você esteve nadando? — ela diz incredulamente.

— Hum...

Outro passo. Ro está na minha frente, agora cheirando uma mecha do meu cabelo.

— Sim, você esteve. Por que não tomou uma chuveirada? Santa merda, você está tão alta quanto uma pipa!

Oh, Deus.

— Não negue! — Ro agarra meu queixo rudemente. — Suas pupilas estão do tamanho de moedas!

As batidas do meu coração se aceleram ainda mais. Escutei que estilistas podem sempre sentir se alguma coisa sintética está sob a pele; uma plástica no nariz, os lábios com colágeno, eles simplesmente parecem um pouco fora. Evidentemente o mesmo é verdade com o que está na corrente sanguínea.

Ro solta meu queixo. Sua cabeça está sacudindo.

— Emily Woods, não comece a se drogar agora, ouviu? — ela diz antes de me empurrar para o chuveiro.

❈ ❈ ❈

Depois disso, espero que o resto do dia seja de matar. De fato, é o oposto. Graças às doses de Greta sinto-me tão eufórica que, quando Teddy me critica, nem fico brava, apenas me sinto melhor. Mesmo à tarde, quando paramos de usar e os efeitos da droga começam a desvanecer, isso funciona para mim também. A fadiga me faz menos espástica, mais fluida, minhas posições mais relaxadas.

— Bom! — Teddy diz numa voz quase não contendo a surpresa. — Muito bom!

É bom. Mas então as fotos terminam e estamos a caminho do aeroporto. Estou quebrada, e isso não é tão bom. Estamos no aeroporto e tudo que quero fazer é me enrodilhar como uma bola e dormir, mas não posso. Realmente não posso; tenho a escola para pensar, meus exames. Simplesmente tenho que estudar no avião.

Puxo Greta para fora da fila do check-in.

— Greta, preciso de mais um pouco.

Sua resposta vem em um segundo.

— Oh, não, baby. Não tenho mais. Não aqui, não.

Puta. Ela está escondendo de mim, simplesmente sei disso. Agarro o braço dela.

— Greta, vou pagar.

— Emily, não tenho, sinto muito — ela diz, sacudindo-se para se libertar. — Se tivesse, eu te daria.

Engulo duas xícaras de café e duas cocas diet, que acho serão suficientes para me salvar. Não chega nem perto disso. Eu afundo, mais e mais, e muito mais, e não me levanto até depois da aterrissagem, quando o cara no assento da janela está passando por cima de mim para sair. Merda. Vou para o meu dormitório e racho de estudar. Merda, merda. Vou para a biblioteca e racho um pouco mais. Merda. Merda. Merda. Vou pela noite adentro.

Não é o bastante. Sou um poço de confusão. Una, quem é uma, ela é boa ou má? E o Rei Arthur, o que você está fazendo aqui, você não pertence à questão número 4? E quem disse isso, Rafael ou Gabriel? Oh, Gabriel. Gabriel! Socorro, penso, enquanto meu lápis bate contra meu livro azul. Socorro. Socorro.

CAPÍTULO 11
PURO FLAGRA

Papai Noel está no tear. Em casa, em Balsam, aspergidos entre os costumeiros presentes debaixo da árvore (meias tricotadas à mão, chinelos rústicos no último tom de ferrugem) estão um par de pegadores de panela crochetados, um batedor de iogurte, e um trio de farinhas estranhas – amaranto, trigo-sarraceno e espelta, – itens perfeitos para a vida num dormitório, todos eles.

Infelizmente, presenteio tão bem quanto recebo. Mamãe, sempre louca pelo trabalho manual das aldeias no norte da Tailândia, adora o travesseiro Hmong que compro na loja de brindes do Museu do Artesanato Americano. Outras tentativas são menos bem-sucedidas. Tommy torce o nariz para o moletom dos Giants (para que, exatamente, eu ia querer anunciar um time de Nova York?); Christina genuinamente não sabe o que fazer com o chapéu que lhe dei (puxa, um chapéu de beisebol coberto de botões!), não importa que tenha sido mostrado na Vogue. E então papai. Incluído em seu sortimento de souvenirs de Nova York – tema parafernália – está uma camiseta encontrada em Times Square proclamando ESTA NÃO É UMA CARECA: É UM PAINEL SOLAR PARA UMA MÁQUINA DE SEXO. Era para ser uma piada. Ele realmente começa vestindo-a.

Tommy e eu conseguimos atravessar esses tempos difíceis da maneira que sempre fazemos: ele levantando uma massiva quantidade de pesos, eu matando o tempo com Christina e, depois que ela parte para a Ilha de Captiva com seus pais, reclamando como estou entediada, comportamento que sai pela culatra quando mamãe começa a sugerir maneiras interessantíssimas para preencher meu tempo, como: "Diga, por que não pega esta nova farinha de espelta e testa nessa receita de ravióli?; ou "Há um artigo fascinante sobre Contracultura no The Nation; ou "O abrigo certamente poderia aproveitar uma mão limpando seu porão".

– Ótimo – digo para este último, principalmente porque sinto que estou perigosamente perto de desenvolver uma claustrofobia.

– Ok, vamos nos mexer então.

Partimos imediatamente. No carro, mamãe liga o rádio na NPR. Enquanto o repórter com voz suave de estrela pornô conversa sobre a queda da Pan Am sobre Lockerbie, olho para fora da janela. Imagine o inverno em Wisconsin e você simplesmente poderia imaginar fazendas bucólicas cobertas de uma grossa camada de neve. Isto é porque nunca esteve aqui. Verdade, existe neve ocasionalmente, mas geralmente janeiro é como está agora: céu cinzento, frio congelante, campos barrentos e marrons, exceto pelo ocasional pé de milho coberto de gelo.

Mamãe baixa o volume. A voz dela, quando fala, é firme.

– Vi que recebeu uma carta.

Instantaneamente, meu coração começa a bater mais depressa. Sim, um envelope – a variedade de papel fino que requer que você corte dos lados e depois em cima – chegou três dias atrás. Eu o descobri na escada, onde ficou. No dia seguinte, a carta apareceu na minha cama. Eu a escondi na gaveta do criado-mudo, mas nas primeiras horas na manhã seguinte eu não conseguia dormir, e, ousadamente, estupidamente o abri. Ela está no fundo da minha mochila desde então.

– Que carta?
– A carta de Colúmbia.
– Ok. Certo. Boas notícias, passei de ano.

Mamãe nem mesmo abre um sorriso.

– Suas notas, presumo.
– Correto.
– Como elas estão?

— Bem.
— Quais são elas?
— A média.
— Poderia ser mais específica?
— Mamãe! O que é isso, Vinte Questões? – disparo. – Eu disse a você que elas estão boas! Não me lembro exatamente!
— Então me dê uma idéia.

Começa a garoar. Mamãe aciona os limpadores de pára-brisa. Olho para a estrada selvagemente. Estamos a mais de 5 minutos de casa agora, e a 60 quilômetros por hora. Estou numa armadilha.

— ... Emily, uma estimativa?
— Principalmente Cs... e um D+.

Mamãe teve que desviar para evitar uma caixa de correio. Depois que o carro se endireita, percebo que os nós dos dedos dela estão brancos, os músculos do seu queixo pulsando com a força dos seus dentes cerrados. Por um longo tempo há silêncio, depois...

— Espere só até seu pai saber.

Isto é um blefe, e nós duas sabemos disso. Meu pai, o assinante da revista High Times, está neste momento vagando por aí com sua camiseta anunciando que ele é uma máquina de sexo. O mote apropriado para ele, um clichê embora verdadeiro, seria Papai Camarada se você estiver falando a linguagem dele; Mole se estiver falando a minha. Não. A disciplinadora do lar dos Woods está bem aqui, em macacões desbotados e num coque meio desmanchado estilo Katherine Hepburn, evidentemente contente de encher o ar com frases feitas enquanto luta por alguma coisa para dizer. Ainda tento parecer assustada na esperança de que provoque piedade.

Mas, de repente, miro mais alto.

— Mamãe, o ensino em Colúmbia é puxado. Não estou certa de que esteja pronta para ele.
— Então, como conseguiu 98 em seu exame de inglês do meio do ano, a nota mais alta da classe?

Fodida.

— De fato, isso é o que mais me espanta – mamãe continua. Ela está gritando agora. – Você tira um C na aula...
— Um C+.

— ... o que significa que você poderia ter tirado um D no exame final. Você, Emily Woods, tirando um D em inglês; francamente, nunca pensei que veria esse dia!

Um D- realmente, embora eu não soubesse disso até a semana seguinte, quando peguei minhas notas finais na caixa de correio do lado de fora do escritório da minha professora. A nota estava rabiscada em tinta vermelha dentro da capa do primeiro livro azul, e, abaixo, uma nota: Você costumava ser minha aluna mais promissora. O que aconteceu?

A garoa se transformou em chuva forte. Os limpadores de pára-brisa zunem mais depressa, e mamãe prossegue com seu sermão.

— Emily, você e eu sabemos que estas notas não têm nada a ver com seu Q. I., e tudo a ver com sua carreira de modelo.

Oh, Jesus.

— Mãe, este é o meu trabalho!

— Você tem 18 anos! Seu trabalho é conseguir uma educação!

— Trabalhar como modelo está pagando por esta educação!

— E também a está destruindo! — as mãos delas batem contra o volante uma vez. — Quero dizer, Jesus, Emily, você tirou notas terríveis — e de novo: — Cs? E um D? Simplesmente terrível!

— Um D+ — corrijo. Preciso me agarrar a qualquer coisa mais que puder. — E em francês — acrescento, porque ela é ruim em línguas também.

A voz de mamãe subitamente fica baixa, tão baixa que mal posso escutá-la acima do temporal.

— Você estava indo tão bem — ela diz. — O que a possuiu para ir para a República Dominicana durante seu período de estudos?

Eu congelo.

— Descobri o canhoto da passagem no chão do seu quarto — ela explica.

Então ela entra no meu quarto.

— ... presumo que foi para uma sessão de fotos, correto?

Sinto minha mãe olhando para mim, mas ainda não posso me mover. Estou dilacerada por um pensamento irracional, talvez, mas forte o suficiente do mesmo jeito. Se ela sabe sobre a viagem, talvez saiba sobre tudo. As drogas também. Talvez ela fale. Isso não seria bom. Meus pais acreditam que a maconha é uma panacéia miraculosa que pode curar o

corpo humano de modos maravilhosos. Todas as outras drogas, contudo, são más. Eu seria depenada viva.
— Emily Woods, não atire fora sua vida para ser modelo.
Exalo, aliviada.
— Não vou, mamãe, prometo.
Quando digo isso, estou certa do que digo, mas não deveria.
Drogas. Mesmo quando pensava na palavra, sentia uma pequena excitação estúpida. Cocaína, minha mente sussurrou. Não posso esperar para experimentar você outra vez.

CAPÍTULO 12
PARA O PASTO

Troco um clima frio por outro e começo meu segundo período. Na primeira sexta-feira depois que volto, entro na Chic.
– Desculpe-me, você disse Cap D'Antibes ou Cap Ferrat?
– ... Sim, é claro: 1,74 m; eu mesmo a medi.
– ... Preciso mudar o primeiro para um segundo no décimo quinto e décimo sexto. O décimo sétimo é ainda um primeiro, e o décimo quarto... e o décimo terceiro se acontecer de você precisar, mas não há jeito de reservar todo esse tempo com ela, simplesmente não tem jeito. Impossível... A menos que você a confirme de uma vez.

Meu olhar corre em volta da mesa de contratação de Byron, para Jon e para Justine. Uau. Não entro na Chic desde antes do Período de Leitura. Os telefones tocando, os contratadores assediados. Pela primeira vez o lugar tem a vibração e a energia de uma agência prosperando e acontecendo.

– Cap Juluca. Oh. Bem, é um clima muito melhor, obviamente, e um lugar perfeitamente agradável, é só que... Bem... Jade acha a pobreza em Anguilla simplesmente deprimente demais!

Byron apanha meu olhar e sorri. Sorrio de volta. Ele está vestindo uma camisa marrom e um colete de couro cru combinando, da cor precisa de uma barra de Hershey, e isso cai bem nele. Tiro meus braços fora das correias e puxo minha mochila para minha barriga. Dentro está o presente de Natal dele. Nada muito sofisticado, apenas um cartão e um daqueles pingentes de cristal de que ele tanto gosta.

— Difícil? Quem?... Oh, não, Carlyne! Olhe, querida, tudo o que estou tentando dizer é que você tem uma segunda opção em Jade começando na vigésima oitava. Se quiser a oportunidade de confirmar o tempo, bem, simplesmente pensaria em outro país, é tudo, ok? ... Ok, tchau!

— Bem... Alôôô Emily!

— Oi!

Enquanto Byron empurra a cadeira para trás em preparação para sua costumeira saudação de beijos nas duas bochechas, o telefone dele toca.

— Byron, Harriet da Elle está no dois — Justine o informa, correndo as mãos pelos cabelos que não são mais só pontas verdes, mas tingidos de verde sólido, como se ela estivesse ficado de cabeça para baixo num balde de limo.

— Sobre?

— Jade.

— Ah.

Byron puxa o cartão que tinha acabado de rearquivar.

Franzo as sobrancelhas.

— Quem é Jade?

— Jade é uma garota de 18 anos, meio francesa, meio vietnamita. Apareceu nos shows de alta costura em Paris e todos os agentes de Nova York a querem. Não posso acreditar que eu a consegui! — Byron aponta. — Bem ali... Bem... Alô Harriet!

Eu me volto em busca de uma meio asiática, ligeiramente mimada, a sensação parisiense, mas o único empregado non-Chic que vejo é o garoto de entrega da delicatessen da esquina. Estou confusa, até meus olhos baterem na parede de troféus, agora com uma dúzia de fotografias, incluindo duas capas, de uma garota de cabelos curtos e escuros e olhos amendoados.

Enquanto estou estudando as fotos, braços deslizam em volta dos meus ombros. Byron põe de lado um cacho do seu cabelo.

— Dez garotas, duas capas. A Chic está no mapa de verdade agora — ele murmura.

Eu me encosto contra ele.

— É excitante — suspiro. — Tão ocupado!

— Byron, é Leslie da Self no um! — Justine grita.

— E Jean-Luc de Paris no dois! — Jon acrescenta.

Eu me endireito.

— Aqui, Byron, dê-me a minha lista que largo do seu pé — digo-lhe.

Afinal, é para isto que estou aqui, para dizer alô, certamente, mas principalmente para pegar minha lista de compromissos de Byron. Toda sexta-feira ele escreve os detalhes para os meus Vá e Veja com fotógrafos, executivos de marketing e editores, bem explicados e seqüenciais, geralmente adicionando extras, como um relatório sobre o tempo, um mapa em miniatura, e mesmo uma piadinha com desenhos divertidos. É nossa rotina semanal.

Byron aponta o sofá.

— Aqui, Emily, pegue uma cadeira.

— Byron, linha um! — Justine grita.

— Segure as minhas chamadas.

Uh Oh. Eu me aconchego no sofá hesitantemente. Byron pega outra cadeira próxima, e depois a minha mão.

— Olhe, querida, falei com Teddy sobre a contratação da Lei. Ele disse que você esteve muito tensa...

— Teddy grita!

— ... Sim, sim, Teddy Mc Intyre tem um temperamento ruim, mas eu disse a você. De qualquer modo, eu não estou gritando. Tenho ótimas notícias! Ele disse que você desabrochou totalmente sob a tutela dele e o filme ficou espetacular!

Ofegante.

— Está falando sério?

— É claro que estou falando sério. Você conseguiu oito páginas, oito páginas espetaculares! Estou tão excitado que acho que devemos esperar.

Esperei que ele terminasse. Não terminou.

— Esperar por...?

— Pelas fotos. Elas sairão no final de abril, possivelmente no começo de maio.

Justine tenta outra vez.
— Byron!
— Segure... Minhas... Chamadas!
Um arrepio de frio me sobrevém.
— Espere, Byron, está dizendo que não devo trabalhar entre agora e maio? É isso?
— Abril. E absolutamente não! Se um trabalho aparecer, você deve fazê-lo, dependendo do que, naturalmente. Mas, Emily... – Byron se inclina sobre o braço da poltrona. – Não tem havido muito trabalho mesmo – ele diz gentilmente. – Principalmente contratações, correto?
— Sim, mas...
— Byron!
Byron larga minha mão pelo tempo suficiente para dar a Justine um sinal com o braço, então a agarra outra vez.
— Olhe, querida, a decisão é sua. Você também pode trabalhar duro durante todo o inverno frio e úmido de Nova York, com um book cheio de testes fotográficos, ou tirar um intervalo e voltar no agradável calor de abril, renovada, pronta, e com oito recortes de revista espetaculares em seu book. De qualquer maneira, estou pronto. O que você prefere?

Olho fixo para um triângulo negro no tapete. Se não melhorar minhas notas este semestre, mamãe me ameaçou de novo com a faculdade da comunidade. E então, nenhum compromisso soa atraente, exceto por uma coisa.
— Então, imagino que signifique que não cumprimos nosso objetivo – digo baixinho.
— Objetivo? – Byron pergunta.
Meus dedos beliscam uma polegada de ar, da maneira que Byron fez meses atrás.
— Você sabe, passar pela janelinha estreita da oportunidade, tornar-se um rosto novo com um book ruim, imagino que isso não aconteceu.
Byron está de pé agora. Ele se inclina para a frente e toca meu rosto com as mãos.
— Oh, não, Emily, não diga isto... Eu não diria! Você conseguiu o contrato da Lei, não foi? E, Franklin Parklyn... quase! Porque aqueles eram o tipo de trabalhos que estávamos procurando!
Olho para ele espantada.

— Verdade? Eram mesmo?
— Certamente!
— Byron!
— O QUÊ!
— É Carlyne — Justine diz. — Ela quer saber se St. Barth funcionaria.
— É claro que funcionaria! Nenhuma pobreza lá! Emily, querida, acredite em mim: você é ótima. Eu realmente acredito em você; está se encaminhando para ser uma grande estrela. Mas precisamos apresentá-la da maneira certa. Com bastante barulho. Porque você nunca consegue uma segunda chance de causar uma primeira impressão. Nunca se pode ser um rosto novo duas vezes.

Tinha escutado isso antes. Concordo com a cabeça.

Byron estende a mão.

— Então, até abril?
— Até abril.

Agora estou de pé também, sendo beijada e despachada. Nem mesmo penso no presente de Byron até qye volto ao campus. Impulsivamente, eu o atiro alto no ar. Ele se enrosca num carvalho e fica pendurado em seus galhos.

Ainda está lá.

❊ ❊ ❊

— Achei outra camisinha!

Mohini estende seu rastelo na direção das raízes de um arbusto perene.

— Usada? — ela rosna.

Jordan apanha o item ofensivo com suas grossas luvas de borracha e o sacode no ar. Um líquido branco leitoso se derrama dele.

— Isto seria um sim — murmura Pixie.

A limpeza do abrigo em Balsam deve ter atiçado sentimentos latentes de culpa, porque não muito depois do período de primavera ter começado marchei para o Earl Hall e me inscrevi para o "Modificando uma Paisagem Urbana; Colúmbia embeleza nossa cidade" (sim, mesmo trabalho voluntário consegue uns dois pontos neste campus). Mohini, Pixie e Jordan também se inscreveram, ou, antes, eu as inscrevi e as bajulei mais tarde com promessas de bagels⁷ frescos e café, - o mínimo que eu podia fazer depois que descobrimos que nossa designação era para o Tompkins Square, uns 40 minutos, dois metrôs, vários quarteirões para o extremo oposto de Manhattan, o que significa que nas manhãs de domingo teríamos que acordar às 8:30. O que significa que minhas amigas agora me odeiam.

E isto foi antes de descobrirmos nossa tarefa. "Embelezamento" implica restaurar algumas gemas, polindo-as como um conjunto de chá manchado. Mas Tompkins Square é um pântano, literalmente. Durante anos abrigo de um acampamento de sem-teto, apelidado de Cidade Tenda, o parque fora esvaziado no último verão por ordem do prefeito Koch. Os tumultos resultantes não ajudaram, a Cidade Tenda está em ruínas e agora é nosso trabalho remover os detritos. Desde que começamos seis semanas atrás, descobrimos latarias, agulhas hipodérmicas, alfinetes de segurança, dois gatos mortos, uma galinha viva, uma caixa de band-aids sujos, uma foto de Morgan Fairchild, um álbum dos Bee Gees, grandes garrafas de Colt 45, latas de soda e cerveja suficientes para dar a volta na ilha, um diafragma muito incrustado, e, estas são claramente contribuições mais recentes para a bagunça, camisinhas.

Montes de camisinhas.

— Esta é a qüinquagésima primeira hoje – Jordan diz, dando à última adição da contagem uma eficiente sacudida antes de atirá-la em seu saco de lixo.

— Acho que somos as únicas pessoas em Nova York que não usamos isto a noite passada – ela resmunga.

— Fale por você – Pixie diz.

— Espere aí, você fez? – Jordan diz. – Com quem?

Pixie arranca uma lata das raízes sujas de um olmo e a segura no alto.

— Olhe, Fanta Uva. Esta é nova.

— Não. Achamos uma na semana passada – digo.

— Oh.

Impacientemente, Jordan bate na a terra com sua enxada.

---

⁷ Bagels - Pão feito com massa de farinha de trigo fermentada, na forma de um anel, muito popular nos Estados Unidos. (N. E.)

– Com quem?

– Prowl – Pixie diz entredentes.

Os olhos de Jordan se abrem espantados.

– Prowl? Quem diabos é Prowl?

Prowl é um bar, eu explico, embora lugar da moda possa ser um termo mais exato. Com suas banquetas flexíveis com estampa de leopardo e figuras estilizadas e emolduradas de grandes gatos selvagens, o novo point noturno NoHo recentemente substituiu o Limelight e o Palladium como o lugar para se estar.

– Então você dormiu com um bar inteiro? Meu Deus, você se sobrepujou.

Pixie mira alto com seu dedo médio.

– Com o gar-çom, Jord. Seu nome é JT.

Mohini se engasga e pisca, evidentemente vindo para o nosso lado.

– JT? O que houve com Zach?

– Os ferrets realmente me pegaram – Pixie diz com um encolher de ombros. – Entendo que ele esteja nessa coisa de Nova Era, mas a maquiagem realmente borrou, sabe? De qualquer modo, esqueça o Zach, eu o deixei para trás e arrumei outro.

Mohini, Jordan e eu trocamos olhares. Desde que a escola começou, Pixie tem estado caçando e soltando caras com tal freqüência que Jordan cunhou um termo para suas vítimas: Pixels.

– Claramente, estou em busca de uma figura paterna, tenho um medo tremendo do abandono – Pixie explicou uma noite (como qualquer bom nova-iorquino, Pixie está em terapia desde antes da sua plástica de nariz e de colocar aparelho nos dentes). – E minha mãe é uma doida completa, então tenho algumas tendências passivo-agressivas. Além disso, graças àquele incidente do banheiro, todo mundo pensa que sou uma piranha mesmo, então posso muito bem me aproveitar da situação.

– Ok, então tá, JT – Jordan diz.

Tremendo, Pixie gesticula na direção de um canteiro de açafrão púrpura alguns metros adiante em pleno sol. Estamos na primeira semana de março, um tempo em que estar do lado brilhante das coisas faz toda diferença.

— Nada a dizer dele, realmente — ela diz enquanto caminhamos. — Tem olhos castanhos, cabelos louros.

— Idade?

— Trinta e três.

— Ok, então ele é velho — Jordan diz. — Aparência de celebridade?

— Daryl Hall.

— O que significa inteligente, sim? — Jordan retorna. — Emily, você estava lá. Inteligente?

— Sim. Ele é bom. Ótimo.

Jordan me olha curiosamente antes de se voltar.

— Bem, era ele?

Suspirando, Pixie começa sonhadoramente a acariciar uma flor. Ela está de maria-chiquinha no cabelo e calças cor-de-rosa, e se eu não a conhecesse bem, diria que ela estava para nos contar sobre a sua última Barbie, e não:

— Ele gozou imediatamente.

Pausa.

— Duas vezes.

— Duas vezes? — Jordan começa a brincar com seu cabelo. — Duas vezes é bom.

Mohini dá umas batidinhas nas costas dela, sem dúvida fantasiando sobre o professor de astrofísica por quem está apaixonada, a despeito do fato de ele ter quarenta e cinco anos, pai de três, e uma barriga de cerveja que faria Winnie, o Pooh, correr pelo seu mel. Minhas amigas todas concordam que o sinal de um grande amante é aquele que consegue as coisas fazendo sexo oral em você, ou, pelo menos, se oferecendo para isso.

— É como um garçom num bom restaurante perguntando se você gostaria de algo mais — Jordan uma vez explicou. — Mesmo se a resposta for não, você aprecia a atenção.

Não que eu soubesse. Para namorar, não tive nada além de encontros desastrosos. Primeiro, foi Luke. Era alto e inteligente e estava na equipe de remo. Mas era também um babão. De fato, a primeira e única vez em que nos beijamos, Luke babou tanto que, verdadeiramente, a baba escorreu pelo meu queixo. Ele achava que isso era inteligente. Tom era ótimo... até eu descobrir que seu apelido na escola secundária era Tom o Estúpido, e seu Livro do Ano era apimentado com citações curtas de colegas, no tom de "Nunca marque um encontro com alguém de quem ele não gostou!" e " ele certamente sabe das coisas!!!". Charlie era doce, tão doce que conversava com sua mãe várias vezes por dia. Ela sabia os nomes dos seus amigos, colegas e professores. Logo, numa manhã, descobri que ela sabia a meu respeito também. Tudo a meu respeito.

– Emily dormiu por cima outra vez – Charlie cochichou, apertando o receptor contra sua cara amassada de cama. – E foi ótimo, nós...

Eu estava fora da porta antes que ele pudesse me marcar para o resto da vida. Então, embora tivesse experimentado um babão, um estúpido e um filhinho de mamãe, não tinha experimentado o êxtase do orgasmo nas mãos de um sedutor habilidoso.

– EMMA. LEE.

Heim? Todas as três estão olhando para mim.

– O quê?

– Perguntei a você, duas vezes, se encontrou com alguém noite passada – Jordan diz.

Olho para Pixie e depois para a sujeira.

– Não realmente.

– Não realmente é não não – Mohini acentua.

– Exatamente, Hini – Jordan diz. – Vamos, Emma, desembucha.

Na noite passada, Jordan tinha um encontro e Mohini um grupo de estudos, então Pixie e eu planejamos ir aos clubes, aqueles clubes com um S, só que nosso tour começou e terminou no Prowl, onde Pixie ficou de olhos arregalados, e JT nos fez um sortimento de coquetéis dourados, todos da casa. À 1:30 da manhã, Ike, um amigo de JT com o cabelo não lavado e o ego irretocável de alguém que tinha sido elogiado principalmente por sua mãe, apareceu, ansioso para discutir nosso próximo movimento.

– Cama – eu disse, significando que estava indo para lá, sozinha, preferivelmente, embora logo depois de dizer tive o sentimento terrível de que não era verdade. Pixie e JT tinham acabado de começar a fase dos amassos; e a minha presença como segura-vela seria requerida por pelo menos outra hora.

Ike simplesmente riu.

– Parece que alguém pode precisar de distração – ele disse. E eu sabia exatamente o que ele queria dizer.

Segui Ike para dentro da despensa. Mas fiquei com medo. Afinal, ele não era uma Greta segurando uma bonita caixinha dourada em seus dedos finos e bonitos, mas um completo estranho de cabelo engordurado, com um frasquinho e umas pedras de crack. O que eu estava pensando?

– Não – eu disse firmemente. – Não, Ike. Não, obrigada – só que as palavras nunca saíram dos meus lábios; ao contrário, assisti silenciosamente enquanto Ike fazia uma pequena trilha branca no topo de uma lata extragrande de cerejas ao marrasquino, meu coração acelerado e ansioso, antecipando a investida.

E foi quando a porta se abriu bruscamente. Era Pixie.

– Aimeudeus, o que você está fazendo?

– Nada.

As pedras de crack caíram no chão.

Pixie, subitamente tão forte quanto uma parelha de bois, agarrou-me pela fivela do cinto e me arrastou pelo corredor.

– Desde quando está usando cocaína? – ela perguntou, ofegante.

Eu parei. A única pessoa a quem eu tinha contado fora Christina.

– Cocaína... Você está dizendo cocaína? – Christina tinha ficado ofegante, o que fora mau sinal mesmo. Christina estava horrorizada. Depois disso jurei manter meu pequeno experimento com droga para mim mesma. A última coisa de que precisava era de um sermão de Pixie; já tinha ouvido sobre o amigo de Groton que tinha estado cinco vezes em reabilitação.

Pixie cruzou os braços. Seu pé batendo ritmicamente no concreto.

– Bem?

Eu me ergui em toda minha altura.

– Bem, nada – eu disse friamente. – Não existe nada para contar.

Digo estas palavras a Jordan agora. Sua reação foi similar, também. Depois de me olhar espantada por um momento, ela diz:

– Bem. Negue se quiser, Emma, mas existe mais para contar, sei que sim.

CAPÍTULO 13
HÄAGEN DESLUMBRANTE

— Estou com o número da Lei.

Byron tinha o hábito desconcertante de nunca dizer Oi!, Alô!, ou mesmo Emily, quando ligava, para a perplexidade de Mohini, que atendeu o telefone e escutou direto:

— Querida, preciso de você desesperadamente! O que está vestindo neste segundo? E por favor, não se esqueça da sua calcinha fio-dental clara!

Prendo a respiração.

— É como está?

— Fabuloso, querida – Byron ronrona.

Sem qualificativo. Fabuloso, é isso. Fabuloso! Começo a dançar pelo quarto.

— Como estão as fotos? Conte-me!

— Deixe-me ver... – escuto páginas virando. – Há uma de você caminhando na praia em vermelho. Está olhando para o mar e desviando um pouco a vista. Numa outra vez, tente abrir mais os olhos, querida. Mesmo assim, é uma boa foto de corpo e podemos usá-la. Existe uma outra sua em azul saltando ondinhas de perfil; seu traseiro parece ótimo, então vamos usar esta também. Há uma de você em preto. Não fiquei maluco com sua expressão, mas seus seios parecem surpreendentemente grandes. Era o seu período do mês? De qualquer maneira, esta é um sim. Agora, existe uma, realmente uma página dupla, de você no mar que está muito bonita, muito Daqui para a Eternidade. De todas, é a minha favorita!

Uma página dupla? Eu subira mais que um salto.

— E?

— E, é isso.

Espera um pouco.

— Cinco? É tudo? Pensei que tinha tirado oito fotografias!

— Sempre acontece, Em — Byron diz alegremente. — Especialmente quando se é novata. Teddy me disse que você estava um pouco tensa diante da câmera, lembra? E mais, você parece ter vestido só maiôs, e talvez não precisassem tanto destes. De qualquer modo, Greta conseguiu o resto, mais a capa, que está simplesmente belíssima! Você o viu fotografá-la? Ela está nesse biquíni branco transparente, sexy, e, simplesmente, infernalmente maravilhoso! Eileen a representa, aquela velha maluca. Diga-me, ela está contente com a Ford? Porque eu poderia fazer mais por ela, penso.

— Não discutimos isso — respondo, tentando ignorar as pontadas de ciúme no meu plexo solar.

— Bem, se surgirem outras fotos ou coisa assim com ela, não deixe de me avisar, serei eternamente grato. De qualquer maneira, Emily Woods, você tem recortes de revista!

Isso é verdade. Recortes de revista. Finalmente tenho recortes de revista! Recupero meu rebolado.

— Então, o que está esperando? Venha para cá! — Byron grita.

— O quê, agora?

— Sim, agora. Anda! Vamos refazer seu book, colocar na ordem seus novos cartões, colocar você em ordem para seus compromissos amanhã.

Amanhã. Como no dia antes dos exames finais. Penso no meu boletim do primeiro semestre... e na cara da minha mãe. Não vou passar por isso outra vez, de jeito nenhum, não por um punhado de Vá e Veja.

— Byron, eu não posso agora.

— Sem problemas — ele diz. — Simplesmente que seja a primeira coisa amanhã de manhã.

— Não, também não pode ser. Tenho os exames finais chegando. Preciso estudar.

— Oh. Neste caso, darei a você dois ou três compromissos, só os realmente críticos.

— Byron, eu não posso.

Há um longo silêncio. Estou quase verificando a linha quando Byron diz:

— De quanto tempo estamos falando?

— Duas semanas.

— Duas semanas?

— Emmahh!

O grito vem acompanhado de uma batida na porta.

— Emmahh!

Então um empurrão. É Jordan.

— Cristo todo-poderoso, Emma, o que está fazendo? Temos que ir para a dança agora!

Merda.

— Dança? — Byron está lamuriando. — Acabo de escutar dança?

— Er... — aperto o dedo contra os lábios. Concordando com a cabeça, Jordan tapa a boca e sai nas pontas dos pés. Legal. Estou quase fechando a porta quando Pixie irrompe do banheiro.

— Aimeudeus. Ponha seu vestido! E seus sapatos! E sua maquiagem! Precisamos estar no baile em quinze minutos!

Bato a porta e pressiono as costas contra ela, o melhor que consigo para escutar Byron dizer:

— Então está indo a um baile! Bem... Que bom pra você.

— Esta noite, sim, admito. Mas tenho exames.

A voz do outro lado da linha poderia congelar uma Jacuzzi.

— E posso dizer que eles são uma prioridade real, também. Pensei que estava excitada em ser uma das vinte garotas que a Chic representa, Emily. Evidentemente, estava errado. Divirta-se no baile, Cinderela. Clic.

Perfeito. Escorrego pela porta até que estou sentada no tapete. Byron está passado, realmente. Estou sendo estúpida. Devo ir aos compromissos. Não todos, só aos críticos. Dois ou três, exatamente como ele disse... Mas quando é que realmente foram dois ou três? E o que acontece se consigo o contrato, como poderei dizer não? Não. Tomei a decisão certa... Tomei?

– Emma Lee, o que em nome de Deus está fazendo?

Abro a porta para Jordan, toda em pêssego e creme num não-caracteristicamente combinado Jessica McClintock em tafetá e laços, guarnecido de pérolas, estilo princesa, complementado por um penteado de cachos presos com uma fita branca e perfume de bebê. E Pixie, vestida num minivestido sem alças magenta brilhante, bolero de cetim preto, lábios vermelho-cereja, e sandálias de salto amarradas no tornozelo.

– Uau! Vocês, garotas, realmente vão à cidade – murmuro. Em lados opostos do planeta.

Jordan toca seu cabelo.

– Bem, esta é a nossa apresentação formal.

– E temos só dez minutos para chegar! – Pixie me espeta passando por mim. – O que você vai vestir?

– Oh, não sei. Não me decidi.

– O quê? – como um esquilo maluco, Pixie começa a procurar no recesso do meu closet. Jordan, enquanto isso, encontrou minha sacola de maquiagem e está agora tirando vários portes, pincéis e tubos, que eu apanho, limpo e traço de acordo.

Um ofegar abafado se segue.

– Aimeudeus, Versace! Dolce! Donna! Ralph! Emily, quando conseguiu todos estes? – Pixie grita.

Encolho os ombros.

– Principalmente no último verão.

– Não posso acreditar. A maioria ainda está com etiquetas de preço!

Jordan derruba um pincel e corre para ver.

– Deixe-me ver!

Uma semana depois que assinei com a Chic, fiz minha primeira viagem a Barneys e, cara, valeu. O lugar era o nirvana da moda. Tudo que eu tinha visto em revistas estava pendurado na minha frente. Pronto. Acenando. Bem ao alcance da mão. E esmagado, no meio do mais sagrado dos santuários, as coleções européias, estava o Azzedine Alaia azul que Layla tinha experimentado em Los Angeles

— Gostaria de provar? — o vendedor perguntou.
Mexi com o dedo na etiqueta de preço.
— Oh, não, eu não poderia.
Oh, mas pude.
— Pagou 1.200 dólares por um vestido? — Jordan grita.
— Ele estava à venda.
Ela não pareceu ter escutado.
— Mil e duzentos dólares, e nunca nem mesmo o vestiu!
Pixie o tira para fora.
— Bem, vai vesti-lo agora.
— Sério? Não acha que é muito cheguei?
— Acredite-me, você poderia usar alguma coisa cheguei — Jordan disse com calor.

Neste semestre, minhas amigas têm estado desanimadas com o "trágico declínio" do meu guarda-roupa, a ponto de finalmente tecer comentários como Quem lhe disse que calças de moletom são um componente importante num guarda-roupa devia ser morto e Existe uma invenção bem legal que você devia experimentar chamada escova para cabelos. A coisa é: Jordan está errada. Quanto mais moletom e chapéus de beisebol no meu guarda-roupa, mais sou aceita. Eu tinha uma idéia completamente errada a seu respeito, completamente, uma garota de Arte e Humanidades me disse um dia depois da aula, sua cabeça sacudindo aprovadoramente para os meus tênis desamarrados, camisas largas e calça de moletom manchada de Colúmbia.

Você é tão... real.

Agora, enfio o vestido de griffe pela cabeça. Alaia raramente usa zíperes ou botões, em vez disso, usa montes de lycra e um corte perfeito para conseguir aquela aparência de servir como uma luva. Só que...estou entalada.

— Espere! — vários puxões firmes e Pixie diz — Aí está!
U-hu!
Dou um giro e espero pelo comentário entusiástico. E espero.
— Uau! Isso certamente é colado — Jordan diz finalmente. — Não é, Pix?
— Certamente — Pixie diz.
— Oh, Deus, sério? — salto para cima e para baixo para conseguir uma olhada inteira no espelho de cima da cômoda, o mais comprido que temos. — Parece mal?

— Não, não, bom! — Pixie diz apressadamente. — É apenas que, ai-meudeus, você está certa, é muito cheguei.

— Cheguei demais — Jordan diz.

— Considerando-se que é para um baile escolar — Pixie termina.

— Oh... Ok — eu digo, preparando-me para tirar. Depois de tudo, não quero ser "sexta-feira" outra vez. Além disso, com toda essa pulação meu corpo lateja como se eu estivesse vestindo um torniquete. Não me lembro de sentir esse aperto no provador, então, outra vez, me recordo de ajudar Layla com o dela. Acho que tinha esquecido como era a alta-costura.

Tirar o Alaia é serviço para três pessoas.

— Está arrancando a minha pele! — reclamo, enquanto minhas amigas caem raivosamente contra a cômoda, suas bochechas rosadas, e eu entro no meu closet.

— Não tenho tantos vestidos como pensava.

Por sorte, Pixie tem, incluindo uma variedade em tamanhos maiores que seu costumeiro dois.

— Para emergências de moda — ela explica. — E eu diria que estamos com uma agora.

Eu visto e saímos correndo, descendo as escadas para dentro da noite.

❈ ❈ ❈

Seis dias, cinco provas, e uma viagem de avião mais tarde, estou preocupada se nunca saberei como é a alta moda outra vez.

Estou no banheiro dos meus pais, observando quando o peso de metal deslizar através da escala da balança com a facilidade de um patinador veloz. Da última vez que estive aqui, o patinador marcou 54,4 kg. Hoje, está passando disso, e mais um pouco, sem mostrar sinais de cansaço.

56,6 kg. Dou um passo atrás e remove meu relógio Tag Heuer, outra compra de outono, e pesada, deve pesar meio quilo pelo menos. Quando o deposito no balcão, estendo uma mão insegura na direção do meu reflexo. Sim, pareço um pouco mais larga, mas certamente estou só... inchada? Afinal, acabo de descer de um avião ontem, e estou certa de que um vôo longo, praticamente transatlântico como o de Nova York, é o suficiente para acrescentar alguns quilos de inchaço. Certo?

Certo. Dou um passo atrás.

57,1.

57,6.

58,2. Hora de tirar as calcinhas. Eu as tiro. E estou quase para dar um passo atrás quando suspiro de alívio:

– É claro! Mamãe e papai são avessos à tecnologia, não têm idéia nem de como usar um abridor de lata, imagine calibrar essa...

Oh.

58,3.

58,5

58,6

58,7

Oh, espere, descobri o que está havendo. E não é divertido. Existe alguma coisa muito errada comigo. Alguma coisa médica. Tenho um problema de tireóide ou um tumor ou... um cisto. Sim, é isso. Tenho um cisto do tamanho de um grapefruit, o tipo com cabelo e dentes crescendo dentro. E dentes são pesados, obviamente, então obviamente meu cisto pesa uns 5 quilos, talvez mesmo 7, o que significa que realmente perdi peso, e tudo o que eles têm que fazer é me cortar, tirar fora e pronto! Estarei nova em folha.

... Exceto que terei uma cicatriz. E isso significa não mais roupa de banho ou fotos com lingerie, o que significa menos dinheiro.

58,8.

58,9.

59,0.

Não, isso não é um cisto, é a minha tireóide. Tenho problema de tireóide. Ela é preguiçosa, vagarosa, retardada. É alguma coisa. Porque comi perfeitamente o semestre inteiro, sei que sim. Exatamente da mesma maneira que no último outono.

59,1

Piña coladas...

59,4

Café com leite integral...

Petit Fours. Strudels de maçã.

Aprendendo a ser Top Model...

Subitamente, imagens começam a surgir no meu cérebro, tão brilhantes e tecnicolor quanto fotos de self-service: de coisas consumidas. Strudel de cereja. Quem se importa com Madalenas, tão pequenas, tão esponjosas, quando a Doceria Húngara tinha tantas outras delícias? Cookies, bolo, torta. Verdade, comi no refeitório da escola a maioria das vezes, geralmente no bar de saladas, que tem excelentes croutons e um delicioso e azul molho de salada de queijo, mas explorei a vizinhança agora e novamente, é claro. Afinal, não é isso que a faculdade é, alargar seus horizontes? Rodadas de cerveja. Então extrapolei. Comida chinesa, indiana, tailandesa, sanduíches de ovos com bacon do Tom para forrar. Comida grega, francesa, mexicana... Afinal, sou filha de hippies: gosto do étnico. Minibolos recheados. Verdade, fui a um Häagen-Dazs duas ou três vezes numa semana, mas foi realmente mais uma questão de conveniência; a loja é bem do outro lado da rua, e um shake de baunilha com duas bolas de sorvete e sundae hot fudge fazem uma refeição rápida, e é ainda melhor que lanchar tarde da noite. E então, todos os feriados. Não subestime o trauma de celebrar o Dia dos Namorados, o Dia dos Presidentes e o Dia de Martin Luther King longe de casa pela primeira vez. A Páscoa também, especialmente a Páscoa. Porque era natural que eu parasse no Mondel para comprar uma dúzia de ovos recheados para minhas colegas de quarto, de vários sabores, chocolate, baunilha e coco. Estavam todos muito bons. E o que é um ovo de páscoa sem um pintinho ou quatro de chocolate branco ou escuro porque você não discrimina à base de cor? E aqueles coelhinhos recheados de caramelo, tão adoráveis! Eu sabia que elas adorariam. E se você está ganhando um, poderia muito bem ganhar alguns quilinhos, e então alguns coelhinhos sólidos de chocolate para fazer companhia e uns ovos-creme Cadbury para mostrar que você não é uma gourmet esnobe, o que não deve ser confundido com os ovos-creme da Katz, que vão muito bem com...
Oh, Deus. Oh, Deus. Oh, Deus.

❈ ❈ ❈

Atiro-me na cama. Sinto-me horrível. Furiosa e desapontada comigo mesma. Como pude deixar acontecer? Como pude confundir me vestir e estudar como uma universitária e comer como uma?

Porque, além de se descobrir que o ocasional par de calças de pijama eram tão confortáveis contra os bancos de madeira dura do corredor de leitura, eu estudei. Duro. Estudei e aprendi sobre muitas coisas: Platão e Pavlov, Virgílio e Virgínia Woolf; este último período foi quando realmente atingi meu desenvolvimento, forçando-me a estudar mais duro, a compreender melhor, a alargar e aprofundar meu intelecto para conseguir um nível de conhecimento além de qualquer coisa que pudesse possivelmente imaginar.

Que estúpido foi isso? Todas aquelas sessões tarde da noite – e pizza – com minhas colegas de quarto... E esqueci o que realmente era importante: minha carreira, meu sonho, as fotos na minha parede. No semestre de outono consegui más notas, mas bons recortes de revista. Este semestre, consegui notas A, e um grande traseiro gordo. Não existe dúvida do que foi pior. Todo mundo sabe: notas não importam e, além disso, não é muito pior fracassar em alguma coisa fácil? Aqui estou, uma estudante da Ivy League, deixando uma coisa como células de gordura levarem a melhor. Como pude deixar isso acontecer? Como pude ser tão estúpida, estúpida, estúpida!

– Em?

É Tommy.

– O que você está gritando aí? – ele grita. – O que é estúpido?

Perfeito. Além de tudo, estou agora falando sozinha.

– Nada.

– Em!

– Emm!

– Emmm!

Experiência prévia me ensinou que meu irmão não entraria no meu quarto. Ele, contudo, é mais do que capaz de gritar até eu capitular e entrar no dele. Então faço isso. Como de costume, ele está reclinado no seu banco, empurrando uma barra de ferro na direção do céu.

– Qual é o seu problema? – ele grunhe.

– Nada.

Dou a volta por ele e afundo em seu colchão de água, que faz ondas alarmantes porque estou tão gorda.

– Ganhei alguns quilos na escola, eis tudo.

Grunhido.

— Quantos?
— 5,4 kg.
— Cinco quilos e quatrocentos? — Tommy ergue o queixo para poder me olhar. — Está brincando! Isso é muito, mesmo para mim, e estou tentando ganhar peso!

Tudo que está disponível para atirar na cama, eu atiro. Então me curvo numa bola fetal, uma posição que, dado o ruído da água do colchão, parece positivamente embrionária.

Espere... ESTOU GRÁVIDA! Oh, não, não é possível, estou menstruada, ESTOU MENSTRUADA!

Um travesseiro me atinge a cabeça.

— Em, não se preocupe com isso. Perder 5,4 kg não é um problema tão grande. Jogadores de futebol perdem isso num treino.

Eu me sento.

— Você está brincando. Num simples treino?
— Caras grandes — Tommy qualifica. — No verão.
— Oh.
— A defesa perde peso rápido, também. Não tanto num dia... Eles são pequenos, então demora mais. Mas em dois ou três dias, podem. Totalmente. Eles fazem isso para conseguir o peso ideal para uma partida.

E se eles podem, então também posso. Fico de pé.

— Como?

Tommy começa a erguer um haltere.

— Não estou seguro.

Começo a marcar passo.

— Pense, Tommy, pense!
— Diuréticos — ele grunhe.
— Hum, hum.
— Longas saunas.
— Hum, hum.
— Freqüentemente vestidos.

Engulo seco.

— E longos treinos — ele diz. — Duas horas no mínimo.
— Por dia?
— Sim, por dia.
— Que horror!

— Bem, você perguntou – Tommy diz. – Se não gosta, não faça. É o seu corpo.

Meu corpo gordo. Giro nos calcanhares.

— Você pode me ajudar, T? Você pode me dar um regime, me levar para a ginástica?

O rosto dele desaba.

— Oh, Em, não sei... Estou um pouco ocupado.

Posso pensar numa quantidade de respostas rápidas para isso, mas resisto completamente a elas, provavelmente porque estou agora agarrando os ombros do meu irmão, talvez mesmo sacudindo-os um pouco.

— Me ajude, Tommy, por favor!

— Jesus! – Tommy afasta minhas mãos, olha nos meus olhos e suspira. – Ok. Esteja vestida e pronta às 2 da tarde em ponto.

Num movimento quase sem precedentes, abraço meu irmão, recusando-me a deixá-lo, até que ele me deposita no corredor.

2:00 da tarde. Isso me dá tempo suficiente para as compras.

Dexatrim, Diurex, Metamucil, coloco tudo no meu carrinho, mais a Coca Diet que usarei para engoli-los. É claro, tomarei cocaína, é a melhor ajuda para dieta que existe, mas não sei onde comprar isso em Balsam, e perguntar por aí parece arriscado. Então, em vez disso, compro um maço de cigarros e acendo um. Parece o mínimo que posso fazer.

CAPÍTULO 14
LÁBIOS, SEIOS OU LONDRES

Jon olha de soslaio e dedilha suas costeletas, como se contemplando um Botero.
— Podíamos mandá-la para fora e ver o que alguns clientes acham.
— Humm... — Justine medita sobre isso cuidadosamente. — Como um tipo de teste-drive?
— Hã, hã.
— Mas quais? Quero dizer, temos que ser cuidadosos.

Observo enquanto os dois agentes da Chic verificam uma lista de compromissos, compromissos que Byron passou a última semana organizando, compromissos a que eu iria antes dele colocar os olhos em mim.

A despeito das duríssimas sessões de exercício de Tommy (70 minutos de cárdio diariamente, mais uma hora de treino de força destinado a "mirar e atingir" grupos específicos de músculos), copiosas pílulas, e uma aplicação assídua da dieta Alcalina, não mencionando o consumo de mais de meio maço de cigarros por dia, perdi somente dois quilos durante minha semana em casa. Dois de quase seis, o que significa que quando chego a Nova York – Nova York, onde suponho passar o verão de 89 trabalhando como modelo – opto pelo plano B: me esconder debaixo de roupas largas. Mas Byron olha direto através da minha camisa Norma Kamaly tamanho G.

– Alô, bele... – ele exclama, parando no meio da palavra quando seus olhos caem no meio do meu corpo. Agora, enquanto Justine e Jon imaginam o que fazer comigo, Byron está marcando passo no corredor com um cigarro. Eu nem sabia que ele fumava.

– Que tal Lord e Taylor? – Jon diz. – Ela os tem às 3:00.

Justine sacode a cabeça, que agora está tingida de púrpura-profundo, no tom exato do seu top e dos seus lábios, dando-lhe a aparência de uma ameixa muito madura.

– Macy's?
– Hã, hã.
– A&S?
– Negativo, nenhuma destas – Justine diz. – Arriscado demais.
– Concordo.

Byron transpõe a porta de entrada da Chic, sua aura tingida de tabaco. Esta não é a única alteração. Seu cabelo agora está cortado rente. Um diamante brilha em sua orelha. Seu conjunto azul-royal de seda lavada brilha sob as luminárias como azulejos de piscina debaixo de um sol ardente. Pessoalmente, acho que é uma aparência melhor para Arsenio Hall, mas algo me diz que a aparência dele não é assunto para revisão.

Jon olha para seu chefe, surpreso.

– Nenhum? Então, para onde podemos enviá-la?

– A lugar nenhum. Nenhum compromisso – Byron replica. Tenho pensado sobre isso. Ela vai conseguir uma má reputação nesta cidade.

Uma má reputação. Olho na distância, contemplando aquelas palavras. Crescendo, houve épocas quando eu olhava invejosamente para as garotas que tinham uma. Comparadas ao resto de nós, elas pareciam mais livres, mais corajosas, menos amedrontadas. Quando davam risada, isso vinha de algum lugar profundo, forçando seus pescoços para trás e seus lábios a se abrir largamente. É claro, esta é precisamente a posição que lhes dava a má reputação para começar, mas elas não se preocupavam, nem um pouco, e eu as invejava por isso. E, agora, vou conseguir uma má reputação porque estou um balãozinho?

— Então qual é o plano B? — Justine pergunta. — Devo pedir o programa de redução de peso Optifast?

— Não, não... — Byron agarra minha mão e me leva através da agência, passando pela parede de troféus. Eu desvio os olhos. Bem no centro dela está a visão traseira da minha série Lei. Como descobri esta manhã, só a visão do meu traseiro, tão firme, tão pequeno, tão coberto de areia, suscitou uma onda de nostalgia seguida de um surto de náusea. Esta era eu, antes de ser atacada pelos laticínios.

Chegamos à área de estar e nos sentamos lado a lado no sofá. Na nossa frente estão as obrigatórias pilhas de revistas de moda, as fileiras normalmente arrumadas em ligeiro desarranjo graças à Carmencita e Genoveva, as gêmeas espanholas de 16 anos que acabam de sair daqui com seu séquito de parentes. Byron suspira, lança um olhar irritado para a porta e começa a procurar. Quando encontra o número de maio da Elle americana, ele o apanha, abre num ponto e passa a revista para mim.

— Me diga o que vê.

— Ashley Richardson e Rachel Williams sentadas numa praia — digo imediatamente.

— Sim... e não.

Humm?

— Uma fotografia de Giles Bensimon?

— Não pense como modelo.

— Certo — não estou segura do que isso significa. — Duas louras?

— Pense abstratamente.

Abstratamente? Sem problemas. Tive História da Arte esta primavera. Olho de soslaio e inclino a cabeça.

— Le Déjeuner sur l'Herbe de Manet, sem os homens de terno, obviamente.

— Manet?

— Seurat? — sugiro. Minha aula terminou com os Pós-Impressionistas.

— Nada de arte! — Byron grita. Suas mãos alisam as pernas das calças. — Eu vejo você.

Eu? Puxo a foto na minha direção e dou uma olhada mais próxima. Não que não a tenha visto antes. Estudo a maioria das revistas de moda, obviamente, especialmente Elle. Todo mundo está lendo isso agora (Vogue, sob esta Grace Mirabella, é tão cansativa), e enquanto a revista Vogue mostra alguns looks de roupas de trabalho, grandes blazers sobre coletes justos e calças de pregas, por exemplo, Elle é toda sobre praia. Maiôs na praia. Vestidos tubo na praia. Minissaias na praia. Lycra, lycra, lycra. Portanto, esta foto de duas modelos reclinadas sobre dunas de areia numa versão preto iridescente desse tecido modelador é simplesmente padrão de sucesso.

É isto. Estalo os dedos.

– Quer que eu vista mais lycra.

– Não.

– Comprar este vestido?

– Em-i-ly.

– Oh, meu Deus, quer que eu fique loira!

Meu agente fecha os olhos e inala, suas narinas se alargando para maximizar o consumo de ar.

– Emily, olhe para essas garotas – ele diz, sua mão agora se erguendo para abarcar não somente Ashley e Rachel, mas a pilha inteira. – Enfim olhe para o corpo delas. Estão em forma, sexys.

– Já disse a você! Estou perdendo peso. Eu juro!

– ... Curvilíneas.

Obedientemente, olho para baixo, embora não seja necessário; Como eu disse, já tinha visto as revistas, visto e estudado cada uma, e sei que Byron está certo. Cindy, Elle, Tatiana, Carré e essa nova menina, Claudia, essas garotas estão em forma, sexys e, sim, curvilíneas. Mas estamos falando de curvilínea Modelville, o que significa o mesmo corpo crucientemente magro, só que com dois grandes seios apontados para a frente e, dado a escolha entre Modelville curvilínea e Modelville magra, eu optaria pelo magra todas as vezes. Afinal, desenvolver aquelas curvas perfeitamente colocadas requer um ato de Deus ou...

Oh.

– Você quer que eu faça um implante.

A concordância é quase imperceptível.

– Pequenos. Para preencher. Reequilibrar você. Como isto...

A mão de Byron afunda dentro do bolso do seu casaco no peito e sai com alguma coisa escura. Duas alguma coisa. Duas ombreiras. Colocando cada numa palma, ele faz um bico com os lábios e olha de soslaio.

Cruzo os braços.
– Ora, vamos...
– Não.
– Mas vai poder fotografar roupa de banho e lingerie! – Byron grita.
– Faço roupa de banho agora!
– Alguma.
Mas eu estava grudada com fita adesiva. Espere, já sei.
– Comprarei aqueles enchimentos de silicone!
– Você poderia...
Byron não diz o "mas", mas ele está lá, pairando no ar enquanto ele abaixa as ombreiras e vira as páginas da Lei. Ele não diz uma palavra enquanto acha minha fotografia e seu polegar marca uma crescente meia polegada além de onde meu busto (colado com fita adesiva) termina e o paraíso tropical começa. Ele não diz nada enquanto volta para as fotos, e à capa de Greta com a parte superior do biquíni mínima, mínima demais para estar escondendo um enchimento. Ela não precisa.
Ele ergue as ombreiras.
– Aqui, Emily... dê só uma olhada.
Abro minha blusa.

❃ ❃ ❃

Dr. Ricsom tem o cabelo penteado para trás, pele bem hidratada e mãos manicuradas, que estão nesse momento avaliando o volume e a elasticidade do meu peito.

Olho para o teto, piscando debaixo da luz brilhante, imaginando se ela é propositadamente não lisonjeira. A área da recepção é silenciosa, cor lavanda e cinza e lâmpadas de quarenta watts, o tom da lâmpada é um malva suave. Está escuro, mas não o suficiente para esconder a mulher em preto, azul, e bandagens. Estou para dar as costas e sair correndo quando a enfermeira aparece à porta e chama meu nome.

– Senhorita Woods.

Dr. Ricsom dá um passo atrás e tira suas luvas de látex.

– Sim, eu diria que posso definitivamente fazer uma melhoria substancial – ele diz. A tampa da lata de lixo se abre e se fecha. – Gostaria de me contar seus objetivos?

— Objetivos? — eu me viro contra a mesa coberta de papel. — Você quer dizer... para os meus seios?

— Sim — ele está atrás da mesa agora, abrindo um envelope-arquivo com meu nome. — Está ambicionando uma certa aparência? Um tamanho específico? — ele pergunta, pesquisando.

Eu não tinha pensado nisso até aqui.

— Maior? — arrisco.

Ele ri. O arquivo fecha.

— Bem, neste caso, deixe-me dizer-lhe o que estou pensando: um D. Agora, como você é modelo, estou indo para o lado conservador — ele diz, apressadamente, erguendo sua palma para se defender de quaisquer objeções. — Mas, se quer maior, nós podemos.

— Maior que um D — digo vagarosamente.

— Bingo! Você é alta, é claro, com ombros largos e uma generosa caixa torácica, então pode agüentar um tamanho maior.

— Isso é um problema?

— Quero dizer visualmente. É sempre uma questão de proporção, de equilíbrio, de encontrar a solução que funciona para você e suas necessidades — diz Dr. Ricsom. — E minha opinião profissional, baseada em centenas de aumentos de seios, é que um D seria o tamanho ideal para alguém com suas características físicas, especialmente depois que colocarmos o colágeno.

— Espere, vai colocar colágeno nos meus seios também?

Ele sorri pacientemente

— Não, Emily, o colágeno é para seus lábios.

— Meus lábios?

Os lábios dele se curvam para baixo.

— Sim. Byron mencionou os lábios também. Eu pensei... — ele consulta a pasta de papéis. — Sim — ele diz depois de uma olhada. — Sim, está bem aqui. Tudinho. Agora, deixe-me ver...

Dr. Ricsom puxa outro par de luvas da embalagem. Eu recuo.

— Falou com Byron? Quando?

— Ontem. É claro que falei. Converso com Byron antes de consultar uma de suas garotas.

— Mas...

— Não fale agora, senhorita Woods. Apenas fique parada. Ok. Sim. Sim, vejo o que ele quer dizer. A linha de cima é muito fina. A de baixo também. Existe um formato que tenha em mente? Uma atriz que admira? Porque, olhando para elas, eu diria que temos um leque de opções...

❋ ❋ ❋

Caminhando pelo Central Park, começo a transigir: (A) sou modelo, (B) não sou fisicamente perfeita, (C) algumas dessas imperfeições podem ser corrigidas com cirurgia. E se A, B e C são verdadeiras, então D, ou possivelmente um C, eu não tinha decidido. Por que não? Afinal, não é como se eu fosse a primeira modelo a fazer plástica. Verdade, ninguém fala sobre isso — supõe-se que sejamos belezas naturais, sem fazer nenhum esforço —, mas obviamente não é assim, ou o Dr. Ricsom não teria me oferecido o "Desconto Chic" (10% para um, 15% para dois ou mais serviços). Além disso, como Byron acentuou enquanto estava estudando meu peito estufado com suas ombreiras, implante de silicone é um negócio caro, não dedutível do imposto de renda, e devo tirar um bom retorno disso. No final, um preço pequeno a pagar por peitos grandes e uma boquinha sexy.

Caminho para o leste do Central Park, corto pelas escadas do zoológico, me esquivando do tráfego. A mãe de Pixie passa os verões em sua casa de campo de 30 quartos em Hampton com seu terceiro marido, então minha amiga me convidou para usar um dos "quartos extras" no apartamento deles. Na Quinta Avenida. Com terraço. De dia, Pixie estará na Sotheby's e eu trabalhando como modelo. De noite, estaremos nos andares de dança do Prowl, MK, Nell's e Área. Vai ser um verão fantástico.

— Ei! Como foi seu dia?

Pixie, deitada no sofá com uma máscara azul espalhada pelo rosto e um chocolate gelado descansando sobre um porta-copos, olha e arrisca um aceno mole antes de grunhir e alisar a máscara mais firmemente em volta das têmporas.

— Horrível! Realmente horrível — ela reclama. — Estou fazendo arquivo, Em! Arquivo! Você pode acreditar? Quer dizer, basicamente implorei, emprestei e chamei todo mundo que conhecia para pegar esse emprego na Sotheby's, e não sou nada além de uma secretária glorificada!

Considerando que sei mais sobre o movimento Neue Sachlichkeit que meu chefe, acho isso verdadeiramente criminoso, mas imagino que tenho 18 anos e muitas pessoas querem trabalhar lá, então você tem que começar de algum lugar, certo? Certo! Como vai o seu? Alguma coisa excitante acontecendo?

— Hum... Bem... — caminho na direção da cozinha. — Byron quer que eu faça cirurgia plástica— digo.

— Cirurgia plástica?

— Sim. Quer outro chocolate?

— Sim! Quero dizer, não! Cirurgia plástica? — ela grita. — Que tipo? Eu procuro coisas na geladeira.

— Lábios! Seios!

— Você está brincando!

— Negativo! — acho uma Coca Diet e a pego. — E o médico acha que deve ser um D. Você pode acreditar? Um D!

— Você já procurou um médico?

— Hã, hã!

Por vários segundos me ocupo procurando um copo e gelo. Quando fecho a porta da geladeira, Pixie está atrás dela, seu rosto tão animado quanto uma pedra, a máscara azul rompida na testa.

Quase derrubo minha bebida.

— Jesus!

— Quem você foi ver? — ela pergunta. — Que médico?

— O doutor Ricsom.

— Quem?

Conto a Pixie tudo sobre meu encontro com o cirurgião plástico.

— Bingo? — ela murmura. — Um D? ... Lábios?

Oh querida. Reconheço aquela bochecha encovada.

— Você desaprova, não é? Certo, deixe-me adivinhar: você tem uma amiga que teve que fazer cinco cirurgias para consertar a primeira. Mas, Pixie, eu não disse que vou fazer! Estou só pensando! Pensando! É pelo meu trabalho! É um investimento. Para quem está ligando?

— Minha mãe. Vou pegar uma referência.

A mãe de Pixie é conhecida nas páginas de sociedade como Sandy Smythe, mas todo mundo a chama de Sandy Silli por causa do silicone. Corro para a frente.

– Não, Pixie, não!

– Não? – Pixie gira para se proteger. – Jesus, Emily, se vai passar pela faca, não pode ser com um médico que oferece descontos num consultório em Central Park Sul! – ela grita, seus dedos golpeando os botões do telefone.

– Pixie, pode desligar e se ACALMAR? Disse que estou CONSIDE-RANDO a cirurgia. CONSIDERANDO significa que ainda não decidi!

Após uma pausa agonizante, Pixie desliga.

– Obrigada.

– De nada.

Evidentemente decidindo que precisa, afinal, Pixie puxa um chocolate gelado da geladeira.

– Então, quando tem que decidir?

A recepcionista do Dr. Ricsom me dissera que ele teria uma vaga devida a um cancelamento, de outro modo eu teria que esperar seis semanas.

– Trinta e seis horas.

Sou coberta por um spray de chocolate

– Meu Deus. Que estamos esperando? Temos pesquisa a fazer!

✻ ✻ ✻

Pixie se oferece para me assistir.

– Compraremos pornografia na banca de jornal. Não, espere, existe aquele clube debaixo da Ponte Queensboro... Mas tenho um plano melhor, um que precisa ser implementado por você sozinha. Uma chamada telefônica mais tarde e o plano está em ação.

Il Solero é um café italiano no distrito de Flatiron, não longe da Chic. Aberto recentemente, é bom, mas não tanto que exista um bochicho sobre ele, bonito, mas não tão bonito que as pessoas se demorem lá com seus cafés. Por isso, na terça-feira, às 3 da tarde, sou sua única cliente. Greta entra dez minutos depois.

– Oi, baby!

– Oi!

A supermodelo tem o dia livre, tinha dito ao telefone, então está casualmente vestida num cashmere branco sem gola e surrados jeans desbotados. Seu cabelo tem um rabo-de-cavalo feito apressadamente. Seu rosto sem maquiagem. Ela parece fantástica, é claro, mas quando eu a abraço parece surpreendentemente frágil, e quando a empurro para trás, percebo o escuro crescente debaixo dos olhos dela.

— Droga. Estou tão inchada e sonada — ela diz, empurrando a cadeira para trás.

Ah, nenhuma surpresa.

— Por quê?

— Acabo de voltar dos Andes.

Ficamos nisso por enquanto: os Andes e os destinos exóticos do grande mundo. Não tenho muito a contribuir, mas Greta, pelo jeito, passou os últimos dois meses na maioria das montanhas da América do Norte e do Sul, seu clima rochoso e árido, paisagens apropriadas às roupas de outono fotografadas nessa época do ano.

Depois disso, tocamos na República Dominicana, brevemente, numa luz desaprovadora, principalmente reduzida a um fio de sentenças únicas, reflexões como Teddy era estranho, e dançar merengue é de matar.

Então, Greta corta uma fatia de galinha.

— Foi uma boa viagem — ela conclui.

— Sim, foi.

— Fiquei contente de que tenha ligado.

— Eu também.

Greta toma um gole de água. Eu tomo uma profunda inspiração. Falamos muito sobre pouco, e o almoço está quase terminado; é hora de chegar ao ponto.

— Greta, desde a última vez que a vi, engordei.

Os lábios de Greta se curvam num sorriso de compreensão enquanto espera que eu continue. Oh, certo. Ela sabe, é claro, da mesma maneira que percebi sua fragilidade, seus círculos cor púrpura em volta dos olhos. Autoconscientemente, puxo as mangas da minha camisa e aproximo a cadeira da mesa antes de continuar.

— E agora tenho que perder peso ou... hum... ou então...

Jesus. É mais difícil do que eu pensava. Mais difícil e estúpido. O que eu estava pensando? Porque não é como se estivéssemos discutindo a respeito! Greta nem mesmo faz o mais desinteressado dos comentários desinteressados a respeito! Só sei porque vi ...e senti... então pensei... mas eu estava...

Mas Greta está olhando para mim.

– Ou então terei que fazer implantes de silicone – termino.

Ela se mexe na cadeira.

– E pensou que eu poderia dizer a você como eles são?

– Sim.

Pego meu copo d'água e começo a beber. Foi um grande erro. Grande.

Mas, agora Greta está transformada.

– Eu os adoro, adoro! – ela vibra. – Eu A-do-rooo!

A modelo sacode o busto. O garçom sortudo o suficiente para testemunhar essa ocorrência está segurando uma jarra que, depois de algumas viagens do mamilo, está inundando meu copo, prato, e colo.

– Alora, alora! Sinto muito! Muito mesmo!

Greta observa nosso garçom de rosto vermelho correr à procura de mais toalhas e guardanapos.

– Vê? – ela diz. – Isso nunca teria acontecido antes. Eu costumava ter um daqueles corpos atléticos, totalmente achatado!

– Não diga, sério? – tiro uma endívia da perna da minha calça.

Greta ergue um pãozinho intocado do seu prato e o parte. Nhact! A metade infeliz termina na toalha na mesa como uma panqueca amassada.

– Como esse.

Olho para baixo.

– Oh, por favor, baby, você é um pãozinho completo pelo menos!

Obrigada Senhor, pelas pequenas gentilezas.

– E agora? Você é um...

– C.

– Não é um D?

Minha colega de refeição quase cai por cima da mesa.

– Um D... É claro que não! Um D! Porque nunca seria capaz de caber nas amostras dos estilistas com um D, o que significa dar adeus à estação de shows, e aos editoriais, já que são as mesmas amostras que vão para a passarela, e isso arruinaria minha carreira. Não me diga que está considerando um D!

– Claro que não.

Greta faz um gesto quase tocando ligeiramente suas sobrancelhas.

— Aumente os seus para um C no máximo, este é o meu conselho. Mas, definitivamente, faça! Você vai adorar! É um ótimo investimento. Faça e falarei com Julie Baker sobre você, e ela vai contratá-la para a Sports Ilustrated, sei que vai! Aposto que seremos enviadas na mesma viagem. Ooh, seria tão divertido! E espere até encontrar Walter Iooss. Ele é o melhor dos fotógrafos! Ele fotografará duplas conosco! Será como uma bomba!

— Soa bem — eu digo, embora não esteja pensando em duplas, mas em mim. sozinha, na capa. Vou parecer cheia de busto e sexy num biquíni branco transparente, mas não tão transparente, apenas o suficiente. Estarei sorrindo suave, confiante. Meu cabelo estará esvoaçando. O céu será laranja e rosa. Sports Illustrated dirá na manchete: "A adorável Em nas Maldivas", e estará escrito próximo das minhas virilhas.

— É claro, o processo de recuperação dói como o inferno — Greta diz.

Oh.

— Verdade?

— Oh, sim. Meus seios foram assassinados, assassinados! — uma vez mais, Greta esmaga o pãozinho na toalha. — Fiquei tomando uma quantidade massiva de analgésico por mais de uma semana. Demorou três semanas para poder andar sem gemer, cinco para ser capaz de chamar um táxi. Foi terrível!

Parece.

— E agora?

— Oh, não me machucam agora.

— Não... quero dizer, qual é a sensação neles agora?

— Bem, o direito é um pouco dormente, o que é estranho, pois costumava ser o mais sensível. O médico diz que a sensibilidade poderá voltar com o tempo, mas, se não acontecer, não é tão mau, imagino. Quer dizer, ainda sinto alguma coisa.

Greta ilustra esse ponto batendo ligeiramente com uma colher de chá contra o mamilo, um gesto que resulta num barulho de coisas sendo derrubadas em algum lugar perto da cozinha.

— Além disso, nada — ela continua. — Só as cicatrizes debaixo das axilas. Mas você dificilmente pode perceber, e elas sempre podem ser retocadas de qualquer maneira.

Informação útil, tudo isso, mas ainda não entendi.
— Mas como estão seus seios, mais pesados que antes? Mais duros?
— Parecem mais firmes.
— Muito mais firmes?
— Um pouco mais firmes.
— O que é um pouco?

Greta morde os lábios e olha para a frente, evidentemente tentando recordar a VAS — vida antes do silicone —, que estou começando a ver como uma divisão mais momentosa que um salto de A.C. para D.C., então encolhe o ombro.

— Não sei — ela diz. — Você me dirá.

Quando Greta direciona minha mão, olho por cima e espio todo o corpo de garçons do Il Solero ocupado em polir uma simples colher. Sinto muito, rapazes. O show acabou. Deslizo minha mão dentro das dela.

— Vamos.

O banheiro é um quadrado aberto, grande o suficiente para acomodar duas pessoas fazendo o que quer que queiram fazer, como Greta atirando sua bolsa Maud Frizon no chão, tirando seus braços das mangas, abrindo seu sutiã e dizendo:

— Toque neles.

Espeto um dedo no seio de Greta. Ele salta de volta.

— Não assim. Isso não é gelatina! — ela me repreende, embora seu peito esteja, de fato, balançando. — Emily, você quer saber como eles parecem ao toque? Então sinta-os!

Eu os alcanço e aperto. Boing! Está firme, está duro, e por um segundo tenho a sensação de estar apertando uma daquelas bolas de aliviar tensão que você encontra perto de todo caixa de farmácia, e então o peito se vai, Greta está de cabeça baixa acocorada, abrindo a bolsa e procurando furiosamente.

A carteira é prateada e ligeiramente gasta. Imagino o que aconteceu com a dourada, imagino, mas não pergunto; simplesmente permaneço no meu costumeiro ofício de observar e esperar enquanto a cocaína é retirada, dividida e espalhada em longas linhas finas. Greta nem mesmo percebe meu silêncio; ela se foi outra vez, está à vista, mas não aqui. Ou talvez eu seja aquela que partiu. Eu me torno uma mancha. Uma mosca na parede. Nada. E só depois que minha amiga aspirou três das quatro linhas que arrumou na beira da pia de cerâmica branca eu retorno, um fato que ela reconhece estendendo-me o canudo prateado.

— Aqui, baby — Greta diz. — Para você.

Ocasionalmente, Greta tinha me dito. Uso cocaína ocasionalmente. E eu tinha acreditado nela. Só que agora não acredito. Por quê? Qual é a diferença? Uns poucos quilos perdidos? Vinte horas de sono perdido? Prateado, e não dourado? São gramas, polegadas e cores. Não é nada. Mas o suficiente, o suficiente para eu acreditar que, conquanto Greta possa ser de Deus, não é nenhum anjo. É apenas uma garota com pupilas dilatadas e nariz escorrendo. Uma garota que está pálida e afundada, magra demais para seus implantes. Uma garota que você nunca verá numa reunião de negócios da Sports Ilustrated, não nos cinco, ou dez, não nos vinte próximos anos. Porque Greta desaparecerá.

Greta se ergue e caminha na minha direção, o canudo pendendo dos seus dedos. Quando ela fala, sua voz é arrastada.

— Vamos, baby, você sabe que quer. Você gosta disso tanto quanto antes. Disso... e de mim.

A cocaína eu recuso. O beijo, aceito por piedade.

❊ ❊ ❊

— Não vou fazer a cirurgia.

A sobrancelha de Byron enruga. Sua boca se abre em protesto. Não espero pelas palavras dele.

— Olhe, vou fazer o tipo magro em vez disso. Vou perder o peso extra agora mesmo — declaro. — Optifast, a dieta de Beverly Hills, o que você quiser.

Quando meu agente me olha, enfrento seu olhar, ainda me acostumando como seu cabelo cortado faz seus olhos parecerem maiores e mais penetrantes.

— Londres — ele diz finalmente.

Londres? A maioria das dietas é chamada por lugares onde você poderia realmente usar um biquíni, não onde você janta pratos com nomes alarmantes como "Salsichas em ovos mexidos com leite" ou "Bolo com Frutas Secas"... ou talvez esta seja a questão.

– Que dieta é essa?

– Não é dieta, é um país – Byron disse sem emoção. – Se não quer fazer a cirurgia, então faz sentido você trabalhar lá no verão. Eles gostam do formato pêra em Londres. Você sabe, Fergie, Dame Edna, esse tipo de coisa.

Justine olha por cima de um cartão.

– Dame Edna é australiana – ela diz.

– Dame Edna é homem – digo. Para mim este é o ponto mais relevante.

– Que importa? – Byron grita, exasperado com nossa zombaria. – A questão é que ficará melhor em Londres. Será uma estrela.

– Uma estrela?

❊ ❊ ❊

As coisas acontecem rapidamente depois. Justine e Jon fazem uma agitação de telefonemas para cabeças de agência e agentes de viagem. Vou para casa dar as notícias e fazer as malas.

Todo mundo está ok com a mudança de planos. Pixie fica triste a princípio, logo, porém, torna-se reflexiva:

– Talvez seja melhor você não fazer seus seios enquanto é estudante, porque seu apelido aqui poderia passar de Sexta-Feira para Peituda.

Papai, depois de se gabar do telefone sem fio que finalmente conseguiu instalar ("Ok, estou na varanda. Ok, estou na doca agora. Pode acreditar Emme? A doca!"), diz: Londres? Maravilhoso! Porque, é tudo que tem estudado. Porque é o Dickens!, um trocadilho que ele acha tão piedoso repetir. Mesmo mamãe, embora eu suspeite que ela está simplesmente aquecida ao brilho da minha média anual de notas, vê minha viagem numa luz positiva.

– Imersão numa cultura estrangeira é sempre um expansor de mentalidades.

Todos estão contentes com meu verão em Londres. No avião, decido que posso ficar contente também. De fato, simplesmente poderia ser a solução perfeita. Não somente Londres é um lugar legal, exótico o suficiente para requerer um passaporte, mas não tanto que eu realmente tenha que praticar qualquer das minhas habilidades em língua estrangeira, como é um lugar gordo, a terra das ruas de pedra, do ganso assado e do pudim Yorkshire – realmente pudins de todos os tipos. Pu-dim: mesmo a palavra conjura imagens de banha se derramando sobre cintos, cinturas gordas e pneus de celulite. Sim, meu formato pêra se ajustará muito bem a Londres, e quando ele se for, eu também irei. É como se eu tivesse solicitado uma dessas férias anunciadas na contracapa das revistas que prometem quilos perdidos em meio a um cenário majestoso. Talvez eu não esteja fazendo do verão de 1989 uma antecipação do Spa, mas agora que estou indo. Bem, estou indo fazer o melhor que puder.

CAPÍTULO 15
TÃO BOM QUANTO OUTRO QUALQUER

— Alô?

Minha sacola cai, fazendo barulho contra o piso de pedra.

– Alô?... Alguém em casa?

Segui minhas instruções para chegar à 55 South Clapham Common, um endereço que, por fora, aparenta uma casa elegante de cidade. Por dentro, contudo, é um clássico dormitório de faculdade. Um blusão da Universidade de Miami está pendurado num gancho. Uma toalha de banho rosa-choque seca sobre o corrimão. Três pares de patins estão empilhados por cima de uma fileira de calçados esportivos ingleses.

Um homem alto de têmporas grisalhas desce a escada.

– Finalmente, uma morena! – ele grita.

– Estou contente em fornecer um pouco de cor – digo para... Vidal Sassoon?

– Edward Jones – ele ri, estendendo a mão.

– Emily Woods.

Eu nunca tinha tido um senhorio antes. Estava esperando Mr. Roper, e embora Edward pudesse ser seu contemporâneo, na apresentação que se seguiu achei-o muito mais amigável e decididamente menos libidinoso. A casa é agradável também, bonita mesmo, uma mistura de sofás brancos e mobília colonial de ébano, ambos mais elegantes do que prometia o vestíbulo e muitos níveis acima do que Byron me disse para esperar (apartamentos para modelos têm a reputação de ser bem tristes), o que somente aumenta meu sentimento de boa sorte.

– O que é isto? – pergunto, apontando para uma geringonça grande perto da cozinha.

Edward sorri.

– Um telefone público. Depois que o último lote de meninas partiu, tive que lidar com três páginas de ligações para a Espanha. Custaram-me 200 libras.

Eu assobio.

– Exatamente. Só que este é um pouco ruim. Vou dizer a você: seja uma boa menina e eu a deixarei usar o meu – Edward diz, terminando o oferecimento com uma piscadela.

– Obrigada!

O tour inclui a geladeira – a prateleira das modelos vazia, exceto por uma garrafa e meia de champanhe e várias caixas do que parece ser o equivalente inglês do Sucrilhos Kellogs –, e termina no corredor dos fundos, com Edward abrindo a porta para revelar um pedaço sujo de gramado e duas loiras sentadas em cadeiras de praia.

– Emily Woods, gostaria que conhecesse Vivienne Du Champ e Ruth Foote.

Ao som da voz de Edward as duas se mexem ligeiramente, como lagartos se refrescando embaixo de uma nuvem errante.

– Mmmmnnnn – reclama a loira suja. A loira mel levanta o tapa-olho e olha para mim.

– América – anuncio.

Edward ri.

– Sim. Elas também, querida. De qual Estado?

Americanas? Oh. Por alguma razão, agora não muito clara, pensei ser a única modelo americana em Londres este verão, fazendo de mim ao mesmo tempo uma novidade e um sucesso instantâneo. Imaginei-me entrando altivamente num encontro vestindo alguma coisa ligeiramente patriótica, como Halston ou Bob Mackie, e sendo imediatamente reconhecida. EUA! EUA! Eles gritariam, correndo na minha direção, farejando agudamente, como se inalando o aroma estimulante de café. Se preciso conviver com duas loiras este verão, elas não podem ser suecas... ou parecidas com suecas?

– Wisconsin – murmuro. – Olá, meninas.

– Oi.

Ruth atira seu cigarro no chão e ajusta a parte de cima do biquíni, que honestamente é minúsculo, pequenino mesmo, amarelo e de bolinhas.

Edward fica tenso.

– Ruth, já não lhe pedi, por favor, para usar o cinzeiro?

– Discupa, Edward, eu esqueci.

Ela faz um bico bonitinho.

– Vou arranjar um.

– Tudo bem, querida – ele suaviza. – Simplesmente lembre-se da próxima vez, certo? De qualquer maneira, como eu estava dizendo, a senhorita Foote aqui é de Scranton, Pensilvânia, e a senhorita Du Champ aqui...

– Ugghhh!

Vivienne se ergue de quatro e se vira de costas, a parte de cima do seu biquíni desamarrada arrastando-se molemente atrás, como se também estivesse se recuperando da sesta do meio-dia.

– Senhorita Du Champ... hã..., aqui está... ela é de...

– Osceola, Flórida.

Quando Vivienne estende um braço oleoso na direção do maço de Marlboro Light, a parte de cima do seu biquíni cai no chão.

Olho para Edward, que está agora da cor de uma beterraba bem cozida.

– Bem, estou certo de que as três têm muito que conversar, então vou deixá-las se conhecer! – ele grita.

A porta fecha com estrondo.

Vivienne fica olhando para ela.

– Esse cara é um covarde filho da mãe.

Edward está errado; não tenho absolutamente nada a dizer para Scranton ou Osceola... exceto...

– Posso pegar um cigarro?

Ruth me estende o maço. Vivienne me atira um isqueiro dourado. Por vários segundos tiramos baforadas, elas me medindo e eu a elas. Com seu rosto corado, nariz sardento, cílios louro-morango, Ruth me lembra uma boneca Moranguinho crescida. Vivienne é menos ingênua, decididamente menos ingênua. Seu cabelo cai em ondas dourado-escuras, seus olhos parados atrás de sombras verde-tartaruga. A metade de baixo do biquíni bandô que está usando é preto liso, como o chapéu de sol que está cautelosamente colocando na cabeça com a assistência de unhas cuidadosamente polidas. Veronica Lake, penso, estrela de Hollywood.

– Ruth, você está queimando – Vivienne diz.

Ruth ofega e começa a besuntar seu corpo com protetor solar fator 4. Vivienne se volta para mim:

– Por quanto tempo vai ficar?

– Até agosto, imagino.

– É parado aqui em agosto – ela resmunga. – Já é devagar aqui agora.

– Estou aqui há três semanas e só trabalhei duas vezes – Ruth diz suavemente, e Vivienne concorda:

– Sim, a Rute aqui não está trabalhando muito.

– Isso é muito ruim.

– Não sou a única – Ruth acrescenta. – Muitas não estão.

Ela termina de se besuntar. O frasco de protetor solar desliza entre a cadeira e cai no chão com ruído, seus dedos ocupados em puxar com mau humor o laço da parte de baixo do biquíni.

– É verdade – Vivienne diz.

Perfeito. Estarei gorda e desempregada.

– Eu, no entanto, estou muito ocupada – ela continua. – Fazendo montes de trabalhos.

– Isso é maravilhoso.

– Sim, Londres realmente funciona para mim. – Uh-uh. – a língua de Vivienne aparece entre os lábios, revelando um pedacinho de tabaco. Ligeiramente ela o retira com seu dedo indicador. – Você gosta de festa?

– Oh, sim – respondo. – Claro.

– Onde?

– Você quer dizer aqui?

– Sim – ela diz. – Dãã.

— Esta é minha primeira vez aqui.
— Oh! – ela diz, cruzando e recruzando as pernas. – Bem... Onde esteve? Tóquio?
— Negativo.
— Paris?
— Não.
— Milão?
— Heim?
— Nunca esteve em Milão? – Vivienne repete. Claramente, não escutei a pergunta.
— Não.

Olho para baixo, para os meus mocassins. Eles não estão tão velhos, mas ao sol brilhante parecem sujos, empoeirados.

— Estive... na escola.
— Escola? – uma ruga aparece na sobrancelha dela. – Onde?
— Na faculdade.
— Sim... onde?
— Colúmbia.

Os lábios de Vivienne ficam abertos como eu tivesse casualmente mencionado uma estadia recente em Vênus ou Marte. Reprimo um sorriso. Eu a venci afinal.

— Faculdade é para idiotas – ela diz.

Oh. Bem...

— Quer dizer, não me leve a mal. Estive lá dois anos atrás, e era legal e tudo mais, mas então saí pelo mundo e... – ela se senta outra vez na cadeira, seus braços dobrados sobre o chapéu. – Agora simplesmente não posso me imaginar voltando, sabe? A vida é tão mais interessante que a escola.

— Sim – concordo.

Eu a detesto.

No meu quarto, um colchão foi colocado sem-cerimônia sobre o chão nu. Eu me deito. Na escola, as paredes do meu dormitório haviam se tornado um repositório de tudo, cada polegada quadrada atulhada de cardápios de delivery e ocasionalmente a foto incriminadora, fazendo este lugarzinho enfiado debaixo do telhado parecer muito mais vazio e silencioso.

— Não estou com saudades de casa. Não estou com saudades de casa – sussurro até que meus olhos se fecham. Quando acordo, está escuro. Um som estranho embaixo da minha porta. Ando até o corredor do andar.

— Você está bem?

Mesmo antes que Vivienne se virasse rapidamente para olhar para mim, seus olhos tão estreitos quanto a fenda na porta do banheiro através da qual estou olhando, percebo que ela está bem, que tudo isso é parte do seu plano, e ela me ofende.

— Idiota! – ela sussurra, e a porta bate.

Vou para debaixo das cobertas, olhando para uma teia de aranha no teto e escutando o som abafado do seu vômito.

❉ ❉ ❉

Na manhã seguinte, Vivienne eu estamos unidas por um objetivo comum: fingir que nada aconteceu, o que consigo fazer mesmo quando ela come um prato cheio de ovos com bacon e torradas com manteiga. Por volta das 9 horas, nós três tomamos um trem para Bond Street, South Kensington, para os escritórios da Début, nossa agência em Londres; elas para um teste, eu para conhecer Siggy, vice-presidente da Début e esposa do proprietário.

— Ela é a verdadeira pessoa VIP lá – Byron explicou antes de eu partir. – Assegure-se de cair em suas boas graças.

Durante a sessão de bronzeamento de ontem percebi que minhas duas colegas de quarto se parecem muito mais com Twiggy que com Fergie. Estou certa de que isso é uma aberração, mas decido guardar minhas apostas vestindo um suéter preto tamanho grande e leggings pretos. O problema é, está calor, um calor fora de estação, Edward acentuou. Então, quando subimos para o segundo andar de um prédio cinza mal composto, parecido com todos os outros pelos quais passamos, estou coberta por uma brilhante camada de suor.

— Esta é a Début – Ruth anuncia.

Passo a manga pela testa e olho em volta. A agência é uma sala grande e aberta. Em contraste com as janelas altas, as sancas trabalhadas e as duas lareiras gêmeas de mármore, a mobília de plástico moldado brilhante parece temporária e frágil, como alguma coisa construída de cartas por um garotinho gigante.

– Qual delas é Siggy? – cochicho. Um pouco mais alto e as coisas poderiam cair.

Ruth me vira na direção de um pequeno escritório num canto. Através de uma parede de vidro, vejo dois braços gesticulando freneticamente dentro de uma nuvem de fumaça.

– Bem ali – ela diz e aperta meu braço. – Boa sorte!

– Obrigada!

Os lábios de Vivienne se contraem.

– Fique fria.

Considero rapidamente responder com um "Não vomite", mas teria que viver com as conseqüências, por isso, cruzo a sala, bato com os dedos contra a porta de vidro e digo:

– Siggy?

Um braço aparece fora da fumaceira, fazendo gestos para que eu entre. Desde que Byron me falou no nome de Siggy (como Jennifer, em islandês!), tive uma imagem mental do urso de pano Snuggles tomando conta da minha carreira de modelo em Londres.

"Contrate Emily!", Snuggles diz mais e mais, seus olhos azuis piscando furtivamente. Mas, quando a fumaça se dissipa e o ar clareia, vejo que, embora Siggy tenha essa cor de olhos, ela é pequena, magra, mas rija, cabelos espetados em todas as direções, e possui o ar confuso de alguém que perde tempo precioso brincando com eles.

– Pegue uma cadeira– Siggy murmura. Ela está no viva-voz.

– Si, Gianni, si! – ela exclama, e continua numa torrente de italiano que não entendo. – Lotte! – ela se inclina na direção do microfone como se estivesse fazendo uma pausa num número de dança. – Lotte! – levanta rápido da escrivaninha para ligar uma cafeteira na tomada da parede. – Presto! – coloca Nescafé e açúcar numa xícara. – Lotte! – derrama água fervendo. – Vogue! – mexe e bebe, o cigarro nunca deixando sua mão.

Olho pela parede de vidro. A sala está se enchendo para o teste. Um bando de garotas, cada uma a mais bonita que você já viu, conversando pela sala.

– Ciao! – Siggy desliga e se catapulta da cadeira.

– Fazendo estrelas. Emily! Bem-vinda!

Eu sorrio. Fazendo estrelas. Minha vez. Depois dos beijos de alô, me acomodo na minha cadeira, esperando o discurso de boas-vindas da nova agente. A experiência me ensinou que estas pequenas conversas podem ser muito agradáveis, verdadeiramente um regozijo, de fato. Especificamente, estou olhando adiante para o segundo capítulo da conversa Hail Britannia de Byron, que deve começar com Siggy dizendo como tiveram sorte por ter conseguido que eu viesse a Londres.

— Byron me chamou semana passada para me dizer que você estava vindo — Siggy diz.

... que grande adição para sua lista de talentos.

— E eu disse: Byron! Já temos um monte de garotas aqui este verão.

... quão única eu sou.

— Especialmente um monte de americanas.

... como estão ansiosos para impulsionar minha carreira.

— Mas, bem, devemos um favor a ele. Afinal, ele nos enviou Susie Bick.

Susie Bick?

— E a californiana não estava realmente no programa, de qualquer maneira.

Californiana?

— Então decidimos nos apertar em mais uma.

Mais uma?

— Que é...

Eu.

— Você.

Ótimo.

— Então — Siggy se levanta de um salto. — Qual é a expressão? Nenhum quarto na pousada? É divertido porque...

E com isto Siggy se vai porta a fora do escritório.

Através do vidro, eu a vejo se apressando entre as filas de garotas como um elfo hipercafeinado. Nenhum quarto na pousada? Do que ela está falando? Jesus.

Vou atrás dela insegura, perdendo Siggy na alta floresta de salgueiros.

— Siggy, ainda estou na opção?

— Siggy, onde está o meu cheque?

— Siggy, quando o cliente está vindo?

– Siiiigyyyy!
Uma mão pequena acena por cima de longos cabelos brilhantes:
– Por aqui, Emily, por aqui!
Sigo os passos de Siggy por um longo e estreito corredor em que nem mesmo tinha reparado antes. Espere, a mesa de contratação é do outro lado.
– Aonde estamos indo?
Se uma resposta a essa pergunta foi dada, perdeu-se no meio de batidas de salto e da falação contínua.
– Não está aqui por muito tempo... é realmente muito profissional – apanho fragmentos de frase enquanto as pernas de Siggy continuam como batedores de ovos.
– Devem ser agudos instintos assassinos... indo para a jugular...
Estamos falando de um filhote de tigre? Um bebê anaconda? Mas a sala onde paramos é pequena e apertada, com uma mesa de carteado quadrada e uma cadeira dobrável combinando ocupada neste momento por uma garota de doze anos.
Siggy levanta os braços:
– Aqui estamos!
– Aqui onde? – pergunto. Este não é um lugar em que eu queira estar.
Os olhos de botão azul se demoram nos meus.
– Emily, não está escutando? Entr'acte! Esta é a Entr'acte! – piscadela. – Eu disse a você lá que não havia sala na Début.
Oh. Certo. Nenhuma sala na... o que significa que estou em ... o quê?
– Entr'acte! É do francês! – Siggy trina como um pássaro. – Entr'acte é o intervalo entre os atos de uma peça de teatro. A nova divisão da Début para novos rostos!
– Espere... Está me colocando em rostos novos?
– Estou. É um ótimo lugar para você se desenvolver!
Não. Subitamente me sinto corar.
– E elaborar seu book!
Não. Olho a minha volta, para a solitária janela de vidros sujos, para o calendário grátis mostrando uma cena não pitoresca do Tâmisa, para a pré-adolescente agora sorrindo para mim.
Oh, meu Deus.

– Emily? Gostaria de apresentar você a Samantha, sua contratadora!
Não. Não pode ser.

– Ela é realmente promissora...

E eu diria que ela ainda tem muito chão pela frente. Suor escorre pelo meu pescoço.

– Oi, Emily! Sou Sam!

Quando Sam sorri para mim, não tenho a impressão de estar colocando meu book nas mãos de uma profissional consumada, uma que me ajudará a fazer o caminho pelas as alamedas tortuosas de Londres e pela porta dos fundos das melhores casas de moda. Mas talvez seja porque, num país onde toda a filosofia sobre cuidado dental pode ser resumida como se pode ser mastigado, é bom, descobri a única pessoa com aparelho nos dentes, e ela é minha agente.

– Sam não tem muitas garotas ainda, então pode devotar a maior parte de sua atenção a você...

– Maravilhoso.

Enxugo minha sobrancelha.

– E realmente se concentrar em fazer agendamentos de qualidade.

– Hummm

O suor se transformou num rio, agora fazendo seu caminho por minha espinha abaixo e se empoçando contra a costura da minha roupa de baixo. A sala, a garota – pareço estar tendo algum tipo de derretimento interno. Dou uma olhada para Siggy, cujos olhos estão viajando da minha região úmida superior para a inferior. Merda. Em meu choque esqueci-me de posicionar estrategicamente meu portfólio de modelo contra o tronco. Rapidamente, eu o coloco de volta no lugar.

– Está quente lá fora hoje, não está? – Siggy diz.

– Um pouco.

– Hummm, sim. E você está com muita roupa – a mão de Siggy empurra meu portfólio de lado como se ele fosse espetá-la. – E um pouco de quadril demais, também, eu diria.

Merda. Merda. Merda. Dou um passo atrás, amassando a bainha do suéter.

– Ganhei um pouco de peso na escola – respondo, agudamente.

– Devemos medi-la? – Sam pergunta.

– Vamos! – Siggy grita.

Obrigada, Sam.
– Olhe, Siggy, não há necessidade. Sei que estou acima do peso. De fato, já estou de dieta!

Siggy ignora isso. Está muito ocupada saltando pela sala, abrindo e fechando gavetas com jubiloso abandono.

– Onde está a fita métrica, Sam?
– Siggy, ouça-me: Já perdi dois quilos e meio, quase três!
– Está atrás da porta, Siggy!
Obrigada, Sam.
– Siggy? ... Siggy?
Siggy empurra a porta meio fechada.
– Aha! Aqui está! – ela exclama empertigada.
– Siggy? – minha voz está num registro completamente diferente agora. – Siggy, voltarei ao normal em duas semanas!
– Venha cá, Emily – ela segura a fita amarela como se fosse uma coleira de cachorro. – Só uma rápida medida de quadris.
Pisco.
– ... Vamos, deixe.

Quando finalmente olho para baixo, percebo que, de alguma forma, estou pressionada contra um arquivo, meus dedos agarrados à maçaneta.

– Em-i-lyyy!...

Olho de volta para minha adversária, o desgosto vindo tão forte que faz vir um gosto metálico em minha língua. Oh, talvez seja sangue. Aqueles olhos, aquele olhar...Deus, ela realmente é...

– Ok, Snuggy – eu solto da maçaneta. – Desculpe, quero dizer Si...

Uma risada alta e aguda enche a sala.

– Snuggy! Brilhante. Adorei – Siggy exclama antes de emitir uma risada escandalosa.

Eu acharia divertido também, não fosse pelo fato de que minha boa amiga urso está simultaneamente puxando a fita métrica sobre meu suéter e em volta da parte mais larga do meu traseiro.

– Noventa e três centímetros – ela diz em voz alta para Sam, franzindo as sobrancelhas. – Grande demais!

Noventa e três?

– Sim, pode ser, mas acho que estão realmente um pouco menores que isto, veja...

— Aqui está ela! Siggy, estamos procurando você por toda...
Dois salgueiros, meninas da Début, como penso nelas agora, correm para dentro da sala, avaliam a situação e param.
— Noventa e três centímetros! — Siggy ergue bem alto a fita métrica para que não haja probabilidade de que não a vejam. — São quadris horrivelmente largos!
Brevemente, localizo dois pares de olhos muito abertos antes de uma cabeça vermelha empurrar e fechar a porta.
Deixe-me morrer agora.
— Lotte tinha quadris grandes quando chegou, mas ela tem 1,82m e um busto C — Siggy continua. De qualquer maneira, ela está magra agora, não magra demais! Curvilínea. Perfeitamente proporcionada.
Não tenho a mais ligeira idéia de quem seja Lotte, mas isso não me impede de odiá-la.
— Ótimo — murmuro, recuando na direção do banheiro. — Isso é ótimo.
— É tudo uma questão de quilos, Emily. Quilos e centímetros.
Ahn?
— Entendi.
— Bom. Estou contente de nos entendermos.
Bruscamente, ela atira a fita métrica de volta ao gancho da porta.
— Preciso voltar ao trabalho agora Emily. Fazendo estrelas! Fazendo estrelas!
Odeio essa expressão também, já que, claramente, a estrela que ela está fazendo não é a minha.
— Certo, Siggy.
— Snuggy! — ela grita. Seus saltos de sapato soam no corredor. — Snuggy! Adorei! É brilhante!
Sam sorri timidamente.
— Brilhante.

❋ ❋ ❋

Brilhante. Estou gorda e desempregada.
Caminho pelas ruas de Londres, indo para não sei aonde: aqui, lá, qualquer lugar, simplesmente tão longe quanto possa desse lugar.

Uns poucos minutos vagando sem rumo e estou completamente perdida, porque deixei meu Londres de A a Z em cima da mesa de carteado. Brilhante outra vez, Em, penso, enquanto caio exausta sobre os degraus de entrada de um edifício. Meu coração dói, estou com fome, mas não devo comer, e preciso de um cigarro.

— Você está bem?

Uma mão toca meu ombro. Eu me assusto, depois suspiro. É a cabeça vermelha da Début.

— Sim, ótima – resmungo. – Estou só... perdida.

— Já? – ela diz gentilmente.

Sigo seu olhar para duas garotas pernaltas deixando um prédio a não mais que cinco metros de nós. De algum modo, a realização que tentei tão arduamente, somente para terminar onde eu não queria estar, me faz ficar nervosa. As lágrimas saltam. Eu me dobro sobre os joelhos.

— Olhe. Oh, ei... olhe... – sinto ela se ajoelhar perto de mim. – Siggy é um pouco rude no começo, mas ela vai suavizar depois, você verá.

— Ela me colocou na Entr'acte, soluço.

— O quê? Entr'acte?

Horrível.

— É uma pausa, um descanso, um meio tempo esticado. É um maldito e insignificante intervalo para ir ao banheiro e, supostamente, Sam é aquela que vai direto para a jugular. Mas ela parece uma pré-adolescente fodida? O que significa isso? Entr'acte, SUCKS! – ela aspira o ar com força.

Não tenho certeza de que essa descrição tenha clareado as coisas, mas não estou certa de poder oferecer uma melhor. Eu me sento lá, nauseada.

— Bem, olhe a coisa dessa maneira: um début é algo que você pode pegar ou largar, mas ninguém pode viver sem um fodido intervalo para ir ao banheiro.

Dou uma risada e olho para cima.

— Emily – eu me apresento.

— Sou Kate.

✻ ✻ ✻

Kate e eu vamos tomar chá num pequeno café que a faz lembrar um lugar que costuma freqüentar em Paris. Pedimos Earl Grey para ela, café para mim. Ainda estou num humor horroroso, por isso é Kate quem começa a falar. Ela é britânica, dezenove anos, olhos cor de mel e nariz aquilino, e eu a conheço. Conheço o rosto dela. Ela é conhecida, não famosa, mas quase. Está vestida excentricamente numa blusa floral bufante, cachecol de algodão listrado e jeans realmente escuros. Sentada lá, debaixo do teto baixo de madeira, rodeada de gerânios, cortinas de laços, quadros negros com menus, escutando Edith Piaf cantar e Kate falar do seu namorado e da banda dele, do seu apartamento e dos seus cinco cachorros, começo a me sentir não tão mal, e estou melhorando.

– Quando se mudou para Londres? – pergunto

– Três anos atrás, quando eu tinha 16. Cheguei de Manchester para uma excursão escolar e Siggy me abordou no trem do metrô.

Meu café derrama por sobre a borda da xícara.

– Siggy... – murmuro.

Kate fatia seu pãozinho, besuntando o pedaço maior com geléia e creme.

– Olhe, ela virá até você, sei que virá. Ela era muito doce comigo quando me mudei para cá, como uma segunda mãe. Vale a pena esperar, quero dizer; ela é muito boa no que faz.

Ótimo. Siggy é muito boa, significando boa o bastante para separar as Entr'acte das manchetes. Dado isto, que chances eu tenho de me dar bem aqui? Por que me preocupar mesmo?

– Não quero estar aqui – falo num impulso. – Não sabia que ia ser assim, mas não volto lá. Verdade.

– Não seja boba – Kate responde. – Vai se dar muito bem aqui. Sei que vai.

Empurro minha cadeira para trás.

– Permita-me recapitular os eventos recentes – eu começo. – Ganhei cinco quilos e quatrocentos gramas no último semestre de escola. Meu agente de Nova York essencialmente me disse para perdê-los ou usá-los, esta última opção com a ajuda de silicone e colágeno. Quando rejeito, ele me manda para Siggy, que já começa me dizendo que não me queria, então prossegue me levando para um armário habitado por uma agente nova em folha de aparelho nos dentes e apanha uma fita métrica para me medir. Então, neste ponto tenho que dizer, não, não parece que vou me dar bem aqui, ou em Nova York ou em parte alguma. Sou um desastre de modelo, quero acabar com isso e ir para casa!

Quando termino, meu coração está saltando do peito. De excitação. Tudo que eu disse é verdade. Eu poderia simplesmente terminar. Neste segundo.

— Emily, você está sendo tola — Kate insiste. — Você é a imagem escarrada de Yasmin Le bom, e todo mundo na Inglaterra a adora.

Yasmin Le Bon é uma das top model mundiais, e isto foi antes de ela se casar com o cantor e líder do Duran Duran. Ela é praticamente uma realeza britânica. Atiro meus cabelos para trás.

— Não... Mesmo? Está falando sério?

— Estou — Kate responde, dando uma pancadinha no meu antebraço. — Olhe, simplesmente perca de meio a um quilo e ficará bem, prometo.

Com a simples sugestão, meu estômago ronca. Ainda não consegui cigarros. Peço um a Kate. Quando ela começa a examinar sua sacola verde em busca deles, seu conteúdo se esparrama sobre a mesa.

— Uau... — pego seu exemplar de Versos Satânicos. Graças ao fatwa contra Rushdie, este livro tem sido o acessório mais quente da estação, mas a encadernação do de Kate parece realmente gasta. De fato, julgando pelas orelhas nas páginas, ela está quase terminando. — Você está lendo? O que achou?

Kate sorri.

— Enrolado. Superestimado... E você?

— Não li —respondo, passando as páginas. — Estou lendo Judas, O Obscuro neste momento.

— Oh, Deus! Agora você está com um problema. Hardy não; é muito inóspito! — Kate grita, sua mão batendo na mesa como se acabasse de lançar um edito. Depois de tomar seu chá, ela acende dois cigarros e passa um para mim.

— Obrigada.

Dou uma longa tragada, olhando Kate através da nuvem de fumaça. Quando a nicotina flui por minhas veias, sinto uma estonteante onda de alívio. E de gratidão.

— Por que está sendo tão legal?

— Porque a maioria das modelos acha que Hardy é um dos detetives amadores do Hardy Boys. Ok, e porque tenho uma fraqueza por pessoas chorando em escadas — Kate diz. Seus olhos cintilam. – Ora... Vamos! Fique. Fique e podemos passar o tempo juntas. Vai ser um verão divertido!

Kate é legal, legal demais para eu sequer me importar que ela seja uma garota Début da largura aproximada de uma escova de dente e que está neste instante devorando rapidamente seu segundo pãozinho recheado de creme. Abro um sorriso.

— Vou pensar.

✼ ✼ ✼

Deitada em meu quarto naquela noite, penso a respeito. Um ano atrás, o Milwaukee Journal publicou uma história na primeira página da sua seção Estilo: A escola secundária de Balsam gradua Modelo Estudante, era o título, em letras grandes. O texto, várias colunas que continuavam na página 14, incluía citações de Dale e TAMI! dizendo que eles simplesmente sabiam que eu ia conseguir. Mesmo Conrad aparece no artigo: "uma beleza atemporal", ele me classificou, citando minha "pele perfeita" e "minhas formas esculturais" como particularmente vencedoras.

A mesa da nossa sala de jantar ficou realmente cheia então. Também nossa secretária eletrônica. Amigos de Balsam brincavam comigo com comentários agradáveis, do tipo "Conhecemos você quando mesmo, Em?" ou "Autógrafo, por favor!".

Mas, se voltar para casa, qual seria a manchete desta vez? Modelo Estudante... sai de cena?.... Do sonho do laticínio para a rainha do queijo?... Ida e Volta?

A verdade é: não haveria nem mesmo uma manchete. Se voltar para casa, sou apenas mais uma garota passando o verão nas docas, e não existe nisso nada digno de nota

Quero ser aceita, mas quero ser alguém também. Finalmente estou pronta para ser alguém.

Está escuro, mas a lua está redonda e pesada, não totalmente cheia, mas cheia o bastante para me ajudar na minha tarefa. Pode demorar um pouco, mas vou me organizar. Não quero fugir. Eu quero, não, preciso, ser agora.

Quando termino, olho para cima, para Cindy e Tatiana, Carré e Elle, Cláudia e Ashley e Rachel. Elas estão todas aqui. Olhando para mim. Fazendo-me companhia.

O que é que mamãe sempre diz, faça e faça bem-feito? Bem, garotas, vou me juntar a vocês, só esperem, e verão.

CAPÍTULO 16
RAINHAS SIBERIANAS

Cada manhã Sam me fornece uma lista de visitas. Não demoro muito a descobrir que Londres é um grande, grande lugar, o território que cubro extensivamente. Mas embora Siggy esteja supostamente supervisionando minha agenda, não parece haver nenhum sentido ou razão para a ordem das coisas. Às 10 da manhã tenho um fotógrafo no Soho. Dois trens de metrô e meia milha caminhando dali minha visita das 10h30, um estúdio em Camden, convenientemente localizado do outro lado da cidade onde ficará minha visita das 11h15, na Oxford Street, a um quarteirão de onde comecei.

Mas vou fazer isso aqui, decidi, então me ergo para o desafio com intensidade frenética. SOHO–CAMDEN–SOHO? Sem problemas, Sam, estas botas foram feitas para andar. NOTTING HILL–KENSINGTON–MAIDA VALE–SOHO CITY– KENSINGTON? Certo, Sam, estou levando minha Evian. CITY–COVENT GARDEN– CITY–KENSINGTON-CITY? Entendi, Sam: conheço todos os principais banheiros públicos. KNIGHTSBRIDGE–MARYLEBONE–SOUTH KENSINGTON–CAMDEN–CHELSEA–ISLINGTON? Não sou covarde, Sam, de fato, dou conta destas ruas. KENTISH TOWN–

CLERKENWELL–COVENT GARDEN–PIMLICO–ST. JAMES? Sou agente secreta, Sam, uma modelo americana mal colocada vagando pela cidade na Operação Recorte de Revista! SOHO–LAMBETH–KNIGHTSBRIDE–VAUXHALL–SOHO–ISLINGTON–SOHO–LAMBETH–SOHO? O que você disse, Sam? Londres chamando? Sua majestade secreta... Eu posso fazer isso, Sam, eu posso! Sou a pior! Sou a melhor! Simplesmente ligue zero-zero-traseiro gordo e CHAME OUTRA VEZ!

Duas semanas disso e ainda tenho zero emprego. Zero. (Consegui uma opção para fotos de uniformes de enfermeiras com um fotógrafo em Marylebone, mas foi cancelada. Eu chorei.) Meus pés têm bolhas em todos os lugares possíveis e em vários que eu nem sabia que eram possíveis (entre o quarto e o quinto dedo, como pode?). Quando assôo o nariz, o muco é preto-acinzentado. Pelo lado bom, estou com um quilo e meio a menos, graças à capacidade incrível das modelos para caminhar, fumar e ignorar dores de estômago agudas, tudo ao mesmo tempo.

– Sinto-me como se estivesse sendo mandada daqui para lá, como se estivessem me dando uma canseira, literalmente – resmungo uma noite de volta à casa da cidade, depois de passar outro dia nas ruas girando em volta do Clapham Common, um espaço público tão pitoresco quanto seu nome.

Vivienne faz uma pausa. Sua lixa de unhas no ar.
– Pode ser.
Faço uma pausa também.
– Pode ser o quê?
– Escutei falar que fazem isto – ela diz.
– Fazem o quê?

Minha colega de quarto corre um dedo preguiçoso pelo cumprimento de sua grande unha do dedão do pé. Esperando que ela forneça nomes, engulo um pouco de água. Através do fundo do copo ela parece um Renoir: Menina com pedicure.

– Dar às garotas, algumas, uma canseira – ela diz finalmente.
Espere.
– O quê?
– Você sabe... – o tornozelo dela faz um círculo no ar, alongamento de músculos ou uma técnica de secar unhas, não estou certa de qual. –

Mandam-nas para clientes ruins, fotógrafos fora do mercado, esse tipo de coisa.

Minha mente salta para o fotógrafo de cabelos brancos que vi esta manhã em Kentish Town; a camada de poeira sobre as fotos dele era tão grossa que primeiro confundi isso com um acabamento sombreado.

– Qual poderia ser o motivo?

– Por que, não é óbvio? Para se livrar delas.

Livrar?

– M... mas por que simplesmente não lhes dizem para ir embora?

Vivienne olha para mim como se eu fosse de Milwaukee.

– Bem, seria desagradável, não seria? Para a Début ligar para seu agente em Nova York e dizer a ele, hummm, realmente achamos a garota que nos mandou...

– Ruinzinha – termino debilmente.

– Ruinzinha – ela confirma. – Não é uma boa para eles fazer isso, não quando a próxima que mandarem pode vir a ser uma verdadeira estrela.

Seus dedos se voltam para ela mesma: como moi.

Dou um soco fraco numa almofada do sofá. Enquanto algumas agências, como a Elite, estão em processo de construir uma rede internacional, a maioria tem alianças informais e operam por sistema de permuta: você manda algumas das suas garotas e nós mandamos algumas das nossas. As modelos pagam todas as suas despesas: passagens aéreas, moradia, portfólios, impressos, chamadas telefônicas de longa distância, até mesmo por fotocópias (uma agência lhe adiantará dinheiro, mas isso é tudo). Então, arranjar garotas é um negócio de baixo risco. Tudo isso eu sabia, mas... Uma canseira?... Para se livrar de mim?

– É horrível! – exclamo.

Ainda nem ganhei o dinheiro para a passagem de volta, e agora estão me dando uma canseira?

– Sinto muito – Vivienne diz, não soando particularmente sentida. – É simplesmente como é.

❋ ❋ ❋

Depois de uma noite agitada, numa infusão de nicotina, acordo cedo e marcho direto para o escritório de Siggy.

A chefe da Début está ao telefone, é claro, falando em alguma língua que não entendo, então me planto numa das cadeiras do lado oposto de sua escrivaninha e adoto uma postura não-foda-comigo. Siggy desliga o telefone.

— Você parece aborrecida.

Aborrecida?

— Não estou aborrecida, estou furiosa porque minhas visitas são uma merda total!

Siggy se inclina para trás em sua cadeira. Seu cabelo está mesmo mais espetado que de costume, como se ela tivesse dormido de cabeça para baixo em sua caverna de morcego.

— Está me dizendo que não vai mais fazer as visitas? — ela pisca

— Não, eu...

— Porque precisa fazer as visitas para trabalhar, Emily.

— Sei disso, só que...

— Vocês, americanos, nunca querem bater pernas — ela diz, dando às suas próprias um olhar de admiração antes de continuar. — Vocês são apenas um pouco preguiçosos. Tudo por causa da TV, eu acho. Ou talvez seja a sua dieta.

Espere, quem ela está chamando de preguiçoso, eu ou o meu povo?

— Não sou preguiçosa, Siggy. Só quero trabalhar — eu a informo. — Já estou aqui há duas semanas e ainda não ganhei um centavo.

Piscadela.

— Pences, Emily. Não centavos, pences. Está na Inglaterra agora, onde levará um tempo para sua carreira se desenvolver.

— Não tenho um tempo, só tenho um par de meses!

— Exatamente. Vocês, americanos — ela começa outra vez —, nunca querem perder tempo.

E por que, exatamente, isso é mau? Estou aborrecida agora, esta conversa tem um tom geopolítico que eu não tinha antecipado, e gostaria de expressar isso insultando a Islândia, embora verdadeiramente, e talvez porque eu seja americana, não sei nada sobre esse país.

— Não, nós não, Siggy...

— Snuggy — ela corrige.

Grrr.

– Olhe, Snuggy, tudo que sei é que está me dando umas visitas de merda, está me dando uma canseira, e estou enjoada disso!

– Oh... isto – Siggy se vira, enche a chaleira e vira-se de volta. – Bem, você não estava pronta para as reais – ela dá uma piscadela. – Estava gorda, noventa e três centímetros, como pode se lembrar, embora eu deva dizer que está parecendo um pouco melhor agora.

Segundos passam. O vapor sobe no ar. A chaleira faz um clique.

– A dieta Snuggy! – ela solta uma risadinha. – A dieta Snuggy!

❊ ❊ ❊

– A dieta Snuggy. Pode acreditar que ela disse isto? A dieta Snuggy! ... Kate?

Os olhos de Kate continuam firmemente cerrados enquanto Violet, apropriadamente chamada de artista da maquiagem, esfuma uma sombra para os olhos preta com um pincel macio de blush. Eu tinha acabado de me juntar a minha amiga numa van de locação estacionada (com permissão especial) transversalmente na rua do Museu Britânico. Quando ela terminasse a última foto de uma matéria de seis páginas para Harpers & Queen, iríamos às compras no Mercado Camden.

– Não – os olhos de Kate ainda estão fechados. Sua mão se ergue na direção do museu. – Já esteve lá dentro? É realmente maravilhoso.

– Ainda não. E o que você acha do apelido? Já teve alguém fazendo você usar um apelido? ... Kate?

– Não. Você realmente devia entrar – ela diz. – De fato, poderia dar uma entrada lá bem agora enquanto estou fotografando. Você não teria tanto tempo, é claro, só o suficiente para uma olhada. O museu tem uma fantástica coleção de arte egípcia, de mármores gregos...

– Talvez uma outra vez – digo sem compromisso. – Afinal, existe arte egípcia no metrô, e vi mármores gregos em slides na aula de história da arte. Não é um tipo de frustração o propósito de um apelido? Fazer alguém chamar você de alguma coisa?

– Sim – Kate replica, embora talvez com menos empenho do que eu gostaria.

Violet se volta.

— Emily, se importaria de ir um pouco mais para lá? Está bloqueando a luz.

Ando dois passos para a direita, insegura do porquê Violet estar sendo tão perfeccionista quando as fotos são em branco e preto.

— E Nescafé? Quem é que bebe essa coisa? É muito ruim!

— Emily...

Kate se ergue e ajusta seu macacão colante de veludo preto Katherine Hamnett. Seus cabelos vermelhos minimamente desfiados, seus lábios cheios num brilho neutro, seus olhos traçados com preto, o look do outono de 1989, e ela está usando isso bem. Estonteantemente bem. Kate suspira.

— Simplesmente odeio ver você tão aborrecida, é tudo – ela diz. – Está tomando essa conversa com Siggy de maneira muito pessoal.

— Como posso não tomar? Sou eu!

— É e não é, sabe?

Agora é minha vez de suspirar. Por que será que os ingleses terminam todas as sentenças com uma pergunta?

Guy, o estilista, guia os pés de Kate para dentro de um par de botas imitando marcas de zebra até o tornozelo e fecha os zíperes laterais.

— Puxa, estas são altas.

Kate cambaleia num círculo apertado enquanto estuda as botas no espelho. O tema da matéria é peles de animais, então ela sabe que serão focalizadas, juntamente com o cinto que Guy está selecionando agora de uma pilha de mais de duas dúzias, todos enviados aos escritórios da Harpers & Queen por estilistas ansiosos para vê-los em suas páginas... e vestidos pelos editores fora do horário de trabalho.

— Certo, gosto destes de rabo de cavalo. E deveríamos prender com o tema de zebra. E então pode ser este ...ou este – Guy diz, escolhendo dois da pilha.

Kate não hesita.

— Este tem uma fivela melhor.

— Concordo, mas este é de Harvey Nichols – Guy diz, depois de checar as etiquetas. – E o editor está insistindo que eu o use, então será este.

— Ah, o poder dos anunciantes – Kate murmura.

Ela olha para os pés.

— Você sabe, estas me caem muito bem. Alguma chance de um bom negócio?

— Duvido — Guy diz, sacudindo a cabeça. — São novas demais. Quentes demais. Mas talvez eu possa consegui-las se estiver disposta a pagar no varejo.

— Quanto?

— 275 libras.

— 275 libras? — Kate grita. — Velhacos! Quem as faz?

— Manol...

— Ok, basta de sapatos! - eu digo, mal-humorada.

Estamos nos desviando do assunto, "eu", e, obviamente, nenhuma mulher pagaria tanto para sentir dor.

— Kate, o que você acha. Sou eu ou não?

Kate suspira.

— Eu quero dizer que esse emprego é só sobre seu rosto e corpo, Emily, não sua alma.

Eu reviro os olhos.

— Kate, se mencionar Buda agora, estou deixando a van.

Mas é Kate quem deixa a van. Um assistente de fotógrafo a guia escada abaixo para a praça do museu, um cenário com nada além de luz do sol e edifícios de pedra (e, portanto outra escolha ideal para fotos da moda de outono no alto verão). Agora, por que uma mulher estaria vagando em volta de uma instituição cultural num macacão colante e botas de salto fino, é uma questão com a qual ninguém se preocupou, exceto pelas dúzias de turistas neste momento usando suas Instamatic para capturar Guy ajustando o cinto selecionado em volta dos quadris não existentes de Kate, Violet dando seu toque final e o fotógrafo revendo o layout.

Somente eu não estou comprando isso, nada disso. Só meu rosto e meu corpo, não minha alma? Que piada! Quem se importa com a minha alma? Ninguém pode vê-la. Não, o problema é Siggy. Estúpida, estúpida Siggy, e esta estúpida cidade. Em Nova York, uma novidade chamada Linda Evangelista está gradualmente ganhando interesse. Claudia Schiffer é a nova garota Guess? E Naomi Campbell, uma britânica, está conseguindo um monte de trabalho nas páginas da Vogue americana, que acaba de se livrar de Grace Mirabella em favor da nova editora, Anna

Winwonderful, que também é britânica e também teve o bom senso de sair do reino e ir para onde as coisas estão acontecendo. Elas não são as únicas. A designer britânica Katharine Hamnett explicou sua decisão de mudar seus shows de moda para Paris no último número da Vogue britânica, dizendo: Londres está fora de circuito e ultrapassada. É tudo a ver com investimento errado. Paris tem brilho.

Londres não é um convite desafiador da moda; é a Sibéria fodida da moda. Que diabos estou fazendo aqui?

Obviamente, liguei para Byron e tentei lhe fazer esta mesma pergunta, tentei fazer-lhe várias perguntas desde que cheguei, começando com o assunto da pêra, mas ele apenas diz: Querida, "agüente firme" antes de "pular fora" para "apanhar a onda".

E agora estou sentada num trailer na ilha de lugar nenhum. Levanto-me e saio impulsivamente, me escondendo pela praça, assustando pombos e turistas até Kate terminar, se trocar e deslizarmos para os assentos do seu MG vermelho.

– Ouça, Emily... – Kate vira abruptamente numa travessa à esquerda, canta pneus passando um caminhão e desvia de volta. – Estou indo para Manchester no próximo fim de semana. O Tranquill estará tocando em seu pub favorito. Deve ser um ótimo show. Quer vir? Não custaria muito; podemos ficar com minha mãe.

Noel, o namorado de Kate, é o vocalista do Tranquill, uma promissora banda de rock conhecida por seu som determinado e prolongados riffs de guitarra. Ainda não os vi tocando.

– Talvez – eu respondo. – Se não tiver trabalho.

Kate ri.

– Emily, é no fim de semana. Não há muitas fotos de moda em finais de semana de verão em Londres... MERDA! VÁ EMBORA SEU BASTARDO!

Um motorista espantado fica tão branco quanto seu Fiat.

– Vamos de carro? – eu pergunto.

– Não, de trem provavelmente, por quê?

– Por nada.

– Você deve vir, realmente. Vai ser ótimo! Ice vai estar lá...

Oh, certo. Quatro quintos do Tranquill é de solteiros; Kate está certa de que existe um par lá em algum lugar. De fato, ela está apostando em Ice, o guitarrista principal. As estatísticas certamente estão a seu favor. Modelos e roqueiros são a manteiga de amendoim e a geléia dos casais: Mick e Jerry; Keith e Patti; Billy e Christie; Yasmin e Simon; Axl e Stephanie; Michael e Brooke... a lista vai longe. Até Ruth está comprometida, ou eu deveria dizer oprimida, com Stu Burges. Oh, sim, Stu, a lenda rouca do rock casado atualmente com uma supermodelo. Ele abandonou outra supermodelo para ficar com esta.

– Kate, eu já disse a você. Essa coisa de roqueiros é só clichê – eu resmungo.

Kate exala agudamente.

– Oh. Um clichê. Bem, estou vendo.

– Desculpe– murmuro, não completamente não convencida.

– Você sabe, Em, Siggy não está inteiramente errada – seus dedos tamborilam no volante metálico.

– O que quer dizer?

– Você é impaciente. Quer que as coisas aconteçam e quer que aconteçam agora, durante suas férias de verão, mas a vida nem sempre funciona assim... como uma agenda. Precisa dar a sua carreira uma chance de se desenvolver. Enquanto isso, Relaxe! Divirta-se! Você é jovem, bonita, e está passando o verão em Londres. O que há de tão ruim nisso?

– Londres está fora do circuito e ultrapassada.

Nosso MG quase entra na traseira de um Jaguar.

– O que acabou de dizer?

– Eu não disse nada. Katharine Hamnett é quem disse. Na Vogue.

Silêncio. Mesmo as próximas duas ruas são percorridas sem comentário. Então:

– Você se lembra, Emily, do que eu disse no dia em que nos conhecemos? Mudei de idéia. Acho que talvez você deva ir para casa afinal.

– Talvez eu vá.

Quando chegamos a Camden, decidimos nos separar, uma decisão com a qual estou totalmente de acordo: entre seu estranho guarda-roupa e sua atitude de o que será, será, Kate é quem deveria ser filha de hippies, e eu quem deveria conseguir as seis páginas da Harpers & Queen, e não vejo nenhum motivo para continuar com ela um minuto mais. Vagueio pelo mercado sozinha.

O mercado de Camden é um paraíso do buscar: uma coleção de estandes dentro e fora oferecendo um pouco de tudo: música, roupas, colecionáveis de praticamente todas as eras. Não vejo nada disso, só o vermelho da minha raiva e o verde da minha inveja. Não estou pensando em Kate agora, passei Kate. Estou pensando no último verão. O último verão foi diferente. No último verão fiz 80.000 dólares e estava subindo, subindo, subindo as Hollywood Hills, direto para as estrelas. E este verão, se eu não tivesse estragado tudo, estaria em Nova York morando na Quinta Avenida com uma das minhas melhores amigas. Mesmo duas semanas atrás, mesmo então, se tivesse feito melhores escolhas, estaria apontando meu novo peito C/D na direção da câmera em traje de banho, ao invés de arrastar meu traseiro nesta suja, depressiva, desagradável...

– Olá, querida – uma mulher enrugada num cardigan azul, comido de traça, mangas estofadas com Kleenex, toca no meu cotovelo. – Está procurando algo em particular?

– Hum... Não, só olhando, obrigada – digo automaticamente, enquanto me concentro.

Estou numa banca de livros parada bem na frente de uma caixa com novelas do século 18.

– Oh, você é americana! – ela suspira. – Bem, deixe-me ver... – ela ergue um punho cheio de lenços de papel. – Aí em cima tenho Cooper, Hawthorne, James, Twain, Whitman...

Dou uma olhada dentro da caixa: Swift, Goldsmith, Sterne, Sheridan, Shelley.

– Tudo bem, obrigada, estou contente aqui.

Ela sorri.

– Certo, deixarei você com eles então, querida. Diga-me se precisar de alguma coisa.

– Obrigada.

– Então, tem uma queda pelos britânicos.

Olho para cima para ver o homem atrás do sotaque escocês: Alto, no meio dos trinta. Olhos escuros. Cabelo desarrumado. Barba por fazer. Jeans. Capa de chuva. Magnífico.

– Quem não tem?

Nervosamente, meus dedos abrem uma encadernação na página-título de Tristram Shandy. Quando o retorno não vem, olho para cima.

Ótimo. Simplesmente ótimo. Ele se foi. Será que nada vai dar certo hoje?

Estremeço, como que para sacudir o desprezo de cima de mim, então começo a sondar os livros com seriedade. Começo a descobrir gemas preciosas: um She Stoops To Conquer com uma fonte interessante, uma ilustração não tão assustadora de Frankenstein, uma Mrs. Malaprop colocando seu pé na boca mais uma vez e... Ooh! Evelina. Eu o li no último verão. Ri. Chorei. Não podia deixá-lo. Eu o ergo da caixa.

– Fanny Burney? Vai levar Fanny Burney?

Meu coração pára. O cara está de volta, desta vez gozando da poesia do século 19.

Devolvo a gozação:

– Não mexa com Fanny – eu digo. – Gosto de Fanny.

– Eu não pensaria em mexer com Fanny – ele diz com seriedade divertida, que simplesmente revela como seus olhos são escuros e deliciosos.

Não consigo pensar em mais nada, inteligente ou não, então apanho Richardson. Depois de ler uma das zilhões de cenas na qual Pamela estreitamente escapa com sua virtude, passo para Fielding. Uma mão toca minhas costas.

Ah! Oh... É a vendedora de livros.

– Você pegou o Tom Jones, não é querida? – ela diz, sorrindo diante da minha escolha. – Este é verdadeiramente um clássico.

– Este é... – digo, e porque estou sendo observada, continuo – bucólico e devasso, uma bela combinação.

A proprietária da loja de livros abre aquele sorriso delicioso, que diz que pessoas jovens não são de todo más.

– É isso, querida. Embrulho este?

O livro tem uma encadernação frouxa, infelizmente. Mostro isso e pergunto se ela não tem outro exemplar.

– Oh não, não tenho. Sinto muito, querida. Tom Jones é difícil de aparecer– ela diz. – Mas tenho Amelia e Abraham Adams em algum lugar, se gosta de Fielding...

– Não, obrigada, só Tom Jones.

Ela ri.

– Ama os cafajestes, você?

— Esperemos que não.

Eu me decido por Eveline. Enquanto a vendedora de livros registra a venda, fico me preparando para dar uma guinada e reagir à crítica sobre cafajestes ou Fanny, mas, aliás, o ótimo escocês se foi.

❊ ❊ ❊

Talvez tivesse sido meu tom firme, talvez o meu abdômen mais firme, ou outro aspecto da minha discussão com Siggy deve ter sido efetivo, porque minhas visitas melhoram, e, sem esperar, consigo meu primeiro contrato, um artigo sobre moda para o London Times. Estranhamente, é uma matéria sobre surfe, então passo a manhã brincando alegremente em volta de um estúdio fotográfico num traje de banho preto e verde-lima molhado, tentando não atingir Chester, o surpreendentemente pálido modelo masculino da Leeds, com uma longa prancha. Jornal é o pior: paga taxas tipo editorial e, por causa da qualidade pobre de impressão, você nunca pode usar as fotos em seu book, mesmo se quiser.

Mesmo assim, "vai conseguir alguma exposição", Sam acentua quando lhe entrego meu voucher. E 300 libras devem servir para alguma coisa.

— Oh, Em, amor, não se esqueça do seu pacote.

— Que pacote?

A caneta mastigada de Sam aponta para o topo do móvel do arquivo onde está um pacote em papel marrom amarrado com um cordão. Eu o puxo para baixo. É pesado. No topo está escrito:

Senhorita Emily Woods. Entr'acte.

— Que escrita elaborada!

Kate empurra um bule de chá floral fora do caminho antes de cavar o papel de embrulho:

— Quatro livros encadernados em couro! — ela exclama. — Não, espere! Um livro, em quatro volumes. Tom Jones? Ooh, adoro Tom Jones!

— Eu também

— O filme é bom também — ela continua.

– Ei, sabia que ele ganhou o Oscar de melhor fotografia – terminamos em uníssono.

Kate e eu rimos. Trinta minutos de tour solo pelo Mercado Camden, sinto-me terrível por causa da nossa briga e parto em busca dela. De fato, fiquei tão feliz de reencontrá-la, que disse a Kate que o estranho vestido branco Courrèges que ela estava no processo de experimentar era "notável". Ela leva a mão ao peito.

– Emily, esta é a terceira edição – ela diz vagarosamente.

– Eu sei.

– .... impressa em 1749.

– Eu sei.

– ... o que significa que é muito valiosa!

– Eu sei!

Ela olha para mim, atônita.

– E não tem idéia de quem o enviou?

– Nenhuma idéia!

– Nenhum cartão?

– Não vi nenhum.

– Por quê? Deve haver.

Kate pega o volume um e, cautelosamente, começa a inspecionar suas páginas.

– Você tem alguma pista? – ela pergunta. – Qualquer uma?

Conto-lhe sobre a banca de livros.

Ela vira a caixa de cabeça para baixo e dá uma sacudida. Nada.

– Então você comprou um livro...

– Sim, Evelina. Mas custou 8 libras; nada como isto!

– Evelina? – Kate encolhe os ombros, confusa. – Nunca ouvi falar.

– Mas o escocês sim – recordo-lhe. – Ele sabia que fora escrito por Fanny Burney.

– O escocês inteligente?

– Sim. Mais velho, mas inteligente. Não, magnífico.

– Me dê uma idéia do visual.

Forneço a Kate o básico, mas ela ainda não consegue uma imagem, então sucumbo à comparação com celebridades.

– Ele é um cruzamento entre Cary Grant e Sean Connery.

— Ok, sim, eu diria que isso o qualifica como magnífico. Bem, obviamente ele enviou isso — Kate diz. — Este Sean Grant.

— Prefiro Cary Connery.

— Este personagem Cary Connery. Ele simplesmente pediu à vendedora de livros por informações suas.

— Mas aí está! — exclamo, tão abruptamente que tudo na mesa pula, além da dupla atrás de nós. — Não dei a ela nenhuma informação!

— Tem certeza? — Kate pergunta, cética.

— Tenho! Paguei em dinheiro, só 8 libras, lembra? E, de qualquer maneira, eu teria dado a ela o endereço de Edward, não da Entr'acte, nunca Entr'acte; nem consigo mencionar esse nome quando preciso!

— Você tem o Evelina aí?

Puxo para fora minha nova aquisição. Kate procura febrilmente através dela.

— Então, as únicas duas pessoas na banca de livros naquele dia eram... — ela faz uma pausa para ler a etiqueta do livro. — Edwina Semple, proprietária de Uma Página no Tempo, e Cary Connery. Tem que ser um deles.

— Perfeito — eu bufo. — Da maneira como meu verão está indo, agora tenho uma mulher de 80 anos chamada Edwina me mandando presentes caros.

Isso foi recompensado com um olho revirado.

— Emily, é o escocês. Acredite em mim. Ele seguiu você de alguma forma, estou certa disso.

A mão de Kate segue vagarosamente por sobre o couro macio, as pontas dos dedos traçando as grossas letras douradas.

— E logo antes do seu aniversário, também. Se isso é o que você consegue no primeiro movimento do jogo, imagine o que seu próximo presente será!

CAPÍTULO 17
O DIA DA TORTA

Não vi Edward entrar na copa, só sair segundos depois, com uma torta de framboesa, redonda e brilhante, sua crosta crespa e dourada e um círculo de várias fileiras de amoras vermelhas brilhando debaixo da gelatina clara e pontuada de velinhas acesas.

— Linda! — eu exclamo, ofegante.

— Feliz aniversário!

Edward a coloca na minha frente. Todo mundo canta. Enquanto sopro as velas, vejo os lábios de Ruth se mover, contando.

— Espere, você não... Você não tem quinze anos?

— Não, Ruth.

— Eu não tinha mais velas — Edward explica, seus dedos agilmente removendo-as.

— Oh — Ruth diz. — Bem, quantos anos está fazendo?

— Dezenove.

As sandálias de Vivienne caem contra a cerâmica. Seus pés nus deslizam sobre um assento vazio.

— Meu agente de Nova York sempre diz: nenhuma capa até os vinte e um e você está acabada. E então, você tem só mais dois anos pela frente.

Ruth está surpresa.

— De jeito nenhum! Meu agente diz uma capa antes dos 20 e trabalhará muito ainda!

— Já fiz três capas! — Vivienne diz.

— Eu, duas!

Quando minhas colegas de quarto finalmente me soltam do seu abraço de urso, Ruth toca meu ombro.

— Não se preocupe, Em, você ainda tem um ano.

— E aqui está uma boa maneira de começá-lo... — Edward coloca uma grande quantidade de creme fresco batido perto de uma gorda fatia de torta e desliza o prato pela mesa.

Fico olhando para o prato. Creme batido+ fatia extragrande = 1.000 calorias = aproximadamente 150 g. Tanto posso comer isso quanto beber um tonel de gordura de porco borbulhante. Hum... luto para engolir, já sentindo a carga espalhando-se pelos meus quadris, coxas e traseiro

— É grande demais! — finalmente explodi, mandando-o de volta. — É muito!

— Eu fico com ele! — Vivienne diz, pegando o prato.

Edward me corta a lasquinha solicitada.

— Ruth?

Ruth sacode a cabeça e acende um cigarro.

A primeira coisa que sinto é a suave mordida das amoras. O líquido libera-se, inundando minha boca com um azedinho suave. Enquanto alcanço o satisfatório crocante de uma ocasional semente, sou atingida pela camada seguinte: um suave e rico doce de leite, ligeiramente manchado com vagem de baunilha, seguido rapidamente pelo amanteigado crocante da massa com sabor de castanhas. É a melhor coisa que provo num longo período no qual os pontos altos incluíram saladas sem tempero, um maço de cigarros por dia e Dexatrim engolido com um pouco de Metamucil, ou coquetel Metadex, como gosto de chamá-lo. A ponta do meu garfo corta a massa aprontando outra mordida.

Vivienne enterra a ponta do dedo no creme batido e a coloca na boca.

— Então, Emily, como vai a dieta?

Meu garfo fica parado no ar.

— Ótima.

— Verdade? Você emagreceu?

Puta.

— Um pouco.

— Quanto?

— Dois quilos.

— E está aqui há quanto tempo? — Ruth pergunta.

— Quase três semanas.

Eu pensava que tinha minha perda de peso sob controle; Ruth, evidentemente, pensa de outro modo. Ela se inclina para trás descansando sobre seus antebraços, os braços arqueados como asas de galinha.

— Você deve dormir bastante. Foi o que meu agente na Filadélfia me disse para fazer. Fumar e dormir bastante.

Derrubo meu garfo e apanho os cigarros.

— Tente comer uma única comida — ela continua —, como alface. Tive uma colega de quarto que fez isso uma vez: comia uma cabeça inteira por refeição. Perdeu um monte de peso.

— Aposto que sim.

— Ou só fruta.

Isso é mais que uma categoria de comida, mas...

— Hã, hã.

— Carne.

— Ruth! — Vivienne grita quando já estou me desesperando sobre quanto da pirâmide alimentar ainda tenho que escalar. — Não seja idiota, por favor. Não viu aqueles anúncios sobre batata? É tudo sobre carboidratos complexos agora. Quem é que come carne para emagrecer?

Sim. Ficamos olhando para ela piedosamente.

Ruth se encolhe na mesa.

— Minha mãe — ela murmura.

— Bem, sua mãe é modelo? — Vivienne rebate, sabendo tanto quanto eu que a mãe de Ruth trabalha na loja de roupas Plus-is-Us em Scranton. — De qualquer maneira, você faz isso. Tudo o que você come é sucrilhos e aqueles carboidratos.

— Sim, mas é comida única.

— Sim, mas...

— Meninas! — ergo minhas mãos. — Obrigada. Já entendi.

As duas encolhem os ombros: Vire-se sozinha. Enquanto Vivienne continua mandando ver na torta, Ruth se afasta da mesa e vai para o telefone grande.

— Ei, Vivi, Stu ligou?

— Não. Kenny?

— Negativo.

Vivienne sacode seu rabo-de-cabelo exasperada. Kenny, seu namorado, é o capitão do Miami Heat. Poucos dias atrás, os dois tiveram uma briga. Ninguém sabe o que aconteceu, outra pessoa além dela gritou psicopata ao telefone, fazendo uma pausa, e terminando com psicopata, psicopata, psicopata! Evidentemente, ele discordou do diagnóstico.

— Santo Deus! — Edward exclama. — Um astro do basquete, uma estrela do rock... O que seu namorado faz, Emily? É astro de cinema? Hum... do que mesmo eles o chamam... de Brat Packer?

— Não tenho namorado.

— Talvez consiga um esta noite — Ruth exclama batendo palmas. — No seu aniversário!

— Talvez — eu ecôo. Mas não tenho dúvidas. É o meu décimo nono aniversário; vou a uma festa e quero Cary Connery como presente.

❊ ❊ ❊

Nossa primeira parada essa noite é no Tramp. Devo confessar, não adoro o lugar. Tramp é só para membros. Agora, em Nova York, um termo como esse se refere a jaquetas de aviador usadas, enviadas por avião, sem demora, para ajudar crianças necessitadas numa terra distante. Em Londres, contudo, só para membros traduz-se num clube privado que rotineiramente rejeita o mais carismático freqüentador de festas em favor de dois tipos de patronos: uma multidão de aparência doentia — os bem-nascidos, mas tipos de alta classe congenitamente pegajosos, com mau hálito e mania de correr com o carro —, e os ferra-modelos.

Os ferra-modelos. Tenho certeza de que não preciso explicar o termo. Então, deixe-me explicar o tipo, porque duas variedades deles freqüentam Londres.

Durante o dia, banqueiros ferra-modelos: banqueiros de investimento, particularmente comerciantes e doleiros, correm rua abaixo para lhe estender seus cartões. E isso é feito com a eficiência indiferente de um cara vestindo aqueles cartazes duplos de madeira distribuindo panfletos para um almoço especial. Durante a noite, esses banqueiros – note, os, banqueiros sempre viajam em bandos – tornam-se predadores mortais, sua ânsia de sangue oculta atrás de esquisitos guarda-roupas do brilhante Turnbull listrado com camisas Asser e abotoaduras francesas. Uma vez que os banqueiros ferra-modelos a tenham encurralado, e eles conseguem, usarão suas armas: os nomes de seus empregadores (mas só se for Morgan Stanley, Goldman ou Lazard) e a proveniência do seu MBA (mas só quando é de Harvard, Wharton, Stanford ou NCIAD). Depois que arrombam seus portões, começam a vasculhar seu cofre para ver o que você conseguiu:

– Que trabalho de modelo você faz? – perguntam.

Se quiser se livrar deles, a resposta é simples:

– Fotografo catálogos para a Kmart, mas só quando tenho sorte.

Acredite em mim: mesmo o mais gordo, o mais careca, o mais verticalmente desafiado banqueiro está convencido de que pode fazer melhor que isso.

Se, por outro lado, você deseja brincar com eles, diga-lhes que você acaba de voltar de umas fotos de lingerie (pontos de bônus se mencionar "La Perla", "Cosabella", ou "Victoria's Secret"), maiôs (assegure-se de incluir a palavra encarte central, tanga, ou topless), ou qualquer campanha/comercial/contrato com Bain de Soleil/Nívea/Coppertone. Uma vez feito isto, você consegue um filhote de cachorro novo em folha implorando pela coleira.

E então você vai embora.

Nessa noite, quando descemos rapidamente uma escada parcamente iluminada para dentro do Nightclub, fica claro que hoje estamos contra ferra-modelos do tipo 2, neste momento espalhados como um xarope grosso pelos sofás: o pessoal da realeza.

Ferra-modelos da realeza parecem ser uma especialidade de Londres, mas não estamos falando da Casa de Windsor. Eles não são da Inglaterra, nem são necessariamente da realeza: são netos ou sobrinhos ou primos em segundo grau da família real de _____ (insira aqui o nome de uma opressiva ditadura árabe). Como os banqueiros, os reais viajam em bandos – bandos ainda maiores –, e são mais prontamente identificáveis por seus ternos feitos sob medida (nos quais o último botão da manga está sempre desabotoado, simplesmente porque tem que estar), seus echarpes/gravatas/acessórios em seda amarelo-cobre, e sua copiosa joalheria dourada. Como os banqueiros, os reais são extremamente bons em encurralar você; diferente dos banqueiros, estes não perguntam sobre o tipo de trabalho de modelo que você faz; de fato, eles não se incomodam em perguntar muito sobre qualquer coisa afinal. Simplesmente gostam de ter você em suas órbitas.

Suspiro. Sim, estes são os ferra-modelos, mas não deixe o nome te enganar. Enquanto muitas modelos deixarão estes homens lhes comprar champanhe de um litro e meio e cocaína por grama, as únicas que vão para casa com eles são as desesperadas ou as russas – as garotas russas namoram qualquer um com dinheiro. Mesmo assim, estou ansiosa para vê-los. De fato, eles são o motivo por que estou aqui. Ferra-modelos estão onde estão as modelos, e onde as modelos estarão, eu espero, eu rezo, estará um escocês muito charmoso esperando para me levar.

Só que não o vejo.

– Oba, Cristal! – Ruth exclama, reconhecendo a garrafa, a despeito das sombras pesadas e da pouca luz. Ruth está vestindo leggings vermelho-cereja com riscos dourados, e quando gesticula eles brilham como escamas de um peixe tropical. – Quer um pouco?

Sacudo a cabeça vigorosamente concordando. Ruth procura as taças. Reunimo-nos às modelos circulando em torno de uma mesa de madeira e bronze já lotada de coquetéis meio consumidos e cinzeiros.

– Ela está em Saint Tropez – diz uma garota de franjinha –, fotografando uma campanha para Dolce & Gabana.

– Não. Não. Esta já terminou – insiste uma garota asiática. – Ela está em Paris fotografando no estúdio da Vogue.

– Da Vogue francesa? – pergunta um clone da Mulher Maravilha.

– Não, americana. Com Meisel

Um oh coletivo, o tipo normalmente associado a fogos de artifício, se segue.

– Sobre quem estamos falando?

Franjinha arqueia uma sobrancelha depilada de especialista, atônita com a minha ignorância.

– De Lotte, é claro.

É claro. Lotte. Por que não estaríamos discutindo Lotte? Lotte é a garota do momento em Londres, o que, é claro, significa que ela saiu da cidade.

Depois de Lotte, a conversa não tem mais nenhuma direção, então vai ladeira abaixo.

– Siggy me fez ir com ela cortar o cabelo e então me ignorou – Ruth diz.

– Eu também – Franjinha exclama. – Só que foi na pedicure!

– Manicure... – a Mulher Maravilha diz, remexendo os dedos.

Todo mundo ri abafado. Vamos começar com as histórias pessoais de horror.

– Ela cancelou um contrato meu porque eu não quis namorar seu irmão.

– ... Ela mudou uma garota para o meu apartamento que roubou todas as minhas coisas. Quando reclamei, ela me disse que de qualquer maneira já era tempo de eu conseguir um guarda-roupa novo.

– Ela me disse que meu namorado fotógrafo era um perdido, que nunca chegaria lá.

– ... Ela me disse que eu devia transar com um fotógrafo para ajudar minha carreira. Eu tinha quinze anos.

– Você acha que isso é mau? – o champanhe se derrama dentro do copo de Franjinha. – Ela agendou um trabalho para mim no dia do funeral da minha avó! Propaganda!

– Horrível!

– Terrível!

Ninguém pergunta a Franjinha se ela fez ou não o trabalho; e ninguém precisa. Eu só espero que tenha sido nacional.

Excelente. Uma audiência que sente a minha dor.

– Bem... a minha não é tão má quanto a sua história – digo, acenando em concordância para Franjinha e sua avó morta. – Mas – ergo minha voz para que ela possa ser ouvida acima de Bobby Brown –, Siggy me colocou na Entr'acte. E tirou minhas medidas!

O círculo estremece.

– Entr'acte? Quantos anos você tem? – sonda a Mulher Maravilha.

— Dezenove.

Silêncio. Em outras palavras, muito velha para um rosto novo.

— Bem, eu simplesmente iria embora — Franjinha diz.

As outras olham para a frente, mesmo Ruth, que desenvolve um súbito interesse pela rótula do seu joelho direito. Meu rosto queima.

— Mais champanhe?

A garrafa surge repentinamente na frente dos meus olhos, sedutora. Por que não? Eu certamente preciso disso. Estendo meu copo e me volto para agradecer a fonte... Nenhuma outra que a sorridente e ofegante Kate.

— Surpresa! Feliz aniversário!

— Meu Deeeeuuss! — quase derrubo minha taça, então atiro meus braços em volta dela, eletrizada. — Achei que tinha ido para Manchester!

— Decidimos esperar até amanhã de manhã, o que é brilhante; posso ajudar você com sua questão. Isto é — Kate baixa a cabeça e fala baixinho — , a menos que você já o tenha encontrado?

— Oh, por favor — digo, pesquisando os ferra-modelos do dia, que, de acordo com a fofoca, inclui um comerciante de armas e seu séquito de guarda-costas. Se isso tão somente significasse que estamos a salvo...

— Cary Connery é um cara superior a essa multidão.

— Bem, então... — Kate sorri e me cutuca com o cotovelo

— Simplesmente precisamos encontrar um melhor!

❋ ❋ ❋

No banco do passageiro do MG de Kate está um presente.

— Para você — ela diz.

Puxa. Rasgo o papel de embrulho para descobrir... uma jaqueta usada.

— Você simplesmente não adorou? — Kate se entusiasma. — Não posso acreditar que a tenha encontrado. É uma Yves Saint-Laurent anos 70, um design chamado Le Smoking. Achei que ficaria ótimo em você!

— Sim... é incrível... obrigada — eu agradeço.

Kate tem um gosto mais velho. Dirigimo-nos ao Café de Paris, um clube gigante perto de Leicester Square com uma grande área VIP cheia de atores, músicos e modelos (desde que, geralmente, o sentimento é mútuo, nos referimos às espécies conhecidas como celebridade ferra-modelo como encontros). Noel e o resto do Tranquill estão aqui essa noite, e Kate suspeita que Cary Connery esteja também.

A fila em frente do Café de Paris está dobrando a esquina, mas quando se é modelo dirigindo-se com leveza para o cordão de veludo com outra modelo, um segurança é pouco mais que um capacho de boas-vindas caloroso e ruidoso. O cordão é solto, as portas se abrem, e Kate e eu deslizamos para dentro do salão principal do clube.

Com seus espelhos dourados, balcão de ferro e candelabro de cristal suspenso sobre o piso de dança, o Café de Paris não se parece nada com um café parisiense, e tudo como o salão de baile de um aristocrata excêntrico que abriu as portas do seu castelo para seus milhares de amigos mais íntimos, neste momento entrando em depressão com a música Bizarre Love Triangle do New Order.

— Meu Deus, adoro essa música.

Agarro o braço de Kate. Enquanto a arrasto através da multidão, a luz do candelabro pisca de verde para azul. Safiras se refletem nas paredes e sobre nossos corpos. O DJ toca uma música lírica, então corta o som e deixa a multidão completar o resto.

— Every time I... SEE YOU FALLING! I get down... ON MY KNEES AND PRAY!

Nós duas achamos uma sala para tentar dançar. Atiro meus braços no ar e arqueio minhas costas. O ar está fedendo fumaça de cigarro, suor e, em certas direções, o pungente aroma de maconha. Faço um volteio. O Punk está morto, mas diga isto ao cara à minha direita com botas Billy Idol e um anzol no lábio. À minha esquerda, um bando barulhento de meninas em minissaias de jeans stonewashed e botas no tornozelo passa um quinto de vodca de uma para outra.

Um cara num gorro de bebê, gola de Peter Pan e minishorts de couro agarra minhas mãos. Vamos para baixo e para cima, e para baixo outra vez, acompanhando o ritmo da música lenta, até que a canção termina e as luzes diminuem. Por vários segundos há silêncio. Fumaça sai dos respiros, enevoando o ar e empurrando a fumaça de cigarro para dentro das finas fitas, até que parece que estamos flutuando dentro de uma bola de gude. E então...

— Life is a Myst-er-y.

A multidão ruge.

— Madonna! — as meninas gritam.

Kate aceita um gole da vodca delas e passa para mim.

— Feliz aniversário! — elas gritam.

O cara do anzol solta um grito rebelde e me atira no ar. Eu rio. Estou nas nuvens. Sorrio. Já tive dezenove anos por quase um dia inteiro, e finalmente está ficando divertido.

Dançamos até que estar suadas e sedentas, e não no humor para The Bangles. Quando fazemos nosso caminho na direção da sala VIP, o candelabro muda de rosa para púrpura. Inclino a cabeça para trás e sinto as pintas de luz sobre o meu corpo.

— Por favor, oh, por favor, deixe alguma coisa maravilhosa acontecer no meu aniversário — eu sussurro, só que não soa tanto como um desejo quanto como um vaticínio. Kate, Madonna, vodca, minha fé foi restaurada. Quando chegamos à área VIP, estou certa disso: alguma coisa maravilhosa vai acontecer esta noite. Eu posso dizer.

Mas Cary não está aqui também.

— Ainda é cedo — Kate me assegura, levando-me até o sofá de veludo ocupado pela banda. Conheço o Tranquill. Noel tem estranhos retalhos de barba e a cara nervosa e subnutrida dos roqueiros em toda parte, mas seu sorriso travesso é irresistível, e posso dizer que ele claramente adora minha amiga. Ela desliza para perto dele. Ice tem sua língua enfiada na garganta de uma garota parecida com Jody Watley, então me encosto ao baterista, Little T, um camarão cheio de marcas de espinhas com grossos piercings de aço perfurando cada sobrancelha e um relógio engastado em couro.

— Oi.

Estou vestindo um minivestido colante rosa-choque. Little T puxa o tecido como uma corda e ri histericamente.

Ok. Decido embarcar num tour saindo da seção VIP. Está lotada, com muitos cantos escuros. Meto meu nariz em todos eles.

No começo, quando percebo que absolutamente, positivamente Cary Connery não está nas premissas, tento fazer pouco-caso. Emily, eu penso, é só um cara que você viu uma vez. Vocês nem mesmo conversaram. Hoje é seu aniversário! Fez 19 anos. Está se divertindo! É uma VIP!

De volta ao sofá, Kate e Noel estão se agarrando. Quando uma nova música começa, os outros membros da banda emitem um rosnado coletivo antes de se lançarem numa discussão detalhada de quão melhor soa o tom tocado por alguém de quem nunca ouvi falar no porão de um lugar em que nunca estive. Quando Kate aparece, ansiando por ar e mais champanhe, me fornece informação sobre o resto dos VIPs. É quando meu pouco-caso oficialmente termina. Um cara do EastEnders (o que é EastEnders?). Um membro do Burning Spear (quem são eles?). Um Adam Ant não-inventado? A enteada de Diana Ross? Dana Plato? Quem se importa? Quem se importa? Estes não são VIPs, não são ninguém. Ninguém fazendo nada. Ninguém indo a lugar nenhum.

Aos 10 minutos para a meia-noite, percebo que mesmo que Cary fosse se materializar, é tarde demais, não quero mais vê-lo. Meu cabelo está escorrido, meus lábios fúcsia já deixaram suas marcas em outros lugares. Não, este barco já velejou e eu definitivamente não estou nele. Estou afundada. Aninho-me contra o veludo vermelho, bebendo champanhe e me revelando em meu funk, até Little T me puxar de lado para me mostrar uma coisa.

Seu pênis ereto ainda está dentro das calças, mas ele está disposto a mudar isso.

– Não – eu respondo.

O resto de Little T se endireita.

– Você chupa – ele me informa.

Explico que isso é precisamente o que não vou fazer e vou embora. Ninguém nem percebe, claro; sou tão ninguém quanto os ninguéns que deixei para trás.

Pela hora que estou de volta ao dormitório, estou certa disso.

O que sobrou da torta está na geladeira, embalada apertadamente em plástico. Tiro o plástico e corto uma generosa fatia. O creme batido está um pouco líquido. Não importa.

Termino esse pedaço e pego outro. Ele desliza pela minha garganta.

Então, vou para o banheiro, o que fica debaixo da escada, bem longe dos ouvidos de alguém, e enfio o dedo na garganta.

Empurro-o mais para dentro, tenho ânsias, e paro. Tento mais e mais até que, finalmente, começo a vomitar. Ilhas de framboesas parcialmente mastigadas logo flutuam num mar rosado de menta.

Paro. Meus olhos estão molhados, meu esôfago queima. É como se tivesse vomitado pelo nariz. Quero terminar, mas não posso.

Não posso nem isso. Não posso nem mesmo fazer isso acontecer.

CAPÍTULO 18
NATAL EM JULHO

Coisas estão acontecendo agora. Kate estava certa sobre eu me dar bem aqui. Quando os quilos continuam a diminuir, a balança pende em favor do trabalho. Fotografo ternos para Debenhams, vestidos de noite para Marks e Spencer, e tops, apropriadamente suficientes, para Top Shop. Minha conta no banco está se enchendo e posso guardar dinheiro para a escola. O problema é que ainda não fui a lugar nenhum, realmente. Ainda não tenho um novo editorial, e sem isso voltaria a Nova York com o mesmo velho book. Um verão em Londres e nada para mostrar dele.

— Posso ver as revistas agora? — pergunto a Sam.

— Logo — ela replica. — Logo mesmo.

E então, no meio de julho, consigo meu primeiro trabalho bom do verão, uma campanha de anúncios de férias Garhart, um joalheiro chique na Regent Street. Pagam bem, mas melhor ainda é ser fotografada por Kip MacSwain, descrito por Sam como o mais famoso fotógrafo de moda abaixo de 40 anos, um homem cujo trabalho tem criado excitantes páginas e capas para Harpers&Queen, Marie Claire, Tatler, e incontáveis outras.

– Como ele é? – pergunto a Marco, um artista da maquiagem, um homem gordo de meia-idade com uma barbicha no queixo, enquanto ele espalha base pelo meu rosto.

– Kip? – pancadinhas no rosto. Pausa. – Quer dizer que nunca trabalhou com ele? Então, como conseguiu o contrato? – Marco pergunta.

– Através da Garhart.

Marco concorda com a cabeça, mostrando que isso faz sentido, e se inclina para a frente para examinar os lados do meu nariz. Fotos de joalheria são essencialmente fotos de beleza. Com toda a atenção concentrada no seu rosto e sua cabeça: cada fio de cabelo precisa estar no lugar, cada poro preenchido, cada vaso sangüíneo clareado. Deus te proíbe de ter uma marquinha no rosto, porque você será mandada para casa e este vermelhinho pode lhe custar uma campanha de 40.000 dólares.

– Se Kip gostar de você, ele é excelente para trabalhar – Marco está dizendo. – Ele dá direção, mas não demais; e nunca gosta de fotografar mais que três ou quatro rolos, mesmo para propaganda. Sua luz de beleza é fenomenal, realmente lisonjeira. As garotas o adoram.

Ótimo, mas isso implica uma questão:

– E se ele não gostar?

– Ele pode ser um pé no saco.

Meu estômago se contrai, e não só porque a única coisa que pus nele nos últimos dois dias foi verdura. Fotógrafos são conhecidos por entrar onde se está fazendo cabelo e maquiagem, decidir que não gostam da aparência de uma garota, e mandá-la embora, especialmente se é trabalho importante. O que acontece se Kip dá uma olhada em mim e decide que prefere não desperdiçar filme? Recebo uma taxa pelo cancelamento, é claro, mas seria uma compensação pequena para a humilhação total e completa, e teria que ter sido antes de eu ter me sentado com Siggy.

Passos no corredor. Meu coração salta, mas é somente Penny, a representante da Garhart, uma mulher formidável num shorts-saia verde-limão, alegremente dando instruções a Marco, Celeste (cabelo), e Miriam (estilista), o que significa que consigo um laço de lamê dourado na cabeça (festivo; chamando a atenção para os brincos), lábios vermelhos (você sempre consegue lábios vermelhos para os feriados), uma blusa de tafetá gola alta franzida num glamoroso Stewart xadrez (isto não consigo explicar).

— Oh, Deus, alguém está com espírito de Natal — Miriam murmura enquanto puxa meu decote para baixo e afofa minhas mangas, o que salienta meu ombro com a curva sutil de um pernil defumado.

— Ho, ho, ho.

Miriam sorri.

— Vamos alfinetar você na hora da foto — ela diz, já saindo.

— Espere. E as calças? — pergunto.

Geralmente visto calças no Natal. Em todo caso, não ando por aí de calcinhas transparentes, que é a única coisa deixada ao sul do meu umbigo.

Miriam volta.

— Você quer? — ela diz, franzindo as sobrancelhas para minhas calcinhas. — As fotos não vão mostrar sua parte debaixo, e faz muito calor sob os holofotes.

Definitivamente quero algo mais substancial que náilon. Depois de alguma discussão, enfio a blusa de tafetá na minha própria camisa jeans amarrada na cintura, calço meus tênis e troto na direção do set.

Walking in a Winter Wonderland está tocando no estéreo; parece mais o workshop do Papai Noel. Cuidadosamente uma assistente espalha neve falsa sobre os vidros de uma janela suspensa no ar, cortesia de suportes e ganchos. Outro decora o lado virado para a câmera de um pinheiro balsâmico com pingentes de cristal e bolas prateadas. Ajoelhado na frente de uma lareira de mármore (de verdade) está a terceira assistente, assobiando enquanto trabalha, primeiro a espuma, depois os presentes embrulhados em prata e vermelho dentro de uma meia de veludo verde. Uma quarta acende as velas sobre o beiral da lareira. E a distância, fora do espaço a ser fotografado, um peixinho dourado nada em círculos agitados numa tigela de vidro perto de um modelo arquitetural da Torre de Londres e de uma bola gigante de elásticos toda embolada num tapete de pele de urso, uma peça de Kip compondo a sala para o feriado.

— Emily está pronta — Miriam diz.

Penny se vira para ver.

— Maravilhosa! — ela grita, batendo um falso presente contra seu queixo enquanto ajeita minha metade de cima. — Está pronta para as esmeraldas!

Clientes de propaganda estão sempre ou "eletrizados" ou "aborrecidos", não existe meio-termo, então estou perfeitamente feliz por ter Penny embuída do espírito de Natal, mesmo que isso signifique parecer uma sacola de presentes da FAO Schwarz. Enquanto distraidamente torço meu laço dourado, um segurança levanta uma valise algemada ao seu pulso sobre uma mesa próxima. Penny destranca-a, ergue a tampa e puxa um saco de um dos vários compartimentos de espuma. Dois itens tilintam na mão dela.

– Primeiro, temos os brincos: vinte esmeraldas em formato de pêra, dois diamantes redondos estilo Girandole.

Penny segura um brinco no alto. Todo mundo fica ofegante. É delicado, ainda que estonteante. Um candelabro de cabeça para baixo com chamas verde cintilando.

– E então, temos o anel.

Outro saco é aberto.

– Uma Esmeralda cabochão 13 quilates flanqueada por dois diamantes em formato de pêra, montada em platina.

– Magnífico! – Marco exclama.

– Essa coisa deve valer uns milhares – Celeste murmura baixinho, da maneira como alguém faz sobre coisas caras.

– 400.000 libras pelo conjunto – Penny diz.

Ok. Não acho que o venderia por 400.000 libras. Deslizo o anel no meu dedo e o deixo apanhar a luz. É lindo. De tirar o fôlego.

– Não é para você, querida. O anel é para Flora – Penny diz
Hum?

– Flora é a modelo de mão, querida – Penny diz, vendo minha perplexidade. – Obviamente mãos são vitais para a campanha Garhart, e não sabemos se as suas são boas o suficiente, além disso, é crítico que tenhamos alguém que saiba como trabalhar um cabochão. Todas aquelas imperfeições, você sabe... Então contratamos Flora.

Penny sacode a mão encorajadoramente.

Quero usar o lindo anel! Relutantemente, eu o retiro. Penny o desliza para seu dedo mindinho.

– Presumo que trabalhou com modelos de mão antes Emily, correto? – ela pergunta.

– É claro – respondo. Eu não tinha. Não tinha idéia do que estava para acontecer.

– Flora?

Uma mulher pequena, sem nada que a destaque, exceto um par de luvas brancas compridas de algodão até o cotovelo, se aproxima.

– Emily, esta é Flora – Penny diz.

– Prazer em conhecê-la.

Estendo minha mão. Flora me olha absolutamente horrorizada, como se eu tivesse lambido a dela. Ela também parece aborrecida. Já que minha mão é evitada como se tivesse mau cheiro, ela retira as luvas para revelar outro par mais curto por baixo.

– Pensei que ia fotografar sozinha! – ela grita. – Meu agente disse cinco fotos sozinha!

Sozinha?

– De suas mãos? – pergunto.

– Bem, sou modelo de mão! – ela diz, colérica.

Querido Deus, você deve estar brincando.

– Você tem cinco fotos, Flora – Penny diz, conciliadora. – Duas com Emily e algumas inserções.

– Inserções?

As luvas se cruzam e desaparecem debaixo das axilas, como se estivessem entrando num Programa de Proteção a Testemunhas.

– Não faço inserções. Fiz a propaganda da Cutex! – pausa. – Fiz a do Ovomaltine! – longa pausa, um toque de tambor e ... – Sou a garota Palmolive!

Não posso resistir.

– Você quer dizer a mão Palmolive?

Flora gira nos calcanhares.

– Estou indo embora.

A despeito dessa afirmação promissora, o que Flora realmente faz é sair pisando duro para ligar para seu agente, que deve lhe ter dito para não reclamar à toa porque, momentos mais tarde, nós duas estamos à frente de uma janela nevada. Para fotos de beleza, a luz é tão precisa que a modelo geralmente fica sentada como estou agora. Estou num banco com minhas pernas bem abertas, Flora encaixada entre elas, sua mão direita, sem luvas, usando a jóia, delicadamente descansando num quadro branco reflexivo sobre a mesa em frente a nós como apoio e mesmo fora da iluminação. Ela ainda está aborrecida. De fato, está gritando de um jeito que mesmo o pato Donald acharia ininteligível. Mas acho que é melhor mudar isso. Afinal, além de ela estar sentada a polegadas de uma região pela qual tenho simpatia, meu rosto está nas mãos de Flora.

– Suas mãos, como as mantém tão perfeitas? – pergunto. E estou curiosa. As mãos de Flora são perfeitas: menores que as minhas, os dedos longos e finos; as unhas, dez ovais perfeitos em vermelho festivo brilhante, a pele livre de qualquer mácula. Flora parece nunca ter tido uma coceira, ou uma mordida de inseto, ou a mão prensada na porta de um carro pelo irmão.

– Uso luvas 24/7/365. E meu marido faz tudo em casa e no jardim.

– Uau! – devolvo. O marido de Flora deve ter um fetiche por mão.
Um assistente desliga o telefone.

– Kip estará aqui em 5 minutos! – ele grita, um pronunciamento que faz os outros três entrar em ação. Dou uma olhada para o relógio, surpresa. Aparentemente, se você é um fotógrafo de moda líder de Londres abaixo dos 40, ótima luz de beleza, consegue riqueza, fama e a liberdade de aparecer no set às onze da manhã.

– Meninas, podemos tirar uma foto? Mão no rosto? – Penny pergunta.

Os dedos de Flora viajam pelo meu rosto até o assistente gritar:
– Bom!
O flash dispara.

– Você também é modelo de pé? – pergunto a Flora. É horrível puxar conversa com alguém que está praticamente montada em você, mas é ainda pior não fazê-lo.

Flora, ofegante:
– Modelo de pé? Eu? Nunca!

A foto é examinada. Miriam se aproxima do set brandindo um par de tesouras.

– Queremos ver um toque de punho na foto – ela explica. Ela está simplesmente cortando o tafetá em volta do meu antebraço e, quando está a meio caminho de fixar a manga no de Flora, a porta bate.

– Meu grilo falante, é Natal em julho!
– Kip! – Penny grita.

Levanto os olhos, e tudo dentro de mim balança, do lado de fora também, evidentemente, porque a cadeira oscila, porque Kip MacSwain é... Cary Connery!

– Cuidado com as minhas mãos! – Flora grita.

Consigo firmar os pés e abrir as palmas das mãos, mas estou tremendo. Kip é Cary? Não posso acreditar. Não posso acreditar que ele esteja aqui.

– Kip! – Penny atira seus braços em volta dele. E: – Você tem Flora e Emily no estúdio.

– Alô, Flora...

A mão acena. Kip vem andando na direção da gente.

– Alô, senhorita Woods – ele murmura. Um sorriso dissimulado se espalha por seus lábios. – Ou eu deveria dizer Fanny?

Eu tinha perdido a esperança. De fato, amanhã ia pegar o Tom Jones, levá-lo de volta a Uma Página no Tempo e dizer a Edwina que não era esse tipo de garota. Mas era ele, o grande escocês, vindo através do estúdio numa camisa pólo preta e jeans, parecendo bronzeado, forte e muito mais simpático do que eu me lembrava. Seu cabelo escuro ainda está amavelmente desarrumado. Seus olhos castanhos brilham na luz de beleza. Seus lábios são sedutoramente cheios.

Tomo uma profunda inspiração:

– A-lô – finalmente consigo dizer. – Obrigada pelo livro. Adorei.

Kip se adianta e toca ligeiramente meu rosto, que nunca mais vou lavar. Seu sorriso se abre.

– Que bom. Fico contente que tenha gostado.

– Livro? Que livro? – Flora pergunta.

– Então você conhece Kip – Marco diz.

– Fanny? – Celeste diz.

– Ok, Emily! – Penny grita, ansiosa para converter essa brincadeira em lucro para sua companhia. – Queremos esta energia e este olhar de galanteio enamorado. É manhã de Natal! Você acabou de abrir seu presente e está muito feliz.

Olho nas lentes e sorrio: moleza.

Na verdade, o dia é um total pesadelo. Umas poucas fotos no rolo e se torna claro que o agente de Flora lhe deu diretivas diferentes, ou então a diva das mãos apareceu com elas por conta própria. Além disso, ela está tratando nossa foto como se fosse só dela, meu rosto como se fosse o dela própria. Ela empurra meu rosto para a direita. Eu o puxo para esquerda. Ela o empurra para cima, eu para baixo. Finalmente, meu pescoço está doendo e não tenho escolha além de morder o dedo dela com uma expressão "acanhada e deliciada". Flora revida poucos fotos adiante acertando seu dedo mindinho "acidentalmente" no meu nariz quando nos movemos na pose de "acariciar o brinco". Depois que meu nariz pára de sangrar e mudo de camisa, tenho o estúdio todo para mim. Kip a mandou para casa.

Mas existe ainda um problema com o workshop do Papai Noel. Por volta do meio-dia, Penny se metamorfoseia em cliente "aborrecida", um pêndulo oscilante que se manifesta na convicção de que nenhuma foto está "completamente certa", o que se traduz em fotografar cada conjunto de jóias com três camisas diferentes e dois estilos diferentes de cabelo, só para se garantir. Marco passa o resto do dia limpando sangue incrustado do meu nariz – artistas de maquiagem rotineiramente bancam a mãe: removendo borrões do olho, tirando comida do dente e enxugando narizes, mais, creia, ter a narina repetidamente limpa na frente de oito pessoas, incluindo a pessoa por quem você tem uma atração massiva, é um nível inteiramente novo de humilhação. Pior de tudo, somos sujeitados a seis horas de canção de Natal tocando repetidamente sempre o mesmo trecho da música.

É um pesadelo. Não importa. Estou nas nuvens, e o tempo todo Kip sorri de propósito ou pisca. Não, isso acontece toda vez que ele olha para mim. Flutuo ainda mais alto. Marco tem que remover o blush uma vez ou duas, e meus olhos estão um pouco molhados porque, pela primeira vez em minha carreira, estou olhando dentro das lentes e me sentindo o que só tenho fingido me sentir: Cheia de energia e enamorada. Feliz como nunca.

Quando a sessão de fotos termina, sei o que quero que aconteça, e estou disposta a esperar por isso. Caminho de volta ao vestiário e ligo para Sam com o relatório do dia. Faço chá. Vagarosamente remove o esmalte das unhas, embora seja o neutro costumeiro. Escovo os dentes. Gargarejo. Na hora em que caminho de volta para o estúdio na minha saia jeans (agora mais adequadamente combinada com uma camiseta branca leve), Louis Armstrong está tocando. Dois assistentes estão circulando por ali, soprando velas, removendo enfeites, enrolando o tapete de pele de urso. Kip está sentado à escrivaninha remexendo numa pilha de correspondência. De resto, todos foram embora.

Vou caminhando na direção da árvore. Os galhos caíram e se abriram.

— Deveria deixar isso aqui — eu digo, inalando enquanto acaricio as suaves agulhas do pinheiro. — Cheira tão bem.

— Deveria? — Kip se ergue e caminha para onde estou, perto o bastante para eu sentir um segundo perfume: sândalo com especiarias. Quando ele toca um galho, seus dedos roçam nos meus.

— Talvez eu o faça — ele diz e se volta para inspecionar a sala. — Deveria deixar esse pessoal ir pra casa, é sexta-feira.

Abro um sorriso. Sim, mande-os para casa.

— Prazer em ver você outra vez, Emily.

Kip aperta minha mão e caminha de volta à escrivaninha, dando sua completa e adorável atenção à pilha de correspondência.

❋ ❋ ❋

Um aperto de mãos? Corro na direção do metrô, pisando duro tanto quanto me permitiram minhas solas de borracha. Um aperto de mão? O que acontece com este homem? Primeiro, ele flerta na seção de poesia. Então eu ganho um livro. Aí ele me contrata. E aí... um aperto de mão? Um aperto de mão. Jordan diz que nenhum homem compra um presente caro para uma garota a menos que queira fazer sexo com ela. Pixie diz que homens mais velhos gostam de gastar seu tempo perseguindo. Kate concorda com as duas. E então, um aperto de mão?...

Olho para o lado errado, percebendo meu erro quando um carro buzina. Dou um salto para trás. Um. Aperto. de mão. Queria que Kate estivesse na cidade. Queria estar no tour com o Tranquill. Talvez eu ainda possa. Basta ligar para ela no hotel e pegar o trem.

O carro buzina outra vez. Uma longa buzina. Então, outra. Eu me viro. O que é...

Uma Mercedes conversível vintage pára ao meu lado. É Kip!

— Decidi que não terminei suas fotos, senhorita Woods — ele diz.

Seus olhos estão obscurecidos por sombras, mas ele está sorrindo.

Uma covinha fura seu rosto cinzelado. Uma câmera 35 mm pende do seu pescoço. Ele toca o assento de couro vermelho.

— Importa-se de entrar?

Entro.

Tiramos fotografias por toda a cidade, algumas vezes nas grandes atrações turísticas — Palácio Westminster, a Guarda da Rainha, o Parque St. James —, lugares que eu tinha a intenção de visitar, mas nunca havia dado certo, outras vezes em lugares mais obscuros: um banco, uma cabine telefônica, um poste de luz. Ao pôr-do-sol, Kip me fotografa sobre uma ponte com vista para o Tâmisa.

E então o sol se põe, as luzes da rua se acendem e ele põe a câmera de lado.

— Aí está — ele diz. — É isso.

Minhas mãos estão onde estavam: atrás de mim, na balaustrada, uma brisa levantando meu cabelo. Kip dá um passo mais perto. Ergo meu queixo. Agora. Pode me beijar agora.

— Está com fome?

Caminhamos dois quarteirões até um lugarzinho italiano, o tipo com toalhas de mesa xadrez vermelho e branco, velas gotejando do topo de velhas garrafas de Chianti e réstias de alho na parede.

— Peça alguma coisa boa — ele instrui. — E não em porções de modelo.

— Não, não, ainda tenho que perder um quilo — protesto. — Vou comer uma salada.

— Ah, não vai não.

Kip pede massa e tiramisu para dois. Eu me delicio. Enquanto ele enche outra vez meu copo de vinho, faço-lhe a pergunta que tem estado em meus lábios por semanas.

— Como me encontrou?

— Quando abriu sua mochila para pagar, vi seu portfólio.

— Então você ainda estava lá!

— Na poesia do século 17.

— Que esperto!

Kip sorri.

— Não sou?

— Muito.

Subitamente olho fixo para meu prato e sinto-me envergonhada.

– Achei que nunca teria a chance de lhe agradecer...

– Oh, Emily, sinto ter demorado tanto – ele acrescenta rapidamente. – Mas nas últimas duas semanas estive fotografando na Tanzânia...

– Fotografando?

– Garotas, não caçadas.

– Bom – as pernas de Kip envolvem as minhas, puxando-me mais para perto da mesa. Para perto dele.

– África... Já esteve lá?

Suspiro sonhadoramente.

– Não, mas adoraria.

Enquanto degustamos as entradas, ele me conta sobre a cratera Ngorongoro, as tendas onde dormiam, os animais selvagens que encontraram. A fogueira à noite. As estrelas.

– Tantas! O céu é cheio delas, cheio e pesado – ele diz. – Pode-se senti-las sobre você, como se você fosse parte daquilo, como se fosse parte do céu.

Fecho os olhos, por um momento, visualizando.

– Não estive em nenhum lugar, não de fato.

Os dedos de Kip se entrelaçam aos meus. Ele os ergue para os lábios.

– Oh, você irá, a muitos deles. É bonita e inteligente, e isto é uma combinação fatal – ele murmura. Muito ligeiramente, sua língua passa ao longo de cada nó do dedo, umedecendo o espaço entre eles.

Esmeraldas, estrelas, Kip agora roçando meus dedos. Estou deslumbrada. Quando chega a sobremesa, Kip me dá tiramisu na boca, parando freqüentemente para tirar o cabelo do meu rosto e correr o dedo pelo meu pescoço.

Então estamos na rua. Meu corpo está morno e excitado. Agora. Vai acontecer agora. Ele vai me beijar agora. O braço dele desliza pelas minhas costas até a cintura. Ele me puxa contra seu corpo.

– Vamos ver os leões.

Está úmido e ventoso, então não há muita gente se demorando na frente da coluna Lord Nelson na Praça Trafalgar ou próximo aos quatro leões de bronze que a rodeiam. Caminhamos para um deles. Kip me estende a câmera.

Eu rio.

– Oh, não. Não está sendo sério!

A resposta de Kip é pular sobre a base da estátua e estender sua mão.

– Você é maluco! – eu grito.

Ele pega a câmera, e:

– Venha se juntar a mim.

As costas do leão estão úmidas e escorregadias. Enquanto Kip desliza para o rabo, eu me movo para o meio. Quando minhas pernas estão envolvidas em volta da barriga do animal, estico o rosto na direção do céu.

Kip olha através das lentes.

– Belo! Clic.

Algumas fotos e estou me inclinando para trás. Minha cabeça está em cima da juba do leão. Minhas coxas agarradas aos seus flancos. A umidade se transforma em chuva, atingindo meu rosto, meus braços, minhas pernas, inundando minha saia até que ela se agarra a mim como uma segunda pele.

– Magnífico! – Clic. Clic. – Assim mesmo!

Acima de mim vejo Kip, o céu e as estrelas.

O tapete de pele de urso é muito mais macio.

CAPÍTULO 19
O GRANDE OH...
MEU DEUS

— Ainda não entendi. Por que todo esse interesse em virgindade?

Acima do fraco ruído transatlântico da linha telefônica, posso escutar Jordan tomando outra colherada de cereal.

— Está querendo dizer quando é orgasmo mesmo? – ela pergunta, e não muito alegremente. Kate está fora numa sessão de fotos e eu tenho que falar com alguém. Tudo o que eu podia fazer era esperar até que fosse de manhã em Washington, Desafortunadamente para Jordan, só esperei até as 7h50min da manhã. Num sábado. Para falar sobre orgasmos.

Evidentemente, eu não tinha tido um ainda. Mudando de lugar, deslizo para o outro canto da cabine telefônica.

— Sim. Quero dizer, percebo que os homens chegam lá todas as vezes, mas não deveríamos nós mulheres nos preocupar mais acerca do nosso primeiro orgasmo com um cara? Orgasmo, sua orgasmidade – digo, testando o termo.

Jordan engole, e suspira.

— Certo, deixando toda a questão da gravidez de lado, não seria a orgasmidade alguma coisa que você ganharia, não perderia?

— Exatamente! Alguma coisa positiva, que é muito mais adequado! Acabei de ganhar minha orgasmidade! Anuncio, e não apenas para Jordan; todos os londrinos ao alcance da voz param e erguem a cabeça, como se tivesse acabado de soar o apito do meio-dia. — Eu me sinto como se tivesse descoberto um mundo novo, o mundo de prazer, e alegria, e prazer...

— Você disse prazer.

— ... Um mundo onde só coisas boas acontecem, mais e mais, hora após hora!

— Meu Deus, Emma Lee, quantos orgasmos você teve?

— Está querendo dizer na noite passada ou esta manhã?

A colher de Jordan cai na tigela.

— Pare! E gentilmente lembre-se com quem está falando, eu imploro! — ela chora depois de um segundo estrondo sugerindo que alguma coisa caiu no chão.

Jordan está namorando Ben neste momento, o cara que ela arranjou no baile da primavera, só que Ben está no Equador neste verão, uma longa distância do emprego dela no escritório do senador Covell, por isso os dois adotaram uma política de "não pergunte, não conte". E não demorou muito para Jordan decidir que era sobre Evan de quem ela não falaria uma palavra sequer a Ben. Evan, o garoto de confiança do senador Covell. O problema era que Evan não era tão ardente entre os lençóis.

— Ele me disse que o sexo está superestimado e que, se houvesse escolha, teria preferido se deitar enroscado com um livro de Bob Woodward. Quero dizer, quem diria isto? — Jordan gritou semana passada, furiosa mesmo quando me contava. Obviamente ela tinha esperado por um tipo diferente de desfecho. E tinha sido tão excitante quanto Washington em todo verão.

— Não se preocupe, Jord. Sua hora vai chegar.

— Patético! — ela bufa. — O quente escocês..., você o verá esta noite?

— Não, só segunda-feira – replico. — Infelizmente, Kip tem que sair da cidade para um trabalho este final de semana, o que está certo, só porque preciso de tempo para me recuperar fisicamente. O que você vai fazer?

— Oh, você me conhece, reunião social à noite na casa grande com George e Babs. Oh, merda, estou sendo bipada! — Jordan exclama. — Pode acreditar nisso? E num sábado de manhã, também!

– Não está contente de que já esteja acordada?
– Cale a boca.

✱ ✱ ✱

Quando a noite de segunda-feira rola, Kip e eu nem mesmo saímos do estúdio. De fato, ainda estava no vestíbulo quando Kip me pressiona contra a parede.

– Alô, você – ele diz, colocando seu nariz no meu.

Estou muito excitada para falar, então respondo com um beijo. Continuamos nos beijando, primeiro gentilmente, depois mais insistentemente, até que nossas bocas se colam, nossas mãos tocam, acariciam e sondam, e nossas roupas parecem bandagens, torniquetes, e quero tirá-las de vez. Desabotôo a camisa de Kip, parando no meio do caminho para pressionar meus lábios contra seu peito e inalar seu cheiro morno e másculo.

Os dedos de Kip mergulham no meu cabelo e inclinam minha cabeça para trás.

– Venha comigo.

Kip grunhe qualquer coisa em sua profunda pronúncia escocesa, fazendo-me ajoelhar com as carícias, especialmente quando isso é acompanhado por um puxão na direção da cama. Só paramos do lado de fora do quarto escuro.

Dou um grunhido e mordo sua orelha.

– Você é tão vulgar.

– Paciência, querida; coisas boas vêm para aqueles que esperam – Kip murmura, pontuando essa promessa com uma carícia no meu traseiro. Seu pé empurra a porta para abri-la.

– Só achei que poderia estar interessado em ver como passei minha tarde.

Quando meus olhos se acostumam ao escuro do quarto pequeno e morno, vejo um varal e duas dúzias de fotografias em preto-e-branco secando nele: eu em dois tamanhos, grande e maior.

– Imprimi estas como um começo. Existem muitas outras boas. – os braços de Kip me envolvem. – O que acha? – ele sussurra junto ao meu cabelo. – Gosta do que vê?

Nas fotografias, ainda tenho a maior parte da maquiagem das fotos para Garhart, pesada, resplandecente, uma maquiagem digna de

400.000 libras. Meu cabelo, embora desarrumado pelo vento, ainda tem as curvas controladas que só podem vir das mãos de um profissional habilidoso. E, ainda, elas são minhas. Emily. Uma Emily que eu nunca vira antes: sexy, sedutora, feminina, mas ainda Emily. Se gosto delas? Sim, muito.

– Elas são tão... reais – murmuro.

– São tão belas... Quanto a esta – os dedos de Kip se curvam em volta das beiradas de uma das fotografias maiores: um close-up da Praça Trafalgar. Nela, meus cabelos se espalham contra a juba do leão. Pareço radiante, expectante, viva. Isso foi momentos antes do nosso primeiro beijo. – Emily, a domadora do leão – ele sussurra.

Kip solta a foto. O varal gira, fazendo todas as fotos estremecerem. Estou usando um vestido de calor. Ele empurra a bainha para minha cintura. Suas mãos traçam minhas coxas, para cima e para baixo, mais e mais até que, tudo que sinto, penso, é isto. Esse sentimento. Eu me arqueio contra ele.

– Emily, fazemos um bom time, não acha? – Kip diz, seus lábios pressionados contra minha jugular pulsante. Seus dedos deslizam sob as minhas calcinhas.

Solto um gemido.

– Vou tomar isso como um sim...

Meu vestido está no chão agora. Kip continua atrás de mim. Suas mãos sobre os meus seios. Sua boca visa cada conexão da minha espinha, para baixo, para baixo, para baixo, vagarosa, vagarosamente, até que ele está se deitando no chão e me puxando para ele, para o rosto dele. Meus joelhos deslizam passando pelos ombros dele.

Quando a língua dele me toca, estremeço.

Kip pára e olha para cima. Acima dele, tudo o que pode ver sou eu. Eu e eu e eu.

– Acabo de ligar para o seu agente – ele sussurra. – Consegui você para o próximo final de semana, para uma capa da Harpers&Queen.

– Oh, Kip!

Depois, tomamos um banho, comemos ovos mexidos e acendemos um fogo. Sobre o tapete de pele de urso, Kip lê Wallace Stevens em voz alta. Carnes rosadas e alvas, traços contidos, ondulações ambíguas – as palavras se derramam sobre nós. Nossos corpos estão apertados um contra o outro, nossos membros entrelaçados e torcidos, uma camada tecida contra o mundo exterior.

Estou apaixonada.

❈ ❈ ❈

Sabe como dizem, uma coisa boa acontece e tudo mais vai para o seu lugar? Bem, é verdade. Estou apaixonada. Minha agenda continua a se encher de contratos. E algo mais está acontecendo também. Aqui, em Londres, estou realmente aprendendo a me movimentar.

Onde quer que veja modelos naqueles filmes feitos para TV, elas estão sempre fazendo essas grandes poses de desfile: pulando, girando, saltando, surgindo; é como um videoclipe de uma audição de Thriller. Na realidade, o trabalho de modelo é muito menos dramático. Isso eu sabia, é claro, além dos ângulos básicos que aprendi com Conrad, e poses de maiô que peguei de Greta, mas isto é só a metade da coisa. Não, a parte difícil é tornar isso real. Faça um trabalho ruim e parecerá uma daquelas modelos de papelão recortado perto da máquina de gelar cerveja na sua loja de conveniência local 7-Eleven – tesa e chata –, e não trabalhará muito, não importa quão estonteante seja.

Faça um bom trabalho, contudo, e é completamente diferente. Você não é mais a modelo esnobando o traçado do bolso da roupa de ficar em casa de Dacron, mas A Mulher. A Mulher Cujos Linhos nunca Amassam, A Mulher com o Vestidinho Preto Chique. A Mulher com o Tom Perfeito de Lipstick. Ela é relaxada, confiante e bela, e todo mundo quer ser ela.

E eu sou esta mulher, quero dizer, às vezes. As fotos com Kip devem ter dado a largada em alguma coisa, porque agora, onde quer que eu ande no estúdio ou fazendo uma pose, sinto-me simplesmente assim... relaxada, confiante e bela, e quando olho nas lentes e o fotógrafo está dizendo Sim Emily! Sim! e vai clicando, sei que sou boa no meu trabalho, e que isto é o que eu tencionava fazer.

Então estou ocupada. Ainda nem tinha ido ver as revistas (Logo, prometo, Sam dissera), mas elas estão começando a vir a mim. Depois de alguns dias do contrato para a foto de capa da Harpers&Queen, consigo meu primeiro editorial da estação: uma matéria de roupa de outono para a britância GQ, que está sendo fotografada em Hempstead Heath.

QG é uma revista masculina, obviamente, o que significa que serei uma figurante. Isso não é surpresa. As revistas masculinas usam mulheres como figurantes muito mais freqüentemente que de outra forma. Como entendo, existem duas razões para isto. A primeira é que os homens não têm imaginação. Precisam estar olhando a foto de uma gata cobiçando uma jaqueta/terno, qualquer coisa para imaginar isso acontecendo a eles. A segunda, e mais importante razão, é que esses caras gostam de olhar fotos de gatas.

A matéria da QG tem seis páginas. Estou em duas delas, que são: uma, eu empoleirada numa cerca num vestido colante de veludo preto e saltos, enquanto Armin (supermodelo suíço, forte e determinado) olha contemplativamente através do Hempstead Heath, um braço passado em volta da minha perna, o outro no bolso da sua jaqueta Barbour, como se tentando achar um cachimbo; e a segunda, eu num macacão colante de veludo preto (parecido com aquele que Kate vestiu, mas com um decote profundo) olhando para Armin (Com adoração? Com reverência? Satisfeita? Tentamos todas estas, e mais) enquanto ele ri, suas sobrancelhas perfeitamente erguidas debaixo do seu gorro de lã e jaquetão combinando.

Olhando para a foto, parte do meu cérebro, a parte que foi esticada e exercitada por vários meses numa instituição da Ivy League, diz que é errado ser fotografada – objetificada – assim. Mas então caio na real. Consegui mais duas páginas de editorial para o meu book – duas! E mais! Kip MacSwain, o homem que adoro acima de todos, vai fotografar uma capa comigo – uma capa! Pela primeira vez desde que cheguei a Londres, sinto-me andando para frente. Ganhando movimento. Indo a algum lugar. Subindo.

Este é o tipo de notícia que deve ser partilhada. Corro direto para casa depois das fotos e faço uma chamada.

– Isto é ótimo, Emily! – Byron diz. – Quantas páginas?

– Du...

– JON DIGA AO MARIO QUE ELE TEM UMA PRIMEIRA EM LISCULA!

... LISCULA!

... LIS-CU-LA! ENTENDEU? – Byron grita, nossa conexão tão boa que estou certa de que ele está falando do País de Gales. – Desculpe, Em. Quantas pá... UMA PRIMEIRA! UMA PRIMEIRA!... Desculpe... O que eu estava dizendo?

– O número de páginas – lembro-lhe rispidamente. – São duas. Mais a capa.

– Duas? É isto? Como elas são?

Começo a descrever as fotos para a britânica GQ.

– Ótimo – ele diz outra vez quando chego na parte do Hempstead Heath. – Você está gorda?

– N...

– DIGA AO MARIO PARA ESPERAR, OK? EMILY, VOCÊ ESTÁ GORDA?... – Desculpe, ainda está gorda?

– Não, perdi cerca de quatro quilos e meio! – comemoro. – Estou quase lá!

– BEM, SOU UM HOMEM OCUPADO TAMBÉM, JUSTINE. DIGA A ELE QUE...

– Você parece ocupado – digo ironicamente.

– Deus, sim. Temos trinta garotas agora. Em... Trinta! Duas a mais do que esta manhã, e estou tão ocupado lidando com toda essa merda que nem posso ver direito as coisas. Então duas páginas... É isto?

– Mais a capa.

– Uma tentativa de capa, Emily, você sempre deve dizer tentativa de capa.

– Sinto muito, tentativa de capa

– Só estou dizendo isso no caso de você não conseguir. Revistas sempre fotografam várias garotas para cada capa, cinco ou seis, é muito comum. E a maioria são garotas de capas de números passados, tornando virtualmente impossível conseguir uma na primeira tentativa... De qualquer maneira, como é? Duas páginas mais uma tentativa de capa. É tudo que conseguiu?

Conversa de merda.

– Bem, até agora, sim, mas estou realmente começando a trabalhar – digo a ele. – Estou realmente fazendo progressos aqui. Pergunte a Sam.

Pausa.

– Quem é Sam?

Espere. O quê?

— Sam. Minha agente.

— Ela é nova?

Ele está brincando?

— Não Byron, Sam é a cabeça da Entr'acte. De qualquer modo, sobre a minha arrancada...

— Entr'acte? Você está em Entr'acte?

Jesus.

— Duas páginas mais uma tentativa de capa e já é quase agosto — Byron murmura. Ele parece estar conversando consigo mesmo agora. — Londres fecha em agosto.

Sinto meu coração começar a fibrilar. Ou talvez seja a nicotina.

— O que quer dizer com fecha?

— Você sabe, Em, é a Inglaterra. Europa. Vem agosto, o continente inteiro pára, especialmente a indústria da moda. Qualquer um que seja alguém estará em Capri, ou Cap d'Antibes, ou Mônaco. Eu mesmo estarei em Mônaco. No iate do Valentino.

Não, eu não sei. Valentino?

— Não eu — falo sem pensar, subitamente em pânico. — Eu ainda estarei aqui.

— Não trabalhando, você não... Bem, a primeira semana de agosto você poderia, mas...

Agora é a minha vez de gritar.

— NÃO TRABALHANDO! Do que está FALANDO? NÃO TRABALHANDO! Por que não me DISSE?

— Estou dizendo agora.

— Mas nem mesmo fui às revistas!

— O QUÊ? ELES CONTRATARAM ESTELLE? SERÁ QUE VIRAM ESTELLE ULTIMAMENTE? ELA ESTÁ GRANDE COMO UMA CASA! Bem, você viu GQ e Harpers&Queen, não viu?...

— Não! As duas chegaram através de fotógrafos com quem eu já tinha trabalhado. Fiz um catálogo com o fotógrafo da GQ e estou namorando o fotógrafo da Harpers&Queen. Byron, você precisa me ajudar! Precisa dizer a Siggy para me mandar às revistas!

— Quem?

Ele não pode estar falando sério.

— SIGGY! A CABEÇA DA DÉBUT!

— Não, o FOTÓGRAFO! QUE FOTÓGRAFO ESTÁ NAMORANDO? Jesus.

— Kip MacSwain.

Apesar das circunstâncias, vejo-me reprimindo um sorriso: Kip! Byron, ofegante:

— Está namorando Kip MacSwain? Jesus, Emily, por que não diz alguma coisa! Kip é peso pesado! JUSTINE, JUSTINE, TENHO QUE LIGAR DE VOLTA PARA ELA! Há quanto tempo isso está acontecendo? Ele já fotografou você?

— Fizemos uma propaganda para a Garhart – digo presunçosamente: Kip! — Ei, talvez pudéssemos usar aquelas...

— Não joalheria. De jeito nenhum, muito antiquado. Algum editorial?

— Não, mas ele fotografou oito rolos meus em toda Londres. E... Oh Byron, não posso esperar até você ver o filme. É lindo! As melhores fotos que já tiraram de mim.

— Emily — Byron diz. — Quero que me escute cuidadosamente: Esqueça essa coisa de fotos-teste, fotos-teste são uma perda de tempo. Você precisa de recortes de revista! A capa é um bom começo, mas não é suficiente, tem que ter uma estratégia e CONSEGUIR QUE O SENHOR SEU NAMORADO FOTOGRAFE UMA MATÉRIA COM VOCÊ NUMA REVISTA, QUALQUER REVISTA. E, aí, você conseguiu. Entendeu? Tenho que desligar.

Clic.

Você precisa estar brincando comigo. Só tenho mais duas semanas para conseguir meu editorial? Duas semanas? Acabo de conseguir um avanço. Suportei agonia física e desenvolvi um hábito de um maço por dia (estou falando de cigarros) para perder quatro quilos e meio. Quatro quilos e meio para nada. Quatro quilos e meio para merda nenhuma. Merda! Arrrgggggh!!!

— Santo Deus — Edward diz, entrando na cozinha.

Eu me viro e aponto.

— Edward! Isso é muito importante: onde vai estar daqui a duas semanas?

— Humm, deixe-me ver... Duas semanas?

— Sim, até o meio de agosto, onde você vai estar?

— Cornualha.
Bato na testa.
— Um pouco parado talvez, mas não é tão mau – ele diz calmamente. – Pense que pode ficar cheio essa época do ano, é o pico da estação de férias e as estradas estão lotadas!

❋ ❋ ❋

— Parece que teve um dia duro. Sinto muito, querida.
As palavras de Kip são seguidas por lábios pressionados contra minha testa. Quando cheguei ao seu estúdio, tive outro fricote sobre ter somente duas semanas antes de Londres acabar. Escutar que Kip vai partir também – para Brighton, ver sua mãe e irmã – em nada melhorou meu humor. Mas, então, nós dois nos deitamos sobre a maior atração do estúdio: o tapete de pele de urso. Uma viagem estendida até a orgasmidade mais tarde e:
— Está melhor agora – murmuro sinceramente. – Muito.
— Bom – a língua de Kip roça pela minha orelha. – E lembre-se – ele sussurra. – Você ainda tem pelo menos um bom contrato: nossa capa H&Q.
— Verdade... – eu digo, embora, admitido, esteja menos excitada sobre isso desde a minha conversa com Byron. – Quantas garotas você fotografa para isso?
— Várias.
Eu me apóio sobre os cotovelos:
— Quantas são várias?
— Somente uma que é especial.
Minha resposta é um leve chute, um movimento que me causa um estremecimento mais que o meu objetivo; desde que o assunto da minha carreira veio à baila, eu me sinto muito enjoada.
Kip ri, agarra meu pé e começa a massageá-lo.
— Se quer mais editoriais, Emily, precisa fazer alguma coisa. Converse com Siggy. Insista para ela te enviar às revistas.
— Outro escarcéu com Siggy? Grrrr – murmuro.
— Posso ligar para ela em seu nome se você quiser e gostar.
E ter uma discussão seguinte sobre a minha vida amorosa? Não, obrigada.

— Não, é a minha carreira. Vou fazer isso sozinha. A primeira coisa na segunda-feira – resmungo antes de rolar sobre as minhas costas para tornar as coisas mais fáceis para o massagista.

— Bom. Lembre-se de jogar duro com ela, Emily, que é desse jeito que ela reage. Tudo está na abordagem, tanto com Siggy quanto com os editores que vai encontrar. De fato... – Kip larga meu pé e se senta. – Acho que devemos praticar.

Eu acho que preciso de uma massagem no pé.

— Nãããoooo – choramingo. – Mais tarde. No fim de semana.

— Eu não estarei aqui.

— O quê? – agora é minha vez de questionar. – Mmph. – meu estômago faz outra reviravolta desagradável. – Mas por quê?

— Oh, querida! – Kip acaricia meu queixo. – Fotografar em Paris. Mas estarei de volta terça-feira à noite, prometo!

— Terça-feira? Mas o que acontece se eu tiver que ver as revistas até terça-feira?

— Esta é exatamente a minha questão. Então, vamos praticar.

Grrr.

Os dedos dele se entrelaçam aos meus.

— Ok. Lição número um: lidar com editores de moda pode ser resumido assim: seja rude, não comunicativa, e estúpida.

— Muito divertido – digo petulantemente. Não posso acreditar que Kip está indo embora. Outra vez.

— Estou falando sério. Quanto mais amigável for, quanto mais falar, mais desesperada vai parecer, e, acredite em mim, a pior coisa que pode aparentar na frente de um editor é desespero. Precisa agir como se não pudesse se preocupar, seja rabugenta!

— Quem sou eu, Sean Young? – resmungo.

— Quer dizer que você não é?

Reviro os olhos. Os britânicos pensam que são tão engenhosos.

— Bem, quão chata se supõe que eu seja?

— Para começo de conversa, você nunca deve pronunciar as palavras Universidade de Colúmbia, ou mesmo universidade. Nenhuma educação superior. Este é o beijo da morte.

— Certo – bufo, sarcasticamente. Na verdade, Byron me disse isso também, mas achei que ele estava apenas sendo o seu self excessivo típico, e então, no meu encontro seguinte, quando o editor me perguntou onde eu morava, contei a história toda. Pensando nisso, não consegui este trabalho. – Mas por quê?

– Simples. Para uma editora te contratar, ela precisa se sentir superior a você. Você pode ser bonita agora, ela dirá a si mesma, mas você é estúpida e não tem futuro. Cedo ou tarde, você perderá sua aparência e ela ficará conhecida, estará no auge. Você tem que jogar dentro dos preconceitos dela para conseguir o trabalho.

Ridículo, embora, devo admitir, soe muito mais fácil que falar Cherokee.

– Está bem.

– Bom. Agora, vamos praticar. Emily – o sotaque escocês de Kip se eleva uma oitava. – Diga-me, onde essa fotografia foi tirada?

Derrubo meu cabelo no rosto.

– Nova York – respondo, curto e grosso.

– Não, você não sabe – Kip corrige. – Vamos tentar outra. Emily, há quanto tempo é modelo?

– Dois anos.

Kip sacode a cabeça.

– Não, você não se lembra.

– Está brincando.

– Não estou. Tente outra vez – Kip me puxa mais perto e começa a beijar meu rosto, pescoço, peito.

– Emily, de onde você é?

Mmph. Meu estômago incomoda. Sinto-me enjoada.

– De uma cidade no Meio-Oeste?

Mostro a língua. Kip tenta agarrá-la. Dou risada e ele me cobre de beijos, que me fazem rir... Mas acabo ficando triste.

– Temos só duas semanas juntos – murmuro quando paramos e minha cabeça se encosta ao peito dele. – Menos, depois de subtrairmos o final de semana.

– Querida, e se eu encurtar a visita a minha família? Ajudaria?

Ajudaria! Ergo o queixo e olho nos seus olhos.

– Encurtar quanto?

– Oh, para um, talvez dois dias. Dessa maneira, você e eu podemos viajar.

— Oh, Kip! — generosamente espalho beijos pelo seus rosto, testa e nariz. — Para onde?

Kip encolhe os ombros.

— Você é quem diz, não esteve em parte alguma ainda. Onde gostaria de ir: França?... Espanha?... Itália?

— Deus, qualquer uma, mas você teria acabado de chegar da França, então... Itália!

Kip sorri.

— Feito.

Então, nos beijamos profunda e apaixonadamente. Kip se deita de costas. Eu deslizo por cima dele. Ele agarra meus quadris, meus seios. As roupas caem no chão. Inclino minha cabeça e balanço para a frente para trás, para trás, para a frente. Meu estômago me perturba também, gorgolejando e se agitando em seu próprio ritmo, até que sinto como se ele fosse se apartar de mim e rolar para debaixo do sofá.

— Mmph — resmungo.

— Mmm! — Kip grunhe.

— Mmph — estou gemendo.

— Mmm! — Kip cavalga mais duro. Suor escorre do seu rosto.

— Mmph — estou gemendo. — Mmph, não posso... — ofegante. — Eu não...

Kip ofega.

— Sim, você pode, querida! Sim você pode! Vamos, minha menininha: Goze! GOZE!

Logo que Kip goza, eu me levanto com esforço. Sobretudo. E isso é tudo que faço nas várias horas seguintes, até cada músculo do meu estômago se acalmar e o capacho do banheiro parecer um lugar agradável de repouso, a base do toalete a compressa fria perfeita para minha testa. Quando finalmente me levanto, é sábado à tarde e estou metida entre frescos lençóis de algodão. Na mesa de canto está uma rosa, um vidro de antiácido e um bilhete.

Querida,
E eu pensei que tudo esta manhã fosse por minha causa.
Descanse e sonhe com a Itália.
Não posso ver você cedo o bastante.
Amor, Kip.

CAPÍTULO 20
CHAMADA PARA OS MAIORES

O mal-estar misterioso não é o melhor começo para o fim de semana; é, contudo, indicativo. Não consigo ficar em pé e sair do estúdio de Kip até segunda-feira de manhã. South Clapham Common nº 55 está escuro e silencioso, então caminho pela casa, para dentro do banheiro de Edward e sobre a sua balança.

Aí está, bem debaixo do meu nariz: o número que passei o verão inteiro buscando. Cinqüenta e quatro quilos e meio.

Consegui.

Fico olhando para o número. Sempre pensei que quando chegasse em 54,5, faria alguma coisa: Vou dar uma festa!, disse a mim mesma. Vou gritar de alegria! Ou, pelo menos, comer um pouco de queijo. Alguma coisa. Mas agora que consegui, eu estou... satisfeita. E é isso. Afinal, este número, este peso, era o que se esperava de mim; onde eu estava antes que era incomum.

Dizem que a câmera adiciona uns quatro quilos, mas isso não é verdade, não necessariamente. Depende das lentes, da luz, da competência do fotógrafo e de uma dúzia de outros fatores. Mesmo assim, você tem que estar magra, de qualquer maneira, então o impensável – aquela foto ruim onde seu braço está esmagado contra o seu lado ou a barra enfiada dentro da sua coxa nunca acontece. E para chegar lá – aqui – tive que ignorar o que eu parecia em pessoa e simplesmente me concentrar na balança, no número. É preto no branco, tão simples, e me diz quando estou magra o suficiente.

Estou magra o suficiente.

Desço da balança e olho meu rosto no espelho. Ele não é de corpo inteiro, mas expedições prévias me ensinaram que, se ficar no meio do aposento, consigo uma visão perfeitamente aceitável de três quartos do meu corpo. Fico olhando para o reflexo. De verdade? Eu parecia melhor quando cheguei aqui, menos emaciada. Mais saudável. Agora meus membros parecem longos e frágeis, como galhos de árvore recortados contra o céu de inverno, meus seios como dois montículos sobre uma pilha de gravetos. Deveria estar usando um tubo de alimentação.

Vai parecer ótimo em filme.

❋ ❋ ❋

O enchimento da jaqueta Thierry Mugler de Siggy, combinada com seu penteado espetado, cria um efeito completo de piloto, espaçonave inimiga. Bem, estou armada e perigosa, também. Caio numa cadeira, puxo um cigarro e aciono o isqueiro.

– Mande-me para as revistas.

Siggy se vira, enche seu bule quente e se vira de novo. Piscadela.

Ok, chega desse olhar de contestação, sua Freakazoid islandesa. Eu me inclino para a frente e bato com a mão na escrivaninha, reservando a outra para gestos selvagens e erráticos.

– Siggy, vou lhe dar uma escolha: ou você me manda para as revistas neste minuto, ou você me mede e então me envia, mas, não importa como vai fazer, eu vou vê-las, porque já é agosto e tenho menos de duas semanas aqui, e somente duas páginas, e isso não vai me levar a lugar algum. Não com Byron, certamente não comigo. Então faça sua escolha, e faça AGORA!

Ainda estou ofegante quando Siggy diz:

– Você tem encontros em virtualmente cada revista de Londres começando em uma hora. Sam está com a lista.

Você poderia ter me derrubado com uma pena.
— Uau... Ok. Ótimo.
— Não é?
Ela está... está... sorrindo.
— Quando vai me contar suas grandes notícias?
As palavras agora me faltam. Encolho os ombros, confusa.
— Byron me contou sobre você e Kip! São notícias brilhantes! Kip é um brilhante fotógrafo!
Depois de gritar isso, a voz de Siggy torna-se um sussurro:
— Então, me diga, ele é tão bom quanto elas dizem? Ele é... — piscadela. — Tão grande?
Ok, acho que descobri alguma coisa mais enervante que um olhar de contestação. Eu me ergo de um salto.
— Er, ele é ótimo... Siggy... o maior e o melhor — e saio correndo para o corredor de Sam.

❊ ❊ ❊

São verdadeiras as palavras de Siggy. Sam tem uma lista de visitas para editorial, a primeira em quarenta minutos (eu estive ligando e ligando para você, Sam me diz, aliviada). Pego a lista e me empurro porta a fora, ainda fraca por causa do fim de semana e ainda em choque sobre o que acaba de acontecer.
E já no momento em que alcanço o pavimento, imagino por que fiz tanto barulho.
Veja, estive em visitas para editorial antes, e eles são algo como isso: seu agente chama a editora de contratação e lhe diz — é quase sempre ela — que simplesmente precisa conhecer esta quente, jovem, promissora, totalmente especial garota nova. É claro, para uma visita verdadeiramente ser agendada, o agente precisa ser ao mesmo tempo familiar e confiável (uma pessoa não pode prometer o divino e enviar lixo tantas vezes). Se o agente é sincero e a editora deve a ele um favor/tem tempo nas mãos/é nova em seu trabalho, você está dentro.
Isso é tudo perfeito. O problema é o que acontece em seguida. A editora de contratação é o andar mais baixo do totem da moda, o que quer dizer que ela saiu há um ou dois anos da faculdade e está sentada

num cubículo. É um belo cubículo, decorado com cartões postais Mapplethorpe de corpos ou pimentas, ou pimentas que parecem corpos, mas ainda assim é um cubículo. Você se senta numa cadeira no perímetro enquanto ela folheia seu book, principalmente virando as páginas do seu pequeno editorial e fazendo pequenas viradas para ler o nome do fotógrafo. Em outras palavras, para ver se você é importante o bastante para enviá-la a uma editora sênior. Em outras palavras, ela não pode dizer por si só. Depois disso, ela tira uma foto Polaroid sua, pega um cartão, e terminou.

Byron diz que só se pode ser um rosto novo uma vez. O que ele quer dizer é que você não deve ver os editores até que seu book seja forte o bastante para separar você do pacote. É claro, isso não acontece até se conseguir boas fotos de bons fotógrafos, preferivelmente em boas revistas. Simplesmente eles não te contratam até que seu book seja bom o bastante...

Pelo menos, é assim em Nova York. Mas, depois de zanzar pela cidade por mais de uma hora, familiarizando-me por várias horas mais no edifício Condé Nast na Praça Hanover, eu diria que a atividade regular é muito mais do mesmo deste lado do lago. Através de tudo isso, tento seguir o conselho de Kip, mas agir "rude, não comunicativa e estúpida" é mais difícil do que parece, Então, na revista Good Housekeeping, sou calorosa e gregária – a jovem mãe ocupada, simplesmente eletrizada pela perspectiva de transformar panos de prato festivos em atraentes cortinas para a cozinha. Na Santé, sou vivaz e entusiástica, minha performance culminando com um sonoro Tchau! acompanhado por um punho bailarino meio acenando, meio fazendo gestos de vitória, logo que dou um passo para dentro do elevador.

Sei que nunca se pode dizer como um Vá e Veja vai terminar, mas tenho um sentimento forte sobre estes: eu fui, implorei, e eles engoliram.

Mas ainda tenho um último compromisso. Só um.

Mas este é um grande.

– Emily Woods? Por aqui.

Um interno me leva através de um conjunto de portas de segurança pelo corredor abaixo. Quando pegamos velocidade, as capas emolduradas na parede começam a borrar: Vooooggggguuueeee, as meninas sussurram através de dentes brancos e lábios perfeitamente cheios. Vogue... Oh Deus. Mordo os meus próprios e tento me concentrar, em vez disso, em outra visão: os prédios pela janela, que parece tranqüilizadoramente similar às outras revistas por onde acabei de passar, até que passamos por outra porta, então outra, então dentro de uma sala de conferências.

– Esta é Emily Woods.

O interno coloca meu portfólio numa mesa comprida, tão espartana e lustrosa quanto a editora de pé atrás dela, e sai silenciosamente.

– Alô, Emily.

– Alô.

A editora coloca uma brilhante madeixa loura por trás da orelha e abre meu book. Escuto meu coração nas orelhas: Vogue, esta é Vogue.

– Você é americana.

– Sim.

Começo a arrancar o esmalte da unha do meu dedo mindinho. Estou certa de que deveria estar fazendo alguma coisa, mas o quê? Como ajo na Vogue? Eu não sei, por isso apenas fico lá como um quadro, meu rosto tenso e branco enquanto mordo minhas bochechas por dentro e tento não vomitar.

– De que parte dos EUA você é?

– Não sei.

Ela olha para cima.

– Perdão?

Sinto muito, Kip.

– Wisconsin – respondo mais alto.

– Que adorável!

Eu me faço um pouquinho mais alta. Quando você é da zona rural do seu próprio país, você é uma caipira desesperada destinada a ser alvo de eternos olhares ou comentários estranhos, como "bem, certamente está bem longe de casa!". Quando você é da zona rural de outro país, é "adorável".

Mais páginas viram.

– Quantos anos você tem?

– Tenho...

Uma mulher de cabelos prateados, discretamente grávida num collant preto, entra pela porta lateral e se aproxima da mesa.

— Dezenove – digo para as duas.

— Liz! – a editora salta para trás. – Não percebi que estava aqui! Liz, esta é Emily. Emily Woods.

... que mal pode respirar. Por favor, goste de mim, penso enquanto Liz Tilberis me estuda com olhos brilhantes. Por favor, goste de mim.

Ela não gosta. Liz folheia meu book por dez segundos talvez antes de fechá-lo com um estalo. As palmas de sua mão apertam-se contra a capa, como se tentassem afundá-la.

Oh. Tudo dentro de mim afunda também. A razão pela qual não se pode dizer como os Vá e Veja vão se concluir é porque geralmente mesmo os nãos darão atenção a suas fotos, atirando-lhe um cumprimento de consolação, como Você tem pernas maravilhosas ou Você me lembra dessa e daquela. Você só descobre que é um não mais tarde, quando nenhuma opção se materializa, ou eles dizem alguma coisa ao seu agente, como "Ela não é para nós". Mas esta é Vogue: a número um, a fazedora de estrelas; imagino que eles não têm que ser legais se não quiserem.

Só que Liz está sorrindo.

— Queremos trabalhar com você – ela diz, a mão agora dando à capa uma pancadinha afetuosa. – A Vogue quer trabalhar com você.

❦ ❦ ❦

— Você pode acreditar nisso? Liz Tilberis, a editora-chefe!

Dou um salto e tento um passo de dança lateral batendo os calcanhares juntos, tipo duende Lucky Charms, o último dos muito grandes movimentos e sacudidas que ensaiei na última hora.

— Não consigo uma opinião maior que essa, não é?

— Maior que a da chefe? Não...

Kate enche novamente meu copo de champanhe e termina o seu próprio antes de colocar a garrafa outra vez no balde de gelo. Kate esteve em Portugal num contrato de fotos épico; não a vejo há semanas. Tínhamos combinado de nos encontrar na agência e sair para um chá, mas quando entro na Début, Siggy salta fora do seu escritório, a Moet Chandon já no gelo. Vogue tinha ligado para fazer uma opção por mim. Agora, ela sai procurando uma segunda garrafa, "de alguma coisa mais adequada, como Dom ou Cristal", deixando Kate sozinha com minha euforia.

Nunca estive tão eletrizada!

Executo um giro vagaroso, um movimento que, a despeito de todo o cuidado, manda meu champanhe perigosamente para perto do lábio. Tento parecer tranqüila. Kate já esteve na Vogue britânica por três vezes, até já me contou como depois do seu primeiro contrato com a revista correu em volta de Londres na garupa da Harley de Noel, gritando para a noite.

– Quero dizer, simplesmente sinto que esse trabalho duro valeu a pena, finalmente! É claro, não tenho um contrato ou nada ainda, mas...

Siggy está entrando na sala, a garrafa gelada erguida em sua mão como uma tocha.

– Se Liz gosta de você, você está dentro. É só uma questão de tempo.

– Tempo ou momento certo – Kate diz.

E, como se tudo tivesse ficado claro em dias recentes, as duas estão trabalhando contra mim.

– Mas não estou pedindo muito. Uma página, uma meia página, certamente eles fotografarão algo assim em agosto...

Kate dá uma olhada para Siggy que, depois de abrir o champanhe, diz:

– Emily, acho que devia considerar ficar mais tempo em Londres.

Encolho os ombros.

– Claro, se necessário, posso me apertar em outros quatro ou cinco dias – é claro que isso significa não ir para casa antes de começar as aulas, o que não faria meus pais muito felizes, mas se é uma questão de Vogue ou não Vogue...

Outro olhar intranqüilo.

– Em, Siggy quer dizer mais que dois dias – Kate explica.

Oh. Eu sei onde isso vai dar. Deslizo para uma cadeira.

– Deixem-me adivinhar. Vocês querem dizer largar a escola...

Elas concordam.

Minhas colegas de quarto passam rápido pela minha mente. Sinto uma agonia.

– Mas eu gosto da escola. Quero me formar!

– Sei que você quer – Kate desliza para a cadeira perto da minha e se senta com suas pernas debaixo do corpo. Ela está vestindo linho branco da cabeça aos pés, e de alguma forma, mesmo nesta pequena sala cheia de fumaça de cigarro, consegue parecer como um anúncio de perfume ambulante. – Não tem que ser para sempre, simplesmente... Fazer o que estou fazendo, adiar por um ano ou dois para ver o que acontece.

Tomo o conteúdo do meu copo.

– Ou mesmo só por um semestre – Siggy emenda rapidamente. – É o que Lotte fez: decidiu ficar depois que o verão terminou. Ela morou comigo. Você poderia fazer isso também. Ou ficar na casa do Edward, como preferir.

– E no próximo verão? Poderia trabalhar para Vogue então.

Kate passa a mão pela minha manga, seus olhos ternos.

– Olhe, Emily, é como conversamos antes, algumas vezes você tem que ir com o fluxo, aproveitar o momento...

– Fazer feno enquanto o sol brilha, malhar enquanto o ferro está quente, sim, sim, sim – murmuro procurando a garrafa.

Sem aviso, Siggy grita. Suas mãos batem palmas.

– Gente, Kip vai ficar eletrizado!

Eu sorrio. Kip! Ele ainda não sabe.

– Kip? – Kate diz.

Siggy apanha o telefone da escrivaninha.

– Bem, o que está esperando? Ligue para ele!

– Ele está em Paris.

– De quem estão falando? – Kate pergunta.

– Oh, você não sabe... Emily está namorando Kirk MacSwain! – Siggy grita.

A boca de Kate fica aberta. Eu queria contar as notícias por mim mesma, mas agarro os ombros dela excitadamente.

– Kip é Cary!

– Cary? – Siggy repete.

– Nada não.

Sorrio para minha amiga. O champanhe nos deu a ambas bochechas rosadas, as dela pintalgadas de pequeninas ilhas de sardas, mas agora ela está branca.

– Kip MacSwain – sua voz parece fazer eco.

Mais uma vez e igualmente sem aviso, as mãos de Siggy aplaudem.

– Kate, são 6 e 10! O que está fazendo? Deveria estar em Heathrow agora! Vou te matar se perder esse vôo! Então, Hermès! (o que será isso? Não entendi)

Kate suspira. Agentes passam a metade do seu tempo se assegurando de que as modelos peguem seus aviões... Ou lidando com a encrenca quando elas os perdem.

– Vou pegar Siggy – ela a tranqüiliza. A despeito disso, ante a insistência de Siggy troca sua taça pela bolsa. Eu a sigo porta afora.

– Então, Kip... Você pode acreditar? Você já o encontrou, não? Ele é inteligente, certo? Minha descrição foi exata, certo?

– Sim... Emily.

Quando Kate se vira, ela dá comigo pulando para cima e para baixo. Vogue! Champanhe! Kip!

O que foi?

Eu paro.

– Alguma coisa errada?

– Não, não – ela sacode a cabeça. Seus olhos estão vidrados, mas está sorrindo com dificuldade. – Kip é magnífico. Você está certa. De fato um Cary Connery.

Quando nos abraçamos, meus olhos estão vidrados também. De fato, estão molhados de lágrimas. Kate é parte do êxodo da moda; ela e Noel partirão para Cannes direto de Paris. Não sei quando vou vê-la outra vez.

Dou um passo para trás, apertando meus dedos debaixo dos meus cílios.

– Queria que não estivesse indo.

– E eu desejaria que você ficasse – Kate diz, piscando rapidamente. Uma lágrima escapa e corre pelo seu rosto. Seu pé dá um passo.

– Estarei no Ritz, em Paris, nos próximos quatro dias. E, Emily? Vou ligar para você. Nós realmente precisamos conversar. Eu...

– KATE! AGORA! – Siggy grita.

– Estou indo! Estou indo!

Na metade das escadas, Kate agarra o corrimão e se vira para trás.

– Emily, acho que você deve ficar. Fique e veja o que acontece.

Pela segunda vez, olho para ela nos olhos e digo:

– Vou pensar.

✳ ✳ ✳

Durante o último copo de champanhe, Siggy conversa comigo sobre minha carreira: construí-la, desenvolvê-la, maximizá-la. Uma vez que a Vogue está em perspectiva, serei removida para o quadro da Début, é claro, aí ela tomará conta da minha carreira pessoalmente.

– Será uma honra para mim – ela me diz.

Quando terminamos, saio para caminhar. Está escurecendo agora e as pessoas têm algum lugar para ir. O cansativo andar a pé do casaco e do conjunto de malas; o andar propositado daqueles segurando reservas de teatro, ou ingredientes para um ansiado e esperado jantar; a cantante agilidade dos habituée de bares, de festas e dos jovens amantes... Caminho entre todos, olhos dourados, mais alegres por causa do champanhe. Kip! Eu penso. Vogue! Début! Minha mente confusa não é capaz de abarcar muito mais que isso.

Meus pés estão doloridos. Nesse momento me sento numa lanchonete para um café e uma salada verde. Tenho que ficar sóbria, e estou pensando em outras coisas: Devo ficar ou partir? <u>Prós</u>, escrevo, minha caneta pressionando pesadamente contra o guardanapo. <u>Contras</u>.

Quando volto a mim não está mais escurecendo, está escuro. Há poucos pedestres e mais gente vagando sem rumo. Mas eu não estou entre eles; sei para onde estou indo. Entro numa cabine telefônica e disco.

Os dois atendem.

– Emme! – papai diz. – Ligou na hora certa, acabo de chegar do trabalho!

– O que está errado? – mamãe pergunta.

É claro que ela sabe. Por razões nunca inteiramente claras, provavelmente porque não são racionais, mamãe detesta usar o telefone. Dê-lhe a opção de ligar ou dirigir, e ela apanha as chaves na hora; "conversar" com um amigo sempre envolve uma caneta; e eu tenho uma palavra para o pessoal de telemarketing: piedade. De fato, só liguei para meus pais uma vez desde que cheguei a Londres: quando cheguei, para fazê-los saber que havia chegado. Desde então tem sido correio aéreo toda vez, cartas de minha mãe cheias de notícias de Balsam Lake: informação extremamente interessante de como ela está levando sua batalha contra as pragas do jardim.

— Nada está errado — eu lhe digo. — Só estou ligando para saber de vocês.

— Você está grávida?

— Não.

— Está na cadeia?

— Mãe!

— As pessoas usam o telefone por muitas razões diferentes, Claire — papai a recorda. — Emily só nos ligou porque está querendo notícias. É ótimo escutar sua voz, Emme! Como está tudo por aí: fantástico? — aquilo como uma censura de papai, mexendo com o yin de mamãe com uma expressão extra-alegre.

Gasto alguns minutos recapitulando o que cobri em minhas cartas admitidamente esporádicas: um conto brilhante e alegre envolvendo uma bela casa na cidade e três mulheres atraentes, todas supervisionadas por um homem mais velho muito gentil, tipo seriado As Panteras, insinuando os macacões colantes, mas tirando a parte da luta contra o crime.

— Parece divertido! — Papai diz, antes de se lançar em sua própria série de estorinhas: Os pôsteres para a Feira Estadual são um grande sucesso. Tommy está indo muito bem na pré-estação — falando em jogos, ele precisa ir. Papai e T estão vendo os Brewers contra o White Sox. — Mas continue falando com sua mãe. Tchau.

— Tchau, pai!

A voz de mamãe está em guarda, expectante.

— Ok. O que está errado?

— Nada! — minha voz sai com um gorjeio. Sou a alegre agora. — Como está o seu jardim? Ainda tem problema com as lesmas? A cerveja está funcionando?

— Estou de volta ao alfinetes de lapela.

— O que é um alfinete de lapela, exatamente? Onde você encontra um?

Mamãe suspira.

— Emme, é quase meia-noite aí. Não me diga que está ligando para falar de lesmas e alfinetes de lapela.

Bem, quem o faria? Fecho meus olhos apertadamente e inspiro profundamente. É agora ou nunca.

— Mãe, vou ficar em Londres por enquanto.

No momento que segue, posso escutar minha mãe respirando. Posso imaginá-la num banco da cozinha, suas costas retas, sua cabeça ereta – uma postura aperfeiçoada por anos de ioga. Ela está cozinhando, mais provavelmente, então seu cabelo está preso em um coque baixo e frouxo, seguro por um lápis bem mastigado. Está usando tamancos, jeans e uma camiseta ligeiramente suja de ervas e farelo de pão. E está olhando para a superfície do lago.

– ... Mamãe?
– Estou te escutando.
– Não vai dizer nada?
– O que você quer que eu diga?

Uma ambulância passa correndo pela rua, luzes acesas e sirenes desligadas. Eu a observo passar, então aliso o guardanapo amassado contra a cabine telefônica:

– Não estou falando em ficar para sempre, mamãe, só por uns meses. Pense nas vantagens: 1º vou fazer um bom dinheiro e economizar um monte.
– Pode fazer isto aqui.
– 2º vocês não precisarão ajudar com as mensalidades escolares, nem um centavo.
– É a sua educação. Estamos contentes em ajudar.
– 3º ficar em Londres me auxiliará a me encontrar, me ajudará a descobrir o que quero fazer.
– É para isso que servem os vinte anos.
– Por que não saltar etapas?
– Por que perder tempo?
– Não é uma perder tempo! – estou gritando agora.

Depois, é ela quem grita.

– É um desperdício! É idiota!

Eu amasso a lista. Por que não? Estamos completamente fora do script. E a atiro fora. Ela voa pelo ar, bombardeando o mais alto num grupo de rapazes, todos usando batons pretos.

– Bom tiro, amor! – um deles grita.

Seus amigos começam a rir e zombar.

– Atire em nós outra vez, amor! Sim, amor! Vá em frente, amor!
– Amor?... Emme? Quem está dizendo isso?

— Ninguém, mamãe, só um rapaz na rua.
— Você está na rua? Por quê? Emme, é meia-noite!
— Atinja-nos outra vez, amor!
— Emme... Emme você está bêbada?

Pare. Pare. Agarro o receptor.

— Mamãe, vou ficar em Londres e quero que respeite minha decisão – digo rapidamente. – Tenho 19 anos agora. Sou adulta.

— Adulta? – mamãe ri histericamente. – Então verá que concordar com você é uma coisa, Emme; respeitá-la por isso é outra.

CAPÍTULO 21
IRRITADA E EXCITADA

A noite toda me reviro na cama, insone. Mamãe estava puta. Continuo escutando sua risada aguda, até que ela ficou mais e mais alta, a risada maníaca da Bruxa Malvada do Oeste, e então o ruído contínuo do tom de discar depois que bato o telefone.

Foi uma noite ruim, mas, quando a manhã chega, ela se dissipa. Tenho coisas mais importantes para me preocupar, como a minha tentativa de capa para Harpers&Queen.

Uma capa. Quem não sonharia em estar numa capa? Quem não imaginaria ser o rosto responsável por mil, não, dez mil, não, um milhão de vendas? Quem não teria se imaginado entrando numa banca de jornais e dizendo:

– Oi. Oh, sim... sou eu. O quê? Um autógrafo? É claro! Qual é o seu nome? Oh, outro? Emily Woods, assino no meu cabelo, exatamente como aquele cara que escondeu todas as Ninas.

Uma capa. É tão excitante. A perspectiva de ver Kip é excitante também, e enquanto tomo banho, me troco e vou para o estúdio tentando me concentrar nestas coisas, coisas excitantes, e não nas outras, como o nó que sobe e desce no meio do meu corpo, que se formou por uma e única razão: porque, diferente de um trabalho comum, nenhum sentimento é poupado num trabalho onde existem dólares e egos demais envolvidos. Por isso, se este dia não for bem, saberei imediatamente.

Quando as coisas vão bem no set, você sente isso. O fotógrafo grita "Bom!" e "Lindo!" e todo mundo está sorrindo, especialmente o cliente, que tem um sorriso satisfeito de saber que ele é o maestro que fez isso acontecer. Perguntas são feitas a respeito da sua disponibilidade, e seu agente liga para dizer que você foi contratada, não só para outros trabalhos com este cliente, mas para trabalhos com fotógrafos de outros clientes, muitos dos quais você nunca nem mesmo encontrou. Tudo porque eles acham que você é fabulosa.

Quando as coisas não vão bem, a primeira coisa que você percebe é o som. Ou a falta dele. Ninguém está gritando de júbilo sobre a maior fotografia; ao contrário, estão todos juntos atrás das lentes, cochichando sobre detalhezinhos. Sobre você. Esta é a campanha do cochicho. Quando começa, é quase impossível parar. Não por você, de qualquer modo. Você está encurralada no set, observando numerosos pares de olhos bem abertos e grudados em você de um traço a outro, ouvindo por alto o suficiente para saber que seus medos são decididamente fundados: existe um fio de cabelo solto do lado esquerdo? Não, realmente eu estava olhando para outro fio, aquele atrás da orelha dela. O cabelo dela parece fino, ralo. O que acha dos olhos dela? Eles estão pesados demais? Não estão pesados o bastante? Alguma coisa está ruim, eles parecem ligeiramente menores. É a linha do olho? Oh... é ela. Espere, existe alguma coisa na bochecha esquerda dela. Não, na minha esquerda. Uma pinta? Pode disfarçar isso? E acertar a gola? Eu não sei, simplesmente não está funcionando. Talvez possamos...

Os primeiros rolos de filme são assim.

– Deixe-me ver... – Dee, a editora de beleza da Harpers & Queen, afasta suas assistentes, tira seus óculos eu-sei-tudo-eu-sou-demais, e olha dentro do topo da Hasselblad. – A gola ainda está desigual – ela anuncia.

Miriam, a estilista, puxa a gola para o meu pescoço.

– Melhor?

Suspiro.

– Não.

– Vou cortar isso – Kip sugere.

— Você não pode. Perderemos o colar se cortarmos, e seria um desastre. A mensagem de cima é de que precisamos usar mais jóias.

Dee endireita e ajusta sua saia. Diferente de suas assistentes – duas garotas desmioladas e infantis que parecem inteiramente alinhadas com o público-alvo de Harpers & Queen, leitoras que reagem a manchetes como "Minutos Secretos de um Comitê de Baile de Caridade" e "Mantendo uma fila de Amigos Jogadores de Pólo –, Dee é o que você esperaria de uma editora de moda: modelo magra (por que qualquer um se torturaria a si mesmo voluntariamente dessa maneira está além da minha compreensão). usando um corte de cabelo acabado de sair da passarela, jovial e cheio de mechas que ela sente a urgente necessidade de freqüentemente alisar com as mãos. Ela também está limitadamente vestida numa minissaia apertada Ungaro e num top de seda fina, daquele que só pode ser usado com um sutiã judiciosamente escolhido, só que Dee não se preocupou com isso. Mesmo daqui, seus mamilos saltam com passas.

— Bom Deus, você está tenso!

... Quando Dee faz bico e começa a massagear o pescoço e os ombros de Kip, sinto uma poderosa necessidade de bater nela.

— Emily, preciso de você na sua posição exata – Miriam me recorda.

Eu me inclino para trás e relaxo meus punhos.

— Como está a gola agora? – ela pergunta.

— Bem, imagino – Dee responde.

— Vamos filmar – Kip diz.

— Espere!

A equipe de estilo está em cima de mim. Celeste: "Incline a cabeça para trás!". Miriam: "não tanto, estou alfinetando!". Marco: "delineador! Não se mova um milímetro!".

— Ok? – Kip pergunta, três minutos depois.

— Sim.

— Filmando!

Kip e eu prometemos levar o dia numa boa, sermos "100% profissionais" nas palavras dele, "para que ninguém tenha uma idéia errada". Realmente, eles conseguiram a idéia certa, uma apoiada pelo paliativo da felação que administrei cedo pela manhã no quarto escuro simplesmente há poucos passos de onde estou sentada agora. Mas isso não conta, ninguém estava aqui para ver. Agora, enquanto Dee continua a acariciar o ombro de Kip, desejo que ela tivesse chegado mais cedo, ou que eu tivesse fotografado aquilo e pudesse lhe passar a evidência, qualquer coisa para acabar com essa tortura.

O dedo de Kip aperta o disparador. Clic. Clic.

Começo com um sorriso de lábios fechados. É inteiramente possível que meu queixo esteja trancado.

– Ok – Kip diz. Clic. – Agora, abaixe o queixo.

Eu abaixo.

– Vire um pouco mais para fora da câmera.

Eu viro.

– Sua sobrancelha parece divertida – Dee observa.

Cadela.

– Emily, relaxe a sobrancelha.

Emily. Eu relaxo.

Dee franze as dela.

– Humm, isso é melhor?

Ok, ignore-a, digo a mim mesma. Apenas relaxe. Relaxe e consiga esta capa.

Clic. Clic.

É muito importante você conseguir essa capa.

– Ok – Clic.

Capa antes dos vinte e você vai trabalhar um monte.

Clic.

Nenhuma capa antes dos vinte e estará acabada.

Clic.

Você tem de conseguir.

Clic.

Você tem que conseguir essa capa agora... agora... O que eles estão olhando?

Clic.

Será o olho esquerdo? Porque algumas vezes ele não abre tanto à luz brilhante.

Clic.

É...

– O sorriso dela parece falso.

Clic.

– Agora ela nem está mais sorrindo.

Puxa, imagine isso. Kip se afasta das lentes e, depois de um momento de consulta, vem andando e ajoelha-se ao meu lado, e estamos olho no olho.

– O que está fazendo? – ele murmura suavemente.

Viro meus lábios para que fiquem fora da câmera, e sussurro:

– Estou irritada e excitada. Qual parte gostaria de discutir primeiro?

A sobrancelha de Kip se ergue. Ele está sorrindo.

– Estou confiante de que posso cuidar das duas coisas mais tarde.

– Por mim ou por Dee?

O sorriso desmaia.

– Emily. Não seja absurda. Dee já tem 40 anos de idade.

– A sua idade!

– Está sendo infantil.

– Bem, sou uma adolescente!

– Escute-me, Emily – Kip diz, sua voz censurando baixinho. – Dee é casada com dois filhos; ela gosta de flertar um pouco, então eu deixo. É inofensivo, é tudo parte de ser fotógrafo de moda, eu temo.

– Você deveria temer – eu disparo, mas não existe agressividade nisso. Estou abrandada, parcialmente pelo que Kip acaba de dizer, e parcialmente porque a mão dele faz seu caminho para baixo do seu joelho dobrado e está agora escondida debaixo do refletor, gentilmente massageando minha coxa.

Ele se inclina e chega mais perto.

– Sabe o segredo de uma grande capa?

– Dormir com o fotógrafo?

Seus dedos me beliscam.

– Não, querida, olhos calorosos. É a coisa mais simples e importante para lembrar, porque os olhos não mentem. Quando está fotografando uma capa, tem que sentir o que quer projetar...

– O que é?

– ... Sexy, mas acessível. Sempre. Agora feche os olhos e me escute.

Eu obedeço. A mão de Kip trabalha seu caminho para cima.

– Emily. Quero que esqueça Dee, esqueça a gola, e apenas se concentre nas coisas que ama, nas coisas que mais ama e deseja neste mundo. Coisas de beleza e verdade... Como o fato de que amo você.

Meus olhos se abrem e olho dentro dos de Kip, que estão totalmente abertos, suaves e úmidos.

— Eu amo você — ele diz outra vez.
— Oh, Kip! — sussurro. — Eu também!
— Tá.

Dou a Dee meu maior sorriso. Quando Marco vem enxugar meu rosto com um tecido — luzes de beleza são lisonjeiras, mas quentes, requerendo muita manutenção de base —, ele oferece duas dicas adicionais para relaxar meu rosto entre os rolos de filme: um, inflar as bochechas e apertá-las, fazendo o ar esguichar entre as fotos e, dois, inalar pelo nariz e exalar pela boca.

Estas duas dicas mais as três pequenas palavras de Kip realmente adiantam. Enquanto The Cure toca no estéreo, olho dentro das lentes, projetando-me sexy, mas amigável, de todas as maneiras que posso pensar — uma tarefa simples porque não estou sentindo nada além de amor amor amor. Kip me ama! The Cure termina em Don Henley, que desmaia em Duran Duran. Kip me ama! E, como isto, é o meu último traje da foto, um vestido Genny sem mangas incrustado de pérolas cultivadas e pedraria, e um par de brincos em ouro e pérolas em formato de estrela.

— Podemos brilhar os lábios dela num vermelho vivo? — Dee fala em voz alta quando eu reassumo minha posição. A campanha dos cochichos parou por enquanto, e embora Dee ainda esteja manuseando meu homem em intervalos regulares, não me preocupo. Kip me ama!

Marco está no processo de misturar várias tonalidades de rosa no topo de sua mão quando alguém decide chutar o pau da barraca.

— Iuu-huuu! — Dee uiva quando o estúdio vibra com as primeiras notas de Tone Loc.

A escova de Marco alcança meus lábios.
— Ok, fique bem parada — ele instrui.
Wild thing...

Os quadris de Kip começam a se sacudir. Dee rebola e abre as pernas dele, um movimento que expõe ainda mais da coxa dela e faz aqueles mamilos apontarem da blusa.

– Sorria – Marco diz, ajustando meu lábio superior.
She loved to do Wild Things...
Dee se inclina mais baixo, mais baixo...
Wild thing...
Quando Kip ergue Dee do seu ponto baixo, a mão dele passa pelo traseiro dela.
– Kip, que vergonha! – Dee exala ofegante enquanto suas mãos apertam a mão dele mais profundamente contra seu traseiro. – Eu, uma mulher casada!
E claramente uma puta.
– ... e você, um homem casado!
O quê.
– Uh-oh – Marco diz, e não porque o lipstick está no meu queixo.
– ... com um bebê de três meses!
– O QUÊ?
Desta vez eu grito. Dee, reclinada em outro mergulho, inclina a cabeça na minha direção. É precisamente neste momento que Kip a derruba.
– Uouuuuuuuu!
– Kip, você tem um BEBÊ?
– ... Kip ?
Quando me ergo, os alfinetes saltam do vestido. A fita adesiva se descola. Minha cadeira rola para a esquerda e atinge uma lâmpada, que começa a tremer.
Então, estou implorando:
– Por favor, diga-me que ela está brincando, Kip, por favor. Porque você me ama você disse que me ama.
Mas Kip não diz nada, nem uma palavra.
O vestido está fora do meu corpo antes ainda de eu alcançar a sala de maquiagem. Eu o atiro no canto, coloco meus jeans, camisa, sapatos, amasso meu sutiã dentro da mochila, e estou fora dali. Desci dois lances de escada quando escuto a porta abrir rangendo acima de mim. Pés soam nos degraus. Meus dedos se agarram ao corrimão. Kip está vindo me dizer que foi tudo um grande mal-entendido, que não é casado, que não tem um filho. Que me ama.
É uma das assistentes de Dee.

– Sinto muito – ela diz. Sua sobrancelha esta úmida. Seu peito está ofegante. A palma da sua mão gentilmente cruza o abismo entre nós.

– Os brincos. Você precisa devolver os brincos.

❈ ❈ ❈

Kate exala dentro do receptor.

– Eu sinto muito, Emily. Eu sabia que você não sabia. E eu queria dizer a você naquele dia, mas...

Lágrimas saltam dos meus olhos, uma coisa que tenho estado fazendo o tempo todo – só chorando – nas últimas horas. Assôo meu nariz. Quando Kate retornou minha chamada do Ritz, pensou que eu estivesse resfriada. Antes fosse.

– Não houve tempo, eu sei. Está tudo bem – eu fungo. Kate não deveria se sentir mal; se ela tivesse me dito antes da minha tentativa de capa, eu estaria assim antes das fotos.

– Kip não presta – ela diz.

– Kip é um asno.

Os fatos que minha amiga me forneceu só contribuem para apoiar minha visão. Kip MacSwain é um lendário ferra-modelos (evidentemente eu não tinha identificado todas as categorias), um passado que ele continua a perseguir, a despeito de um casamento de um ano com uma modelo americana chamada Carrie (como é irônico) e um bebê de três meses chamado Newton (chamado depois não Sir Isaac ou Fig, mas Helmut). Carrie e o bebê Newton estão escondidos em Hampshire, uma cidade a uma hora de Londres, se você dirigir nas primeiras horas da manhã, Kate me contou, uma inconveniência logística que convenientemente facilita as sacanagens do homem, quando ele passa a maioria das noites da semana "trepando" em seu estúdio para evitar ir e voltar de casa para o trabalho.

– Ir e voltar no meu traseiro, vou lhe dizer onde ele estava indo e voltando – digo amargamente.

– Tente não ficar nisso – Kate me adverte.

Como não? Por um minuto fica silêncio enquanto meu fio de lágrimas se transforma em mais do que uma inundação – este o subproduto do meu cérebro projetando uma imagem do tapete de pele de urso.

Quantas outras estiveram deitadas nele? Ajoelhadas naquele quarto escuro? Ugh. Sinto-me uma idiota.

— Você não é louca — Kate me assegura. — Olhe, sei que deve estar querendo matar agora, mas espero que não. Quer dizer, desejaria que isso não afetasse sua decisão. Você ficará, não é?

— Não sei.

— A opção da Vogue ainda está de pé? – ela pergunta

— Preciso checar.

— Bem, então cheque.

Vogue ainda está me segurando, Siggy me diz quando eu ligo, só que eles só têm tempo livre no início de setembro. Eles vão fotografar então, ela acredita, porque todos os fotógrafos decentes estão saindo da cidade agora. Todos os indecentes, também. Siggy sabe sobre Kip, é claro; agora ela me pressiona para ficar.

— Ele se sente terrível, eu lhe asseguro — ela diz. — E isso pode te render oito páginas.

Pelo menos.

CAPÍTULO 22
DETESTO A FLÓRIDA

— Então, por que decidiu voltar? – mamãe pergunta.

Nós duas estamos na cozinha em Balsam, ela tendo me recrutado para ajudá-la a "dar conta" de sua colheita de abobrinha. Pego o descascador e encolho os ombros.

— Decidi que era um plano melhor.

— Algo a ver com aquele cara gritando "amor"? – ela pergunta.

Mamãe está errada sobre o específico, mas no geral... Acertou na mosca.

Mas não quero revisitar minha experiência com o Sr. MacSwine. Não agora. Nem nunca mais.

— Não, realmente.

Mamãe olha para a grossa camada de verde que descasquei dentro da pia e, por uma vez, deixa passar.

Christina, contudo, quer detalhes, muitos detalhes. Afinal, passou o verão trabalhando na Livros Balsam e está desesperada por material novo. Estamos deitadas nas docas. Eu me deito de costas e estou para fornecer a ela esse material, quando faço uma pausa para acender um cigarro. Eu preciso, não posso fumar em casa e estou morrendo por um cigarro.

— Que coisa Em. Está fumando agora? — Christina se inclina para mim, seus olhos instantaneamente tão redondos quanto as bóias flutuando atrás dela. — E cocaína? Ainda está nisso, também? Está?

Jesus Cristo, sou amiga de Debbie Gibson.

— Não, cocaína não — respondo, subitamente insegura. Quando finalmente dou a Christina o resumo dos fatos, é uma versão apropriada para menores, uma nem mesmo próxima da verdade. Depois desse dia, eu a evito.

Uma semana de abobrinhoterapia — dez bolos de abobrinha, quatro dúzias de biscoitos de abobrinha-passa, três caçarolas de lentilha com abobrinha e uma grande tina de abobrinha misturada com tofu, tudo enfiado goela abaixo das internas do abrigo, inspirando uma coitada a murmurar baixinho "Não é fácil ser verde" — e estou de volta à escola, onde sou grata por viver com três colegas de quarto, Mohini, Pixie e Jordan, colegas de quarto que não vomitam, pelo menos não mais que o aluno típico, e não me chamam de idiota o tempo todo.

Falando de Vivienne, deixei Londres tão depressa, que nem disse adeus a ela. Nem a Ruth. Nem mesmo as vi. Mais tarde, fiquei sabendo que Ruth terminou com os dois, Stu e a Début, na mesma semana e desapareceu. Tanto quanto em relação a Vivienne, eu não a veria outra vez. Mesmo assim, mais tarde, muito mais tarde, eu a localizaria na capa da Town and Country vestindo um Vera Wang branco e um 6 quilates, o traje de sua última encarnação: fiancée de um financeiro. A única pessoa com quem falei foi Edward. Durante um rápido almoço, ele me deu um presente da Harrods: duas calcinhas.

— Algumas das suas pareciam um pouco esfarrapadas — ele me diz.

Como eu disse, é bom estar de volta. Além disso, minhas colegas de quarto são as únicas pessoas que quero ver ou conversar. Isso inclui Byron. Ele liga, mas eu não retorno. Sei o que ele vai dizer. De algum modo, ser repreendida por escapar de Siggy é uma opressão que não posso suportar, não quando ainda estou de ressaca do horroroso escocês.

Porque estou. De ressaca. Passo muito tempo negligentemente na cama, as camadas de flanela abafando agudas, violentas irrupções de ira, confissões inchadas e arfantes e — estas são as que realmente machucam — aquelas lágrimas silenciosas tarde da noite, até que minhas amigas me arrastem da cama para as aulas do meu segundo ano de faculdade. Relutante inicialmente, finalmente me atiro nisso. Distrações são o que preciso. A Marcha pelo Fim da Violência Contra a Mulher? Estou lá. O Comitê de Planejamento do Dia da Terra? Estou nessa. Jogos de futebol, carreatas e festas de Halloween? A que horas começam? Sinto-me melhor, mais feliz do que tenho estado até então, mais calma e livre de ansiedade.

Exceto por uma coisa: dinheiro. Eu preciso dessa coisa.

O verão em que trabalhei como modelo em Chicago rendeu o suficiente para cobrir minhas mensalidades escolares, as contas do cartão de crédito e ainda para economizar um pouco. Essas reservas agora acabaram. Londres foi menos lucrativa, especialmente porque terminou mais cedo que o antecipado. Consegui pagar as mensalidades deste ano, mas é só isso, nada mais no cofre. Então, quando o telefone toca no começo de novembro, sou toda ouvidos.

— Byron quer que você venha aqui — Justine me diz. — Ele quer lhe mostrar uma coisa.

— Ah, é mesmo? Ele não pode discar do seu próprio telefone?

Toda ouvidos, mas evidentemente ainda passada. Correto, também, parece, porque Justine não responde, simplesmente suspira e diz:

— Que tal sexta?

Hesito. Mas enquanto procuro por um pedaço de papel, meu olho apanha a pontinha de uma conta de cartão de crédito aparecendo debaixo de uma pilha: vencida.

— Vejo vocês na sexta.

❋ ❋ ❋

No dia marcado, a Chic está uma bagunça, um nevoeiro de pó de gesso com uma proporcional quantidade de batidas, marteladas e ruído de lixa. Alguma coisa metálica soa perigosamente quando Fleur (18 anos, francesa, loura-champanhe) passa desfilando, sua figura calorosamente seguida por meia dúzia de olhos debaixo de máscaras contra pó. Alguém vai perder um membro aqui.

— Ei, Fleur!

— Ahh, Amelie... — beijinhos. Fleur puxa a manga da minha parka, nesse momento pendurada no meu braço. — Eu usaria isso se fosse você. Está gelado lá dentro — ela diz, tremendo para enfatizar.

Está sempre gelado quando não se tem gordura corporal, mas Fleur está certa; é o dia mais frio da estação, o tipo de manhã que tem Jordan procurando pelo seu minhocão e todo mundo falando sonhadoramente de Berkeley. Em outras palavras, não o tipo de dia em que você quer suas janelas bem abertas clareando o ar.

Vou entrando.

– Ei! O que está acontecendo aqui?

Byron está vestindo um suéter de lã preta, calças pretas de couro e um cachecol de lã cor de oliva em torno da cabeça: quente e talvez ligeiramente atrapalhando suas habilidades ao telefone.

– Reforma – ele dispara.

Mesmo vestida com a parka está gelado lá dentro.

– Estou vendo – replico num tom similar. Uma cadeira cromada coberta de pó está perto da mesa de contratação. Bato nas costas dela impacientemente para espanar o pó.

– É isso o que queria me mostrar? Seu canteiro de obras?

– Negativo – Byron suspira cansadamente e puxa uma gaveta. – Isto.

É o último número da britânica QG. Eu abro nas páginas marcadas: duas fotos minhas com Armin, dois veludos pretos, brilho labial vermelho, cabelo comprido, fotos apetitosas. Eu sorrio. Gosto delas.

– O que você achou?

– Estão ótimas. Boas. Boas fotos de corpo – Byron diz.

– Qual você destacaria? – estico o pescoço. – Ou você já fez isso?

– Negativo. Tenho quarenta meninas agora, Emily, quarenta. A parede de troféus agora é só para capas. Existiam fotos demais. Minhas mãos ficavam cortadas de papel de tanto ficar mudando todas elas. Eram demais.

Byron esfrega as pontas dos dedos, embora eu saiba que de fato é Jon quem geralmente troca as fotos, e aponta um dedo na minha direção.

– Além disso, você não estava aqui.

– Estava sim.

– Quero dizer na agência.

Encolho os ombros.

Byron gira a cadeira para mim e cruza os braços, um gesto que corresponde perfeitamente à sua expressão enfadada.

– Emily Woods, você ainda é uma modelo Chic?

– Acho que sim.

— Você acha? Tenho quarenta meninas agora, Emily, qua...

— Sim, entendi, Byron. Está ocupado, ocupado demais para mim, e então me despachou para Londres e me ignorou!

— Não é verdade! Nos falamos...

— Uma vez! Depois de eu ter ligado para você várias vezes!

Nesse ponto, estou golpeando as costas da cadeira. Uma nuvem de pó se ergue. Byron se empurra de lado em sua cadeira de rodinhas para evitá-la.

— Olhe, Emily, eu adoraria segurar a mão de todas as meninas que mando além-mar, mas simplesmente não é possível. Além disso, posso te acusar da mesma coisa! Liguei para você várias vezes depois que voltou. Você nunca retornou nenhuma das ligações!

— Estou na escola, para o caso de que tenha esquecido. Colúmbia.

Os lábios de Byron estão tensos. Ele se levanta da escrivaninha.

— Então é isso. Estou vendo. Está deixando garotas como Fonya tirarem seu lugar. Certo, bem, obrigado por dar uma passadinha aqui. Desfrute das fotos.

Espere, não. Dinheiro.

— Quem é Fonya?

— Fonya é um sucesso da noite para o dia, realmente...

Não são todas? Escarneço ante a tentativa petulante de me fazer ciúmes.

— Morena, de olhos escuros. De Miami.

Miami? Graças ao seu clima confiável, abundantes vôos diretos e prédios pastel art deco – o pano de fundo perfeito para qualquer coleção de moda praia –, Miami está rapidamente se tornando um lugar quente da moda. Mas quero dizer, por favor, todo mundo sabe que as modelos de Miami são inexpressivas, garotas que sobrevivem de trabalhar para aqueles catálogos alemães do tamanho de listas telefônicas – os alemães adoram Miami –, cada página chocantemente cheia de moda deplorável. O talento de Nova York está indo para todos os trabalhos estúpidos. Byron terá que fazer melhor que isto. Eu abafo um risinho.

— Ela tem vinte e um anos.

Eu rio abafado outra vez: vinte e um? Bruxa!

— A carreira dela decolou no início de setembro quando uma revista ficou atrapalhada sem uma garota. Mandei-lhes o cartão dela via fax. Eles a contrataram para quatro páginas.

Sim. Sim. Sim.

— Incrível.

— A Vogue inglesa certamente achou isso. Eles tinham um certo look em mente: morena, sobrancelhas espessas e olhos escuros, uma garota que descreveram como uma jovem Yasmin Le Bon.

A reforma, o caos, subitamente tudo desaparece diante de mim. Estou branca. Olho dentro dos olhos de Byron, meus dedos mal conseguindo tocar meu peito.

— Sim, Emily. Eles queriam você.

Não. Não, a Vogue não. Eu não perdi...

— Mas, Byron, por que não me disse? Por que você não...

Oh, merda. Merda. Merda. Merda.

— ... ligou? — ele termina. — Eu liguei. Quatro vezes, como se recorda. Você nunca retornou. A Vogue estava ficando frustrada e quase indo procurar em outro lugar, então recomendei a outra garota, uma menina que realmente queria o trabalho: Fonya. É o que estou dizendo. Algumas pessoas têm determinação. Outras não. Obviamente você não.

Não, não. Isso não pode ter acontecido. Isso não é verdade.

— Byron, eu...

Ele continuou o ataque:

— Não, eu não sei. Você só me disse que acha que quer continuar trabalhando como modelo: acha. Não é suficiente.

Meu coração bate forte. Oscilo na cadeira. Maldito Kip! Eu devia ter ficado em Londres. Simplesmente agüentado e ido em frente. Afinal, fui eu quem conheceu Liz Tilberis. Era eu quem ela queria. Fonya poderia ter sido, deveria ter sido, eu. Fico de pé, meu peito apertado.

— Você está errado! Está completamente errado! Eu tenho determinação! Eu tenho!

— Bem... — encolhendo os ombros ceticamente, Byron ajusta seu turbante — Se é assim, então prove.

— Vou provar.

— Trabalhe duro.

— Vou.

— Eu quero dizer mais duro que antes — Byron me olha sério. — Emily, sei que gosta de Colúmbia, mas se quer ficar na Chic, precisa conseguir uma coisa imediatamente. Precisa começar a me conceder mais tempo, muito mais. Entendeu?

— Entendi.

— Estou falando sério. Você tem que se direcionar para isso. Realmente estar para isso. Nenhuma desculpa.

Sacudo a cabeça concordando e coloco minha mão sobre o coração.

— Você nem mesmo vai saber que sou estudante.

❊ ❊ ❊

Nas semanas seguintes, Byron me dá uma agenda apertada de compromissos, exaustiva às vezes, mas nunca reclamo, nem uma vez. Eu quero isso, e quero demais. A fúria que senti aquele dia na agência não diminui; ela cresce e cresce. Cada número da Vogue a abastece, o termo "sucesso da noite para o dia" a alimenta, e cada capa de novembro com Fonya alimenta as chamas. Houve muitas. Em Mademoiselle, Fonya brilha num Anne Klein vermelho com pedrarias; na Marie Claire britânica num Mizrahi prata colante e um chignon apertado; e na italiana Lei, ela estoura com lábios sensuais e um Versace decotado. Nós nos parecemos, Fonya e eu, embora, honestamente, os olhos dela sejam um pouco estrábicos, e quando ela ergue as sobrancelhas parece que estão sendo puxadas na direção do céu por um manipulador de marionetes invisível. Fora isso, ela não é má, imagino. Ela certamente está indo a algum lugar: Fama. Riqueza. Estrelato.

Mas era eu quem eles queriam. Fonya poderia ter sido, deveria ter sido, eu.

Ok, eu estraguei tudo mesmo. Bem, nunca mais. Desta vez estou indo a algum lugar, e desta vez, quando chegar lá, vou fincar os calcanhares no chão. Não mais erros estúpidos. Não mais contramarchas. Só subir, subir, subir. Direto para as estrelas.

Trabalhar como modelo se torna meu foco, minha prioridade número um. Não esqueço isso, nem no Dia de Ação de Graças, nem em dia de exame ou no Natal. Nem no Ano-Novo

Noite de Ano-Novo. Quando o baile começa e as taças tilintam, minha resolução é simples: 1990 vai ser o meu ano, custe o que custar.

CAPÍTULO 23
OUTRO DIA DEPRIMENTE

— Aimeudeus, achava que ia ter que dar seu assento a essa garota chata, mas você veio!

Deslizo para a cadeira perto de Pixie, ofegante. Eu estava fazendo visitas. Foram necessárias uma corrida de táxi, uma viagem de metrô e uma corrida de 900 metros, mas eu consegui.

— Certo, pessoal! — Wenda, nossa professora, bate palmas duas vezes, então inspeciona a classe. — Bem-vindos de volta a EMM. Como indicado em nosso livro, a discussão de hoje é uma continuação da semana passada: um exame do nu feminino na pintura vitoriana.

"Também conhecida como um segundo olhar para uma arte ruim", Pixie rabisca na margem do meu caderno.

"Pelo menos você leu o suficiente para saber disso", rabisco de volta. Estou um pouquinho atrasada.

Enfeitiçada, Molestada e Morta: Imagens da Repressão Feminina pareceu uma boa idéia inicialmente; afinal, é só um dia por semana, assunto instigante e pouca leitura obrigatória, uma quinta aula ideal. Contudo, algum tempo depois, quando se torna impossível mudar nossas agendas sem prejuízo, o curso revela sua verdadeira face: o que

Pixie e eu caridosamente nos referimos como Maçante, Incoerente e Estúpido.

Wenda diminui as luzes.

— Vamos começar com alguns slides. Reconhecerão vários desses do Dijkstra.

Di- o quê?

Nosso <u>livro-texto</u>!!

Certo, talvez mais que um pouquinho atrasada.

O projetor de slides é ligado e pisca antes de lançar sua primeira imagem: uma mulher muito pálida e muito nua, reclinada num campo de flores, rodeada por pombas brancas.

— Mulheres: vejam como elas cochilam — Wenda entoa sombriamente, hoje parecendo ela mesma vestida para o repouso numa jaqueta-quimono com mangas boca de sino e sapatilhas de cetim preto suspeitosamente parecidas com chinelos. Seus olhos estão mesmo mais fundos que de costume, o corpo maior e almofadado debaixo do tecido esvoaçante. De fato, a única coisa alerta na aparência de Wenda é o cabelo, uma bagunça frisada mal contida por um elástico sujo. Tomando tudo junto, a mulher é uma antimoda, da linha do cabelo ao calcanhar.

O carrossel avança para o slide dois: uma mulher estirada numa cama, um leque aberto a polegadas dos seus dedos, um lençol artisticamente escondido em sua região inferior.

— Talvez achem estas imagens suaves, pacíficas mesmo — Wenda continua. — Mas eu vejo algo mais acontecendo. Pensamentos?

O leque vibra?

Ainda estou disfarçando meu acesso de riso com uma tosse anêmica quando, do canto do olho, vejo uma mão se erguer no ar. Deus, não.

EMM é matéria lecionada em Barnard, faculdade feminina afiliada a Colúmbia. Existem três alunos de Colúmbia na classe, e enquanto Wenda é inerentemente suspeitosa de nós duas (Por que estão aqui?, ela pergunta a Pixie e a mim, usando aquele tom falsamente neutro normalmente reservado a questões como "proibir ou não armas de fogo"), o terceiro aluno de Colúmbia e único homem, Patric, um fiapo de cara vestido para o sucesso em suspensórios vermelhos, tênis de cano alto vermelhos e chapéu de abas, não pode cometer um erro. É claro que o preferido da professora de Estudos Femininos tem um pênis.

Wenda sorri.

– Patric?

– Vejo criaturas passivas, vitimizadas – Patric gorjeia.

– Excelente! Retratadas por...

Quando a mão de Wenda faz traços no ar, os olhos de Patric a seguem famintos, como os de um cachorro na ansiosa perseguição de um osso, até que a manga dela fica presa no slide do projetor.

– Pintores brancos do sexo masculino? – ele finalmente adivinha.

– Exatamente! O que acho que está sugerindo também, Patric, é que essas mulheres não estão simplesmente "adormecidas" – Wenda finalmente puxa violentamente seu braço livre, só para começar a citar: – Mas esta lassidão delas é tão exagerada, tão pronunciada que é quase...

Posada.

Artística.

– Vampirística? – Patric adivinha outra vez. Outra aposta segura: "vampirística,", "sádica", "misoginística" e "auto-erótica" são favoritas recorrentes, particularmente quando aplicadas a "Leda", "Ofélia", "Medusa", "Circe" ou "Salomé."

– Exatamente, Patric! Excelente!

Quando imagens após imagens de mulheres sensuais recostadas passam pela tela, começo a me sentir sonolenta, o poder da sugestão trabalhando ao mesmo tempo que o meu enfado. Pixie, por outro lado, começa a riscar com seu destacador de texto no caderno. Ao lado da nossa mútua birra sobre EMM, minha amiga tem uma própria: a qualidade da arte.

– É bobo isso – ela esbravejou semana passada. – Como alunos há cem anos estudando Lladro.

Finalmente, ela não agüenta mais.

– Wenda?

– Sim, Serena.

– Embora essa arte que você está mostrando seja certamente, hum, interessante, preciso destacar que existem muitas representações de mulheres ativas, vibrantes, eretas durante este período, e muitas delas de artistas muito mais influentes.

– Como por exemplo?

– Bem, Degas, para usar um exemplo óbvio. Suas séries de balé.

As mangas do quimono se cruzam.

— Degas? Como o Degas que pintou mulheres nuas? — Wenda sorri cruelmente. — Temo que tenha que pensar num exemplo melhor, Serena. Degas era um voyeur — então, indo para trás do projetor: — Agora, como Patric tão inteligentemente assinalou, a passividade dessas mulheres-objeto sugere uma vitimização inerente...

— Mas não se poderia argumentar que todos os pintores são voyeurs?

Eu sorrio dentro da minha mão: Vai, Pixie pega ela! Wenda, enquanto isso, tem a expressão de alguém que não percebeu que o corredor tinha mais um degrau.

— Alguns mais que outros, Serena. Afinal, Degas pintou mulheres nuas da perspectiva de um homem escondido num armário. E não estou sendo figurativa aqui. Ele era o voyeur consumado. Agora, continuando...

A mão dela alcança o botão de seguir.

— Mas obviamente as modelos sabiam que ele estava lá — Pixie insiste. — Não é esse assim chamado voyeurismo nada mais que um sinal artístico?

— Não se como observador se esteja significando perceber voyeuristicamente — acrescenta uma garota na segunda fila.

— Mas não é percepção da realidade? — alguém mais pergunta.

— Não. Percepção é percepção. Só é realidade se você escolhe torná-la assim — diz uma terceira.

— Está dizendo que a realidade é uma escolha consciente?

Subitamente, estamos tendo uma daquelas discussões que, como uma roda hipnótica, roda, roda, roda sem chegar a lugar nenhum. Em outras palavras, o tipo favorito de todos.

— Certo, pessoal! Classe! — Wenda uiva, finalmente silenciando todo mundo com sua batida de mãos, marca registrada. — Acho que todo mundo apanhou o sentido principal desse discurso. Então, me deixem introduzir um novo elemento. Especificamente, vamos comparar e contrastar a representação de mulheres na arte do fim do século com a representação de mulheres no século atual. Também conhecido como nosso mundo hoje.

Depois de procurar numa maleta de náilon batida, Wenda levanta uma pilha de recortes.

Oh, merda.

– Certo, pessoal, embora tenha havido várias guerras mundiais...

Como duas. Serena olha para cima. Oh merda!

– ... e incontáveis movimentos feministas, eu diria que muito pouco tem mudado. As mulheres ainda estão sendo representadas como criaturas passivas – vítimas, se quiserem, e acho que vão querer depois que virem estas –, como seu propósito primário seduzir e agradar o homem que as observa.

Wenda olha para o meu lado. Patric me olha desdenhosamente, ou talvez eu esteja apenas ficando paranóica. Afundo na cadeira e tomo notas apressadas e esperançosamente cautelosas, minhas faces agora sem dúvida duplamente vermelhas. Eu estou nestas fotos? Diga-me que não estou. É tudo o que preciso.

Por sorte, a primeira é uma foto de um rapaz colocando uvas na boca de uma garota. Não conheço o cara, mas a garota é da Chic.

– Pensamentos? – Wenda diz.

Patric ergue a mão. Ele gosta de levantá-la bem alto e acenar, um método freqüentemente empregado por crianças de segundo ano. O que me dá tempo para começar a falar.

– Wenda, simplesmente porque uma mulher está deitada não significa automaticamente que ela é passiva.

– Talvez – Wenda diz. Ela parece surpresa. Normalmente não abro minha boca, exceto para bocejar. – Mas a modelo não está meramente na horizontal, está sendo alimentada com uvas aqui. Pensamentos? Patric?

– Uma referência óbvia às Bacanais – Patric diz. – O Deus-macho Dionísio embebedando a fêmea para que possa selvagemente conquistá-la.

Selvagemente conquistá-la? Poupe-me.

– Alguém poderia facilmente argumentar que é uma deusa romana sendo cuidada por um dos seus servos – eu retruco.

– Eu vejo Baco – Patric insiste.

– Livia, esposa de César – contradigo.

– Que era um assassino! – Patric sussurra.

– Fazendo dela uma vítima incomum! – disparo.

– Ok, pessoal! – Wenda diz para não avalizar. Ela já perdeu as rédeas de novo, só que, desta vez, estou desembestada. Estou irritada. Recuso-me a ceder terreno a alguém que deriva seu senso de moda de um mimo. Mas, é mais que isso. Estou defendendo minha profissão numa corte de iguais.

— É entretenimento, não educação — digo. — Fantasia, não realidade. Observadores podem dizer a diferença. Algumas vezes Mademoiselle é apenas Mademoiselle.

— E algumas vezes não é — uma garota de trança num moletom manchado torce os lábios num clássico saber-tudo-isso-enche. — Estudos têm provado que imagens de revista afetam a auto-estima das jovens. E considere as tendências históricas: modelos e atrizes estão ficando mais magras. Por exemplo — ela faz uma pausa antes do golpe de misericórdia —, Marilyn Monroe era tamanho doze.

Ó Deus, isso outra vez não.

— Sim, ela era — acrescento. — Mas você sabe como era pequeno o tamanho doze? O equivalente ao tamanho 8 hoje, talvez menor. Os tamanhos têm inflado com os americanos!

Patric praticamente investe contra mim.

— Emily, está dizendo que anorexia não é um problema sério neste país?

— Não, ele é. Mas em termos numéricos não é tão sério quanto a obesidade, e não vejo fotos de hambúrgueres e milkshakes nesta pilha.

Cuidado! Pixie rabisca. Wenda discorda.

— Emily, acho que as duas questões são dificilmente comparáveis — ela diz. — Afinal, nenhuma jovem aspira ser uma bolota.

— Exatamente Wenda — Trancinha diz, sacudindo a cabeça. — As jovens olham as revistas em busca da mulher na qual desejam se transformar, só para serem recompensadas com imagens de criaturas subalimentadas com quem não podem se comparar — seus olhos se alargam, talvez mesmo vertendo uma lágrima. — É completamente desmoralizante.

— Oh, por favor.

Pixie pára de sublinhar debaixo do seu Cuidado, para levantar a mão.

— Não estou certa de concordar com isso. As pessoas podem resmungar, mas não acho que querem realmente que as modelos tenham uma aparência comum. Acho que querem que elas sejam especiais e inspiradoras...

— Exatamente! A maioria de nós é hipócrita, por exemplo...

Depois que digo isso sem pensar, me contenho. Estou pensando em como explicar Queen's, um negócio só de catálogo de um bilhão de dólares que vende moda barata nos tamanhos 12 a 44. Eles também são meus clientes, mas "só até você conseguir um universo de clientes melhor", Byron acentuou.

"Por que não usam modelos de tamanhos maiores?", perguntei ao diretor de arte da Queen um dia quando mais um traje estava praticamente sendo reconstruído no meu traseiro. "Eles não são tamanho 12?"

"Tentamos isso", ele replicou, "e nossas vendas caíram.

A cliente típica da Queen usa tamanho 32 – um 32! Mesmo assim prefere comprar um tamanho 4 que um 12. Cair dez tamanhos de roupa não é aspiração bastante? Como você explica isso? É uma história interessante, corrobora o ponto de vista de Pixie, e devo contá-la.

— Por exemplo...

Mas se levanto essa questão, todo mundo saberá que trabalhei para a Queen's. Emily Woods, modelo tamanho grande. De jeito nenhum.

— Simplesmente acho que as pessoas são hipócritas, é tudo.

Trancinha sorri. Patric engancha os polegares debaixo dos suspensórios:

— Simplesmente assim? – ele diz.

Foda-se.

Estou a ponto de afundar em outro round quando Wenda aponta para uma garota na fila de trás, outra que raramente fala.

— Dawn?

Quando Dawn abaixa o braço, seus olhos estão em mim.

— Preciso dizer, Emily, que achei seus comentários sobre hipócritas interessantes, se não irônicos – ela diz vagarosamente. – Porque acho hipócrita o fato de você ser modelo e assistir a esta aula.

Patric ri abafado. Pixie dá um soco na carteira.

— Isso foi um golpe baixo! – ela grita. – Um golpe baixo!

Wenda me dirige um olhar que fracassa em querer se passar por sorriso.

— Está certo. Todos os tipos são bem-vindos nesta aula, Dawn – ela diz com ar cansado.

Ela bate palmas duas vezes.

– Pessoal, sinto que nosso tempo está terminado hoje. Lembrem-se, mais Dijkstra semana que vem, semana em que também iremos ao Metropolitan Museum ver algumas dessas pinturas de perto, como elas são. Aproveitem seu final de semana!

– Aimeudeus, isso foi totalmente desmerecido. Totalmente! – Pixie reclama em voz alta no corredor. – Esqueça ela. Não, vamos pegá-la! Vamos, eu faço defesa pessoal, você é alta, podemos tomar conta dela!

– Foda-se ela – eu respondo.

Eu quero dizer foda-se Dawn. Foda-se Wenda. Fodam-se todos. Eles me vêem como uma modelo vendida? Ótimo. É o que eu vou fazer.

E é quando me vendo, realmente me vendo. Pego todo trabalho que posso. Uso vestidos de coquetel de seda e twin-sets para Lord & Taylor, Macy's e Brooks Brothers, e tiro 1.500 dólares por dia. Consigo opções para L'Oreal e Mademoiselle. Fotografo meias-calças Christian Dior, Special K, e duas páginas de matéria de beleza para Allure.

Maximize seus traços mais atraentes, é o título da matéria. Eu certamente planejo fazer isso.

❊ ❊ ❊

Não sou a única com convicção.

– Chic é agora a agência da beleza!

Com todos os meus contratos e numerosas viagens, não tenho tido tempo de parar na agência. Agora, existe muito para ver.

– Parece ótimo – digo a Byron.

– Não está? – na área de recepção, um homem de macacão está decalcando um "H" na parede. Byron toca o espaço branco perto dele. – Atrás fica meu novo escritório particular, com vista para a Rua 18 e uma parede de vidro para eu poder ver a agência, e manter um olho em todas vocês. Perto dele ficará o escritório do nosso novo contador...

– Isso significa que meus cheques não vão mais voltar? – eu o interrompo, porque isso tem acontecido ultimamente.

Byron exala ruidosamente.

– Emily, querida, já disse a você, foi um acidente, os dois. De qualquer modo, voltemos à decoração. Eu simplesmente tenho a mais forte atração por preto-e-branco e clean, clean, clean! Como o de Geoffrey Beene no Havaí. Você já viu?

— É claro, logo depois que dei uma passada em Oz e segui num tour para Tara.

Byron vira os olhos na direção das luminárias embutidas recém-instaladas.

— Bem, então, imagine isso: cortinas brancas esvoaçando, tapetes de pele de zebra — real ou falsa, não decidi ainda. O sofá preto e cromado e as cadeiras vão ficar por agora. Ainda estou esperando pelas cadeiras Kouros: preto laqueado com assento em ziguezague preto-e-branco, uma mesa de vidro para o canto de lá, e um divã entre as duas janelas: branco debruado em preto. Nas paredes do corredor séries de fotos preto-e-branco; natureza morta, estou pensando, ou paisagens, não modelos. Orquídeas por toda parte, orquídeas brancas e algumas almofadas gigantes espalhadas pelo chão lá, lá e lá. O que você acha? Atemporal, certo. E preto-e-branco foi um tema forte nas coleções de primavera.

— Soa ótimo — eu digo, minha cabeça ziguezagueando junto com o dedo dele. — E... Uau! Isso é um monte de mudança, especialmente desde que você acabou de reformar a menos de... Dois anos?

— Mais perto de um, mas são os anos 90 agora, Emily. Uma nova era! Nova era, novo look!

Enquanto Byron fala, suas mãos varrem a mesa de contratação, presumivelmente referindo-se não apenas a Justine, que está brilhando na nova década num cabelo cheio de luzes, ou Jon, que está usando uma mistura de listras, mas aos fashionistas em toda parte.

— É Vogue agora, não Elle — ele continua. — E novos rostos nela. Garotas como Tatiana, Claudia ou Cindy estão de saída...

Espera aí.

— Cindy Crawford acaba de ser capa da revista New York, uma matéria e capa devotadas exclusivamente a ela. A manchete a chama de "a modelo dos anos 90".

Byron sacode a cabeça.

— Como eu bem me lembro, lá diz que Cindy foi "uma modelo dos anos 90": grande diferença. Em todo caso, a revista New York pegou a década errada. Cindy Crawford é uma garota dos anos 80. Certo, ela fará fortuna em propaganda nos próximos anos, mas a Vogue não vai usá-la, não por muito tempo de qualquer modo. Não, Cindy está no auge. Esses dias são tudo sobre a trindade. As regras trinas da moda. A trindade é isso

Moda virou religião. Eu bufo.

– Agora você vai me dizer que Deus é o novo negro.

Isso foi recompensado com um soquinho no braço:

– Não seja absurda querida, todo mundo sabe que o branco é o novo preto. D qualquer forma, é claro que sabe que estou falando de Christy, Linda e Naomi – Byron grita. – Elas estão em toda parte! Mas o reinado delas terminará, também. A questão é: quem as substituirá?

Ficaria feliz em substituí-las, é claro, e estou para comunicar esse desejo quando Byron coloca as mãos sobre os meus olhos.

– Hã, heim?... Que foi?

A outra mão de Byron começa a me empurrar.

– É uma surpresa.

Quando as mãos liberam meus olhos, tenho uma visão da parede de troféus. No começo fico passada. Sei que um pouco de competição pode ser saudável, mas olhar para uma fileira de Fonyas – a velhinha da Flórida, futura estrela Fonya – é mais do que posso suportar. Trinco meus dentes... Mas, então vejo. No alto do canto direito, a capa de janeiro da Harpers&Queen. Estou nela.

– Surpresa! – Byron toca a moldura. – Olhe para você!

Eu olho. Olho meu cabelo, meu rosto, minha expressão. Eu tirei essa em... Tudo dentro de mim congela.

– Gosta? – Byron pergunta.

– Não posso acreditar.

Na capa, meus lábios, um marrom-malva, não o vermelho, estão entreabertos, não num sorriso, mas quase, apenas o suficiente para revelar a metade dos meus dentes de cima, que estão mais brancos e regulares que de costume. Minha pele, um bege mel, está lisa. A pinta na minha bochecha direita se foi. A foto foi retocada para eu parecer perfeita. E, ainda assim, são meus olhos que realmente se notam. Parecem desejosos, abertos. Vivos. Olhos calorosos, exatamente como Kip me ensinou.

Engulo seco. E olho, e olho outra vez. Para conseguir a foto, sentei-me com as pernas perpendiculares à câmera, virando-me a cada clic, um truque que mantêm sua expressão fresca e relaxada. Eu sabia que tinha me superado quando o ventilador levantou as pontas dos meus cabelos e meus olhos se fixaram na abertura da câmera. E este é o resultado: não-Emily, mas uma mulher, a mulher que, ao som do seu nome, vira seu rosto para a brisa, sabendo exatamente quem verá. A mulher que está amando.

Eu amo você, Kip me disse, amo você.

Belisco a ponta do meu nariz.

— A foto era para o número de dezembro — digo rapidamente. — Achei que não tinha conseguido.

— Algumas vezes, quando eles tiram muitas de uma vez, usam uma no mês seguinte — Byron me diz. — Você teve sorte. Aqui, olhe. Já colocamos isso em seu cartão.

Byron vai até a parede de fotos e volta. Olho para meu cartão. Parte do título da revista foi cortada para abrir espaço ao meu nome. Emily Woods está escrito no meu cabelo.

Eu amo você.

Fecho os olhos.

— Nova era, nova oportunidade, novo rosto — escuto Byron sussurrar. — O seu.

E ainda... uma capa. Consegui uma capa. Quando abro os olhos, estou sorrindo. Byron me faz girar. Giramos os dois pelo espaço vazio até que começo a rir com deleite.

Graças à minha capa, os contratos começam a fluir. Abro os portões do fluxo. Miami, Santa Fé, Santa Bárbara, St. John, Bahamas, Miami outra vez. Por três dias de fotos, volto para casa com 6.120 dólares no bolso (1.800 por dia, este é meu último preço, vezes três, mais um extra de 1.800 para "tempo de viagem," menos os 15% da taxa da agência). Seis mil por três dias! Isso, apenas por um catálogo.

— Você nunca está aqui — reclamam minhas colegas de quarto quando estou alinhando frasquinhos de brinde de xampu e condicionador do Four Seasons (ótimos colchões), do Biltmore (ótima piscina) e das Pink Sands (ótimas praias) sobre a nossa prateleira de inox. É verdade. Perdi jogos de hockey e cervejadas, sessões de estudos e fins de semana fazendo... nada. O que fazer? Quando estou sozinha num aeroporto, posso me encaminhar a uma banca de jornais, pegar uma revista e encontrar a mim mesma: em anúncios, em reportagens de moda. Sou uma daquelas garotas agora, modelo trabalhando, uma "estrela em ascensão", de acordo com Byron.

Uma estrela em ascensão.

No meio de abril, meu professor de Terra, Lua e Planetas (leia-se "créditos de ciências") me faz sentar e me informa que estou a "um nanossegundo" de ser reprovada. Quando conto a Mohini, minha tutora não oficial para a aula, ela não é simpática à minha causa.

— Isso é porque você está sendo idiota — ela diz. — Nós todas achamos isso.

Comentários como este cortam minhas asas, mas só um pouco. Abrevio minhas viagens apenas o suficiente para passar de ano. Quando a escola termina, volto para casa, mas mantenho minha visita curta e doce. Afinal, não quero perder tempo, certamente não num lugar que é tão errado, e nem mesmo me refiro à costa errada, mas meramente a um lugar por onde você tem que passar. Quando volto e meu táxi ganha velocidade na ponte Triboro, abaixo o vidro da janela, tomo uma profunda inspiração e deixo Nova York entrar.

1990. Esse é o meu ano, minha estação, minha cidade. Mal posso esperar para fazer acontecer.

CAPÍTULO 24
JOGANDO ALTO

As portas do elevador na West Eighteenth Street se abrem e estou diante de uma fila de garotas. Garotas fazendo fila no corredor e desaparecendo escada abaixo. Garotas sozinhas. Garotas com suas mães, seus namorados e sua irmã gêmea. Garotas baixas, altas, jovens, mais jovens; cada uma delas me comendo com os olhos. E isso antes de eu furar a fila.

— Você é muito mais bonita – escuto uma voz matronal afirmar quando abro um lado da nova entrada de vidro da Chic. – E você é loira.

— Alô, é a Chic, por favor aguarde na linha – OiEmilyByronquervervocêagora – em que posso ajudá-la?

Alistair, nosso novo recepcionista, é um graduado recente de Parsons com um topete frontal platinado escovado para cima e um pendor por camisetas colantes sem manga. Acenando alô, avanço pela sua versão de hoje (preta e brilhante com uma falsa correntinha de relógio e botões variados) e entro na sala principal da agência.

1990 até agora tem sido bom para a Chic. Tão logo a última almofada é atirada no lugar, a profecia de Louis se torna realidade: A Chic se tornará a agência do momento, a mais quente de Nova York;

uma transformação que pude eficientemente traçar em minhas interações com outras modelos de Nova York, que passaram do "você está com qual agência?" para "Oh, certo, a Chic", para "Verdade? Você gosta deles? Como é o Byron? Os contratadores? Porque estou pensando em me mudar". E muitas o fizeram. Estamos com sessenta modelos na Chic pela minha última contagem. Sessenta. Inspeciono a parede de fotos, procurando pelo meu lugar entre elas: Dahlia, Dalila, Emma J., Emma T., Esme, Estella, Estelle...

Dahlia... Dalila... Emma J...

Dalila... Emma J....

– A-lis-tair!

Alistair não pergunta o quê? Ele simplesmente dá um pulo e desliza diretamente pelo chão. um balé no gelo. um movimento que envia o tapete de zebra pelos ares e me faz pular por segurança.

– Não vejo meus cartões! Onde estão os meus cartões?

– Relaxe, gatinha, estão logo ali... – Alistair desliza para uma parada em frente a uma gaveta que eu nem mesmo sabia que existia... – Aqui! Aqui! – ele me estende um maço de fotos.

... Que eu imediatamente aperto contra o peito. Clientes passam pela agência para pegar cartões, contratadores mandam cartões por correspondência; se você não está na parede de fotos, poderia muito bem estar trabalhando de modelo em Peoria. Não, obrigada, eu já fiz isso.

– Alistair! – eu grito. – O que os meus cartões estão fazendo nesta gaveta?

Alistair toca seu topete, possivelmente porque estou quase cuspindo nele.

– Relaxe, gatinha, não fique brava! Você não esteve disponível nas últimas semanas e precisávamos de espaço, então...

✽ ✽ ✽

– Meus cartões estão numa gaveta! Numa maldita gaveta!

A escrivaninha de Byron está na frente de uma janela, dando-lhe uma atraente luz de fundo, especialmente agora, quando está vestindo um algodão cáqui esportivo e um profundo bronzeado. Suas mãos manicuradas se movem no espaço entre nós.

— Emily, estou certo de que Alistair lhe disse que foi só até você voltar – ele suaviza. – Eu não queria outro desencontro, como o da Saks.

Oh, certo. Isto. Este passado brota. Byron tinha ficado tão acostumado a me ouvir dizer sim a todas as viagens, que caiu no hábito de dar a todos os meus bons clientes uma primeira opção, significando que poderiam confirmar a qualquer tempo. Mas depois da minha conversa Terra, Lua e Planetas, decidi que uma viagem futura de Saks para Nova Orleans não estava nas estrelas, então fiz Byron cancelá-la. Saks não foi legal. Aconteceu uma única vez, mas, mesmo assim...

– É verdade – murmuro, abrandada. – Isso foi bem mau.

– Está certo – ele diz. – Você está de volta agora, e isso é o que importa. Vou dizer a Alistair para pôr você na frente e no centro.

– Com luzes piscando.

Byron sorri, não um sorriso real, apenas uma vírgula se formando de lado.

– Certo, Emily, escute, fiz algumas mudanças.

– Percebi. Está recrutando? Achei que nunca o faria.

Os olhos dele se alargam.

– Por que não? Está atraindo muita atenção e está funcionando! Estou conseguindo ótimas meninas.

Olho para a fila duvidosamente.

– Não de lá.

A cabeça de Byron dá uma sacudida de desprezo justamente quando uma garota sai em lágrimas, escoltada pela mãe, que também está em lágrimas, e uma nova empregada da Chic que não conheço.

– De onde realmente não importa. De fora.

Sua mão faz o costumeiro gesto largo para o horizonte.

– Elite, Ford, Company... Estamos conseguindo ótimas garotas. De fato, justamente esta manhã Svetlana veio da Elite e estou perto de conseguir Claudia.

– Claudia Schiffer?

– Sim, Claudia Schiffer. Claudia – Byron suspira. Eu pisco. Por um segundo o cara não parece gay. – Não estou pegando qualquer garota é claro – ele continua. – Somente as garotas top. O melhor.

Ano passado, depois de passar todo o sofrimento de assinar com uma agência, aprendi que contratos de modelos são essencialmente sem significado. Nenhuma agência vai segurar uma garota se ela quer ir (certo, talvez Claudia), principalmente porque nenhuma agência quer ficar presa a ela. Portanto, convencer a profissional de outra agência e fazê-la mudar acontece sempre.

— Mas, Byron, você tem tantas garotas agora. Quantas mais você quer?

— Oh... Não muitas, setenta, oitenta no total. Com a expansão conseguimos muito mais espaço agora...

— Exceto na parede de fotos.

Ele ri avarentamente.

— Ok, sim, certo, mas estamos consertando isso. E mais. Acabo de contratar dois novos contratadores, Stephan e Lithe, o que me traz de volta às mudanças de que falei.

Byron se ergue de trás da escrivaninha. Está usando umas botas altas e duras que rangem, como que protestando por sua tendência de caminhar a passos largos.

— Sim, sim, estou cavalgando agora — ele diz, olhando meu espanto. — É tão revigorante! Fantástico para as coxas e o traseiro, porque sou duro como uma rocha lá! Emily, eu dei você para Justine.

Gasto um minuto para entender.

— Espere... Para me agenciar?

— Sim.

— Mas por quê? Você não está agenciando mais as meninas?

— Estou. Seletivamente.

Quando os passos de Byron o levam para perto da parede de vidro, ele ergue um chicote de montaria de um porta-guarda-chuvas.

— Mas não tenho muito tempo agora, não com tudo isso...

A ponta do chicote escorrega pela superfície suave, desenhando um círculo na ocupada área de contratação, e já outra garota deixa a agência desanimada.

— Só tenho tempo para me concentrar em poucas garotas. Garotas especiais.

Não posso acreditar nisso.

— Byron, faturei 70.000 dólares este ano, e só em maio, e estive na escola. Isso não me faz especial?

Aparentemente não.

— É um bom começo — a imagem de Byron se ofusca outra vez com a luz da janela. Protejo meus olhos, tentando ver seu rosto. — Mas não bom o bastante para o quê: as cinco primeiras? As dez?

Meu agente fica silencioso. Eu continuo.

— Então, se 70.000 dólares em cinco meses não são suficientes, o que então? Oitenta? Noventa? Cem?

Os dedos de Byron passam pela testa.

— Emily, olhe, não é só uma questão de dinheiro — ele diz. — É sobre o direcionamento da carreira, também; estou representando um certo tipo de garota agora: uma garota que faz muito editorial, que faz muitas campanhas importantes: Versace... Iceberg... Vakko... Guess?

— Como Fonya — murmuro amargamente. Fonya é a nova garota Guess? Vi as fotos semana passada. Nelas, ela está de pé num pomar de maçãs no meio de escadas e cestos artisticamente posicionados, seu corpo vestido de xadrez franjado. Um look que poderia soar caipira, mas não é, não em Fonya. Ela parece glamorosa, misteriosa e brilhante, como uma estrela de cinema dos anos cinqüenta.

— Sim, como Fonya — Byron inclina-se na cadeira. — Meninas deste calibre — ele diz. — Meninas de Editorial. Meninas de Capa.

— Mas tenho uma capa. E fiz Allure! — acentuo. Afinal, Maximize seus traços mais atraentes deve estar saindo em questão de dias.

— Sim, você tem uma capa de meses atrás e fotografou duas páginas para Allure, mas, principalmente, você tem feito catálogo. O que é bom, não estou dizendo que não seja — Byron acrescenta apressadamente. — Especialmente quando é para Neiman, Saks e Bergdorf. A maioria das minhas garotas daria tudo para fazer um deles, e você fez todos os três. Você é uma beleza clássica, uma vencedora provada.

Protejo meus olhos outra vez.

— Mas...

— Mas tomei uma decisão. Olhe Emily, tem sido um prazer representá-la, e estarei sempre aqui para você, mas não posso mais fazer isso. Estou passando você para Justine.

Quando Byron se inclina para a frente, posso finalmente ver sua expressão, parece triste. Ele toma minha mão.

— Emily, sinto muito.

Entrei na Chic pronta para avançar, mas pareço estar escorregando para trás. Direto dentro de um abismo. Minha garganta se aperta.

– Justine é estranha – murmuro.

– Justine é a melhor que tenho.

Uma lágrima desliza pelo meu rosto. Então outra.

Byron dá a volta pela escrivaninha e se ajoelha na minha frente.

– Escute, Em, talvez... se começar a melhorar...

Melhorar? Agarro os dedos dele.

– Melhorar quanto?

– Se você conseguir três, não, duas. Duas capas mais este verão, então farei seu book outra vez – Byron promete, e sorri. – Está bem assim?

– Ótimo!

– Só coisas para as quais contratarmos você – ele qualifica. Em outras palavras, não Vegan Life ou Cat Fancy, nada disso.

Eu abraço Byron. Depois de me soltar, ele se ergue e apanha um boné de equitação de veludo preto do console.

– Agora, preciso ir. E você, Emily querida, precisa ir conversar com Justine – ele ajusta a tira do boné embaixo do queixo. – Porque sei que esta mulher tem algumas idéias fabulosas de como desenvolver sua carreira.

❖ ❖ ❖

Você poderia pensar que as eternas mudanças de cor de cabelo de Justine, atualmente um azul-marinho, sugerem uma pessoa adoravelmente divertida, exótica, um tipo de menina que gosta de saltar pelo Central Park na chuva, chupando pirulitos.

Você estaria errado. Esta é outra garota de cabelo azul, talvez, ou outra Justine. Esta Justine é mal-humorada. Oh... tão mal-humorada. Sempre. É como se, ao acender esta brilhante cabeleira, tivesse sugado toda sua energia, deixando só o suficiente para uma boneca de pano cabeluda com uma face amarga e todo o negligente entusiasmo do Bisonho, do Ursinho Puff.

– Certo – Justine estende a mão hesitantemente para o meu portfólio. – Vamos ver isso.

Não existe uma maneira exata de estruturar um portfólio de modelo. Talvez este seja o problema. Cada contratador está convencido de que só ele conhece o arranjo mágico de fotos que levarão a maiores e melhores trabalhos; todo mundo mais está completamente errado. Verdade, existem umas poucas regras comuns. Se você está usando mais de duas páginas de editorial do mesmo trabalho, as fotos são separadas, e sua origem comum passa a ser menos óbvia. Seu portfólio deve terminar numa nota alta e começar com uma fotografia forte de cabeça, geralmente uma capa de revista, se você já fez uma, senão, sua melhor foto de beleza. Mesmo assim essas regras são freqüentemente quebradas.

Byron decidiu colocar minha capa no meio do meu book como uma "agradável surpresa para o cliente". Assim, minha foto mais forte de beleza está na frente: a domadora de leões do horrível escocês. Todo mundo a adora, exceto eu.

— Você pode manter esta — Justine diz, dando um tapinha na capa. — Mas o resto tem que sair.

Espere, o quê?

— O resto? O que quer dizer com o resto? Não o meu book inteiro!

Sim, é o meu book inteiro.

— Bem, você pode ser capaz de manter um ou duas da série de Londres — Justine permite depois de alguma discussão. — Mas as outras têm que sair. Todo o editorial, de qualquer modo.

— Mas por quê?

Outro suspiro cansado, este tingido de impaciência.

— Porque a maioria destas fotos é de 1989. Estamos em 1990, junho de 1990. Estão velhas demais. Em editorial, a data máxima de expiração é três meses. Estas estão passadas. Você terá que testar.

Isso não pode estar acontecendo. Testar? Faço tudo para conseguir novas fotos. Mas testar?

— Byron me disse que eu estava além de testar! — eu protesto, minha agitação aumentando por milissegundo. — Ele me disse que testes são uma perda de tempo! Ele me disse isso no ano passado!

— Exatamente. No ano passado. As coisas mudam. Byron não é mais o seu contratador. Eu sou, o seu e o de cinco outras que ele acaba de jogar no meu colo. Além do treinamento desses dois, os dedos de

Justine molemente abarcam Lithe, que aparenta estar tendo problemas em determinar que cor de lápis usar num cartão e Stephan, que agora está ele mesmo tentando parar de chorar enquanto passa uma caixa de lenços de papel ao namorado de uma menina. – E eu acho que você deve testar – ela termina.

Jesus Cristo.

– Compreendo que esteja ocupada Justine, mas se me agenciar para um editorial, terei fotos atualizadas e nós duas ficaremos felizes – termino com um suspiro.

– Eu poderia. Mas não posso. Não com esse book.

Estamos num impasse. Roendo uma cutícula, viro a cabeça. Byron ainda não saiu, está inclinado sobre sua escrivaninha, seu boné de montaria ainda lá, ditando alguma coisa para um obediente Alistair.

– Olhe, Emily, não sou estúpida. Sei que quer que Byron seja o seu contratador outra vez, e eu adoraria tirar você do meu prato. Então, o que diz de nós pararmos com esta conversa fiada? Você faz como eu digo e eu faço de você uma estrela. Fechado?

Minha cabeça se lança para trás. Engulo isso com olhos grandes e expressão expectante, e pela primeira, vez em vários minutos, sorrio. Negócio fechado.

❃ ❃ ❃

No curso das semanas seguintes, Justine arranja uma série de testes. Tento fazer as coisas como ela diz. Tento.

– É Justine.

– Estou vestindo um biquíni – respondo.

– Sim... E?

– É feito de papel.

– E?

– Um papel recortado... dois círculos e um triângulo.

Silêncio.

– Você não acha estranho?

– Acho que pode ser inteligente.

– Poderia. Para uma criança de quatro anos. Para alguém de dezenove poderia ser estranho – rebato. – E é.

— Acho que parece inteligente — sua voz soa defensiva.
— Mas não é sexy. Você não disse sexy.
Suspiro.
— Emily, está dizendo que quer que eu tire você disso?
— Por favor.

✽ ✽ ✽

— É Justine.
— Estou vestida de vedete — dou um suspiro. — Com penas e tudo.
— Bom. Isso é bom. Vai lhe dar um look diferente.
— Não estou tentando arranjar emprego em Las Vegas — digo a Justine.
— Quem disse alguma coisa sobre Vegas?
— Eu — ecôo. — Acabo de dizer.
Justine exala.
— Emily, pare de ser tão negativa.
— Não estou sendo negativa. Não estou. É que...
— O quê... É o quê?
— Bem... Tem xixi sobre as minhas pernas.
— Tem xixi? Em suas pernas? Quem fez-xixi-nas-suas-pernas?
— O quê? — grito. — Não consegui te escutar.
— O que você acaba de dizer? — ela grita de volta. — Emily?... Emily? Onde você está?
— Estou na West Side Highway.
— Na West Side Highway?... Vestida de vedete?
— Positivo.
— Quem fez xixi em você? Não importa. Você quer é que eu tire você daí?
— Por favor.

✽ ✽ ✽

— É Justine.
— NUA?
— Emily...

– NUA?
– Emily...
– Você nem mesmo me perguntou.
– Isso não é um teste, Emily. Eu repito: não é um teste. É trabalho. É um editorial.
– NUA!
– EMILY, POR FAVOR, PODERIA MANTER A MENTE ABERTA? WADE É UM BOM FOTÓGRAFO E SÃO SEIS PÁGINAS DE EDITORIAL PARA UMA REVISTA JAPONESA!

Jesus. Para alguém tão lerdo, Justine é capaz de espalhar veneno quando quer.

– Não precisa ser arrogante – devolvo com ímpeto, soltando um suspiro. – A revista? Como ela se chama?
– Eu não sei! Está em japonês! Um tipo de revista de beleza.
– Oh, verdade?
– Olhe, Emily. Eles querem que você pose nua, mas isso não significa que estará nua nas fotos.
– O que supõe que signifique?
– VOCÊ NÃO VERÁ NADA.
– Oh.
– Então, vai fazer?
– Bem...
– O quê?
– Nada... é que... bem, o nome da revista de beleza, traduzido, não é Playboy, ou Hustler, ou algo assim, é?

Outro suspiro, este é um longo, longo suspiro que imediatamente conjura uma imagem de Justine estirada no divã, sua mão pressionada contra a testa como uma heroína enrascada no Masterpiece Theatre.

– EMILY! Não é pornografia. São fotografias artísticas. Artísticas! – ela enfatiza. – Simplesmente pare de enrolar e faça as fotos DE UMA VEZ, tá bem?

Clic.

Recoloco o fone no gancho e tamborilo com os dedos contra o plástico duro antes de virar de volta para enfrentar Wade, sua equipe e a decoração desmazelada desse quarto no Chelsea Hotel. Sid matou Nancy aqui. Quando escutei isso, deveria ter sabido que alguma coisa estava acontecendo, ao invés de olhar a pilha escassa de acessórios sobre a cama para me dar uma pista.

– Onde estão as roupas? – perguntei, o que levou Wade a perguntar se eu "tinha alguma coisa contra nudez", o que me levou à chamada telefônica.

– Tudo pronto? – ele diz agora, enquanto um assistente ajusta a iluminação, o outro, meu dublê, jaz estirado sobre a cama, seus dedos curvados para cima, um ingênuo numa camiseta do Metallica.

Eu me encosto à cômoda. Não, não tenho nada contra a nudez, não como conceito geral. Quero dizer, se você quer ir a uma colônia nudista, vá, e use protetor solar; e se quer posar para Penthouse, super, espero que você se torne o bichinho de estimação do mês. Simplesmente não estou certa de como me sinto sobre a nudez pessoalmente, ou melhor, a minha nudez em filme, o que parece tudo, menos pessoal

Você poderia pensar que isso já tivesse acontecido antes, mas não tinha, não assim. É verdade que tenho feito mais lingerie ultimamente (Por que não? O dinheiro é bom e eu recebo uma justa quantia dele, especialmente depois que comprei aqueles enchimentos de silicone), e fotos de beleza em que tenho que desnudar meus braços e ombros, o que significa uma faixa amarrada em volta dos meus seios. Mas este é o Chelsea Hotel, não o Begdorf, e não é um Avedon por atrás das lentes, então não sei o que pensar.

– Fale-me sobre as fotos outra vez – peço.

– Você não verá nada, se é com isso que está preocupada – Wade me assegura.

Eu o observo abrir delicadamente um estojo de câmera surrado e encaixar uma lente no seu interior de espuma. Falando de Sid, há algo em Wade e seus assistentes – o cabelo longo, a robustez, as carteiras presas aos jeans com correntes metálicas – que cheira a heavy metal. Sinto-me como se estivesse trancada num quarto com o Mötley Crüe.

– Nada aqui? – aponto para os meus seios.

– Cobertos.

– Aqui? – aponto para baixo.

Wade olha para mim, divertido.

– Emily! Isso não é pornografia! Você não tem orelhinhas – seus dedos imitam orelhas no ar. – Você é modelo.

É minha vez de sorrir. Sei o que orelhas de coelho significam: modelos que trabalham para aquelas agências, aquelas com palavras como escort ou serviço em seus nomes. Elite não elite. Em outras palavras, não eu.

– Pense Helmut Newton, não Hugh Hefner. Isso é o que eu sou – ele diz.

Penso naqueles dois, e em Justine. Ela está ficando irritada comigo. Não sexy o suficiente, não sexy o suficiente, ela diz cada vez que folheia rapidamente meu book. No começo desta semana, ela conseguiu a adesão de Byron, e agora existe um coro de outros mantras: Sou bonitinha demais, colegial demais.

– Não quer ser mais que isto? – Byron me perguntou. – Mais do que uma estudante de faculdade bonitinha?

– É claro que quero. Quero ser uma de suas garotas, Byron. Quero ser uma estrela.

Além disso, essas fotos são para o Japão; ninguém as verá.

– Bico dos seios não.

Wade sorri.

– Claro que não. Não se não quiser.

– Ok – confirmo. – Nós temos um negócio.

– Nesse caso, é melhor tirar suas roupas agora – ele me diz. – Não queremos nenhuma marca em sua pele.

Ronnie, o estilista, me estende um robe de poliéster tão usado e escorregadio que quase parece molhado. Embora não faça sentido, esgueiro-me para o banheiro para me trocar. Quando apareço, vejo que Kelli, a maquiadora, se colocou perto da janela, empurrando para trás a cortina imunda para deixar entrar a pouca luz natural que existe neste dia úmido e sem sol. Enquanto Livin'on a Prayer toca num velho gravador, Kelli faz meus olhos escuros e enfumaçados. Quando os consegue perfeitamente simétricos, ela os borra.

– Olhos de quarto de dormir são sempre um pouco borrados – ela diz. Uma vez satisfeita, ela passa para os meus lábios. – Morda – ela ordena. – Outra vez.

Eu mordo até meus lábios incharem. Kelli desenha o lábio superior bem além da linha do meu real. Uma vez que preencheu a área com um burgundy mate (toda a maquiagem é mate agora), agarro um pó compacto e os estudo no espelhinho. Eles parecem simétricos e cheios, como se esculpidos em cera.

Ao meu cabelo é dada uma onda dos anos 40, e então estou pronta.

Wade assobia.

— Uau! Olhe para você! Dominatrix! — ele exclama. — Então, vamos começar.

Wade se vira na direção da janela até que tudo que posso ver é um brinco de prata e a parte de trás de sua cabeça. Os outros fazem o mesmo.

Não é grande coisa, meu cérebro diz, mas meu corpo está tremendo. Desfaço o laço. O robe desliza para baixo dos meus ombros. Ele cai sobre o carpete azul-pálido, justamente à direita de uma mancha marrom quase do formato de um coração. Sangue de Nancy?, eu imagino. Ela morreu aqui?, eu me sento sobre a cama.

— Vou para debaixo dos lençóis?

— Não — Ronnie e Wade dizem em uníssono.

Ok, então... eu me abaixo, agarro o robe do chão e me cubro do queixo às pernas.

— Pronta? — Wade pergunta.

— Pronta.

Ele se vira e ri.

— Economizando para o último minuto, não é?

Eu me sinto estúpida, mas não me movo.

A primeira foto me tem num par de luvas. Elas são do cumprimento das do tipo ópera. Couro preto macio com recortes escarlates correndo pelo cumprimento delas. Decadente, impraticável. Sexy.

— Cruze suas pernas apertadamente e vire para o lado — Wade instrui. Eu o faço.

Ele agarra a beira do robe.

— Está pronta?

Minhas mãos enluvadas cobrem meus seios. Concordo com a cabeça. O robe desliza sobre a minha pele e desaparece.

— Precisamos de música nova — Ronnie diz.

Wade concorda com a cabeça.

— Vou mudar isso.

Parece engraçado no princípio, estar nua, essa corrente de ar contra a pele recém-exposta; é como arrancar um band-aid. Mas só no princípio. Depois de um rolo ou dois, começo a relaxar. Minhas pernas continuam cruzadas e viradas (revelando minha fenda para um assistente, em quem tento não pensar), a parte superior do meu corpo relaxa, meus ombros se desfraldam. Eu me inclino para trás contra a cabeceira. Passo as luvas pelo rosto. Deixo a dolorosamente bela voz de Sinead fluir sobre mim. Wade está certo: posso revelar o que eu quiser; é o meu show.

– De onde você é? – Wade pergunta enquanto Kelli reaplica o kohl nas minhas pálpebras.

– Wisconsin.

Ele ri.

– Uma bela e pura garota do Meio-Oeste.

Avançamos através das luvas, boina e cachecol. Sinead, Ella e Billy. Quando chega a hora de me pôr de joelhos sobre a cama com uma fileira de pérolas escorregando por minhas costas abaixo, abracei este momento, o meu papel: uma não-Emily, mas uma mulher que tem feito coisas – beijado num café, dançado sobre uma mesa, vestido cetim num castelo, derramado lágrimas dentro de seu champanhe.

Uma garota má.

– Vire-se – Wade diz. E viro. As pérolas deslizam sobre o meu ombro.

– Fantástico – ele suspira.

Começamos com um close, as lentes tão perto que posso ver a abertura abrindo e fechando como uma pequena boca. Faço um S com o corpo e dou ângulos variados do meu perfil esquerdo, o meu melhor, vagarosamente movendo meu queixo para ciiimmmaaa, então para baaaiiixxoo, meus olhos sempre olhando dentro da câmera, porque simplesmente parece o certo.

Clic.

– Beleza!

Clic.

– Então!

Clic.

– Beleza!

Wade se ajoelha sobre a cama. Eu enfrento a câmera naquele momento, meu queixo ligeiramente elevado.

– Sim! – Clic. – Sexy!

Sim. Sexy. Enrolo as pérolas nos meus dedos e as puxo para a foto, acariciando meu rosto e lábios, da maneira que poderia brincar sem perceber com uma mecha de cabelo.

Sou uma menina má.

– Excelente! – Clic. Clic.

Uma sereia. Abro minha boca.

– Sim! – Clic.

Tão sexy. Seguro as pérolas com os lábios.

– Sim! Assim mesmo!

E mordo o lábio inferior.

– Sim! – Wade fotografa vários destes, então caminha vagarosamente para trás até que está fora da cama e vários passos distante de mim. – Afrouxe a mão – ele instrui.

A música parou. A assistência está quieta. Quando abaixo minha mão, as pérolas tilintam como bolas de bilhar antes de se colocarem contra meu peito. Contraio meus ombros e me inclino para – frente.

– Beleza! – Wade grita. – Esta é a foto!

Na escola, houve essa experiência em Introdução à Psicologia em que aprendi que se você pede mais, consegue mais. Por exemplo, se pedir a uma pessoa para lhe dar 20 dólares, pode conseguir 10, mas se lhe pediu dez, poderia ter conseguido só sete. Bem, é assim aqui. Entrando nesse quarto de hotel, nunca pensei em expor a pele. Ponto final. Mas depois de escutar a palavra nudez e imaginar a mim mesma estirada, estilo Hustler, com a roupa com que nasci, posar de topless parece razoável. E, sinceramente? Depois de todas as roupas de banho e tops colantes, sutiãs e calcinhas, mudar de roupa e ajustar sutiã na frente de estilistas e modelos, artistas de cabelo e maquiagem parece como se eu tivesse ido só um pouco mais além: outra mudança, outra experiência. Parece bom. Não, é mentira: parece ótimo. E com cada clic da câmera, com cada grito de deleite de Wade, parece melhor e melhor, até que sou uma sereia. Sou sexy. Sexy! Oh... Ião sexy. Sou uma megera. Sou uma mulher. Sou poderosa. Brilho. Olhe para mim. Olhe. Para. Mim.

Mas então...
– Ughh! – Kelly grita.
Seguimos seu dedo apontado através da rua para o homem em sua varanda. Nu. Masturbando-se. Ele olha para nós servilmente, sorri deleitadamente, e goza.

❈ ❈ ❈

Jordan desliza seu dinheiro pelo guichê.
– Ainda não posso acreditar que custe sete dólares ir ao cinema – ela resmunga.
– Uma roubalheira.
Nós paramos depois daquilo. Lavei o rosto, prendi o cabelo num rabo-de-cavalo e saí voando do quarto do hotel.
Jordan apanha seu troco e o desliza para a carteira, que, combinando com sua roupa, é de um sutil laranja néon.
– Mais difícil de roubar ela sempre diz.
– Porque ninguém vai querer – eu sempre respondo.
No elevador, Wade pergunta se quero um drinque. Não tenho idade, digo a ele, então me viro para descer a Rua 23, minha mochila balançando sobre o ombro: simplesmente outra colegial indo ao cinema.
Enquanto esperamos pela soda e pela pipoca, Jordan, minha colega de quarto para o verão num quinto andar sem elevador, me fala sobre trabalho. Embora não tivesse descartado um futuro na política, nestas férias ela optou por um estágio no comércio. Pelo menos, isso está concordando com ela.
– Feita para negociar – ela diz. – É o trabalho perfeito para minha disposição feminina.
É claro, o fato de que Ben está passando o verão aqui estagiando no Comitê de Resgate Internacional ajuda também.
– ... Você pode acreditar nisso?
– Não – respondo com incerteza.
Cheguei aqui uns minutos mais cedo, então fui para o telefone público na esquina. "Bom", Justine falou quando lhe contei tudo. "Significa que você finalmente fez alguma coisa sexy o suficiente."
Entramos no teatro. Geralmente sentar-se envolve uma negociação

prolongada. Jordan gosta da frente, eu prefiro o meio, mas hoje eu digo qualquer lugar e me sento em sua primeira seleção.

— Tem notícias de Pixie? – Jordan pergunta.

Pixie está tendo aulas de arte e alemão na Universidade de Viena até agosto.

— Não... E você?

— Não. Você sabe, para uma tagarela daquele calibre, ela é realmente uma correspondente muito ruim.

— Sim...

Jordan empurra a pipoca na minha direção.

— O que acontece com você?

Empurro a pipoca de volta.

— Nada. Um dia longo.

— Fazendo o quê?

— Fotografias num quarto de hotel suspeito, vestindo nada além de pérolas, enquanto um cara no apartamento do outro lado da rua se masturbava em sua varanda. E você?

Enquanto digo isso os olhos de Jordan ficam maiores, depois menores, sua mão cobre a boca e ela tenta não rir. Vejo que está procurando pelo epílogo da estória.

— Eu sei, eu sei. Você detesta quando isso acontece.

Jordan ignora isso.

— Então espere... É sério, você estava nua?

— Estava, mas você não poderia ver nada.

— Verdade? – ela diz duvidosamente. – Então, qual era a questão?

— Bem, para uma foto você poderia, mas era somente a minha metade de cima.

— Então você estava fazendo topless?

— Adivinha...

— E havia um cara se masturbando do outro lado da sua rua.

— Sim, mas ele não era parte da foto!

Meu coração se acelera quando vejo as coisas descritas assim. O hotel suspeito. Colar de pérolas. O masturbador.

— Simplesmente aconteceu de ele estar lá – completo, fazendo um aceno de desprezo mais jovialmente do que estou certa agora. – Você sabe, Nova York.

Jordan concorda com a cabeça. Ela não se preocupa com essa parte.

— Achei que tinha dito que nunca faria topless.

— Eu disse?

— Sim.

— Bem, isso foi diferente. Isso foi... — procuro a palavra. — ... Artístico.

— Qual parte? — ela começa, só que eu não quero escutar o resto.

— Tudo — resumo.

❊ ❊ ❊

As fotos voltaram dos dois testes. Não usamos nenhuma da série do biquíni de papel — por favor —, mas Justine gostou de duas fotos da vedete. Numa, em preto-e-branco da cabeça, estou olhando levemente enquanto minha coroa de penas esvoaça na brisa da West Side Highway. Esta faz par com uma de corpo inteiro caminhando na direção das lentes, minhas lantejoulas brilhando ao sol, as linhas finas e cinzentas da minha meia-calça fishnet sombreando minhas pernas. Carros passam correndo. Olho por sobre o ombro, meus olhos estão estreitados, meu queixo cerrado.

— Você parece tão má... — Justine murmura aprovadoramente quando olha a prova. — Má e dura.

— Assustada — replico, relembrando a garrafa de Snapple cheia de urina que, segundos depois, foi atirada aos meus pés pelo motorista de uma van de entrega da Sleepy. Estou certa de que foi um acidente.

— Pode ser — Justine agarra seu lápis engordurado e faz duas gordas estrelas azuis.

— Elas são sexy, são fortes. Funcionam.

Alguma coisa está funcionando. Se são as fotos adicionais não posso dizer, mas minha carreira está decolando. As páginas da Allure são lançadas e adicionadas ao meu book. A L'Oreal decide que sou digna de fotografar uma campanha impressa da Studio Line. Mademoiselle me confirma. Saks decide me dar outra chance. A Glamour está ligando. Sim, três semanas em Nova York e eu fiz isto, subi a um patamar mais alto, uma perspectiva diferente. Sou uma modelo conhecida, trabalhando e fazendo seis dígitos num ano. Parece fantástico.

E mesmo assim... Não sou uma das meninas de Byron. Ainda não sou uma estrela. E todas as vezes que entro na agência, o bochincho é sobre uma garota que é. Fonya. Ou a filha de 17 anos de um líder tribal tailandês. Ou a 86-55-86 de quinze anos de Minsk.

— Jesus, como encontrou todas elas? — sussurro um dia quando Byron e eu nos cruzamos na frente da parede de troféus, onde estão mais capas da Vogue e mais rostos que eu somente acabo de conhecer.

Byron encolhe os ombros.

— Fácil. Não há mais essa coisa de beleza não descoberta, não mais.

Louis me disse isso também. Olho para o chão, pensando no que jaz seis andares abaixo de nós. Lá, além dos assobios e dos entusiasmos, andam os caça modelos. Enquanto alguns são empregados por agências específicas, a maioria dos exploradores são freelances que descobrem uma menina, e depois vão de agência em agência procurando negociá-la. Caçadores de recompensa que trabalham implacavelmente um território. Não demora muito para tropeçar em um.

— Woods... da Chic — murmura o cara em Times Square quando passo. Ele está de pé perto da estação de metrô, inspecionando os milhares de turistas em busca da garota que cobrirá suas despesas deste mês.

Então, não existe essa coisa de beleza não descoberta. Talvez seja verdade. Mas, e a beleza descoberta? E eu? Meus olhos perpassam a parede de troféus.

— Quero outra capa — sussurro, mas Byron já está seguindo adiante.

❋ ❋ ❋

Uma semana mais tarde, estou de volta à Chic, mas concentrada em outras coisas, como descobrir a razão por que Justine deixou uma mensagem insistindo que eu pare e pegue um cheque não pago com Javier, nosso contador.

Oh, não. Olho para o escritório, escuro.

— Não me diga...

— Alô, Chic. Por favor, um momento — Sim Emily, você perdeu Javier, ele partiu para Hamptons.

— Mas são duas da tarde!

— Masotrafegoestátãoruim. — Como posso ajudá-la?

Grrr. Meu lábio ainda está contraído quando uma garota passa correndo por mim, seu rosto escondido nas mãos. Hum? Recrutamento é às terças-feiras. E hoje é sexta.

— Alistair, o que está acontecendo?

Alistair solta alguns botões, ergue-se e se inclina para a frente até as bolas bordadas em seu colete vermelho se arrastarem pelo tampo da escrivaninha.

— Más notícias — ele sussurra com dramaticidade. — Byron está despedindo garotas.

Um frio gelado desce pela minha espinha. Despedir garotas, escutei sobre isso. Periodicamente, as agências podam seus quadros cortando modelos, freqüentemente uma dúzia de uma vez. A razão é sempre "mau desempenho", mas ninguém tem certeza de qual seja o critério, porque nenhuma agência jamais abre isso. Os rumores são de que meninas "difíceis" são sempre as primeiras a levar um chute. A menos que ganhem altos salários, é claro. (Note que a categoria "difícil" inclui tudo, de ser insistente a inserir agulhas dentro de suas veias. Ou carreiras de cocaína pelo seu nariz. A coisa que aprendi sobre modelos e drogas é: faça isso um pouco e ajudará sua carreira, faça isso um pouco demais e não terá mais nenhuma). Num negócio em que a imagem é tudo, ser despedida assim é equivalente a raspar a cabeça ou ganhar dez quilos: nenhuma boa agência irá tocar em você.

Então é por isso que Justine me chamou.

Demoro uma eternidade para cruzar a sala principal da agência. Ela não é tão grande assim. Paro perto da mesa de contratação, tentado me controlar quando observo quatro agentes trabalhando nos telefones e esperando pelo inevitável.

— São duas matérias de seis páginas, ou uma de doze?

— Imagino, mas o Havaí já não foi feito?

— Claro que ela é profissional; seu affair com Ralph terminou com o contrato dela!

— Olhe, eu disse a você: uma campanha de perfume com Petra vai lhe custar 500.000 dólares. Você vai bancar ou o quê? — Justine olha para mim, esboça um sorriso sem graça e aponta.

Para a porta? Para a placa de saída?

— O quê?

— ... Você está brincando? Não pode conseguir cobertura mundial pelo preço de um bilhete para a Disneylândia! Espere aí... Ela cobre com a mão o bocal do telefone: — O negatoscópio. Vá para o negatoscópio.

Meu corpo inteiro relaxa.

— Então, não estou sendo despedida?

— Hoje não – Justine diz. – Não você, hoje, de fato, agora, por favor, ou vou dar o tempo a Donna – ela me dá um empurrãozinho. – Wade deixou as provas.

Wade?

— Mas achei que aquelas fotos eram um trabalho.

— Ele devia a Byron um favor – ela diz vagamente. – Na verdade, ele se ofereceu para imprimir algumas para você antes de mandá-las embora, então vá dar uma olhada. Existe uma em particular que está ótima: muito Jacqueline Onassis... Está certo, 500.000 dólares... Bom. Estou tão feliz. Agora você está certa de que precisa de cinco dias ou poderia fotografar isso em quatro...?

Negativos cobrem o negatoscópio, se espalhando sobre o balcão. Há pelo menos uma dúzia de rolos lá, mas quando procuro através deles, vejo que só uma foto foi circulada e estrelada, a indicação de que os dois, Justine e Byron, a aprovaram: eu vestindo as pérolas.

Não me lembro disso em Camelot. Na foto, estou olhando para a câmera com hostilidade, quase indiferente, uma expressão que, quando combinada com o colar, contrasta assustadoramente com a palidez dos meus seios, o escuro dos meus mamilos, o quarto feio e vazio ao fundo.

Oh, meu Deus. Tirar a foto parecia uma coisa, um momento íntimo num espaço pequeno com alguns profissionais. Uma piscada de olho, um piscar de lentes. E então, puf! Horas depois era como se nunca tivesse acontecido. Mas agora é real. Muito real. Eu. Nua. Em preto-e-branco.

Se coloco essa foto no meu book, não estamos falando de uma cópia num portfólio, mas de cinco cópias em cinco portfólios. Aqueles meus books duplicados que são enviados para toda cidade para serem deixados em áreas de recepção, folheados em mesas de conferência, examinados em encontros e escrutinados em escrivaninhas. E isso não inclui agências em Londres ou Los Angeles que me representam através de negócios de permuta e, como resultado, recebem pacotes das minhas últimas fotos. Dúzias de portfólios ao todo. Uma fotografia exposta, mais, e mais, e mais.

De jeito nenhum.

Procuro entre os negativos, metodicamente em busca de um que seja menos comprometedor. Aqui, existe um, com as luvas e apenas um pedacinho de pele exposta. Como é que ninguém estrelou esta? Esta funciona.

– O que acontece...

Eu me viro. Quatro agentes, trabalhando nos telefones.

– ... então, North Beach Leather na segunda por $ 20mil, entendeu?

– ... você não pode tê-la então. Elgort a tem a semana inteira.

– Sinto muito, fã clube de onde?

– ... uma capa da Bazaar, está certo. E ela só está aqui há um mês! Não é um ótimo presente para um aniversário de 14 anos?

Quatro agentes, trabalhando ao telefone. E bem ali, o escritório de Byron, onde Byron está enxugando o rosto de uma Diana chorosa.

Justine recoloca o fone no gancho.

– O que acontece?

– Nada – respondo.

Colocamos a foto no meu book

❈ ❈ ❈

Poucos dias depois e já é 4 de julho. Eu devia estar de volta a Balsam, mas consigo um contrato de três dias para um catálogo inglês, então fico. Nova York está silenciosa. Minhas amigas se foram. Passo a melhor parte do meu aniversário rodeada por turistas estrangeiros na Barneys. Quando volto ao meu apartamento, vagarosamente abro os pacotes das minhas últimas descobertas. Lacroix, Versace, Ozbek, Roehm. Toco as plumas, corro minhas mãos ao longo das bainhas e penduro a bela roupa de noite no meu closet.

CAPÍTULO 25
ORGIA NA BANHEIRA

— Ok, pronto! – o fotógrafo grita.
Começo a caminhar para fora do set.
— Espere, seu vestido está preso!
Marron, a estilista, começa a puxar a cauda colada com adesivos do meu vestido presa a intervalos regulares, como um tentáculo de polvo, ao papel do pano de fundo do palco.
— Preciso da sua combinação também – ela diz.
— E eu preciso do véu – acrescenta Aaron, o cabeleireiro.
— Você acha que dá azar ser noiva tantas vezes? – pergunto, gesticulando e tentando manter a cabeça para cima enquanto saio de uma geringonça tipo saia-balão.
— Depende de quantos noivos já teve – Marron diz.
— Hummm... Eu diria que pelo menos umas três dúzias deles.
— Você está ralada.
Aaron vira meu rosto para a escadinha na qual ele está de pé e puxa o trigésimo grampo do pente do véu. (Grampos de cabelo são como palhaços num carro: quando você pensa que não pode haver mais nenhum...)

— Cristo — ele murmura quando a diretora de arte se aproxima. — Se ela me disser para mudar o cabelo mais uma vez vou gritar.

Seus braços balançam como um soldadinho de chumbo. "Para cima, para baixo! Para cima, para baixo."

Mas a diretora de arte está olhando para mim.

— Emily? Você tem uma chamada esperando na linha dois.

— Obrigada.

Não me preocupo em perguntar quem é; só existe uma pessoa que sabe que estou passando o dia num armazém da Queens vestida de noiva.

— Oi, Justine.

Justine não está para conversinhas.

— Você foi confirmada — ela grunhe.

— Para o quê?

Ou mesmo para conversa de qualquer tipo.

— O vídeo musical.

Mas nesse momento eu não poderia me preocupar com isso. Pulo para cima e para baixo até que quase perco o equilíbrio sobre a cauda do vestido. O vídeo musical é para Down Under, uma dupla pop australiana que nesse continente é mais conhecida que famosa, e o pagamento será terrível: 100, 200 dólares no máximo, mas toda modelo quer este trabalho porque é um vídeo de Thom Brenner... Eu fui a contratada! Não posso acreditar. A audição era só por convite, só que o convite já tinha sido estendido a 435 pessoas antes, com dúzias vindo no meu rastro. Além disso, a última vez que fui escalada para um trabalho com Thom Brenner fui brecada por não ser uma índia. Não achei que tivesse chance.

— Conseguir este contrato foi duro, Emily...

— Eu sei! – dou um giro com meu vestido branco. Meu anel de casamento de quatro quilates de zircônia cúbica brilha na luz.

— Sabe? Você não poderia possivelmente — ela suspira. — Mas Thom queria Fonya, então Byron forçou um negócio.

Oh. Então Fonya está nisso também. Minha mão cai contra o balcão.

— Um negócio? Você quer dizer um tipo de leve dois e pague um especial?

— Eu não diria isso — Justine diz, embora não ofereça interpretações alternativas.

Observo enquanto o maquiador retoca o blush da outra noiva. Lembra aquelas piadas tipo "você está incrível... de feia", "você tem um forte... cheiro mau". Conversar com minha contratadora é assim: sentir-se bem e mal num curto espaço de tempo.

Só que quero me sentir bem.

— Bem, dois por um especial ou não, que importa? Fui contratada, certo?

— Certo – Justine diz. – Mas, Emily? Isso é importante. Tente se assegurar de que nossos esforços não sejam perdidos. Tente e consiga closes bastantes do seu rosto.

✺ ✺ ✺

Duas noites mais tarde, vou a um endereço no distrito de Garment em frente do qual um ônibus escolar amarelo está estacionado. A bordo, pessoas estão conversando intimamente. Vejo vários rostos familiares, mas ninguém que eu conheça, então me sento no primeiro banco disponível e deslizo para perto da janela, sentindo-me a nova criança da escola dos Fotogenicamente Dotados. Quando outros sobem no ônibus, determino um papel para eles também: o cara com o longo cabelo loiro? Tipo drogado. A garota do suéter apertado? Tipo vagabunda. Logo o ônibus está lotado e barulhento, com todo mundo conversando sobre o grande homem no campus.

— Thom é um gênio!

— Uma lenda, mesmo.

— Você viu o último cartaz?

— Abdominais incríveis, cara!

— Onde será que conseguiram aquele sujeito. Qual o nome dele? Mar... Marco? Com quem ele está?

— Shh! Está bem atrás de você.

Eu me volto, casualmente olhando para o último cara a aparecer na Times Square, mas, realmente poderia ser qualquer um; cada sujeito atrás de mim é musculoso e esculpido, um corpo perfeito... E nem dou bola.

Não dou bola porque modelos homens são tolos.

Agora, percebo que nós, modelos mulheres, não somos exatamente candidatas à experts, mesmo assim, eu diria: modelos do sexo masculino são tolos e a razão é simples: dinheiro. Poucos modelos homens fazem muito da coisa. Mesmo os rapazes mais bem pagos, aqueles que você poderia conhecer pelo primeiro nome, fazem menos que a modelo feminino média, e a maioria é muito mais obscura que isso. Mais ainda, além de propaganda de roupa de baixo, para a vasta maioria dos homens trabalhar como modelo envolve vestir um terno, o que significa que a carreira de um cara não progride até que ele seja velho o suficiente para parecer bem-sucedido, geralmente quando está lá pelos 30 anos. Coloque juntas estas duas peças de informação – pagamento baixo e início tardio – e você consegue um ônibus cheio de caras que estavam perdidos na vida até que perceberam que podiam recorrer aos seus bumbuns esculpidos.

E mais, existe alguma coisa preocupante com sujeitos que rotineiramente discutem marcas de gel de cabelo.

E mais. Eu tive um cara. O cara acabou comigo e eu perdi a Vogue. Não cometeria o mesmo erro outra vez.

Olho para a frente e ajeito meus joelhos até que estão apoiados contra o banco da frente, olhando para cima justo a tempo de ver a beleza clássica subir no ônibus.

Ela se senta ao meu lado.

– Eu sou Fonya.

– Eu sou Emily.

Um burburinho cai sobre o ônibus; imagino que mesmo esse pessoal fique intimidado na presença de uma supermodelo.

– Prazer em conhecê-la.

Fonya sorri. Ela é mais bonita do que imaginei. Seus olhos castanhos são amendoados, mas largos também, como um leque. Seu cabelo é escuro e sedoso, sua pele morena e quente. Olhando para ela, penso em peles pesadas, madeiras ricas, camurças macias: coisas delicadas, caras e luxuosas. Então olho para os meus joelhos. Sinto-me nervosa e isso me aborrece. Afinal, eu poderia ser... não, eu deveria ser aquela que deveria fazê-la ficar nervosa. Eu deveria ser Fonya. Trinco os dentes de raiva.

– Emily, você está com a Chic, não é?

– Positivo.

– Eu achei. Vi seu cartão na agência – Fonya diz. Ela abre um sorriso tímido. – Aquela sua capa da Harpers&Queen foi realmente ótima.

— Obrigada. Gosto das suas... capas também – murmuro.

Fonya tinha que ser legal, também, não tinha? E alegre? Isso simplesmente me mata.

A mão dela desce passando por sua minissaia de couro marrom, coberta por uma bolsa Chanel.

— Quer ver o meu bebê?

— Você tem um bebê? – pergunto, assustada.

Fama, riqueza, impressionantemente alegre e um filho. Como ela encontra tempo?

Mas a foto que ela me estende é de um filhote de tigre branco.

— Esperto – digo. – Em que zoológico ele está?

— No meu! Desculpe, no meu centro de vida selvagem. Sempre me esqueço disso! É numa terra que comprei na Flórida – os ombros de Fonya se abaixam casualmente, como se estivéssemos discutindo uma rede de dormir, um churrasco, ou outra rotina de quintal

— Este é Fondar. Eu só espero que ele se dê bem com Darya. Darya é o nosso leãozinho, este aqui. Não é lindo?

— Esperto – digo outra vez

Agora é uma pilha de fotos, uma verdadeira arca.

— Todos os animais vivem em alojamentos separados, obviamente, mas o truque é a localização de cada um. Quem está indo aonde? Veja, eu realmente, realmente quero que exista uma conexão espiritual entre os animais porque isso é importante para a saúde e a felicidade deles. Gostaria de saber o signo astrológico de Fondar; ele parece sagitário ou capricórnio para você?

Sim, Deus existe. Fonya é tão tapada quanto um poste.

— Não estou segura – respondo, sorrindo alegremente.

Pelo resto do caminho me divirto com cada declaração estúpida. De fato, me divirto tão completamente que parece como se tivéssemos deslizado pela Rodovia I-87 e chegado antes que minha companhia fizesse uma pausa para respirar.

O cascalho estala embaixo dos nossos pneus. O pessoal se agita.

— Ei, homem! Não este lugar outra vez!

— Já filmei três vídeos aqui!

— É sempre gelado!

— Sim, gelado cara!

Oh, é uma locação. Locações são lugares permanentemente alugados para fotos e vídeo. Enquanto a maioria das locações é pouco mais que um estúdio vazio com poucos detalhes arquitetônicos – uma coluna estriada, uma bay window, uma banheira com pés no formato de patas de animais –, outras são casas de verdade de onde os moradores temporariamente se mudam em troca de dinheiro. Em Manhattan, existem certas locações do último tipo, tudo parecendo realmente muito caro e chique. Um sobrado de pedra marrom em Gramercy Park com elevador, garagem e detalhes em ferro lavrado. O apartamento na Quinta Avenida com vista para o reservatório, lindo, embora eu jure que a razão de ser tão popular é porque se pode encontrar Paul Newman no elevador. O loft artístico todo branco no SoHo. Ser um estranho na casa de alguém é, bem... estranho. Todo mundo se senta por ali maldosamente avaliando a decoração e examinando objetos de uso pessoal espalhados, enquanto especulam sobre como a fortuna foi ganha e – porque estamos lá – como foi perdida.

Estas são as locações interiores. Existem as exteriores também, as que mostram a cidade de Nova York como pano de fundo. Agora, obviamente, existem tantas destas quanto táxis, mas, mesmo nessa categoria, elas são um pouco fora do comum. A locação exterior nº 1, tão popular que tem até espaço de estacionamento para vans de aluguel pintadas no pavimento, é a Bethesda Fountain, no Central Park. Ande por ali bem cedo num dia de verão e verá uma grande quantidade de equipes de fotografia trocando suprimentos de almoço, equipamento e fofoca industrial como se estivessem de férias num estacionamento para trailers particularmente chiques. Outros competidores incluem a fachada do Metropolitan Museum (fonte, degraus – pano de fundo bacana), a interseção norte de Flatiron District (prédios, táxis – pano de fundo urbano) e a Padaria Vesúvio, na Rua Prince, no SoHo (pitoresco, singular – plano de fundo charmoso).

Uns poucos metros mais de asfalto e nosso ônibus amarelo pára em frente a uma mansão gótica (dilapidada, coberta de trepadeiras – um pano de fundo desbotado e majestoso). Embora um batalhão de gente nos receba, existem muitos para serem recebidos. Depois que cometo o erro crítico de ir fazer xixi, termino no final da fila da linha de montagem, então levo quase quatro horas para poder ser penteada, maquiada e vestida (uma hora extra, porque o estilista-chefe decide que preciso de um cabelo realmente comprido). No momento em que finalmente entro no set, é uma hora da manhã (estamos fotografando à noite por causa da atmosfera), já tomei três xícaras de café e estou me sentindo mais que um pouco nervosa.

E aí está Henri, um dos produtores do vídeo e braço direito de Thom.

– Finalement! – Henry ofega, olhando para mim e minha produção de uma só vez. Seus dedos suspensos como beija-flores vêm descansar na minha roupa.

– Não – ele reclama. – Está errado. Não está como Thierry Mugler queria.

Olho para baixo, para o meu traje. A faixa é parte de uma capa de chuva de couro, e não parece oferecer muitas opções; além disso, estamos numa mansão gótica no Hudson.

– Como é que você sabe – pergunto a mim mesma.

Os olhos de Henri se abrem, depois, sua boca. Sacre bleu! Acho que ele está para gritar, ou Zut alors! Ao invés disso, o que ele grita é:

– Thi-erryyy!

Thierry?

Thierry Mugler vem correndo.

– Oui?

Ou podemos perguntar ao próprio designer. Isso funciona também.

Henri implica reprovadoramente com o meu traje.

– Não está certo, está?

Thierry ergue uma sobrancelha, parecendo muito a sua foto do mês passado na Elle abaixo da manchete "Vivre le Sex!".

– Ela precisa de uma boina – ele anuncia antes de sair.

– Mais le sash!

A mão de Henri ainda está colocada sobre seus olhos quando uma boina preta é oferecida e enfiada na minha cabeça. Tudo isso depois de uma hora extra de cabelo.

O cabeleireiro está tirando um fio de cabelo de cima da minha sobrancelha quando Thom entra no meu campo de visão.

– Você – ele diz, apontando para mim.

– Emily – seu assistente murmura.

— Emily. Siga-me.

Estou trabalhando com Thom Brenner. Thom Brenner! Tento parecer tranqüila enquanto sigo nos calcanhares do diretor. Estamos no coração da casa agora, na parte central. Homens e mulheres magníficos vagueiam ao longo do corredor e escada acima em poses de indiferença estudada, suas estruturas eretas recostadas a um papel de parede que faz tempo desistiu de tentar se segurar: suas beiras rotas e curvadas, seu padrão de flor-de-lis mais escuro onde quadros uma vez estiveram pendurados. No redemoinho gordo dos corrimãos, um Adônis seminu se empoleira, sua pele coberta por um brilhante reflexo de óleo. Nos degraus, um par de machos, alternadamente trocando saliva e um baseado. Meu Deus, começasse a rodar agora e você teria, se não espécies superiores, pelo menos a produção de um grande filme pornô.

Paramos no lado de baixo da escada, diretamente à frente de um rapaz com louro cabelo liso cortado à pajem, um boné azul-marinho e calças com duas fileiras de botões brilhantes.

— Você — Thom diz. — Quero você no chão beijando ele.

Outra vez nos preparamos para a cena neste momento. Beijá-lo?

Thom se dirige para a câmera.

— Em seus lugares! Por favor! — ele grita.

Beijá-lo? Viro-me para olhar o cara que devo beijar, percebo com a iluminação que ele parece exatamente o Menino Holandês daquela marca de tinta, e viro de volta.

— Espere!

— Attends! — Thierry Mugler trota através do assoalho na minha direção, agitando as duas mãos. — Attends!

Exactement, Thierry. Abro um sorriso fácil. O designer famoso está vindo para ser o meu cavaleiro num macacão de elastano preto e dizer a Thom que minha beleza, ou pelo menos o seu traje, seria desperdiçado no chão.

— Não acho que precisemos disso afinal — Thierry arranca a boina da minha cabeça. — Em seus lugares! Por favor!

Thom está atrás da câmera agora, sua grande estrutura toda obscurecida por uma maçaroca de aço e luzes quentes. Enquanto uma mão segura um megafone, a outra descansa sobre seu chapéu de caubói, dando-lhe o estranho ar de animador de rodeio.

— Meninos e meninas — ouçam, sua voz soa como um estrondo. — Temos uma longa noite pela frente com muitas cenas, por isso é essencial que nos conservemos dentro do horário. Isso significa nenhum ensaio. Vou começar direto a rodar o tape. Já dei a vocês seu papel específico. Além disso, as instruções são simples: Não estraguem tudo!

A sala ecoa de gargalhadas.

— Estamos prontos?

— Prontos! — a sala grita.

— Bom! Em seus lugares, por favor!

As pessoas se colocam em suas posições, incluindo o menino holandês que masca chicletes. Eu fico parada lá. Sinceramente? Quando descemos e vi a propriedade abandonada, imaginei um vídeo cheio de luar, jardins crescidos e caminhos de pedra. O filme seria em preto-e-branco, talvez um pouco nebuloso, as roupas seriam bonitas, e se houvesse um beijo, uma garota e um marinheiro, o momento seria cinematográfico, verdadeiramente elegante, como esta fotografia de Doisineau pendurada em cada dormitório de faculdade. E eu não seria a garota. Beijá-lo? Você nem mesmo me veria.

Eu quero. Não, eu preciso de um tipo diferente de exposição. Inclino minha cabeça para trás.

— Thomm!

Cinqüenta pares de olhos se voltam para mim, incluindo os de Thom.

— O quê?

— Não posso fazer essa tomada, lamento. Eu imaginava conseguir um close!

Todo mundo, e eu quero dizer todo mundo mesmo, acha isso altamente divertido, e não apenas nesta sala: um walkie-talkie estremece com um eco de risadas atrasadas, desencadeando outra cascata de gargalhadas ao longo do corredor. Sinto meu rosto queimando. O que eu fiz?

— Bem, e eu quero um abdômen musculoso — Thom enfatiza este ponto erguendo sua blusa e revelando seu estômago magro, mas flácido, movimento que produz ao mesmo tempo assobios e risadas. — Não podemos ter tudo o que queremos agora, podemos?

Os olhares. As gargalhadas. Meu rosto quente. Eu me deito ao lado do menino holandês.

— Tenho namorado — minto.
— Eu também — ele devolve.

❊ ❊ ❊

Quarenta e cinco minutos de beijo e é hora da tomada número dois. Passamos ao salão de baile. De todas as salas da mansão, aqui é onde a passagem do tempo é mais evidente. Tiras de assoalho foram arrancadas do chão. Candelabros amarelos e denteados pendem ligeiramente tortos. A mobília está gasta. As cortinas perderam painéis inteiros. O vento sopra através dos vidros quebrados. É como se a casa tivesse sido sacudida, agitada e deixada para apodrecer.

A tomada número dois são meninas somente. A idéia de Thom é que modelos femininas (todas, exceto Fonya, que não vejo desde que chegamos) se ergam vagarosamente em reação à música, então colidam e se empurrem, até que estejamos todas numa bacanal frenética. Ele aponta um dedão na minha direção.

— Exceto você. Preciso que você fique de fora.

Perfeito. Peço um close-up e agora ele me odeia. Afundo num sofá mal estofado, tentando ficar calma e observando a dança das meninas. A música é a Down Under para o vídeo, é claro. Está tocando desde que chegamos. Cinco horas atrás, eu gostava dela. Agora está me deixando maluca.

— Vamos, meninas! — Thom está carregando a câmera no ombro, como se estivesse fotografando as ruas bombardeadas de Beirute ou surpreendendo a saída de celebridades apanhadas deixando a cena de um encontro ilícito. Quando as meninas vão bamboleando, ele se move, desviando-se no meio delas.

— Vamos, mais rápido. Mais rápido!

As modelos se movem juntas como um bando de flamingos.

— Meninas! Preciso que vocês vão andando! Vão! VÃO ANDANDO!

Vão? Ser uma boa modelo significa que, para toda e cada foto, você é cuidadosamente composta; mesmo em fotos "espontâneas", você sabe onde cada parte sua está, o que é acentuado e o que é escondido. Mas Thom está carregando uma câmera móvel que está gravando dúzias de telas por segundo. Como você pode minimamente bem ficar adiante disso? Você não pode. Existem montes de fotos nas quais você é vista de um mau ângulo ou onde sua cicatriz está aparecendo. É apavorante, e quer saber? É a razão pela qual a maioria das modelos se mostram atrizes medíocres. Emoções são desordenadas, emoções são feias; nós não queremos ir lá.

Devo ter adormecido, para logo ser arrancada de um sonho onde Thom está urgentemente insistindo que é hora do meu close... Não é um sonho, e não é Thom. É Henri, e ele está me sacudindo.

— Emily, acorde. Levante! Thom precisa de você lá em cima!

— O quê?

Enxugo a baba escorrendo pelo meu queixo. Tremendo, Henri se apressa para levantar. Sigo-o através de uma sucessão de salas, todas vazias, até que estamos na cozinha, onde um bando de pessoas está zanzando entre as tomadas, alguns bebendo café, outras passando adiante uma garrafa. Contra a geladeira, o menino holandês está dando uns amassos em alguém, que imagino não seja o seu namorado. Adiante do balcão de fórmica, um rapaz vestindo uma jaqueta de couro está aspirando uma carreira de cocaína. Henri se inteiriça. Eu me preparo para o necessário chilique. Ao invés disso, ele salta à frente e toma uma rápida ele mesmo.

Pronto, estamos fora. Corremos escada acima, para o hall, e dentro de uma sala no terceiro andar, onde Thom e uma dúzia de membros da equipe estão observando Fonya tomar um banho de espumas.

— Voilà! — Henri diz.

Thom olha para cima.

— Ah, Miss Desmond...

A equipe rebenta em gargalhadas

— ... Pronta para o seu close-up?

É Henri quem responde:

— Não. Ela precisa de um massivo retoque e jóias como as de Fonya.

As orelhas de Fonya estão enfeitadas de flores feitas de diamantes falsos, seu cabelo está penteado para cima e um cigarro pende de seus dedos finos. Logo que o estilista coloca brincos similares em meus lóbulos, um maquiador emerge do outro lado do toalete, brandindo um pincel de lábios carregado. Eu me esquivo.

— O que é a tomada?
Thom encolhe os ombros: não é óbvio?
— Você na banheira com Fonya.
— Atrás de Fonya — Henri explica.
— Fazendo o quê?
Outro encolher de ombros.
— Qualquer coisa. Qualquer coisa que te inspire.
Estudo a cena. Isso não pode estar certo. Minha companheira de banho está, de fato, completamente nua.
— Você pode ver os seios dela.
— Não quando suas mãos estiverem sobre eles — Thom replica.
Aguenta essa.
Henri tira rapidamente meu cinto e começa desabotoar meu casaco. Olho para Fonya, para ver se ela tem algum problema com isso, mas ela está empurrando uma barra de sabão ao longo da borda da banheira como se fosse o seu patinho de borracha. É, acho que não. Faço um rápido cálculo mental. São 4 horas da manhã, e tenho um compromisso — um compromisso que realmente me paga alguma coisa — em quatro horas, e claramente, dado o olhar venenoso que Thom está me dando agora, o homem nunca vai me filmar outra vez.
Empurro as mãos de Henri.
— Não. Não vou fazer a tomada. Sinto muito.
Antes que a barra de sabão tenha caído dentro da banheira, estou na sala seguinte, disparando na direção da cozinha, onde, mais cedo, notei o telefone público que agora vou usar para chamar um táxi
— Emily! — os passos de Henri soam atrás de mim. — Emily!
Sem aviso, sou jogada contra a parede, meus braços presos. Fico sem fôlego por causa do choque e da dor.
O rosto de Henri está perto do meu. Linhas de suor escorrem de sua testa. Seu colarinho está úmido. Seus olhos são selvagens.
— Sua cadelinha! — ele sussurra, me sacudindo. — Você não foge de Thom Brenner assim, entendeu? Quem diabos pensa que é?
Saliva é cuspida no meu rosto. Eu pisco e me viro.
— ... Você vai fazer esta tomada!
Encontro minha voz.
— Não, não vou.

— Sim! Você vai! Agora!

— Existem muitas outras meninas lá embaixo, peça a uma delas!

As palavras de Henri saem confusamente, cada pensamento cheio de cocaína atropelando o seguinte.

— Queremos gêmeas, ou quase gêmeas. Isso significa você. Você é morena, se parece com Fonya. É a única aqui que se parece. Aqui, mas não no elenco. No elenco temos seis garotas que parecem Fonya. Seis garotas que queriam esse trabalho. Mas escolhemos você. Sabe por quê?

Oh, Deus.

— Porque o seu book era o mais sexual. Sim, está certo. Você fez topless antes, Emily. Pelos infernos! Pode, com certeza, tirar a roupa outra vez. Especialmente para Thom Brenner. Especialmente para uma tomada importante.

Henri faz uma pausa para engolir. Sua respiração é raivosa. O suor agora escorre pelo seu peito e barriga, manchando o tecido da sua camisa de griffe.

— Não vou deixar você estragar a foto, entendeu? Entendeu? Ou vou precisar chamar Byron e informá-lo que a Thom Brenner Produções não vai mais trabalhar com modelos da Chic nunca mais porque elas são difíceis demais?

Difícil. Uma menina difícil. Byron vai me arrebentar com certeza.

Olho na direção do banheiro. Thom está recostado na moldura da porta, seus dedos apoiados no batente acima de sua cabeça, esperando para ver como vai ficar.

Já fiz isso uma vez. O que é uma a mais?

No banheiro, tiro toda a minha roupa.

— Diga-me — dirijo-me a Thom. — Diga-me exatamente o que quer que eu faça.

CAPÍTULO 26
BRILHA, BRILHA

Ergo o pedacinho de tecido lilás e o coloco sobre a mesa.
— O que quer dizer o G em G-string (calcinha tipo fio dental em inglês): Good? (Bom) Garnish (Guarnição)? Gee (Puxa vida), como em Gee whiz (meu Jesus!)?

— Gee. Como em "Puxa vida, querida, você está usando fio dental".

— Que imagem adorável, Jord.

— Foi você quem começou o assunto.

Jordan toma um gole de sua cerveja light. Estamos sentadas à mesa da cozinha em nosso pequeno apartamento sublocado no Village, suando profusamente enquanto nosso ventilador tenta e fracassa em refrescar o calor úmido da metade de julho. Eu torço as calcinhas.

— Você acha que o G, no G-string, é o mesmo que o G, do Ponto G?

— Bem, gee, Emma, nunca pensei sobre isso, mas, não, acho que o G do Ponto G tem a ver com o nome do médico, Dr. Graffen qualquer coisa, que o inventou...

— Inventou?

— Desculpe, que descobriu o Ponto G.

— Oh. Mesmo assim, é muita coincidência, você não acha? Quero dizer que existem vinte e seis...

Mas a mente da minha amiga não está para soletrar, está pensando em sexo.

— Agora existe um bom tópico de pesquisa — ela interpõe. — Oi, sou o Dr. Graffensentaqui, posso colocar o dedo dentro de você no interesse da ciência?

— Jorddd!

— De fato, aposto que esse Dr. Graffenqualquercoisa inventou o fio-dental também — ela continua. — Como uma capa para sua nova descoberta. Você sabe, para protegê-la, para mantê-la quentinha.

Pausa.

— Você quer dizer como um agasalho de peles para as mãos?

— Exatamente. Um agasalho de peles. Heh. Heh. Ei, não sei se tenho um Ponto G, você sabe?

Como chegamos nesta conversa?

— Meu Deus, como posso saber. Sinto-me como se mal tivesse dominado o orgasmo! — retruco. Porque é verdade. Este é o problema com revistas como Cosmo: você aprende sobre todas as coisas que não sabia que estava perdendo. Como a perfeita vela perfumada. Ou o seu Ponto G.

— Estou te escutando — Jordan termina sua cerveja, então passa uma toalha úmida pela testa. — Ei! — ela diz, mudando de assunto. — Ainda não me contou sobre o vídeo. Como foi?

Lanço-me numa descrição colorida da minha seção de cenas com o menino holandês.

— Oh, Deus! Não pode ser!Iiii! Foi estranho?

— Totalmente.

— Suas bocas estavam abertas?

— Um pouco.

— E foi como...

— Como encostar a língua numa pilha de miúdos de carne crua.

— Oh, Senhor! — ela grita. — Senhor!

— Provavelmente porque o menino holandês continuou revirando os olhos para os outros caras.

Agora, Jordan mal pode respirar.
— Não, não! Isso é louco!
— Você acha que isto é louco? — pergunto e, antes que possa parar a mim mesma, conto a Jordan a cena da banheira.
— Espere... você tomou banho com Fonya?
— Hum hum.
— Na frente das câmeras?
Merda. Os olhos de Jordan. A voz de Jordan. Eles mudaram.
— Hum hum.
— Então ficou nua outra vez.
Merda. Merda. Merda.
— Bem, as pessoas geralmente não tomam banho de vestidos de baile, tomam? — disparo.
— O que vocês estavam fazendo?
— Você sabe, o de costume.
Jordan muda.
— Não, eu não sei. A última vez que tomei banho com outra menina fizemos chifres de diabo no cabelo e tentamos afogar nossos bonequinhos da Fisher-Price, Emma, então me esclareça. Você lavou as costas dela? Você a acariciou? Você a beijou?
— Jesus, Jordan, pare de me atacar!
— Não estou atacando, só estou perguntando.
— Que merda! Você desaprova!
— Não, só estou surpresa...
— Viu!
— ... Porque não parece com algo que você faria.
— Bem... Continuo fazendo coisas que você não espera, não é? Então, obviamente, você não deve me conhecer muito bem! — rebati, agora já gritando. — Além disso, algumas pessoas têm de fazer coisas que não querem em seus empregos. Isso é chamado viver no mundo real! Ser adulto!
Jordan inspira profundamente e corre suas mãos pela fórmica. Quando as coisas esquentam, ela desacelera, desacelera, até que se transforma na sulista lacônica, um traço que acho intensamente irritante.
— Talvez seja verdade — ela admite finalmente. — Mas... um marinheiro gay? Uma foto nua? Fingir um orgasmo numa banheira com outra

mulher? O que virá depois, Emma Lee? Uma felação para arranjar um contrato? Um strip-tease no palco para que possa testar algumas poses novas?

Respiro profundamente. Jordan pisca.

– Quer dizer, sinto como se estivesse sentada na fila da frente para um espetáculo de queda livre.

– Aproveite a vista!

❈ ❈ ❈

E foi assim o fim da discussão. Eu estava fora de lá em segundos. Queda livre? Poupe-me. Foi uma foto, mais um vídeo. Duas coisas. E duas coisas não fazem uma queda. Além disso, Jordan não devia falar assim. No verão passado ela trabalhou no Capitólio com um senador que, como ela gosta de dizer, usava meus seios como se fossem pesos para papéis. Oh, isso a aborreceu, eu sei, mas ela não pediu demissão, pediu? E nesse verão está trabalhando em Wall Street com colegas que, segundo sua descrição, não são exatamente meninos de coro de igreja, e não que ela seja uma violeta tímida.

Sim, a conversa com Jordan é uma merda total. E não, a garota não me conhece, obviamente, porque a verdade é que gostei de fazer as fotos de topless. Foi sexy. Foi divertido.

O vídeo nem tanto.

E, claro, ok. A foto gerou o vídeo, eu acho. Imagino que esta seja outra verdade.

Fico remoendo tudo isso por alguns dias e, então, entro na Chic com a idéia de conversar com Justine sobre talvez, possivelmente retirar a foto de topless dos meus portfólios.

– Oi, Alistair.

– Alô, Chic? Por favor, aguarde um minuto... Bem, brilha, brilha, estrelinha – Alistair solta um botão. – Ela está aqui!

Hum, ok. Bato esportivamente na palma da mão estendida de Alistair e dou um salto. Byron está batendo com seu chicote de montaria contra o vidro e acenando furiosamente, a despeito do fato de haver quatro pessoas no seu escritório e ter o telefone pendurado na orelha.

Eu aceno de volta.

– Emily!
– Oi, Emily!

As modelos gêmeas, Carmencita e Genoveva, estão enlaçadas pelo braço e uma das mãos brande um convite brilhante.

– É para nossa festa de aniversário de 17 anos!
– Na 150 Wooster!
– Você pode vir?
– Por favor, venha!
– Uau! Puxa, obrigada, eu adoraria.

Surpresa, olho de uma para outra. Nem mesmo estou certa de quem é quem, porque, até hoje, mal trocamos duas palavras, ainda mais entre nós três.

– Ótimo!
– Vemos você lá!

Humm, as coisas estão ficando mais e mais curiosas. Depois de colocar o convite dentro da minha nova bolsa Chanel, um presente para mim mesma por ter conseguido o vídeo, finalmente chego, sem incidentes, até a mesa de contratação, onde, como de costume, todos os contratadores estão ao telefone, trabalhando sua magia.

– Já disse a você: não pode ser 25 nem 26... Estão tomados! Posso lhe dar uma terceira opção para 27, mas é isso. Tem certeza de que não pode ser no meio de agosto? Porque Emily poderia ter algum tempo então...

– ... Honestamente, não estou certo se é possível ir das Seychelles a Maui numa tarde. Meu conselho é: troque por uma das outras garotas, porque o cartão de Emily não está disponível...

– Está certo. Redken a conseguiu para cuidado dos cabelos, a L'Oreal para tintura, então, se P&G quer Emily, terá que ser para a pele, e eles têm que melhorar essa oferta.

– ... Sim, sim, eu anotei, prometo. Desculpe, pode esperar um momento? Emily! – o braço de Lithe está me apontando como se ela estivesse tentando atrair minha atenção. – Quem é o seu agente para TV?

– Não tenho nenhum – respondo.

TV? P&G? OK, é sério: caí num bueiro? Alguém colocou droga no meu café com leite? Envenenou minha Evian? Ou será que nem mesmo saí da cama?

– Emily está em transição com relação a sua representação na TV – Lithe está dizendo. – Mas por que não me diz do que precisa? Ficarei feliz em ajudar...

Eu me abaixo tão perto de Justine, que praticamente estou sentada nela.

– O QUE está acontecendo?

– Certo... – Justine ergue um dedo me pedindo para esperar, e faz uma série de riscos pelo meu cartão: contratada.

– Certo, entendi. Maui na quinta para oitava... Sim, naturalmente a suíte... Certo... Entendi...Ok, bye! Clic. Você é o que está acontecendo.

– Você está quente, quente, quente! – Stephan grita.

– Fumegando! – Jon grita.

Lithe arranca meu cartão de Justine.

– Ótimo – exclamo. – Mas por quê?

Faces chocadas estão a minha volta.

– Quer dizer que não sabe?

– Mim não saber.

– Emily, como pode não saber?

– Emily! – a voz de Alistair choraminga do interfone. – Byron quer você no escritório dele agora!

– ... Sim, sim, ela ainda levanta da cama por menos de 10.000 dólares – Byron gira sua cadeira, sorrindo. – Você! – ele murmura antes de se virar para o receptor.

– Eu sei... é injusto, mas, realmente, eu poderia ter reclamado que as taxas de Linda são muito mais altas que esta, você não? Estou absolutamente certo de que posso conseguir mais dela. Você daria uma boa palavra por mim, não daria? De qualquer forma, depois a gente se fala. Emily!

Subitamente estou vendo o vermelho da jaqueta de montaria de Byron.

– Você é um gênio, você! Está na crista da onda! – ele me beija em cada face, uma vez. – Seu vídeo é a coisa mais quente lá fora! – duas vezes. – Você é uma estrela!

– Meu vídeo? – reclamo meu espaço pessoal. – Mas nem saiu ainda!

– E não vai – Alistair diz, servindo duas águas geladas completas com fatias de limão. – Não nos Estados Unidos de qualquer maneira.

Byron está concordando.

— Tenho três palavras para você, Emily querida, as melhores três palavras que você já ouviu: MTV Video Ban. Aparentemente existe uma cena de banheira que é picante demais para pré-adolescentes. Agora, pessoalmente, acho que isso é muita frescura. Então, outra vez, faça um vídeo com uma equipe de produção gay e o que você consegue? Duas Holly Golightlys sem nenhuma seriedade!

Depois de se envolver em seu próprio humor, Byron continua.

— Mas eu digo obrigado Senhor pelos puritanos, porque eles são a melhor coisa que poderia ter acontecido à sua carreira, Emily querida. Realmente! Por causa da proibição, o vídeo alcançou a imprensa exterior. Foi apresentado como o nº 1 na Itália, o nº 1 na Austrália, e está sendo vendido como água no mercado negro na China...

— Espere... Você já o viu?

— Claro que vi. Você não? Oh não, é claro que não, sua cópia está aqui.

Byron ergue um cassete e o acena no ar.

— Desculpe-me, dei a Fonya o dela e esqueci do seu. De qualquer modo, por que estamos tagarelando tanto? Vamos nos sentar e desfrutar do show! Alistair, luzes! Ação!

Na sala, uma tela de 20 polegadas se torna azul e começa a mostrar. O tape fora visto antes, claramente, porque começa direto na cena da banheira. Fonya e eu saltamos para a vida na água cheia de espuma.

— Olhe para você! — Byron murmura.

Dou um passo mais perto. A totalmente familiar canção Down Under toca suavemente dos pequenos alto-falantes da televisão. Na tela, um pastiche de imagens: um corredor longo e escuro. Azulejos rachados. Uma banheira com pernas imitando patas de animais. Bolhas de sabão deslizando por costas úmidas. A câmera dá um zoom numa mão. A minha. Ela está correndo pela linha do ombro de Fonya, seguida pelos meus lábios.

— Gatinha sexy! — Alistair grita.

Meus lábios estão fazendo o caminho através do pescoço de Fonya para a sua orelha. Minha língua toca os diamantes.

— Isso é totalmente erótico.

Foi o máximo que consegui fazer: as costas, pescoço, a orelha. Afinal, enquanto estava sendo maquiada e adereçada com as jóias, Henri tinha me trabalhado com champanhe (agora que decidi ir em frente com a tomada, ele e Thom são todo sorrisos e muito solícitos). Dois copos e eu estava bem para prosseguir.

— Você, mulher-objeto!

Mas aquelas partes do corpo, aquelas eram o meu limite. As coisas que Henri e Thom queriam em seguida: tocar Fonya sensualmente, puxar Fonya para mim, voltar os lábios de Fonya para os meus, me tornando, nas palavras deles "uma sedutora predatória"... a isso eu estava menos propensa. Nem estava maluca pela posição final que eles descreveram: Fonya reclinada na banheira, eu de quatro em cima dela, o nível da água diminuindo e diminuindo.

— Oh, o câmera está se aproximando agora. Adoro isto!

Henri e Thom foram persistentes. Eles persuadiram. Adularam. Esvaziaram o champanhe dentro do meu copo.

— Certo, beije ela agora, faça amor com ela agora — ele disse.

Mesmo assim eu não podia.

— Aqui é que acontece!

— A melhor parte!

Oh, eu não queria reagir daquela maneira. Mas, de repente, percebi que esta era na verdade a chave da tomada — só pela quantidade de tomadas devotadas a isto. E eram apenas nós duas na tela: eu e uma estrela. Eu me aproveitaria do brilho dela. Seria vista.

Além disso, tinha feito esse tipo de coisa antes com Greta no Caribe. A coisa é: eu estava bem dopada nesta noite.

Foi quando percebi que podia fazer outra vez.

Fiz um gesto para Henri. Ele se ajoelhou ao lado da banheira.

— Preciso de coca.

— Uma Coca-Cola? — ele diz.

— Cocaína — corrijo.

Henri me deu o que eu precisava, e isso me levou aonde eu precisava ir.

— Esta é a parte!

— Sim, aqui, onde suas mãos estão sobre ela!

— Você pode ver a borda do mamilo de Fonya. Vê? Estou certo de que foi por isso que eles o proibiram!

— Ou talvez seja por causa dessa parte aqui, onde Emily está em cima.

A cena em close do vídeo Down Under é de nós duas. Fonya está deitada na banheira. Eu não sou mais a sedutora; estou exausta, satisfeita. Minha cabeça descansa sobre o peito dela. A câmera se demora em Fonya (que aparenta estar completamente calma, quieta, passiva.)

Byron dá uma parada no vídeo.

– Aí! Gostou?

Sacudo a cabeça vagarosamente concordando.

– Emily, você está bem?

– Vire para cá e olhe para nós!

Quando me volto, Alistair está sorrindo, Byron está radiante, e logo à frente, além do vidro, os contratadores estão trabalhando freneticamente aos telefones.

Seis pessoas trabalhando para mim. Tudo isso por mim.

Byron estende os braços.

– Não pensei que tinha isso em você – ele diz.

Cruzo a sala e o abraço.

– Claro que eu tinha – digo-lhe. – Foi fácil.

❋ ❋ ❋

Logo em seguida, fotografo quatro páginas de "Cabelos Presos" para Glamour. Sou reservada pela Harper's Bazaar e Vogue (sim, a Vogue americana está reservando tempo para mim, e Fonya para uma matéria sobre lingerie a ser fotografada por Shelia Metzner); cobro minha nova taxa de 2.500 dólares por dia para um catálogo em Maui, Los Angeles e Escócia. Fotografo propaganda para óculos, jóias, bolsas e cintos. Mamãe quer que eu vá para casa para uma visita, mas, como posso, se estou indo para as Seychelles? As fotos são para um anúncio impresso de bronzeador. Não importa que eu esteja tão pálida quanto uma nova-iorquina; eles simplesmente me darão um profundo bronzeado escuro durante o processo de retoque.

Tanto trabalho... E esses são apenas os clientes americanos. Graças ao vídeo, sou a coisa quente na Itália também, o que significa que fotografo uma matéria para a Lei, duas para Amica... E conheço Alfredo.

– Ele é uma lenda! – Byron elogia depois que meu primeiro trabalho com o fotógrafo é confirmado.

Ele está certo. Alfredo Robano tem sido um fotógrafo internacional famoso por mais de três décadas, um feito impressionante considerando que isso inclui o Studio 54 nos anos setenta, Coca-Cola-é-isso-aí dos anos oitenta. Vogues em volta do globo; Revlon e Revellion; Anne e Calvin Klein; Christy T. e Christie B. Alfredo trabalhou com todos estes e mais, com tantos mais que sua parede de troféus se estende através de corredores, vira esquinas e para cima e para baixo de escadas. Ele começa a me contratando para tudo.

Duas semanas e 40.000 dólares mais tarde, vou ao estúdio de Alfredo para fotografar outra matéria para Amica: seis páginas de "Vestidos para Noite", mais uma tentativa de capa.

Está certo: uma tentativa de capa.

Fotografamos a capa no final da manhã, depois que completamos dois períodos integrais em outro set. O timing é perfeito: antes minha maquiagem tinha começado a incrustar, mas depois estou aquecida e acordada, e isso segue admiravelmente sem nenhum obstáculo. É claro que me sinto um pouco nervosa quando estou no vestiário sendo maquiada (e mais: Amica é nunca ver um par de cílios postiços que não cole), mas, tão logo chego ao set, relaxo. Gosto de Alfredo, gosto de KT, Ingrid e Eduardo, a cabeleireira, a maquiadora e o estilista com quem ele trabalha. Gosto de Katarina, a editora de Amica. Mesmo da esposa de Alfredo, Alessandra, uma top model do início dos anos 80 pessoalmente gerente do estúdio – pessoalmente porque quer se assegurar de que não será trocada por uma modelo mais nova–, é tolerável. Não existe uma campanha de cochichos. Não existe "eu amo você" ou lágrimas. É simplesmente divertido.

Depois da tentativa de capa chega a foto número 4: um vestido Chanel feito de lamê bronze, alças spaghetti e curto, mas com uma cauda comprida até o chão em seda vermelha.

Quando entro no set, Alfredo assobia. Quando subo a plataforma, ele diz:

– Faça qualquer coisa que gostaria neste. Simplesmente continue se movendo e me dando um monte de energia.

Certo. Nesse caso... eu me viro para Rob, assistente de Alfredo.
Rob sorri.

– Uma Diva Mix.

— Obrigada.

Caminho para dentro da luz. Quando comecei a trabalhar como modelo, tinha medo de fotografar em estúdio. Nas locações existem sempre coisas para se fingir entusiasmo por elas: Olhe, filhotes! ou Oh, meu Deus! Um vendedor de cachorro-quente! Mas um pano de fundo sem costuras é... nada, só você e as lentes.

Agora, é exatamente por que adoro isso.

Os alto-falantes ressoam. A voz sonora de Barry Manilow enche a sala: Her name is Lola, she was a showgirl...

Começo a dançar, vagarosamente a princípio, tentando perceber como o vestido se move e o que sinto fazendo isso.

With yellow feathers in her hair and a dress cut down to there...

Eduardo acompanha a canção com sua escova de roupa. Ingrid e KT dançam batendo o quadril de uma no da outra. Swish. Swish. O ventilador sacode a cauda do meu vestido. Eu estendo um braço e viro minha cabeça para o lado.

— Perfeito! — Alfredo grita.

She would...

E então começa a acontecer. A sala desaparece, ou talvez eu tenha ido além dela, porque não sinto mais as luzes, ou o ventilador, ou a música como forças externas, mas como coisas vindas de dentro de mim. Elas se tornam eu mesma. Louco? Pode ser. Eu não sei; só sei que com cada clic da câmera, cada clic do flash, sinto-me energizada, eletrificada, até que sou maior que a vida, até que estou preenchendo esta sala, este estúdio, esta cidade. Até que estou acesa por dentro por uns mil watts. A coisa mais bela do mundo.

O resto do dia é assim também. Sei que estou me movendo, mas não posso dizer como. Estou no alto de alguma coisa, alguma coisa grande, alguma coisa ótima, talvez mesmo a ponta de uma estrela. Ando para trás e para a frente pela plataforma, meu território, sentindo-me forte e brilhante, com a confiança de uma estrela de rock, só que, ao invés de milhares de fãs gritando, eu tenho a câmera. Só isso. Dou a ela tudo que tenho.

Quando as fotos terminam, sinto-me alegremente exausta, mas existe mais para vir neste dia mágico. A próxima parada é a festa de aniversário de vinte anos de Pixie, um luau num apartamento de cobertura.

Com certeza, essa parte tem umas coisinhas desagradáveis: ver Jordan, com quem ainda falo escassamente, e suportar os futuros financistas que acham que coquetéis têm gosto melhor quando embebidos entre pedaços de informação como "A volatilidade do Pac-rim de hoje apresentou uma forte tendência de arbitragem" e "Meu Deus, você viu a quanto foi o yen!", mas eles não me afetam. Eu simplesmente caminho para fora, me espremendo entre os vasos de palmeiras e me inclinando sobre a sacada.

Está escuro. As luzes estão acesas no Central Park, pontuando o céu escuro com seus suaves pontos violeta. Tudo está parado, exceto por uns poucos corredores, e parece uma ilusão, uma miragem para acalmar os cidadãos cansados de Manhattan. É belo, mas está longe. Isso é porque estou tão alto, nas estrelas.

Está certo. Pela primeira vez num longo tempo, sinto-me pairando acima da Terra, sou maior que tudo isso. E minha vida é perfeita.

❊ ❊ ❊

Los Angeles. Bermuda. Lago Tahoe.

— Volte para casa — mamãe diz, mas eu não posso. Chega o fim de agosto e estou mais ocupada que nunca, com outros 20.000 dólares para recompensar meus esforços. Não consigo o contrato da Vogue (estou sem o trabalho, mas não devastada; eles voltarão). Mas faço fotos para "Operação Estilo", seis páginas de leggings, boinas e capas de chuva para Mademoiselle. E o melhor de tudo? Consigo minha segunda capa de revista: Amica, três quartos de mim num Moschino branco. Eu gosto. A revista gosta também. Eles me contratam para mais páginas, incluindo outra tentativa de capa.

— Então esta faz duas — digo, sentando-me numa cadeira no escritório de Byron.

— Uma capa e uma tentativa de capa — Byron emenda. — Teremos que esperar e ver o resultado.

— Certo. Vou esperar e ver sobre aquilo.

Cubos deslizam pelo líquido quando uso meu café gelado para gesticular para o escritório do contador, que está escuro como de costume.

— Mas estou cansada de esperar por um cheque.

Byron faz o seu melhor para parecer surpreso.
– Não estamos em dia com você?
– Você me deve 4.000 dólares, pelo menos – eu o informo. – Seria mais, se eu fosse boa para encurralar Javier entre as escadas dos fundos e sua Maserati.

Agora, Byron está brincando com os botões do telefone.
– Não posso ajudar você com isso. Não é o meu departamento.
– Mas Javier está em Cap Ferrat.
– Só por duas semanas.
– Byron, pára de me enrolar e me paga! Sou sua última garota de capa, e uma que detestaria perder!

Uso um tom de brincadeira, mas não estou brincando. Apenas experimentando o papel de diva petulante, que a cadela Ayana tentou me ensinar a ser. E funciona. Depois de um momento, Byron abre sua gaveta e me preenche um cheque, sua caneta Mont Blanc traçando finos laços escuros no papel verde-pálido. Ele o desliza pela escrivaninha.

Pensei que tinha funcionado.
– Ei, Byron, este cheque é de 2.000!
– Agora nós estamos quites – ele replica.
– Quites? Pelo quê?
– As 50 Garotas Chic.

As 50 Garotas Chic é o nome de uma promoção de marketing que Byron inventou no verão como uma maneira de "reintroduzir o fashion na Chic" (50 é o novo total de modelos da Chic; 25 garotas foram mandadas embora naquele dia). Acontece que dar nome à promoção foi a parte fácil; Byron não tinha sido capaz de estabelecer um formato, por isso, nas últimas poucas semanas, seu antigo escritório espartano tem sido preenchido com calendários de amostras, brindes de material de escritório, cartas de baralho, camisetas e canetas, ao ponto de parecer que ele arranjara um trabalho extra de vendedor de novidades.

Eu estava brincando com um molho de chaves. Mas o derrubo sobre a escrivaninha e elas tilintam.
– Então já definiu um formato?
– Sim, obrigado Senhor. Finalmente – Byron exala. – Iremos com um formato básico de book: capa mole, preto-e-branco. Simples. Clássico.

— Simples? Mas está me custando 2.000 dólares!
— Correto.
— Mas por que nós devemos pagar? — pergunto com raiva. — Você está nos obrigando a fazer isso. E é para a agência!
— Mas beneficia vocês de qualquer forma— Byron se inclina na minha direção, seus traços subitamente erguidos. — O que são 2.000 dólares quando vai ganhar 33.000. Porque, Emily querida, seu comercial com Justin Fields foi confirmado!

Corro em volta da escrivaninha e abraço Byron, quase derrubando minha bebida nos papéis, o que seria apropriado. O comercial! Eu tinha feito os testes para ele na última semana, e a chamada aconteceu dois dias atrás. É sobre café, café expresso. Sou só a figurante, a estrela real é Justin Fields. Justin, o cachorrão do Brat Pack e um dos mais quentes de Hollywood abaixo dos 30 anos, de acordo com a revista People. E 33.000 dólares?

— É excelente! — exclamo entusiasmada.
— Não é? O cliente queria pagar 28.000, mas nós insistimos.

Mais cinco mil merece outro abraço. Quando finalmente libero Byron, ele continua, empurrando de lado uma pilha de camisetas e colocando-a contra à beirada da sua escrivaninha.

— Você sabe, Emily, estive pensando... Este comercial, as capas em potencial, o vídeo Thom Brenner, todos eles funcionam porque você está atingindo uma mídia diferente e diferentes demografias, o que está transferindo para o exterior sua base de clientes. Agora, junte os shows de primavera do mês que vem e estará face a face com os editores de revistas, o que significa conseguir alguns números de inverno, e significa...

Subitamente, Byron está planejando, descobrindo estratégias, fornecendo detalhes sobre o comercial e outros trabalhos no horizonte, os que existem e aqueles que acha que posso finalmente conseguir. Conversamos e conversamos, por vinte minutos, até que percebo o óbvio

— Byron, o comercial vai ser fotografado na primeira semana de setembro.
— Correto.
— É a primeira semana de aula.
— E isso é um problema?

Ergo meu queixo. Diante da minha dúvida, os olhos de Byron tinham gradualmente se focalizado nos meus. Encontro seu olhar. Escuro. Sério. Intenso. 33.000 dólares, Justin Fields, o cabeça da Chic atuando como meu contratador pela primeira vez num longo tempo. Como eu poderia ter um problema com isso?

– Problema nenhum – respondo finalmente.

Ele aperta meu ombro.

– Ótimo. Isso é ótimo. Diga Emily, está ocupada esta noite? Porque vai haver esta fabulosa festa...

❋ ❋ ❋

O Café Tabac poderia ter tirado seu nome de estabelecimentos que cobrem cada boulevard parisiense, mas o lugar é qualquer coisa, menos rotina. De fato, no verão de 1990, o Café Tabac é o lugar mais quente de Nova York, particularmente com o pessoal de moda, que se delicia refugiando-se entre seus espelhos de prata, paredes de ráfia e fotos em preto-e-branco: as cores da moda, essa noite consideradas através de um borrifo de melões e jasmim da Índia, a última marca de perfume.

Ergo-me da banqueta, acho meu reflexo e ajusto a tira da minha Marc Jacobs prateada.

– Aimeudeus, adoro isso! – Pixie grita.

Na verdade, eu tinha planos para essa noite. Depois de passar o verão trabalhando num novo telescópio a que ela denominou de o "Hubba Bubba", Mohini voltou à cidade hoje. Um bando de nós tinha planos para celebrar; a única coisa que nos faltava era um lugar apropriado. Quando Byron me contou que eu podia trazer minhas amigas, pareceu a solução perfeita: atmosfera ótima, bebida ilimitada, belos visuais, cheiros doces.

– Essas tiras de amarrar sapatos da garota estão cortando totalmente a circulação dela.

– Que circulação? Ela é magra demais para ter sangue naquelas veias!

O que eu estava pensando? Minhas boas amigas gastaram aproximadamente 2,2 segundos para começar. É claro que foi isso, estivemos em contato constante todo verão, imediatamente depois do que elas mudam a direção do poder computacional de suas bebidas tamanho grande para problemas mais prementes.

— Esta menina tem o par de olhos mais largo que já vi!

Eu mudo meu olhar de Liscuola para Fleur.

— Olhos esbugalhados!

— De verdade? Achei que eram todas mais bonitas.

— Eu, também!

— Exceto você, Emily, é claro.

— Ei, aquela garota parece exatamente com o Coelho Branco!

Alistair se aproxima, puxando um lenço para fora do bolso do colete.

— Aí está você, gatinha! Estou procurando por você em toda parte! - ele exclama, tocando meu braço. — Byron quer que você venha. Venha!

Obrigada Deus, estava ficando com dor de cabeça. Passando por minhas amigas, sigo a cabeça louro-ofuscante de Alistair por um corredor até que chegamos a Byron, vestido num apropriadamente emproado Armani preto e linho rosa. Byron me beija, fala qualquer coisa sobre circular, agarra minha mão, e subitamente estou aqui, lá, em toda parte de uma vez só, sendo apresentada como "a outra garota no vídeo de Thom Brenner". Todo mundo viu, parece, e parecem ter gostado do que viram.

— Bravo! Bravo! — Isaac Mizrahi aplaude.

— Arrebatador! Simplesmente arrebatador! — diz Todd Oldham.

Jay McInerney quer tomar notas das minhas experiências. Grace Coddington quer dizer alô. Oliver Stone quer tomar um drinque. Patrick McMullan bate a metade de um rolo de filme: eu, na frente e no centro.

As saudações rápidas e confusas. Os famosos. Byron agarrando minha mão. É um redemoinho. Não volto para junto de minhas amigas por mais de duas horas, bem depois de a festa ter começado a debandar e o pesado aroma de milhares de perfumes sido abafado pelo cheiro dos cigarros. Minhas amigas (com exceção de Pixie, que pelo visto está para transformar Timothy Hutton no último Pixel) tinham todas se separado e se reunido de novo, e quando deslizo para a nossa mesa, aí está Jordan concluindo diante de uma audiência extasiada:

— Então, finalmente tive que parar e dizer desculpe-me, mas existencialismo não tem nada a ver com cabelo mais comprido!

Jesus.

A mesa explode em gargalhadas. Ben ofega e enxuga os olhos com a manga.

— Ele realmente não pensa assim, pensa?

— Eu acho que ele pensa mesmo.

— Ele ainda está aqui? — Mohini pergunta.

Jordan se vira e aponta para Jon, um dos meus contratadores. Aponto para ela.

— O que eu não entendo é por que você estava falando sobre existencialismo em primeiro lugar.

Jordan me olha por sobre o seu coquetel.

— Simplesmente o assunto surgiu.

— Oh, certo, é claro que surgiu.

— Tchau, Emily! Me liga!

Aceno um adeusinho para Rachel Hunter, e depois para Esme. Ben exala.

— Se essa garota fosse um pouco mais magra, precisaria levar junto um tubo de alimentação!

Hah. Hah. Hah.

Sinto um lampejo de raiva. Meus olhos circulam a mesa como que laçando todo mundo apertadamente junto. Afinal, não fui só eu que achei que vir aqui esta noite fosse uma boa idéia; todas as minhas amigas pensaram. E elas aparentemente tiveram um tempo bom, também. Mas imagino que têm que avacalhar de algum modo. Bem, eu tive o bastante.

— Se todo mundo aqui é tão estúpido e horrível, então por que você simplesmente não vai embora?

O queixo da minha amiga cai.

— Ei... Não, Emily, estávamos só brincando!

— Sim, a festa está ótima.

Sorrisos forçados. Olhares de preocupação. Fodam-se, eu estou fora.

— Mais tarde — digo a elas, levantando-me de um salto.

Dou dois passos antes de ser detida por um bando de convivas esperando para descer a escada. Quase fui empurrada. Estava quase descendo quando uma mão tocou meu ombro. Jordan oferecendo desculpas sinceras? Hini? Eu me viro. É a editora de moda Polly Mellen.

— Esta é uma ótima foto sua.

Donald Trump concorda com a cabeça.

— Sim, é clássica e elegante, eu gostei.

— Quem fotografou? – pergunta Marla Maples.

Não tenho idéia sobre o que estão falando, nenhum deles, até que o dedo de Polly aponta para a escada, para o lugar onde uma dúzia de fotos em preto-e-branco estão penduradas. Já tinha dado uma olhada nelas mais cedo; são do tipo costumeiro em cafés: um boulevard numa noite chuvosa; uma natureza morta com pêras; uma mulher nua usando pérolas...

Eu vejo. E minhas amigas também.

— Aquela é... a Emily?

— Impossível!

— Shh!

É hora de ir agora. Empurro as pessoas de lado e corro escada abaixo; preciso de ar. Tempo para pensar. Preciso clarear minha cabeça. Do lado de fora, corro. E corro. Mais tarde, uma hora mais tarde? Duas? Quem sabe?, estou em Washington Square Park. Afundo num banco e enfio o rosto entre as mãos.

Traficantes circulam meu banco.

— Fumo, fumo – sussurram. – Diga-me, o que uma menina bonita precisa!

É estúpido comprar drogas aqui. Arriscado. É um parque, um espaço público, exposto, quem sabe sobre a qualidade? As drogas são provavelmente falsas, ou, pior, cortadas com alguma coisa que verdadeiramente vai foder você. Além disso, não as tenho tomado. Nunca as comprei para mim mesma.

A cocaína queima meu nariz por dentro, mas a dor parece simplesmente certa. Dou uma caminhada pelo parque, circulando seu perímetro como um animal enjaulado, então me refugio num restaurante nas proximidades. Os clientes são principalmente estudantes da Universidade de Nova York. Eles continuam entrando, em dois e três, seus olhos injetados, seus rostos vermelhos, não de sessões de estudo, não ainda, mas de festas celebrando o término do semestre de outono. Seus espíritos estão elevados. Sons de risada enchem a sala.

Não posso fazer mais isso. Não posso viver em dois mundos.

De volta às ruas, tomo cocaína. Eu ando. Várias horas mais tarde, quantas não sei, não consigo perceber, e já é dia. Faço meu caminho para a Chic.

– Emily, aí está você! Eu acabo de ligar – Byron percebe minha maquiagem borrada e vestido de lantejoulas, e cobre a boca com a mão. – Você está bem? – ele ofega. – O que está acontecendo?

– Muita coisa – respondo. – Estou deixando a escola.

O cabeça da Chic me envolve em seus braços. Ele sorri. Eu sorrio de volta. E se, nos minutos de celebração que se seguem, ele percebe que minhas pupilas estão largas demais e minhas narinas estão um pouco inchadas, não diz nada sobre isso, nada afinal.

CAPÍTULO 27
DANÇA &
ATAQUE SEXUAL

Café Da Vinci: "Garota dos Sonhos". 30 segundos de duração. Dias 1 de 2.
Locação: Estúdios Silvercup. Diretor: Flavio Esposito.
Cabelo: Rowena Jones. Maquiagem: Vincent De Longhi.
Talentos: Emily Woods e Justin Fields.
Chamada para gravação: Emily Woods, 8 da manhã, Justin Fields, 11 da manhã.
Primeira tomada: meio-dia

❋ ❋ ❋

Às 7 da manhã me encosto contra o assento de couro do Town Car que está me levando para os Estúdios Silvercup e dou uma olhada nas notas de produção ainda uma vez. A trama do comercial é simples. Ele abre com Justin Fields sonhando com uma mulher. Esta noite ele vai a um clube de jazz e lá está ela, a garota dos seus sonhos, cantando no palco. Corta para os dois se amassando na sacada de uma cobertura em Nova York, passa para algumas poucas tomadas deles trocando olhares ardentes sobre cafés expressos fumegantes... E corta! É isto só. Não há cenas de nudez. De fato, além da cena do cabaré, nem mesmo tenho que abrir a boca, e mesmo assim é só para fingir que estou cantando uma canção que nem mesmo será ouvida por causa da trilha sonora. Como Justine acentuou ao telefone na noite passada:

— Esse trabalho é dinheiro fácil.

Mesmo assim estou nervosa, e é tudo por causa de Justin Fields. Ao crescer, assisti a cada um de seus filmes. Justin estava em todos os lugares esperados, mas sempre à margem: o tímido, o sensível com um amor pela heroína condenado a não ser correspondido porque seus olhos e lábios cheios de alma simplesmente pareciam muito melhores na angústia.

— Abrace-me — eu sussurraria no escuro para a tela. — Abrace-me, Justin. — Eu queria confortá-lo, eliminar a dor com meus beijos, uma ânsia que continuava sentindo mesmo depois que Justin finalmente conseguia a garota. Então, em O Pico do Interesse, quando Justin representou o jovem aventureiro que se arrisca à hipóxia e ao congelamento simplesmente para um tango final no topo do Monte Everest, tornei-me a mulher sherpa morrendo apoiada em seus braços. Em Poço do Bem, quando Justin, um policial estreante, tropeça num anjo tombado direto do paraíso dentro de um poço de quinze metros, foi a minha asa que ele se recusou a soltar. E em Sinos do Inferno, quando Justin se casa com sua paixão da escola secundária somente para descobrir que ela era uma cria de Satã... Bem, ok, aqui eu poderia não ter me identificado tão prontamente com Daemonetta, mas a despeito disso, lágrimas rolaram pelo meu rosto quando ele crava a estaca no seu coração. Sim, Justin Fields tem sido sempre meu astro de cinema favorito, e agora estou para encontrá-lo para um café.

Saio da limusine na frente dos estúdios Silvercup e imediatamente sou saudada por Steve.

— Sou o terceiro assistente do diretor — Steve me informa depois de anotar em sua prancheta e puxar um walkie-talkie do bolso das calças para deixar alguém do outro lado saber que o "talento nº 2" tinha chegado. — Meu trabalho é acompanhar você até o set, cabelo, maquiagem, serviços de apoio...

— Serviços de apoio? O que é isto? — pergunto, confusa. Soa como um lugar onde se pode deixar mitenes meio tricotadas, ornamentos parcialmente colados, e outros projetos criativos para serem completados por um bando de duendes alegres.

Quando um sorridente Steve abre uma porta, a primeira coisa que me atinge é o cheiro de bacon: bacon gorduroso e quebradiço. Agora percebo o cozinheiro com o chapéu alto característico de chef de cuisine quebrando vários ovos numa frigideira chiando.

– Serviços de apoio é o nome para o abastecimento em todas as produções de filmes – ele explica quando nos aproximamos. – Do que você está com vontade hoje? Ovos? Waffles? Torradas? Panquecas? Iogurte e frutas misturados? Salsicha, ovos e queijo num biscoito amanteigado? Só tenho isso, nesse momento, está muito bom, especialmente com cereal. Granola? Fritada de batata? Alguns destes?

Ele aponta com a prancheta para uma dúzia de potes de vidro positivamente cheios até a borda com alcaçuz, Kit Kats, Oreos, Nilla Wafers, Tootsie Rolls, Jelly Bellies e diversos outros.

– Ou, se quiser esperar por uma hora ou mais, teremos biscoitos de chocolate assados na hora.

– De meia a uma hora – o chefe diz. – E teremos também os biscoitos claros.

Serviços de Apoio são o inferno vivo.

Escapo dali com uma xícara de café expresso Da Vinci e dois envelopes de adoçante, jurando nunca retornar, a despeito do ronco desesperado do meu estômago. Por sorte, tão logo vou para o cabelo e maquiagem existe uma distração bem-vinda.

– Ciao, Senhorita Gênio!

– Ciao, bella!

É Ro e Vincent, meu time favorito de estilistas desde nossa viagem à República Dominicana. Eu os abraço em boas-vindas. Vincent está tomando o café da manhã, então, primeiro o penteado. Ro tinha acabado de molhar meu cabelo e está aplicando uma grande quantidade de gel (cabeleireiros em fotos usam tão mais produtos que seus colegas de salão, que a diferença os afogaria) quando ela pára e se inclina sobre o meu ombro.

– O que é isto?

Mostro rapidamente a capa de Uma Mulher Inconveniente, de Dominick Dunne.

– Não me diga que está lendo isso para a escola – ela diz.

– Não estou.

Ro ergue uma mecha de cabelo e depois a derruba.

– Você tem tempo para ler novelas-lixo e fazer seu trabalho escolar? O que estão ensinando a você nesta Ivy League então?

– Nada. Eu saí da escola.

– O quêêê?

Mexo-me desconfortável, subitamente lembrando dos dois sobrinhos que Ro sustenta na faculdade.

– Eu saí da escola.

Vincent sorri.

– Bem, era sem tempo!

– Vincent! – Ro bate no ombro dele. – Como pode dizer isto? Emily estava em Colúmbia!

– Exatamente. A carreira dela estava indo para lugar nenhum – Vincent rebate. – Sem ofensa, Em, mas catálogos da Queen e Brooks Brothers eram um bilhete de ida sem volta à obscuridade, não ao estrelato.

– Exatamente – eu digo.

– O que exatamente? – Ro pergunta. – A garota tem outros interesses; a garota é um gênio!

– Veja, é onde você está errada, Ro – digo, tomando partido, embora relutantemente. – Em Colúmbia eu era uma aluna abaixo da média, nada especial. Certamente não um gênio.

– Mas você gostava de escola – ela insiste. – Suas aulas. Todas as suas amigas.

Minhas amigas. No dia em que fui a Colúmbia pegar meus pertences, sentei-me na sala comum com Jordan, Mohini e Pixie e as informei da minha decisão de sair. Elas pareciam tristes, mas não falaram muito sobre qual era questão. Eu já tinha ido falar com o tesoureiro; era um negócio feito. Além disso, como Pixie colocou, "o escrito estava na parede e todas sabemos ler". Simplesmente nos abraçamos e dissemos adeus.

– Ainda seremos amigas, certo? – perguntei, as lágrimas descendo pelo meu rosto, o que surpreendeu a mim mesma. Afinal, a escolha foi minha.

– As melhores amigas – Mohini me assegurou.

— Estarei de volta logo – prometi. – Até lá, teremos cafés da manhã todos os sábados no Tom's Diner, certo?

— Certo – Jordan disse.

— Vou voltar – explico agora. – Não é como se estivesse saindo permanentemente.

Ro franze os lábios.

— É claro que não – Vincent suaviza. – E nesse meio tempo, estará fazendo vídeos, capas e um comercial com Justin Fields. Você está no seu caminho.

❋ ❋ ❋

O walkie-talkie estala.

— Ela está pronta?

Steve olha inquisitivamente para Jamison, o estilista, que dá uma olhada na fileira de botões ao longo da minha espinha.

— Cinco minutos – ele diz.

Steven repete.

— Ok, mas não mais que isso – ele reforça, fechando a porta atrás de si.

— Deus, esse pessoal. Rápido, rápido, rápido! – Jamison grunhe, embora realmente tenham se passado perto de quatro horas, o suficiente para os meus fundilhos ficarem doloridos de estar sentada. Maquiagem para filme sempre toma muito mais tempo que para fotos. As luzes fortes e os close-ups muito próximos requerem uma base pesada, vários tons mais escura que o natural de sua pele (um pouco mais clara e você parecerá lavada), que precisa ser aplicada uniformemente sobre cada polegada quadrada de pele exposta (qualquer deslize e você se arrisca àquele "pescoço de apresentador de telejornal", essa combinação de face escura e pescoço pálido que deixa todo profissional de maquiagem ansioso). Mas hoje tem sido particularmente um trabalho intensivo. Ro e Vincent tiraram sua inspiração de La Dolce Vita, um look que assenta lindamente com a recente ressurreição da moda dos anos 60, mas o pesado delineador preto, cílios postiços, sobrancelhas pesadas e lábios pálidos, só eles demoram 90 minutos, enquanto fiz meu cabelo, uma construção elaborada penteada para trás, presa no alto por uma coroa, desfiado e com as pontas viradas para cima. O estilo é bonito e me cai bem, mas, quando fico de pé diante do espelho do vestiário, não consigo tirar os olhos do vestido. Colado na pele e comprido até o pé, num negro rendado com aplicações tom sobre tom de vinho florescendo em todos os lugares certos. É um vestido que não permite calcinhas, ou meio quilo de excesso, ou uma personalidade envergonhada e retraída.

Jamison abotoa o último botão, ajusta a gola e arremessa um olhar prazeroso por sobre meu ombro.

– O que você acha? – ele murmura. – Gosta?

– Como não gostar? – suspiro. Estou pasma e ofegante. – O vestido é maravilhoso.

– Em você ele é – ele sorri e aperta meus quadris. – Você o quer? Posso ligar para Sophie na Gaulthier e conseguir um desconto para você: 30%, provavelmente.

Estudo o perfil.

– 30% abaixo do quê?

– Seis mil.

Engulo seco.

– Pode ser que eu consiga 40% para você. Quer que eu verifique?

Dou uma olhada na parte de trás. E os lados outra vez. E a frente.

– É claro... Só para ver.

A porta se abre. Steve se anuncia com uma tossidela

Quando descemos rapidamente para o hall, meu coração começa a bater forte: Justin. Justin. É uma questão de minutos.

Num estúdio do tamanho de um hangar de aeroporto, milhares de watts de luz apontam na direção de um clube de jazz com uma aparência muito autêntica; paredes verde-musgo, pôsteres vintage de grandes do jazz, banquetas estofadas, e algumas mesas de café à luz de velas, cada assento ocupado por um extra. Estilistas do estúdio circulam rapidamente, fornecendo para este um drinque, para aquele outro uma gravata colorida diferente. No canto, dois contra-regras testam o nível ótimo de "fumaça" atmosférica... E isso é somente na frente da câmera. Atrás dela uma horda de pessoas de terno. Sei que ocupa um monte de executivos fazer um comercial, mas quarenta?

– Estrelas de cinema têm uma maneira de atrair uma multidão – Jamison diz, percebendo minha surpresa.

Um homem emerge da multidão, baixo e ligeiramente construído, com uma massa de cabelos escuros e crespos, pesados óculos retangulares e jeans que sobe para sua caixa torácica: Flávio, o diretor. Eu o conheci na convocação. Um cigarro pende dos seus dedos grossos.

— Finalmente ela cuidou de se juntar a nós — ele diz, estalando os dedos. — Vamos colocá-la no palco agora!

— Uau, ele está de bom humor — murmuro.

— O rumor é que a namorada dele acaba de deixá-lo, com o bebê e tudo — Jamison sussurra. — Ele está num humor de cão a manhã toda.

Ótimo. Isso é ótimo. Sigo o terceiro assistente, que segue o segundo. Jamison ergue minha bainha. Vagarosamente, prosseguimos escada acima até que alcançamos minha marca: na frente e no centro do palco do cabaré. Quando as luzes são ajustadas e Jamison troca meus chinelos por saltos, sorrio e dou um pequeno aceno aos extras. Alguns sorriem, a maioria mostra rostos de pedra, especialmente as mulheres. Oh, certo. São todas atrizes; estou certa de que todas elas realmente queriam estar nestes saltos finos, e ganhar esse cheque.

Fora do set, uma horda de executivos se dividiu e se reuniu em volta dos dois monitores. Flávio limpa a garganta.

— Vire a direita! — ele comanda.

Eu viro.

— Esquerda!

Eu viro. Uma mulher num risca-de-giz marinho vem por entre algumas mesas de café, ajoelha-se para olhar para mim, e volta.

— Pegue o microfone e finja que está cantando!

Quando faço isso, outro executivo corre para a frente e para trás. Aqueles reunidos em volta dos monitores estão agora murmurando. Sinto um alvoroço de ansiedade. Perfeito. A Campanha do Cochicho começou antes que tenhamos rodado um metro de filme.

Uns poucos minutos disso e Jamison me dá seu cotovelo.

— Aqui, boneca, aqui deste lado.

— O que é? — pergunto. — É o vestido?

— Não...

Estamos andando depressa; luto para me equilibrar nos saltos finos evitando cair dos degraus metálicos.

— Eles amaram seu look, especialmente o vestido — ele diz uma prece silenciosa olhando para cima. — É só que decidiram que querem brincos diferentes... Bem, isto e...

Entramos no vestiário. Jamison fecha a porta e se encosta nela.

— Precisamos tomar conta disto — ele aponta para o meu sexo.

Acredite-me, estas são palavras e um gesto que você não quer ver juntos. Nunca. Quando sinto minhas bochechas enrubescerem, dou um passo na direção do espelho e estudo minha região púbica para... O quê? Um pêlo desgarrado? Muitos pêlos desgarrados? Mas tudo está obscurecido por uma flor.

— Não posso ver nada — finalmente admito.

— Abra suas coxas — Jamison diz.

Dito com estas palavras, abro-as. Não vejo nada. Mas, então... uma linha fina. Oh, Deus.

— Jamison, por favor, não me diga que você podia ver o meu tampão.

— Só o fio — ele diz.

— Bem, eu desejaria...

— ... E somente quando você abre um pouco mais as pernas. São aquelas luzes, muito fortes — ele acrescenta rapidamente. — Olhe, alguns dos executivos do anúncio sentiram que isso não seria um problema, que você poderia simplesmente fechar suas pernas. Mas outros sentiram que isso restringiria demais seus movimentos. O consenso foi: é preciso tomar conta disso.

Ok. Esqueça a calcinha do biquíni perdida na praia quando eu tinha 10 anos de idade; uma sala cheia de executivos de propaganda discutindo meu tampão é sem dúvida a coisa mais embaraçosa que jamais me aconteceu.

— Mas, Jamison — eu digo, quando finalmente posso —, se eu tirar o tampão, vamos ter problemas maiores que um pedaço de fio.

O estilista estremece. Tampões, sangue... Meninas são tão desagradáveis.

— Eu nunca disse para tirar — ele diz apressadamente, como se eu estivesse para mandar o tampão pelos ares. — Disse para tomar conta, significando o fio. Com isto.

Ele brande um par de tesouras.

— Oh... Entendi.

Eu estendo as mãos para apanhá-las.

Jamison puxa sua mão.

— Criança, se acha que vou deixar você se inclinar e estragar esta coisa perfeita, então você não sabe de nada. Porque, Deus é minha testemunha, eu experimentei a ira de Ro e tenho cicatrizes para provar. Não vou descer por essa estrada outra vez.

Agora é a minha vez de tremer.

— Exatamente.

Jamison abre as lâminas. O aço afiado brilha na luz.

— Segure-se no balcão — ele adverte. — E você poderia querer fechar os olhos.

❈ ❈ ❈

Após a cirurgia, estou me recuperando no palco, desesperadamente tentando pensar em outra coisa, menos que muitas pessoas estão neste momento examinando meu sexo. De repente, todos se voltam na direção da porta, e eu sei: Justin Fields chegou.

Justin. Justin. Minha mão desliza contra o grampo do microfone, subitamente úmida. Justin. Justin. Minha paixão da escola secundária. Justin. Justin. Astro de cinema internacional.

Quando Justin faz seu caminho através dos executivos tentando apertar suas mãos e as dos extras, tentando agir com indiferença, uma parte de mim se destaca e flutua acima das estruturas de madeira do telhado para um poleiro mais alto, um ponto melhor de vantagem do qual ver as coisas, como mais tarde contarei para minhas amigas: Justin Fields é alto. Justin Fields está vestindo um terno escuro.

Justin Fields está subindo as escadas. Eu me viro para olhar. O ator aparece em peças: o cabelo marrom areia (mais longo e estilisticamente despenteado), olhos azuis-safira (grandes e penetrantes, seu melhor traço), um sorriso travesso ("o segredo do seu sucesso", de acordo com a revista Premiere), uma estrutura ágil, esculpida (seus abdominais estão cobertos, mas eu posso imaginar), até que todo o 1,85m de Justin Fields está na minha frente, e sorrindo.

— Emily? — sua mão se estende na minha direção. Justin.

— Oi — Justin Fields está me tocando.

— Uau... — ele aperta sua mão no peito. — Você está de parar o coração! E acho que o meu simplesmente acabou de parar.

Ele sacode a cabeça. Pego um relance do seu sorriso travesso.

— Sinto muito. Espero não ter sido ousado demais.

— Oh, não, eu estou só... — morrendo. — Obrigada. Obrigada — gaguejo. — É muito gentil.

E os olhos penetrantes.

— Eu só disse o que vi — ele diz.

Justin Fields está flertando comigo.

Justin faz um gesto para o microfone.

— Você é boa nisso?

Recuo.

— Oh, não! Sou uma cantora terrível! Só vou dublar!

— Realmente? — ele parece desapontado. — Quem?

— Whitney Houston.

Um gemido suave escapa dos seus lábios.

— Whitney? Mas por quê?

— Não sei. Talvez eles pensem que a maioria das modelos não conhece canções de jazz — digo com um encolher de ombros. — De qualquer maneira, Whitney é o que me disseram para praticar, então eu pratiquei.

— Justin! Emily! Acabou o recreio, precisamos de vocês em posição! — Flávio troveja.

— Mais tarde.

Quando Justin sai do palco, Flávio vai rapidamente na sua direção de numa maneira não diferente do Demônio da Tasmânia. Dou um passo para a beirada do palco.

— Ok, Emily, começamos agora — Flávio diz, ligeiramente ofegante. — Esta é uma filmagem muito sexy que temos aqui hoje. Muito sexy.

— Ok.

— E eu mudei isso. Mudei um pouco do script.

Mudou? Engulo nervosamente. Quando é que isso alguma vez foi para o melhor? Mudou o quê?

O braço dele varre o palco, encampando o microfone, os instrumentos atrás de mim.

— Conseguimos os melhores músicos de jazz da cidade aqui hoje. Isto, como você pode imaginar, foi muito caro.

Flávio faz uma pausa para deixar esses fatos penetrarem, e eles são impressionantes. Os melhores músicos de jazz de Nova York aqui? Como eu disse, esse comercial tem uma trilha sonora, tornando-os figurantes muito caros. Qual poderia ser a questão disso?

— Então, eu me pergunto, por que desperdiçar tanto talento? — Flávio continua. — Por que não deixar você, cantora talentosa, cantar?

Você?

— Não eu — digo, absolutamente nervosa. Não sou uma cantora talentosa.

— Bobagem. Você simplesmente concorda com estas pessoas atraentes e dança.

O suor instantaneamente brota através do pó sobre o lábio superior.

— Sinto muito, poderia repetir isto?

— Dançar, Emily dançar — a voz de Flávio faz entrondo.

Ele está dizendo dançar? Minha voz, quando finalmente a encontro, está trêmula.

— E a dublagem da Whitney Houston ?

— Você ainda pode usar Whitney... — Flávio faz aquele gesto de pesar os pratos da balança que só estrangeiros usam. — Só que você dançará como Whitney.

Certo, sou uma moça branca, magra, surda para tons e descoordenada. O que faz esse cara pensar que posso dançar?

— Dançar como Whitney? Isso é mesmo possível? — em pânico, rapidamente crescente, acabei gritando. Vários membros da "audiência" do cabaré estão rindo. As sobrancelhas de Flávio sobem acima dos seus óculos. Inclino-me para a frente e tento um cochicho.

— Escute, Flávio...

— OLHA O VESTIDO! — Jamison grita.

— Você está me confundindo com alguma cantora de cabaré ou algo assim — eu digo, depois de voltar correndo à vertical. — Alguém com talento. Outra pessoa. Eu não posso dançar.

Flávio sacode a cabeça desdenhosamente e localiza os cigarros em seu bolso.

— Bem, não dançar, ou improvisar ritmos como no jazz, tampouco — ele acrescenta como se eu estivesse considerando isso.

Obrigado Deus. Dou um suspiro tão forte que meus brincos tilintam.

— Isso é bom, ótimo de fato, porque eu pratiquei...

— Você cantará Whitney.

O suor escorrendo se tornou um gêiser.

— Não, não, Flávio, não posso, você vê, como eu disse na audição, sou uma cantora terrível e não acho...

Uma mão atinge o palco; a outra parece perigosamente perto de me queimar com seu isqueiro Cartier.

— Você me escute! Você vai cantar agora!

Não estou tentando ser difícil, eu juro, mas não posso cantar. Realmente. Pergunte à senhorita Bowzer, minha professora de música do ensino médio. Todo ano ela olhava para mim, suspirava e acenava na direção geral do lado dos meninos na sala, nem mesmo se incomodando de me colocar numa locação específica. Como resultado, sou uma eu-não-sei-que-tom desde quando me formei na Balsam Junior High, e acho que nós duas sentimos que o mundo era um lugar que soava melhor depois. Não pretendo mudar isso hoje.

Além disso, cantar me apavora.

— Não posso cantar Flávio, não posso — sussurro. Estou implorando.

Flávio arranca os óculos com raiva. Seus olhos são como asfalto, planos e duros.

— Que merda! Todo mundo pode cantar, Emily, é como caminhar! Agora, pare de perder o tempo de todo mundo e FAÇA-O.

Eu olho para cima. A sala está totalmente silenciosa: oitenta pares de olhos grudados em mim, incluindo os de Justin, que está sentado numa mesa da frente, no centro, iluminada. Meu pânico deve ser evidente, porque ele sorri seu sorriso travesso, me atira um beijo e começa a cantar e aplaudir.

— E-mi-ly! E-mi-ly!

Outros, concluindo que tudo que me falta é encorajamento, se juntam a ele.

— E-mi-ly! E-mi-ly!

Foda-se.

— Certo – eu digo. – Vou fazer.

Fábio se dirige para a câmera.

— Tudo certo, vamos em frente! Rapazes, animem-se.

— Senhorita Woods?

Eu me viro. É o baixista.

— Com que número gostaria de começar?

❋ ❋ ❋

Por mais de 2 horas eu canto. Quinze minutos em Fly Me to the Moon, Flávio troveja dentro do walkie-talkie que devo "esquecer Frank". Quinze minutos depois esgotei meu repertório de jazz, então mudo para Aretha e canto Respect por um tempo antes de mudar para Lola. Estas são as músicas do meu "Diva Mix", mas não me sinto uma diva, sinto-me terrível. Afinal, é duro ser "sexy, sexy, sexy", como Flávio continua gritando (por alguma razão sempre em triplicata, como XXX), quando você está miando esganiçado como um gato se afogando.

— Finja que o microfone é um galo gigante! – Flávio grita. – Faça alguma coisa com ele!

Eu devia gritar de volta. Eu devia gritar "Flávio, que Deus me ajude se você disser a palavra galo mais uma vez. Vou atirar esse microfone onde o sol não brilha. Compreendeu?"

Mas não faço isso. O que faço é cantar.

— Nunca pensei que sentiria falta de Whitney – Justin brinca depois de tudo quando caminhamos corredor abaixo.

Eu sorrio palidamente. A coisa mais estranha sobre a experiência toda foi que não importa quão mau eu soasse, Justin e os extras gritavam e aplaudiam como se estivessem num êxtase sonoro. Quando as câmeras estavam filmando, entre as tomadas eu escutava os comentários, pontuados por risadinhas perversas.

— Pobre bebê – digo a Justin, fazendo bico com meu lábio inferior. – Você realmente teve que representar.

— Não, só... – ele puxa uma garrafinha para fora do bolso do casaco.

Eu fico ofegante.

— Você não fez!

— Definitivamente fiz – Justin diz. – Coloquei bebida no meu café.

Pensando nisso, ele realmente parecia desfrutar do meu não-tão-grandioso finale.

– Não admira; não pensei que você fosse tão bom ator – brinco.

– Vindo de um tal talento musical, isso realmente fere– Justin dispara de volta.

Estamos chegando ao meu vestiário. Quando estendo a mão para dar um soco de brincadeirinha no braço de Justin, ele a agarra e segura, virando meu corpo, até que estou contra a parede. Seus olhos azuis brilham. Seu sorriso travesso está de volta. Sua mão roça meu braço.

– Por sorte você tem outras qualidades – ele murmura.

– E você deve ter bebido demais.

– Emily... – a voz de Steve viaja pelo cumprimento do corredor. – Seu carro de serviço estará aqui logo.

Eu me endireito.

– Certo, obrigada.

Steve olha de mim para Justin.

– Precisa de alguma coisa mais?

– Não, obrigada! Vejo você amanhã.

– Então, até amanhã.

Olho para Justin, subitamente autoconsciente.

– Bem, obrigada por caminhar comigo. Hoje foi divertido – eu digo, embora não tivesse sido, é claro; a parte divertida é agora.

Justin franze as sobrancelhas.

– Foi divertido? Foi? Quem disse que acabou? Temos quatro xícaras de café e mais disso... – Ele sacode o frasco, que ao invés disso soa quase vazio... – E estou louco para ir. Então, se apresse, troque-se que eu levo você. Vamos jantar, pegar uns clubes...

Justin Fields está me convidando para sair.

Seus olhos azuis ficam mais perto, então mais perto ainda. Seus lábios roçam minha orelha.

– Ou, melhor ainda, tenho uma suíte no Royalton. Simplesmente podíamos ir para lá.

Oh. Eu desfaleço contra a parede, até que um interruptor de luz me finca as costas e me traz de volta à realidade.

– Hoje à noite? Oh, Justin, não posso.

— Ahhh — ele alisa meus cabelos para trás. — Não está falando sério.

Pressiono meus dedos contra seus pulsos.

— Realmente estou. É Byron, meu agente. Ele quer que eu vá a algumas festas com ele.

— Irei com você.

Pausa. É direto antes da estação de shows — um bom tempo para conhecer editores e designers —, "desenvolvimento de carreira", como Byron diz, mas se eu levar Justin, Byron ficará tão embevecido que vai esquecer tudo a meu respeito. As editoras também. Então, outra vez, se tenho Justin Fields no meu braço...

— Certo. Parece bom.

Mas Justin se retrai.

— Tente conter seu entusiasmo — ele diz friamente.

Merda. Fiz uma pausa longa demais.

— Não! Eu quero dizer venha conosco! Será divertido!

Ele dá passos para trás, libertando-me.

— Eu não acho.

Merda. Merda. Merda.

— Oh, bem, talvez amanhã então? Estou livre amanhã. Vejo você então? Certo, vejo você. Ok, tchau!

Salto para dentro do vestiário e fecho a porta. Deus, estraguei tudo... E, Deus, como ele ficou passado! Estranho, justo agora, aquele olhar no final. Justin parecia tão... chocado. Não posso acreditar que ele se incomode tanto. Mas Justin é astro de cinema, não escuta a palavra não tão freqüentemente, imagino.

— Aí está você! — Jamison trota da sala de guarda-roupa. — Grandes notícias. Acabo de desligar o telefone com Sophie. Você conseguiu 40% ... Emily? O vestido?

— Oh... Certo.

Sacudo meu cabelo, como que atirando fora os últimos três minutos, e caminho rapidamente na direção do espelho.

— Verdade? Tudo isso?

— Sim, graças a mim. E, Emily, na minha humilde opinião, acho que você deveria comprar. A esse preço, a compra vai parecer um roubo. E o vestido é maravilhoso. De matar!

Mais uma vez examino o vestido de todos os ângulos.
– Você acha?
– Definitivamente.

Corro minhas mãos pelos acabamentos em vinho, notando o incrível trabalho manual. Quarenta por cento abaixo de $ 6.000 é muito, mas estou ganhando muito também: $ 33.000. Trinta e três mil dólares. O que é o vestido então? Uns dez por cento? Dez por cento não é nada! Além disso, este é o vestido com que me encontrei com Justin Fields.

– Certo, vou comprar.

Jamison me abraça, e então começa a desabotoar o vestido.

– Bom! Agora, deixe-me ligar rapidamente de volta para Sophie, assim você pode levá-lo para casa. E quem sabe? Poderia querer vesti-lo à noite! Você tem um cartão de crédito?

Mas é claro. O vestido já é meu. Enquanto procuro dentro da minha bolsa Chanel e tiro a carteira combinando (esta última comprada como uma recompensa por este comercial; imagino que não haja nada de errado com duas recompensas), apanho um relance do meu bronzeado à George Hamilton, agora riscado por fios de suor.

– Droga – resmungo. – Não posso esperar para tirar esta merda de cima mim.

Jamison encolhe os ombros.

– Não espere então. Tome uma chuveirada.

– Existe um chuveiro por aqui?

Ele aponta com o fino pedaço de plástico que acabo de estender a ele.

– Lá. É bom. As meninas usam o tempo todo. Tem xampu, condicionador, esponja, tudo.

– Legal.

Enquanto Jamison sai para assegurar meu último vestido de griffe, caminho para o chuveiro. Água morna jorra sobre o meu corpo. Sinto-me relaxada, refrescada, e... Terrível. Justin. Justin. Por que hesitei? Será que sou maluca? Devo ser. No mínimo deveria tê-lo acalmado e direcionado para amanhã à noite. Porque estou livre amanhã à noite, ou, se não estivesse, estaria. É claro que estaria. É Justin Fields. Que merda! Sou uma idiota! Vou me trocar e encontrá-lo já.

Justin tem que concordar com amanhã à noite.

Mas, e se ele não concordar?

Nem mesmo pense nisso.

Justin. Justin. Coloco um tanto de xampu na palma da mão e faço espuma. Se vou a um encontro com Justin, então estou namorando Justin Fields. Justin Fields, o astro de cinema. Justin Fields, minha paixão da escola secundária. Justin. Justin. Se Justin e eu nos casamos...

A porta do banheiro range.

— Ei, Jamison, conseguiu falar com ela? ... Jamison?

Coloco minha cabeça para fora da cortina. Mãos agarram minhas coxas e me empurram para trás. Estou surpresa demais para gritar. Dou um salto, meu corpo ensaboado deslizando através das mãos, escapando, até que escorrego numa barra de sabão e perco o equilíbrio. Splat! Minha testa bate nas torneiras. Eu grito de dor.

— Shh!Shh! — mãos fortes me viram.

É Justin.

— Shh! — Justin coloca sua mão sobre a minha boca. — Shh! — ele dá seu sorriso, aquele sorriso travesso, mas seus olhos agora estão sem vida e frios. Os olhos de um peixe morto.

— Shh! — ele sussurra outra vez, me empurra contra a parede. Sinto a torneira fincar nas minhas costas, um fio de xampu desce da minha cabeça e me atinge os olhos, a água ficando mais e mais quente. Sinto os lábios e a língua de Justin buscando raivosos pelo meu rosto, pescoço, ombros, seios... Beijos raivosos que dão lugar a mordidas. Sinto sua mão apertar meu mamilo e se inserir entre as minhas pernas.

Justin Fields está me violentando.

Agora sinto a saboneteira no beiral do vitrô, a maravilhosa saboneteira de cerâmica tamanho grande em minha mão... No ar... Na cabeça dele.

Clunk.

❋ ❋ ❋

Estou no Town Car. Jamison dá uma pancadinha no vidro da janela.

— Aí está você! — ele grita ofegante. — Consegui falar com Sophie. Está tudo certo!

Quando ele abre a porta para me estender o vestido, estuda meu rosto e franze as sobrancelhas.

– Algo errado?

Quero contar a Jamison, realmente quero, mas quando minha boca se abre percebo que, se contar, não vou filmar amanhã, e se não filmar amanhã, não receberei o pagamento. Não terei 33.000 dólares. Então, apanho meu cartão de crédito e o vestido novo de suas mãos e produzo meu melhor sorriso.

– Nada, só estou cansada, acho! Muito obrigada! Vejo você amanhã!

❈ ❈ ❈

Amanhã chega: Dia 2 de 2: Na Cobertura de Justin. Esta é a cena de carícias, a parte em que Justin seduz a garota dos seus sonhos em cima de um café Da Vinci. Cada vez que o ator me toca, estremeço, mas finjo que não está acontecendo. Ele também. Não posso ir muito longe, estou no set, a polegadas dele. Só posso ignorar. Justin me ignora também; ele não diz nada.

A única coisa que trocamos é o frasco.

Flávio ainda está passado, e eu me sinto como no inferno, mas vou adiante. Afinal, não é tão ruim, graças ao uísque e ao meu saquinho. (Consegui um traficante agora, eu disse a você?) Cheiro cocaína entre as tomadas. Ro me fuzila com os olhos, mas não me importo. O pó branco legal me dá coragem.

CAPÍTULO 28
NÃO LIGO, NÃO ESCREVO

Depois que o comercial Da Vinci termina, minha agenda apertada continua. Opções se acumulam no meu cartão da Glamour, Bazaar e Vogue. Fotografo quatro páginas para Self ("8 Maneiras de exibir seu corpo saudável!"), e ainda mais Bergdorf's e Saks. Faço uma campanha fotográfica para Carolyn Roehm e contrato um comercial da Pantene. Duas semanas disso e sou convocada para ir à agência.

– O que está rolando?

Justine puxa alguns papéis com a ponta da caneta. É a estação de shows e a agência está uma loucura. Por esta hora, numa sexta-feira à tarde, minha agente está no seu pico respirando-através-de-um-pulmão-de-aço; só maneira de dizer.

– Byron... e... Francesca... querem... conversar... com você – ela ofega.

– Francesca? Quem é Francesca?

O olhar maligno muda para a direção do escritório de Byron.

– ... lá dentro.

O cabeça da Chic está com sua cara estou-com-uma-VIP tão tranqüila e perfeita quanto o bumbum do David de Michelangelo. Quando a porta se fecha atrás de mim, ele bate no peito de sua camisa de algodão egípcio e ronrona:

— Francesca. Tenho o prazer de apresentá-la a Emily.

Uma mulherzinha com uma massa de cachos escuros e um terninho bege alinhado está sentada na beirada de uma cadeira Le Corbusier. Seus lábios vermelhos se abrem num sorriso caloroso.

— Alô, Emily.

— Alô.

— Emily? Por favor? — Byron faz um círculo com o dedo.

Faço um giro de trezentos e sessenta graus. Francesca olha para Byron e concorda.

Ele sorri.

— Você não acha?

— Definitivamente.

— Eu achei também.

— Você achou o quê? — pergunto.

— Sente-se.

Eu me sento. Francesca se acomoda melhor, meio escondida em sua cadeira, põe no colo uma sacola de náilon preto com um logotipo triangular que não identifico e dela tira uma revista.

— É aqui para onde você vai — ela diz. — Acaba de chegar da Itália.

Não pode ser. É o último número de Amica. Estou na capa vestindo um Versace vermelho enfeitado de contas, pesados brincos de ouro e um sorriso megawatt. Eu sorrio de volta: capa número dois. Consegui!

— Isso é ótimo!

— Não é? — Byron diz. — É a minha nova favorita. Está indo direto para o seu cartão.

Francesca concorda.

— É bela. E Alfredo Robano é muito respeitado em Milão, outro motivo de ser a época perfeita.

Olho para cima.

Byron entrelaça as mãos.

— Emily, Francesca é a olheira da Certo, a maior e mais bem-sucedida agência de Milão. Eles gostariam que você fosse trabalhar para eles.

— Gostaríamos muito — Francesca enfatiza. Ela toca meu antebraço. — Seu vídeo, suas capas, sua campanha com Justin Fields, tudo isso levantou um tremendo interesse em Emily Woods em meu país.

— E por ser a estação de shows, então é o timing perfeito — Byron acrescenta.

— Então você quer que eu vá imediatamente.

Francesca encolhe os ombros.

— Hoje à noite, amanhã, domingo, qualquer um desses estaria ótimo.

Itália para os shows. Perdi os shows daqui, ocupada demais com os recrutamentos. Agora, estou tendo outra oportunidade.

— E vou ficar...?

— Já tomamos conta disso — Francesca se adianta. — Temos um acordo com uma pensão charmosa. É claro, dada a estação, as coisas poderiam estar um pouco agitadas por lá nas primeiras semanas; depois disso, devem se acalmar consideravelmente.

Semanas?

— Você quer dizer dias...

— Os cachos se sacodem de um lado para o outro.

— Não, semanas.

Byron sorri. Não tenho um pensamento específico, só a consciência de um frio gelado se espalhando do meu abdômen para os meus membros.

— Por quanto tempo você acha que estou indo?

— Oh, pelo menos por três meses — Francesca diz. — Embora seis fossem o ideal.

Tento tratar esta observação como se fosse algo trivial.

— Oh, eu adoraria ficar por seis meses, mas estou tão ocupada aqui. E mais, tenho um apartamento, muitos amigos. Simplesmente não vejo como...

Espero Byron dizer: De jeito nenhum! Não posso perder uma garota tão boa quanto esta por tanto tempo!

— Não é excitante? — ele gorjeia. — Milão será ótimo para você!

— O quê?

Devo realmente ter dito esta frase com algum calor, porque Byron se vira para Francesca e diz.

– Você nos dá um minuto?

– Mas é claro.

Entramos no corredor. Byron agarra meu braço.

– Emily! Você está me embaraçando!

– Eu estou embaraçando você? Você está me ferrando! – devolvo, colérica. – O que está havendo? Por que devo ir a Milão por seis meses quando estou tão ocupada aqui. E isso antes de conseguir essa segunda capa. Essa é a capa número dois! Eu consegui! Sou uma de suas meninas agora, Byron! Estou na parede de troféus outra vez!

Depois deste último ponto, eu me viro, planejando reforçar isso com uma demonstração visual, só que minha segunda capa de Amica não está lá. Minha primeira, também não.

– Byron, você...

Paro. Na fileira de cima está a capa de Fonya para a Vogue italiana. De muitas semanas atrás.

O frio volta.

– Byron, o que está acontecendo?

– Amica é uma publicação semanal, e não colocamos semanais na parede – Byron diz calmamente. – Nenhuma revista ruim, noivas ou semanais, mas você sabia disso.

Não. Eu não sabia.

– Por que não?

– Porque não.

– Mas por quê?

– Porque elas não são do calibre certo – Byron diz no mesmo tom adocicado. – Não colocamos a revista New York lá, também, se isso é de algum consolo.

Não é. Nunca trabalhei para a revista New York. Não tenho duas capas da revista New York. E se minhas capas não estão na parede, então...

– Imagino que esta é sua maneira de me dizer que não vai ser o meu contratador outra vez, não é?

Byron acaricia meu cabelo.

– Hoje? Não. Mas aposto que serei tão logo você volte.

Estou com raiva agora. Cega, agudamente raivosa. Apanho meu exemplar de Amica, que durante o último minuto consegui enrolar num batom, e bato com ele contra minha mão aberta. Tuac!

– Você está me mandando embora! Tuac!

– Porque você precisa ir.

– Mas por quê, quando estou indo tão bem?

– Você está indo – Byron finaliza.

Indo?

– INDO? Byron, você se lembra da festa no Café Tabac? Toda atenção que recebi de Isaac, Todd e Grace! Grace Coddington, da Vogue! A Vogue mantém a opção em mim!

– A VOGUE CONTINUA É DESISTINDO DE VOCÊ! – Byron grita.

Meus olhos se voltam para ele dolorosamente. A sala inteira roda. Francesca olha através do vidro.

– Emily, vou ser grosso aqui – Byron exclama, como se isso fosse uma coisa nova. – Você tem uma sólida, muito sólida carreira, mas nenhum dos grandes está louco para contratar você. Ninguém. Nem Grace, nem ninguém. Entende? Não existe nenhum frenesi sendo alimentado. E, como eu vejo, existe só uma maneira de fazer isso acontecer.

– Os shows.

– Correto.

Fico olhando para a parede de troféus, aborrecida demais para enxergá-la. A Vogue tinha feito opção e me liberado três vezes desde a festa da agência... Então?... Eles vão voltar atrás um dia, sei que vão.

A mão de Byron toca meu ombro.

– Emily, acredite em mim, se eles não estão desesperados para contratar você, não vão contratar. Vi isso dúzias de vezes antes.

Estou silenciosa. Ele continua.

– Você perdeu os shows de Nova York por causa dos contratos. Não perca os de Milão também. Não quando já está escalada para vários.

Minhas orelhas formigam.

– Estou?

– Está – Byron conta nos dedos: – Ferré, Feretti, Conti...

– Conti está reservando tempo para mim?

Byron sorri.

– Sim. E sei que não preciso lhe dizer que grande negócio isso é...

Não, não precisa. Embora possam existir vários líderes da moda italiana, existe um único rei: Tito Conti. O homem que ganhou incontáveis prêmios por suas roupas masculinas e femininas. Ele tem butiques do mesmo nome no mundo todo. Mas, acima de tudo, seu nome é uma marca poderosa, um sinônimo de sucesso. Vestir Conti diz que você está feito. E se trabalho para ele, significa que estou feita também. Todas as modelos top fazem seus shows; todos os editores top os assistem. Estar contratada por Tito Conti seria um golpe de mestre.

Byron se vira. Suas mãos dão tapinhas nas minhas bochechas.

– Emily, querida: agora é a sua chance. Você vai aproveitá-la?

❋ ❋ ❋

– Então... Está indo para Milão?
– Certo.

Jordan desliza para perto de Pixie, eu me sento junto a Mohini. Minhas amigas cancelaram o último encontro marcado para o café da manhã na semana passada, e iam fazer o mesmo com este se eu não as tivesse chamado e informado da minha iminente partida. Agora, aqui estão elas, chegando ao Tom's Dinner quinze minutos atrasadas, todas vestidas num colorido sortimento de suéteres, incluindo Jordan, que está tão desarrumada como nunca antes: tão cara limpa, de fato, que parece altamente provável ter saído da cama cinco minutos atrás.

Jordan tamborila com as palmas das mãos em cima da mesa.
– Quanto tempo de viagem?
– Três meses, talvez mais.
– Legal! – Mohini diz, abrindo seu cardápio.
– É, sorte a sua! – Pixie tenta levantar o astral. – A Itália é adorável, a arquitetura, a arte...
– É mesmo? – digo. – Mesmo Milão? Escutei falar que é um pouco industrial.

Ela encolhe os ombros magros.
– Sim, mas está só a curta distância de trem de Florença, Veneza, Portofino, Toscana...
– Você pode viajar nos finais de semana! – Mohini acrescenta.

– É... – respondo e começo a brincar com os dentes do meu garfo.

– Você vai explodir por lá – Jordan diz.

Perfeito. Não é verdade, realmente. Eu não queria que nenhuma das minhas amigas ficasse triste, nem um pouquinho que fosse. Queria todas sorrindo para mim como um grupo de competidoras de beleza, então eu sorriria de volta, até meu rosto trair minha dor. Totalmente.

Por sorte, Nikos, o garçom rabugento do staff, chega, dando a nossas bochechas um descanso bem-vindo.

– É o suficiente para mim – digo rapidamente, porque assim que serve o café ele racha fora. – Como vão vocês, meninas?

Mohini descansa o rosto na mão e suspira.

– Três semanas deste semestre e já estou afundada.

– Mas numa boa – Jordan diz rapidamente. – Certo, Hini?

– Sim, bom, definitivamente – Mohini emenda, sacudindo a cabeça tão vigorosamente que seus óculos parecem na iminência de fazer uma viagem por conta própria.

Hmm. Eu olho para Jordan, mas ela está olhando dentro de sua mochila de livros.

– Aimeudeus! Em! Nosso quarto é fantástico! Lembra do Kevin e do Dave, os caras do corredor? Bem, eles fazem as festas mais doidas! – Pixie exclama, antes de se lançar numa descrição detalhada de vários exemplos recentes, todos envolvendo drogas, álcool, comidas, brigas e um aleatório grupo de convivas.

– Parece divertido – tomo um gole da minha água, minha boca subitamente seca. – E como vão suas aulas este semestre? Deve ser legal ter as matérias obrigatórias fora do caminho

Esta é uma das coisas que eu mais estava antecipando sobre o terceiro ano.

– Sim, uma vez que você tenha construído uma sólida fundação está livre para voar! – Jordan responde, estendendo os braços.

Todas as três rompem em gargalhadas.

– O quê? – pergunto, confusa. Obviamente é uma imitação, simplesmente não sei de quem.

– Professor Klyber – Pixie diz finalmente.

– Klyber é o professor de introdução à arquitetura – Mohini explica.

— Sei quem é o professor Klyber. Fui eu quem sugeriu tomar aulas com ele! – devolvo rapidamente. Todo mundo está tão confuso, e isso está me matando.

— É claro que foi você. Como sou estúpida, esqueci. Desculpe – Mohini diz tão rapidamente que me sinto entorpecida para reagir.

— Klyber é verdadeiramente difícil, Emma Lee. Histérico! – Jordan acrescenta, enquanto Pixie sacode a cabeça.

— Tão divertido!

Dou um sorriso antecipando-me.

— Ele é? Como?

— É difícil explicar – Jordan responde.

Oh. A comida chega. Mohini agarra o xarope.

— Mas Klyber não chega nem perto de ser tão estranho quanto Dumai – ela diz, enquanto um riacho de xarope se forma em volta de suas panquecas.

— Aquele sujeito é um babaca! – Pixie emenda.

— Nem me diga – Jordan concorda entre bocados de sua salsicha com ovos. – Aquela pobre garota da fila da frente!

— Ela estava em lágrimas!

— Foi a troca de palavras mais ofensiva que já testemunhei!

— Eu sei!

— Por quê? O que aconteceu? – quero saber. Não tenho idéia de quem seja Dumai também, mas parece que já o deixamos para trás.

— Ele foi realmente mesquinho – Mohini diz.

— Mas acho que você tinha que estar lá – Pixie termina.

Certo. Dou um bocado no meu café da manhã, notando que meus ovos mexidos brancos têm menos sabor que de costume, minha torrada tão seca quanto serragem. Por um momento, o único som é o tilintar dos talheres, interrompido pelo fraco som do gelo contra o plástico. De repente, os olhos de Pixie se levantam para a parede.

— Oh, meu Deus, já é hora? – ela se levanta. – Estou atrasada! Tenho que me encontrar com Timothy!

— Espere... agora? – pergunto.

— Infelizmente – seu guardanapo amarrotado cai sobre seus waffles.

— Timothy? Como em Hutton? Isso ainda está rolando?

— Não por muito tempo! Mas vou contar tudo a você em dezembro. Ou no ano que vem, acho, dependendo dos seus planos! – Pixie passa a mão pelos cabelos, agarra a bolsa e me estende dez dólares.

— Tchau! Divirta-se! Ligue pra gente quando voltar!

— Ok... bye.

Olho em volta, exatamente quando a carteira de Jordan surge no balcão.

— Você também? Não!

— Desculpe! – ela aperta os lábios. – Disse a Ben que me encontraria com ele em frente à Butler.

— Jord, é sábado de manhã.

— É.

— Em setembro.

Jordan puxa o zíper da frente do seu suéter.

— Sim – ela diz. – E?

— Desde quando leva os livros tão a sério?

— Desde que decidi levar a escola mais a sério.

Ela puxa o dinheiro da carteira, sua mochila já está no seu ombro.

— Ei, não fique tão surpresa Emma Lee. As pessoas mudam.

Certo, isso foi uma indireta. Eu me ergo e dou um passo na direção dela, quase grata. Basta de toda esta falsidade, finalmente a verdade está aparecendo. Minhas amigas estão devastadas porque estou indo, tão devastadas que tudo que podem fazer é fingir que não se importam.

Só eu estou engasgada.

— Tchau, querida, vou sentir terrivelmente a sua falta! – Jordan diz, me apertando. Quando ela dá um passo atrás, vejo seus olhos circulados de vermelho brilhando com lágrimas.

— Mas, meu bem, eu sei que terá simplesmente o melhor tempo de sua vida!

— Certo, obrigada. Que você tenha seu melhor tempo também – murmuro.

— Vou tentar. Mande um cartão postal pra gente, certo? Bye, bye!

— Bye.

Quando afundo dentro do boxe, Mohini se ergue.

— Desculpa, Em. Eu tenho laboratório.

❋ ❋ ❋

O relógio do banco na Broadway marca 11:58. Onze horas e cinqüenta e oito minutos. Minhas três melhores amigas chegaram e saíram em menos de uma hora. Na verdade não, elas estavam atrasadas, então acredito ter sido, entre a chegada e a saída, quarenta minutos. Quarenta malditos minutos. Para dizer o quê? Vou te contar no ano que vem? Ligue-nos quando voltar? Meu bem? Querida? Mande-nos um cartão-postal? Um cartão postal. Como um cartão postal? Um cartão postal em três meses. Bye! Bye! B-bye? Que monte de merda!

Um cara numa bicicleta passa ventando, um braço estendido em saudação.

Ei, Pol-llyy!

Polly? Polly! Quem diabos é Polly?

Fiu! Fiu! Um assobio vem da próxima esquina, quebrando minha concentração. Fiu! Oh, por favor. Aliso minha blusa e atiro meu cabelo para trás. Fiu? Agora, numa violação da minha política de rua, que é ignorar, ignorar sempre – uma violação que está claramente ocorrendo só porque estou totalmente estressada –, eu me viro e dou ao carinha um olhar insolente. Só que ele não está assobiando para mim, nem mesmo está olhando para mim; seus olhos estão colados numa garota há poucos passos atrás, de um metro e sessenta e nem mesmo bonita.

Ok, chega.

Tax-xxiii!

– Berdorf's – digo ao motorista. – E pé na tábua, por favor!

Oh, Deus. Lágrimas saltam dos meus olhos. Um metro e sessenta? Um metro e sessenta! Abro o zíper da minha bolsa e tiro meu estojo de maquiagem. Preciso dele, com certeza. E continuo com minha lamentação. Minhas amigas nem mesmo se importam que eu esteja partindo. Mohini, Pixie, Jordan, nenhuma delas. Nem uma. Uma lágrima escorre pela minha bochecha; eu a enxugo. Não achei que trabalhar como modelo me isolasse tão depressa, mas é assim, evidentemente. Cubro meu rosto vermelho com corretivo, seguido de uma camada luminosa de pó. Estou por minha conta. Sozinha na minha ilha, a Ilha de Emily. Não tenho amigos. Nem um. ZERO. Meu táxi poderia ser engolido por um rato gigante e ninguém nem mesmo piscaria. Bem, poderiam piscar, mas isso teria a ver com o rato, não comigo. Minhas amigas se preocuparam mais com ratos que comigo. Elas não dão um traseiro de rato por mim...

– Alô? Alô! Tem alguém aí atrás? Begdorf's? Bem, senhorita, aqui estamos!

Oops. Eu pago, saio, retoco meus olhos e lábios pelo vidro da vitrine antes de me enfiar pela porta giratória. Por que minhas amigas não se preocupam? por quê? Questiono-me, ainda aborrecida, embora certamente um pouco mais composta à visão de todas aquelas sacolas e bugigangas. Quando desembarco num piso mais alto, sinto-me mesmo melhor. A palheta de inverno, os tecidos pesados, a luz lisonjeira... Está tudo tão em ordem, tão suave, que logo estou calma. Calma o suficiente para ligar uma voz diferente na minha cabeça. Bem, Emily, a voz diz, o que você queria que elas dissessem?

O que eu queria? Alcanço o final do corredor e viro à esquerda. Vendedores me vêem e caminham para seus respectivos lugares, seus instintos predatórios mascarados por sorrisos polidos. Estou vagando dentro de Donna Karan, procurando através de um rack de peças avulsas de lã em tons cinza, quando a resposta chega. Queria que elas me dissessem para não ir.

– Gostaria de experimentar este?

Estou vendo um traje de noite. Minhas mãos estão amassando o vestido.

– Claro.

Sim, é isso! Queria que elas me dissessem para não ir, porque não estou segura se quero ir.

Sigo a vendedora até o provador e fecho a porta. Por tudo que sei, a Itália é um país espantoso, e viver lá seria uma experiência terrível.

... Mas ainda, por alguma razão, continuo pensando sobre o comentário de Jordan, aquele que ela fez quando brigamos na cozinha: "O que virá agora, Emma Lee?".

Estou dentro do vestido. Puxo o zíper, abotôo o botão e caminho para mais perto de espelho, meu nariz embaçando o vidro, e fico olhando dentro da parte mais escura do meu olho.

– Estou indo para a Itália –, digo a mim mesma, esperando minha reação. – Itália. Itália!

— A Itália é maravilhosa! — a vendedora diz, usando isso como desculpa para entrar. — Então este é o vestido!

Eu acho — a voz diz enquanto espero para pagar. Estou levando o vestido, mais um par de bermudas de camurça de 480 dólares que não experimentei, mas estou certa de que ficará bem — que o que eu queria era isto: Pixie: — Oh, meu Deus, você nem mesmo conhece alguém em Milão! Jordan: - E você desfrutou tanto sua última experiência de viver no exterior! Mohini: — E a sua educação?

— São 1.440 dólares.

Só que elas não o fizeram. Atiro minha carga Bergdorf's sobre o balcão e olho em volta. O manequim Donna Karan, antes em pé num terninho de paletó transpassado com abotoamento duplo, está agora no chão, suas pernas e braços para cima enquanto seu corpo é vestido num collant marrom-chocolate: "um leotard por quatro vezes o preço", mamãe sempre diz.

Bem, é claro. Quero alguém para fazer o papel de advogado do diabo? Alguém que diga não faça para o meu faço? Não pode para o meu pode? Não para o meu sim? Existe uma única pessoa para isso.

✽ ✽ ✽

Mamãe e eu não temos nos falado, percebo no táxi, não desde o dia em que liguei para casa para contar aos meus pais que estava saindo de Colúmbia. Quando disse as palavras, esperei mamãe começar o escândalo, como de costume. Ao invés disso, ela começou a chorar, o que realmente me desestruturou, e comecei a chorar, também.

— Eu sinto muito — me desfaço em lágrimas. — Sinto muito ter magoado você; sinto ter que fazer isso — como sempre, mamãe não entendeu. Ao som das minhas lágrimas, as dela secaram.

— Então... — ela disse, sua voz subitamente esperançosa — isso significa que vai reconsiderar?

— Você é tão manipuladora! — sussurrei raivosa, e desliguei.

Desde então nossos contatos têm se limitado a mensagens de secretária eletrônica do tipo estou-só-verificando-para-ter-certeza-de-você-não-estar-morta ou coisa do gênero.

Talvez seja tempo de dizer mais.

Quando chego da Begdorf's, experimento meu novo vestido para ver como fica com meu novo Manolos (cetim creme com fivela de pedraria; peguei um par preto também, para ir com meu novo Gaultier). Perambulo pelo apartamento (nosso antigo apartamento sublocado de verão; renovei o contrato) experimentando acessórios, enquanto formulo as palavras para minha chamada, mas o telefone toca.

— Emily?

— Papai! Que estranho! Estava justamente para ligar... — minha voz começa a falhar. Meu pai acaba de me chamar de Emily. Ele nunca me chama assim, a menos que...

As próximas palavras que saem da boca dele são chocantes.

— Uma coisa aconteceu no jogo contra o Michigan. Uma má jogada. Ele caiu. Não se levantou.

Tommy. Escorrego pela parede. Palavras, suspiro, respiração... tudo suspenso. Morto. Meu irmão está morto.

— O joelho dele... — papai está dizendo. — O joelho dele foi destruído.

— M... mas, ele está vivo?

— Sim.

As lágrimas que inundam meu rosto agora são de alívio. Notícias dadas, papai começa a falar mais normalmente, mas meu coração está batendo tão forte que só escuto fragmentos.

— Rasgou seu ligamento anterior... ligamento posterior destruído... danos estruturais no menisco... no banco esta temporada... reabilitação.

Ao perceber quão boas são as notícias, me dou conta de, ao contrário, quão más elas são. Futebol é tudo o que Tommy sempre quis fazer. Este ano, ele finalmente chegou a quarterback na Universidade de Wisconsin. Agora ele não é mais. Está fora nesta temporada, talvez por toda a vida. Ele deve estar arrasado.

— E ele... Ele está aí?

— Ele ainda está na cirurgia – papai diz. Escuto um barulho abafado e, depois::

— Emily? — é mamãe. — Estou sentada aqui e pensando que isso é muito louco, é tudo muito louco, e que estou cometendo um grande erro. Eu tinha pensado... Bem... Você sabe o que eu penso. Mas sentar aqui me fez perceber que coisas acontecem, coisas que você não espera e tudo pode mudar tão rápido e isso é tão... horrível, Emme... É tão horrível.

Engulo em seco. Meus olhos se enchem de lágrimas. Nunca escutei minha mãe assim.

– Terrível, eu sei – estou sussurrando.

– Não... Estou falando de você, Emme. Estou dizendo que deve fazer o que quer. Se quiser ser modelo, está tudo bem para mim. Não, está mais que tudo bem, está ótimo. Você é minha filha, e eu amo você, e isto é o que conta, isto é... tudo. Se ser modelo é o que quer fazer, então faça-o, e faça-o bem, e faça enquanto pode. Tenho estado errada em lhe dizer de outro modo. Aí... Quero dizer, como vão as coisas?

Meu irmão está no hospital, minha mãe está desequilibrada. Esta é a única resposta. Empurro o ar dentro dos meus pulmões e fecho os olhos com força.

– Estou bem, mãe. Quer dizer, estou chateada com isto, obviamente, mas tudo o mais vai bem. Não se preocupe comigo.

– Bom – ela diz, parecendo um pouquinho melhor. – Estou contente. O que está acontecendo em sua vida... Alguma coisa nova?

– Bem... Hum... Byron quer que eu vá para a Itália, mas...

– Itália? A Itália é maravilhosa! Quando?

Uau! Ela realmente está desequilibrada.

– Amanhã.

– Por quanto tempo?

– Alguns meses. Mas, mamãe, agora que isso aconteceu, não acho que...

– Que você vá? – ela termina. – Não, você deve ir! Acredite em mim, Emme. Seu irmão se sentiria pior se soubesse que está perdendo uma chance como esta por causa dele. Meu Deus, pelo menos um de vocês precisa perseguir seu sonho! Ele a verá quando estiver de volta. Eu creio nisto! Oh, aqui está o médico, temos que desligar. Ligaremos logo pra você com notícias. Itália, ótimo! Tchau! Nós amamos você!

Clic.

Preciso de um cigarro.

Procuro na minha bolsa, pego meu Marlboro Lights sentindo-me culpada, recostando-me contra a parede e fumando por não sei quanto tempo enquanto meu cérebro passa um videoteipe do meu irmão através das idades. Na maioria das imagens, tantas, Tommy é o atleta, sua camiseta suada e manchada, seu rosto luminoso, seu equipamento atlético calmamente seguro debaixo do braço. Poderia ter vencido, poderia ter perdido, mas você não poderia dizer olhando para ele; seus olhos sempre refletem um amor total pelo jogo, brilho e confiança pura.

Brring. Brring.

Praticamente engulo o bocal do telefone.

— O que eles disseram?

— Você está aí! Consegui falar com ela! JUSTINE, EU CONSEGUI! Tenho deixado a você um zilhão de mensagens; onde estava?

Oh.

— Oi, Byron, eu...

— Não importa! Uma coisa aconteceu, Emily, uma coisa terrível! Uma modelo escalada para o show de Tia Romaro sofreu um acidente. Ok, um sangramento nasal permanente porque fritou seu septo nasal com cocaína... Mas você não escutou isso de mim... De qualquer modo, eles precisam de outra garota imediatamente, então dei você a eles, mas isso foi há duas horas, então, depressa!

— Tia o quê?

— Cristo, Emily, querida, preciso de você CONCENTRADA! Tia Romaro, a nova designer cubana emergente, tem um show esta noite e você está nele! Haverá imprensa, mas não muita, editores juniores, mas não grandes nomes. É o lugar perfeito para estrear suas habilidades na passarela.

Estrear?

— Byron, não estou certa de que possa fazer isso agora...

— Por que não?

— É o meu irmão... Ele está no hospital.

— Ele está morrendo?

— Não, ele não...

— Ele está em Nova York?

— Não...

— Emily... Emily querida, escute-me. Estou arrasado de que isso tenha acontecido, mas o que podemos fazer? Direi a você o quê. Vou mandar para ele uma cesta de frutas. E você, você vai fazer o show. É claro que vai fazer este show! Sei que pode... Especialmente porque está conseguindo ajuda! Raphael, você sabe, o instrutor de passarela? Bem, ele concordou em treinar você numa sessão de emergência, o que você precisa, porque está confirmada para quatro shows em Milão, agora... Quatro! Com opção para vários outros. Vai adorar Raphael. Ele ensinou Iman e Naomi e Nikki...

— Byron, eu não posso! Estou muito aborrecida agora...

— Você está aborrecida, eu estou aborrecido agora — Byron parece estar realmente aborrecido. — E vou dizer a você o que a fará ainda mais aborrecida: fazer um fiasco na frente de Anna Wintour, Liz Tilberis e todos os outros grandes editores no cosmos.

— Pensei que tinha dito que os maiores editores não estariam lá.

— Bem, estarão na ITÁLIA, não? — ele está gritando. — Eles estarão no CONTI! E você estará lá SEMANA QUE VEM! Emily, sua reputação está em jogo, e a da Chic também, por isso, sugiro que agarre seus saltos altos agora neste mesmo instante e vá para o saguão do Edifício Puck AGORA. Certo?

— Mas, By...

— AGORA! AGORA! AGORA!

CAPÍTULO 29
PASSARELA

— Você está atrasada.
No táxi a caminho do centro da cidade, tento imaginar a aparência de um profissional que ensina a andar na passarela com nome de pintor da Renascença Italiana, e me surge um traje puxado por um garoto de cinco anos fora de controle do armário de sua mãe: montes de penas, flores e cor-de-rosa. Mas a pele perfeita de ébano de Raphael e seu um metro e noventa estão envolvidos em branco: terno branco, camisa branca, óculos de sol brancos, mocassins brancos. Mesmo a bengala, com que ele está batendo um agudo e impaciente staccato contra o piso, é branca.

— Desculpe – digo a ele. – Vim o mais cedo que pude.

Não que estivesse vestida normalmente. Raphael caminha para a frente e toca a lapela da jaqueta jeans que atirei sobre o meu vestido de noite Donna Karan na vã tentativa de chamá-lo roupa do dia.

— Jeans e diamantes, adoro isso! – ele declara.

Depois de a sua aprovação se estender aos meus sapatos de salto, Raphael agarra minha mão, me arrasta para um canto da Mulberry Street, pára e diz:

– Vá.
– O que, aqui?
– É.
– Na rua?
– É.
– No calçamento?

A bengala bate no chão impaciente.

– Olhe, doçura, se puder andar altivamente aqui, pode andar altivamente em qualquer lugar, entendeu? Vamos! SAgora, mostre para mim.

Cautelosamente, ergo minha bainha e começo a andar sobre os meus saltos de quatro polegadas pelo terreno desigual. O problema é: não estou interessada em andar altivamente aqui, lá, ou em qualquer lugar. Como poderia? Durante a curta corrida para o SoHo, o videoteipe tocando na minha cabeça me traz de volta ao momento presente. Agora vejo imagens de Tommy caindo no campo e torcendo-se em agonia. Imagino a mesa de aço inoxidável na qual meu irmão está sendo aberto, neste exato momento. Imagino as placas de aço e os pinos que irão colocar seus ossos de volta no lugar. Finalmente, e principalmente, vejo o rosto de Tommy quando acorda em sua cama do hospital e percebe que tudo está perdido: a temporada, a carreira, o sonho de uma vida. Porque esporte não é o que Tommy faz; é o que ele é. Quem é meu irmão agora?

Ui! A bengala espeta minhas costelas.

– Senhorita Emily, está caminhando ou atravessando um riacho?

Raphael largou sua pose de Gene Kelly e está agora latindo e galopando ao meu lado com toda doçura e a luz de um sargento.

– Vamos, deixe cair essa bainha! Erga esta cabeça! Afrouxe estes quadris! O que estas mãos estão fazendo? Olhe para a frente! Eu disse, olhe para a frente! E... Vire!

Eu me volto e caio de cara sobre o teto solar de um sedan quatro portas, disparando o alarme do carro.

Raphael ajoelha-se do lado oposto e ergue os óculos de sol, seus olhos estreitos.

– Se fosse uma passarela, você estaria no colo de Pat Buckley.

– Se fosse uma passarela, seria plana e lisa – devolvo.

A bengala bate no pavimento.

– Senhorita Emily, mantenha os olhos fora da estrada e em mim. Siga-me! Agora, a primeira lição: caminhe nos meus passos quando nós crissss com o pé direito...

Quando a bengala, na qual estou mantendo um olhar cuidadoso agora, projeta-se para a direita, o pé esquerdo de Raphael se move através do nível do seu corpo até que aterrissa no lado oposto. Observo sua grande estrutura como um todo esticar-se e contrair-se, subitamente tão elástica quanto uma borracha, e desajeitadamente tento imitá-lo, notando como meu quadril se projeta para fora para compensar: Swish!

– Então cruzamos com o esquerdo – ele continua. Crisss pé-direito! Crosss pé esquerdo!Crisss direito!Crossss esquerdo.

Ele aumenta a velocidade.

– Criss-crosss! Criisss-Croosss! E começa a marcar o ritmo. Cap, Clap.

– E... Nós estamos caminhando! Estamos caminhando!

Realmente estou caminhando. Raphael se afasta de lado para observar.

– Estamos caminhando e... Volta!

Dessa vez, consigo permanecer na vertical, mas isso é tudo que posso dizer. Raphael não tem essa reserva.

– É um tutu de balé o que vejo diante de mim? Serão sapatilhas? Eu não disse para girar, eu disse para voltar! – ele troveja. – Volte! Por que não está caminhando? Vamos, caminhe deste jeito! Vamos! Criss. Cross. Criss. Cross... E. estamos caminhando! Nós estamos caminhando!

E eu, criss-cross para cima e para baixo na rua calçada de pedras. Raphael não parece contente, mas, não me repreende tampouco.

– Agora, lição número dois – ele grita. – Enquanto você crisscross, quero que relaxe os quadris. Realmente deixe-os livres, certo? Vamos! Agora! Clap. Clap. E... estamos caminhando! Nós estamos caminhando! ... Vamos, solte isso, solte realmente!... Liberte esta pélvis! ... Vamos, pense num gato preto! É isso! Flui! Flui! Você é um gato preto! Vamos! Clap. Clap. E... estamos caminhando...

Pela primeira vez, estou deslizando mais que bamboleando; estou conseguindo. Criss cross! Flui, flui! Sou um gato preto! Sou um gato preto! Criss cross! Flui Flui! Sou um gato preto! Sou um gato preto! Criss cross...

— Melhor! – Raphael grita. – Flui! Srta. Emily, fluindo!

Uma família de turistas, claramente no quarteirão errado, grita para que eu faça uma parada, suas câmeras já disparando. Perco a concentração e começo de novo, bamboleando.

— Não! Não! Não! Você não está se conduzindo com sua pélvis! Caminhar é tudo uma questão de pélvis! Assim!

Quando Raphael projeta sua pélvis e a sacode de uma maneira que poderia ser preso na maioria dos Estados, eu obedientemente criss-cross, fluindo, projeto minha pélvis para fora. E vou, a transpiração começando a se formar enquanto mantenho o ritmo com a batida de sua bengala.

—Tempo esgotado.

O quê? Olho para o relógio.

— Foram só quinze minutos!

— Sim. E você deveria estar lá em cima precisamente há noventa minutos – Raphael diz. – O show começa em trinta minutos, e você ainda não fez cabelo nem maquiagem. Então, sugiro que entre agora, antes que eles tenham um faniquito.

— Mas as minhas viradas – murmuro. – Eu não...

— Simplesmente lembre-se: criss cross... Vire não gire. Flui flui, e mais tudo que acabamos de praticar e você se sairá bem... Bom, eu não diria isso, não irá deslizar pela passarela, não acho que vá – Raphael conclui, lançando um olhar breve para o lugar da minha queda, o carro ainda com o alarme disparado, buzinando desesperadamente.

— Bem, são ótimas dicas e tudo, mas...

A porta de trás do Edifício Puck se abre.

— Não esqueça! – Raphael grita.

Recebo o conselho e corro na direção dela.

— Certo... Obrigada.

Meus dedos acenam atrás de mim.

— Tchau!

Escuto ele clarear a garganta e dar uma tossida para chamar a atenção.

— Ahn... Meu bem...

Uooops.

Corro de volta para dar dois beijos nele.

— Tchau!

— Isso é tocante, senhorita Emily, realmente, mas...

Seu polegar se esfrega contra os outros dedos.
Oh... Certo.
— Quanto?
— Quatrocentos.
Quase colido com outro carro.
— Quatrocentos dólares por quinze minutos?
— Mais todo o tempo de espera — Raphael diz.
— O que você é, uma limusine?
— Meu bem, eu sou um Rolls — Raphael estende a mão. — Vamos, você está atrasada, e eu tenho um custo, o que vai ser?

❋ ❋ ❋

Pago meu instrutor de passarela com uma pilha de cheques de viagem destinados à Itália e corro para dentro do Edifício Puck. Atrás do palco é o caos. Num espaço vazio, como um loft completamente lotado de cabides de roupas, dúzias de assistentes e modelos quase nuas, multiplicados várias vezes em copiosas barreiras de espelhos, e correria por todo lado, em resposta aos gritos dos poucos que estão dirigindo:

— ... Vinte minutos para o show! Vinte minutos!

— ... Pessoal, estou vendo blush demais nessas meninas!

— ... Este é azul-royal! O cinto para o traje número sete é azul-celeste. Vá e procure em cada sacola de acessórios imediatamente!

— ... Quero cachos, não saca-rolhas!

— Emily Woods, onde diabos você estava?

Um organizador prontamente me arremessa na frente de duas assistentes confusas. Enquanto uma faz o trabalho no meu rosto, com tal pressa que sinto como se estivesse sendo rabiscada, a outra me faz cachos de cabelo com um ferro de ondular.

— ... Quinze minutos para o show! Quinze minutos!

— ... Auxiliares de vestir, qualquer maquiagem nas golas e vocês não voltam!

— ... Atenção: estão faltando os sapatos para traje número quatro!

— Ei, Em! — Fleur encontra um pedaço de espelho aberto e se aproxima para inspecionar o Rosto de Primavera 1991 de Tia Romaro (sobrancelha marcada, lábios marcados, emoldurados pelos cachos já prontos), o que a faz franzir as sobrancelhas e apanhar um lenço de papel.

— Eu não sabia que você estava neste — ela murmura, preparando-se para refazer a linha dos lábios. (Se a modelo vai retocar alguma coisa em seu rosto, seu lábio superior é o principal candidato. Por alguma razão é o mais difícil para os outros acertarem.)

— Não vi você nas sessões de prova de roupa nem em qualquer dos ensaios.

Qualquer dos ensaios? Instantaneamente minha garganta se aperta.

— Eu... Eu não estive neles — finalmente consigo dizer. — Estou substituindo Inez.

Ao som do nome dela, os olhos de Fleur ficam tão redondos quanto os de uma boneca.

— Oh! Acabaram de nos contar! Não posso acreditar! Que acidente!

— Muito trágico — o cabeleireiro diz.

— Sim, foi muito mal — eu digo. Mas soa como algo que aconteceu faz muito tempo.

O recentemente criado cacho de cabelos salta no ar.

— O que foi? O táxi?

Táxi?

— Eu não acho que ela sequer o tenha visto — Fleur diz seriamente. — Esse foi todo o problema. E agora, lá está ela, num hospital, lutando pela vida.

Oh. O contratador dela mentiu.

— É tão trágico — o cabeleireiro diz outra vez.

— Trágico — concorda o maquiador. — Especialmente para Tia. Quero dizer, perder uma musa como aquela.

Eu não consigo consigo dizer uma palavra.

— Musa?

O lápis cai dos lábios de Fleur.

— Oh... Você não sabia? Porque elas eram como irmãs. Escaparam de Cuba no mesmo bote e nadaram mais de meia milha em águas infestadas de tubarões ao longo da costa sul da Flórida, ou algo assim... Mas isso é ótimo para você! Quer dizer que irá conseguir toda a atenção!

Eu suspiro.

— Duvido.

— ... Dez minutos para o show! Dez minutos! Isso significa que CADA MODELO deve estar vestida. NESTE INSTANTE!

Fleur faz um biquinho, traça os lábios e coloca seu lápis labial dentro do bolso do robe.

— ... Bem, a primeira é você.

— ... FLEUR, isto significa você depois! EMILY WOODS, você tem UM minuto!

— Anda! Vejo você no palco!

Primeiro. Eu irei na frente. No meu primeiro show de passarela. Se minha garganta estava apertada antes, agora tenho a sensação de estar enroscada numa armadilha. Tento engolir, mas só consigo forçar uma tosse seca.

O cabeleireiro me dá um tapinha nas costas.

— Você está bem?

Bem, de fato... Um pensamento me vem à mente. Sento-me ereta, subitamente esperançosa.

— Ei! Posso trocar de lugar com alguém? Mudar a ordem, talvez?

A cabeça dele sacode rapidamente.

— Sinto muito, gatinha. Os programas são impressos em ordem de traje. Você irá primeiro. Não tem como mudar.

— ... EMILY WOODS, em suas roupas AGORA!

❊ ❊ ❊

Existem dois tipos de modelos que fazem os shows com seriedade: o tipo que eu gostaria de ser, uma garota de categoria que os faz simplesmente porque os estilistas têm que tê-la; e o tipo que estou feliz de não ser, uma especialista em passarela por default, uma garota que tem figura para shows, mas falta rosto para fotos. Para ambas, a temporada de shows pode ser extenuante. Nova York, Milão, então Paris: múltiplos shows por dia, semanas a fio. Sessões de prova de roupas tarde da noite seguidas por sessões de fotos ainda mais tarde (garotas de categoria somente, por favor). Nenhuma comida, porque você tem ficar magra, o que está bom, porque não existe mesmo tempo para comer, ou dormir; mal existe tempo para se correr de um lugar para outro. Para conseguir atravessar isso, as garotas freqüentemente apelam para estimulantes: café, velocidade ou cocaína, dependendo de suas tendências. Mas estou ansiosa o suficiente, muito obrigada, e, além disso, parece de mau alvitre consumir a droga que colocou minha predecessora fora de combate. Então, enquanto caminho na direção da área de trocar, meu coração batendo e minha garganta fechada me apontam para uma direção diferente: uma garrafa aberta de Veuve Cliquot no balcão. Eu a pego e bebo.

– ... Use o cinto do número treze então, simplesmente assegure-se de colocá-lo para trás antes de mudar para o número vinte e seis!

– ... Pessoal, eu disse cachos, não uma maldita Orfã Annie.

– ...Ei, abaixe ou jogue isso fora. Não se pode beber perto das roupas

Abaixo, jogo aquilo, então caminho para dentro da área de trocar. Cada modelo tem um rack de roupas com seu nome e uma auxiliar de vestir designada para ela. Nadege, Gail, Michelle, Meghan... Não existem supermodelos, mas uma grande quantidade de meninas de categoria, e quanto maior o nome, mais celebridades e editores parecem rodeá-la, o que explica por que, quando faço meu caminho para o meu lugar, sou quase esmagada por Andre Leon Tally, que vem correndo e gritando:

– YASMIIN! VOCÊ PARECE CELESTIAL.

– Jesus Cristo! Não fume perto das roupas!

– Posso ver essa calcinha. Tire fora essa calcinha.

No rack de Emily estão quatro trajes, seus acessórios correspondentes guardados em saquinhos Ziploc perfurados por ganchos e ordenados da esquerda para a direita. Já a minha auxiliar de vestir, tendo soltado um suspiro, de alívio a meu ver, está puxando o traje número um para fora do gancho: um terninho justo com estampa floral.

– Cinco minutos para o show! Cinco minutos! Meninas, entrem em formação o mais rápido possível!

Visto minhas calças. Minha auxiliar as puxa para cima... Só que ela não consegue. O algodão está agarrado aos meus quadris e não sobe.

Merda.

– ... Formação! Entrem em formação!

Em pânico, ela me olha com ar selvagem.

– Não serve? – de repente, ela ergue a mão. – Perdão...

– Pare! Não faça isso! Espere! – estou sussurrando. Com a velocidade de uma lebre, pulo para cima e para baixo até que as calças estão

tão altas na minha cintura quanto possível, encolho a barriga e puxo o zíper.

— ... Isto é maquiagem: maquiagem! Na manga!

— ... Bem, os sapatos então!

— ... Eu disse formação, não um maldito rebanho!

Quanto à jaqueta, não posso nem fechar. Merda. Merda. Merda. Em algum lugar no processo de destruir seu septo nasal, Inês conseguiu se tornar insanamente magra.

— ... Formação! Última chamada! Formação!

Minha auxiliar ergue a mão outra vez. Desta vez não consigo detê-la.

— Cyril! — ela grita. — O traje número um não serve!

— O quê?

Cyril, o homem que nesse momento está tendo um chilique sobre a linha de formação, e, portanto, mais provavelmente o produtor do show, corre para nós, sua boca aberta de horror.

— Não posso acreditar! Seu agente me deu suas medidas. Supunha-se que você fosse exatamente da mesma medida de Inez!

— Eu sou!

— Não acho! — ele dispara.

Algumas garotas estão olhando, outras desviando o olhar. De canto de olho vejo Tia Romaro andando de lá para cá.

— Quero dizer, eu era — gaguejo. — Só trabalhei com Inez uma vez, e faz tempo, mas lembro-me de que tínhamos uma constituição similar. Acho que ela pode ter encolhido.

— Oh, por favor — Cyril diz desdenhoso. — Será que isso já aconteceu alguma vez?

A música começa a soar nos auto-falantes, claramente um sinal. Cyril entra em ação.

— Certo, vamos disfarçar o cumprimento da perna descosturando a bainha. Quanto à jaqueta, Emily, quero que você a tire agora e a leve na mão... Não, sobre o ombro... Eu acho... Qualquer um funciona. Simplesmente tire logo, antes da sua vez, certo?

Eu concordo. Meu coração agora está batendo tão intensamente que zumbe nas minhas orelhas como um helicóptero, vump, vump, vump, sincopando com a batida, palpitando e abafando a comoção ambiente. Sinto minhas bainhas sendo descosturadas, meu rosto empoado, minhas mangas puxadas. Vump, vump. Vejo as meninas rindo e se apressando atrás de mim, incluindo Fleur, que olha para mim e diz alguma coisa tão ininteligível quanto os adultos em Snoopy. Vump, vump... E então a música muda para Sinead O'Connor e alguém com um fone de ouvido pressiona sua mão contra as minhas costas, me empurrando para trás de uma tela branca, dizendo:

– É você!

Quando as luzes me atingem, fico tão cega que por um segundo não posso respirar, como se tivesse sido mergulhada dentro d'água.

– Vai! Vai! – ela cochicha.

Eu não me movo.

– VAI!

Você pode fazer isto, Emily. É só caminhar. Dou um passo. Criss... A perna agora extralonga da calça se enrosca debaixo do meu salto e... Merda! Por um terrível segundo sinto meu pé escorregar contra a plataforma lisa. Cross... o outro pé vai melhor. Criss... Certo, queixo erguido! Ombros para trás! Olhando para a frente! Cross... Meus olhos, agora abertos, começam a se acostumar com a luz. Cristo, há pelo menos duzentas pessoas aqui. Criss... Não olhe. Simplesmente não olhe. Cross... Merda, acabo de ver Downtown Julie Brown e Rob Lowe... ROB LOWE está aqui? Criss... E Kristie Alley? E aquele cara da série Anjos da Lei? Meu Deus, ele é inteligente. Cross... Oh, Deus. Oh, Deus. Oh, não olhe; simplesmente vá: Vá! Vá! Vá! Criss cross, criss cross, criss ....

E então eu consigo. Ou, pelo menos, estou indo. Deslizo ao longo da lisa e branca passarela, entorpecidamente, sem esforço, meu passo e respiração subitamente trabalhando em conjunto. Criss cross. Flui! Flui! Criss cross. A sala, o auditório, as luzes, as outras modelos... Cores e formas borradas e girando juntas como se vistas de um pião, até que estou atrás da tela outra vez. Uau! Sinto-me sinto corada e excitada. Não fui tão mal. De fato, mais algumas caminhadas pela passarela e eu poderia até gostar, e mesmo amar isso. Tornar-me-ei modelo regular de passarelas, uma estrela requisitada.

Só que Cyril está esperando.

– Que merda foi aquilo? – ele cospe as palavras.

Agora é fácil ver que estou ferrada. Estava acostumada às pedras do calçamento e aqueles malditos saltos de quatro polegadas. Veja você! A combinação de sapatos rasos, uma superfície lisa e um sistema nervoso em estado de emergência foi o que me fez caminhar "como se eu tivesse sido atirada de um maldito canhão", como Cyril colocou. Mais, na minha pressa, esqueci de tirar a jaqueta, não virei nos lugares onde todas as outras viraram, e quando voltei, girei tão depressa que "ninguém pegou o maldito traje em filme". Sim, foi tudo simplesmente um borrão.

É claro que, na hora em que percebi isso, era tarde demais. Já meus outros três trajes tinham sido distribuídos para as outras meninas do show, meninas sem dúvida mais magras e experientes o bastante para lidar com a carga de uma rápida troca de roupas adicional. E, enfim, tudo que me restou foi ir embora.

CAPÍTULO 30
RAPOSAS GRISALHAS

Vou para Milão.
Milão é horrível.
– Modelo! Modelo! – os meninos gritam. Eles me seguem rua abaixo e através dos trens do metrô. Se paro, eles me apalpam. Homens crescidos, também.

Quando chego aonde estava indo, as coisas não são muito melhores. Graças aos quatro shows para os quais fui contratada – Byblos, Krizia, Lancetti, Genny –, tenho muitas sessões de prova de roupa. Isto não é de todo mau. Ficar de pé por um longo tempo enquanto um bando de gente mede tudo, da minha testa aos meus calcanhares, e fala numa língua que não posso entender. Mas quando não estou fazendo sessões de prova, estou fazendo recrutamentos, e Milão parece conhecer só um tipo deles: recrutamentos abertos, testes presenciais nos quais as filas saem porta afora e quarteirão abaixo. Vou a uma porção: para propaganda, para editorial, para shows para os quais ainda não consegui nenhuma opção. Um número surpreendente deles insiste em tirar uma foto Polaroid minha de topless.

Três dias disso e começo a me rebelar.

— Não quero mais recrutamentos — digo a Massimo, meu agente na Certo (não vejo Francesca desde que cheguei). Eles são uma completa perda de tempo.

Massimo coça a cabeça. Ele é alto, bronzeado, calvo em cima da cabeça com um rabo-de-cavalo atrás, uma avant-première de Lorenzo Lamas quinze anos antes.

— Essa é a maneira que fazemos as coisas por aqui — ele diz.

— E por que todos querem topless?

— A propaganda italiana é muito sexy.

— Para um banco?

Massimo toca meus cotovelos de uma maneira que poderia ser gentil, não fosse pela sensação de que ele está tentando me agarrar.

— Emília, acredite em mim. Depois que os shows terminarem, as coisas vão se acomodar. Você terá encontros individuais com editores, fotógrafos, designers. Você será uma das minhas grandes estrelas, estou certo disso. Mas agora, quando está tão agitado, é assim, então simplesmente relaxe e jogue o jogo, certo?

Certo, Massimo, vou jogar o jogo. Afinal, por que não? Falta somente uma semana para os shows começarem; até que eu esteja caminhando na passarela para os quatro shows para os quais fui contratada, mais Conti, Versace, Prada e Gucci. Verdade, o último não foi confirmado ainda, mas será, simplesmente sei que será. Massimo e Byron sabem também.

Então, até lá estarei esperando minha vez.

Passo minhas noites no Darsena, o hotel residência onde a maioria das modelos visitantes fica. Cheguei aqui esperando uma pousada charmosa com piso de terracota e paredes de pedra, não aqueles aparelhos de ar-condicionado temperamentais e barulhentos ligados a cada vez que a temperatura sobe acima de 30°C, o que é freqüente. Sim, o Darsena é um pardieiro. Todas as noites subo por uma escada até o quarto piso, coberto de neblina (que cobre a cidade como um trapo sujo, tornando difícil respirar), então desço de volta para o café do outro lado da rua, onde fico pajeando um copo de vinho. E observando.

Esta é a estação dos shows, o pico da estação. Mesmo então, existem mais modelos que trabalho, o que significa que muitas das residentes do Darsena têm que encontrar outras maneiras de se sustentar.

Não muito depois de o sol ceder a iluminações mais sutis, as modelos saem, freqüentemente sozinhas, algumas vezes em duas ou três. Se são homens, sobem a bordo de uma van que os leva ao nightclub localizado a duas horas da cidade onde são pagos para tirar mulheres para dançar, flertar um pouco, animar a festa. Eles bebem de graça. No fim da noite recebem cem dólares em dinheiro e carona para casa. Isso é chamado "dançar por dólares".

As modelos têm mais opções. Se uma garota já tem namorado, será apanhada por uma das muitas motocicletas ou sedans constantemente circulando do lado de fora da nossa entrada. Se está procurando por amor, também pode tomar uma van, só que essa corrida termina num restaurante. Eu sei porque já fui.

Uma modelo me contou sobre essa van. Uma noite eu estava solitária e curiosa, aquele estado emocional que freqüentemente leva a decisões irrefletidas, por isso quis embarcar. A van estava lotada e ressoando o inglês como segunda língua. Ela nos levou a um restaurante de frutos do mar no rio com paredes de estuque amarelo e cadeiras brancas. Os homens já estavam lá; não muitos, apenas quatro, o que significou que cada rapaz conseguiu uma garota de cada lado, algumas inspirando-os a deslizar seus braços através das costas da cadeira e dar a cada uma sorrisos maliciosos de satisfação. Qualquer coisa que quiséssemos era grátis. A maioria das modelos se limitava ao vinho, talvez uma salada, exceto as bulímicas, que pediram refeições de três pratos. Enquanto elas comiam e comiam, os homens riam e agarravam seus braços magros maravilhados.

Depois disso, íamos a um nightclub. No caminho, enquanto o vento açoitava nossos cabelos – estávamos agora em caros carros esportivos –, passamos por uma fileira de prostitutas. Travestis. O cara no assento de passageiros esticou o queixo na direção delas e disse:

– Elas dão a melhor chupada.

O motorista concordou.

O clube era a céu aberto e tinha muitos andares, como um barco. Frutas e flores de plástico intercaladas entre pequenas lâmpadas brancas pendendo dos tetos e balaustradas.

– É legal, não? Sou um dos proprietários; o restaurante em que comemos pertence ao meu pai – o homem do assento de passageiros explicou.

– Todas as noites eu saio assim, rodeado de belezas. Nós italianos temos uma verdadeira apreciação por isso.

– Já ouvi falar – respondo, percebendo logo que aquela frase era obviamente cunhada por um homem; porque uma mulher apareceria com uma frase diferente, mais provavelmente envolvendo a palavra perversão.

No clube, a bebida era grátis também, naturalmente, mas, "você faria melhor observando a sua como um falcão", alertou uma garota chamada Suki. Os caras colocam coisas nelas e, depois, você não consegue se mover.

Franzo a sobrancelha. Estamos num clube de dança:

– Qual seria possivelmente o motivo disto?

Suki me lança um olhar.

Oh. Oh, Deus.

Foi quando escapei do clube e peguei um táxi.

Sim, Milão é horrível, mas todo mundo quer vir. Ontem, um sinal de não há vagas foi pendurado na placa do Darsena e agora, neste momento, Massimo está me puxando de lado na Certo.

– Emília, sua colega de quarto está aqui.

– Minha colega de quarto? – pergunto, piscando os olhos.

– Eu não disse a você?

– Não.

Massimo coça a cabeça.

– Isso é um problema?

– Hummm... – estou aborrecida com a situação, certamente. Por outro lado, também estou um pouco solitária. – Quem é ela?

– Lauren Todd.

Ele arruma minha gola.

– Já ouviu falar nela?

– Não.

– Ela tem estado sempre por aqui. Ótima modelo – ele diz. – Americana e forte, como você. Vai gostar dela.

No caminho de volta ao Darsena, reúno o que aprendi sobre Lauren e traço uma imagem da modelo: bem alta, algo petrificada, pesadamente maquiada, com uma risada rica e grave de tantos cigarros e viagens de Concord, tipo Suzanne Pleshette, só que mais alta. Mas quando abro a porta, vejo que Lauren tem cabelos louros sedosos e olhos castanhos empapuçados, o tipo que parece guardar um segredo. E eu conheço bem o rosto dela; não de algo que possa me recordar imediatamente, mas de uma familiaridade geral, uma beleza atemporal.

Nós nos apresentamos. Olho em volta, embaraçada. Esta manhã, já com muito do meu guarda-roupa jaz espalhado pelo quarto, não conseguia decidir o que vestir. Uma camiseta sem mangas flutua sobre o abajur. Uma calcinha fio-dental branca jaz amassada onde eu a joguei. Lauren ignora este e outros detritos enquanto continua a desempacotar seus pertences numa sucessão de pilhas arrumadas: roupa clara, roupa escura, lingerie, produtos de toalete.

— Importa-se se eu ficar com o lado direito? – ela pergunta, sua mão fazendo um gesto de abarcar a cama, a cômoda, o closet; o direito de tudo. — Por alguma razão sempre prefiro isso aqui.

— É claro – recolho minhas calcinhas, a camiseta e o resto, e coloco dentro da minha sacola. — Já esteve aqui antes?

Lauren emite alguma coisa entre uma risada e um grunhido.

— Meu Deus, sim, duas dúzias de vezes pelo menos!

Duas dúzias? Enquanto nos reorganizamos, tento avaliar sua idade: vinte e tantos? Trinta e poucos? É difícil dizer.

Uma hora mais tarde, vamos jantar. Descendo as escadas, Lauren dá uma olhada nas vans e diz:

— Eca.

Quando passamos o que costumo pensar como meu pequeno café, ela diz:

— Muito caro – e me guia pelo quarteirão para um pequeno estabelecimento onde marido e mulher a recebem com beijos.

Degustando o vinho branco frio que está tão "divino" quanto ela prometeu, consigo os fatos. Lauren tem vinte e oito anos, é da Click de Nova York, bem como seu marido, Will, modelo/ator que está esperando transformar sua grande estréia como trabalhador de construção num comercial popular de blue jeans num papel mais permanente.

— Você viu o comercial? – ela pergunta. — Ele está sem camisa, suado e empunhando uma britadeira.

Eu não vi.

— Parece ótimo.

Lauren concorda com a cabeça. Seus dedos estão enrolando uma mecha de cabelo.

— Isso rendeu a ele uma audição para um papel recorrente em Hospital Geral: um meio-irmão de Luke que ele não vê há muito tempo...

As sobrancelhas dela se erguem para ver se isso foi registrado.

— Não assisto Hospital Geral — sou forçada a admitir. — Mas estou certa de que ele será contratado e vai ser ótimo.

— Sim — o rosto de Lauren refugia-se em seu vinho. — Sim — ela murmura novamente.

Meu baixo QI televisivo parece desapontá-la mais do que eu teria esperado, e sentada lá, diante de suas sobrancelhas enrugadas e seus dedos tensos, imagino por que Massimo a descreveu como forte.

No caminho de volta ao nosso quarto, Lauren levanta os olhos para a fachada do Darsena e murmura:

— Detesto isto aqui.

— Eu também.

Eu quero dizer isto mesmo, mas imagino que Lauren não, por que então ela continua voltando?

Uma vez em nosso quarto, trocamos portfólios. Você pode pensar que modelos fazem isso o tempo todo, como pavões mostrando as penas, e talvez os homens o façam regularmente, não sei, mas nós, mulheres, temos que gostar uma da outra primeiro.

O book de Lauren é surpreendente. Para começar, está cheio, o que quase nunca acontece, porque muitos agentes preferem deixar páginas em branco que preenchê-las com fotos menos importantes. Só que não existe nenhuma dessas lá, apenas página após página de recortes de Vogue, Bazaar, Moda, Amica, Elle e várias outras. Na maioria delas, percebo que as datas estão recortadas, uma solução de agente não tão sutil para o problema dos três meses de expiração. Mas não importa, as fotos são boas, Lauren é boa, ao mesmo tempo determinada, sexy e brincalhona. Virando as páginas, sinto como se estivesse olhando o álbum de fotos de uma viagem ao redor do mundo, cujo destino é Lauren Todd. Os riquixás, as pirâmides e os Budas dourados relegados ao papel de figurantes sem vida ao lado dela.

— Maravilhoso — murmuro a cada foto. — Belo.

Quando chego ao fim, volto atrás para uma das minhas favoritas, uma foto da Bazaar de Lauren recostada tranqüilamente contra um batente de porta num smoking preto, sombras de outra jovem Lauren.

– Por que vir a Milão quando você tem tudo isso? – pergunto, ligeiramente reverente. – Ou não se importa com isso aqui tanto quanto disse?

Quando Lauren levanta os olhos, seus dedos descansando sobre a domadora de leões, a foto que ela já identificou como a minha melhor, seus traços demonstram surpresa.

– Somos modelos, Emily; nossos books nunca estão terminados, certo?

– É claro.

– E eu trabalho bem aqui, então... – a cabeça de Lauren se inclina de lado – ... aqui estou.

– Faz sentido.

Sua coluna se endireita.

– Mas é isto. Esta é a última vez – ela diz, numa voz subitamente mais alta e mais dura. – Depois dessa viagem, vou parar aos vinte e oito anos e ter um bebê.

Minha boca se abre. O telefone toca. Lauren ergue o receptor.

– Will!

Levo meu jornal para fora e me sento nos degraus, esperando por uma brisa. São 9 horas da noite. A maioria das residentes está fora jantando e dançando. Exceto por um rádio distante, o quintal está quieto, permitindo às exclamações de Lauren penetrar em meus ouvidos.

– Aii – eu escuto. – Aii.

É somente um som, um longo e baixo gemido, mas diz muito. Que Will não conseguiu o papel. Que será outro aniversário perdido, que haverá outra viagem a Milão. Que não haverá um bebê. Esta Lauren Todd é rija.

É claro, digo; imagino que eu não ia querer isso. A idéia de passar anos na estrada acumulando recortes como selos de mala subitamente me faz sentir falta de casa, por isso desço para o vestíbulo e faço algumas ligações. Mas não consigo falar com ninguém, os telefones só tocam.

❀ ❀ ❀

Enquanto isso, continuo indo aos recrutamentos para shows. Embora esteja tentando incorporar o conselho de Raphael ao meu andar, ainda me faltam a graça e o balanço das modelos mais amadurecidas, particularmente quando caminho na frente de meia dúzia de produtores de show e empregados de designer me avaliando.

– Um pouco dura – eles me desaprovam no Prada.

– Não tem experiência suficiente – me dizem na Gucci.

Na Versace também. As opções terminam.

Estas rejeições me deixam deprimida; Milão me deixa deprimida. Cada dia que percorro as ruas da cidade, com aqueles meninos barulhentos e suas mãos-bobas, volto ao Darsena um pouco mais triste, um pouco mais saudosa de casa, até que, finalmente, me sinto assim o tempo todo.

É como se um manto de neblina estivesse me pressionando, me sufocando, acinzentando minha visão. Agora não vejo mais o céu azul, o lado ensolarado das coisas, somente as sombras. Do mesmo jeito que a garota de quatorze anos na fila do recrutamento busca debaixo de sua blusa e desata o sutiã, casualmente, sem pensar, assim comoalguém que ajustasse uma fivela de cabelo. Ou do jeito como Giuseppe, presidente da Certo, caminha pelo vestíbulo da agência, abrindo caminho entre as garotas como alguém que empurrasse uma cortina, sem o mais ligeiro traço de reconhecimento. Ou como a BMW, que diminui a velocidade do lado de fora da entrada do Darsena e dois rostos olham para fora: o do motorista, dirigindo devagar para olhar uma morena de pernas compridas, seus olhos cheios de desejo, e o da criança, que está olhando pelo vidro traseiro, seus olhos redondos, sua boca aberta, tentando compreender.

– Relaxe – Massimo diz uma tarde quando estou na agência me lamentando. – Tito Conti, o mais importante designer da Itália, ainda está mantendo uma opção em você, uma forte opção.

– É uma opção, não um contrato – acentuo.

– Vai se confirmar. Relaxe – ele diz.

Tomei café expresso demais para ser capaz de relaxar. Além disso, Massimo tinha errado antes. Levanto-me e começo a caminhar.

– Diga-me como faço para isso se confirmar.

– Pratique seu caminhar. Peça a Lauren pra te ajudar.

Eu concordo, até porque, já tinha pedido isso a ela.
— Que mais?
— Comece a vir jantar. Nosso grupo sai todas as noites: eu, Giuseppe... as figuras mais poderosas da moda.

Quando me viro para olhar Massimo, duas perguntas saem dos meus lábios:
— Quando? Onde?

✽ ✽ ✽

Horas mais tarde, as respostas do meu agente me guiaram até aqui, um estabelecimento próximo à Via Montenapoleone. Ajusto o corpinho do meu vestido preto Dolce (um algodão elástico com um profundo decote redondo e mangas japonesas, comprado hoje porque eu não tinha nada para vestir), tocando a franja do meu xale preto, e caminho para nossa mesa. A maior, a mais comprida, colocada justamente debaixo do toldo, com vista completa dos clientes e dos pedestres também.

Deslizo para a cadeira vazia perto de Massimo.
— Ciao.
— Emília! Buona sera! — Massimo beija meu rosto repetidamente e derrama vinho vermelho numa taça do tamanho de um grapefruit antes de fazer as apresentações. — Holly e Cesário, Jenny e Dante, Christy e Aldo... — todos em volta da mesa, gatinhas jovens e raposas prateadas fazendo pares como sal e pimenta misturado, as garotas vestidas como eu, em modo de exibição, os homens em ternos de alfaiate e camisas engomadas.

Massimo ergue seu copo:
— Salute!
— Salute!

Degustando meu vinho, continuo a estudar os homens. Poderosos? Nisso eu acredito. Mas líderes da moda? Não posso ver isso. Inclino-me de lado e sussurro:
— Quem são esses caras?
— Os donos da Certo.
— Todos eles?
— Si.

Massimo se volta na minha direção, seu comportamento agora didático.

— Emilia, aqui em Milão, muitos cavalheiros gostam de possuir parte de uma agência de modelos — uma pequena parte, ele qualifica, apontando para uma migalha de pão sobre a mesa como se o visual ajudasse a explicar. — Aqui, isto é um hobby.

— Estou vendo.

— Sim, meu anjo, nós italianos gostamos de misturar negócios com prazer.

Isto é dito pelo homem do meu outro lado. Ele está sorrindo, satisfeito de ter relembrado o clichê. Ou, talvez, seja porque, ao me abordar, esteja dispensando a ajuda visual em favor do tato: suas mãos na minha coxa.

Fico espantada. Massimo finge não ver. Perfeito, meu agente: o alcoviteiro.

Subitamente, a raposa prateada se lembra de suas maneiras. Sua mão se move para o norte.

— Sou Primo — ele diz, agora estendendo a mesma mão para mim.

— Emily.

Nossos anéis batem um no outro.

— Então, Emília, você é americana?

— Sim — respondo americanamente. — E você, Primo? De onde é?

É uma piada, mas Primo não parece ter entendido. Ao contrário, seu sorriso se alarga, claramente deliciado por ter se sentado perto de uma garota que acaba de identificar como uma burra atraente classe A. Ele se inclina sobre mim. Praticamente vestindo-me como a um acessório, Primo ronrona:

— Minha bambina. Eu sou de Milão e você... Você é surpreendente!

— Obrigada — respondo, já alcançando meu copo.

O dedo do pé dele toca levemente o meu, presumivelmente para iniciar um jogo de sinais, coisa que não pensei que as pessoas realmente fizessem.

— Uma jovem Sophia Loren.

Sophia Loren é sensual, cheia de busto e exótica. Infelizmente, não tenho nada do tipo, por isso cação:

— Sim, é claro.

A cor é drenada do rosto de Primo.

– Não, Sofia não – ele muda de idéia. – Claudia Cardinale!

Quando comparações com celebridades acontecem numa sessão de fotos, é geralmente o maquiador tornando claro simplesmente o quanto de sua infância foi passada dentro de casa assistindo a velhos filmes com sua mãe. Quanto mais famoso o maquiador, mais obscura a referência. Uma vez Francois Nars me disse que eu parecia uma atriz dos anos 50 que mais tarde vi listada nos créditos como "Garota nº 2 na plataforma do metrô". Você acha que estou brincando?

– Claudia Cardinale?

– Não, não, você está certa, Claudia não – Primo diz, decidindo, a despeito da considerável evidência em contrário, que agora seria um bom momento para retornar a minha coxa. – Nem Sofia. Simplesmente uma Raquel (Welch) estonteantemente jovem.

Quando comparações com celebridades acontecem num jantar, é porque o cara quer dormir com você.

– Ahn... com licença.

Estou na entrada, fumando um cigarro muito necessário, quando Massimo aparece, sua expressão amigável marcada por olhos de preocupação.

– Emily, minha menina forte, seja legal com Primo, tá bem? Primo, nosso chefe? – ele me lembra.

– Nosso chefe estava com sua mão na minha virilha.

Por um segundo, Massimo realmente olha contente, como um tutor cuja pupila-estrela tenha superado mesmo suas mais altas expectativas, e somente diz:

– Certo, bem...

– Não vou fazer sexo com ele.

Massimo salta para trás, quase aterrissando fora da calçada.

– Ei, ei, Emilia, sexo? Quem disse alguma coisa sobre sexo? Tudo que precisa fazer é ser amiga de Primo, só isso!

– Amiga dele.

– Sim, amiga. Amigos ajudam amigos. É para isso que servem os amigos, certo? Certo. Primo pode ajudar você.

– Primo pode me ajudar a ser contratada por Tito Conti?

– Si, si, certamente.

Suspiro. Os dedos de Primo circulam minha cintura.
— Venha, termine seu cigarro na mesa.
— Num minuto.

Quando Massimo sai, termino meu cigarro e acendo um segundo. Estou me sentindo débil, intensamente débil, só não sei se é por ter sido colocada nessa situação, ou porque não posso continuar com ela.

Milão é horrível.

Volto para minha cadeira. Quando a refeição termina, a mesa se agita.

— Vamos sair para beber — Massimo me informa.

Recordo a Massimo meu compromisso cedo com Tito Conti. Ele junta minhas mãos.

— Emilia, relaxe! É só um drinque! Depois, nós vamos aos clubes, mas você pode pular essa parte se quiser e ir para cama — e faz uma pausa. — Um drinque — ele me anima. — Logo ali, na rua debaixo.

Dou uma olhada em Primo. Sou forte. Eu me defendo... e se desagrado meu contratador, poderia muito bem empacotar as coisas e partir, porque minha carreira em Milão estaria terminada antes de ter começado.

— Certo, um drinque.

No caminho, uma das duplas vai embora, arrancando assobios baixos e sorrisos tímidos dos homens. O resto de nós continua ao longo da Via Montenapoleone, esquivando-se das poças d'água. Uma esquina, uma rua lateral, e estamos em uma praça, tipo cartão-postal, construída com pedra, uma Virgem Maria esverdeada de limo e uma fonte gorgolejante. Estabelecimentos circulam seu perímetro; arrumamos uma mesa num deles.

— Cesário e eu estamos pedindo sorvete — Primo diz, indicando um toldo listrado. — Você quer?

— Não, obrigada.

Ele aperta seu estômago como se estivesse como dor:

— Oh, vamos! Massimo! — ele grita. — A Raquel aqui pode tomar um pouco, não pode?

Massimo olha para mim: Emília a garota dura, a difícil.

— É claro que pode. Vamos, vamos, Emília, tome um pouco!

Peço uma bola de sorvete. As bulímicas pedem sunday com creme extra. Os homens se espalham. Dante toma outro rumo, na direção do bar. Poucos minutos depois, um garçom entrega uma brilhante bandeja de garrafas: vodca gelada, uvas do monte e suco de laranja.

Jenny faz bico.

– Ei! Onde está o champanhe?

– Sim, champanhe! – Holly ecoa.

– Num instante – Dante diz.

Quando Primo volta com o sorvete, eu agradeço, mas finjo estar entretida numa conversa sobre Atlanta. Ele se curva por cima de mim, e recebo uma onda sufocante de sua colônia.

– Bebida? – ele pergunta.

– Não, obrigada.

Ele me prepara uma vodca com uvas do monte.

O sorvete deixa as garotas com frio, então vamos para uma sala com alguns sofás, cortinas claras e leves flutuando ao vento, e muitas velas. Quando as bebidas são consumidas e novamente repostas, nosso grupo fica mais e mais barulhento e agitado, particularmente Christy que, depois de pedir para aumentar o volume da música, tirou as sandálias e agora está pulando sobre o sofá. Alguém usou cocaína, aposto. Penso por um momento em usar alguma.

– Você não está bebendo – Primo diz.

– Está um pouco forte – respondo. Mas, na verdade, o coquetel tem um gosto amargo, provavelmente em contraste com o sorvete.

– Deixe-me preparar outro pra você.

– Tudo bem. Preciso ir andando, de qualquer maneira. Tenho um grande dia amanhã.

Meu comentário é ignorado. Mas não por mim. Olho para o relógio, é uma hora da madrugada. Certo, basta. Levanto-me, referindo-me a um "intervalo para ir ao banheiro" como desculpa para verificar a situação do táxi. Vários estão alinhados em volta da praça. Estou para ir embora quando, merda, percebo que esqueci meu xale. É um xale novo de marca, uma bela e leve lã de merinos. Tenho que voltar.

As coisas estão diferentes quando volto. Está mais quieto, não por causa da música – Pump Up the Jam está soando tão alto que sinto o contrabaixo nas minhas costelas –, mas por causa do nosso grupo.

As meninas pararam de dançar. Christy está caída contra uma almofada, sua boca ligeiramente aberta.

De repente, sua cabeça rola.
— Ei — eu digo, apontando ansiosamente. — Ela está bem?
— Essa garota bebeu demais e você bebeu muito pouco — Primo diz, estendendo uma nova vodca com uvas do monte cheia até a borda. — Salute — ele grita. — À beleza americana!
— À beleza americana! — os homens ecoam.
Holly dá uma risadinha.
— Christy está babando!
Enquanto a cabeça de Christy rola noutra direção, eu estremeço, porque alguma coisa não está certa aqui.
— Ei, rapazes, acho que Christy precisa ir ao médico.
— Ela precisa ir para casa— Aldo diz, já se erguendo.
São necessários dois homens para carregar Christy para fora. Eu observo — estou tremendo agora —, então me ergo, meus dedos apertando xale.
Primo olha para mim:
— Onde pensa que está indo?
— Relaxe — Massimo me diz.
Primo está puxando meu xale.
— Sim, Raquel, escute o seu agente. Relaxe e termine sua bebida.
— Eu me sinto tonta! — Holly anuncia.
Mulheres... Veja como elas cochilam. Quando Holly cai meio adormecida contra Jenny, meus olhos deslizam de seus copos vazios para Primo, e depois para a minha bebida. Agora eu sei, essas meninas foram drogadas. E eu também.
Vou ficar doente.
Estou ainda ajoelhada na frente da fonte, meu estômago ritmicamente se contraindo em mais uma ânsia, quando Massimo toca minhas costas.
— Você está bem?
— Você! Seu merda! — esbravejo, depois de me enxugar. E me viro: — Você, seu filho da puta! Você, seu nojento! Você é meu agente, porra! Como pôde? Tenho shows para fazer! Tenho Tito Conti.
Agora parei de vomitar e acabo de perceber: Massimo não poderia se preocupar menos. Porque me arranjar contratos para trabalho de modelo não é bem o trabalho dele.

❋ ❋ ❋

Bem, eu me preocupo.

Durante toda a noite fico dando voltas no pátio do Darsena, praticando meu andar. Criss cross! Flui flui! Sou um gato preto! Sou um gato preto! Criss cross! Flui flui! Sou um gato preto! Sou um gato preto! Se é cansativo, não percebo, estou abastecida pela minha indignação. Drogando meninas? Isso é doentio! Quem faz isso? E pela minha raiva. Nojentos! Filhos da Puta! Merdas! E pelo meu próprio ego. Bem, fodam-se eles! Vou mostrar a eles! Vou fazer isso por mim mesma!

Quando o lugar começa a despertar e se agitar, vou tomar um cafezinho. Quando espio Lauren partindo, subo as escadas, tomo um banho e me troco. Passando corretivo, olho para os meus olhos fundos: Oh, Tito Conti, Rei dos Designers Italianos, preciso de você mais do que nunca.

CAPÍTULO 31
PARANDO O SHOW

A Tito Conti Incorporated é um complexo murado e fechado com portões se estendendo por todo um quarteirão da cidade, no coração do centro de Milão. Estou parada diante de um portão de segurança. Enquanto um guarda revista meus pertences (incluindo mexer nas várias páginas do meu portfólio, presumivelmente procurando por uma arma fina e achatada) outro verifica uma ordem de serviço.

– Você está procurando Carlotta, si? – ele diz.

– Si.

Outro minuto e os portões se abrem. Engulo nervosamente. Louvado em muitas revistas de designer, o complexo, uma sucessão de pátios de granito, janelas opacas e escuras e espelhos d'água, é mais que um pouco imponente. A nicotina e a cafeína que tomei fazem meu coração disparar num ritmo acelerado.

É isso aí. Isto é Tito Conti.

O guarda tinha apontado uma porta. Sigo um caminho de pedra cinzenta que se abre num pátio de árvores frutíferas, seus canteiros neste momento cuidados por dois jardineiros ofegantes, que cortam grama com um longo ferro e puxam um rastelo de aço.

Estou numa sala grande, arejada... e adorável. A luz do sol filtrada pelo vidro brilha pelo assoalho polido cor de cereja. Mobiliário simples numa variada escala de cinzas, do pomba ao carvão, é suavizado por mantas de cashmere e almofadas de pele de mink. Uma estante larga mostra objetos de pedra e mineral. Dois cães dachshunds cochilam em frente a uma lareira, suas formas alongadas quase invisíveis contra um tapete marrom-chocolate. E, salpicando cada superfície, estão fotografias em preto-e-branco de um grisalho e esculpido Tito com Kevin Costner, Glenn Close e uma horda de outros famosos de Hollywood, seus prêmios se refletindo na luz de um spot.

É isso aí. Isto é Tito Conti.

Eu me aproximo dos cães vagarosamente, meus dedos estendidos.

– Oi, crianças!

Ei! Ei!! Uma explosão de sons agudos quebra o silêncio. Eu me viro na direção de uma grande janela bem a tempo de ver quatro guardas correndo através do pátio com tanta pressa que atropelam um dos jardineiros, derrubando-o de sua escada. Os cães começam a latir. O quê? O quê?

Ei! Ei!!

A porta abre.

– Privado residenci! – um grita.

– Saia! – grita o outro.

Antes que eu possa dar meu próprio grito, sou agarrada, arrastada para fora, e depositada através de outra porta, que leva a um longo corredor com uma fila de modelos.

Oh... Claro. Meu senso de pânico se evapora, substituído pela irritação. Existem trinta na minha frente, trinta pelo menos, para quantas vagas? Uma? Duas? Demais para minha "forte opção".

Subitamente, estou exausta. Mas quando me deixo cair contra a parede e fecho os olhos, vejo uma hesitante, meio drogada Christy sendo arrastada pela sala. Não.

A fila termina num vestiário de teto baixo e sombrio, com balcões de fórmica amarela.

– Meninas: Vistam isso! – uma mulher troveja, distribuindo pacotes.

– Tirem tudo o mais, incluindo toda maquiagem e jóias! Prendam o cabelo atrás da cabeça!

Desembrulho o pacote. É um collant, transparente como um par de meias.

– Espere... Tudo?

A mulher, Carlotta eu presumo, se volta. Ela está trajando um vestido cinzento simples, nenhuma maquiagem aparente e um coque apertado: efeito diretora de escola. Sua voz combina com a aparência.

– Pode usar um fio-dental, se insistir – ela diz rispidamente. – Mas o Sr. Conti prefere que não use nada; contribui para uma linha mais limpa.

Uma rápida olhada revela que nenhuma outra está vestindo um fio-dental. Imagino que eu não vá também. Mas quando desdobro as pernas transparentes do collant, percebo escuras marcas nos pés e meu dedo corre sobre uma saliência. Não.

– Eca, isso está usado – murmuro.

– Só por um minuto – Carlotta diz.

– E tem um fio corrido.

Finas linhas se espalham a partir dos lábios de Carlotta. Existe um em cada pacote, parece estar pensando, mas ela caminha para um closet, retira um collant limpo e me estende.

Agradeço a Carlotta. Ela olha meus pés.

– Nenhuma modelo é admitida à audição a menos que esteja usando sapatos de salto pretos com duas a três polegadas de altura, ela sentencia triunfante.

Oh... Certo, eu tinha escutado isso. Mas acho que estou um pouco aérea desde a bebida com droga. De fato, a noite toda me senti estranha, travada.

– Aqui – uma loura nua brande um par de saltos.

– Empresto os meus – ela diz. – Mas apresente-se antes de mim.

Devolvo-lhe um sorriso.

– Obrigada.

– Isto é, durante o tempo que...

Troco meu novo collant pelo usado dela.

– Nenhuma jóia! Nenhuma maquiagem! – Carlotta nos recorda. Mas quando ela deixa a sala um minuto depois, trinta garotas pegam seus pós compactos e começam a fazer rápidos retoques para manchas, vasos sangüíneos e outras imperfeições, qualquer coisa que lhes dê uma vantagem sobre suas vizinhas. Mas, logo depois, passos eficientes anunciam o retorno de Carlotta.

– Ok. – ela separa seis meninas e estala os dedos.

– Venham.

Geralmente, modelos são muito falantes em recrutamentos, mas alguma coisa, talvez a nudez, talvez a importância do trabalho, deprimiu os ânimos aqui, e, assim, depois que as seis garotas saem, faz-se um silêncio total. Alguns poucos pós compactos reaparecem. Uma garota rói sua cutícula áspera. Numa espécie de reflexão, espio vinte e quatro modelos em collants, saltos altos e coques apertados. Parecemos bonecas infláveis, como brinquedos sexuais, e não posso nem reconhecer a mim mesma. Não.

Nem cinco minutos depois, duas das seis retornam, seguidas por outras três, seguidas por uma. Lágrimas escorrendo, faces vermelhas, só a última está mais bem composta. Vinte e quatro garotas calculam: cinco nãos, um talvez.

É isso aí. Isto é Tito Conti.

Estou no próximo grupo. Nos bastidores, Carlotta nos estende um cartão laminado com um número.

– Algumas regras – ela entona. – Um: não olhem para o Sr. Conti. Dois: não falem com o Sr. Conti, exceto respondendo a uma pergunta direta. Três: não sorriam enquanto caminham. Quatro: cuspir os chicletes. Cinco: nenhuma jóia.

Com isto, Carlotta faz uma pausa. Seus olhos faíscam, perfurando a mão da garota perto de mim.

– Tire! – ela dispara.

A garota recua.

– É... é um anel de noivado – ela diz num inglês hesitante. – Não sai.

Carlotta avança. Não. Depois que o anel de noivado é extraído, um processo doloroso, julgando pela aparência da garota, ela continua:

– E seis, a regra final: mantenham os olhos abertos o tempo todo.

Não entendo a regra número seis até aproximadamente dez segundos depois, quando Carlotta aponta o caminho através de uma cortina pesada e nos encontramos num auditório preto-piche com uma passarela tão iluminada, que nos parece estar navegando a circunferência de uma lâmpada elétrica. Nossos olhos lacrimejam e se desviam.

É isto aí. Isto é Tito Conti.

– Parem – uma voz troveja; a voz de Tito? – E se espalhem.

Nós nos espalhamos através da parte mais longa da passarela em T.

– 3, 5, 2, vocês podem ir – diz a voz.

A número dois sai correndo, já soluçando. Olho para o meu cartão laminado; esqueci meu número.

– Número uno, fique parada! Todas vocês, segurem seus números de lado.

– Certo. Agora caminhem, por favor, começando com a número uno.

Criss cross! Flui flui! Conduzo o grupo pela passarela e volto.

– Número seis, você pode ir. Número um e quatro, fiquem de lado.

Ainda estou aqui. Não posso acreditar. Olho para o auditório. Agora, meus olhos já se acostumaram e sou capaz de distinguir os corpos por trás das vozes. Três filas adiante está o Sr. Conti, tão bronzeado e elegante, como sempre numa camisa branca de algodão e dentes brancos ofuscantes, cercado de vários empregados em tons de cinza. O sol e seu sistema solar.

– Não olhe para o Sr. Conti! – Carlotta sussurra dos bastidores.

Certo, regra número um. Mudo meu olhar para algumas cadeiras vazias, meus olhos ardendo enquanto tento mantê-los abertos. Enquanto isso, Sr. Conti e sua corte continuam a conversar, suas vozes mais e mais altas, até que não existe uma tentativa de manter o volume baixo, nenhuma tentativa.

– Número quattro... Número uno... Número quattro – não posso entender mais que isso, até: – celulite... celulite... celulite... – uma palavra que, evidentemente, junto com Coca-Cola e ok, é parte da língua universal.

É isto aí. Isto é Tito Conti.

– Numero uno, vire-se e olhe para a parede!

Não posso entender mais que isso, mas Quattro pode. Sua cabeça começa a se inclinar, seus olhos baixam humilhados.

– Número quattro! Erga o queixo! – troveja a voz.

Quatro se endireita.

– Grasso... cellulite... gamba – gorda...celulite...perna, dizem as vozes. Esta sou eu.

— Sorria!

— Brutto denti... brutto... multo brutto — maus dentes... feio... muito feio. Esta era a Quattro. Uma lágrima desliza por sua face.

— Número Uno, vire-se e olhe para a frente! Número Quattro, olhe para a parede!

É isto aí. Isto é Tito Conti.

— Número Quattro, sem chorar!

E isto é coisa de doido.

— Não!

Não pensei nem murmurei isso, eu disse. E bem alto.

— Shh! — Carlota sussurra.

Protejo meus olhos.

— Ponha seu braço para baixo! — Conti troveja.

— Não! — digo outra vez.

Não estou mais me controlando; estou furiosa. Caminho para a beirada do palco, meus olhos nunca deixando o designer.

— Estamos a um metro e meio de você... um metro e meio. E você está falando sobre a minha celulite? E os dentes desta garota? Esta garota foi a nocaute! O que há de errado com você?

Cada rosto está fazendo a mesma exata pergunta, só que estão perguntando isso de mim.

Exatamente. Eu me viro na direção da número quattro, meus movimentos subitamente mais leves:

— E o que está errado conosco? Estamos tão desesperadas assim para trabalhar para este filho da puta que aceitamos ser tratadas desta maneira? Estamos sendo tratadas como merda!

Ninguém se move. Ninguém pisca. Atrás de mim, escuto os passos rápidos de Carlotta retrocedendo corredor abaixo.

— Bem, eu não. Ergo o número. Não eu — digo outra vez. Agarro o cartão com ambas as mãos. Agora não estou protegendo os olhos, está brilhante, impossivelmente brilhante, mas ergo meu queixo de qualquer forma, ergo-o bem alto e o projeto para a frente. O número uno se rasga em dois e é atirado fora.

— Não mais — exclamo. — Estou terminando por aqui.

❋ ❋ ❋

Sofás enormes com estampas florais. Tapetes inspirados em Aubussom. Candelabros de contas. Um velho baú com uma gaiola de passarinho antiga empoleirada no topo. Pelo que vejo, eu diria que a Chic foi atacada por uma vovó. Inspeciono a nova paisagem só a poucos pés de Byron, que está mostrando tudo a uma garota que não conheço.

– É chamada de Chic Antiga. Chic! Não é simplesmente perfeito? É a última tendência! Da Inglaterra! De qualquer forma, preciso dizer que não tinha idéia de que fosse tão caro descascar a pintura! De qualquer modo... Oh!

Byron me dá uma olhada e me aponta o seu escritório.

– Você! Lá!

Faço meu caminho para uma tão-velha-poltrona nova de couro. Byron bate a porta.

– Onde você esteve?

– Balsam.

– Emily, você saiu de Tito, o maior designer da Itália! Tem idéia do erro que foi isso? Porque isso é grave. Grave! Uma coisa da qual pode não se recuperar para o resto de sua carreira. Você fez isso e foi para casa?

– Estou deixando a carreira de modelo – digo suavemente. – Estou me demitindo.

Por um longo tempo, Byron simplesmente olha. Finalmente, ele caminha para mim e levanta um cacho do meu cabelo.

– Está com pontas duplas, você poderia dar um corte.

– Ahn... Obrigada.

Tento minimizar, mas ele agarra minha mão.

– Tem estado roendo suas unhas?

– Sim – respondo, fechando as mãos.

Ele agarra meu queixo.

– E você está inchada? Ou está nos seus dias? Porque seu rosto está um pouco cheio...

– Byron! – atiro minha cadeira para trás. – Você não escutou? Estou me demitindo... Terminou minha carreira de modelo, terminou. Acabou! Foi o que vim lhe dizer!

– Estou vendo... – Byron caminha para trás de sua escrivaninha, senta-se e começa a inspecionar a bainha de suas calças. É um dia fresco de outubro e ele está vestido de acordo: vários tons de dourado, incluindo as novas luzes no cabelo agora brilhando ao sol poente. É como estar conversando com um Oscar. – Então, imagino que signifique que não quer escutar sobre como ninguém está mais aborrecido com você porque eu tomei conta disso – ele continua –, ou como você está agora em perspectiva para o maior trabalho de sua vida, correto?

Por vários segundos ficamos num impasse, fingida apatia versus fingida indiferença, até... Ugh.

– Que trabalho?

Pego um esboço de desenho. Ménage Cologne, o prazer deve ser partilhado está escrito próximo do desenho de um homem seminu ladeado por duas beldades de cabelos compridos em corpinhos de seda, só uma delas olhando para as lentes.

– É um follow-up para Gaultier Le Male – Byron explica. – A companhia está muito excitada por conta do componente científico. Supõe-se que ele mude seus feromônios para que a deixem atraentes, e os feromônios deles para que os homens atraiam os seus. Alguma coisa desse tipo – ele explica. – De qualquer modo, esse perfume está sendo produzido há sete anos. Sete! É um casamento! E finalmente está pronto para o lançamento mundial. Desnecessário dizer que Gaultier quer um grande lançamento para o Ménage, o que significa um tremendo orçamento de propaganda e a garota certa. O orçamento eles têm. A garota estão tentando encontrar há meses, me disseram, e ultimamente se mantêm circulando em torno do mesmo nome mais e mais: Emily Woods.

– Emily Woods – repito meu nome vagarosamente, como se não o conhecesse.

– Sim, querida, você! Eles acham que você seria perfeita!

– Deixe-me adivinhar... A cena da banheira!

Byron aplaude.

– Garota esperta! Sim, o vídeo de Thom Brenner é um das fontes-chave de inspiração deles!

Terrível. Este é o meu legado: acariciar Fonya. Devolvo o anúncio.

– Então, Fonya está nisso também.

– Não! Não! Fonya está presa contratualmente à De Sade: torture os sentidos dele. Um ótimo perfume, por sinal. Este anúncio é todo pra você! Você: em nu frontal! Eles descobrirão outro número dois, alguém barato!

Estudo o anúncio outra vez.

— O que me leva à melhor parte: cinqüenta mil pelas filmagens e outros cinqüenta se usarem o filme. Isto, em direitos nos Estados Unidos. Mercados estrangeiros devem ter pacotes similares. É claro, você estaria fazendo aparições em grandes lojas também; eles querem copiar o que Guess? fez com Claudia, eu os ouvi dizer. Então, isso significa muitas roupas, e, é claro, você estaria em todos os shows, prêt-à-porter e alta-costura, o que significa muitas viagens a Paris.

Por um instante, imagino-me flanando pelos bulevares parisienses em roupas de designer antes nadar em dinheiro. Tanto dinheiro! Imagino cinqüenta, cem, trezentos mil dólares amontoados num campo como folhas, o suficiente para cobrir o resto da minha faculdade... e a graduação... e dar entrada num apartamento. E certamente esse trabalho ajudaria a conseguir outros trabalhos bons, montes de bons trabalhos.

— Quando é a filmagem?

Byron suspira.

— Bem, vamos ver... Eles ainda estão trabalhando na embalagem. Aparentemente querem que o frasco tenha três figuras, mas a primeira tentativa ficou parecendo uma figura com três cabeças, então voltou à prancheta de desenho. Eu diria janeiro.

— E quantas outras estão em perspectiva para o meu lugar?

— Nenhuma daqui. Nenhuma de lugar nenhum, porque os ouvi dizer isso. Acho que essa campanha já é sua, Em, eu realmente acho. Mesmo assim, só para estar seguro, acho que você deveria perder alguns quilos.

Eu concordo. Provavelmente ganhei um quilo a um quilo e meio em casa.

— Posso perder dois quilos e meio.

— Dois quilos e meio? Cinco.

— Cinco?

— Cinco, seis...

— Seis?

— O que quer dizer com seis? — Byron grita. — Perdeu seis quilos antes!

— Sim, quando estava seis quilos mais pesada! — retruco. — Byron, você teria que cortar meu braço fora para tirar seis quilos!

— Isso é o que todas as meninas me dizem! Escute, Emily, a tendência é mais e mais magra, e eu acho que vai ser tremendo, realmente acho.

– Como seria desapontador se eu perdesse isso...

Byron se ergue.

– Emily Woods, você está em perspectiva para o maior contrato de sua vida. Não me diga que está pulando fora! Escute, direi a Gaultier que sua mãe ainda está aborrecida e precisa de você em casa, isso nos dará outras duas semanas. Durante esse tempo você simplesmente perde tanto quanto possível – cinco, seis, sete, o que der. Sem pressão!

– Por que minha mãe estaria aborrecida?

Byron olha confuso.

– Como vou saber?

Jesus.

– Não, você só disse...

– Oh! Eu disse pra todo mundo que seu pai morreu de uma overdose de drogas. De qualquer forma...

– Disse às pessoas que meu pai morreu de uma overdose de droga?!

– Sim! Não foi original? Uma inversão incomum numa trama familiar, eu acho – Byron ri. – Plausível também, dado seu pai...

Pausa. Posso ter mencionado que meu pai gostava de erva uma vez, mas ...

– Byron! Meu pai fuma maconha ocasionalmente, ele não usa cocaína!

– Então? A maioria das pessoas não sabe disso! Não se preocupe, Em, eles engoliram o anzol e a linha da estória, e afundaram! De fato, algumas coroas de flores chegaram para você, nada digno de uma peça central, eu não diria...

– BEM, QUEM MENTIRIA SOBRE SEU PAI MORRENDO DE UMA OVERDOSE DE DROGAS?

Chic Antigo fica silencioso. Byron sacode a cabeça.

– Emily, minha querida, você não está compreendendo. Você abandona quatro shows e basicamente disse a Tito Conti para se foder, mas eu consegui consertar isso! Ninguém é maluco. Ao contrário, você agora é a competidora mais importante para uma das maiores campanhas de perfume que esta década verá, então me dá um desconto aqui, certo?

Estou respirando com dificuldade. Minhas mãos estão tremendo. Eu as estudo.

– ... 50.000 no mínimo, Em. Muito mais provavelmente, muito mais... Mais, se acha que o vídeo de Brenner deu exposição a você, simplesmente pense no que isso fará. Vamos conseguir cobertura da mídia para você nas aparições em grandes lojas, entrevistas...

Estou deixando de ser modelo, disse em Balsam; estou voltando para a escola. Mas quando olho pela janela de Byron, não vejo livros ou aulas, somente eu, deslizando por uma passarela em alta-costura. Meu nome está nas luzes. A multidão canta: Emily! Emily! Emily!

EPÍLOGO
PARIS, 1992

— Oui, oui, comme ça, Amelie, comme ça! Clic. Clic
— A Torre Eiffel está aparecendo por cima da cabeça dela. Ela precisa vir mais para a esquerda.
— Certo, vá para a esquerda, Amelie! Esquerda!
— Fica muito longe.
— Ok, venha para a direita!
— Ok, aí! Agora me dê seu melhor perfil.
— Seu outro perfil!
— Ok, não, o outro!
— Este é mesmo o seu melhor?
Eu mostro a língua.
— Oui! Clic.
— É... Isto! Esta é a foto!
Pixie recoloca a capa das lentes. Jordan se espreguiça.
— Certo, garotas, podemos ver uma confeitaria agora ou não?
— Não! – eu protesto. – Vamos ficar aqui sentadas por um minuto e desfrutar do pôr-do-sol!

As mãos de Jordan deslizam por seus quadris.

— Emma Lee, estivemos em três museus, dois seja lá o inferno que se chamam, e uma catedral do tamanho de um estádio de futebol. Eu estou faminta!

— Aimeudeus, estou certa de que o francês adoraria escutar que a Notre-Dame se parece com um campo de futebol.

— Um hangar de aeroporto tá bom para você, Pixie palito?

— Filistéia!

— O que isso quer dizer?

— Grrr...

— Meninas! — Mohini faz um sinal de tempo. — É aniversário de Emily. Se ela quer olhar o pôr-do-sol, nós olhamos o pôr-do-sol.

Dou sorriso a ela.

— Pelo menos alguém me ama.

— Não conte com isso — Jordan murmura, mas ela também está sorrindo.

Nós quatro caminhamos sobre o Champ de Mars e nos sentamos sobre a grama.

Acontece que minhas amigas tinham me tratado mal naquele dia do jantar. E fora tudo idéia de Pixie.

— Mas, aimeudeus, nunca quisemos fazer você se sentir mal; nunca pensamos que isso aconteceria! — ela explicou mais tarde. — Embora tudo esteja bem quando acaba bem, imagino, certo?

— É uma baguete o que aquele homem está carregando, ou ele está feliz de nos ver?

— Jordd!

Sim, tudo está bem quando acaba bem. E assim é. Depois de se graduar Phi Beta Kappa, Mohini está decidida a voltar à estação base do Hubble este outono, o que a está deixando excitada, embora isso signifique uma longa viagem para ver Miles, seu namorado de Oxford. ("Você não pode ter filhos com ele", Jordan já a alertou. "Não será capaz de dar à luz por conta do tamanho da cabeça deles.") Jordan saiu de Wall Street, especificamente do programa de analista da Goldman Sachs. Ela vai dividir um apartamento com Ben, que estará trabalhando para o NRDC, e Pixie, que estará estagiando no Museu Metropolitano de Arte, "e não caçando Pixels", ela declara francamente. "Está na hora de ficar sozinha por um tempo."

E quanto a mim?

Primeiro as coisas primeiras. Larguei a carreira de modelo. Desejaria poder dizer-lhes que isso aconteceu no dia em que Byron e eu discutimos a campanha Ménage, mas não foi assim. Em vez disso, perdi peso (não tudo: três quilos e meio para ser precisa, o suficiente para parar de menstruar) e fui à audição, a primeira de várias visitas a Gaultier, quando finalmente decidiram que me encontraria em Paris, com o próprio designer, que imediatamente ofereceu suas condolências e me disse que mil dólares tinham sido doados ao NarcAnon em honra do meu pai.

No final, quase contratei a campanha Ménage. Quase. Ela foi para Fallon Holmes. Quem?, você pergunta. Exatamente. Fallon não é uma supermodelo. Ela é, contudo, uma garota de categoria recentemente atraída para a Chic da Elite. Byron, ansioso por provar sua superioridade sobre John Casablancas, assegurou-se de que Fallon conseguisse a campanha.

— Foi tão difícil decidir — o pessoal da Gaultier finalmente confessou.

— Vocês duas se pareciam tanto que poderiam ser irmãs.

Nessa altura já era começo de janeiro. Comecei a comparar minhas habilidades de trabalho com as de Mohini, Jordan e Pixie. O que eram aquelas habilidades? Boa com jóias? Saber como trabalhar um bolso? Eu podia me imaginar colocando-as num currículo. Não. Como Tommy, que, curado, trocou suas chuteiras por software, era tempo de mudar. Quando a Universidade de Colúmbia começou naquela primavera, uma semana depois eu estava lá: Emily Woods, estudante. Um semestre atrasada, uma conta bancária vazia, mas feliz.

— Por que você ficou nisso tanto tempo? — as pessoas perguntam. — Por que finalmente parou?

— Ela recuperou o juízo — mamãe gosta de dizer.

Eu diria que acordei de um sonho. Eu vi, voltando atrás, bem atrás, que meu objetivo original, aquele concebido enquanto me deitava no chão do meu quarto, era o de ser uma das belas garotas das fotos. Não parecer como elas, ser uma delas. Ter esta vida, uma vida glamorosa, divertida e alegre. Pensava que parecer assim era a parte difícil, mas se você conseguisse atravessar esta muralha, se a genética estivesse lá, então o resto se seguiria. E aconteceu, até certo ponto: champanhe e celebridades, os Hotéis Four Seasons e o Delano, atrações exóticas de perto e de longe.

Só que não foi só isso que aconteceu.

Mesmo assim, os sonhos morrem com dificuldade, não é? Por isso eu persistia. Continuava pensando que estava a caminho, atolada no terceiro ato de um grande romance, e se forçasse um pouco mais, subisse só um pouquinho mais alto, só um pouquinho mais, chegaria lá, naquele lugar, aquele glamoroso, divertido e alegre lugar. O que me atingiu naquele dia na passarela de Tito Conti foi que eu não iria mesmo. As drogas, os ferra-modelos, a bulimia e todos os outros elementos que eu tinha ignorado por tanto tempo porque não se encaixavam no retrato, e, sim, eram o retrato. Simplesmente não gostei dele.

Depois disso, não tinha mais nada para desejar. Então parei. Com a cocaína também.

Na rua, encontro modelos que costumava conhecer. Kate Moss é uma das garotas de Byron agora – não a garota –, e sua imagem está começando a se espalhar pelo globo como uma doença crônica devastadora. Para conseguir se manter, outras garotas estão perdendo aqueles 5, 6, 7 quilos, e se desfazendo de seus implantes de silicone nos seios.

– Eu disse ao Dr. Ricson para colocá-los no gelo – Genoveva brincou quando a encontrei no La Guardiã, e descobri que havia menos dela para encontrar.

– Porque você nunca sabe o que será belo amanhã.

– Amelie! Amelie!

Um cara do outro lado do Champ de Mars desce de sua bicicleta e acena.

Eu aceno de volta.

– Gerard!

Pixie me cutuca.

– E quem é Gerard?

– Gerard é o presente de aniversário que arranjei para mim esta manhã no St. Germaine de Pres.

– Gerard é um tesão – Mohini conclui depois de inspecioná-lo com seus binóculos.

Jordan levanta uma sobrancelha.

– Nããο! Vamos desfrutar o pôr-do-sol?

Dou risada, nós todas rimos, e me ponho de pé.
— Vamos! É hora de comer bolo!
Depois de muita deliberação, decido-me por uma bomba de chocolate. É grande, deliciosa, e desfruto cada bocado dela.

INFORMAÇÕES SOBRE NOSSAS PUBLICAÇÕES
E ÚLTIMOS LANÇAMENTOS

Cadastre-se no site:

www.novoseculo.com.br

e receba mensalmente nosso boletim eletrônico.

novo século®